KB118706

질 블라스 이야기 1

나남
nanam

한국연구재단 학술명저번역총서
서양편 420

질 블라스 이야기 1

2021년 6월 25일 발행
2021년 6월 25일 1쇄

지은이 알랭-르네 르사주
옮긴이 이효숙
발행자 趙相浩
발행처 (주) 나남
주소 10881 경기도 파주시 회동길 193
전화 (031) 955-4601 (代)
FAX (031) 955-4555
등록 제 1-71호 (1979. 5. 12)
홈페이지 http://www.nanam.net
전자우편 post@nanam.net
인쇄인 유성근 (삼화인쇄주식회사)

ISBN 978-89-300-4085-3
ISBN 978-89-300-8215-0 (세트)

책값은 뒤표지에 있습니다.

'한국연구재단 학술명저번역총서'는 우리 시대 기초학문의 부흥을 위해
한국연구재단과 (주)나남이 공동으로 펼치는 서양명저 번역간행사업입니다.

한국연구재단
학술명저번역총서
420

질 블라스 이야기 1

알랭-르네 르사주 장편소설
이효숙 옮김

Histoire de Gil Blas de Santillane

by

Alain-René Lesage

옮긴이의 말

소설가이자 극작가이던 알랭-르네 르사주(Alain-René Lesage, 1668~1747)의 《질 블라스 이야기》는 프랑스 절대군주제를 상징한 루이 14세가 죽던 1715년에 첫 6부가 출간되고, 다소 문란하던 섭정기가 끝나는 시기에 7~9부가 출간되며, 아베 프레보의 《마농 레스코》나 마리보의 《출세한 농부》 같은 걸작소설들이 출간되던 1730년대에 나머지 부분이 출간된다. 즉, 20여 년에 걸친 집필 기간의 사회 변화와 소설장르 변천이 이러저러한 양태로 수렴되고, 그 시대의 사회상을 '파노라마' 식으로 보여 주는 작품이다.

이 소설의 시공간 배경은 이보다 앞선 시기의 스페인으로 설정돼 있으나 당시 프랑스 독자들은 바로 자기네 세계의 이야기임을 금세 알아챘다. 그러기에 흥미를 갖고 읽었을 것이다. 이러한 점은 다른 작가의 소설들, 심지어 콩트들에서도 마찬가지여서, 머나먼 이국을 배경으로 하고 주인공이 무슬림이나 아메리카 인디언들 틈에서 자란

순박한 인물이어도, 이야기는 거의 모두 프랑스 사회 속에서 벌어지는 일들을 담았다. 바로 '지금-여기' 나의 삶의 조건에 관한 이야기가 가장 큰 관심사일 테니까.

한편, 우리 독자들로서는 먼 나라 이야기이고, 게다가 수백 년 전의 세상을 그리고 있으니 소설 내용이 생경할지도 모른다는 우려가 미리 들 수도 있다. 그러나 이 소설은 오히려 평범하다고 느껴질 만큼 우리에게 익숙한 감정들을 불러일으키는 내용으로 가득하다. 이 소설이 연극이라면, 무대장식은 이국적이고 낯설 수 있겠으나 등장인물들 간에 벌어지는 사건들은 놀라울 만큼 우리 일상 속에서 흔히 벌어지는 일들이다. 즉, 인간의 보편적 상황이 펼쳐진다는 얘기다.

저자 르사주가 살던 시기에도 이전 세기의 문인들이 천착하던 인간 탐구가 여전히 유행이어서 르사주의 소설에도 그런 특징이 두드러지게 나타나는데, 이러한 인간에 관한 탐구가 형이상학적이거나 현학적인 글로 전개되지는 않는다. 르사주는 그렇게 "거드름 피는 것 같은" 글은 피하겠다고 이 소설 속에서 천명하며, 인간 군상을 소박하고 진솔하게 묘사한다. 꾀바르거나 영악한 인간을 그릴 때면 유머러스하게 빈정거리는 모습이 역력한데, 이런 풍자가 냉소적인 질타나 염세적인 절망으로 이어지지는 않는다. 그의 풍자는 완곡하고 예의바르며, 이해심과 연민이 깔려 있다. 한마디로 르사주의 '이야기'는 정신적으로나 심리적으로 압박감을 주지 않는다. 등장인물들에 대한 이해심이 독자들에 대한 배려로도 이어지는 것 같다.

이른바 '계몽기'라고 일컬어지는 18세기는 '철학하는' 문인들의 세기여서 저마다 거대담론의 주제들을 놓고서 주장하고 논증하고 반론

하는 논쟁의 시기였고, 그 어느 때보다 '이성'을 신뢰한 시기였다. 그런데 전통적 가치들을 '편견들'이라고 규정짓던 그 '대담한' 문인들 틈에서 살짝 벗어나 있던 르사주는 그렇다고 해서 시대의 담론에 무관심하지는 않았다. 그 또한 나름대로 사회의 변화를 감지하고 있었고, 이는 '하인'으로 사회에 첫발을 디딘 주인공 질 블라스의 이력 속에서, 그리고 질 블라스 또한 나중에 고용하게 되는 하인 에시피온과의 관계 속에서, 그리고 주변 인물들과의 교류 속에서 다양한 양태로 드러난다. 주인공의 이야기뿐만 아니라 다양한 주변 인물들의 이야기들이 곳곳에서 인간 삶의 조건의 다채로운 면모를 일깨우며 매번 깨달음을 안겨 주는 이 소설에서 저자 르사주는 까다로운 주제의 극화(劇化)를 통해 인간의 숙명적 딜레마를 역설하기보다는 주어진 조건들에서 지혜로운 해결책을 찾아보려 하는 겸허한 인간의 자세를 그려내는 것을 소명으로 삼은 듯하다.

이 대하소설은 이렇듯 너무나 많은 인물들과 사건들을 담고 있어서 번역 과정에서 적지 않은 실수들이 있었다. 부족한 면을 세심히 잘 메워 주신 한국연구재단 명저번역 심사위원회, 나남출판사 배명복 주필님과 편집부에 깊은 감사를 전하고 싶다.

2021년 6월

이효숙

지은이의 말

작품을 읽을 때마다 그 속에서 보게 되는 악한 등장인물이나 우스꽝스런 등장인물을 실제로 존재하는 누군가와 연관 짓고야 마는 사람들이 있다. 그래서 나는 그런 못된 독자들에게 공언하련다. 이 책에 나오는 인물들에 대해서도 그렇게 한다면 잘못이다. 그리고 이에 관해 공개적으로 밝히겠다. 나는 인간들의 삶을 있는 그대로 표현하는 것을 목표로 삼았을 뿐이다. 누군가를 개인적으로 지칭하려는 의도가 있었을 거라고 생각한다면, 가당치도 않다! 그러니 다른 이들에게나 어울릴 만한 인물을 바로 자기라고 여기는 독자가 없기 바란다. 달리 말하자면, 페드르●가 말한 것처럼, 부적절하게 자신을 알리는 것이

● 장 라신(1649~1699)의 운문비극 〈페드르〉의 주인공. 1677년에 초연될 때는 제목이 〈페드르와 이폴리트〉였으나 1687년 판본부터는 〈페드르〉로 바뀐다. 그리스 신화에 나오는 인물 페드라와 그녀의 의붓아들 히폴리투스를 소재로 한 작품이다.

될 테니까. *Stulte mudbit animi conscientiam.* ●

프랑스에서처럼 환자들에게 피를 너무 많이 빼내는 방식을 쓰는 의사들이 카스티야에도 있다. 같은 악덕, 같은 괴짜들은 어디에나 있으니까. 고백건대 나는 스페인 풍습을 늘 정확히 따른 것은 아니다. 그래서 마드리드의 여배우들이 얼마나 난잡하게 사는지 아는 사람이라면, 내가 그들의 방탕을 충분히 치밀하게 그려내지는 않았다고 비난할 수도 있을 것이다. 하지만 나는 그들의 문란함을 좀 완화시켜야 한다고 생각했다. 우리의(프랑스의) 예의범절에 맞추기 위해.

● "멍청하게 그는 의식의 바닥을 그대로 보이게 되리라."

질 블라스[●]가 독자에게

독자 친구여, 내 인생 이야기를 듣기 전에 우선 내가 하려는 얘기부터 들어 보게나.

학생 둘이 페냐피엘에서 살라망카로 가고 있었다네. 그들은 지치고 목이 말라서 길 가다 만난 샘물가에서 멈추었네. 거기서 갈증을 해소하고 나서 쉬고 있던 터에 주위의 땅바닥에 있던 한 돌멩이에 글자들

● 이 소설의 배경은 스페인이고, 주인공 Gil Blas의 이름은 스페인 발음에 맞춰 표기하면 '힐 블라스'이다. 그러나 프랑스 작가 르사주의 작품으로서 프랑스에서는 '질 블라스'라고 발음하므로 이에 준하기로 한다. 장 라신의 작품 주인공 '페드르'를 '페드라'로 하지 않고 '페드르'로 함으로써 라신의 주인공이 되는 것처럼, 프랑스 문학계에서 암묵적으로 통용되는 이 전통에 따르기 위함이다. 다른 한편, Gil Blas는 프랑스의 온전한 발음으로 하자면, '질 블라'이다. 그러나 이렇게 발음하지 않고 '질 블라스'로 통용되므로, 이중적으로 모순을 안고 있는 발음이다. 그러나 차용된 외국어의 경우에서도 이런 모순들은 빈번하게 나타나는 '현상'이고, 이는 언어사용의 속성 중 하나이므로 관용적 표기를 따르기로 한다.

이 적혀 있는 것을 우연히 보게 되었네. 그 글자들은 좀 지워져 있었지. 세월에 의해서이기도 하고, 사람들이 그 샘물로 물을 먹이러 데려오는 가축들의 발자국 때문이기도 했네. 두 학생은 그 돌을 닦으려고 그 위에 물을 끼얹었다네. 그러자 카스티야어로 다음과 같이 쓰인 글을 읽을 수 있었네. *Aqui está encerrada el alma del licenciado Pedro Garcias*(여기에 페드로 가르시아 학사의 영혼이 갇혀 있다).

두 학생 중 더 어린 쪽은 활달하고 덤벙거려서 거기 적힌 글을 다 읽지도 않은 채 폭소를 터뜨리며 말했네. "이보다 더 웃기는 건 없어! 여기에 영혼이 갇혀 있다니. … 갇힌 영혼이라고! … 어떤 괴짜가 이렇게 우스꽝스런 묘비명을 써놓은 건지 알고 싶구나." 이렇게 말하고 나서 이제 출발하려고 일어났네. 하지만 더 분별 있는 길동무가 혼잣소리를 했네. "여기에 뭔가 수수께끼 같은 것이 얽혀 있을 거야. 여기 남아서 그것을 밝혀 보고 싶어." 그러고 나서 그는 친구가 혼자 떠나도록 내버려 두고, 지체 없이 얼른 그 돌 주위를 주머니칼로 파기 시작했네. 그 일을 아주 잘해 내서 결국 돌을 벗겨 냈지. 그랬더니 그 속에 가죽 주머니가 있었네. 주머니를 열어 보니 1백 두카도와 라틴어로 글이 적힌 카드가 하나 들어 있었네. "내 상속자가 되어라. 너는 돌에 적힌 글의 의미를 밝혀낼 만큼 똑똑하니까 내 돈을 나보다 더 잘 이용하여라." 학생은 이 발견에 몹시 기뻐하며 돌을 있던 자리에 도로 갖다 놓고 나서, 묘비 주인인 학사의 영혼과 함께 살라망카로 다시 향했다네.

당신이 누구건 간에 독자 친구여, 자네는 이 두 학생 중 하나와 비슷할 걸세. 내 모험들이 담고 있는 도덕적 가르침에 주의를 기울이지 않고 읽는다면 이 작품에서 아무런 결실도 끌어내지 못할 테고, 반면 주의를 기울여 읽는다면 호라티우스의 가르침에 따라 즐거움이 곁들여진 유익함을 발견하게 될 걸세.

차례

— 1권 —

제1부

제 2 부

제 3 부

제 4 부

제 5 부

제 6 부

제 1 부

1

질 블라스의 출생과 교육

내 아버지 블라스 데 산티아나는 스페인 왕정을 위해 무기를 들고 오래 복무한 뒤 퇴역을 하고 고향으로 돌아갔다. 소시민 계층의 여자와 결혼하였는데, 아주 젊은 여인은 아니었다. 결혼 후 열 달이 지난 뒤 내가 태어났다. 그러자 그들은 오베이도로 살러 갔으며, 거기서 고용살이를 해야 했다. 어머니는 하녀가 되었고, 아버지는 시종이 되었다. 그들에게 재산이라고는 급료밖에 없었다. 그러므로 그 도시에서 성당 참사원이던 외삼촌이 없었다면 나는 제대로 성장하지 못했을 수도 있다. 그 외삼촌 이름은 힐 페레스다. 그는 내 어머니의 오빠였으며, 나의 대부이기도 했다. 키는 3피트 반●인데 엄청나게 뚱뚱

● 약 115센티미터인데, 중세나 구체제 프랑스 때 땅딸막하고 뚱뚱한 성직자들이 꽤 있었던 점과 그들의 전형적인 모습을 상기시키고, 이를 과장되게 표현하여 희화화하려는 의도가 반영된 수치로 보인다.

하여 얼굴이 양 어깨 사이에 박혀 있는 키 작은 남자를 머릿속으로 그려 보라. 내 외삼촌의 모습이 바로 그러했다. 게다가 그는 오로지 잘 사는 것, 다시 말해 잘 먹는 것만 생각하는 성직자였다. 고정 수입이 나쁘지 않아서 그렇게 할 자금이 돼주었다.

외삼촌은 나를 어릴 적부터 데리고 있었고, 내 교육을 담당해 주었다. 그가 보기에 내가 아주 명민한 것 같아서 내 재능을 키우기로 작정한 것이다. 그는 내게 읽기 입문서를 사다 주고, 읽는 법을 직접 가르쳐 주기 시작했다. 그렇게 하는 것은 나 못지않게 그에게도 유익한 일이었다. 내게 글자를 가르쳐 줌으로써 그가 늘 매우 소홀히 했던 읽기를 다시 시작하게 되었고, 열심히 하다 보니 성무일과서를 유창하게 읽을 수 있게 되었으니 말이다. 그 전에는 결코 해내지 못하던 일이었다. 그는 내게 라틴어도 가르쳐 주고 싶었을 것이다. 그렇게 했다면 그로서는 그만큼 돈이 절약될 수 있었을 텐데. 하지만, 아! 불쌍한 힐 페레스 삼촌! 그는 라틴어의 기초적인 규칙조차 평생 알지 못했다. 어쩌면(왜냐하면 확실한 사실로서 주장하는 바가 아니니까) 그는 성당 참사회에서 가장 무식한 참사원이었는지도 모른다. 내가 들은 바에 의하면, 그는 박식해서 성직록을 얻어 낸 것이 아니다. 오로지 몇몇 마음씨 좋은 수녀들이 인정해 준 덕분이었다. 그는 수녀들의 입 무거운 심부름꾼이었고, 그녀들은 심사도 없이 그를 사제직에 서품되게 할 만큼 영향력이 있었다.

그러므로 외삼촌은 나를 어떤 선생님의 지도에 맡겨야 했다. 그는 오비에도에서 가장 숙달된 선생으로 통하는 고디네스 박사의 집으로 나를 보냈다. 나는 배운 내용들을 너무 잘 활용해서 오륙 년 지나자 그리스 작가들을 좀 이해하게 되었다. 라틴 시인들에 관해서는 꽤 능통해졌다. 논리학도 파고들어 이치 따지는 법을 많이 배우게 되었다. 나는 논쟁을 매우 좋아해서, 지인이건 아니건 간에 지나가는 사람들을 세워놓고 내 주장의 논거를 제시하곤 했다. 때로는 더할 수 없이 좋은 상대인 논쟁적인 인물이 걸려들기도 했다. 그럴 때 우리가 논쟁을 벌이는 모습은 참으로 볼 만했다! 몸짓, 찌푸린 얼굴, 뒤틀린 몸이 가관이었다! 눈은 격정에 차 있고, 입은 거품을 물었다. 보는 사람들은 우리를 철학자라기보다는 귀신 들린 사람들로 여겼을 거다.

그럼에도 나는 그 도시에서 학자의 명성을 획득했다. 이에 대해 외삼촌은 몹시 기뻐했다. 얼마 안 가서 내가 더 이상 그의 부담이 되지 않을 거라고 생각했기 때문이다. 어느 날 그가 내게 말했다. "질 블라스, 이제 너의 어린 시절은 다 지나갔단다. 너는 이미 열일곱 살이고, 이제 박식한 청년이 되었다. 그러니 출세할 생각을 해야 돼. 나는 너를 살라망카대학으로 보낼 생각이다. 내 보기에 너는 똑똑하니 필시 좋은 자리를 얻게 될 거다. 네 여행을 위해 얼마간의 두카도와 10피스톨라● 내지 12피스톨라의 값이 나가는 내 노새를 줄게. 노새는 살라망카에서 팔아라. 그 돈으로 네가 자리 잡을 때까지 생계유지에 쓰

● '두카도'는 중세부터 유럽에서 사용되던 금화 또는 은화이다. 스페인에서는 1497년부터 1537년까지 이 화폐를 금화로 다시 주조하여 사용했는데, 1레알의 11배 정도의 가치를 지녔다. '피스톨라'는 스페인에서 16세기 전반부터 발행되기 시작한 금화이다. 이후 유럽 각국에서 발행되는 금화들 중 피스톨라와 동등한 가치를 지닌 주화들은 이 명칭으로 불렸다. 2에퀴, 즉 2피스톨라에 해당되는 가치이므로 '두블론'이라고도 불렸다.

려무나."

나로서는 외삼촌이 이보다 더 기분 좋은 제안을 할 수는 없었다. 왜냐하면 여행을 하고 싶어 죽을 지경이었으니까. 그럼에도 나는 자제력이 꽤 있었기에 기뻐하는 내색을 하지는 않았다. 떠나야 할 시간이 됐을 때 나는 그토록 고마웠던 외삼촌과 헤어지게 돼 괴로울 뿐이라는 모습을 보여서 그 선량한 양반을 감동시켰다. 내 마음속 깊은 곳을 읽어 낼 수 있었더라면 주지 않았을 큰돈을 외삼촌은 내게 주었다. 출발 전에 아버지와 어머니에게 포옹 인사를 하러 갔더니 그분들은 기어코 훈계를 하시고야 말았다. 외삼촌을 위해 신에게 기도하고, 올바른 사람으로 살아가고, 나쁜 일에는 절대 끼어들지 말고, 특히 남의 재물을 취하지 말라고 권고하셨다. 그들은 아주 한참 동안 장광설을 늘어놓은 후 내게 신의 가호를 빌며 그것으로 선물을 대신했다. 나는 그들이 내게 줄 좋은 거라고는 그것밖에 없을 거라고 예상했었다. 그러고 나서 나는 즉각 노새에 올라타 그 도시를 벗어났다.

2

페냐플로르로 가다가 느낀 불안,
그 도시에 도착하여 한 일,
저녁식사를 함께한 남자

그렇게 해서 나는 오비에도를 벗어나 내 행동의 주인, 변변치 않은 노새의 주인, 그리고 아주 존경스런 외삼촌에게서 훔친 은화 몇 레알●은 차치하고라도 40두카도나 되는 돈의 주인이 되어 페냐플로르로 향하는 길로 들어섰다. 벌판 한가운데를 지나면서 내가 우선 한 일은 노새로 하여금 자기가 원하는 속도로 가게 놔두는 거였다. 즉, 종종걸음으로…. 노새가 제멋대로 가도록 놔두고, 나는 호주머니에서 금화를 꺼내 모자에 담은 뒤 세고 또 세기 시작했다. 그러자 기쁨을 주체할 수가 없었다. 그때까지 그렇게 많은 돈을 본 적이 없었으니까. 아무리 들여다보고 만져도 진력나지 않았다. 아마도 스무 번쯤 세었을 즈음, 노새가 갑자기 머리와 귀를 들더니 큰길 한복판에 우뚝 멈춰 섰다. 나는 노새가 뭔가에 질겁했나 보다 판단했다. 그것이 뭔

● 14세기부터 19세기까지 스페인에서 사용되던 은화.

가 봤더니 땅에 모자가 엎어져 있었고, 모자 위에는 커다란 구슬들로 된 묵주가 있었다. 이와 동시에 다음과 같이 말하는 애처로운 목소리가 들렸다. "지나가시는 나리, 불구가 된 이 불쌍한 병사를 부디 불쌍히 여겨 주세요. 제발 이 모자에 몇 푼 던져 주세요. 그러면 저세상에서 보상받으실 겁니다." 나는 그 목소리가 들리는 쪽으로 얼른 눈을 돌렸다. 그랬더니 나로부터 이삼십 발자국 떨어진 덤불 아래에 병사 같은 녀석이 보였다. 그는 막대기 두 개를 교차시켜 놓고 거기에다 총구가 벌어진 총의 끝부분을 받쳐 놓고 있었는데, 그 총은 창보다 길어 보였다. 그놈은 그 총으로 나를 겨냥하고 있었다. 총이 보이자 나는 교회 재산에서 비롯된 내 돈을 잃을까 봐 떨며 우뚝 멈췄다. 나는 얼른 두카도 금화들을 꽉 쥔 뒤, 레알 은화 몇 개만 꺼냈다. 그리고 겁에 질린 신자들의 자선을 받을 준비가 되어 있는 그 모자로 다가가서 그 안에 은화를 하나씩 던졌다. 내가 귀족처럼 처신한다는 것을 병사에게 보이기 위해서였다. 그는 내 아량에 만족스러워하며 내게 신의 가호를 빌어 주었다. 그가 열렬히 축복하는 만큼 나는 그 못지않게 열렬히 노새 옆구리를 발로 차서 얼른 그로부터 멀어지려 했다. 그런데 내 조급함에 부응하지 못한 그 빌어먹을 짐승은 내가 그렇게 한다고 더 빨리 가지는 않았다. 외삼촌을 태우고 한 걸음 한 걸음 걷던 오랜 습관 때문에 질주하는 법을 잊어먹은 것이다.

나는 이 뜻밖의 일이 내 여행을 위해 그리 좋은 조짐 같지 않았다. 살라망카에는 아직 도착하지도 않았고, 더 나쁜 자들을 만나게 될 수도 있을 거라는 생각이 들었다. 노새몰이꾼의 손에 나를 맡기지 않은 외삼촌이 아주 경솔해 보였다. 분명코 그렇게 했어야 했는데…. 하지만 외삼촌은 내게 노새를 주면 여비가 덜 들 거라고 생각했다. 가는 길에 위험을 겪게 될 수도 있다는 점보다는 여비를 더 많이 생각했던 거다. 그래서 나는 외삼촌의 잘못을 바로잡기로 했다. 만약 페냐플로르에 다행히 도착하면 거기서 내 노새를 팔아 버리고 노새몰이꾼을 이용하여 아스토르가●로 간 다음, 거기서도 다시 노새몰이꾼을 통해 살라망카로 가기로 작정한 것이다. 나는 오비에도 밖으로 한 번도 나가 본 적이 없었음에도 내가 거쳐 가야 할 도시들의 이름을 모르지는 않았다. 출발하기 전에 익혀 두었기 때문이다.

다행히 나는 페냐플로르에 도착하여 꽤 좋아 보이는 여인숙의 문 앞에 멈추었다. 내가 땅에 발을 디디기도 전에 여인숙 주인이 와서 아주 정중히 맞아 주었다. 그는 내 짐을 내려서 자기 어깨에 메고는 나를 어느 방으로 안내했다. 그러는 동안 하인들 중 하나가 내 노새를 마구간으로 데려갔다. 아스투리아스 지방에서 가장 수다스러운 그 주인은 남의 일에 호기심이 많았다. 그만큼 자신에 관한 것도 쓸데없이 금세 털어놓는 자여서, 자기 이름이 안드레스 코르쿠엘로라고 알려 주었다. 그리고 왕의 부대에서 하사로 오래 복무했고, 15개월 전 군대에서 나와 카스트로폴의 여자와 결혼했다고 했다. 그 여자는 다소 그을리기는 했어도 선술집을 돋보이게 할 정도는 된다는 말도 했다. 그리고 내가 굳이 듣지 않아도 좋을 다른 얘기도 무수히 많이 했다. 그런 고백을 하고 나서는 이제 나한테서도 모든 것을 요구할 권리가 있다고 믿었는지, 내가 어디서 왔는지, 어디로 가는지, 누구인지

● 스페인 북서부의 레온주에 있는 도시.

물었다. 이에 대해 나는 조목조목 대답해야 했다. 그가 질문할 때마다 자신의 호기심을 사과하며 너무 존경 어린 태도로 부탁하는 바람에 그의 호기심을 만족시켜 주지 않을 수가 없었던 것이다. 이 때문에 나는 그와 오래 대화했고, 내가 노새를 처분하고서 노새몰이꾼을 통해 여행하려는 의도와 이유도 말하게 되었다. 이에 대해 여인숙 주인은 적극적으로 찬성하면서 장광설을 늘어놓았다. 도로상에서 일어날 수 있는 온갖 유감스런 사고들을 다 묘사해 댔으니 말이다. 심지어 여행자들에 관한 여러 가지 흉흉한 이야기들을 덧붙이기도 했다. 그는 수다를 결코 끝내지 않을 것만 같았다. 그런데 결국 끝을 내기는 했다. 내가 노새를 팔고 싶다면 그 노새를 살 만한 정직한 장사꾼을 자기가 알고 있다는 말로…. 나는 그에게 그 장사꾼을 찾으러 누군가를 보내 주면 기쁘겠노라고 했고, 그는 몸소 잽싸게 거기로 갔다.

그는 곧이어 방금 말했던 장사꾼과 함께 돌아왔다. 여인숙 주인은 그 사람을 내게 소개하며 그의 정직함을 몹시 칭찬했다. 우리는 셋 다 마당으로 나갔고, 노새를 그리로 데려다 놓았다. 우리는 노새를 그 구매자 앞에서 왔다 갔다 하게 했고, 상인은 노새를 머리부터 발끝까지 살펴보기 시작했다. 그는 내 노새에 대해 나쁘게 얘기하는 것을 잊지 않았다. 고백건대, 그 노새에 대해 좋은 얘기를 많이 할 수는 없었다. 하지만 교황의 노새였을지라도 트집 잡을 만한 것을 찾아내고야 말았을 것이다. 그러므로 상인은 나의 노새가 세상의 온갖 결함을 다 갖고 있다고 장담했다. 그러고는 나를 더 잘 설득할 요량으로 여인숙 주인을 증인으로 삼았다. 여인숙 주인에게는 그의 뜻에 맞춰야 할 나름의 이유가 분명히 있었다. 장사꾼은 내게 냉정히 말했다. "자, 그럼, 이 형편없는 짐승을 얼마에 파실 거요?" 만약 그 장사꾼이 내 노새를 칭찬하고, 또 내가 솔직하고 좋은 전문가라고 여겼던 여인숙 주인이 그 찬사에 호응했다면, 나는 어쩌면 노새를 거저 주었을지도 모른다. 왜냐하면 내가 장사꾼에게 그의 선의에 맡길 터이니 그저 양심적으로 그 짐승을 평가해 주기만 하면 값은 내가 알아서 매길 것이라고 말했기 때문이다. 그러자 그는 명예를 중시하는 사람인 척하며 대답했다. 내가 그의 양심을 들먹여 자신의 약한 부분을 건드렸다는 것이다. 실제로는 그의 강한 부분이 아니었나 싶다. 왜냐하면 내 외삼촌처럼 감정가를 10피스톨라 내지 12피스톨라까지 올려놓기는커녕 그 값을 3두카도로 낮추면서도 부끄러워하지 않았으니까. 그럼에도 나는 마치 이익이라도 되는 양 기뻐하며 받아들였다.

내가 노새를 그토록 '유리하게' 처분하고 나자, 여인숙 주인 코르쿠엘로는 어느 노새몰이꾼에게 나를 데리고 갔다. 노새몰이꾼은 다음 날 아스토르가로 떠나기로 돼 있었다. 그는 내게 동 트기 전에 출발할 것이며, 나를 깨우러 와주겠노라고 말했다. 우리는 노새 빌리는 값과 내가 먹을 음식의 가격에 대해 합의했다. 우리 사이에 모든 것이 해결되자 나는 코르쿠엘로와 함께 여인숙으로 돌아왔다. 오는 길에 코르쿠엘로는 그 노새몰이꾼에 관해 얘기하기 시작했다. 그 도시의 주민들이 그에 대해 말하는 것을 죄다 알려 주었다. 그런데 그가 그 성가신 수다로 나를 다시 괴롭히려던 참에 다행히 어떤 꽤 몸매 좋은 남자가 아주 예의를 갖추며 그에게 다가와 말을 중단시켰다. 나는 그들을 놔두고 내 길을 계속 갔다. 그들의 대화가 나와 조금이라도 관련이 있을 거라고는 전혀 의심하지 않은 채 … .

나는 여인숙에 도착하자마자 저녁 식사를 주문했다. 고기를 먹지 않는 날이었다.● 그 대신 달걀 요리를 해주었다. 나를 위해 조리하는 동안 나는 그때까지 전혀 못 봤던 주인 여자와 대화를 하게 되었다. 그녀는 내가 보기에 꽤 예뻤다. 그리고 아주 활달해 보여서, 그녀의 남편에게서 들은 말이 없었다면, 그 여인숙·선술집에 손님이 매우 많을 거라고 판단했을 것이다. 오믈렛이 다 준비되었을 때 나는 혼자 식탁에 앉았다. 첫 숟가락을 뜨기도 전에 여인숙 주인이 들어왔고, 그 뒤로 아까 길에서 그를 멈춰 세웠던 남자가 따라 들어왔다. 그 남자는 장검을 차고 있었고, 서른 살은 되어 보였다. 그는 다급한 기색으로 내게 다가와 말했다. "학생 나리, 나리가 오비에도의 명예이자 철학의 횃불이신 질 블라스 데 산티아나 씨라는 것을 방금 알게 되었어요. 나리가 그 굉장히 박식하신 분, 즉 이 지방에서 그토록 명성이 자자한 그 대단한 정신의 소유자라니요?" 그러고는 여인숙 주인 부부를 향해 말을 계속했다. "당신들은 모르는군요. 당신들이 뭘 소유하고 있는지 모르고 있어요. 당신들은 집에 보물을 갖고 있는 겁니다. 당신들은 이 젊은 귀족에게서 세계의 제 8의 기적을 보고 있는 거라고요." 그러고 나서 내 쪽으로 몸을 돌리고는 내 목에 매달리며 덧붙였다. "제가 이렇게 흥분하는 것을 용서하십시오. 나리가 여기 계셔서 기쁨을 주체할 수가 없네요."

나는 당장은 대답할 수가 없었다. 그가 나를 너무 꽉 조이고 있었기에 자유로이 숨 쉴 수도 없었다. 나는 그 포옹으로부터 머리를 빼낸

● 기독교문명권 국가들에서는 금요일에 고기를 먹지 않는 관습이 있다.

후에야 그에게 말했다. “기사님, 제 이름이 페냐플로르에 알려졌을 거라고는 생각하지 않았습니다.” 그러자 그가 같은 어조로 대꾸했다. “어떻게 알려지다니요? 우리는 아주 널리 알려진 위대한 인물들을 모두 다 면밀히 기록해 두고 있어요. 나리는 여기서 천재로 통한답니다. 나리 같은 사람을 배출해 낸 스페인은 그리스처럼 현인들이나 탄생시키는 ‘그런 쓸데없는 짓’을 한 것이 아님을 저는 믿어 의심치 않습니다.” 이 말을 하고 나서 다시 포옹하여 나는 그 곤욕을 또 치러야 했고, 목이 졸려 죽을 위험에 처했다. 내가 조금이라도 경험이 있었더라면, 그가 하는 말에도 속지 않고, 그 과장에도 속지 않았을 것이다. 그 지나친 아첨을 보면서 모든 도시에서 흔히 보게 되는 기생충 같은 자들 중 하나라는 것을 금세 알았을 것이다. 이방인이 오면 그 주위로 침투하여 이방인을 희생시켜 자기 배를 채우는 그런 자들 말이다. 하지만 나는 아직 젊고 허영심에 차 있어서 아주 다르게 판단하였다. 나한테는 그 숭배자가 아주 정직한 사람처럼 보였던 것이다. 그래서 그를 저녁 식사에 초대했다. “아! 아주 기꺼이 함께하겠어요.” 그가 소리쳤다. “저명하신 질 블라스 데 산티아나를 만나게 해주다니 제 별에게 너무 감사하여 가능한 한 오래 이 행운을 즐기지 않을 수 없군요.” 그러고는 이어서 말했다. “저는 오로지 당신과 함께 있기 위해 이 식사 자리에 앉는 겁니다. 예의상 몇 입 먹긴 하겠습니다만… .”

나의 찬미자는 그렇게 말하며 내 앞에 앉았다. 그의 식기들이 차려졌다. 그는 우선 오믈렛에 너무 게걸스레 달려들어서 굶은 지 사흘은 되어 보였다. 즐거워하며 먹는 그의 모습을 보며 나는 그 오믈렛이 금세 해치워지리라고 보았다. 그래서 오믈렛 하나를 더 가져오라고 시켰는데 우리가, 아니 그가 첫 번째 오믈렛을 다 먹어 치우자마자 두 번째 오믈렛 요리가 즉각 나왔다.

그런데도 그는 여전히 똑같은 속도로 게걸스럽게 먹으면서 나에 대한 찬사에 찬사를 이어 갔다. 바로 그 찬사 때문에 나는 그 별 볼 일 없는 인간에 대해 매우 만족스러워했다. 그는 엄청 자주 마셔 대기도 했다. 어떤 때는 내 건강을 위해 건배하고, 어떤 때는 내 아버지와 어머니의 건강을 위해 건배하면서, 나 같은 아들을 둔 그들의 행복을 하염없이 찬양했다. 동시에 그는 내 잔에도 포도주를 붓더니 나에게도 건배를 하라고 부추겼다. 그가 내게 한 건배사들에 대해 나도 그럭저럭 호응했다. 그랬더니 아첨이 더해져서 나도 모르게 어느새 흡족한 기분에 빠졌다. 그래서 나는 우리의 두 번째 오믈렛이 반쯤밖에 남지 않은 것을 보고는 여인숙 주인에게 혹시 생선 요리는 없느냐고 물었다. 그 기식자와 필시 뜻이 잘 맞아 보였던 코르쿠엘로 영감이 내게 대답했다. "훌륭한 송어가 한 마리 있어요. 그런데 그걸 먹을 사람에게는 너무 비싼 가격일 겁니다. 당신들이 먹기에는 너무 진미(珍味)라서." 그러자 나의 아첨꾼이 목소리를 높이며 말했다. "너무 진미라니, 그게 무슨 소리입니까? 생각이 없으시네요, 영감님. 질 블라스 데 산티아나 씨에게 지나치게 좋은 것이란 없어요. 이분은 왕족처럼 대접받아 마땅한 분이니까요."

여인숙 주인의 말에 그가 그렇게 핀잔을 하니 나는 기분이 좋아졌다. 하지만 그는 나보다 먼저 선수를 쳐서 반박했을 뿐이다. 나는 주인의 말에 모욕당한 기분이 들었고, 그래서 그에게 도도하게 말했다. "우리에게 그 송어를 가져오시오. 나머지 일에 대해서는 신경 쓰지 마시고….” 그러자 더 이상 바랄 것이 없던 여인숙 주인은 송어를 조리하기 시작했고, 지체 없이 그 요리를 내왔다. 이 새로운 요리를 보자 기식자의 눈에서 대단한 기쁨이 반짝였는데, 이번에도 아주 만족스러워하는 눈빛이었다. 달걀 요리에 대해서 그랬던 것처럼 이 생선 요리에 대해서도 그랬다는 얘기다. 하지만 그는 탈이 날까 겁나서 그만 항복해야 했다. 목까지 꽉 찼으니 말이다. 마침내 그는 한껏 먹고 마시고 나자 그 코미디를 끝내고 싶어 했다. 그는 식탁에서 일어나며 말했다. “질 블라스 씨, 나리가 제게 대접한 맛있는 음식들이 너무 만족스러웠기 때문에 나리에게 필요한 듯 보이는 중요한 충고를 건네지 않고는 이 자리를 뜰 수가 없네요. 이제부터는 칭찬을 경계하십시오. 모르는 사람을 경계하시라고요. 남을 잘 믿는 나리의 순진함을 나처럼 우롱하려 드는 사람들, 아니 어쩌면 훨씬 더 심하게 밀어붙일 사람들을 만날 수도 있으니까요. 그런 자들에게 속지 마세요. 그런 자들의 말을 근거로 자신을 세계의 여덟 번째 기적이라고 생각해서는 절대 안 됩니다.” 이렇게 말을 마치며 내게 코웃음을 치고는 가버렸다.

나는 그렇게 당한 것이 괴로웠고, 이어서 겪게 된 더 큰 불운들로도 마찬가지로 괴로웠다. 그토록 저속하게 나를 속이게 놔둔 것에 대해, 아니 더 정확히 말하자면 내 자존심이 모욕당한 것에 대해 위로받을 길이 없었다. ‘뭐! 그 음흉한 놈이 나를 갖고 놀았던 거야! 그자는 오로지 여인숙 주인을 유도심문하려고 접근했던 것이거나, 아니 그보다 그 둘이 공모했던 것이다. 아! 가련한 질 블라스, 그 사기꾼들이 너를 웃음거리로 만들기에 딱 좋은 동기를 제공했으니 치욕스러운 줄 알아라. 이 모든 일을 그들은 좋은 이야깃거리로 삼을 테고, 그 이야기는 오비에도까지 전해져서 거기서도 너를 영광스럽게 할 것이다. 네 부모는 너 같은 멍청이에게 그토록 설교해 댄 일이 후회스러울 것이다. 그들은 나한테 아무도 속여서는 안 된다고 권고하지 말고 속임을 당하지 말라고 권고했어야 했는데 … .' 나는 이 괴로운 생각 때문에 흥분한 데다 원통함이 불타올라서 방에 틀어박혀 침대에 누웠다. 하지만 잠을 이룰 수가 없었다. 그래서 아직 눈을 감지 않고 있던 터에 노새몰이꾼이 왔다. 출발하려고 나만 기다리고 있다고 알리러 온 것이다. 나는 즉각 일어나 옷을 입고 있는데 코르쿠엘로가 계산서를 가지고 왔다. 송어 가격도 잊지 않고 포함되어 있었다. 그가 원하는 대로 해줄 수밖에 없었을 뿐만 아니라, 그에게 돈을 건네면서 그 망나니가 전날의 일을 다시 떠올리는 것을 알아차리는 슬픔마저 느껴야 했다. 너무 불쾌하게 소화시키고 있던 저녁 식사 값을 치르고 난 뒤, 나는 그 기생충 같은 놈, 여인숙 주인, 여인숙을 저주하며 내 가방을 가지고 노새몰이꾼의 집으로 갔다.

3

노새몰이꾼이 노상에서 느낀 유혹, 그 다음은 어떠하며, 질 블라스는 스킬라●를 피하려다 어떻게 카리브디스●●에 넘어가게 되었나

나는 노새몰이꾼과 둘이서만 있었던 게 아니다. 페냐플로르 출신의 아이들 둘이 함께 있었다. 한 명은 이리저리 떠돌아다니는 몬도녜도●●●의 어린 가수였고, 다른 한 명은 아스토르가에 사는 젊은이로서 베르코에서 막 혼인한 젊은 아내를 데리고 자기 집으로 돌아가던 터였다. 우리는 잠깐 새 서로 통성명을 했고, 곧이어 각자 어디서 왔

● 그리스 신화에 나오는 인물로, 님프였다가 키르케에 의해 바다의 괴물로 변한다. 이탈리아와 시칠리아섬 사이에 있는 메시나해협의 이곳저곳에서 산다. '카리브디스에서 스킬라로 떨어지다'라는 표현은 상황이 점점 나빠지는 것을 의미한다.

●● 그리스 신화에 나오는 인물로, 바다의 신 포세이돈과 대지를 상징하는 '어머니 여신' 가이아의 딸이다. 메시나해협에 살면서 동물들을 훔쳐서 탐욕스레 먹어 치웠다. 헤라클레스가 열 번째 노역으로 게리온의 가축을 데려오던 중 카리브디스가 일부를 가로챈다. 이로 인해 카리브디스는 제우스로부터 벌을 받아 바다의 깊은 구렁으로 변하게 된다. 종종 선원들을 삼켜 버리는 바다의 소용돌이로 표현된다.

●●● 스페인 북부지방인 루고의 한 마을.

는지 어디로 가는지 얘기했다. 신부는 젊은데도 너무 시커멓고 매력도 영 없어서 나는 그녀를 바라보는 것이 별로 즐겁지 않았다. 그럼에도 그녀의 젊음과 통통함이 노새몰이꾼의 눈에 들어서 그는 그녀의 환심을 사보기로 작정했다. 그는 하루 종일 그 훌륭한 계획을 세우느라 시간을 보냈고, 마지막 숙박지에서 실행하기로 마음먹었다. 즉, 카카벨로스에서였다. 그는 그 도시로 들어서자 첫 번째 여인숙에서 우리를 내리게 했다. 그 집은 큰 마을에 있다기보다는 벌판에 있었고, 노새몰이꾼은 그 집 주인이 조심스럽고 친절한 남자라는 사실을 알고 있었다. 그는 우리를 외떨어진 방으로 데려가도록 세심하게 신경을 썼다. 그리고 우리가 그 방에서 편히 저녁 식사를 하도록 놔두었다. 식사가 끝나갈 무렵 그는 분통을 터뜨리며 우리 방으로 들어왔다. 그러고는 소리쳤다. "빌어먹을! 내가 도둑맞았어요. 가죽가방에 1백 피스톨라가 있었는데 …. 그걸 되찾아야 해요. 읍내 판사에게 가야겠어요. 그는 그런 일을 농담으로 받아들이지는 않거든요. 죄를 고백하고 그 돈을 돌려줄 때까지 당신들 모두 편치 않을 겁니다." 이 말을 아주 자연스레 하고 나서 그는 나가 버렸다. 우리는 어처구니가 없었다.

우리는 그가 그런 척하는 것일 수 있다는 생각은 하지 못했다. 왜냐하면 서로 모르는 사이였으니까. 나는 어쩌면 어린 가수가 그런 짓을 했을지도 모른다는 의심까지 했다. 막상 그도 나에 대해 같은 생각을 했을지도 모르고 …. 게다가 우리는 모두 멍청한 젊은이들이었으니 …, 그런 경우 어떤 절차가 이어지는지 알지 못했다. 우선 우리를 고문하는 것부터 시작할 거라고 정말로 믿었다. 그래서 두려운 나머지 부랴부랴 그 방에서 나왔다. 어떤 이들은 거리로 갔고, 어떤 이들은 정원으로 갔다. 각자 도망쳐서 살길을 찾으려 했다. 아스토르가의 젊은 부르주아•도 그 문젯거리에 대해 우리만큼 당황하여 자기 아내는 신경도 안 쓴 채 마치 아이네이아스••마냥 도망을 쳤다. 나중에 알게 된 바에 따르면, 그때 자기 노새들보다 더 방탕한 노새몰이꾼은 자신의 술책이 기대한 효과를 내는 것을 보고 기뻐하며, 그 틈을 타서 부르주아의 아내에게 가서 그 기발한 계략을 떠벌리고 그 기회를 이용하려 애썼다. 하지만 아스투리아스의 '루크레치아'•••는 그 유혹자의 용모가 마음에 안 들어 없던 힘까지 동원해 완강히 저항하고 바락바락 소리를 질렀다. 평소 예의 주시해야 할 장소로 여기던 그 여인숙 근처를 마침 우연히 지나가던 순찰대가 그 소리를 듣고 안으로 들어와 그 외침 소리의 원인이 무엇인지 물었다. 부엌에서 훙얼대며 아무것도 못 들은 척하던 주인은 지휘관과 궁수들을 아우성치는 사람의 방으로 데려갈 수밖에 없었다. 그들은 때맞춰 왔던 거였다. 아스투리아스 여인이 더 이상 버텨 낼 수 없는 지경이었으니까. 뚱뚱하고 거친 지휘관은 무슨 일인지 파악하자마자 사랑에 빠진 그 노새몰이꾼을 미

• 중세와 군주제 프랑스에서는 큰 마을에 살던 주민이며 대체로 중산계층에 속했다. 그러다가 점점 부유해지며 지방자치단체 차원에서 특권을 획득하고, 법조계로 진출하는 이들은 그 길을 통해 귀족계급에 가까워지거나 편입되기도 한다.

•• 아프로디테 여신과 안키세스 사이에서 태어난 아들로, 트로이전쟁에서 트로이를 지키는 데 맹활약을 한 영웅이다.

••• 타르퀴니우스 왕의 측근이자 강한 남자였던 타르퀴니우스 콜라티노의 아내. 왕의 아들인 섹스투스 타르퀴니우스에게 강간을 당한 뒤 자살한다.

늘창의 나무 부분으로 대여섯 차례 갈기며 노새몰이꾼이 하던 짓 못지않게 미풍양속에 어긋나는 표현으로 욕설을 해댔다. 그게 다가 아니었다. 그는 죄인을 붙잡아서 여자 고소인과 함께 판사 앞으로 데려갔다. 그 여자는 몰골이 엉망인데도 불구하고 그 습격에 대한 재판을 요구하려고 몸소 갔다. 판사는 그녀의 말을 듣고 나서 그녀를 유심히 살펴보더니 피고는 용서받을 자격이 없다고 판단했다. 그는 피고를 즉석에서 옷을 벗겨 그녀가 보는 가운데 태형을 받게 했다. 그러고 나서 판사는 다음 날 아스투리아스 여인의 남편이 나타나지 않으면, 경관 두 명이 원고를 아스토르가까지 경호해 주고, 그 비용은 범죄인이 부담하라고 지시했다.

어쩌면 그 누구보다 더 겁에 질린 나는 시골로 갔다. 지나는 길에 만난 모든 도랑을 펄쩍펄쩍 뛰어 건너면서 벌판과 히드가 무성한 들판을 얼마나 많이 가로지르며 다녔는지 모른다. 그러다가 마침내 어느 숲 가까이에 도달했다. 나는 숲으로 돌진하여 가장 빽빽한 수풀 속에 몸을 숨겼다. 그때 말을 탄 남자들 둘이서 갑자기 내 앞에 나타나 소리쳤다. "거기 가는 게 누구냐?" 나는 너무 놀라서 얼른 대답할 수가 없었다. 어느새 그들은 내게 다가와 각자 내 목에 총을 겨누며 내가 누구인지, 어디서 왔는지, 이 숲에 뭐 하러 왔는지, 특히 숨기는 것은 아무것도 없는지 말하라고 명령했다. 그 취조 방식으로 보아 노새몰이꾼이 우리를 이 지경으로 몰고 간 그 일에 관해 묻는 듯 보여서 나는 오비에도 출신 청년이며 살라망카로 가는 중이라고 대답했다. 그런 다음 노새몰이꾼이 우리를 위협했던 일까지 얘기하고, 고문당할까 두려워서 도망쳤던 거라고 자백했다. 그들은 나의 순진함을 드러내는 그 말에 폭소를 터뜨렸고, 그 둘 중 한 명이 내게 "안심해라, 친구. 우리와 함께 가자. 아무것도 두려워 마라. 우리가 너를 안전하게 지켜 줄 거다"라고 말했다. 그런 뒤 나를 자기 말 등에 올라타게 하고, 숲으로 돌진했다.

나는 이 만남을 어떻게 생각해야 할지 몰랐다. 하지만 불길한 예측은 들지 않았다. 나는 생각했다. '이 사람들이 도둑이라면 내가 가진 것을 훔치고, 어쩌면 나를 죽였을 것이다. 이 지역의 선량한 귀족인데, 내가 겁에 질린 것을 보고 동정심이 생겨서 자비롭게도 자기네 집으로 데려가는 게 틀림없다.' 그 불확실한 상태는 오래가지 않았다. 깊은 침묵 속에 길을 몇 번 돌아 구릉 기슭에 도달하자 우리는 말에서 내렸다. 그 기사들 중 한 명이 내게 말했다. "여기가 우리가 머물 곳이다." 나는 사방을 둘러보았지만 소용없었다. 집도 없고, 오두막도 없고, 주거지처럼 생긴 것이라곤 아무것도 안 보였다. 그러는 동안 그 두 사람은 가시덤불로 덮인 커다란 나무 뚜껑 문을 들어 올렸다. 그 문은 지하로 통하는 경사진 긴 통로의 입구를 감추고 있었다. 거기로 말들이 알아서 돌진했다. 그곳에 익숙한 동물들처럼…. 기사들은 나를 그 안으로 데리고 들어가고 나서 그 뚜껑 문을 거기 매여 있는 줄로 도로 내려놓았다. 그 줄은 그런 용도로 매여 있었다. 그렇게 해서 내 외삼촌 페레스의 당당한 조카가 쥐덫에 걸린 쥐처럼 붙잡힌 것이다.

4

지하세계의 묘사와 거기서 질 블라스가 본 것들

나는 그때 그 사람들이 어떤 부류인지 알았다. 그러자 애초의 두려움은 사라지고 말았는데, 이 점을 (독자들은) 잘 판단해야 한다. 더 크고 더 분명한 공포가 닥쳐와 내 감각들을 엄습했으니까…. 나는 내가 가진 두카도 금화들과 함께 목숨을 잃게 될 거라고 생각했다. 그래서 마치 제단(祭壇)으로 끌려가는 제물이라도 된 양, 살아 있기보다 이미 죽은 사람처럼 두 몰이꾼 사이에서 걸어가고 있었다. 그 둘은 내가 벌벌 떠는 것을 잘 느끼면서도 아무것도 두려워 말라고 쓸데없는 격려를 했다. 빙글빙글 돌며 계속 내리막길로 약 2백 걸음쯤 내려가자 둥근 천장에 달린 커다란 등불 두 개가 비추는 마구간에 들어서게 되었다. 지푸라기가 꽤 많이 있었고, 보리가 가득한 커다란 통이 여러 개 있었다. 거기서 말 스무 마리쯤은 편히 지낼 수 있을 것 같은데, 그때는 막 도착한 두 마리밖에 없었다. 한 흑인 노예가 말들을 꼴 시렁에 매어 놓고 있었다. 그는 연로했으나 그럼에도 아직 꽤 기운

차 보였다.

우리는 마구간에서 나왔다. 오로지 그 장소의 끔찍함을 보여 주기 위해 빛을 발하는 것 같은 몇몇 램프의 음울한 미광(微光)을 받으며 우리는 부엌에 도달했다. 한 노파가 화로에 고기를 굽기도 하며 저녁 식사를 준비하고 있었다. 그 부엌은 필수적인 주방용기들로 장식되어 있었고, 바로 곁에는 온갖 종류의 저장식품이 들어 있는 찬방이 보였다. 그 요리사에 대해 묘사할 필요가 있다. 그녀는 60대였다. 젊었을 때는 아주 강렬한 금발 머리였나 보다. 세월이 그 머리를 완전히 백발로 만들어 놓지는 않아서 원래 색깔의 희미한 흔적을 아직도 얼마간 지니고 있었다. 올리브색이 도는 피부에 뾰족하고 들쳐진 턱, 매우 함몰된 입술을 하고 있었다. 큰 매부리코는 입 위로 내려와 있었고, 눈은 매우 아름다운 자줏빛 붉은색을 띠고 있었다.

"자, 레오나르다 부인, 우리가 부인께 젊은이 하나를 데려왔습니다." 기마병 중 한 명이 그 아름다운 어둠의 천사에게 나를 소개하며 말했다. 그러더니 내 쪽으로 몸을 돌려 창백하고 일그러진 내 모습을 보고는 말했다. "이보게, 무서워하지 말게나. 자네에게 전혀 해 끼치지 않을 테니. 우리는 요리사의 짐을 덜어 주기 위해 하인이 하나 필요했다네. 그러다가 자네를 만난 거야. 이건 자네에게 다행스런 일이지. 자네는 여기서 보름 전에 죽어 버린 아이를 대신하게 될 걸세. 아주 허약한 체질의 젊은이였지. 자네는 그 애보다는 튼튼해 보이니 그렇게 빨리 죽지는 않을 걸세. 정말로, 자네는 이제 해를 보지 못할 거야. 그 대신 맛있는 음식을 먹고 따뜻하게 지낼 거야. 레오나르다와 지내게 될 텐데, 아주 인정 많은 여자야. 자네는 생활에 필요한 자잘한 것들을 다 갖추게 될 걸세." 그러더니 덧붙였다. "자네는 여기서 거지들과 있는 게 아니라는 점을 알아 두게나." 이 말과 함께 그는 횃불을 들더니 자기를 따라오라고 했다.

그는 나를 지하실로 데려갔다. 거기에는 뚜껑을 잘 닫아 놓은 토기들과 병들이 잔뜩 있었다. "그 안에는 훌륭한 포도주가 가득 들어 있네"라고 그가 말했다. 그러고 나서 우리는 여러 방을 통과했다. 어떤 방에는 포목이 있었고, 어떤 방에는 모직물과 비단 천이 있었다. 어느 방에는 금과 은, 그리고 다양한 문장(紋章)이 새겨진 그릇들이 많이 있다는 것을 알아챘다. 그런 후 그를 따라 어느 큰 거실로 들어갔다. 커다란 황동 샹들리에 세 개가 실내를 밝히는 큰 방이었는데 다른 방들의 연결통로로도 쓰이는 곳이었다. 거기서 그는 내게 새로운 질문들을 했다. 내 이름이 무엇인지, 왜 오비에도를 떠났는지 …. 내가 그의 궁금증을 풀어 주자 그가 말했다. "아, 그렇다면, 질 블라스, 자네는 오로지 어떤 좋은 일자리를 찾기 위해 고향을 떠난 셈인데, 우리 손에 들어오게 됐으니 행운을 타고난 게 틀림없구먼. 내가 이미 말했듯이 자네는 여기서 풍요롭게 살고, 금은보화 위에서 구르게 될 걸세. 게다가 여기서는 안전하게 지내게 될 거야. 이 지하세계는 그렇다네. 성(聖) 에르만다드•의 궁수들이 이 숲에 골백번 온다 해도 여기를 발견하지 못할 걸세. 입구는 나와 내 동지들만 알고 있지. 주변의 주민들도 모르게 어떻게 이런 곳을 만들 수 있었는지 아마도 자네는 궁금할 테지. 하지만, 이보게, 이건 우리가 만든 게 아니라, 이미

• 나쁜 짓을 하는 자들이나 노상강도들을 벌주기 위해 결성된 도시동맹단체.

오래전에 만들어진 것이란 걸 알아 두게. 무어인들이 그라나다와 아라곤, 스페인 거의 전역의 주인이 되자, 그 이교도들의 억압을 감내하고 싶지 않았던 기독교인들이 도망쳐서 이 고장이나 비스카야, 그리고 그 용맹한 펠라기우스• 님이 은거한 아스투리아스 등지로 가서 숨었다네. 그들은 무리 지어 도망치고 흩어져서 산이나 숲에서 살았지. 어떤 이들은 동굴에서 기거했고, 어떤 이들은 지하세계를 여럿 만들었는데, 이것도 그중 하나라네. 그 후 다행히 적들을 스페인에서 쫓아내고는 도시로 돌아갔지. 그들이 은거했던 곳들은 그때부터 우리 같은 직업에 종사하는 사람들의 은신처가 된 것이네. 에르만다드가 이런 은신처들을 발견해 그중 몇몇을 파괴한 것이 사실이지만, 아직 남아 있는 것들이 있네. 다행히 나는 약 15년 전부터 이곳에서 무탈하게 잘살고 있다네. 내 이름은 롤란도 대장일세. 이 집단의 우두머리야. 아까 나와 함께 있던 사람은 내 기마병들 중 하나일세."

• 350~420년에 살았던 브리타니아의 금욕주의적인 수도사로, 418년 가톨릭 교단에서 이단으로 몰렸다. 그 어떤 기독교인도 자기 자신의 힘과 자유의지를 통해 성스러움에 도달할 수 있다고 주장함으로써 신의 은총의 역할을 축소했기 때문이다.

5

다른 도둑들의 도착과 다함께 했던 유쾌한 대화

롤란도 씨가 그런 식으로 말을 마쳤을 때 거실에 새로운 얼굴 여섯이 나타났다. 훔친 물건들을 싣고 돌아온 부관과 부하 다섯 명이었다. 그들은 설탕, 페페로미아,● 무화과, 아몬드, 건포도 등이 가득한 광주리 두 개를 갖고 왔다. 부관은 대장에게 말을 건네면서, 자기가 베나벤테의 어느 식료품상에게서 이 광주리들을 빼앗아 왔고, 그의 노새도 뺏었노라고 말했다. 다 같이 모이는 장소에서 그가 자신의 원정에 관해 보고한 후, 식료품상으로부터 노략질해 온 물건들은 찬방으로 옮겨졌다. 이제 즐거이 노는 일만 남았다. 거실에는 큰 탁자가 설치되었고, 나는 부엌으로 돌려보내졌다. 거기서 레오나르다

● 후추과에 속하며, 남아메리카가 원산지인 약제용 또는 향신료용 식물. 에콰도르 원주민들이 오래전부터 약용 작물로 키워 왔다. 육류나 생선 요리, 수프, 소스 등에 첨가하기도 한다.

부인은 내가 해야 할 일을 가르쳐 주었다. 어쩔 수 없는 일이 생기면 나는 그것에 따랐다. 내가 운이 나빠서 그런 거니까. 그래서 괴로움을 꾹 참으며 그 '점잖은' 사람들을 대접할 준비를 하였다.

나는 상차림부터 시작하여 식탁에 은컵들과 토기 병들을 준비해 놓았는데, 병마다 롤란도 씨가 그토록 자랑하던 맛있는 포도주가 가득했다. 이어서 스튜들을 갖다 놓았는데, 그러자마자 모든 대원들이 식탁에 앉았다. 그들은 아주 맛있게 먹기 시작했고, 나는 그들 뒤에 서서 포도주를 따르기 위해 대기하고 있었다. 나는 그 일을 재깍재깍 너무 잘 해내서 다행히 칭찬받았다. 대장은 나에 관한 얘기를 그들에게 몇 마디로 전했고, 그들은 몹시 재미있어 했다. 그런 다음 대장이 내게 자질이 있다고 말했지만, 나는 이제 칭찬에는 더 이상 취하지 않았기에 별 탈 없이 그 얘기를 듣고 있을 수 있었다. 그러고 나자 그들 모두가 나를 칭찬했다. 그들은 내가 술 따르는 하인을 하기에 딱 좋게 태어난 것 같고, 나의 전임자보다 백 배는 더 낫다고 말했다. 전임자가 죽은 이래 그 지옥의 신들에게 술을 내놓는 영예를 안았던 사람은 레오나르다 부인이었다. 그 영광스런 일을 그녀에게서 박탈하여 내게 부여한 것이다. 그렇게 나, 새로운 가니메데스●는 그 늙은 헤베●● 여신을 계승하게 된 것이다.

스튜에 바로 이어 나온 커다란 접시의 구운 고기를 실컷 먹은 그 도

● 그리스 신화에 등장하는 인물로서, 트로이의 왕자인데 인간들 중에서는 가장 용모가 아름다워서 제우스가 독수리로 변장하여 그를 납치해서 술시중을 들게 했다.

●● 제우스와 헤라의 딸인데, 신들에게 넥타르(감로주)를 따라 주는 일을 했다. 헤라클레스의 아내이기도 하다.

둑들은 그렇게 먹어 댄 만큼 많이 마셔 가면서 흥에 겨워 왁자지껄 떠들어 댔다. 한꺼번에 다 같이 말하고 있었다. 어떤 자는 이야기를 시작하고, 어떤 자는 해학적인 말을 하고, 어떤 자는 소리를 지르고, 어떤 자는 노래를 불렀다. 다른 사람의 말을 듣는 자는 아무도 없었다. 마침내 롤란도는 자기도 쓸데없이 많이 기여한 그 장면에 지친 나머지 아주 크게 소리 질러서 그 자리에 있는 사람들을 모두 입 다물게 했다.

"제군들, 내가 제안해야 할 것이 있으니 들어 보시오." 그는 말했다. "우리가 한꺼번에 말을 하면서 서로 정신 사납게 할 게 아니라, 이성적인 사람들처럼 대화를 나누는 게 낫지 않겠소? 내게 한 가지 생각이 떠올랐소. 우리가 단합한 이래 서로 어느 집안 출신인지, 어떤 연유로 이 직업을 갖게 되었는지 궁금해하지 않았소. 그런데 내 생각에는 그런 것들을 알아볼 만한 것 같소. 기분전환을 위해 서로 털어놓아 봅시다." 부관과 다른 이들은 마치 좋은 얘깃거리가 있기라도 한 양 매우 기뻐하는 티를 내며 대장의 제안을 받아들였다. 대장이 제일 먼저 다음과 같이 말했다. "여러분, 여러분은 내가 마드리드의 부유한 부르주아의 외아들이라는 것을 이제 알게 될 거요. 내가 태어나던 날, 우리 집에서는 말도 못 하게 기뻐하며 경축하였소. 아버지는 이미 연로하셨기에 상속자가 생겨서 굉장히 흡족해하셨고, 어머니는 나를 모유로 키우려 하셨소. 그 당시 외할아버지도 아직 살아 계셨다오. 그분은 더 이상 아무 일에도 끼어들지 않으면서 그저 묵주기도만 드리고, 자신의 무훈담만 얘기하던 선량한 노인이셨소. 군대에 오래 계셨었거든. 어느새 나는 그 세 분의 우상이 되어 있었소. 나는 늘 그들의 품 안에 있었다오. 아주 어릴 적에는 내가 공부로 피로해질까 봐 아주 유치한 장난이나 하며 지내도록 방치해 두었다오. '아이들은 열심히 공부해서는 안 된다. 시간이 흐르면 아이들의 정신은 성숙하게 마련이야.' 아버지는 그렇게 말씀하시곤 했소. 그 성숙을 기다리는 동안 나는 읽기도 쓰기도 배우지 못했지만, 그렇다고 해서 시간 낭비만 한 것은 아니었소. 아버지는 내게 숱한 종류의 놀이를 가르쳐 주셨소. 그래서 나는 카드놀이를 완벽히 알게 되었고, 주사위놀이도 할 줄 알았다오. 할아버지는 자신이 출정하셨던 군사 원정들에 관한 서사시들을 가르쳐 주셨소. 그분은 날마다 같은 노래를 부르셨소. 석 달 동안 10행 내지 12행의 노래 구절을 반복하셔서 내가 그것들을 하나도 틀리지 않고 암송하게 되었소. 그러면 어머니, 아버지는 내 기억력에 탄복하셨소. 나는 아무 말이나 해도 되는 자유를 남용하여 그분들의 말을 가로막으며 아무렇게나 말하기도 했는데, 그래도 여전히 내 재능에 대해 만족스러워하시는 것 같았소. '아! 참 예쁘다!' 아버지는 황홀해하는 눈으로 나를 바라보시며 그렇게 소리치곤 하셨소. 그러면 어머니는 얼른 나를 안고 한없이 어루만져 주셨고, 할아버지는 좋아서 눈물을 흘리셨소. 나는 그분들 앞에서 아주 버릇없는 행동도 했으나 벌을 받지 않았소. 그분들은 내게 뭐든지 다 용서하셨소. 그분들은 나를 너무나 사랑하셨던 거요. 그런데 나는 이미 열두 살이었고, 아직껏 선생님을 둔 적이 한 번도 없었소. 마침내 한 명을 두게 되었는데, 그 가정교사는 채용될 때 완력을 쓰지 말고 가르치라는 지시를 받았소. 가끔씩 내가 약간의 두려움만 느끼도록 위협하는 정도만 허락되었소. 그 정도의 허용은 별로 유용하지 않았소. 왜냐하면 내가 선생님의 위협을 비웃거나, 또는 눈물을 글썽이면서 어머니나 할아버지에게 불평하러 가서 선생님이 나를 학대한다고 말했으니까. 그 불쌍한 선생님이 그분들에게 내 말이 거짓이라고 얘기해 봤자 되레 난폭한 사람으로 여겨질 뿐 아무 소용없었소. 내 가족은 늘 그 사람보다 나를 믿었으니까. 어느 날엔가는 내가 선생님을 할퀴기도 했소. 그러고는 선생님이 나를 상처 입힌 양 소리를 질러 대기 시작했소. 어머니가 달려오셔서 선생님을 당장 내쫓으셨지. 선생님이 항의를 하며 나를 조금도 건드리지 않았다고 하늘을 두고 맹세했는데도 … ."

"나는 가정교사들을 죄다 그런 식으로 쫓아 버렸소. 내게 필요한 선생님이 나타날 때까지 말이오. 알칼라에서 온 기사가 바로 그런 선생님이었소. 가정의 아이를 위해서는 훌륭한 선생님이었지. 그는 여인들, 도박, 선술집을 좋아했다오. 그러니 나는 더할 수 없이 좋은 손에 맡겨진 거라오. 그는 우선 나의 정신을 서서히 지배하는 일에 전념했다오. 그리고 그 일에 성공했지. 이를 통해 내 부모님의 마음도 샀고, 그래서 부모님은 그가 이끄는 대로 나를 내버려 두었소. 그분들은 후회할 이유가 없었던 것이오. 가정교사는 일찌감치 나를 처세술에 능통하게 만들었소. 그는 자기가 좋아하는 곳마다 나를 데리고 다녔고, 하도 그러다 보니 나도 그런 취향에 너무 젖어 버려서 라틴어만 빼고 다방면에 박식해졌다오. 이제 나한테 그의 가르침이 더 이상 필요 없게 되자, 그는 그 가르침을 다른 데 가서 제공하려고 떠나 버렸소."

"내가 어린 시절에는 집에서 매우 자유롭게 살았던 반면, 이제 내 행동의 주인이 되기 시작했을 때는 사정이 달라졌소. 나는 아버지와 어머니를 항상 조롱하였는데, 그분들은 나의 돌발적인 언행에 대해 그저 웃으시기만 할 뿐이었소. 그 돌발적인 언행이 격렬할수록 그분들은 더 유쾌하다고 여겼소. 그런데 나는 나와 기질이 비슷한 젊은이들과 온갖 방탕을 저지르곤 했소. 그토록 감미로운 생활을 계속할 만큼 충분한 돈을 부모들에게서 받지 못했기에 우리는 각자 자기 집에서 집어올 수 있는 것들을 슬쩍해 왔으나 그래도 여전히 충분치 않아서 밤이면 도둑질을 하기 시작했소. 그러다가 불행히 시장이 우리에 관해 알게 되었소. 그는 우리를 체포하려 했지만, 그 못된 계획을 누군가 우리에게 미리 알려 주었소. 우리는 도망치는 쪽을 택했고, 노상강도 짓을 하기 시작했소. 그 이후로 이 직업에 결부된 그 모든 위험에도 불구하고 이 일을 하며 늙어 가도록 신이 내게 은총을 베풀었소."

대장은 이 지점에서 말을 멈추었다. 그리고 부관이 말하기 시작했다. "여러분, 롤란도 나리가 받은 교육과는 정반대의 교육이 같은 결과를 빚어내기도 했습니다. 내 아버지는 톨레도에서 정육점 주인이었어요. 아버지는 그 도시에서 가장 난폭한 사람으로 통했는데, 당연한 일이었죠. 어머니라고 더 부드러운 성품도 아니었어요. 내가 어릴 적 그들은 서로 겨루기라도 하듯이 내게 매질을 해댔지요. 나는 날마다 무진장 맞았습니다. 내가 조금이라도 잘못을 하면 아주 호된 벌이 잇따랐지요. 내가 눈물이 그렁그렁한 채 용서를 구하며 내가 한 일에 대해 뉘우친다고 아무리 하소연해도 소용없었고, 나를 결코 용서하지 않았습니다. 그리고 이유도 없이 때리는 일이 다반사였죠. 아버지가 나를 때릴 때면 어머니는 나를 위해 중재를 하기는커녕 마치 아버지가 제대로 패주지 않기라도 하는 양 한몫 거들었죠. 이런 양육이 나로 하여금 가정을 너무 혐오하게 만들어 열네 살이 채 되기도 전에 집에서 나왔습니다. 나는 아라곤으로 향하는 길에 들어서서 동냥을 하며 사라고사로 갔습니다. 거기서 꽤 행복한 생활을 하고 있던 거지들과 사귀었어요. 그들이 내게 시각장애인 흉내 내는 법, 불구자인 척하는 법, 가짜로 다리가 곪아 보이게 하는 법 등을 가르쳐 주었어요. 아침이면 연극 공연을 준비하는 배우들처럼 각자 맡은 인물을 연기할 채비를 했지요. 그러고는 각자 자신의 위치로 달려갔어요. 저녁이면 다시 모여서 낮 동안 우리에게 동정을 베풀어 준 이들의 돈으로 밤새 즐기곤 했지요. 하지만 나는 그 비참한 자들과 어울려 지내는 것이 지겨워졌고, 더 번듯한 사람들과 지내고 싶어서 직업적인 사기꾼들과 어울렸어요. 그들은 내게 교묘히 속이는 법을 가르쳐 주었습니다. 하지만 나는 사라고사를 떠나야만 했어요. 우리를 늘 보호해 주던 사법기관 사람과 사이가 틀어졌기 때문이었습니다. 각자 자기 갈 길을 정했죠. 나는 여행자들에게서 돈을 갈취하는 대담한 자들의 무리로 들어갔고, 그들의 생활방식이 아주 맘에 들었기에, 그때 이후로 다른 데를 찾으려 하지도 않았습니다. 여러분, 나는 그래서 나를 그토록 학대했던 부모에게 아주 감사하고 있어요. 그들이 나를 조금이라도 더 부드럽게 키웠더라면, 지금쯤 아마도 그저 불행한 푸주한이었을 테니까요. 나리의 부관이 되는 영예를 누리지 못하고 말입니다."

그러자 대장과 부관 사이에 앉아 있던 젊은 도둑이 말했다. "여러분, 우리가 방금 들은 이야기들은 제 이야기에 비하면 일화가 풍부하지도 신기하지도 않습니다. 저는 세비야의 변두리에 사는 농촌 여인에게서 태어났습니다. 제가 태어난 지 3주가 되었을 때 누군가 어머니에게 젖먹이 유모 자리를 제안했어요(어머니는 아직 젊고 청결하고 젖도 잘 나왔지요). 맡겨진 아이는 세비야에서 태어난 귀족으로 외아들이었습니다. 제 어머니는 그 제안을 기꺼이 받아들였어요. 어머니가 그 아이를 데리러 갔고, 거기서 그 귀족 아이를 어머니에게 맡겼어요. 그런데 어머니는 그 아이를 자기 마을로 데려오자마자 그 아이와 제가 어딘가 서로 비슷하다고 생각하여 저를 그 귀족 아이로 통하게 만들 생각을 하게 되었습니다. 언젠가 제가 그 도움에 대해 고마워하리라는 기대를 하며 그랬던 겁니다. 다른 농민들보다 더 양심적이지도 않았던 제 아버지는 그 속임수에 찬성했어요. 그래서 배내옷을 바꿔 입힌 다음 돈 로드리게스 데 에레라의 아들에게 제 이름을 붙여서 다른 유모에게 보냈고, 제 어머니는 저의 유모가 된 것입니다."

"본능과 혈통의 힘에 관해 사람들이 무슨 말을 하건 간에, 그 귀족 아이의 부모는 쉽게 속아 넘어갔어요. 그들은 우리가 그들에게 한 못된 짓을 전혀 눈치채지 못했습니다. 그래서 저는 일곱 살 때까지 늘 그들의 품 안에 있었습니다. 그들은 저를 완벽한 기사로 만들 생각이었으므로 제게 온갖 분야의 스승들을 붙여 주었습니다. 하지만 저는 그들이 가르쳐 주는 훈련들에 소질이 없었고, 그들이 가르쳐 주려 하는 학문에는 더더욱 취향이 없었습니다. 저는 하인들과 노는 것이 더 좋아서 부엌이나 마구간으로 그들을 늘 찾아다녔습니다. 하지만 놀이에 대한 열정에 오래 빠져 있지는 않았습니다. 열일곱 살도 되기 전에 매일 술에 취했습니다. 집안의 모든 여자들을 유혹하기도 했지요.

그러다가 저의 첫 정성을 쏟을 만한 자격이 있어 보이는 부엌 하인에게 집중적으로 애착을 가졌습니다. 그녀는 볼이 통통하고 뚱뚱한 여자였는데, 쾌활함과 통통함이 아주 맘에 들었지요. 저는 너무 조심성 없이 그녀와 육체관계를 하는 바람에 돈 로드리게스마저 그 일을 알아 버렸습니다. 그는 그 일에 대해 저를 호되게 야단치고, 저속한 제 성향을 질책하였습니다. 그리고 아무리 야단쳐 봤자 제 사랑의 대상이 그 집에 있으면 아무 소용없을까 봐 염려되어 '저의 공주님'을 내쫓아 버렸습니다."

"일을 그렇게 처리한 것이 저는 불쾌했어요. 그래서 복수하기로 마음먹었습니다. 저는 돈 로드리게스의 아내의 보석들을 훔친 뒤 세탁부 친구 집에 가 있는 저의 아름다운 엘레나를 만나러 달려가서 한낮에 그녀를 납치했습니다. 그 사실을 아무도 모르지 않도록 말입니다. 게다가 한술 더 떠서, 그녀를 그녀의 고향으로 데려가서 거기서 성대하게 결혼식을 하였습니다. 에레라 가문이 말할 수 없이 원통해하기를 바라서 그런 것이기도 했고, 따라야 할 좋은 사례를 그 집안 아이들에게 남겨 주기 위해서이기도 했지요. 그 결혼이 있은 지 석 달 후 저는 돈 로드리게스가 죽었다는 사실을 알게 되었습니다. 그 소식에 무신경하지 않았어요. 신속하게 세비야로 가서 그의 재산을 요구했지요. 거기서 저는 사태가 변한 것을 알게 됐어요. 제 어머니가 더 이상 이 세상 사람이 아니었고, 돌아가시면서 경솔하게도 자기 마을의 사제와 다른 선량한 증인들 앞에서 모든 사실을 고백해 버렸던 겁니다. 돈 로드리게스의 아들이 이미 제 자리, 아니 그 자신의 자리를 차지하고 있었고, 가족들이 매우 기뻐하는 가운데 친아들로 막 인정받은 터였어요. 반면, 저에 대해서는 가족들이 그만큼 불만스러워했지요. 그래서 그 점에서는 더 이상 기대할 것도 없고, 제 뚱뚱한 아내에 대해서도 더 이상 호감이 없어서, 저는 행운을 찾아 떠돌아다니는 사람들에 합류해 그들과 무리 지어 다니기 시작했답니다."

그 젊은 도둑이 이야기를 마치자, 다른 도둑이 자기는 부르고스의 상인 아들이었다고 말했다. 그는 젊었을 적에 분별없이 신앙심에 이끌려 아주 준엄한 수도회에 들어가 수도복을 입고 서원을 했다가 몇 년 후 신앙을 버렸다고 말했다. 마지막으로 여덟 명의 도둑들이 돌아가며 얘기했고, 그 이야기들을 다 듣고 나자, 나는 그들이 함께 어울리게 된 것이 놀랍지 않았다. 이어서 그들은 대화 내용을 바꾸었다. 그들은 다음번 원정에 대한 다양한 계획들을 내놓았고, 해결 방안을 만든 후 식탁에서 일어나 잠자리에 들러 갔다. 그들은 촛불을 켜고 각자 자기 방으로 물러났다. 나는 롤란도 대장을 따라 그의 방으로 가서 그가 옷 벗는 일을 도와주었는데, 그러는 동안 그가 말했다. "자, 질 블라스! 우리가 어떤 방식으로 살고 있는지 알겠지. 우리는 늘 기쁨 속에서 지낸단다. 증오도 시기심도 우리한테 스며들지 않아. 우리 사이에는 분란이 조금도 없단다. 우리는 수도사들보다도 더 단결돼 있어." 그러더니 말을 이었다. "얘야, 너는 여기서 아주 쾌적한 삶을 이끌어 가게 될 거다. 나는 네가 도둑들과 함께 있는 것을 괴로워할 만큼 멍청하지는 않다고 생각하거든. 얘야! 우리와 다른 사람들이 세상에 있기나 하니? 아니란다, 친구야, 모든 인간이 남의 재산을 자기 것으로 만들기 좋아하지. 그건 보편적인 감정이야. 오로지 방법만 다를 뿐이지. 예를 들어 정복자들이 이웃 나라들을 탈취한다든가, 귀족들이 돈을 빌려 놓고는 갚지도 않고…. 금융인들, 회계담당자들, 주식중개인들, 사무원들, 도매상이건 소매상이건 모든 상인들 등이라고 해서 그리 양심적인 것도 아냐. 법조계 사람들에 관해서는 말하지 않겠다. 그들이 뭘 할 줄 아는지 우리가 모르는 바가 아니니까. 그렇다고 해서 그들이 우리보다 더 인간적인 것은 아니라는 점을 인정해야 해. 우리가 흔히 죄 없는 사람들의 생명을 빼앗는다면, 그들은 죄 있는 사람들을 살리는 경우가 가끔씩 있거든."

6

질 블라스가 도망치기 위해 한 시도와 그 성공

도둑들의 대장 롤란도는 그렇게 자신의 직업을 예찬하고 나서 잠자리에 들었다. 나는 거실로 돌아가서 식탁을 치우고 모든 것을 정돈해 놓았다. 그러고 나서 부엌으로 갔더니 도밍고(늙은 노예의 이름)와 레오나르다 부인이 나를 기다리며 저녁 식사를 하고 있었다. 나는 식욕이 통 없었음에도 그들 곁에 앉았다. 하지만 먹을 수가 없었다. 그렇게 슬퍼할 이유가 없는데도 그리 보이니까, 처지가 비슷한 그 두 인물은 나를 위로하려 들었다. "이보게, 왜 상심해 있는 건가?" 노파가 말했다. "그러기보다는 여기 있게 된 것을 오히려 기뻐해야 할 텐데 말이네. 자네는 젊고, 수완이 있어 보이네. 세상을 돌아다니다가 순식간에 길을 잃어버렸나 보구먼. 온갖 방탕한 짓에 끌어들이는 탕자들을 만났을 테지. 반면, 여기서는 자네의 순진함이 탈 없이 간직될 수 있다네." 그러자 이번에는 흑인 노인이 심각하게 말했다. "레오나르다 부인 말이 옳아. 거기에 덧붙이자면, 바깥세상에선 오로지 고

생뿐이라네. 이보게, 자네가 인생에서 겪는 위험들, 곤경이나 고난들로부터 느닷없이 해방된 것에 대해 하늘에 감사하게."

나는 그 애기를 조용히 듣고 있었다. 화를 내봤자 아무 소용없었기 때문이다. 마침내 도밍고가 잘 먹고 마신 후 마구간으로 물러갔다. 그러자 레오나르다는 즉각 램프를 들더니 나를 어느 지하실로 데려갔다. 그곳은 도둑들이 자연사(自然死)를 맞는 '도둑들의 묘지'로 쓰던 곳이어서, 거기에 있는 초라한 침대는 침대라기보다는 무덤 같아 보였다. "자, 여기가 자네 방이네." 그녀가 말했다. "자네 이전에 운 좋게 여기 있던 그 사내아이는 우리와 함께 사는 동안 거기서 잠을 잤고, 죽은 후에도 거기서 쉬고 있네. 그는 한창 젊을 때 죽어 버렸어. 그 아이처럼 되지 않으려면 그렇게 우둔해서는 안 되네." 그녀는 이 말을 마치고서 램프를 내게 주고 부엌으로 돌아갔다. 나는 램프를 바닥에 내려놓고 그 초라한 침대에 몸을 던졌다. 휴식을 취하기 위해서라기보다는 골똘히 생각하기 위해서였다. '맙소사! 나만큼 참혹한 운명이 있을까?' 그런 생각이 들었다. '그들은 내가 해를 보는 것을 포기하기를 바라고 있다. 열여덟 살에 완전히 살아 있는 채로 매장되는 것으로도 충분치 않은 듯, 나는 도둑들을 섬겨야 하고, 낮에는 강도들과 지내고 밤에는 죽은 자들과 보내야만 하다니!' 너무 치욕적인 것 같았고, 실제로도 그랬던 그 생각들 때문에 나는 비통하게 울었다. 나를 살라망카로 보내려던 외삼촌의 욕심을 백 번은 저주했다. 그리고 카카벨로스시(市)의 사법기관을 두려워했던 일을 뉘우쳤다. 이렇게 될 줄 알았다면 차라리 고문당하는 것도 감수했을 텐데. 하지만 헛된 한탄으로 스스로를 소모시키고 있다는 생각이 들어서 도망칠 방도를 꿈꾸기 시작했다. 그러고는 생각했다. '여기서 빠져나가는 것이 불가능할까? 도둑들은 자고 있다. 요리사와 흑인 또한 곧 그럴 것이다. 그들이 모두 잠들어 있는 동안 이 램프를 가지고 내가 이 지옥으로 내려온 길을 찾을 수는 없을까? 내가 입구에 있는 뚜껑 문을 들어 올릴 수 있을 만큼 강하다고는 생각되지 않는 것이 사실이다. 하지만 자, 보자. 나는 나중에 후회가 전혀 없기를 바란다. 내 절망이 힘을 빌려 줄 테고, 그 힘으로 어쩌면 끝장을 내게 될 거다.'

그러므로 나는 그 큰 계획을 세웠다. 그리고 레오나르다와 도밍고가 쉬고 있을 거라고 판단될 때 일어났다. 램프를 들고 천국의 모든 성인들에게 가호를 빌며 그 지하실에서 나왔다. 새로운 미로의 굽이굽이들을 분간하는 일이 힘들지 않은 것은 아니었다. 하지만 마구간 문에 도달하여 마침내 내가 찾던 통로를 식별했다. 나는 그쪽으로 걸어가서, 너무 기쁜 만큼 경쾌하게 뚜껑 문 쪽으로 전진했다. 그런데, 저런! 애석하게도 그 통로 한가운데에 저주스런 쇠창살이 굳게 닫혀 있었고, 그 창살들은 너무 촘촘해서 기껏해야 손만 통과시킬 수 있을 정도였다. 그 새로운 장애물을 보자 아주 당황스러웠다. 들어올 때는 그 창살문이 열려 있었기에 그런 줄 몰랐던 거다. 그럼에도 나는 창살들을 더듬어 보지 않을 수 없었다. 자물쇠도 살펴보았다. 심지어 그 자물쇠를 열어 보려 애썼다. 그러던 터에 갑자기 누군가 내 두 어깨를 쇠심줄 채찍으로 대여섯 번씩이나 치는 것이 느껴졌다. 나는 날카로운 비명을 내질렀고, 그 소리는 지하에 울려 퍼졌다. 얼른 뒤돌아보니 내복 차림의 늙은 흑인이었다. 그는 한 손으로는 희미한 초롱을 들고 있었고, 다른 손으로는 나를 벌하는 도구를 쥐고 있었다. 그러고는 말했다. "아! 아! 풋내기 건달아, 도망치려 하는구나! 오! 나를 속일 수 있을 거라고 생각하지는 마라. 자네가 움직이는 소리를 내가 잘 들었으니까. 창살문이 열려 있을 거라고 생각했나 보지? 이보게, 이제부터는 그 문이 늘 잠겨 있을 거라는 점을 알아 두게. 우리가 누군가를 여기 잡아 두고 있을 때는, 우리를 벗어나려면 자네보다는 훨씬 더 영리해야 한다네."

그런데 내가 내지른 외침 소리에 두세 명의 도둑이 잠에서 깨어나 벌떡 일어났다. 에르만다드 사람들이 자기네에게 덤벼드는 것일지 몰라서 벌떡 일어나 동료들을 불러 댔다. 그래서 잠시 후 그들은 모두 일어나 있었다. 검과 소총을 들고 거의 알몸으로 나와 도밍고가 있는 장소까지 왔다. 하지만 왜 소리가 났는지 알게 되자 그들의 불안은 폭소로 바뀌었다. "아니, 질 블라스, 네가 우리하고 있은 지 여섯 시간도 안 되었는데 어떻게 벌써 떠나고 싶은 거니?" 환속한 도둑이 내게 말했다. "너는 은둔해서 사는 것을 아주 싫어하나 보구나. 아니, 네가 샤르트뢰즈 수도회의 수도사였다면 어쩔 뻔했니? 가서 자려무나. 도밍고가 너를 때려 줬으니 이번만큼은 그걸로 됐지만, 혹시라도 또 도망치려 한다면 우리가 바르톨로메오 성인●의 이름으로 너를 산 채로 껍질을 벗길 테다." 그는 이 말을 하고서 물러갔다. 다른 도둑들도 자기네 방으로 돌아갔다. 늙은 흑인은 자신의 신속한 조처에 매우 만

● 바르톨로메오 성인은 푸주한, 구두수선공, 세탁부의 수호성인으로 8월 24일이 영명축일이다. "성 바르톨로메오 축일이다. 빚진 자는 갚아라"라는 속담이 있으며, 1572년 8월 24일에는 프랑스의 프로테스탄트들이 대거 학살당했다(생-바르텔레미 학살사건).

족해하며 마구간으로 돌아갔고, 나는 내 묘지로 다시 가서 남은 밤을 한숨과 눈물로 지새웠다.

7

별 뾰족한 수가 없던 질 블라스가 한 일

처음 며칠은 나를 괴롭히는 슬픔을 이겨 내지 못할 거라고 생각했다. 그래서 죽어 가듯 생기 없는 삶을 이어 갈 뿐이었다. 하지만 이윽고 본심을 숨겨야 한다는 생각을 나의 수호천사가 불어넣어 주었다. 그래서 나는 덜 슬픈 척 가장했다. 그러고 싶은 마음이 전혀 없는데도 웃기 시작하고, 노래도 했다. 한마디로 자제를 너무 잘하여 레오나르다와 도밍고는 속아 넘어갔다. 그들은 새가 마침내 새장에 익숙해진 거라고 생각했다. 도둑들도 그렇게 믿었다. 나는 그들에게 마실 것을 따라 줄 때 유쾌한 척했고, 그들이 대화할 때 농담을 덧붙일 기회가 생기면 끼어들곤 했다. 그런 무람없는 태도에 그들은 불쾌해하기는커녕 즐거워했다. 내가 익살꾼 노릇을 하던 어느 날 저녁 대장이 내게 말했다. "질 블라스, 우울함을 날려 버리다니 아주 잘했다, 친구야. 나는 네 기질과 똑똑함에 반했다. 사람을 처음부터 잘 알 수는 없지. 네가 그렇게 재기발랄하고 명랑할 거라고는 생각 못 했다."

다른 사람들도 나를 숱하게 칭찬했다. 그들이 나에 대해 만족한 듯 보여서 나는 그 좋은 분위기를 이용하여 그들에게 말했다. "여러분에게 제 감정을 드러내도 되겠지요? 여기 있게 된 이후로 제가 전과는 아주 달라진 것을 저 스스로 느낍니다. 제가 받은 교육에서 비롯된 편견들을 여러분이 없애 주셨어요. 저는 어느새 여러분처럼 생각하게 되었고, 여러분의 직업도 좋아하게 되었어요. 여러분의 동료가 되는 영광을 얻어서 그 원정의 위험들을 함께 나누고 싶어 죽을 지경입니다." 그러자 이 얘기에 모두가 박수를 보냈다. 그들은 나의 열의를 칭찬했다. 그러고 나서 내게 그럴 자격이 있는지 시험하기 위해 얼마간 더 그들의 시중을 들게 한 다음 원정을 나가게 하자고 만장일치로 결정했다. 그러고 난 후 내가 원하던 영예로운 자리를 허락할 것이라고 했다.

그러므로 나는 계속 참고 술 따르는 일을 해야만 했다. 그래서 자존심이 몹시 상했다. 왜냐하면 오로지 다른 이들처럼 자유로이 나가기 위해 도둑이 되기를 갈구했고, 그들과 장을 보러 다니다가 언젠가 그들에게서 빠져나갈 것을 기대하고 있었기 때문이다. 오로지 그 희망만이 내 삶을 버티게 해주었다. 그럼에도 그 기다림이 너무 길어 보여서 도밍고의 감시를 또 속여 보려 시도하지 않고는 못 배길 것 같았다. 그런데 방법이 없었다. 그가 너무 조심했기 때문이다. 나는 그럴 수만 있다면 백 명의 오르페우스에게 그 케르베로스•를 매혹시켜 보

• 그리스 신화에 등장하는 상상의 동물로서, 지옥의 문을 지키는 머리가 세 개 달린 파수견이다.

라고 했을 것이다. 그러나 의심받게 될까 봐 두려워서 그를 속이기 위해 할 수 있었을 것들을 전혀 하지 않은 것도 사실이다. 그가 나를 지켜보고 있었기에 나는 본심을 드러내지 않으려고 매우 신중하게 처신해야 했다. 그러므로 나는 도둑들이 나를 자기네 패거리에 받아들이기로 정해 놓은 때를 학수고대하고 있었다. 마치 징세 청부인 무리에 들어가기로 돼 있는 것처럼 초조히 기다리고 있었다.

다행히 6개월 후 드디어 그때가 왔다. 롤란도가 부하들에게 말했다. "제군들, 우리가 질 블라스에게 했던 약속을 지켜야 하오. 나는 이 아이에 대해 나쁘게 생각하지 않소. 이제 우리가 이 아이에게 뭔가 맡겨야 할 거라고 생각하오. 내일 대목을 잡으러 갈 때 데려가자는 것이 내 의견이오. 이 아이가 그런 영예에 도달하도록 우리가 신경 써줍시다." 도둑들은 모두 대장과 같은 의견이었고, 이미 나를 자기네 동지처럼 여겼다. 그 순간부터 나는 그들에게 시중드는 일에서 면제되었다. 레오나르다에게서 박탈하여 나에게 맡겨졌던 그 일은 부인에게 다시 돌아가게 되었다. 그들은 내가 입던 아주 낡아 빠진 간소한 프록코트를 벗게 하고, 그들이 새로 훔친 어느 귀족의 의복을 차려 입혔다. 그렇게 첫 원정을 나갈 채비가 되었다.

8

도둑들과 함께 간 질 블라스가 노상강도짓에서 세운 공적

내가 그 도둑들의 지하 소굴로부터 나온 것은 9월 어느 날 밤 끝자락이었다. 나는 그들처럼 소총 한 자루와 권총 두 자루, 검 하나와 총검 하나 등으로 무장하고 꽤 좋은 말에 올라탔다. 내가 입은 옷의 주인이던 귀족으로부터 빼앗은 말이었다. 나는 어둠 속에서 너무 오래 살았기에 해가 뜨자 눈이 부실 수밖에 없었지만, 서서히 내 눈은 햇빛을 견뎌 내는 데 익숙해져 갔다.

우리는 폰페라다 근처를 지나갔고, 레온의 대로 가장자리에 뻗어 있는 작은 숲으로 가서 매복했다. 거기서 한밑천 잡게 될 행운을 기다리고 있다가 성 도미니코 수도회 수도사 하나를 보게 되었다. 그 수도사는 도미니코 수도회 신부들의 평소 모습과는 달리 형편없는 노새를 타고 있었다. "잘됐군." 대장이 웃으며 소리쳤다. "질 블라스의 걸작이 될 거야. 저 수도사를 약탈하라고 그 아이를 보내야 해. 어떻게 해내는지 보자." 도둑들은 모두 그 일이 실제로 나한테 적당하다고 판단했다. 그래서 내게 잘해 보라고 격려했다. 그래서 나는 말했다. "여러분, 여러분은 만족하시게 될 겁니다. 제가 저 신부를 홀딱 벗기고 그의 노새를 이리로 가져오겠습니다." 그러자 롤란도가 말했다. "아니, 아냐. 그 노새는 데려올 필요 없어. 그저 저 신부님의 돈주머니만 가져와. 너한테 요구하는 것은 그게 전부다." 그 말에 나는 숲에서 나와 내가 하려는 행동을 하늘이 용서해 주기를 빌며 그 수도사 쪽으로 전진했다. 내가 그 순간부터 도망치려 할 수도 있었을 테지만 도둑들 대부분이 나보다 훨씬 더 좋은 말을 타고 있었기에 내가 내뺀다면 나를 쫓아와서 금세 붙잡거나 어쩌면 그들이 가진 소총으로 쏘아 댔을 것이다. 그러면 나는 몹시 곤혹스러워졌을 것이다. 그래서 그토록 까다로운 일을 차마 감행할 엄두가 나지 않았다. 나는 수도사에게 가서 권총 끝을 겨누며 돈주머니를 내놓으라고 말했다. 수도사는 우뚝 서서 나를 찬찬히 바라보더니 크게 겁먹은 것 같지는 않은 듯 내게 말했다. "이보게, 자네는 아주 젊구먼. 그런데 몹쓸 짓을 일찍이도 하고 있네그려." 그래서 내가 대답했다. "신부님, 아주 몹쓸 짓이긴 한데, 그래도 저는 이 일을 더 일찍 시작했으면 좋았을 거라고 생각합니다." 그러자 그 선량한 수도사가 반박했다. 내 말의 진짜 의미를 이해하지 못했으니까. "아, 형제여! 그게 무슨 소리인가요? 완전히 눈이 멀었군요! 그게 얼마나 불행한 상태인지 당신에게 알려 주고 싶은데…." 그래서 내가 얼른 말을 막았다. "오, 신부님, 훈계는 그만두세요. 제가 설교나 듣자고 대로에 나와 있는 게 아닙니다. 저는 돈을 원해요." "돈?" 수도사는 놀란 기색으로 물었다. "스페인에서 나 같은 신분의 사람들이 여행할 때 돈이 필요할 거라고 생각한다면, 당신은 스페인 사람들의 자선에 대해 한참 잘못 판단하고 있는 거요. 착각하지 마시란 말이오. 어딜 가든지 사람들이 우리를 기분 좋게 맞아 준다오. 재워 주고 먹을 것도 주면서 우리에게 바라는 거라고는 그저 기도뿐이라오. 그러므로 우리는 길을 나설 때 돈을 전혀 지니지 않소. 신에게 자신을 맡기는 것이라오." 이 말에 내가 덧붙였다. "하지만, 신부님, 얼른 끝내십시다. 이 숲에 있는 제 동료들이 참지 못하고 안달이 나 있으니. 신부님의 돈주머니를 당장 바닥에 던지세요. 그러지 않으면 제가 신부님을 죽이게 될 겁니다."

내가 위협적인 태도로 던진 이 말에 수도사는 목숨을 잃게 될까 봐 두려워하는 듯했다. 그리고 말했다. "기다리시오, 당신을 만족시켜 주겠소. 꼭 그래야만 할 테니까. 당신 같은 사람들에게 수사학적 문채(文彩)들은 소용없다는 것을 잘 알겠소." 수도사는 이 말을 하면서 수도복 안쪽에서 두툼한 가죽 주머니를 꺼내어 땅바닥에 던졌다. 그래서 나는 그에게 가던 길을 계속 가도 좋다고 말했고, 그 말을 반복할 필요도 없었다. 그가 노새의 옆구리를 찼고, 노새는 내가 생각했던 것과 달리 갑자기 꽤 빠른 속도로 달렸으니까. 그 노새가 내 외삼촌의 노새보다 더 나을 거라고는 생각 안 했는데 말이다. 수도사가 멀어져 가는 동안 나는 말에서 내렸다. 꽤 무거워 보이는 주머니를 주워 들고 내 말에 다시 올라타고는 신속히 숲속으로 돌아갔다. 거기서 도둑들은 내 쾌거를 축하해 주려고 성마르게 기다리고 있었다. 내가 말에서 내리자 그들은 내게 달려들어 얼싸안았다. "기운을 내게, 질 블라스. 자네는 방금 대단한 일을 한 걸세." 롤란도가 내게 말했다. "자네가 일 처리를 하는 동안 나는 자네한테서 눈을 떼지 않았네. 자네의 침착함을 지켜봤어. 예상컨대, 자네는 훌륭한 노상강도가 될 걸세." 부관과 다른 도둑들이 그의 예견에 손뼉을 쳤고, 언젠가 반드시 그렇게 될 거라고 장담했다. 나는 그들이 나를 그렇게 높이 평가해 준 것에 대해 감사했으며, 그렇게 되도록 최선의 노력을 다하겠다고 약속했다.

그들은 나를 과분하게 칭찬하고 나서 내가 약탈해 온 것을 점검해 보고 싶어 했다. "보자, 그 수도사의 주머니에 뭐가 들어 있는지 … ." 그들이 말했다. "풍성하게 들어 있을 거야." 그들 중 하나가 말을 이었다. "왜냐하면 그런 버젓한 신부들은 순례자로서 여행하는 게 아니거든." 대장이 주머니의 끈을 풀어서 열더니 거기서 두세 줌의 작은 청동 목걸이들을 꺼냈다. 어린 양이 새겨진 목걸이들이었고, 어깨띠들이 뒤섞여 있었다. 훔친 물건이 그 도둑들로서는 너무 새로운 것들이라서 다들 미친 듯이 웃어 댔다. "하느님 만세! 질 블라스에게 아주 감사하구먼." 부관이 소리쳤다. "시험 삼아 한 것치고는 우리 모두에게 매우 은혜로운 도둑질을 했어." 이 농담에 다른 농담들이 이어졌다. 그 악당들은, 특히 환속했던 악당은 그 주제로 더더욱 신이 났다. 그들의 방탕한 품행을 드러내 주는 독설들이 그들의 입에서 무수히 새어 나왔다. 웃지 않은 사람은 나 혼자뿐이었다. 사실 그들이 그렇게 나를 조롱하며 즐거워하니 웃고 싶은 마음이 없었다. 각자 자기 나름의 독설을 내게 쏘아 댔고, 대장은 이렇게 말했다. "질 블라스, 내가 친구로서 충고하는데, 이제 수도사들에게는 기대를 걸지 말게. 자네가 감당하기에는 너무 영악하고 교활한 자들이라네."

9

그 모험에 이어 일어난 심각한 사건

우리는 그날의 대부분을 숲에 머물러 있었지만, 수도사 대신 값을 치러 줄 만한 여행자는 하나도 보이지 않았다. 마침내 우리는 그 우스꽝스런 일로 무훈을 한정하고 지하로 돌아가기 위해 아직도 그 얘기를 하며 숲에서 나오던 터에 멀리에 노새 네 마리가 끄는 마차가 있는 것을 발견했다. 그 마차는 빠른 속도로 우리 쪽으로 달려왔는데, 잘 무장한 듯 보이는 세 남자가 말을 타고 그 마차를 수행하고 있었다. 롤란도는 이에 관해 논의하려고 자기 부대를 정지시켰다. 결론은 공격하자는 거였다. 롤란도는 자기가 원하는 방식으로 우리를 즉각 정렬시켰고, 우리는 전투대열로 마차를 맞으러 나아갔다. 나는 좀 전 숲에서 받았던 박수갈채에도 불구하고 몹시 떨렸고, 곧이어 온몸에서 식은땀이 흘렀다. 조짐이 영 좋지 않았다. 게다가 웬 행복인지, 대열의 맨 앞에서 대장과 부관 사이에 위치하고 있었다. 전투에 당장 익숙해지라고 나를 거기에 놓은 것이다. 롤란도는 내 안의 본성이 어느 정도까지 괴로워하는지 간파하고는 멸시의 눈길로 나를 힐끗 보더니 불쑥 말했다. "잘 들어, 질 블라스, 네 의무를 생각해라. 경고하건대, 네가 만약 뒤로 물러난다면 내가 권총으로 네 머리를 부숴 버릴 거다." 그가 자기 말대로 하리라는 것이 확실해 보였기에 나는 그 경고를 무시할 수가 없었다. 바로 그 때문에 나는 그저 내 영혼을 신에게 부탁할 생각밖에 하지 않았다.

그러는 동안 마차와 기병들이 다가오고 있었다. 그들은 우리가 어떤 부류의 사람들인지 알아챘고, 우리의 태도를 보고 의도를 짐작하여 소총의 사정거리에서 멈춰 섰다. 그들도 우리처럼 소총과 권총을 소지하고 있었다. 그들이 우리를 맞을 채비를 하는 동안 몸매가 훌륭하고 옷도 잘 입은 남자가 마차에서 나왔다. 그는 기병들 중 한 명이 붙잡고 있던 말에 솜씨 좋게 올라탔고, 그 기병이 그 말을 끌고는 다른 이들의 선두에 자리했다. 그가 가진 무기라고는 검과 권총 두 자루뿐이었다. 마부는 자기 자리에 그냥 있을 테니까 그들은 겨우 네 명만으로 아홉 명을 상대해야 함에도 불구하고 대담하게 우리 쪽으로 전진해 왔다. 그들의 대담함이 내 공포를 배가시켰다. 그런데 온 사지가 떨리는데도 불구하고 나는 발포할 준비가 돼 있었다. 하지만 사태를 있는 그대로 말하자면, 나는 눈을 감고 있었고, 소총을 쏠 때는 얼굴을 옆으로 돌렸다. 그렇게 총을 쏘면 양심에는 타격을 받지 않을 것이다.

그 행동에 대해 자세히 말하지는 않겠다. 내가 거기 있긴 했어도 아무것도 보지 못했고, 내 두려움이 상상력을 혼란시켜서 나를 무섭게 했던 그 장면 자체의 끔찍함을 가려 주었으니까. 내가 아는 거라고는 요란한 소리의 총격전이 있고 난 후 내 동료들이 목청껏 외쳐 대는 소리가 들렸다는 것뿐이다. "이겼다! 이겼어!" 내 감각들을 사로잡았던 공포는 그 환호 소리에 해소되었다. 그리고 그 전쟁터에서 목숨을 잃고 뻗어 있는 네 기병을 보았다. 우리 쪽에서는 죽은 자가 단 한 명뿐이었다. 환속했던 바로 그자였다. 이번 기회에 그는 환속에 대한 벌과 수도사 어깨띠에 대해 못되게 농담한 것에 대한 벌을 받았을 뿐이다. 부관은 팔에 상처를 입긴 했으나, 상대의 공격이 피부를 살짝 스치기만 한 것이어서 매우 가벼운 상처였다.

롤란도 대장은 우선 마차 문으로 달려갔다. 그 안에 스물너덧 살쯤 되어 보이는 부인이 있었는데, 가련한 상태였음에도 불구하고 그가 보기에 아주 아름다워 보였다. 전투가 벌어지는 사이에 그녀는 기절했고, 여전히 기절 상태에 있었다. 그는 그녀를 바라보느라 정신없는데, 우리는 그저 노획물만 생각하고 있었다. 죽임을 당한 기병들의 말부터 우선 확보했다. 왜냐하면 말들이 총격 소리에 질겁해서 자신들의 주인을 잃은 후 좀 멀어져 갔기 때문이다. 반면 노새들은 전투 동안 마부가 자리를 떠서 도망쳤음에도 불구하고 흔들리지 않았다. 우리는 노새들을 마차에서 풀어 놓으려고 말에서 내린 다음, 마차 앞과 뒤에 묶여 있는 여러 개의 가방을 노새들에 실었다. 그러고 나서는 대장의 명령에 따라 부인을 가장 좋은 말을 탄 도둑의 손에 맡겨서 그 말에 태웠다. 그녀는 그때까지도 정신이 돌아오지 않았다. 우리는 그대로에 마차와 헐벗겨진 죽은 자들만 남겨 두고, 부인과 노새와 말들을 데리고 지하로 돌아왔다.

10

도둑들이 부인에게 취한 태도
질 블라스가 세운 계획과 그것의 귀결

우리가 지하에 도착했을 때는 밤이 된 지 이미 한 시간이 지난 뒤였다. 우선 짐승들을 마구간으로 데려가서 우리가 직접 시렁에 매어 놓고 돌봐줘야 했다. 흑인 늙은이가 사흘 전부터 누워 있었기 때문이다. 통풍이 몹시 심한 데다가 류머티즘이 사지(四肢)를 온통 꼼짝 못 하게 했기 때문이다. 안절부절못하는 그 상태에 대해 끔찍한 저주를 퍼붓는 데 사용하는 혀 말고는 감각이 온전한 데가 하나도 남아 있지 않았다. 우리는 그 불쌍한 자가 욕설을 하고 신성모독을 하도록 내버려 두고, 부엌으로 가서 우리가 데려온 부인에게 온 정성을 다 쏟았다. 그 일을 너무 잘 해내서 그녀는 결국 정신이 돌아왔다. 하지만 감각을 되찾자, 모르는 자들 여럿의 팔에 놓여 있는 자신을 보고는 불행한 사태를 감지했다. 그래서 부르르 떨었다. 고통에 절망이 더해져서 더할 수 없이 참혹한 심경이 그녀의 눈에 어른거리는 것 같았다. 그녀는 눈을 들어 하늘을 향했다. 치욕을 당할 위기에 놓인 그 처지를 하늘에 항의라도 하려는 듯이 … . 그러고 나서 갑자기 그 끔찍한 심상(心象) 들을 못 버텨서 다시 까무러치고, 눈꺼풀이 다시 감긴다. 도둑들은 죽음이 그 포로를 납치해 가려는 것이라고 생각했다. 그때 대장은 그녀를 다시 깨어나게 하여 괴로움을 느끼게 하기보다는 그녀 자신에게 맡겨 두는 것이 더 적절하다고 판단했다. 그래서 그녀를 레오나르다의 침대로 옮기게 했고, 그녀 혼자 있도록 놔두었다. 무슨 일이 일어나든 운에 맡기며 … .

우리는 거실로 갔고, 과거에 외과의였던 한 도둑이 부관의 팔을 진찰하고 나서 연고로 문질러 주었다. 치료가 끝나자, 그들은 가방들 안에 무엇이 들어 있는지 보려 했다. 어떤 가방들에는 레이스와 내의류가 가득했고, 어떤 가방들에는 옷이 가득했다. 그런데 마지막으로 연 가방에는 금화가 잔뜩 든 부대 자루 몇 개가 들어 있었다. 그 탐욕스런 신사들은 굉장히 기뻐했다. 가방 점검이 끝나고 나자, 요리사가 식탁을 차리고 음식을 내놓았다. 우선 우리는 그날 거둔 큰 성공에 관해 얘기를 나눴다. 롤란도가 내게 말했다. "질 블라스, 네가 굉장히 무서워했다는 것을 자백해라." 나는 그 점에 충심으로 동의한다고 대답했다. 하지만 그런 원정을 두세 번만 더 갔다 오면 협객처럼 싸우게 될 거라고도 말했다. 그러자 모두가 내 편을 들어 줬다. 나를 용서해 줘야 한다고 말했고, 전투가 맹렬했기에 총격전을 한 번도 본 적 없는 젊은이치고는 난국을 그럭저럭 잘 헤쳐 나온 거라고 말해 주었다.

이어서 대화는 우리가 지하로 데려온 노새들과 말들에 관한 것으로 넘어갔다. 그러고는 그 짐승들을 팔기 위해 다음 날 동트기 전에 만시야로 출발하기로 결정되었다. 그곳 사람들은 우리의 노략질에 대해 아마도 아직 듣지 못했을 테니까. 그렇게 결정하고 나서 우리는 저녁 식사를 마쳤다. 그런 다음 납치해 온 부인을 보러 부엌으로 갔다. 그 부인은 여전히 같은 상태에 놓여 있었다. 그런데 그녀가 목숨을 겨우 부지하는 듯 보이는데도 불구하고 몇몇 도둑은 그녀에게 음탕한 눈길을 던지고 짐승 같은 욕망을 드러내 보였다. 그러자 롤란도는 그 부인이 그 어떤 감정도 느끼지 못할 만큼 슬픔에 짓눌려 있는 상태에서 빠져나올 때까지는 최소한 기다려야 한다고 지적했다. 롤란도가 그렇게 저지하지 않았다면, 그들은 그 욕망을 충족시키고야 말았을 것이다. 그들은 대장을 존중하므로 자신들의 음란한 욕구를 억제했다. 그렇지 않았다면 그 무엇으로도 부인을 구제할 수 없었을 것이다. 어쩌면 그녀가 죽는다 해도 정조를 온전히 지키지 못했을지도….

우리는 그 불행한 여인을 그 상태로 그냥 놔두었다. 롤란도는 레오나르다에게 그녀를 돌보라는 말만 했고, 이어서 다들 각자 자기 방으로 물러갔다. 나는 자리에 누워도 잠이 오지 않았다. 그 부인이 당한 불행이 머릿속에서 떠나지 않았다. 내 생각에 귀족 집안 출신이 분명해서 그녀의 신세가 더욱 가엽게 여겨졌다. 그녀가 겪게 될 처참한 일들을 생각하니 부르르 떨지 않을 수 없었다. 그래서 마치 내가 그녀와 혈연이나 우정으로 맺어진 사이라도 되는 양 격렬히 흥분되는 것을 느꼈다. 나는 그녀의 운명을 한탄하고 나서 마침내 그녀의 명예가 처한 위험으로부터 그녀를 지켜 주는 동시에 나 또한 그 지하로부터 빠져나올 방도를 곰곰이 생각해 보았다. 늙은 흑인이 몸을 움직일 수 없다는 사실과, 그가 그렇게 몸이 불편해진 이후로는 요리사가 철창 열쇠를 갖고 있다는 점을 고려해 보았다. 그런 생각이 떠오르자 상상력이 불타올랐고, 어떤 계획이 떠올라 그것을 잘 정리해 보았다. 그러고 나서 그 계획을 다음과 같이 당장 실행에 옮겼다.

나는 복통이 심한 척했다. 우선 탄식을 하고 신음 소리를 냈다. 그런 다음 목소리를 높여 크게 소리쳤다. 도둑들이 잠에서 깨어나 곧이어 내 곁으로 왔다. 그들은 내게 왜 그렇게 소리를 지르느냐고 물었다. 나는 끔찍한 복통이 있다고 대답했고, 그들을 더 잘 설득시키기 위해 이를 갈며 얼굴을 찌푸리고 끔찍스럽게 몸을 뒤틀고, 이상한 몸짓으로 뒤척였다. 그러고 난 후 갑자기 조용히 있었다. 마치 통증이 일종의 휴식을 취하기라도 한 것처럼 … . 잠시 후 나는 그 초라한 침대에서 다시 펄쩍 튀어 오르고 팔을 비틀어 꼬기 시작했다. 한마디로 나는 그 역할을 너무 잘 해내서 도둑들이 제아무리 영악하다 해도 속아 넘어갔다. 내가 극심한 급성 복통을 느끼고 있다고 믿은 것이다. 도둑들 모두 얼른 나를 진정시키려고 애를 썼다. 어떤 자는 브랜디 한 병을 가져와서 절반이나 삼키게 했고, 어떤 자는 내가 싫다는데도 부드러운 아몬드 기름으로 관장을 시키고, 또 어떤 자는 몹시 뜨겁게 덥힌 수건을 내 배에다 대주었다. 제발 그러지 말라고 소리쳐 봤자 소용없었다. 그들은 내 외침을 복통 탓으로 여기고는 전혀 있지도 않은 통증을 제거해 주고 싶어서 그렇게 계속하다가 나를 정말로 아프게 만들어 버리는 바람에 괴로웠다. 마침내 나는 더 이상 버틸 수가 없어서 그들에게 더 이상 복통을 느끼지 않는다고 말할 수밖에 없었고, 제발 살려 달라고 간청했다. 그제서야 그들은 그 치유법들로 나를 피곤하게 하는 일을 멈추었다. 나는 그들이 나를 구한답시고 또다시 달려드는 일을 겪게 될까 두려워 더 이상 탄식하지 않았다.

이 장면은 거의 세 시간 정도 지속되었다. 그러고 나서 도둑들은 동틀 시간이 얼마 안 남았을 거라고 판단하여 만시야로 떠날 준비를 했다. 나는 몹시 따라가고 싶어 하는 것처럼 믿게 만들려고 일어나려 했다. 하지만 그들이 나를 말렸다. "아냐, 안 돼, 질 블라스." 롤란도 씨가 말했다. "여기 그냥 있어, 아들아. 네 복통이 다시 도질 수도 있어. 너는 다음번에 함께 가자. 오늘은 우리를 따라갈 상태가 아냐." 그들이 내 간청을 받아들이게 될까 두려워서 나는 너무 강하게 주장하면 안 되리라 여겼다. 그래서 그들과 함께할 수 없어서 매우 괴로운 척만 했다. 너무 자연스러웠기에 그들은 내 계획에 대해 조금도 의심을 품지 않은 채 지하를 나섰다. 내가 마음속으로 바라던 대로 그들은 출발을 앞당기려 애썼고, 그렇게 떠나고 난 후 나는 혼잣말로 다짐했다. '아, 자! 질 블라스, 이제 결단해야 한다. 네가 그토록 성공적으로 시작한 일을 완수하려면 용기로 무장해야 돼. 도밍고는 네 계획에 반대할 만한 상태가 못 되고, 레오나르다는 네가 실행하는 것을 막지 못해. 도망갈 수 있는 이 기회를 붙잡아. 이보다 더 좋은 기회는 아마 결코 못 찾을 거야." 이런 생각을 하자 자신감이 넘쳤다. 나는 일어나서 내 검과 권총들을 챙기고 우선 부엌으로 갔다. 그런데 부엌으로 들어가기 전에 레오나르다의 말소리가 들려서 무슨 소리인지 들어 보려고 멈춰 섰다. 그녀는 정신을 차린 미지의 부인에게 말하고 있었다. 부인은 자신의 불운을 생각하며 울고 절망했다. "우세요, 아가씨." 레오나르다가 말했다. "눈물을 흘리세요, 한숨도 아끼지 마세요. 그러고 나면 진정될 겁니다. 아가씨는 너무 심한 충격을 받아서 위험한 상태에 있었어요. 하지만 이제 더 이상 두려워할 게 없네요. 눈물을 흘리고 있으니까. 아가씨의 괴로움은 서서히 진정될 겁니다. 여기서 우리의 신사들과 함께 사는 것에 익숙해질 거예요. 점잖은 사람들이니까요. 아가씨는 공주님보다 더 좋은 대접을 받을 거예요. 그들이 아가씨에게 온갖 호의를 다 베풀고, 날마다 애정 표시를 해줄 겁니다. 아가씨와 같은 처지에 놓이기를 바라는 여자들이 얼마나 많은데요."

나는 레오나르다가 더 말할 시간을 주지 않았다. 그리로 들어가서 레오나르다의 목에 총을 갖다 대고 위협적인 태도로 철창의 열쇠를 내놓으라고 압박했다. 그녀는 내 행동에 당황스러워했다. 자기 일에서 산전수전 다 겪었음에도 불구하고 아직까지도 목숨에 꽤 애착을 느껴서 내가 요구하는 것을 차마 거절하지 못했다. 나는 열쇠를 손에 쥐자 상심한 귀족 부인에게 말했다. "부인, 하늘이 부인께 구원자를 보내 주셨습니다. 일어나서 저를 따라오세요. 제가 부인이 원하시는 곳으로 모셔다 드리겠습니다." 그 부인은 내 목소리에 귀 기울였고, 내 말이 그녀의 마음에 깊이 파고들어서 그녀는 남은 힘을 다 동원하여 일어섰다. 그리고 내 발 아래 몸을 던지며 자신의 명예를 지켜 달라고 애원했다. 나는 그녀를 일으키고서 나를 믿어도 된다고 안심시켰다. 그러고 나서 부엌에서 눈여겨봐 둔 밧줄을 챙긴 뒤 부인의 도움을 받아 레오나르다를 큰 탁자의 다리에 묶어 놓으면서 조금이라도 소리 지르면 죽여 버리겠다고 단언했다. 그런 다음 양초를 켜고 미지의 여인과 함께 금화와 은화가 있는 방으로 갔다. 나는 호주머니에 피스톨라 금화와 두카도 금화를 넣을 수 있는 만큼 집어넣었다. 부인에게도 금화를 챙기게 하기 위해 그녀 자신의 재산을 회수하는 것일 뿐이라고 상기시켰다. 우리는 잔뜩 챙기고 마구간 쪽으로 걸어갔다. 거기서는 권총을 장전하고 나 혼자 들어갔다. 늙은 흑인이 통풍과 류머티즘에도 불구하고 내가 평온히 말에 안장을 얹고 굴레를 씌우게 놔두지 않을 테니까. 못되게 굴기로 작정한 나한테 발각되면 나는 그를 질병들로부터 영원히 낫게 해줄 심산이었다. 하지만 다행히 그는 통증에 너무 짓눌려 있었고, 여전히 그런 상태였다. 나는 내 말을 마구간에서 꺼냈지만, 그는 눈치조차 채지 못한 것 같았다. 부인은 문에서 나를 기다리고 있었다. 우리는 재빨리 통로로 가서 지하로부터 빠져나왔다. 그러고는 철창에 도착했다. 우리는 철창을 열고, 마침내 뚜껑 문에 도달했다. 그걸 여는 것이, 아니 해내는 것이 너무 힘겨웠다. 도망치고 싶다는 간절한 마음이 주는 새로운 힘이 필요했다.

우리가 그 구렁텅이 밖으로 나왔을 때 동이 트기 시작했다. 우리는 즉각 어서 멀리 가야 한다고 생각했다. 나는 안장으로 몸을 던지고 부인을 내 뒤에 태우고는 처음 나오는 오솔길로 내달려서 곧이어 숲을 빠져나왔다. 그러자 길이 여러 갈래로 난 벌판에 들어서게 되었다. 우리는 무작정 아무 길이나 택했다. 나는 그 길이 만시야로 통하여 롤란도와 그의 동료들을 만나면 어쩌나 하는 생각에 무서워 죽을 지경이었다. 다행히 쓸데없는 걱정이었다. 우리는 오후 두 시쯤 아스토르가시에 도착했다. 우리를 굉장히 주의 깊게 쳐다보는 사람들이 있다는 것을 나는 알아챘다. 여자가 남자와 함께 말을 타고 있는 것이 그들로서는 새로운 광경이었던 듯…. 우리는 맨 처음 눈에 띈 숙박업소에서 내렸다. 나는 우선 자고새와 새끼토끼의 꼬치 요리를 주문했다. 주문한 요리가 준비되는 동안 나는 부인을 방으로 데려가서 얘기를 나누기 시작했다. 오는 도중에는 얘기를 할 수가 없었다. 너무 빨리 달려 왔기 때문이다. 그녀는 내가 해준 일에 대해 무한한 감사를 표시했고, 그토록 고결한 행동을 하는 것으로 보아 지하의 그 강도들과 내가 한패라는 것이 납득이 되지 않는다고 말했다. 나는 그녀가 나를 좋게 보는 그 생각을 공고히 해주려고 내 이야기를 들려주었다. 그러면서 어떻게 그녀가 그런 불행을 당했는지 나를 믿고 얘기해 달라고 독촉했다. 그녀가 들려준 이야기는 다음 장(章)에서 하겠다.

11

멘시아 데 모스케라 부인의 이야기

나는 바야돌리드에서 태어났고, 이름은 도냐 멘시아 데 모스케라입니다. 내 아버지 돈 마르틴은 군에서 지휘관으로 복무할 때 재산을 거의 몽땅 다 써버리고 나서 포르투갈에서 살해당하셨죠. 아버지가 재산을 너무 조금 남겨 주셔서 나는 비록 외동딸일지라도 신붓감으로는 꽤 나쁜 편이었어요. 그런데 내가 가진 것이 별로 없었음에도 불구하고 애인들이 없지는 않았지요. 스페인에서 손꼽히는 기병 여럿이 내게 청혼했어요. 그중에서 내 관심을 끌었던 사람은 알바로 데 멜로였고요. 정말로 그는 다른 경쟁자들보다 풍채가 더 좋았어요. 하지만 나는 그 점보다는 더 견실한 자질들 때문에 그를 선택하게 되었어요. 그는 똑똑하고 신중하며 용맹하고 성실했어요. 게다가 사교계에서 아주 세련된 남자로 통하기도 했고요. 그는 파티를 벌여야 하는 일이 생기면 그 일에 더할 수 없이 능통했고, 경기에 등장하기라도 하면 자신의 힘과 재주를 다른 사람들이 늘 탄복하게 만들었어요. 그러므로 나는 다른 모든 이들을 제쳐두고 그를 선호했고, 그와 혼인했지요.

우리가 결혼한 지 며칠 안 되었을 때 그가 외딴곳에서 그의 경쟁자 중 하나였던 안드레스 데 바에사를 만났어요. 그들은 서로 자극하더니 급기야 손에 검을 쥐었지요. 그래서 돈 안드레스가 목숨을 잃었어요. 돈 안드레스는 바야돌리드 시장의 조카였는데, 그 시장은 난폭한 사람인 데다가 멜로 집안의 철천지원수였으므로, 돈 알바로는 그 도시를 서둘러 빠져나가야 한다고 생각했어요. 그는 재빨리 집으로 돌아와서 말이 준비되는 동안 내게 방금 일어난 일을 얘기해 주었어요. 그러고는 말했죠. "사랑하는 멘시아, 우리는 헤어져 있어야만 합니다. 당신은 시장이 어떤 사람인지 알고 있어요. 우리, 헛된 기대는 하지 맙시다. 그는 신속히 우리를 쫓아올 겁니다. 그의 영향력이 어떠한지 당신도 모르지 않아요. 나는 이 왕국에서 안전하지 못할 겁니다." 그는 자신의 괴로움과 내가 괴로워하는 모습을 보는 괴로움에 너무 깊이 빠져서 더 이상 말을 하지 못했어요. 나는 그에게 금과 보석 몇 가지를 챙기게 했어요. 그러고 나자 그는 내게 팔을 벌렸고, 우리는 15분가량 한숨과 눈물을 뒤섞을 뿐이었지요. 마침내 말이 준비되었다는 전갈을 받았어요. 그러자 그는 출발하여 내 곁을 떠났고, 나는 뭐라 형용할 길 없는 상태에 여전히 빠져 있었죠. 비탄이 극심했던 그때 나를 죽게 했더라면 차라리 행복했을 텐데! 죽었다면 힘겨움과 비탄은 면했을 텐데! 돈 알바로가 떠나고 몇 시간 후 시장이 그의 도주를 알게 되었어요. 시장은 돈 알바로를 추적하라고 지시했고, 그를 자기 마음대로 처분하기 위해서라면 수단과 방법을 가리지 않았죠. 그렇지만 내 남편은 시장의 추적을 따돌리고 안전한 곳에 피신할 수 있었어요. 시장은 피를 흘리게 만들고 싶었던 자에게서 그저 재산을 빼앗는 것 말고는 달리 복수할 방법이 없었어요. 그래도 그나마 헛된 일은 아니었던 거죠. 돈 알바로가 재산으로 갖고 있던 것은 모두 다 몰수되었으니까요.

그래서 나는 아주 비통한 상황에 놓였지요. 가진 거라고는 겨우 연명하게 해줄 만한 정도였어요. 나는 집안일을 해줄 사람으로는 여자 하인 하나밖에 없는 채로 은둔생활을 시작했어요. 날이면 날마다 한탄하며 지냈는데, 궁핍해서가 아니라 사랑하는 남편의 부재 때문이었어요. 궁핍은 인내심으로 견뎌 냈지만, 남편으로부터 아무 소식도 받지 못해서 힘들었거든요. 우리가 슬퍼하며 헤어질 때 불운하게도 세상의 어디를 가게 되더라도 자신의 처지에 대해 내게 알려 주겠다고 그가 약속했는데 말이죠. 그런데 그의 소식을 듣지 못한 채 7년이 흘러 버렸어요. 남편의 운명이 어떠한지 모르는 그 불확실한 상태 때문에 나는 깊은 슬픔에 빠져 있었죠. 그러다가 마침내 그가 페스 왕국에서 포르투갈 왕을 위해 싸우다가 전투에서 목숨을 잃었다는 소식을 듣게 되었어요. 바로 얼마 전에 아프리카에서 돌아온 한 남자가 그 이야기를 전하며 자기는 돈 알바로 데 멜로를 완벽히 알고 있었다고 확언했어요. 돈 알바로와 함께 포르투갈 군대에서 복무했고, 돈 알바로가 전투에서 죽는 것을 보았노라고 말했어요. 그러고는 다른 정황들도 덧붙여서 내 남편이 이제 더 이상 이 세상 사람이 아니라고 믿게 만드는 데 성공했죠.

그러는 와중에 과르디아의 후작인 돈 암브로시오 메시아 카리요가 바야돌리드에 왔어요. 그는 바람기가 있으면서도 예의 바른 태도로 나이를 잊게 만들고, 아직도 여자들의 환심을 살 줄 아는 그런 귀족 노인들 중 하나였어요. 어느 날 누군가가 우연히 그에게 돈 알바로의 이야기를 들려주고, 나의 용모에 관해서도 얘기해 주었더니, 그는 나를 보고 싶어 했어요. 그는 호기심을 만족시키기 위해 내 친척 중 하나를 매수하여 그 친척의 집으로 나를 유인했어요. 그래서 내가 그 집에 갔더니 그가 있었어요. 그는 나를 보고 마음에 들어 했어요. 내 얼굴에 드러난 괴로움의 흔적에도 불구하고 말이죠. 그런 판국에 내가 무슨 말을 하겠어요? 어쩌면 오로지 내 처량하고 기운 없는 모습에 감동했는지도 모르지요. 그 모습을 보고 나의 절개를 좋게 여겼나 봐요. 어쩌면 나의 멜랑콜리가 그의 사랑을 불러일으켰는지도 모릅니다. 하여간 그는 나를 지조의 극치로 여긴다는 말을 여러 차례 했고, 내 남편이 아무리 가여운 처지에 있다 하더라도 그의 운명이 부럽다고 말하기도 했어요. 한마디로, 그는 내 모습에 강렬한 인상을 받았고, 나를 한 번 더 볼 필요도 없이 나와 결혼하겠다는 결심을 했어요.

그는 나로 하여금 그의 의도를 수락하게 만들려고 내 친척을 중개자로 택했어요. 그 친척이 나를 찾아와서 내게 상기시켰지요. 내 남편은 사람들이 말하는 것처럼 페스 왕국에서 운명을 마쳤으니 내 매력을 더 오래 묵혀 두는 것은 분별없는 짓이며, 겨우 잠깐 결합했던 남자를 위해서는 충분히 애도했으니 이제 새로 나타난 기회를 활용해야 하며, 그렇게 하면 세상에서 가장 행복한 여자가 될 거라는 얘기였어요. 그러고 나서는 그 늙은 후작의 귀족 신분, 많은 재산, 좋은 성격 등을 칭찬했어요. 하지만 그 귀족이 가진 모든 장점들을 번드르르하게 늘어놔 봤자 소용없었어요. 나를 설득시키지 못했으니까요. 돈 알바로의 죽음에 관해 미심쩍어서 그랬던 것도 아니고, 그를 갑자기 다시 보게 될까 봐 두려워서 그랬던 것도 아닙니다. 그런 생각은 별로 안 할 테니까요. 재혼할 마음이 없었고, 아니, 그보다는 첫 번째 결혼에서 겪은 그 온갖 불행 때문에 재혼에 대해 반감을 느끼고 있었던 것이 유일한 장애가 되었고, 그것이 내 친척이 걷어 내야 할 난관이었죠. 그녀는 조금도 물러서지 않았어요. 나를 돈 암브로시오와 혼인시키려는 열정이 오히려 배가되었지요. 그녀는 그 늙은 귀족의 바람을 이루어 주기 위해 내 가족 전체를 끌어들였어요. 내 부모님은 그렇게 유리한 혼처를 받아들이라고 나를 압박하기 시작했어요. 나는 강박, 성가심, 괴로움에 늘 시달렸죠. 나날이 커져만 가던 비참함이 나의 저항을 무너지게 하는 데 적잖이 공헌한 것도 사실입니다.

나는 버텨 낼 수가 없었어요. 마침내 그들의 짓누르는 간청에 굴복해서 과르디아 후작과 결혼했어요. 후작은 결혼 바로 다음 날 그라할과 로디야스 사이의 부르고스 옆에 있는 자신의 아주 아름다운 성으로 나를 데려갔어요. 그는 나에 대해 격렬한 사랑을 품고 있었죠. 나는 그가 내 맘에 들려고 애쓴다는 것을 그의 모든 행동에서 간파했어요. 그는 나의 아주 사소한 욕구까지 챙겨 주려 노력했지요. 아내를 그토록 존중해 준 남편은 없을 것이며, 애인에게 그토록 배려를 보인 남자도 없을 겁니다. 돈 알바로 이후에 만약 내가 누군가를 사랑할 수 있는 상태였다면, 나이 차이에도 불구하고 돈 암브로시오를 열정적으로 사랑했을 겁니다. 하지만 지조 있는 마음은 열정을 한 번밖에 가질 수가 없어요. 두 번째 남편이 내 마음에 들기 위해 들였던 그 모든 정성을 첫 번째 남편의 추억이 쓸데없는 것으로 만들어 버렸어요. 그러므로 나는 돈 암브로시오의 애정을 오로지 순수한 감사의 마음으로밖에 보상해 줄 수가 없었어요.

그런 마음 상태로 있던 어느 날 내 처소의 창문에 기대어 바람을 쐬고 있는데 농부 같은 누군가가 나를 주의 깊게 바라보고 있는 모습이 눈에 띄었어요. 처음에는 정원사 청년일 거라고 생각했어요. 그래서 별로 주의를 기울이지 않았어요. 그런데 다음 날 다시 창문에 기대고 있다가 그가 같은 장소에 있는 것을 보았어요. 나를 열심히 주시하고 있는 것 같았어요. 나는 몹시 놀랐지요. 그래서 이번에는 내가 그를 유심히 쳐다보았어요. 얼마간 그를 관찰했더니 그에게서 불행한 돈 알바로의 모습이 보이는 것 같았어요. 그가 그렇게 나타나다니 내 온 감각이 말할 수 없이 혼란스러워졌지요. 나도 모르게 크게 외쳐 댔지요. 다행히도 마침 나는 이네스와 단둘이 있던 터였어요. 이네스는 하녀들 중 내가 가장 신뢰하는 사람이었지요. 나는 그녀에게 내 정신을 흔들어 놓는 의혹을 말해 주었어요. 그녀는 그저 웃어 댈 뿐이었어요. 약간 비슷한 모습에 내 눈이 속은 거라고 그녀는 생각했던 겁니다. 그래서 내게 말했어요. "안심하세요, 마님. 마님의 첫 번째 남편을 보신 거라고는 생각 마세요. 그분이 어떻게 농부의 모습으로 여기 계실 수가 있겠어요? 아직 살아 계신다는 게 말이 되나요?" 그러더니 덧붙였어요. "제가 정원으로 내려가서 그 마을 사람에게 말을 걸어 볼게요." 이렇게 말하고 나서 이네스는 정원으로 내려갔어요. 잠시 후 그녀가 몹시 흥분한 기색으로 내 처소로 돌아오는 것이 보였어요. "마님, 마님의 의혹이 너무도 분명히 밝혀지네요. 마님이 방금 보셨던 사람은 바로 돈 알바로 나리였어요. 그분이 처음부터 자신을 드러내시더니 마님을 비밀리에 만나게 해달라고 요청하시네요.”

후작이 부르고스에 가 있었던 터인 데다 당장 그 시각에 돈 알바로를 맞아들일 수 있는 상태였으므로, 나는 하녀에게 비밀계단을 통해 그를 내 서재로 데려오라고 지시했어요. 내가 끔찍하게 흥분해 있었으리라는 것은 잘 짐작하실 테죠. 나에게 책망을 해댈 권리가 있는 남자를 봐야 하는 것은 견디기 힘든 일이었지요. 그래서 그가 내 앞에 나타나자 나는 기절해 버렸어요. 이네스와 그가 재빨리 나를 구조했지요. 내가 의식을 되찾자 돈 알바로가 말했어요. “부인, 제발 진정하시오. 내가 나타난 것이 당신에게 형벌이 되지 않기 바라오. 나는 당신을 조금도 힘들게 하고 싶은 생각이 없소. 당신이 맹세했던 신의에 대해 해명하라고 요구한다거나, 당신이 맺은 두 번째 결혼서약을 죄로 만들려는, 그런 격분한 남편으로서 온 것이 아니라오. 당신 가족이 그렇게 만든 일이라는 것을 내가 모르지 않소. 그 문제로 당신이 견뎌야 했던 온갖 박해를 내가 다 알고 있다오. 게다가 바야돌리드에서는 내가 죽었다는 소문이 돌았고, 당신은 그게 사실이 아니라는 것을 확인시켜 줄 편지를 나한테서 받은 적이 없었으니만큼, 내가 죽었다는 소문을 근거 있는 얘기로 믿었던 것이오. 요컨대, 우리의 그 잔인한 이별 이후 당신이 어떻게 살아 왔는지 내가 알고, 또 사랑보다는 필요 때문에 그의 품에 던져진 것도 … .” 그때 내가 울면서 그의 말을 가로막았어요. “아! 나리, 왜 당신의 아내를 용서하려 하십니까? 당신이 이렇게 살아 계시니, 당신 아내는 죄인입니다. 나는 돈 암브로시오와 혼인하기 전처럼 여전히 그 비참한 상황에 머물러 있어야 하는 건데, 왜 그러지 않은 건지! 아, 불행한 결혼! 아아! 여전히 역경 속에 있었다면 최소한 부끄러움은 느끼지 않고 당신을 다시 보는 위안이라도 있었을 텐데 … ."

그러자 돈 알바로가 내 눈물이 어느 정도로 그에게 파고들었는지 보여 주는 태도로 말을 이었어요. "나의 소중한 멘시아, 나는 당신에 대해 한탄하지 않소. 당신이 처해 있는 그 화려한 상태를 질책하기는 커녕, 맹세건대 그 점에 대해 하늘에 감사를 드린다오. 바야돌리드를 떠나던 그 슬픈 날 이후로 나에게는 늘 정반대의 운이 따랐소. 내 삶은 불행의 연속이었을 뿐이오. 불행의 절정은, 당신에게 내 소식을 전할 수 없다는 것이었소. 당신의 사랑을 너무 확신하면서도, 내 비운의 애정 때문에 당신이 처해 있을지 모를 상황을 상상해 보곤 했다오. 울고 있는 도냐 멘시아를 그려 보기도 했소. 내 아픔 중 가장 큰 것이 당신이었소. 고백건대, 당신의 마음에 들었던 행복을 죄악처럼 후회했던 적도 가끔씩 있었소. 당신이 내 경쟁자들 중 누군가에게 끌렸기를 기원하기도 했소. 그들보다 나를 선호한 대가를 당신이 너무 비싸게 치렀기 때문이오. 그렇지만 7년간의 고통 후 나는 당신을 그 어느 때보다 사랑하게 되어 당신을 다시 보기로 마음먹었소. 그 갈망에 저항할 수가 없었소. 긴 노예 상태가 끝나서 내 갈망을 채울 수 있게 되자 발각될 위험을 무릅쓰고 이렇게 위장한 모습으로 바야돌리드에 돌아와 있었다오. 여기서 나는 모든 사실을 알게 되었소. 그런 다음 이 성으로 왔고, 정원사의 집으로 침투할 방법을 찾아냈소. 그리고 정원사가 이 정원에서 일하도록 나를 붙들었다오. 이렇게 해서 결국 당신과의 비밀 면담에 성공하게 된 것이오. 하지만 내가 여기에 머물면서 당신이 누리는 행복을 흔들어 놓으려 할 거라고는 상상하지 마시오. 나는 당신을 나 자신보다 더 사랑하오. 당신의 평안을 존중하므로, 이 면담 후에는 당신으로부터 멀어져서 당신을 위해 희생하는 서글픈 날들을 보내려 하오."

그 말에 내가 소리쳤지요. "안 돼요. 돈 알바로, 안 됩니다. 당신이 두 번씩이나 나를 떠나는 것을 나는 견디지 않으렵니다. 당신과 함께 떠나고 싶어요. 이제 우리를 갈라놓을 수 있는 것은 죽음밖에 없어요." 그러자 그가 반박했어요. "내 말을 믿으시오. 돈 암브로시오와 사시오. 내 불행과 절대로 엮이지 마시오. 내 불행의 무게는 전부 내가 감당하도록 놔두시오." 그는 이외에도 비슷한 다른 얘기들을 했어요. 하지만 그가 내 행복을 위해 자신을 희생하고 싶어 하는 것으로 보일수록 나는 그 뜻에 응할 마음이 없었어요. 내가 그를 따르기로 확고히 결단한 듯 보이자 그는 갑자기 어조를 바꿔서 더 만족스러워하는 태도로 말을 했어요. "부인, 당신이 돈 알바로를 아직도 꽤 사랑하여 지금 누리는 안락함보다 돈 알바로의 비참함을 선택하겠다니, 그럼 갈리시아 왕국 깊숙한 곳에 있는 베탄소스로 가서 삽시다. 나는 거기에 안전한 은신처가 있다오. 나의 실종이 내 재산은 다 앗아가 버렸을지언정 내 친구들을 모두 잃게 하지는 않았다오. 아직도 남아 있는 충실한 친구들이 당신을 데려갈 수 있게 해주었다오. 그들의 도움 덕분에 나는 사모라에서 호화로운 마차를 하나 주문했소. 노새와 말들도 샀고, 아주 대담한 갈리시아 사람 세 명도 함께 왔소. 그들은 소총과 권총들로 무장하고 로디야스 마을에서 내 지시를 기다리고 있소." 그러고 나서 덧붙였어요. "돈 암브로시오가 없는 틈을 이용합시다. 내가 마차를 이 성의 문까지 오게 하겠소. 그러면 우리는 당장 출발할 거요.” 나는 그 말에 동의했어요. 돈 알바로는 로디야스를 향해 날아가더니 얼마 안 되어 세 명의 기병과 함께 돌아와서는 하녀들 가운데 둘러싸여 있는 나를 납치했어요. 하녀들은 이를 어떻게 받아들여야 할지 몰라 몹시 겁에 질려 도망쳤지요. 이네스만 사실의 전모를 알고 있었어요. 하지만 그녀는 자신의 운명을 내 운명과 엮는 것은 거절했어요. 돈 암브로시오의 시종을 사랑하고 있었거든요.

나는 두 번째 결혼 전에 갖고 있던 옷들과 귀금속만 챙겨서 돈 알바로와 함께 마차에 올라탔어요. 후작이 나와 결혼할 때 주었던 것들은 아무것도 취하고 싶지 않았거든요. 우리는 갈리시아 왕국을 향해 출발했어요. 거기에 도착할 만큼 운이 좋을지 어쩔지 모르는 채로 말이죠. 돈 암브로시오가 집으로 돌아와 많은 사람들을 데리고 추적에 나서서 우리를 붙잡을지 모른다는 것을 두려워해야 할 만했지요. 그런데 우리가 이틀 동안 달렸는데도 우리 뒤에 말을 타고 쫓아오는 사람은 아무도 없었어요. 셋째 날도 마찬가지일 거라고 기대했기에 우리는 벌써 아주 평온히 담소를 나누었지요. 돈 알바로는 자신이 죽었다는 소문이 돌게 된 슬픈 사연과 5년 동안 노예 상태로 지낸 뒤 어떻게 자유를 되찾았는지 얘기해 주었어요. 그게 바로 어제였어요. 어제 우리는 레온으로 가던 길에 도둑들을 만난 거였어요. 당신이 함께 있던 그 도둑들 말이에요. 그들이 바로 돈 알바로와 그 일행을 죽인 겁니다. 당신이 보시다시피 지금 이 순간 내가 눈물을 흘리는 것은 바로 돈 알바로 때문이에요.

12

질 블라스와 멘시아가 불쾌하게 방해를 받다

도냐 멘시아는 이야기를 마친 후 눈물을 터뜨렸다. 나는 그녀가 마음껏 한탄하도록 놔두었고, 나 또한 눈물을 흘렸다. 불행한 사람들, 특히 애통해하는 아름다운 사람들에게 관심을 갖는 것은 자연스런 일이니까. 나는 그녀에게 그 당시 처한 상황에서 어떤 결정을 내릴 것인지 물어보려던 참이었고, 어쩌면 그녀는 그에 관해 나와 의논하려 했을지도 모른다. 그런데 우리의 대화가 방해를 받았다. 여인숙에서 요란한 소리가 나서 우리는 어쩔 수 없이 신경이 그리로 쏠렸다. 시장이 경관 둘과 궁수 여럿을 거느리고 도착하는 소리였다. 그들은 우리가 있는 방으로 왔다. 그들과 동행한 한 젊은 기사가 제일 먼저 내게 다가오더니 내 옷을 면밀히 살펴보기 시작했다. 오래 볼 필요도 없었다. "틀림없이 제 웃옷입니다! 바로 이자예요. 저의 말을 구별해 내는 일보다도 쉽지요. 제 말을 믿고 이 교활한 자를 체포하셔도 됩니다. 이 지방에서 아무도 모르는 은신처를 가진 도둑들 중

한 명입니다."

불행하게도 나는 도둑들이 훔친 물건들 가운데 바로 그 귀족 소유의 물건을 죄다 갖고 있었다. 깜짝 놀라고 당황하여 나는 어찌할 바 모르는 채로 있었다. 내 당혹스러움을 내게 유리한 쪽으로 설명하기보다는 오히려 나쁜 결과를 끌어내는 것이 자신의 직무였던 시장은 젊은 기사의 비난이 꽤 근거 있다고 판단했다. 그리고 나와 함께 있던 여인이 공범일 수도 있다고 추정하여 우리 둘을 따로 투옥시켰다. 이 심판자는 무시무시한 눈빛을 가진 사람이 아니었고, 부드럽고 상냥해 보였다. 그렇다고 해서 그게 더 나은 것인지는 아무도 모른다! 내가 감옥에 들어가자 그는 자신의 두 족제비, 즉 경관들을 데리고 거기로 왔다. 자신들의 그 좋은 버릇을 잊지 않은 그들은 나를 뒤지기 시작했다. 그 신사들로서는 웬 횡재인지! 어쩌면 그토록 운 좋은 '한탕'이 없을 정도였다. 금화를 한 움큼씩 쥘 때마다 그들의 두 눈은 기쁨으로 반짝였다. 특히 시장은 제정신이 아닌 것 같았다. 그는 한껏 부드러운 어조로 내게 말했다. "얘야, 우리는 지금 해야 할 일을 하고 있는 거란다. 하지만 아무것도 두려워 마라. 너에게 죄가 없다면 아무런 해도 안 끼칠 거다." 그들은 아주 부드럽게 내 호주머니를 털었고, 도둑들조차 존중해 줬던 것마저 빼앗았다. 외삼촌이 준 40두카도 말이다. 그들은 거기서 그치지 않았다. 탐욕스럽고 지칠 줄 모르는 그들의 손은 머리부터 발끝까지 나를 샅샅이 훑었다. 온갖 방향으로 나를 돌려대고, 혹시 살갗과 옷 사이에 돈을 숨기지 않았는지 보려고 나를 홀딱 벗겼다. 그들이 직무를 그토록 잘 해내고 나자, 시장이 나를 취조했다. 나는 그간 일어난 일을 순진하게 다 털어놓았다. 그는 내게 진술서를 쓰게 하더니 부하들과 함께 내 돈을 가지고 나가버렸다. 나를 빈털터리에, 실오라기 하나 걸치지 않은 채로 놔두고서 ….

"오, 인간의 삶이여! 너는 이상한 사건들과 불의의 사고들로 가득하구나!" 그런 상태로 혼자가 되자 나는 그렇게 소리쳤다. 오비에도를 떠난 이래 운 나쁜 일만 연속적으로 겪고 있다. 한 위험에서 벗어나면 곧이어 다른 위험에 빠지게 되다니 …. 이 도시에 도착할 때 시장과 알게 될 거라고는 생각도 못 했다. 그런 쓸데없는 생각을 하면서 불행을 가져다준 그 저주스런 웃옷과 나머지 옷들을 다시 입었다. 그러고 나서 스스로에게 용기를 북돋우기 위해 말했다. "자, 질 블라스, 꿋꿋해져야 한다. 지하에서 그토록 힘겨운 인내력 시험을 겪었는데, 평범한 감옥에서 절망한다는 것이 가당키나 하냐?" 그러고 나서는 처량히 덧붙였다. "하지만, 아아! 나는 잘못 생각하고 있는 거다. 여기서 어떻게 빠져나갈 수 있겠는가? 그럴 수단을 다 빼앗겼는데." 사실, 그렇게 말하는 내가 옳았다. 돈 없는 죄수는 날개가 잘린 새나 마찬가지니까.

내가 여인숙에서 꼬치에 꿰라고 주문했던 자고새와 새끼토끼 대신에 조그만 갈색 빵 하나와 호리병 물이 제공되었다. 그리고 그 지하 감옥에서 힘겹게 분을 삭이도록 나를 놔두었다. 나는 문지기 말고는 아무도 보지 못한 채 보름이나 머물렀다. 문지기는 매일 아침 먹을 것을 갖다주는 일을 담당했다. 나는 그가 보이는 즉시 말을 걸어 보려 했고, 무료함을 달래기 위해 그와 대화하려 애썼다. 하지만 그는 내가 하는 말에 전혀 응대하지 않았다. 그에게서 말을 끌어내기는 불가능했다. 그는 방에 들어와서 대개는 나를 쳐다보지도 않고 나가 버렸다. 마치 무언극 배우처럼. 16일째 되던 날, 시장이 나타나서 내게 말했다. "너는 기뻐 날뛸 수 있게 되었다. 내가 기분 좋은 소식을 알리러 온 거니까. 너와 함께 있던 부인을 내가 부르고스로 보냈다. 떠나기 전 그녀에게 원하는 것이 뭐냐고 물었더니 너를 방면하라고 하더라. 오늘로 너는 석방될 것이다. 네가 말했듯이 페냐플로르에서 카카벨로스까지 너와 함께 왔던 그 노새몰이꾼이 너의 진술을 확인해 주기만 한다면 말이다. 그는 지금 아스토르가에 있다. 그를 찾아오라고 내가 시켰다. 그래서 그를 기다리는 중이다. 문제의 사건을 그가 시인하면, 너를 당장 석방시킬 것이다."

이 말을 듣자 나는 기뻤다. 그 순간부터 나는 궁지를 모면하게 되었다고 믿었다. 그래서 그 시장 겸 재판관이 내게 내리려는 훌륭하고 간결한 판결에 대해 감사의 말을 했다. 그런데 내가 인사말을 채 마치기도 전에 노새몰이꾼이 두 명의 궁수에 의해 소환되어 왔다. 그는 아마도 내 여행 가방과 그 안에 있던 모든 것을 팔아 치운 것 같았다. 나를 안다고 자백하면 내 가방을 팔아 챙긴 돈을 반환해야 될까 봐 두려워서 내가 누군지 모르며 나를 본 적이 결코 없다고 뻔뻔하게 말했다. "아! 이 비열한 놈 같으니라고! 내 옷가지를 팔았다고 털어놓고, 사실대로 증언을 해라. 나를 잘 봐. 네가 카카벨로스 마을에서 질문으로 위협하고, 그토록 무섭게 대했던 젊은이들 중 하나잖아." 노새몰이꾼은 자신이 전혀 모르는 것을 내가 얘기하고 있다고 냉랭한 어조로 대답했다. 그가 일절 나를 모른다고 끝까지 발뺌했으므로, 나의 방면은 또다시 연기되었다. 다시 인내로 무장해야 했고, 또 빵과 물만으로 연명하고, 그 말 없는 문지기를 다시 봐야 하는 신세가 됐다고 생각했다. 조금도 죄를 짓지 않았음에도 불구하고 사법의 갈퀴로부터 빠져나올 수가 없다는 생각이 들자, 나는 절망에 빠졌다. 도둑들의 지하 소굴이 그리울 지경이었다. 사실 거기가 이 지하 감옥보다는 덜 불쾌했다는 생각이 들었다. 나는 도둑들과 맛있는 식사를 했고, 그들과 대화도 나눴고, 도망갈 수 있으리라는 달콤한 희망 속에 살았으니까. 거기서 나가게 되었다고 좋아하다가 죄지은 것도 없이 중노역형으로 직행하게 될지도 모르는 신세가 되었으니 ….

13

질 블라스가 어떤 우연에 의해 감옥에서 나오고 어디로 가는지

그런 생각에 빠져 나 자신을 비웃으며 며칠을 보내는 동안 내 사건에 관한 소문이 내가 진술에서 밝힌 그대로 시내에 퍼졌다. 몇몇 사람이 호기심에 나를 보고 싶어 했다. 햇빛이 내 방까지 들어오게 해 주는 작은 창으로 그런 사람들이 한 명 한 명 찾아왔다. 그들은 얼마 동안 나를 들여다보다 가곤 했다. 나는 그 새로운 현상에 놀랐다. 내가 죄수가 된 이래 그 창에 모습을 드러낸 사람은 단 한 명도 없었으니까. 그 창은 적막과 공포가 감도는 마당 쪽으로 나 있었다. 그 새로운 현상을 통해 나는 내가 시내에서 소문거리가 되고 있음을 알았다. 그렇다고 해서 그걸 길조로 여겨야 할지 아니면 나쁜 조짐으로 여겨야 할지는 알 수가 없었다.

처음으로 내 눈에 띈 사람 중 하나는 몬도녜도의 어린 성가대원이었다. 그 또한 나만큼 질문을 두려워해서 도망쳐 버린 터였다. 나는 그가 누구인지 알아챘고, 그도 나를 모르는 척하지 않았다. 우리는 서로 인사를 했고, 이어서 오래 얘기를 나누었다. 나는 내 사건에 관한 새로운 세부사항을 얘기해야 했다. 그 성가대원도 카카벨로스 여인숙에서 끔찍한 공포를 겪고 나와 헤어진 후 노새몰이꾼과 젊은 여자 사이에 벌어진 일을 내게 얘기해 주었다. 한마디로, 내가 앞서 얘기했던 모든 내용은 그가 알려 준 것들이다. 그러고 나서 그는 나를 떠나면서 나의 석방을 위해 지체 없이 애쓰겠다고 약속했다. 그처럼 호기심에 거기에 왔던 모든 사람들은 내 불행이 그들의 동정심을 유발한다는 것을 보여 주었다. 심지어 그 어린 성가대원과 힘을 합쳐 나의 방면(放免)을 위해 최선을 다하겠다고 확언하기도 했다.

그들은 약속을 실제로 지켰다. 시장한테 가서 내게 유리한 말을 한 것이다. 그러자 시장은 내 무죄를 더 이상 의심하지 않았다. 특히 어린 성가대원이 자기가 아는 대로 시장에게 얘기하자, 시장은 3주 후 감옥으로 찾아왔다. 그는 "질 블라스, 이 일을 길게 끌고 싶지 않네. 자, 자네는 이제 자유일세. 원하는 때에 여기서 나갈 수 있네"라고 말했다. 그러더니 "그런데, 말해 보게. 그 지하 소굴이 있는 숲으로 자네를 데려가면 그게 어딘지 찾아낼 수 있을 텐가?"라고 했다. "아닙니다, 나리." 내가 대답했다. "저는 밤에만 들어갔다가 동트기 전에 나왔기 때문에 거기가 어딘지 알아내기가 불가능할 겁니다." 그러자 시장은 문지기한테 나를 내보내 주라고 지시하겠다고 말하고 물러갔다. 실제로 잠시 후 간수가 내 감방으로 왔다. 천 보따리를 들고 있는 다른 문지기와 함께였다. 그들은 둘 다 심각한 기색으로 단 한 마디도 하지 않으면서, 거의 새것이고, 고운 천으로 된 내 윗도리와 짧은 바지를 벗겼다. 그러더니 낡은 긴 작업복을 입히고는 내 어깨를 붙잡아 밖으로 내보냈다.

나는 그렇게 차림새가 엉망인 내 모습이 당황스러웠다. 그래서 죄수가 자유를 되찾을 때 보통 느끼게 되는 기쁨이 좀 줄어들었다. 나는 사람들의 눈에서 벗어나기 위해 당장 그 도시를 떠나고 싶었다. 그들의 시선을 견디기 힘들었기 때문이다. 하지만 감사한 마음이 수치심을 이겨 내서, 그토록 큰 은혜를 베풀어 준 어린 성가대원에게 고마움을 전하러 갔다. 그는 나를 보자 웃음을 참지 못했다. "드디어, 나오셨군요!" 그가 말했다. "내가 보기에 사법기관이 온갖 방식으로 당신을 후려쳤군요." 그래서 내가 대답했다. "나는 사법기관에 대해 불평하지 않아요. 사법기관은 아주 공정해요. 거기 속한 관리들이 정직한 사람들이기를 바랄 뿐입니다. 그들은 최소한 내 옷은 남겨 줬어야 해요. 옷값을 톡톡히 치른 것 같네요." 그러자 그가 대꾸했다. "맞아요. 하지만 그들은 준수해야 할 절차라서 그랬다고 할 걸요. 그리고 예를 들어 당신이 탔던 말을 그들이 원래 주인에게 돌려줬을 것으로 생각하시나요? 미안하지만, 아닙니다. 그 말은 현재 재판소 서기의 마구간에 있어요. 절도죄의 증거로 거기에 등록되어 있는 거지요. 그 가난한 서기가 그 말을 그냥 놔둘 거라고는 생각하지 않아요. 하지만 다른 얘기 합시다." 그러고는 그가 말을 계속했다. "이제 어떡하실 생각이에요? 뭘 하고 싶으신가요?" 그래서 내가 말했다. "부르고스로 가고 싶어요. 내가 구해 준 부인을 찾으러 가겠어요. 그 부인이 내게 금화를 좀 줄 겁니다. 그러면 깃을 세운 새 프록코트를 사 입고 살라망카로 갈 거예요. 거기서 내 라틴어를 써먹어 보려고요. 아직까지도 부르고스에 가 있지 못한 것이 난처할 뿐입니다. 노숙을 해야 하니까요." 그러자 그가 대꾸했다. "그렇군요. 당신에게 내 돈주머니를 줄게요. 사실, 그 안에 돈은 별로 없어요. 당신도 아시다시피 성가대원은 주교가 아니니까요." 그러면서 그는 돈주머니를 꺼내 내 두 손에 쥐여 줬다. 그가 꼭 주고 싶어 하는 바람에 나는 그대로 받을 수밖에 없었다. 나는 그가 세상의 모든 황금을 주기라도 한 것처럼 고마움을 표했고, 보답하겠노라고 무수히 맹세했다. 이후 그 맹세가 지켜진 적이 없지만 말이다. 그런 후 나는 그와 헤어져 그 도시를 벗어났다. 나의 방면에 공헌한 다른 사람들은 보러 가지 않았다. 그냥 나 혼자서 그들을 무한히 축복하는 것으로 만족했다.

그 성가대원이 자기 돈주머니에 대해 허풍떨지 않은 것은 온당했다. 그 주머니에는 정말로 돈이 별로 없었으니 말이다. 다행히 나는 두 달 전부터 매우 간소한 생활에 익숙해 있어서, 부르고스에서 멀지 않은 폰테 데 물라 마을에 도착했을 때는 은화 몇 개가 아직 남아 있었다. 나는 도냐 멘시아의 소식을 물어보려고 거기서 멈췄다. 한 여인숙에 들어갔더니 주인 여자가 매우 무뚝뚝하고 드세고 사나웠다. 내게 험상궂은 표정을 짓는 것으로 보아 내 작업복이 그녀의 취향이 아니라는 것을 우선 간파했다. 나는 그 점을 기꺼이 용서했다. 그리고 한 테이블에 앉았다. 빵과 치즈를 먹고, 함께 나온 혐오스런 포도주를 몇 모금 마셨다. 내 옷차림과 꽤 잘 어울리는 그 식사를 하는 동안 주인 여자와 대화를 시도했다. 나는 그녀에게 혹시 과르디아 후작을 아는지, 그의 성이 그 마을에서 멀지는 않은지, 특히 그의 아내인 후작부인의 근황을 아는지 말해 달라고 부탁했다. "참 많은 걸 물으시네요." 주인 여자가 거만하게 대꾸했다. 그럼에도 아주 마지못해서

이긴 하지만 돈 암브로시오의 성은 폰테 데 물라에서 1리밖에 안 떨어져 있다고 알려 주었다.

다 먹고 마시고 나자 밤이 되었기에 나는 쉬고 싶다고 하면서 방을 요청했다. "당신에게 방을!" 주인 여자는 멸시와 오만이 가득한 시선을 내게 던지며 말했다. "치즈 한 조각으로 저녁 식사를 하는 사람에게 줄 방은 없습니다. 우리 집 침대들은 죄다 이미 예약됐어요. 나는 오늘 저녁 여기 묵으러 오기로 돼 있는 중요한 기사들을 기다리고 있어요. 내가 당신에게 해줄 수 있는 거라곤 헛간에 묵게 해주는 것이에요. 당신이 지푸라기 위에서 자는 게 처음은 아닐 텐데…." 그녀가 참으로 잘도 말해서 나는 아무 대꾸도 하지 않았다. 나는 현명하게 지푸라기를 침대 삼아 잠을 청하기로 했고, 거기서 곧바로 잠들었다. 오래전부터 피로에 사로잡힌 사람처럼….

14

부르고스에서 도냐 멘시아가 맞아 주다

다음 날 아침 나는 게으름을 피우지 않고 일어났다. 계산을 하러 주인 여자에게 갔더니 이미 일어나 있었다. 전날보다는 좀 덜 거만하고 기분도 좀 나아 보였다. 내 보기에는 성 에르만다드 도시동맹단체의 점잖은 궁수 세 명이 있어서 그런 것 같았다. 그 궁수들은 주인 여자와 아주 친근하게 담소를 나눴다. 그들은 그 여인숙에서 잠을 잤고, 아마도 침대가 다 예약되었던 것은 바로 그 '중요한 기사들' 때문이었나 보다.

나는 마을에서 내가 가려는 성으로 통하는 길을 물었다. 우연히 페냐플로르의 내 주인과 같은 성격을 가진 사람에게 말을 걸게 되었다. 그는 내 질문에 대답하는 것만으로는 만족하지 못하고, 돈 암브로시오가 3주 전에 죽었으며 그의 아내인 후작부인은 부르고스의 수녀원에서 은거하기로 했다는 소식을 알려 주며 그 수녀원의 이름까지 말해 주었다. 그래서 나는 원래 가려던 성으로 가는 대신 수도원이 있는 도시로 즉각 향했고, 도냐 멘시아가 거하고 있는 수도원으로 우선 달려갔다. 접수계 수녀에게, 아스토르가 감옥에서 최근 출옥한 한 젊은이가 도냐 멘시아를 접견하고 싶어 한다는 말을 전해 달라고 부탁했다. 접수계 수녀는 내가 원하는 바를 당장 실행에 옮기러 갔다. 그리고 다시 돌아와서는 면회실로 들어가게 해주었다. 조금 후 돈 암브로시오의 과부가 정식 상복 차림으로 창살에 나타났다.

"환영합니다." 그 부인이 내게 말했다. "나흘 전에 내가 아스토르가의 어떤 사람에게 편지를 썼어요. 그 사람에게 나를 대신해 당신을 찾아가 감옥에서 나오는 대로 나를 찾아오라는 말을 전해 달라고 간곡히 부탁했지요. 당신이 곧 방면되리라는 것을 믿어 의심치 않았어요. 당신을 풀어 주도록 시장에게 내가 한 말들로 충분했거든요. 이어서 당신이 자유를 되찾았다는 대답을 들었죠. 그런데 당신이 어떻게 됐는지 사람들이 모르더군요. 나는 당신을 다시 못 보게 될까 봐, 그리고 당신에게 감사를 전하지 못하게 될까 봐 염려했어요." 그렇게 말하고 나더니 그녀는 내가 허름한 차림으로 자기 앞에 나타나서 부끄러워하는 걸 눈치채고는 덧붙였다. "기운 내세요. 그런 차림이라고 해서 마음 상하지는 마세요. 내게 그토록 큰 도움을 주었는데, 내가 당신을 위해 아무것도 안 한다면, 나는 아주 배은망덕한 여자가 될 겁니다. 내게는 불편해지지 않으면서도 당신에게 은혜를 갚아 줄 수 있을 만큼 상당한 재산이 있어요."

그녀는 말을 계속했다. "우리 둘 다 감옥에 갇히던 그날까지 내가 무슨 일을 겪었는지는 당신은 이미 알고 있어요. 이제는 그 후에 무슨 일을 겪었는지 들려줄게요. 내 입을 통해 사건의 진상을 듣고 난 아스토르가 시장이 나를 부르고스로 가게 해주었을 때 나는 암브로시오의 성으로 갔어요. 내가 돌아가자 성에서는 굉장히들 놀랐어요. 그리고는 내가 너무 늦게 도착했다는 말을 하더군요. 내가 도망친 것을 안 후작은 천둥 번개를 맞은 듯한 충격 때문에 병에 걸렸고, 의사들은 그의 목숨이 위태롭다고 말했다는 거예요. 나로서는 또 한 번 내 운명을 한탄할 만한 일이었죠. 그래도 내가 막 돌아왔다는 것을 후작에게 알리게 했어요. 그러고 나서 그의 방으로 들어가 침대 맡에 몸을 던져 무릎을 꿇었어요. 얼굴은 눈물범벅이 되고, 가슴은 더없이 격렬한 괴로움으로 조여들었지요. 후작은 나를 보자 말했어요. '누가 당신을 여기로 데려온 거요? 당신이 저지른 일의 결과를 구경하러 온 거요? 내 목숨을 앗아가는 것으로는 충분치 않은 거요? 내 죽음을 봐야 만족하겠소?' 그래서 내가 대답했죠. '나리, 제가 첫 남편하고 도망친 거라고 이네스가 말씀드렸을 텐데요. 슬픈 사고가 생겨서 그를 잃게 되는 일이 없었다면, 나리는 저를 만나지 못하셨을 겁니다.' 그러면서 나는 그에게 돈 알바로가 도둑들의 손에 죽었고, 이어서 내가 지하로 끌려갔었다는 얘기를 해주었지요. 내가 말을 마치자 돈 암브로시오가 내게 손을 내밀었어요. '이제 됐소.' 그가 다정히 말했어요. '당신을 이제 그만 원망하겠소. 아, 사실 내가 당신에게 불평을 해야 되겠소? 당신은 사랑하던 남편을 되찾아서 나를 버리고 그를 따라간 거요. 그 행동을 내가 책망할 수 있겠소? 아니오, 부인, 그걸 불평한다면 내가 잘못일 거요. 그래서 당신을 추적하게 하지 않았소. 당신을 납치한 자의 신성한 권리와 그를 향한 당신의 애정마저 존중했소. 결국 나는 당신에게 정당하게 행동한 것이고, 당신은 여기 돌아옴으로써 나의 모든 애정을 다시 얻게 되었소. 그래요, 사랑하는 멘시아, 당신이 여기 있어서 말할 수 없이 기쁘오. 하지만 애석하게도 그 기쁨을 오래 누리지는 못할 거라오. 마지막 순간이 다가오는 것을 느끼고 있으니까. 당신을 돌려받자마자 영원한 작별을 고해야 하다니 … .' 그 감동적인 말에 내 눈물은 더욱 흘러내렸어요. 나는 감정이 복받쳐 가눌 길 없는 비통함을 터뜨렸지요. 내가 사랑하던 돈 알바로가 죽었을 때도 이보다 더 많은 눈물을 흘렸는지 의심스러울 정도였어요. 돈 암브로시오가 자신의 죽음을 예감한 것은 틀리지 않았어요. 바로 다음 날 죽었으니까요. 이로 인해 나는 상당한 재산의 주인이 되었어요. 그가 나와 결혼할 때 나를 상속자로 해놓았거든요. 나는 그 재산을 나쁘게 사용하고 싶지 않아요. 내가 아직 젊다 하더라도 제 3의 남편 품으로 넘어가지는 않을 겁니다. 내가 보기에 그런 일은 수치심을 모르고 신중하지도 못한 여인들에게나 어울릴 일이죠. 뿐만 아니라 나는 세상을 더 이상 좋아하지도 않아요. 내 삶을 이 수도원에서 마치고 싶고, 이 수도원의 후원자가 되려고 해요."

그것이 도냐 멘시아가 내게 한 얘기였다. 그러고 나서 그녀는 옷 속에서 주머니를 하나 꺼내더니 내 손에 쥐여 주며 말했다. "자, 그저 옷이나 한 벌 살 수 있을 만한 정도의 1백 두카도입니다. 옷을 사 입고 나를 보러 다시 오세요. 당신에 대한 감사를 그토록 하찮은 것으로 한정할 생각이 아니니까요." 나는 그 부인에게 숱하게 감사를 표했고, 그녀에게 작별인사도 없이 부르고스를 떠나는 일은 없을 거라고 맹세했다. 결코 어기고 싶지 않은 이 맹세를 하고 난 후 나는 숙소를 찾으러 나섰다. 처음 눈에 띈 여인숙으로 들어가 방을 요청했다. 그리고 내가 입고 있던 긴 작업복 탓에 나를 안 좋게 여길까 봐 주인에게 말했다. 차림새는 이래도 숙박비는 잘 지불할 수 있다고…. 이 말에, 천성적으로 빈정대기를 아주 좋아하는, 마후엘로라는 이름의 그 주인은 나를 위에서부터 아래까지 훑어보고는 차갑고 교활한 표정으로 말했다. 그의 여인숙에서 돈을 많이 쓸 거라고 설득시키기 위해 그런 장담까지 할 필요는 없다는 얘기였다. 내 옷차림을 뚫고 내 안에서 뭔가 고귀한 것을 간파했는지 내가 아주 형편 좋은 귀족이라는 것을 의심치 않는다는 말도 했다. 나는 그 악당이 나를 놀리고 있다는 걸 잘 알았다. 그래서 그 농담을 대번에 끝장내기 위해 그에게 내 돈주머니를 보여 주었다. 심지어 그가 보는 앞에서 금화들을 탁자에 올려놓고 세었다. 여인숙 주인은 금화들을 보더니 나에 관해 좀 호의적으로 판단할 태세가 된 눈치였다. 나는 그에게 재단사를 한 명 불러달라고 부탁했다. 그랬더니 그는 "헌 옷 장수를 찾는 편이 더 나을 텐데요. 온갖 종류의 옷을 가져올 테고, 그러면 당장 옷을 챙겨 입으실 수 있을 텐데"라고 말했다. 나는 그 충고를 받아들여 그를 따라가기로 했다. 하지만 해가 저물어 갈 무렵이어서 옷 사는 일은 다음 날로 미루고, 그저 잘 먹을 생각만 했다. 지하에서 나온 이래 내내 감내해야 했던 형편없는 식사들에 대한 보상으로서….

15

질 블라스의 옷차림, 부인의 새 선물, 부르고스를 떠날 때의 마구 장비

양의 족발을 넣은 프리카세 요리가 잔뜩 나왔는데 나는 거의 다 먹어 치웠다. 그리고 그만큼 마셔 댔다. 그러고 나서 잠자리에 들었다. 침대가 꽤 좋아서 잠시 후면 깊은 잠이 내 감각들을 장악하리라는 기대가 생겼다. 하지만 잠은 오지 않았다. 내가 입어야 할 옷에 관한 꿈만 잔뜩 꾸었다. 나는 생각했다. "뭘 해야 할까? 맨 처음에 하려던 대로 해야 할까? 깃 세운 프록코트를 사 입고 가정교사 자리를 찾으러 살라망카로 가야 하는 걸까? 왜 학사처럼 입으려는 거야? 종교인으로 헌신하고 싶은가? 기질적으로 그 소명에 끌리는 걸까? 아니다. 그쪽과는 아주 정반대의 취향이라는 것을 내가 느낀다. 검을 옆에 차고 세상에서 출세하려 애써 보고 싶다."

나는 기사 복장을 하기로 결정했다. 동이 트기를 초조하게 기다리다 첫 빛줄기가 내 눈을 강타하자마자 벌떡 일어났다. 여인숙을 시끌벅적하게 만드는 바람에 아직 자고 있던 사람들을 모두 깨우고야 말왔다. 나는 아직도 자고 있던 하인들을 불렀다. 그들은 내 목소리에 대답하는 대신 그저 저주의 말만 퍼부을 뿐이었다. 그래도 그들은 일어나야 했고, 나는 그들에게 잠시 쉴 틈도 주지 않고 당장 옷 장수를 데려오도록 했다. 곧이어 옷 장수 한 명이 내게 왔다. 그 옷 장수 뒤에는 남자애 두 명이 따라왔는데, 각자 커다란 초록색 천 보따리를 들고 있었다. 옷 장수는 아주 정중히 인사하더니 말했다. "기사님, 다른 사람 아닌 저를 불러들이시다니 나리는 정말 운이 좋으십니다. 여기서 제가 동종업계 사람들을 헐뜯고 싶지는 않습니다. 그들의 명성에 조금도 흠집을 내고 싶지 않아요! 하지만 우리끼리 얘긴데, 양심이 있는 자는 단 한 명도 없습니다. 그들은 모두 유대인보다 더 냉혹하답니다. 도덕심이 있는 사람은 오로지 저뿐입니다. 저는 합리적인 이익에 그치거든요. 한 푼에 반 킬로그램, 말하자면 반 킬로에 한 푼으로 만족한답니다. 다행히 저는 제 직업을 꾸준히 이어 가고 있습니다."

옷 장수가 이렇게 시작하는 말을 나는 멍청하게도 곧이곧대로 믿었다. 그러고 나서 옷 장수는 조수들에게 보따리들을 풀라고 말했다. 그들은 내게 온갖 종류의 옷들을 보여 주었다. 단색 천으로 된 옷을 여러 벌 보여 주었는데, 나는 그 옷들을 무시하며 던져 버렸다. 너무 검소하다고 여겼기 때문이다. 그럼에도 그들은 내 치수에 딱 맞는 것처럼 보이는 옷 하나를 입어 보게 했다. 색깔이 좀 바랜 옷인데도 내 마음에 쏙 들었다. 소매에 홈을 낸 저고리와 짧은 바지, 그리고 외투였다. 모두 다 금실로 자수가 놓인 파란 벨벳 옷들이었다. 나는 그 옷에 달라붙어 흥정을 하였다. 옷 장수는 내가 그 옷을 마음에 들어 한다는 것을 눈치채고는 내 취향이 섬세하다고 말했다. "맙소사!" 그가 소리쳤다. "옷을 참 잘 아시는군요. 이 옷은 왕국에서 가장 위대한 나리 중 한 명을 위해 만들어졌던 옷이랍니다. 그분은 이 옷을 세 번도 채 안 입었어요. 그 벨벳 천을 살펴보세요. 그보다 더 아름다운 벨벳은 없습니다. 자수로 말할 것 같으면 그보다 더 훌륭한 것이 없다는 것을 인정하실 겁니다." 그래서 내가 말했다. "얼마에 파실 거요?" 그러자 그가 "60두카도입니다"라고 대답했다. 내가 그 가격을 거절한다면 신사가 아니라는 말도 했다. 그 양자택일 수법은 설득력이 있었다. 나는 45두카도를 제안했다. 어쩌면 그 절반의 가치밖에 안 될 거라는 말도 했다. 그러자 옷 장수는 냉정하게 받아쳤다. "귀족 나리, 저는 가격을 높게 부르지 않습니다. 그 대신 딱 한 번만 부릅니다." 그러더니 내가 물리쳤던 옷들을 보여 주면서 말을 계속했다. "그럼 이 옷들을 사세요. 더 싸게 드리지요." 그는 그렇게 함으로써 내가 흥정하던 옷을 사고 싶은 욕구를 자극할 뿐이었다. 나는 그가 전혀 깎아 주려 하지 않는다고 생각해 그에게 60두카도를 주었다. 그토록 쉽게 돈을 내주자 그는 이른바 그 '도덕심'에도 불구하고 가격을 더 올려 부르지 않은 것을 아주 애석해하는 것 같았다. 그래도 그렇게 한 푼 번 것에 꽤 만족한 그는 내가 나름대로 챙겨 준 조수들과 함께 가버렸다.

그렇게 해서 아주 우아한 외투, 저고리, 짧은 바지가 생긴 것이다. 나머지 의복도 생각해야 했다. 그래서 오전 내내 그 일로 바빴다. 내 의류, 모자 하나, 비단 스타킹, 신발, 검 하나를 구입하느라 말이다. 그러고 나서 옷을 입어 보았다. 그토록 잘 차려입은 내 모습을 보니 얼마나 즐겁던지! 말하자면, 내 옷차림을 보는 것이 물리지가 않았다. 그 어떤 공작새도 나보다 더 만족해하며 자기 깃털을 바라보지 않았을 것이다. 그날 당장 나는 도냐 멘시아를 다시 만나러 두 번째 방문을 했다. 그녀는 이번에도 아주 상냥히 맞아 주었다. 그녀는 내가 도와줬던 것에 또 감사를 표시했다. 그리고 우리는 서로에게 대단한 찬사를 보냈다. 그러고 나서 그녀는 내게 온갖 종류의 번영을 기원하며 작별인사를 하고는 30피스톨라 정도의 값어치가 나가는 반지 하나를 선물했다. 그 외에는 아무것도 주지 않고 물러가 버렸다. 그녀는 자기를 기억하면서 그 반지를 꼭 간직하라고 부탁했다.

나는 반지를 받고 멍청히 있었다. 더 막대한 선물을 기대하던 터였으니까. 그래서 그 부인의 선심에 별로 만족하지 못한 채 몽상에 잠겨 여인숙으로 돌아왔다. 그런데 여인숙에 들어섰더니 한 남자가 내게 다가와 거추장스러운 외투를 불쑥 벗어 던지더니 겨드랑이에 끼워 들고 온 큰 가방을 열어 보였다. 동전이 가득해 보이는 그 가방의 출현으로 나는 눈이 휘둥그레졌다. 거기 있던 몇몇 사람들도 마찬가지였다. 나는 세라핌 천사●의 목소리를 듣는 것만 같았다. 그때 그 남자가 가방을 탁자 위에 올려놓으며 말했다. "질 블라스 나리, 자, 이것은 후작부인께서 나리께 보내 드리는 것입니다." 나는 그 전달자에게 정중히 인사했고, 온갖 예의를 다 차렸다. 그리고 그가 여인숙을 나가자마자 마치 먹잇감에 달려드는 매처럼 가방을 꽉 움켜쥐고 내 방으로 돌아왔다. 가방을 얼른 풀어 보니 1천 두카도가 들어 있었다.

● 《구약성경》의 〈이사야서〉(6장 1~3절)에 등장하며, 신 곁에서 성가를 부르며 보좌하는 최상위층 천사들로 묘사된다.

그 금화들을 다 세고 나자 심부름꾼의 말을 엿들은 여인숙 주인이 가방에 뭐가 들었는지 궁금해 방으로 들어왔다. 그는 탁자에 널려 있는 금화들을 보고는 깜짝 놀라 소리쳤다. "맙소사! 엄청난 돈이네요!" 이어 그는 영악한 미소를 지으며 말했다. "여자들을 잘 이용할 줄 아시는 게 틀림없군요. 부르고스에 오신 지 24시간도 안 되어 도움을 주는 후작부인들을 벌써 여럿 두고 계시니!"

그 말이 기분 나쁘지는 않았다. 나는 마후엘로가 그렇게 잘못 알게 내버려 두고 싶었다. 그가 그런 식으로 착각하는 것이 오히려 기분 좋았다. 운 좋은 사나이로 통하는 것을 젊은이들이 좋아하는 것이 놀라운 일은 아니다. 그러나 나는 성품이 순수해서 그런 허영심을 이겨 냈다. 그래서 여인숙 주인이 잘못 알고 있는 것을 바로잡아 주었다. 그에게 도냐 멘시아의 얘기를 들려주었던 것이다. 그는 그 얘기를 매우 주의 깊게 들었다. 그러고 나서 나는 내가 어떤 상태에 처해 있는지도 얘기해 주었다. 그가 내 일에 관심을 갖는 듯해 보여서 충고를 좀 해 달라고 부탁했다. 그는 잠시 곰곰이 생각하더니 진지한 표정으로 말했다. "질 블라스 씨, 저는 당신이 좋습니다. 당신이 마음을 열고 말할 정도로 저를 신뢰하시니, 당신에게 어울리는 듣기 좋은 말은 하지 않고 말씀드리겠습니다. 제가 보기에 당신은 궁정에서 일하도록 태어난 분 같습니다. 궁정으로 가서 고관대작과 관계를 맺으시라고 충고 드립니다. 하지만 고관대작의 애정 문제나 쾌락거리에는 끼어들지 마십시오. 괜히 그랬다가는 시간 낭비를 하실 테니까요. 저는 고관대작들이 어떤 사람들인지 알고 있습니다. 그들은 성실한 사람의 열의나 애정을 하찮게 여깁니다. 그들은 자기에게 필요한 사람들만 신경 씁니다." 여인숙 주인은 말을 계속했다. "당신에게는 아직 가진 것들이 많습니다. 젊고 몸매도 빼어나시죠. 혹시 재기가 없으시더라도 부유한 과부나 잘못 결혼한 예쁜 여인을 홀딱 빠지게 하려면 그게 더 나아요. 사랑이 재산 있는 남자들을 파산시킨다면, 재산 없는 남자들을 연명케 하는 것도 흔히 사랑이죠. 그러므로 저는 당신이 마드리드로 가셔야 한다고 생각합니다. 하지만 거기에 수행원 없이 나타나서는 안 됩니다. 다른 데서와 마찬가지로 거기서도 사람을 겉모습으로 판단합니다. 그러니 당신이 어떤 모습을 하고 있는지에 따라 얼마나 존중받을지가 결정될 겁니다. 제가 당신에게 시종, 충실한 하인, 지혜로운 청년, 한마디로 하수인 한 명을 제공하고 싶습니다. 노새를 두 마리 사세요. 하나는 당신을 위해, 다른 하나는 그를 위해서요. 그리고 가능한 한 빨리 출발하세요."

이 충고는 딱 내 취향이어서 따르지 않을 수 없었다. 바로 다음 날 나는 좋은 노새 두 마리를 사고, 여인숙 주인이 소개해 준 하인을 고용했다. 단순하고 신심 깊어 보이는 서른 살 남자였다. 그는 갈리시아 왕국 출신으로, 이름은 암브로시오 데 라멜라라고 했다. 다른 하인들이 이해타산에 매우 밝은 데 비해 이자는 급료에 대해 별로 개의치 않았다. 그는 내가 얼마를 주건 그것에 만족하는 사람이라는 말까지 했다. 나는 반장화도 사고, 내의류와 금화들을 보관할 가죽 주머니도 샀다. 그리고 나서 여인숙 주인에게 후하게 값을 치르고, 다음 날 동이 트기 전에 부르고스를 떠나 마드리드로 향했다.

16

행운에 너무 기대를 걸면 안 된다

첫째 날, 우리는 두에냐스에서 숙박했고, 둘째 날에는 오후 네 시쯤 바야돌리드에 도착했다. 우리는 그 도시에서 제일 좋아 보이는 여인숙에서 내렸다. 노새 돌보는 일은 내 하인에게 맡기고, 나는 방으로 올라가 그 숙소의 종업원에게 가방을 그리로 가져다 달라고 했다. 그리고 좀 피곤한 듯 느껴져 장화도 벗지 않은 채 침대에 몸을 던지고 나도 모르는 새에 잠이 들었다. 잠에서 깨어나자 날이 어둑해져 거의 밤이 되었다. 나는 암브로시오를 불렀다. 그런데 그는 그 여인숙에 있지 않았다. 하지만 곧 도착했다. 그에게 어디 갔다 오는 거냐고 물었더니 아주 경건한 태도로 교회에서 오는 길이라고 대답했다. 부르고스에서 바야돌리드까지 오는 동안 아무런 나쁜 일도 겪지 않도록 보호해 주신 것에 대해 하늘에 감사하러 갔었다고 했다. 나는 그에게 잘했다고 칭찬했다. 그러고 나서 저녁 식사를 위해 닭 한 마리를 꼬치에 꿰어 놓게 하라고 일렀다.

그 지시를 하고 있던 터에 여인숙 주인이 손에 횃불을 들고 내 방으로 들어왔다. 그 불은 어느 여인을 비추고 있었다. 젊다기보다는 아름답고 아주 화려하게 차려입은 듯 보이는 여인이었다. 그녀는 늙은 시종에 기대어 있었고, 땅에 끌리는 옷자락을 무어인이 들고 있었다. 그 부인이 내게 정중히 인사를 한 뒤 혹시 질 블라스 데 산티아나 씨가 아니냐고 물어서 나는 여간 놀란 게 아니었다. 그렇다고 대답하자 그녀는 시종의 손을 놓고 내게 와서 기뻐 어쩔 줄 몰라 하며 나를 껴안는 바람에 나는 더더욱 놀랐다. “이런 일이 있다니, 하늘이여 영원히 감사드립니다!” 그녀는 소리쳤다. “바로 당신입니다, 기사님, 제가 찾던 사람이 바로 당신이에요.” 이 첫마디에 나는 페냐플로르의 기식자가 다시금 떠올랐다. 그래서 그 여인은 뻔뻔한 협잡꾼일 거라고 막 의심할 참이었다. 그런데 그녀가 덧붙인 말 때문에 되레 그녀를 더 좋게 여기게 되었다. 그녀는 말을 이었다. “저는 당신께 큰 은혜를 입은 도냐 멘시아 데 모스케라의 사촌입니다. 오늘 아침 그 사촌에게서 편지 한 통을 받았어요. 기사님이 마드리드로 간다는 소식을 듣고는 이쪽으로 지나가시면 대접을 잘해 드리라고 부탁했어요. 이 도시를 온통 다 뒤지며 돌아다닌 지 두 시간이나 됐답니다. 혹시 타지 사람들이 오지 않았는지 알아보려고 이 여인숙 저 여인숙을 돌아다니다가, 이 여인숙의 주인이 기사님에 대해 묘사하는 얘기를 듣고는 바로 제 사촌을 해방시켜 주신 분일 수 있겠다고 판단한 겁니다.” 그녀는 말을 계속했다. “아! 제가 기사님을 만났으니 저희 가족, 특히 저의 소중한 사촌에게 주신 도움에 대해 제가 얼마나 고마워하는지 보여 드리고 싶습니다. 그러니 이제부터 저희 집에 가서 묵으세요. 여기보다 더 편하게 지내실 수 있을 거예요." 나는 그 제안을 거절하려고 그 집으로 가면 나 때문에 불편해질 수도 있을 거라고 말했다. 하지만 그녀가 너무 완강히 고집을 부려서 버틸 방도가 없었다. 여인숙 문 앞에는 호화로운 사륜마차가 이미 대기하고 있었다. 그녀는 직접 내 가방을 마차 안에 들여놓으면서, 바야돌리드에는 사기꾼들이 많다고 말했다. 너무나 맞는 말이긴 했다. 결국 나는 그녀와 그녀의 늙은 시종과 같이 마차에 올라탔다. 이렇게 하여 나는 여인숙 주인이 몹시 불쾌해하는 가운데 그곳으로부터 납치당했다. 여인숙 주인 입장에서는 내가 여인숙에서 쓸 돈을 박탈당한 셈이니까.

우리가 탄 마차는 얼마간 굴러가더니 이윽고 멈춰 섰다. 우리는 마차에서 내려 꽤 넓은 집으로 들어갔고, 그럭저럭 세련된 편인 처소로 올라갔다. 그 방에는 이삼십 개의 촛불이 켜져 있었고, 하인이 여럿 있었다. 귀부인은 그들에게 돈 라파엘이 도착했는지 우선 물었다. 그들은 아니라고 대답했다. 그러자 그녀는 내게 말했다. "질 블라스 씨, 저는 지금 여기서 2리 떨어진 곳에 있는 우리 성에서 오늘 저녁 돌아오기로 돼 있는 제 오라버니를 기다리고 있어요. 우리 가족 전체가 그토록 큰 빚을 지고 있는 은인을 그가 집에서 보면 얼마나 놀라며 기뻐하겠어요!" 그녀가 말을 마치는 순간 무슨 소리가 났다. 우리는 돈 라파엘이 도착했다는 것을 알게 되었다. 그 기사는 곧이어 나타났다. 건장하고 아주 활기차 보이는 젊은이였다. "오라버니, 돌아오셔서 무척 기뻐요." 귀부인이 말했다. "제가 질 블라스 데 산티아나 씨를 잘 대접할 수 있도록 도와주실 거죠? 이분이 우리 친척 도냐 멘시아에게 해주신 일을 어떻게 감사해야 할지 모르겠어요." 그러더니 기사에게 편지 한 통을 보이며 덧붙였다. "자, 도냐 멘시아가 쓴 편지를 읽어 보세요." 돈 라파엘은 그 편지를 펼치더니 큰 목소리로 읽었다. "친애하는 카미야, 내 명예와 목숨을 구해 주신 질 블라스 데 산티아나 씨가 궁정을 향해 막 떠나셨어요. 그분은 아마도 바야돌리드를 거쳐 가실 겁니다. 혈육의 정에 기대어, 그리고 우리를 잇는 우정에 기대어 더욱 간청하건대, 그분을 집에서 융숭히 대접해 드리고 얼마간 묵으실 수 있게 해주세요. 그렇게 해주실 거라고 믿고, 나를 해방시켜 주신 그분이 당신과 돈 라파엘 사촌으로부터 온갖 좋은 대접을 다 받으시리라 기대해 봅니다. 부르고스에서. 사촌 도냐 멘시아 올림."

"뭐라고! 그 사촌이 바로 이 기사님에게 명예와 목숨을 빚졌다고?" 돈 라파엘은 편지를 읽고 난 후 소리쳤다. "아! 이런 행복한 만남에 대해 하늘에 감사를 드려야겠네." 그러더니 내게 다가와 나를 꽉 껴안으며 말을 이었다. "질 블라스 데 산티아나 씨를 여기서 뵙게 되다니 너무나 기쁩니다! 내 사촌인 후작부인이 기사님을 잘 대접하라고 부탁할 필요도 없었어요. 그저 기사님께서 바야돌리드로 지나가실 것 같다는 통지만 해도 됐을 텐데…. 그거면 충분하죠. 내 누이 카미야와 나는 우리가 가장 사랑하는 가족에게 아주 큰 도움을 주신 분에게 어떻게 해야 하는지 잘 알고 있어요." 이 말에 나는 최선을 다해 대답했고, 그는 다른 비슷한 말을 잔뜩 늘어놓으면서 나를 숱하게 어루만졌다. 그런 후, 내가 아직 장화를 신고 있는 것을 보고는 하인들을 시켜서 벗기게 했다.

그런 다음 우리는 식사가 차려진 방으로 건너갔다. 돈 라파엘, 그의 누이, 나, 이렇게 세 사람이 식탁에 앉았다. 저녁 식사 동안 그들은 내게 상냥한 말을 숱하게 해댔다. 내가 하는 말마다 탄복할 만한 표현이라며 치켜세웠고, 요리가 나올 때마다 두 사람 다 그 요리를 소개하며 내게 얼마나 관심을 쏟았는지 모른다. 돈 라파엘은 종종 도냐 멘시아의 건강을 기원하며 마셨다. 나도 따라 했다. 때때로 카미야는 우리와 함께 건배하면서 뭔가 의미심장한 시선을 내게 던지는 것 같았다. 그리고 그러는 것을 자기 오라버니가 눈치챌까 봐 두렵기라도 한 듯이 굴었다. 그 귀부인이 나한테 반했다는 것을 믿게 하는 데 그 이상 필요한 것은 없었다. 나는 바야돌리드에 조금이라도 머문다면 이를 이용하게 되리라 은근히 기대했다. 그들이 자기네 집에서 며칠 보내라고 간청할 때 힘들지 않게 응낙한 것은 그런 기대 때문이었다. 그들은 내 호의에 대한 감사의 말을 했다. 그때 카미야가 몹시 기뻐하는 모습을 보고 나는 그녀가 나를 아주 맘에 들어 한다고 확신했다.

돈 라파엘은 내가 그 집에서 잠시 체류하기로 결정한 것을 보고는 자기네 성에도 데려가겠다고 제안했다. 그는 자신의 성을 멋지게 묘사하고, 거기서 내게 제공할 즐거움거리에 관해서도 말했다. "우리는 이따금 사냥도 즐기고 낚시도 즐길 겁니다. 나리께서 산책을 좋아하신다면, 숲과 감미로운 정원들도 있어요. 게다가 우리는 좋은 사람들과 어울릴 겁니다. 나리가 전혀 지루하지 않으시길 바랍니다." 나는 그 제안을 받아들였고, 바로 다음 날 그 아름다운 성에 가기로 결정했다. 우리는 너무 기분 좋은 계획을 세우며 테이블에서 일어났다. 돈 라파엘은 기뻐서 흥분한 듯 보였다. 그는 나를 껴안으며 말했다. "질 블라스 나리, 제 누이와 함께 계시도록 저는 물러가겠습니다. 저는 필요한 지시들을 하고, 함께할 사람들 모두에게 기별하러 가겠습니다." 이 말을 하고서 그는 우리가 있던 방에서 나갔다. 나는 그의 누이와 대화를 계속했다. 그녀는 내게 던졌던 부드러운 눈짓들을 말로써 이어 갔다. 그녀는 내 팔을 잡더니 내 반지를 바라보며 말했다. "꽤 예쁜 다이아몬드가 박혔군요. 그런데 참 작네요. 귀금속에 대해 잘 아시나요?" 나는 아니라고 대답했다. 그러자 그녀가 대꾸했다. "그러시다니 애석하네요. 잘 아신다면 이 반지의 가치가 얼마나 되는지 제게 말해 주실 텐데요." 이 말을 마치면서 자기 손가락에 있는 커다란 루비를 보여 주었다. 내가 그 루비를 주시하는 동안 그녀는 말했다. "제 삼촌 중 한 분이 필리핀 제도(諸島)에 있는 스페인 식민지 총독이셨는데, 제게 이 루비를 주셨어요. 바야돌리드의 보석상들은 이 루비가 3백 피스톨라 정도의 가치가 있다고 평가했죠." 그래서 내가 그녀에게 말했다. "그럴 것 같네요. 완벽하게 아름다워요." 그러자 그녀가 대꾸했다. "나리 마음에 드신다니, 물물교환을 하고 싶네요." 그러고는 즉각 내 반지를 빼더니 내 새끼손가락에 자기 반지를 끼웠다. 내 보기에는 애교 있게 선물하는 것처럼 보이던 그 물물교환 후, 카미야는 내 손을 꽉 잡고 나를 다정히 바라보았다. 그러다가 갑자기 대화를 뚝 끊고, 저녁 인사를 하고는 아주 당황스러워하며 물러갔다. 마치 자신의 감정을 너무 드러낸 것이 부끄럽기라도 한 듯이….

연애에 관해서는 아무리 초보라 하더라도, 그렇게 성급하게 물러나는 것은 내게 호의적인 뭔가를 뜻한다는 것을 나는 여실히 느꼈다. 그리고 내가 이 시골에서 꽤 괜찮은 시간을 보내게 될 거라고 판단했다. 나는 그 기분 좋은 생각과 내 형편이 너무 좋아진 것에 취해서 내 시종에게 다음 날 아침 일찍 깨우러 오라고 일러두고는 내가 자야 할 방에 틀어박혔다. 그러고는 쉴 생각은 하지 않고, 탁자 위에 있던 내 가방과 루비 반지가 불러일으키는 유쾌한 생각들에 빠져 버렸다. 나는 생각했다. '과거에는 내가 불행했다면, 다행히도 이제는 더 이상 그렇지 않다. 한쪽에는 1천 두카도, 다른 쪽에는 3백 피스톨라짜리 반지가 있으니, 이제 오래 쓸 수 있는 돈이 생긴 거다. 마후엘로는 나를 속이지 않았다. 그걸 잘 알겠어. 그토록 쉽게 카미야 마음에 들었으니 나는 마드리드에서 숱한 여자들을 불타오르게 하리라.' 그 후덕한 부인의 친절이 아주 매력적으로 떠올랐고, 돈 라파엘이 자기 성에서 나를 위해 준비하고 있는 향응거리들도 머릿속으로 벌써부터 음미했다. 그런데 그 숱한 즐거운 이미지들로 황홀했지만, 그래도 잠은 어쩔 수 없이 쏟아졌다. 나는 옷을 벗고 자리에 누웠다.

다음 날 아침, 잠에서 깨어났을 때 나는 이미 시간이 늦은 것을 알아차렸다. 시종이 어젯밤 내 지시를 받고도 나타나지 않은 것이 참으로 놀라웠다. 그래서 생각했다. '암브로시오, 나의 충직한 암브로시오가 교회에 있거나, 아니면 오늘은 아주 늑장을 부리거나 하나 보다.' 하지만 곧이어 그 생각을 버리고 더 나쁜 생각을 하게 됐다. 일어나 보니 가방이 보이지 않았다. 그가 밤사이에 내 가방을 훔쳐 달아났을지 모른다는 의심이 들었던 것이다. 그 의혹을 밝히기 위해 방문을 열고 그 위선자의 이름을 여러 번 불러 댔다. 내 목소리를 들은 어느 노인이 다가오더니 말했다. "뭘 원하시나요, 나리! 나리와 같이 온 사람들은 동이 트기 전에 내 집에서 모두 나갔는데요." "뭐라고요, 당신의 집이라고요?" 내가 소리쳤다. "내가 지금 돈 라파엘의 집에 있는 것이 아닌가요?" 그러자 노인이 말했다. "그 기사가 누군지 나는 모르는데요. 당신은 지금 가구 딸린 호텔에 있는 겁니다. 내가 이 호텔 주인이고요. 엊저녁, 당신이 저녁 식사를 함께한 그 부인은 당신이 도착하기 한 시간 전에 와서 이 숙소를 예약하면서 신분을 감추고 여행하는 고관대작을 위한 거라고 말했어요. 돈을 미리 지불하기까지 한 걸요."

그때서야 나는 사정을 다 간파하게 되었다. 카미야와 돈 라파엘이 어떤 자들인지 알게 된 것이다. 내 사정을 전부 알아낸 내 시종이 그 교활한 자들에게 나를 팔아넘긴 것임을 깨달았다. 나는 그 슬픈 사고를 오로지 내 탓으로 돌리지도 않았고, 내가 쓸데없이 마후엘로에게 속마음을 털어놓는 경솔한 짓만 하지 않았어도 그런 일은 일어나지 않았을 거라는 생각도 하지 않았다. 그러기보다는 죄 없는 운세에 책임을 돌리고, 나의 운세를 무수히 저주했다. 가구 딸린 호텔의 주인에게 사건의 전말을 들려주었더니, 아마도 나만큼이나 그 일을 잘 알고 있었는지 내 괴로움에 동정을 표했다. 그는 나를 불쌍히 여겼고, 그런 일이 자기 호텔에서 일어나 몹시 자존심 상한다는 티를 냈다. 그런 감정표시에도 불구하고 그 호텔 주인 또한 작당의 주역인 부르고스의 여인숙 주인 못지않게 이 사기행각에 대해 나름대로 책임이 있다고 나는 생각한다.

17

가구 딸린 호텔에서의 사건 후 질 블라스가 취한 선택

그렇게 당하고 만 불행을 한참 한탄하고 나자 슬픔에 빠져 있기보다는 내 불운에 대해 결연한 태도를 취해야겠다는 생각이 들었다. 나는 다시 용기를 내었고, 마음을 달래려고 옷을 입으면서 생각했다. '그 사기꾼들이 내 옷과 호주머니에 든 몇 닢의 두카도를 가져가지 않았으니 아직은 너무 행복하다.' 그들의 그런 분별력을 나름 인정해 준 것이다. 내게 장화도 남겨 주었으니 너그럽기까지 하다고 생각했다. 나는 살 때 치른 가격의 3분의 1만 받고 그 장화를 호텔 주인에게 넘겼다. 그런 뒤 그 가구 딸린 호텔을 마침내 나섰다. 이제 내 옷을 실어 나를 사람은 다행히 필요 없었다. 맨 처음 한 일은 전날 내렸던 여인숙에 내 노새들이 아직 있는지 보러 가는 것이었다. 암브로시오가 거기에 남겨두지 않았을 거라는 판단이 들기는 했다. 그자에 관해서도 올바르게 판단했으면 좋았을 텐데! 그런데 알게 된 것은 바로 전날 저녁 이미 그가 노새들을 거기서 끌어냈다는 사실이다. 그 노새들도 내 가방과 마찬가지로 다시는 못 볼 거라고 판단하고, 처량하게 거리로 나서면서 이제 어떤 결정을 해야 할지 생각해 보았다. 한 번 더 도냐 멘시아의 도움을 받으러 부르고스에 가볼까도 생각했지만, 결국 포기했다. 멘시아 부인의 친절을 남용하는 일이 될 게 뻔한 데다 나를 멍청이로 볼지 모른다는 생각이 들었기 때문이다. 그래서 앞으로는 여자들을 조심하기로 다짐했다. 제아무리 정숙한 여인일지라도 경계하기로 마음먹었다. 나는 이따금 루비 반지에 눈길을 던졌다. 그러다가 원래 갖고 있던 반지가 멘시아 부인의 선물임을 생각하자 괴로워서 한숨이 절로 나왔다. 나는 생각했다. '아아! 나는 루비에 대해 아무것도 모른다. 하지만 그것으로 물물교환을 하는 인간들은 안다. 내가 멍청이라는 것을 확인하기 위해 보석상까지 갈 필요는 없다.'

그래도 그 반지의 가치가 얼마나 되는지 확실히 알고 싶기는 해서, 보석 세공인에게 반지를 보여 주러 갔더니 3두카도라고 평가했다. 그렇다고 해서 내가 새삼 놀란 것은 아니지만, 그럼에도 필리핀 제도 총독의 조카를 저주했다. 아니, 그렇다기보다 한 번 더 저주했을 뿐이라고나 할까. 보석상에서 나올 때 한 젊은 남자가 내 가까이 지나가다가 멈춰 서서 나를 찬찬히 쳐다보았다. 내가 완벽히 아는 사람이 틀림없는데도 처음에는 누군지 생각나지 않았다. "아니, 이런, 질 블라스, 나를 모르는 척하는 겐가? 아니면, 2년의 세월이 이발사 누녜스의 아들을 그토록 심히 변하게 만들어서 자네가 몰라보는 건가?" 그가 계속해서 말했다. "자네와 같은 고향 사람이자 학교 친구인 파브리시오를 다시 떠올려 보게. 우리는 고디네스 박사 댁에서 보편개념과 형이상학적 등급에 관해 그토록 자주 논쟁을 벌이지 않았는가."

그가 이 말을 채 마치기 전에 나는 그를 알아보았다. 우리는 열렬히 서로 얼싸안았다. 그러고 나자 그가 말했다. "아, 내 친구, 자네를 만나다니 너무 기쁘네! 내가 얼마나 기쁜지 표현할 길이 없어…." 그러더니 놀란 기색으로 말을 이었다. "그런데 지금 자네 모습이 왜 이런 건가? 맙소사! 왕자님처럼 차려입었구먼! 훌륭한 검에다 비단 스타킹, 저고리, 게다가 은 자수를 놓은 벨벳 외투까지! 어느 통 큰 늙은 여인이 자네에게 후한 인심을 베풀었을 거라고 내가 장담하지." 그래서 내가 말했다. "틀렸네. 내 형편이 자네가 생각하는 것처럼 그리 윤택하진 않네." 그러자 그가 반박했다. "다른 사람들에게, 다른 사람들에게나 그리 말하게! 자네는 조심하고 싶겠지. 그런데 그 손가락에 끼고 있는 그 아름다운 루비는, 질 블라스 씨, 도대체 어디서 난 건가요?" 그래서 내가 대꾸했다. "어떤 뻔뻔한 사기꾼 여자한테서 비롯된 거라네. 파브리시오, 친애하는 파브리시오, 바야돌리드 여자들의 총아가 되지 말게. 친구여, 나는 그녀들에게 쉽게 속아 넘어갔다는 것을 알아두게나."

내가 이 마지막 말을 너무 처량히 내뱉어서 파브리시오는 내가 사기를 당했다는 것을 알아챘다. 내가 왜 여성에 대해 그렇게 불평하는지 말하라고 그는 재촉했다. 그의 호기심을 만족시켜야겠다는 작정이 그리 힘들지는 않았다. 그런데 해야 할 이야기가 꽤 길고, 게다가 우리는 그리 빨리 헤어지고 싶지 않았기에, 좀더 편하게 대화를 나누기 위해 선술집으로 들어갔다. 거기서 식사를 하는 동안 나는 오비에도를 떠난 이래 내게 일어난 일을 죄다 들려주었다. 파브리시오는 내가 겪은 일들이 꽤 특이하다고 생각했다. 그는 내가 처해 있는 유감스런 상황에 대해 몹시 안타까워하며 말했다. "인생의 온갖 불행에 대해 너무 슬퍼하지 말게나. 똑똑한 사람은 궁지에 처하면 더 나아질 때를 참을성 있게 기다리지." 그러면서 키케로처럼 말했다. "그런 사람은 자기가 인간이라는 것을 상기하지 못할 만큼 무너지지는 않을 거야. 나도 그런 성격에 속해. 실추된다고 해서 짓눌리지는 않아. 언제나 불운을 딛고 일어나지. 예를 들어 볼게. 내가 오비에도에서 한 하녀를 사랑했어. 그 여자도 나를 사랑했지. 그래서 그녀의 아버지에게 딸과 결혼하고 싶다고 했다가 거절당했어. 다른 사람 같으면 괴로워 죽을 테지만, 나는 그 사랑스런 사람을 납치하면서 나의 명민함에 탄복했지. 그녀는 활달하고 덤벙대는 성격에 애교스러웠어. 그녀는 즐거움거리를 좇느라 나로 하여금 늘 의무를 저버리게 만들었어. 나는 그녀와 갈리시아 왕국을 6개월 동안이나 돌아다녔다네. 그 바람에 여행을 좋아하게 된 그녀는 포르투갈에 가고 싶어 했지. 그런데 여행 동반자로 나 아닌 다른 사람을 선택했어. 나로서는 또 절망할 이유가 생긴 거지. 하지만 이번에도 나는 그 새로운 불행의 무게에 압도되지 않았어. 나는 메넬라오스보다 더 지혜롭게 대처했어. 나의 헬레나를 가로채 간 파리스를 상대로 무장(武裝)하는 대신, 그녀를 치워 버리게 해준 그에게 감사했지. 그 후, 더 이상 아스투리아스로 돌아가고 싶지 않았고, 그 어떤 법정 다툼도 하고 싶지 않았어. 그래서 레온 왕국으로 가서 이 도시 저 도시를 돌아다니며 나머지 돈을 썼어. 왜냐하면 오비에도를 떠난 이후 우리 둘 다 일을 했기 때문에 수중에 돈이 좀 남아 있었거든. 내가 팔렌시아에 도착했을 때 가진 돈은 1두카도뿐이었는데 그 돈으로 신발 한 켤레를 사야 했어. 그러고 나서 남은 돈으로는 멀리 갈 수가 없었어. 상황이 난처해진 거지. 나는 이미 굶기 시작했어. 신속히 결정해야 했지. 그래서 일을 하기로 작정한 거야. 우선 큰 포목 가게에 들어갔는데, 그 집 아들이 제멋대로였어. 거기서 나는 굶지 않아도 되는 피난처를 얻은 셈이지만, 동시에 몹시 곤란한 일도 생겼어. 그 집 아버지는 내게 자기 아들을 몰래 감시하라고 지시했고, 그 아들은 내게 자기 아버지를 속이는 일을 도와 달라고 부탁한 거야. 양자택일을 해야 했지. 나는 명령보다 부탁을 선호했고, 그 선택으로 인해 해고를 당했어. 다음에는 어느 늙은 화가를 위해 일하게 되었지. 그 화가는 우정으로 회화의 기본원칙들을 내게 가르쳐 주고 싶어 했어. 하지만 내가 배가 고파 죽든 말든 신경 쓰지 않았어. 그림도, 팔렌시아에 머무는 것도 역겨워졌지. 그래서 바야돌리드로 오게 된 거야. 여기서는 천만다행히도 구호소 행정관리자의 집에 들어가게 되었어. 아직도 나는 그 집에 머물러 있고, 지금의 처지에 만족하고 있어. 나의 주인인 마누엘 오르도녜스 나리는 신심이 깊은 사람이야. 언제나 눈을 내리뜬 채 걷고, 손에는 큰 묵주를 쥐고 있어. 사람들이 그러는데, 어린 시절부터 가난한 사람들의 행복만 염두에 두었고, 지칠 줄 모르는 열정으로 그 일에 매달렸대. 그 정성에 보상은 없지 않았어. 그의 모든 것이 번창했거든. 웬 축복인지! 가난한 사람들의 일을 하면서 부자가 되었으니 말이야."

파브리시오가 이렇게 얘기했을 때 내가 그에게 말했다. "네가 너의 운명에 만족한다니 기쁘구나. 하지만 우리끼리 얘긴데, 너는 세상에서 더 훌륭한 역할을 할 수 있을 거 같아." 그러자 파브리시오가 대답했다. "그렇게 생각하지 마, 질 블라스. 나 같은 기질을 가진 사람에게는 지금보다 더 쾌적한 상황은 있을 수 없다는 점을 알아 둬. 고백건대, 하인 일은 얼간이한테는 힘들어. 하지만 똑똑한 남자에게는 매력만 있는 직업이지. 탁월한 재능을 가진 사람은 하인 일을 할 때도 멍청이처럼 물리적으로 하지 않아. 어느 집에 들어갈 때는 섬기기 위해서라기보다 명령하기 위해 들어가는 거지. 그런 자는 주인을 연구하는 것부터 시작해. 주인의 단점들에 적응하며 신뢰를 얻은 뒤 주인을 마음대로 부리게 되지. 구호소 행정관리자 집에서 내가 바로 그런 식으로 처신했어. 나는 그가 교활한 자라는 것을 대번에 알아보았지. 그러고는 그자가 성스러운 인물로 통하고 싶어 한다는 것을 알아챘어. 나는 속아 넘어가는 척했지. 그런 일은 하나도 힘이 안 드니까. 게다가 한술 더 떠서 그를 모방했어. 그가 다른 사람들 앞에서 하는 역할을 바로 그 앞에서 내가 하면서, 그 속이는 자를 속인 거야. 그리고 서서히 그의 일을 전부 다 돌보는 '집사'가 되었어. 언젠가 나도 그의 후원 덕분에 가난한 자들의 사업에 끼어들 수 있게 되기를 기대하고 있어. 어쩌면 나도 큰돈을 벌게 될 거야. 왜냐하면 나도 우리 주인만큼이나 가난한 자들의 행복을 사랑한다고 느끼거든."

"아름다운 희망이다, 친애하는 파브리시오, 축하해." 내가 말했다. "나는 처음에 의도했던 계획으로 돌아왔어. 이 수 놓인 옷을 프록코트로 갈아입고 살라망카로 가서 대학교에 적을 두고 가정교사 일을 하려고 해." 그러자 파브리시오는 "훌륭한 계획이야! 기분 좋은 상상이군!"이라고 소리쳤다. "그 나이에 선생 노릇을 하기 바라다니 완전히 미쳤군! 이 가련한 인간아, 네가 그런 결정을 하면서 무엇에 속박되는 건지 알기나 하는 거니? 네가 자리를 잡는 즉시 온 집안이 너를 관찰할 거다. 그들은 너의 아주 사소한 행동까지도 세심히 살필 거야. 너는 끊임없이 참아야 할 걸. 겉으로는 위선자처럼 꾸미고, 온갖 미덕을 다 소유한 것처럼 보여야 할 거야. 너의 즐거움을 위한 시간은 거의 단 한순간도 없을 거다. 너는 네 학생의 영원한 검열관으로서, 그 아이에게 라틴어를 가르치고, 그 애가 예의범절에 어긋나는 말을 하는 일이 생기면 그 애를 나무라며 세월을 보내게 될 거야. 그 숱한 고생과 제약들을 겪고 난 후 네 정성의 결실은 무엇일까? 어린 귀족이 나쁜 인물이라면 네가 잘못 키워서 그런 거라고 사람들은 말할 테고, 그의 부모는 네게 보상도 안 해주면서 너를 내쫓을 거다. 어쩌면 심지어 급료도 안 주면서…. 그러니 그 가정교사 자리에 관해서는 아무 말도 마라. 영혼을 팔아 얻는 소득이니까. 그러지 말고 하인 일을 고려해 봐. 그 무엇에도 속박되지 않고 얻는 단순한 소득이거든. 주인에게 악덕이 있다면, 그 주인을 섬기는 탁월한 능력은 악덕을 부추기면서, 심지어 그 악덕을 종종 자신에게 유리한 쪽으로 바꾸어 놓기도 하지. 하인은 좋은 집에서 별걱정 없이 살아. 마음껏 먹고 마시고, 푸줏간 주인이나 빵집 주인에게 시달리지도 않으면서 그 집의 아이처럼 평온히 잠들 수 있어."

"하인들이 누리는 온갖 이득을 말하려면 끝도 없을 거다, 친구야." 파브리시오는 말을 계속했다. "내 말을 믿어, 질 블라스. 가정교사가 되고 싶다는 생각은 버리고, 나처럼 해." 그래서 내가 대꾸했다. "그래, 파브리시오. 하지만 구호소 관리자를 늘 만날 수 있는 건 아니잖아. 내가 하인 일을 하기로 작정한다면 최소한 나쁜 자리로 가고 싶지는 않아." 그러자 그가 말했다. "오! 네 말이 맞아. 그 일은 내가 맡을

게. 신사를 대학교에서 끌어낼 수만 있다면야 내가 좋은 하인 일자리를 책임지고 찾아 주지."

그의 논거보다는 앞으로 닥칠 역경과 파브리시오의 만족해하는 모습이 나를 더 잘 설득시켜서, 나는 하인 일을 하기로 결정했다. 그러고 나서 우리는 선술집에서 나왔다. 그때 그 고향 친구가 말했다. "거리를 떠돌아다니는 하인들 대부분이 찾아가는 사람이 있는데, 이 길로 바로 너를 그 집으로 데려가야겠다. 그는 각 가정에서 벌어지는 일들을 전부 보고하는 임무를 맡은 하인들을 두고 있어. 그는 어느 집에서 하인을 필요로 하는지 알고 있고, 비어 있는 자리들뿐만 아니라 심지어 주인이 좋은지 나쁜지 그 자질에 관한 것까지 정확히 기록해 두고 있어. 어디인지는 모르지만, 수도원에서 수도사로 지냈던 사람이야. 바로 그 사람이 나한테도 하인 일자리를 구해 주었어."

그토록 특이한 일자리 소개소에 관해 얘기를 나누는 동안 이발소집 아들 누녜스는 나를 어느 막다른 골목으로 데려갔다. 우리는 작은 집으로 들어갔다. 집안에는 탁자에서 글을 쓰고 있는 50세 남자가 있었다. 우리는 그에게 인사를 했다. 심지어 꽤 공손하게 인사했다. 그럼에도 그 남자는 천성적으로 오만해서 그런 건지, 그저 하인들과 마부들만 봐와서 그런 건지, 사람들을 퉁명스럽게 맞이하는 버릇 때문에 그런 건지 자리에서 영 일어나지를 않았다. 그는 우리에게 고개만 살짝 까딱하는 것으로 그쳤다. 하지만 나를 유심히 쳐다보기는 했다. 수가 놓인 벨벳 의상을 입고 있는 젊은이가 하인이 되겠다고 하니까 놀라워하는 표정이 역력했다. 오히려 내가 하인을 구하러 왔다고 생각할 만했으니까. 하지만 그가 내 의도를 오래 의심할 수는 없었다.

파브리시오가 우선 다음과 같이 말했기 때문이다. "아리아스 데 론도냐 나리, 저의 절친한 친구를 소개해 드려도 되겠습니까? 이런저런 불행을 당하여 하인 일을 구해야 할 처지에 놓인 친구입니다. 제발 이 친구에게 좋은 일자리를 알려 주십시오. 그러면 이 친구가 대단히 고마워할 겁니다." 그러자 아리아스는 냉정하게 대답했다. "이보시오들, 당신들은 모두 그런 식이오. 일자리를 찾아 주기 전에는 세상에서 가장 훌륭한 약속들을 하지. 그런데 자리를 잘 잡고 나서는 그 약속들을 더 이상 기억 못 하는 거야." 이에 파브리시오가 반박했다. "뭐라고요! 저에 대해 불평하시는 겁니까? 제가 후하게 대접해 드리지 않았나요?" 그러자 아리아스가 대꾸했다. "더 잘해 줄 수도 있었을 걸세. 자네 일자리는 서기와도 맞먹는 자리였는데, 자네는 마치 작가의 집에 일자리를 얻어 준 것처럼 지불했네." 그때 내가 말을 시작했다. 아리아스에게 나는 그런 배은망덕한 자가 아니라는 것을 알리기 위해, 일자리 알선에 앞서 고마움의 표시부터 하고 싶다고 말했다. 그러면서 내 호주머니에서 2두카도를 꺼내어 그에게 주었다. 그리고 내가 좋은 집에 들어가게 되면 그것으로 그치지 않을 것이라고 약속했다.

아리아스는 내 태도에 만족하는 듯 보였다. "나한테 그런 식으로 대하는 것을 난 좋아하네"라고 그가 말했다. 그러고는 말을 계속했다. "비어 있는 훌륭한 자리들이 있네. 어떤 것들인지 말해 줄 테니 자네 마음에 드는 것을 고르게나." 그는 이 말을 마치고 안경을 끼더니 테이블 위에 있던 장부를 펼쳐서 몇 장 넘기다가 다음과 같이 읽기 시작했다. "격하고 난폭하며 제멋대로인 토르벨리노 대장에게 하인이 한 명 필요함. 그는 끊임없이 투덜거리고, 욕설을 퍼붓고 때리고, 자기 하인들을 불구로 만드는 일이 아주 흔함." 이 묘사에 내가 소리쳤다. "다음으로 넘어갑시다. 그 대장은 제 취향이 아닙니다." 나의 격한 반응에 아리아스는 미소를 짓더니 읽기를 계속했다. "도냐 마누엘라 데 산도발, 늙어 빠지고 성마르고 기묘한 돈 많은 과부인데 현재 하인이 없음. 보통 하나만 데리고 있는데, 하루 종일 그 과부를 내내 돌볼 수는 없음. 집안에는 10년 전부터 그 집에 들어오는 시종이라면 누구나 입어야 하는 의복이 하나 있음. 체격이 어떠하건 간에 그 옷을 꼭 입어야 함. 그 집에 왔던 하인들이 그것을 한 번씩만 입어 봤으므로 아주 새 옷이라고 할 수 있음. 설사 2천 명의 하인이 입어 봤다 하더라도…. 알바르 파녜스 박사에게 시종이 하나 결원임. 그는 화학자 의사임. 하인들에게 잘 먹이고, 깨끗한 옷들을 제공하며, 심지어 급료도 두둑하게 줌. 그런데 하인들에게 임상 실험을 함. 그 박사의 집에는 비어 있는 하인 자리가 자주 있음."

"오, 그렇겠네요." 파브리시오가 웃으며 가로막았다. "맙소사! 우리에게 그런 자리들을 좋은 자리라고 알려 주시다니요." 그러자 아리아스 데 론도냐가 말했다. "기다려 보게. 끝까지 다 읽은 게 아니니까. 자네들을 만족시킬 만한 게 있어." 그러고는 다음과 같이 계속 읽었다. "도냐 알폰사 데 솔리스, 낮 시간 중 3분의 2를 교회에서 보내며 하인이 늘 자기 곁에 있기를 바라는 독실한 노파가 3주 전부터 하인이 없음. 학사이며 이 도시 성당의 늙은 참사원인 세디요가 엊저녁에 자기 하인을 쫓아 버렸음." 바로 그때 파브리시오가 "잠깐만요"라고 소리쳤다. "우리는 그 마지막에 말씀하신 자리로 만족합니다. 그 세디요 학사는 제 주인의 친구분들 중 한 분이시거든요. 제가 그분을 완벽히 알고 있습니다. 그분 댁에서는 하신타 부인이라 불리는 연로한 여신도가 집안일을 돌보고 있다는 것을 제가 압니다. 바야돌리드에서 가장 좋은 집이죠. 그 집 사람들은 안락하게 살고, 아주 좋은 음식을 먹죠. 게다가 그 참사원은 노령의 통풍환자로 몸도 성치 않아서 곧 유언을 하시게 될 겁니다. 유산을 기대해 볼 만하고요. 하인으로서는 매력적인 전망이죠!" 그러더니 내 쪽으로 몸을 돌리며 덧붙였다. "질 블라스, 시간 낭비하지 말자, 친구야. 당장 그 참사원 댁으로 가자. 내가 직접 너를 소개하고 너의 보증인 노릇을 하고 싶구나." 이 말이 끝나자마자 우리는 그토록 좋은 기회를 놓칠까 봐 두려워서 아리아스 나리에게 얼른 작별인사를 하였다. 아리아스는 내가 그에게 준 돈을 대가로 삼아서, 만약 그 자리를 놓치면 좋은 자리를 또 찾아 줄 테니 믿으라고 장담했다.

제2부

1

파브리시오가 질 블라스를 세디요 학사의 집에 데려가다
이 참사원의 상태와 가정부에 대한 묘사

우리는 그 늙은 학사의 집에 너무 늦게 도착하는 건 아닌지 몹시 조바심을 내며 그 골목에서 학사의 집까지 단숨에 달려갔다. 도착하고 보니 문이 닫혀 있었다. 그래서 문을 두드렸다. 그 집 가정부가 세간의 입방아에도 불구하고 자기 조카로 통하게 하는 열 살짜리 여자애가 나와서 문을 열어 줬다. 그 아이에게 참사원과 얘기할 수 있느냐고 물었더니 가정부인 하신타 부인이 나타났다. 분별 있는 나이에 이미 도달한 여인이었지만 아직 아름다웠고, 특히 피부가 싱그러워서 나는 탄복했다. 그녀는 평범하기 짝이 없는 모직 천으로 된 긴 드레스에 넓은 가죽 벨트를 차고 있었다. 그 벨트의 한쪽에는 열쇠 꾸러미가, 다른 쪽에는 알들이 큰 묵주가 달려 있었다. 우리는 그녀를 보자마자 아주 공손히 인사했다. 그러자 그녀는 매우 세련되지만 겸손하게 그리고 눈은 내리뜨고 답례했다.

내 동무가 그녀에게 말했다. “세디요 학사 나리에게 성실한 하인이 필요하다는 것을 알게 되었습니다. 그래서 나리께서 만족해하실 만한 사람을 소개해 드리러 왔습니다." 그 말에 그 집 가정부는 눈을 들어 나를 뚫어져라 바라보고 나서는 파브리시오가 하는 말이 자수 놓인 내 옷과 어울리지 않는다고 생각했는지 빈 일자리를 찾고 있는 사람이 나인지 물었다. 그러자 누녜스의 아들 파브리시오가 말했다. "네, 바로 이 젊은이입니다. 보시는 바와 같이 그에게 불운이 찾아와서 하인 일을 할 수밖에 없는 처지입니다." 그러고 나서는 들척지근한 어조로 덧붙였다. "식민지 총독과도 같은 분의 가정부가 되실 만한 자격이 있으신 덕성스러운 하신타 부인과 이 집에서 살게 되는 행복을 얻는다면 불행을 극복하게 해줄 위안이 될 겁니다." 이 말에 그 독실한 척하는 노파는 내게서 눈길을 거두고 상냥한 파브리시오를 주시했다. 그러다 그 외모가 낯설지 않아서 놀라워하며 그에게 말했다. "당신을 본 적이 있는 것 같은 생각이 막연히 드네요. 확실히 밝혀지게 도와주세요." 그러자 파브리시오가 대답했다. "정숙하신 하신타 부인, 부인의 시선을 끌게 되다니 대단히 영광입니다. 제 주인이자 구호소 행정관리자인 마누엘 오르도녜스 나리와 함께 이 집에 두 차례 왔었습니다." 그 말에 하신타가 말했다. "아, 맞아요! 생각나요. 당신이 기억나네요. 아! 당신이 오르도녜스 나리 댁에 있다니, 당신은 명예를 중시하는 훌륭한 하인임이 틀림없어요. 그 자리가 당신에 대한 찬사나 마찬가지입니다. 이 젊은이에게 당신보다 더 좋은 보증인은 있을 수가 없을 거예요." 그러더니 말을 이었다. "들어오세요. 내가 세디요 나리를 뵙게 해줄게요. 당신을 통해 하인을 구하게 되어 그분이 아주 기뻐하실 거라는 생각이 드네요."

우리는 하신타 부인을 따라갔다. 참사원은 아래층에 기거하고 있었는데, 목재로 된 그의 처소는 네 공간으로 이루어진 한 층 전체였다. 하신타 부인은 우리에게 첫 번째 방에서 기다리라고 말하고 나서 학사가 있는 두 번째 방으로 들어갔다. 그녀는 우리가 온 사실을 알리려고 잠시 그와 단둘이 있다가 나와서 우리에게 와서 들어가도 좋다고 말했다. 우리는 그 통풍환자가 안락의자에 푹 박혀서 머리와 팔 밑에 베개와 쿠션들을 괸 채 솜털이 가득 찬 큰 방석 위에 다리를 올려놓고 있는 것을 보았다. 우리는 절을 수차례 한 다음 그에게 다가갔다. 파브리시오가 대표로 말하면서, 아까 가정부에게 했던 말을 반복하는 데 그치지 않고, 내 장점을 늘어놓기 시작했다. 내가 고디네스 박사 댁에서 철학 논쟁으로 얻은 영예에 관한 것이 주요 내용이었다. 마치 참사원의 시종이 되려면 위대한 철학자가 되어야 하는 것만 같았다! 그래도 어쨌든 파브리시오는 나에 대한 멋진 찬사로 그 학사의 눈을 속이기는 했다. 게다가 그 학사는 하신타 부인이 나를 탐탁하게 여기지 않는 것은 아니라는 것을 알아차리고는 내 보증인에게 이렇게 말했다. "친구여, 자네가 데려온 청년을 내 집에 받아들이겠네. 꽤 마음에 들고, 그의 품행도 좋을 거란 판단이 드네. 오르도네스 나리의 하인이 소개해 줬으니 말일세."

내가 그 집 하인으로 결정되자 파브리시오는 참사원에게 큰절을 했고, 가정부에게는 훨씬 더 깊숙이 머리 숙여 인사했다. 그러고 나서 아주 작은 목소리로 우리는 다시 보게 될 것이고, 나는 그 자리에 눌러앉기만 하면 된다고 말하고 매우 만족스러워하며 물러갔다. 그가 나가자마자 세디요 학사는 내 이름이 무엇인지, 왜 고향을 떠났는지 물었고, 그 질문들을 통해 하신타 부인 앞에서 내 얘기를 하도록 만들었다. 나는 특히 내 마지막 사건 이야기를 통해 그 두 사람을 흥겹게 해주었다. 카미야와 돈 라파엘에 관한 내용이 그들에게는 너무 우스웠나 보다. 세디요가 너무 웃어 대는 바람에 내 얘기가 그 늙은 통풍 환자의 목숨을 앗아가는 게 아닌가 생각될 지경이었다. 온 힘을 다해 웃다가 너무 격렬히 기침을 해대는 바람에 그가 죽을 것만 같아 보였기 때문이다. 아직 유언도 해놓지 않았으니 그 가정부가 얼마나 놀랐을지 생각해 보라! 그녀는 부들부들 떨며 미친 듯이 날뛰었다. 영감을 구하러 달려가 기침하는 아이들을 진정시킬 때처럼 이마를 문지르고 등을 쳐주는 등 응급처치를 했다. 그래서 하신타 부인은 내가 이야기를 계속하지 못하게 했다. 나는 이야기를 마저 마치고 싶었지만, 영감이 또 기침을 할까 봐 두려웠던 것이다. 그녀는 참사원의 방에서 곧장 나를 옷장으로 데려갔다. 거기에 있는 여러 벌의 옷들 중에 내 전임자의 옷이 있었다. 그녀는 내게 그 옷을 입게 하고, 내 옷은 그 자리에 두었다. 나는 그 옷을 또 쓰게 될지도 모른다고 생각하였기에 그 옷을 보관하는 것이 유감스럽지 않았다. 그런 다음 우리는 둘 다 점심 식사 준비를 하러 갔다.

나는 요리 기술에서 신참처럼 보이지는 않았다. 사실, 좋은 요리사로 통할 수도 있는 레오나르다 부인 밑에서 훌륭한 실습을 했으니까. 하지만 하신타 부인에 비하면 어림도 없었다. 어쩌면 하신타 부인은 톨레도 대주교의 요리사보다도 더 뛰어날지 모른다. 그녀는 모든 요리에서 탁월했다. 그녀가 만든 걸쭉한 수프를 사람들은 세련된 맛이라고 했다. 그만큼 거기에 넣을 고기들을 잘 선택하고 육즙을 잘 섞을 줄 알았고, 그녀가 다진 고기는 아주 좋은 맛을 내도록 조미가 돼 있었기 때문이다. 식사가 준비되자 우리는 참사원의 방으로 들어갔다. 내가 참사원의 안락의자 곁에 식탁을 마련하는 동안 가정부는 그 늙은이의 턱 아래에 수건을 대고 그 수건을 어깨에 묶어 주었다. 잠시 후, 마드리드에서 가장 이름 높은 지도자에게 내놓아도 손색이 없을 고기 수프와 앙트레 두 가지를 차려 놓았다. 하신타 부인이 세디요의 통풍을 악화시킬까 봐 두려워 조미료를 아끼지만 않았다면 부왕(副王)(식민지 총독)의 관능을 자극할 만한 맛을 가진 앙트레였다. 사지가 모두 마비된 줄 알았던 그 늙은 주인은 이 맛있는 음식을 보자 팔 쓰는 법을 아직 완전히 잊지는 않았다는 것을 내게 보여 주었다. 그는 자기 팔로 베개와 쿠션을 치우더니 즐거이 먹는 용도로 두 팔을 사용했다. 손이 떨리기는 했지만, 사용을 거부하지는 않았다. 그는 꽤 자유롭게 손을 움직였음에도 입으로 가져가는 음식의 절반을 식탁보와 냅킨에 흘리기는 했다. 그가 수프를 더 이상 먹으려 하지 않자 나는 그것을 치우고, 하신타 부인이 발라 낸 구운 메추라기 두 마리가 곁들여진 자고새 요리를 가져왔다. 하신타 부인은 물을 탄 포도주를 넓적하고 움푹한 은잔에 따라서 마치 15개월 된 아이에게 하듯이 영감에게 벌컥벌컥 마시게 해주었다. 영감은 앙트레를 맹렬히 먹었다. 그렇다고 해서 마지막에 나온 새고기들을 무시하지도 않았다. 그가 배불리 먹고 나자 하신타 부인은 수건을 벗겨 주고 다시 베개와 쿠션들을 대주었다. 그런 다음 식사가 끝나고 늘 그렇듯이 그가 조용히 휴식을 취하도록 우리는 식탁을 치웠다. 그리고 이번에는 우리가 점심 식사를 하러 갔다.

날마다 그런 식으로 점심 식사를 한 우리의 참사원은 아마도 참사회에서 가장 많이 먹는 참사원일 것이다. 하지만 저녁 식사는 비교적 가볍게 먹었다. 닭 한 마리와 과일 조림 몇 가지를 먹는 것으로 그쳤으니까. 나는 그 집에서 맛있는 식사를 하면서 하루하루를 아주 달콤하게 보냈다. 거기서 불쾌한 일이라고는 딱 한 가지뿐이었다. 내가 주인을 돌봐야 하는데, 간병인처럼 밤새 주인 곁을 지켜야 한다는 점이었다. 그는 요폐(尿閉) 때문에 시간당 열 번이나 요강을 요구할 뿐만 아니라 땀도 많이 흘려서 수시로 셔츠를 갈아입혀야 했다. 두 번째 날 밤 그가 말했다. "질 블라스, 너는 능숙하고 적극적이구나. 네 시중이 마음에 들 것 같구나. 너에게 부탁할 거라고는 그저 하신타 부인을 친절하게 대하라는 것뿐이다. 15년 전부터 아주 각별한 열성으로 내 시중을 들고 있는 여인이란다. 내가 아무리 고마워해도 모자랄 만큼 신경 써주었다. 네게 고백하건대, 나한테는 그녀가 내 가족 전체보다 소중하단다. 나는 그녀에 대한 애정 때문에 내 친누이의 아들인 조카를 내 집에서 쫓아내기까지 했단다. 조카가 그 불쌍한 여인을 존중하는 마음이 전혀 없었기 때문이지. 그 무례한 조카는 나에 대한 그녀의 진실한 애정을 제대로 인정하지 않고, 거짓으로 신심 깊은 척하는 여자로 취급했다. 왜냐하면 오늘날 젊은이들의 눈에는 덕성이 그저 위선처럼만 보이니까. 다행히 나는 그 부랑아를 떨쳐 버렸다. 나는 혈연의 권리보다 내게 드러내는 애정을 선호한단다. 사람들이 내게 해준 좋은 일에만 끌리는 거지." 그래서 내가 세디요 학사에게 말했다. "나리가 옳습니다. 고마움은 자연법보다 우리에게 더 큰 힘을 발휘하는 것 같습니다." 그러자 그가 대꾸했다. "분명히 그럴 거야.

내 유언은 내가 친지들을 거의 개의치 않는다는 사실을 잘 보여 줄 거다. 나의 가정부가 내 유산의 상당 부분을 차지할 것이며, 만약 네가 지금 하는 것처럼 나를 꾸준히 잘 보살펴 준다면 너도 내 유언에서 잊히지 않을 것이다. 내가 어제 내쫓은 하인은 자신의 잘못 때문에 상당한 유산을 잃어버린 거야. 만약 그 불쌍한 인간이 행실 때문에 쫓겨나지 않았더라면, 내가 그를 부자로 만들어줬을 텐데…. 하지만 그는 하신타 부인에 대한 존경심이 없는 건방진 놈이었고, 고생을 두려워하는 게으름뱅이였어. 나를 돌보는 일을 좋아하지 않았고, 내 짐을 덜어 주기 위해 밤샘하는 것이 그로서는 매우 피곤한 일이었다." 그 말에 나는 파브리시오의 천재성이 내게 영감이라도 불어넣은 양 소리쳤다. "아! 가련한 인간! 그는 나리처럼 신사다운 분 곁에 있을 자격이 없습니다. 행복하게도 나리를 섬기게 된 하인은 지칠 줄 모르는 열의를 가져야 합니다. 자신의 의무를 즐거움으로 여겨야 하고, 설사 나리를 위해 피와 땀을 흘리더라도 일에 매여 있다는 생각을 해서는 안 되지요."

이 말이 세디요 학사를 매우 흡족하게 해주었다는 것을 나는 알아차렸다. 내가 하신타 부인의 뜻에 언제나 완벽히 따르겠다고 확언한 것에 대해서도 못지않게 만족스러워했다. 그러므로 나는 피곤해도 싫증을 내지 않는 하인으로 통하고 싶어서 가능한 한 아주 기꺼이 일하곤 했다. 매일 밤 깨어 있어야 하는 것에 대해서도 전혀 불평하지 않았다. 하지만 그러는 것이 아주 언짢긴 했고, 만약 기대를 품을 만한 유산이 없었다면 곧이어 내 처지가 싫증났을 것이다. 사실 나는 낮에는 몇 시간씩 쉬었다. 이 공정한 처우는 가정부 덕분으로, 그녀는 나를 많이 배려해 주었다. 그녀의 환심을 사기 위해 내가 비위를 맞추고 존경하는 태도를 보이느라 애쓴 덕분일 것이다. 나는 그녀와 '이네시야'라 불리는 그녀의 조카와 함께 식탁으로 가서 그들의 식사 시중을 들었다. 주의를 다해 그녀들의 접시를 바꿔 주고 마실 것을 따라 주었다. 그럼으로써 나는 그들의 마음을 사게 되었다. 어느 날 하신타 부인이 필요한 것들을 사기 위해 외출했을 때 나는 이네시야와 단둘이 있게 되었다. 그래서 그 아이에게 말을 걸었다. 우선 그 아이의 아버지와 어머니가 살아 계신지 물어봤다. "아니오!" 그 아이가 대답했다. "아주 오래오래 전에 돌아가셨어요. 나의 좋은 숙모님이 그렇게 말하셨거든요. 나는 그분들을 한 번도 본 적이 없어요." 그 대답이 분명치는 않다 해도 나는 그 아이의 말을 경건하게 믿었다. 내가 그녀에게 말할 때 아주 상냥하게 굴었기에 그녀는 내가 알고 싶어 하는 것 이상으로 말해 주었다. 어쩔 수 없이 배어 나오는 그 아이의 순진함 때문에 알게 된 바로는, 아니 그보다 내가 이해한 바로는, 그 아이의 숙모에게 좋은 친구(남성)가 있는데 그 친구도 어느 늙은 참사원 곁에 있으며, 그 참사원은 성직록을 관리하고 있고, 그 행복한 피고용인들(숙모와 친구)은 주인들이 유산들을 남겨주면 혼인을 통해 합칠 생각을 하고 있으며, 그 결혼의 감미로움을 미리 음미하고 있다는 것이었다. 내가 이미 말한 바처럼, 하신타 부인은 좀 늙긴 했어도 아직 생기가 있었다. 사실, 그녀는 자기관리를 위해서라면 아무것도 아끼지 않았다. 매일 아침 관장을 할 뿐만 아니라 낮 동안 그리고 잠자리에 들면서 질 좋은 야채즙을 먹곤 했다. 게다가 밤이면 나는 주인을 지키고 있는데, 그녀는 평온히 잠을 잤다. 하지만 그녀의 피부를 생기 있게 해주는 데 더 큰 공헌을 하는 것은 아마도 샘물이었을 것이다. 이네시야가 내게 해준 말에 따르면, 하신타 부인은 양쪽 다리 각각에 샘물을 차고 있었다.●

● 일종의 배액관(排液管)을 가리킨다. 르사주는 세르반테스의 《돈키호테》 제1부 48장에 나오는 문장을 떠올리며 이 표현을 썼다.

2

병든 참사원이 받은 치료와 그 결과, 그가 유언으로 질 블라스에게 남긴 것

나는 3개월 동안 세디요 학사를 돌보면서 그로 인해 견뎌야 했던 괴로운 밤들에 대해 불평하지 않았다. 그 기간이 지나자 그의 병세는 더 심해졌다. 열이 나고, 발열로 인한 통증과 함께 통풍도 심해졌다. 그는 긴 인생에서 처음으로 의사들에게 도움을 청했다. 참사원은 바야돌리드 전체가 히포크라테스처럼 여기는 상그라도 박사를 불러오라고 했다. 참사원이 유언부터 시작했더라면 하신타 부인이 더 좋아했을 텐데 ···. 심지어 그녀는 유언에 관해 몇 마디 꺼내기까지 했었다. 하지만 참사원은 아직 자신의 임종이 가깝다고 생각하지 않았을 뿐만 아니라, 어떤 점에서는 고집스럽기도 했다. 나는 상그라도 박사를 찾아 참사원의 집으로 데려왔다. 메마르고 창백한 얼굴에 키가 큰 상그라도 박사는 최소한 40년 전부터 '운명의 가위' 임무를 맡아왔다. 이 박식한 의사의 겉모습은 진중해 보였다. 그는 신중하게 말했고, 고상한 표현을 썼다. 그의 추론은 기하학적이고, 의견들은 매우 특이했다.

그 의사는 내 주인을 관찰하고 나서 현학적으로 말했다. "정지된 발한의 결함을 보완해야 합니다. 다른 의사들 같으면 이런 경우 염분이나 오줌 또는 휘발성 치료들을 처방했을 텐데, 그것들은 대부분 유황과 수은의 성질을 띠고 있습니다. 그런데 하제와 발한제들은 위험한 약제입니다. 화학적 조제약들은 죄다 몸에 오로지 해만 끼치는 것 같습니다. 저는 더 간단하고 확실한 방법을 사용합니다." 의사는 말을 이어갔다. "어떤 음식을 주로 드셨습니까?" 그러자 참사원이 대답했다. "나는 보통 걸쭉한 수프와 즙이 많은 고기들을 먹지요." 그러자 의사가 놀라워하며 "걸쭉한 죽과 육즙이 많은 고기라고요!"라고 소리쳤다. "아! 정말, 참사원 나리께서 병에 걸리신 것이 놀랍지 않군요! 산해진미는 독이 든 쾌락입니다! 인간들을 더 확실히 소멸시키기 위해 관능이 인간에게 파놓은 함정이죠. 맛있는 음식들을 포기하셔야 합니다. 가장 맛없는 것들이 건강에는 최상입니다. 피는 아무런 맛이 없듯이, 자연에서 나는 음식을 원합니다." 그러고는 덧붙였다. "포도주는 드시나요?" 그러자 세디요 학사가 "네, 물 탄 포도주를 마십니다"라고 대답했다. 이에 의사가 대꾸했다. "오! 그 물 탄 포도주를 마음껏…, 참으로 무절제하시군요! 아주 끔찍한 식이요법입니다. 그런 식사 습관이라면 오래전에 돌아가셨어야 할 텐데. 연세가 어떻게 되시나요?" 그러자 참사원이 대답했다. "79세가 되었소." 의사가 대꾸했다. "그러니까 말입니다. 미리 늙어 버리는 것은 늘 폭식 때문이죠. 참사원 나리께서 평생 맑은 물만 마시고, 간소한 음식, 예를 들어 구운 사과 같은 것으로 만족하셨다면 지금 통풍으로 고생하시는 일도 없을 테고, 사지가 제 역할을 더 쉽게 할 겁니다. 하지만 저는 실망하지 않고, 나리께서 일어나시도록 회복시켜 드릴 겁니다. 단, 나리께서 제 처방을 따르신다면 말입니다." 세디요 학사는 모든 점에서 그의 뜻에 따르겠다고 약속했다.

그러자 상그라도는 어느 외과의의 이름을 내게 말하며 그를 데려오게 했다. 그 외과의를 시켜 내 주인에게서 피를 여섯 접시나 빼내고는 발한 작용 장애를 보완하기 시작했다. 그러고 나서 외과의에게 말했다. "마르틴 오네스 선생님, 세 시간 후에 와서 다시 똑같이 하시고, 내일도 그렇게 하세요. 생명 보존에 피가 필요하다고 생각하는 것은 착오입니다. 환자한테서는 피를 아무리 빼내도 지나치지 않아요. 이 환자분은 움직이시거나 심한 운동을 하실 필요가 없기 때문에 잠든 사람이 그저 목숨을 유지하는 데 필요한 정도면 되지, 그 이상의 피는 필요가 없습니다. 아픈 사람이건 잠자는 사람이건 생명은 맥박과 호흡에만 있을 뿐이죠." 상그라도 의사는 많은 양의 잦은 사혈(瀉血)을 처방하면서, 따뜻한 물을 끊임없이 주는 것도 필요하다고 말했다. 그러면서 물을 많이 마시는 것은 모든 종류의 질병에 대한 진정한 특효약으로 통할 수 있다고 장담했다. 그러고 나서 확신에 찬 태도로 하신타 부인과 나에게 말했다. 자기가 방금 처방한 대로 치료하면 환자의 목숨을 구할 수 있다고…. 그 방법에 대해 가정부는 어쩌면 상그라도와 달리 판단했을 텐데도 그 말을 정확히 따르겠노라고 확언했다. 그래서 우리는 얼른 물을 데웠고, 그 어떤 경우에도 물을 아끼지 말라고 의사가 권고한 대로 주인에게 우선 두세 파인트●의 물을 천천히 마시게 했다. 한 시간 후 우리는 그 일을 되풀이했다. 그러고 나서 가끔씩 다시 그 임무로 돌아와 주인의 위 속에 물을 들이부었다. 다른 한편으로 외과의는 많은 양의 피를 뽑아냄으로써 이틀도 안 되어 그 늙은 참사원을 임종으로 몰아가는 우리의 일을 도운 셈이 되었다.

더 이상 견디지 못한 그 선량한 성직자는 내가 그 특효약을 큰 잔에 따라서 부어 주려 하자 힘없는 목소리로 말했다. "질 블라스, 더 이상 주지 말게, 친구여. 물의 효능에도 불구하고 나는 죽을 게 뻔히 보이네. 그리고 나에게 겨우 한 방울의 피가 남아 있음에도 불구하고 그렇다고 더 나아진 것도 아니네. 이는, 우리 인생의 숙명적인 종말이 도래할 때가 되면 세상에서 가장 재주 있는 의사라 할지라도 목숨을 연장해 줄 수 없다는 걸 잘 증명해 주네. 가서 공증인을 데려오게. 유언을 하고 싶네." 나로서는 애석하지 않던 그 마지막 말에 나는 몹시 슬픈 척을 했다. 그리고 그가 시킨 심부름을 이행하고 싶은 욕구를 감춘 채 그에게 말했다. "아니, 나리! 다행히도 나리께서는 지금 그리 위독하시지 않아서 자리에서 일어나실 수 있습니다." 그러자 그가 반박했다. "아니다, 얘야, 이제 끝났어. 피가 거꾸로 솟고, 죽음이 다가오고 있는 것을 느낀단다. 내가 말한 곳으로 서둘러 가거라." 실제로 내가 보기에도 그는 눈에 띄게 달라졌고, 사태가 급박해 보였다. 그래서 나는 그가 지시한 일을 실행하기 위해 얼른 나가면서 그의 곁에 하신타 부인을 남겨 두었다. 그녀는 참사원이 유언도 하지 못하고 죽을까 봐 나보다 훨씬 더 염려했다. 참사원이 알려 준 대로 나는 첫 번째 공증인의 거처로 달려가 집 안으로 들어갔다. 마침 그가 집에 있기

● 옛날의 도량단위로, 0.93리터쯤에 해당된다.

에 그에게 말했다. “제 주인이신 세디요 학사께서 임종을 맞고 계십니다. 그분이 마지막 의사(意思)를 글로 남기고 싶어 하십니다. 지체할 시간이 없어요.” 공증인은 익살 떠는 것을 즐기는 쾌활하고 키가 작은 노인이었다. 그는 어떤 의사가 참사원을 진료했는지 내게 물었다. 나는 상그라도 의사였다고 대답했다. 그 이름을 듣자 노인은 갑자기 외투를 입고 모자를 쓰며 소리쳤다. “맙소사! 그렇다면 얼른 출발하세. 그 의사는 일처리가 너무 신속해서 환자들에게 공증인 부를 시간도 안 주니 말일세. 유언장을 쓸 기회를 나한테서 꽤 많이 가로채 갔지.” 공증인은 그런 식으로 말하며 나와 함께 급히 나왔다. 임종을 앞지르기 위해 둘 다 성큼성큼 걷는 동안 내가 그에게 말했다. “나리, 잘 아시다시피, 죽어 가는 유언자가 기억을 못 하는 경우도 종종 있지요. 만약 저희 주인이 혹시라도 저를 잊으시는 일이 생긴다면 제가 들인 열성을 떠올리시게 해주세요.” 그러자 공증인이 “그러겠다, 얘야”라고 대답했다. “그 점에 관해서는 나를 믿어도 좋다. 네가 한 일을 그가 인정할 태세가 아니면, 너한테도 뭔가 대단한 것을 주라고 다그치기라도 할 테니까.” 우리가 세디요 학사의 방에 도착했을 때 그는 아직 정신이 아주 멀쩡했다. 하신타 부인은 가식적인 눈물로 범벅이 된 얼굴을 하고서 그 곁에 있었다. 그녀는 자기 역할을 아주 잘 해내서 그 영감으로 하여금 크게 한몫 챙겨 주도록 준비시켜 놓은 참이었다. 주인 곁에 공증인만 남겨 놓고, 그녀와 나는 부속실로 갔다. 거기서 외과의를 만났는데, 상그라도 의사가 마지막으로 사혈을 하라고 보낸 거였다. 우리는 그를 붙잡았다. “기다리세요, 마르틴 선생님.” 가정부가 말했다. “세디요 나리의 방에 지금 들어가실 수 없어요. 함께 계시는 공증인에게 마지막 뜻을 구술하실 거니까요. 유언을 하시고 나면 그때 사혈하세요."

하신타 부인과 나는 세디요 학사가 유언을 하다가 죽을까 봐 굉장히 불안했다. 하지만 그 불안의 원인인 유언은 다행히 잘 실행되었다. 공증인이 나오는 것이 보였다. 공증인은 지나다가 나를 보더니 내 어깨를 두드렸다. 그러고는 미소를 지어 보이며 "질 블라스를 전혀 잊지 않으셨네"라고 말했다. 이 말에 나는 더없이 강렬한 기쁨을 느꼈다. 동시에 나를 기억해 준 주인에게 너무 감사한 마음이 들어서 그에게 곧 닥치고 말 게 너무도 뻔한 죽음 후에도 그를 위해 신에게 진심으로 기도드리기로 작심했다. 왜냐하면 외과의가 주인에게 또 사혈을 하는 바람에 이미 너무 쇠약해진 그 불쌍한 노인은 거의 곧바로 숨졌던 것이다. 그가 마지막 숨을 거두자 상그라도 의사가 나타나서 좀 멍청히 있었다. 그간 환자들을 서둘러 저세상으로 보내 버리는 습관이 있었음에도 말이다. 그런데도 그는 참사원의 죽음을 과도한 음수(飮水)와 사혈 탓으로 돌리기는커녕 환자에게서 피를 충분히 뽑아내지 않은 데다 뜨거운 물도 충분히 마시게 하지 않아서 그런 거라고 냉랭히 말하며 나갔다. 그 수준 높은 의료의 집행자, 즉 외과의도 자신의 협조가 더 이상 필요 없게 된 것을 보고는 상그라도 의사를 뒤따라갔다.

주인이 목숨을 잃은 것을 본 즉시 하신타 부인, 이네시야와 나는 곡소리의 합창을 질러대서 모든 이웃이 이 소리를 들었다. 특히 기뻐할 만한 어마어마한 이유가 있는 위선적인 하신타 부인은 너무 탄식하는 억양으로 소리를 내질러서 마치 세상에서 가장 큰 타격을 입은 사람처럼 보였다. 순식간에 그 방은 사람들로 가득 찼다. 동정심보다는 호기심 때문이었다. 고인의 친척들은 금세 그의 죽음에 대한 소문을 듣고 집으로 쳐들어와 온갖 데를 봉인하게 했다. 그들은 가정부가 너무 상심한 것을 보고서 우선은 참사원이 유언장을 남기지 않은 것으로 생각했다. 하지만 필요한 격식을 다 갖춘 유언장이 있다는 것을 곧 알게 되었다. 그리고 유언장이 개봉되면서 유언자가 하신타 부인과 어린 여자애에게 가장 좋은 재산을 남긴 것을 보고는 고인에 대한 추모사에서 별로 명예롭지 않은 표현들을 사용했다. 그들은 하신타 부인에게는 퉁명스럽게 대했지만, 나한테는 몇 마디 찬사를 했다. 사실 나는 그 찬사를 받을 만했다. 세디요 학사의 영혼이 신 앞에 나아가기를! 그는 유언장의 한 조항을 통해 나에 관한 자신의 뜻을 밝혔다. 내가 평생토록 그를 기억하게 할 만한 유언이었다. "마찬가지로, 질 블라스는 이미 학식이 있는 청년이므로, 그가 학자가 되도록 내 서가와 내가 가진 모든 책 및 수기(手記) 원고들을 하나도 빠짐없이 그에게 남긴다."

그 서가라는 것이 도대체 어디 있는지 나는 몰랐다. 그 집에서 서가라는 것을 도통 본 적이 없었으니까. 그저 종이 몇 장과 대여섯 권의 책이 주인의 서재에서 전나무 목재로 된 작은 널빤지 두 개에 얹혀 있는 걸 알 뿐이었다. 바로 그것들이 내가 받은 유산이었다. 하지만 그 책들은 나에게 그리 유용하지 못했다. 한 권은 제목이 《완벽한 요리사》였고, 다른 한 권은 소화불량과 그 치료법에 관한 내용이었으며, 다른 책들은 4부로 된 성무일과서였는데, 반쯤은 벌레 먹은 것들이었다. 수기원고로 말할 것 같으면 가장 관심이 가는 것이라고 해봤자 참사원이 예전에 자신의 성직록(聖職祿)을 위해 갖고 있던 소송 서류들을 몽땅 다 담아 놓은 것이었다. 나는 사실 별로 주의를 기울일 필요도 없는 그 유산을 꼼꼼히 점검한 후 나를 그토록 부러워하던 친척들에게 다 넘겨 버렸다. 심지어 내가 입고 있던 옷까지 그들에게 줘 버리고 내 옷을 다시 입었으며, 내가 한 일에 대한 결실인 급료로 만족했다. 그러고 나서 다른 집을 찾으러 나섰다. 하신타 부인은 자기에게 상속된 돈 외에 좋은 장신구들도 갖고 있었다. 참사원의 병치레를 하는 동안, 앞서 언급한 그 좋은 친구의 도움을 받아 그녀가 빼돌렸던 것들이다.

3

질 블라스가 상그라도 의사와 함께 일하기 시작하고, 이어서 유명한 의사가 되다.

나는 아리아스 데 론도냐 나리를 찾아가서 그의 장부에서 새로운 고용살이를 선택하기로 작정했다. 그런데 그가 사는 골목에 막 들어섰을 때 마침 상그라도 의사와 마주쳤다. 내 주인이 죽은 날 이후로 한 번도 본 적이 없던 터였다. 나는 그에게 멋대로 인사를 했다. 내가 옷을 바꿔 입었는데도 그는 나를 대번에 기억해 냈다. 그는 나를 만나게 된 데 나름 반가움을 표시하며 말했다. "저런! 너구나. 얘야, 방금 너를 생각하고 있었단다. 나를 도와줄 좋은 청년이 하나 필요한데, 네가 글을 읽고 쓸 줄 안다면 적격일 거라고 생각했다." 그래서 내가 대답했다. "선생님, 그런 조건이라면 제가 바로 그런 사람입니다." 그러자 그가 다시 말했다. "그렇다면 너는 그야말로 내게 꼭 필요한 사람이로구나. 내 집으로 가자. 거기 가면 너는 그저 즐거운 일만 있을 거다. 내가 네게 특별대우를 해주마. 급료를 주지는 않을 테지만, 부족한 것은 아무것도 없게 해줄 거다. 너를 성의껏 돌봐 줄 것이고,

모든 환자를 치료할 수 있는 대단한 의술을 가르쳐 줄 거야. 한마디로 너는 하인이기보다는 제자가 될 거란다."

나는 그토록 박식한 주인 밑에 있으면 의료계에서 유명해질 수 있을 거라는 기대 속에 그 의사의 제안을 받아들였다. 그는 나를 당장 자기 집으로 데려가 시키려는 일에 나를 배치했다. 그 일이란 그가 시내에 나가 있어 환자들이 기다리는 동안 그들의 이름과 주소를 기록하는 일이었다. 이를 위한 장부가 그 집에 있었다. 집안일 하는 사람이라고는 딱 하나 있는 늙은 하녀가 거기에 주소들을 기록해 놓았으나, 맞춤법을 잘 모를 뿐만 아니라 글씨도 너무 엉망이어서 뭐라고 쓴 건지 해독할 수가 없는 경우가 아주 흔했다. 상그라도 의사는 그 장부 관리를 내게 맡겼다. 그 장부는 사망기록부라고 불러도 딱 맞았을 것이다. 왜냐하면 내가 거기에 이름을 적어 놓은 사람들은 거의 모두 죽었으니 말이다. 말하자면, 공공마차 사무소에서 미리 자리를 잡아 두려는 사람들의 이름을 사무원이 적어 두듯이, 나는 저세상으로 떠나려는 사람들의 이름을 기록해 놓았던 것이다. 나는 펜을 손에 쥘 일이 많았다. 그 시절에는 바야돌리드에서 상그라도 의사보다 더 신용을 얻은 의사가 없었기 때문이다. 그가 세간의 명성을 얻게 된 것은 위압적인 분위기가 받쳐 주는 그럴싸한 언변 때문이기도 했고, 그에게 영광을 안겨 준 몇몇 운 좋았던 치료 때문이지만, 사실상 그럴 만한 자격은 되지 않았다.

그에게는 고객이 없지 않았고, 따라서 재산도 없지 않았다. 그렇다고 해서 호사스럽게 먹지는 않았다. 그의 집에서 우리는 검소하게 살았다. 보통 때 먹는 것은 완두콩, 강낭콩, 구운 감자나 치즈뿐이었다. 그 음식들이 저작(咀嚼)에 가장 적절하므로, 즉 더 쉽게 씹히므로 위에 가장 좋다고 상그라도 의사는 말하곤 했다. 그런데 그는 그것들이 소화하기 쉬운 식품들이라고 믿으면서도 우리가 그것들로 포식하는 것은 바라지 않았다. 그 점에서 그는 확실히 매우 합리적인 모습을 보였다. 그런데 하녀와 내가 많이 먹지는 못하게 한 반면, 대신 물은 마음껏 마시게 했다. 그 점에 관해서는 우리에게 한계를 처방하지는 않고, 이따금씩 이렇게 말하곤 했다. "이보게들, 마시게. 건강은 몸의 유연성과 각 부분을 촉촉하게 적시는 데 있다네. 물을 많이들 마시게. 물은 만물의 용해제거든. 물은 모든 염을 녹인다네. 피의 흐름이 느려지면, 물이 그 흐름을 재촉하지. 피의 흐름이 너무 빠르면 물이 그 맹렬함을 멈추게 하네." 우리의 의사는 그 점에 관해 너무 진심이어서 나이가 꽤 들었음에도 그 자신도 오로지 물만 마셨다. 노쇠에 대해 그는 우리를 건조하게 만들고 소진시키는 자연적인 폐병이라고 규정하고, 이 규정에 근거해 포도주를 노인들의 우유라고 칭하는 자들의 무지를 개탄했다. 그는 포도주가 노인들을 쇠약하게 만들고 몸을 망친다고 주장하면서 그 불길한 액체는 모든 사람에게 그렇듯 노인들에게도 배신하는 친구이며 속이는 쾌락이라고 열변을 토하곤 했다.

그 훌륭한 추론에도 불구하고 물 때문에 나는 배가 꿀렁거렸고, 위(胃)에서 심한 통증을 느끼기 시작했다. 무모하게도 나는 그 만능 용해제와 내가 먹은 나쁜 음식 탓이라 여겼다. 그래서 이에 대해 내 주인에게 불평을 했다. 그가 좀 양보해 내 식사에 약간의 포도주를 허용해줄지 모른다는 생각에서였다. 하지만 그는 포도주에 너무 적대적인 나머지 결코 허락하지 않았다. 그러고는 말했다. "네가 순수한 물에 대해 역겨움을 좀 느낀다면 그 물 음료의 무미(無味)를 위가 견디게 해줄 만한 순수한 보조물이 있단다. 예를 들어 샐비어와 꼬리풀이 그 물 음료에 기분 좋은 맛을 부여하지. 그리고 네가 물 음료를 더 맛있게 만들고 싶다면 패랭이꽃이나 로즈마리 또는 개양귀비의 꽃을 섞기만 하면 된단다."

그가 아무리 물을 찬양하고, 물을 가지고 맛있는 음료를 만드는 비법을 가르쳐 줘봤자 소용없었다. 나는 아주 절제하며 마셨다. 이를 눈치챈 그가 말했다. "아니, 정말로, 질 블라스, 네가 완벽한 건강을 누리지 못하는 것이 조금도 놀랍지 않구나. 얘야, 너는 충분히 마시지 않는 거야. 적게 마신 물은 담즙 관련 부위들을 확장하는 데 쓰일 뿐이고, 그 부위들의 활동을 늘어나게 할 뿐이란다. 많은 양의 용해제로 그 부분들을 적셔 주지 못하고 말이야. 얘야, 많은 용량의 물이 네 위를 약화하거나 차게 만들까 봐 두려워하지는 마라. 물을 자주 마시는 것에 대해 어쩌면 네가 갖고 있을 공포 서린 불안을 멀리 떨쳐 버리거라! 그 결과에 대해서는 내가 보증하마. 네 생각에 내가 그런 보증을 하기에 적절치 않다고 생각한다면 켈수스●가 보증할 거야. 라티움●●의 이 권위자는 물에 대해 경탄할 만한 찬사를 했단다." 그러

● 아우렐리우스 코르넬리우스 켈수스. 고대 의학의 기원이 되는 주요 인물들 중 하나로, B.C. 25년에 베로나에서 태어나 50년에 죽었을 것으로 추정된다. '로마의 히포크라테스'라는 별명이 있고, 의학 외에도 농업, 군사학, 수사학, 철학, 법률학 등 다방면에서 박식했다. 그의 저작물들 중 오늘날까지 남아 있는 것은 8권으로 구성된 《의학에 관하여(*De Arte medica*)》이다.

고 나서 상그라도 의사는 단호한 어투로, 포도주를 마시기 위해 자신의 위가 약하다는 핑계를 대는 자들은 그 내장에 명백히 부당한 짓을 하는 것이고, 자신의 관능을 덮어 버리려 애쓰는 것이라고 말했다.

의사 경력을 쌓기 시작하면서 고분고분하지 않은 모습을 보이는 것은 온당치 못할 터이므로, 나는 그가 옳다고 믿는 것처럼 굴었다. 실제로 그렇게 믿었다는 고백까지 하련다. 그러므로 나는 켈수스를 보증 삼아 계속 물을 마셨다. 아니 그보다는 그 액체를 너무 많이 마시다 보니 쓸개를 수몰시키기 시작했다고나 할까. 이로 인해 나는 나날이 더 불편해지는 느낌에도 불구하고 편견이 경험을 이겨 버렸다. 보시다시피 나는 다행스럽게 의사가 될 자질이 있었다. 그렇지만 격렬한 아픔에는 여전히 버텨 낼 수가 없었다. 통증은 점점 더 심해져 마침내 상그라도 의사의 집에서 나오기로 결심했다. 그런데 그가 새로운 일을 맡기는 바람에 마음을 바꾸게 되었다. 어느 날 그가 말했다. "얘야, 들어 보거라. 나는 하인들이 보상도 못 받고 노예 상태로 늙어 버리게 하는 그런 혹독하고 배은망덕한 스승이 아니다. 나는 네가 만족스럽고, 너를 좋아한단다. 네가 더 오래 시중들기를 기다리지 않고 이제 너를 행복하게 해주려 한다. 내가 그토록 오래전부터 가르쳐 온 건강기술의 결말을 네게 곧 밝혀 주고 싶구나. 다른 의사들은 그걸 가지고 숱한 힘든 학문들을 통해 지식을 쌓게 한단다. 그런데 나는 네게 그 긴 여정을 줄여 주고, 물리학, 약학, 식물학, 해부학을 공부하는

●● 로마를 포함한 이탈리아 중서부 지방으로 고대 로마의 중심지였다. 현재의 라치오주가 이 지역에 해당된다.

힘겨움을 면케 해줄 작정이다. 친구야, 그저 사혈하고 따뜻한 물을 마시게만 하면 된다는 걸 알아 둬라. 그게 세상의 모든 질병을 낫게 하는 비결이야. 그래, 네게 밝혀 주는 그 훌륭한 비밀, 내 동료들은 꿰뚫지 못하는 자연 속에서 내가 관찰을 통해 터득한 그 비밀은 바로 이 두 가지 요점 속에 들어 있단다. 이제 네게 가르쳐 줄 것은 더 이상 없구나. 너는 의학을 철두철미 알게 됐어. 너는 이제 나의 오랜 경험의 결실을 이용하여 단번에 나만큼 능숙해졌다." 그러더니 말을 계속했다. "너는 이제 내 짐을 덜어 줄 수 있어. 아침에는 장부를 기록하고, 오후에는 내 환자 중 일부를 보러 가렴. 나는 귀족과 성직자들을 돌볼 테니, 너는 평민들이 나를 부를 때 나 대신 그들에게 왕진을 가거라. 네가 얼마간 일하고 나면 우리 의사 집단에 편입시킬게. 질 블라스, 너는 의사가 되기도 전에 이미 대단한 것을 깨우쳤어. 반면, 다른 사람들은 오래도록 의사 노릇을 하고 나서야 깨우치지. 그리고 대부분은 의사 노릇을 평생 해도 깨우치지 못해."

나는 그토록 신속하게 그를 대신할 수 있게 해준 데 대해 그 의사에게 감사했다. 그가 내게 베풀어 준 친절에 대한 감사로서, 나는 그의 견해를 평생토록 따르겠다고 확언했다. 설사 그 견해가 히포크라테스의 의견과는 반대된다 할지라도…. 하지만 이 다짐이 온전히 진심인 것은 아니었다. 나는 물에 관한 그의 의견에 수긍하지 않았고, 내 환자들을 보러 가면서 매일 포도주를 마실 작정이었다. 이번에도 나는 내 옷을 입지 않고 스승의 옷 하나를 걸치고는 의사인 척했다. 그러고는 원래 의사인 사람에게 피해를 끼치면서라도 의료행위를 할 참이었다. 나의 첫 번째 치료 대상은 늑막염에 걸린 경관이었다. 그를 무자비하게 사혈하고, 물은 조금도 아끼지 말라고 처방했다. 그런 다음 통풍 때문에 고래고래 소리 지르는 제과업자의 집으로 들어갔다. 그 또한 경관 못지않게 피를 뽑게 했고, 음료는 전혀 금하지 않았다. 나는 처방의 대가로 은화 12냥을 받았다. 이 때문에 이 일이 아주 좋아져서 사람들을 볼 때마다 몸에 어딘가 잘못된 데는 없는지 눈에 불을 켜고 찾으려 들었다. 제과업자의 집을 나서다가 파브리시오와 마주쳤다. 세디요 학사가 죽은 후로 한 번도 보지 못했던 터였다. 그는 놀라며 나를 잠시 쳐다보더니 배꼽이 빠질 듯이 온 힘을 다해 웃기 시작했다. 이유가 없지는 않았다. 나는 땅에 질질 끌리는 외투에다 꼭 끼는 저고리, 정상적인 짧은 바지보다 네 배나 더 길고 넓은 바지를 입고 있었으니까. 괴상한 차림새라고 여길 수 있었다. 나는 그가 신나게 웃어 대도록 내버려 두었고, 그를 따라 웃고 싶기까지 했다. 하지만 길바닥에 있었으므로 예절을 지키고, 의사 흉내를 더 잘 내기 위해 자제했다. 의사란 웃을 줄 아는 동물이 아니다. 나의 우스꽝스런 행색이 파브리시오를 웃게 했다면, 내 진지함은 그를 더욱더 웃게 만들었다. 그는 실컷 웃고 나더니 말했다. "맙소사! 질 블라스, 너 정말 재미있게 차려입었구나. 도대체 누가 너를 그렇게 변장시켰니?" 그래서 내가 대답했다. "진정해, 진정하라고! 새로운 히포크라테스를 존중하게나. 나는 바야돌리드에서 가장 유명한 의사인 상그라도 박사의 대리의사라네. 나는 3주 전부터 그의 집에 기거하고 있어. 그가 나한테 의술을 완전히 다 보여 줬어. 그가 자기를 찾는 환자들을 모두 다 진료하지는 못하므로 내가 그의 짐을 덜어 주려고 그들 중 일부를 맡고 있는 거야. 그는 큰 집들을 담당하고, 나는 작은 집들에서 환자를 보고 있어." 그러자 파브리시오가 대꾸했다. "잘 알겠어. 말하자면 평민들의 피는 너에게 넘겨 버리고, 귀족들의 피는 자기가 맡는 거구나. 네 몫에 대해 축하한다. 상류사회보다 하층민을 상대하는 게 더 나아. 변두리 의사 만세! 변두리 의사의 잘못들은 눈에 덜 띄고, 환자들을 죽여도 시끄러워지지 않거든." 그러더니 덧붙였다. "그래, 얘야, 네 처지가 부러워 보이는구나. 알렉산더처럼 말하자면, 내가 파브리시오가 아니라면 질 블라스가 되고 싶은 걸."

현재의 내 행복한 처지를 찬양하는 것이 틀리지 않았다는 것을 이발사 누녜스의 아들에게 보여 주기 위해 나는 경관과 제과업자로부터 받은 은화들을 꺼내 보였다. 그런 뒤 우리는 그 은화의 일부로 술을 마시기 위해 선술집으로 들어갔다. 그 집에서 우리에게 꽤 좋은 포도주를 내주었는데, 포도주를 너무 마시고 싶었던 탓에 나는 그 포도주를 실제보다 훨씬 더 좋은 포도주로 여겼다. 나는 천천히 마셨다. 로마의 신탁과도 같은 의학적 처방을 어겨 가며 내가 위 속에 포도주를 부어 넣는데도 그 장기가 불만스러워하지 않는 것이 느껴졌다. 파브리시오와 나는 그 선술집에 오래 머물렀다. 거기서 우리는 하인들끼리 흔히 그러듯 우리의 주인들을 비꼬는 운문시를 지었다. 그러고 나자 이윽고 밤이 되어서 우리는 다음 날 오후에 같은 장소에서 만나기로 약속한 후 헤어졌다.

4

질 블라스는 능란하게 진료를 성공적으로 계속하다
되찾은 반지 사건

내가 숙소에 돌아오자 상그라도 의사가 마침 도착했다. 나는 그에게 내가 진료한 환자들에 관해 말했고, 진료비로 받은 은화 12냥 중에서 남은 8냥을 그의 손에 넘겨주었다. 그는 그 은화들을 세어 본 후 말했다. "8냥이라니, 두 차례 왕진 치고는 별로 안 되는 걸. 그래도 다 받아야만 하지." 그래서 그가 거의 다 가졌다. 정확히 말하면, 그는 6냥을 갖고, 남은 2냥을 내게 주었다. 그러면서 말을 이었다. "자, 질 블라스, 이렇게 해서 너도 재산을 쌓기 시작하는구나. 앞으로 네가 가져오는 돈의 4분의 1을 너한테 넘기마. 너는 이제 곧 부자가 될 거야, 친구야. 일이 순조롭게 풀린다면 올해는 환자가 많을 테니까."

내게 할당된 몫에 대해 나는 당연히 만족했다. 내가 왕진 가서 받게 될 진료비의 4분의 1을 공제할 심산이었는데, 그 나머지의 4분의 1을 또 받게 되니 산수가 정확한 학문이라면 전체의 거의 절반이 내게 돌아오는 셈이기 때문이다. 이로써 나는 의료에 대해 더욱 열의를 갖게 되었다. 다음 날 나는 점심 식사를 마치자마자 대리의사 옷을 다시 입고 활동을 재개했다. 내가 기록해 둔 여러 명의 환자를 왕진하러 갔는데, 그들이 서로 다른 질병을 앓고 있었음에도 모두 같은 방식으로 치료했다. 그때까지는 별 탈 없이 넘어갔고, 천만다행히 내 처방을 거역하는 사람은 아직 아무도 없었다. 그러나 의사의 진료가 아무리 훌륭하다 해도 검열관들이 없을 수는 없을 것이다. 나는 수종(水腫)을 앓는 아들을 둔 식료품상의 집에 들어갔다가 왜소하고 거무튀튀한 의사 한 명을 만났다. 쿠치요 박사라고 불리는 의사였는데, 그 집 주인의 친척이 방금 데려온 터였다. 나는 모든 사람에게 정중하게 인사를 했다. 내가 판단컨대 문제의 질병에 대한 진찰을 위해 불러들인 인물에게 특히 정중히 대했다. 그는 진중한 태도로 내게 인사하고 나서는 잠시 아주 주의 깊게 내 얼굴을 살펴보더니 말했다. "의사 선생님, 저의 호기심을 용서해 주십시오. 제가 바야돌리드의 동료 의사들은 죄다 알고 있다고 믿었는데, 선생님의 얼굴은 본 적이 없네요. 이 도시에 정착하러 오신 지 얼마 안 된 게 틀림없군요." 그래서 나는 젊은 조수이며 의사로, 아직 상그라도 박사 밑에서 일하고 있다고 대답했다. "그렇게 위대한 분의 치료법을 택하시게 된 것을 축하합니다"라고 그는 예의 바르게 말했다. "당신은 아주 젊어 보이긴 해도 이미 아주 능숙할 게 틀림없어요." 그가 이 말을 너무 자연스럽게 하는 바람에 나는 그가 진지하게 말한 것인지 아니면 나를 놀린 건지 알 수가 없었다. 그에게 뭐라고 대꾸해야 할지 곰곰이 생각하고 있던 순간 식료품상이 끼어들어 우리에게 말했다. "선생님들, 두 분 다 의술을 완벽히 알고 계신다고 저는 확신합니다. 제발 제 아들을 진찰해 주시고, 그 애를 낫게 하는 데 적절하다고 판단되는 처방을 내려 주세요."

그러자 그 왜소한 의사는 환자를 관찰하기 시작했다. 그런 다음 질병의 성격을 드러내는 모든 증상을 내게 눈여겨보게 하더니 그 환자를 어떤 방법으로 치료해야 한다고 생각하느냐고 물었다. 나는 매일 피를 뽑고 따뜻한 물을 많이 마시게 해야 한다고 대답했다. 이 말에 그 왜소한 의사는 악의에 찬 표정으로 미소 지으며 말했다. "그 치료법들이 그의 생명을 살릴 거라고 생각하십니까?" 그래서 나는 단호한 어조로 소리쳤다. "의심하지 마십시오. 그렇게 하면 환자의 생명을 살리게 될 겁니다. 이 치료법들은 모든 질병에 특효가 있으니까요. 상그라도 선생님께 여쭤보십시오!" 그러자 그가 대꾸했다. "그런데 켈수스는 수종 환자를 더 쉽게 낫게 하려면 목마름과 배고픔을 견디게 하는 것이 적절하다고 단언했으니, 켈수스가 크게 틀린 거군요." 그래서 내가 대꾸했다. "오! 켈수스는 제가 따르는 신탁이 아닙니다. 켈수스도 다른 사람처럼 착각을 했고, 저는 그의 의견에 반대하는 저 자신이 때로는 대견합니다." 그러자 쿠치요는 "당신 말을 듣자 하니 상그라도 의사가 젊은 의사들에게 주입하려고 하는 믿을 만하고 만족스런 의술이라는 게 어떤 건지 알겠군요"라고 말했다. "사혈과 음수(飮水)는 그가 만병통치약처럼 모든 병에 다 적용하는 처방이죠. 선량한 사람들이 그의 손에서 그토록 많이 죽어 가는 것이 나로서는 놀랍지도 않군요…." "그렇다고 해서 우리 욕설은 하지 맙시다." 내가 꽤 거칠게 그의 말을 막았다. "당신과 같은 직업을 가진 사람이라면 그런 비난을 하는 것도 당연합니다! 자, 자, 의사 양반, 사혈도 안 하고, 따뜻한 물도 못 마시게 하면 많은 환자들을 저세상으로 보내게 됩니다. 그리고 어쩌면 당신 자신이 그렇게 보내 버린 환자가 한둘이 아닐 겁니다. 상그라도 나리가 원망스럽다면 그에게 항의하는 편지를 써보세요. 그는 당신에게 답장할 테고, 우리는 어느 쪽이 웃게 될지 보게 될 테지요." 그러자 이번에는 그가 격분하여 내 말을 중단시켰다. "성 야곱과 성 디오니시우스의 이름을 걸고 단언컨대, 당신은 쿠치요 박사를 거의 모르는구려. 이보시오, 내게도 부리와 발톱이 있고, 상그라도 따위는 조금도 두렵지 않다는 것을 알아 두시오. 설사 자만과 허영에 빠졌다 하더라도 그는 그저 괴짜일 뿐이니까." 그 왜소한 의사의 얼굴을 보자 그의 분노에 대한 경멸감이 들었다. 그래서 신랄하게 응수했다. 그도 나처럼 반격했고, 곧이어 우리는 구타까지 하는 지경에 이르렀다. 서로 주먹질을 해대고 머리카락도 한줌씩 잡아 뽑고 하다가 식료품상과 그의 친척이 뜯어말리는 바람에 그만두었다. 그들은 우리의 싸움을 그렇게 끝내게 하고서 내게 진료비를 지불했다. 그러나 나의 적대자는 붙잡아 두었다. 그들에게는 그가 나보다 더 능력이 있어 보였나 보다.

이 사건이 있고 난 후에도 하마터면 그런 일이 또 일어날 뻔했다. 열이 있다는 뚱뚱한 가수를 보러 갔을 때 일이다. 내가 따뜻한 물 얘기를 꺼내기가 무섭게 그는 그 특효 요법에 대해 과도한 거부감을 보이며 악담을 하기 시작했다. 엄청나게 욕을 퍼부어 대더니 나를 창문으로 던져 버리겠다는 위협까지 했다. 그래서 나는 들어갈 때보다 더 신속하게 그 집에서 나왔다. 그리고 그날은 환자를 더는 보고 싶지 않아서 파브리시오와 만나기로 한 선술집으로 갔다. 그는 벌써 와 있었다. 우리는 술에 취하고 싶은 기분이 들어서 폭음을 한 뒤 거기서 나와 괜찮은 상태로, 즉 얼근히 취해서 각자 주인의 집으로 돌아갔다. 상그라도 나리는 내가 취한 것을 전혀 눈치채지 못했다. 그 왜소한 의사와 다툰 일을 너무 실감나게 들려주었기에 그는 내가 그 싸움 때문에 아직 흥분이 가시지 않아서 그렇게 들떠 있다고 여겼던 것이다. 게다가 그는 내가 보고한 내용에 자신을 연관시켜서 쿠치요에 대해 격분하며 말했다. "의과대학의 그 난쟁이에 맞서 우리 치료법의 명예를 수호하다니 참 잘했다, 질 블라스. 그러니까 그 작자는 수종 환자에게 수분 음료를 허용해서는 안 된다고 주장한다고? 무식한 놈! 나는 수종 환자에게 수분 섭취를 허용해야 한다고 주장하는데 … ." 그러더니 말을 이었다. "그래, 물이야말로 온갖 종류의 수종 환자들을 낫게 할 수 있어. 류머티즘 환자와 황달 환자에게 물이 좋은 것처럼 … . 화끈거리는 동시에 냉하기도 한 열병에도 물이 좋고, 찬 기질의 장액성이나 림프질 또는 점액질 탓이라고 여겨지는 질병들에조차 물은 아주 훌륭하지. 이 의견이 쿠치요처럼 젊은 의사들에게는 이상하게 보일 거야. 하지만 올바른 의학에서는 아주 지지할 만한 소견이지. 만약 그자들이 논리학자들처럼 이성적으로 따질 줄 안다면 나를 헐뜯기보다 나의 가장 열렬할 지지자가 될 텐데."

그는 내가 술 마셨다는 것을 전혀 눈치채지 못할 정도로 화가 나 있었다. 왜냐하면 그 왜소한 의사에 대한 그의 화를 더욱 돋우기 위해 내가 꾸며낸 몇 가지 정황을 보고에 끼워 넣었기 때문이다. 그런데 그는 내가 방금 한 말에 온 신경이 가 있으면서도 내가 평소보다 물을 많이 마신다는 것을 알아차렸다. 사실 나는 포도주 때문에 몹시 갈증이 났었다. 상그라도가 아닌 다른 사람이라면 누구나 나를 괴롭힌 심한 갈증과 내가 벌컥벌컥 마셔 댄 다량의 물에 대해 의문을 품었을 것이다. 그런데 그는 내가 수분 음료를 좋아하기 시작한 거라고 순진하게 생각했다. 그래서 내게 미소를 지으며 말했다. “질 블라스, 이제 보니 네가 물을 별로 싫어하지 않는가 보구나. 하느님 만세! 너는 물을 신의 술처럼 마시는구나. 나로서는 전혀 놀랍지가 않다, 친구야. 네가 그 음료에 익숙해지리라는 것을 잘 알고 있었으니까.” 그래서 내가 대답했다. “나리, 뭐든지 다 때가 있는 법입니다. 저는 지금 이 시간에는 물 1파인트를 위해서라면 포도주 1뮈●라도 주겠어요.” 이 대답에 상그라도 의사는 신이 나서 물의 탁월성을 부각할 수 있는 그토록 좋은 기회를 놓치지 않았다. 그래서 물에 대한 찬사를 또 늘어놓기 시작했는데, 냉정한 연설가가 아니라 열렬한 웅변가로서 그랬다. “예전에 존재하던 테르모폴●●은 오늘날의 선술집보다 천 배 만 배 더 가치 있고, 순수하지. 그곳은 포도주를 마셔 대면서 재산과 생명을 수치스럽게 더럽히러 가는 곳이 아니라, 따뜻한 물을 마시면서 위험 부담 없이 교양 있게 즐기기 위해 모이던 곳이야!”라고 그는 외쳤다. “물을 제공하는 공공장소를 만들어 누구나 와서 물을 마실 수 있게 한 반면 포도주는 약제사들의 가게에 가둬 놓고 의사의 처방이 있어야만 쓸 수 있게 했지. 시민 생활의 스승인 그 고대인들의 지혜로운 선견지명은 아무리 경탄해도 지나치지가 않아. 대단히 지혜로운 면모야!”

● muid. 예전의 용량 단위. 술의 경우 268리터에 해당한다.

●● 고대에 따뜻한 음료를 팔던 곳.

그러더니 덧붙였다. "아마도 예전의 황금기에나 어울리는 소식(小食) 습관이 다행히 남아 있어서 자네나 나처럼 오로지 물, 그것도 끓이지 않은 따뜻한 물만 마심으로써 모든 질병을 예방하고, 병에 걸리더라도 쉽게 낫는 사람들이 오늘날에도 아직 있는가 보네. 내 관찰에 따르면, 물은 끓이면 더 무거워지고 위에 덜 편하다네."

그가 이렇게 늘어놓는 동안 나는 여러 차례 웃음이 터질 것만 같았다. 하지만 진지한 태도를 유지했다. 아니 그보다 한술 더 떠 상그라도 의사의 감정에 장단을 맞춰 주었다. 나는 포도주 마시는 것을 비난했고, 불행히도 그토록 해로운 음료를 좋아하는 사람들을 불쌍하게 여겼다. 그러고 나서도 아직 해갈되지 않은 느낌이 들어서 큰 컵에 물을 채우고 천천히 마신 후 나의 스승에게 말했다. "나리, 이 은혜로운 액체를 마십시다! 나리께서 그토록 아쉬워하시는 그 옛날의 테르모폴이 우리 집에서 부활하게 합시다." 이 말에 상그라도는 박수갈채를 보냈고, 한 시간 내내 오로지 물을 마시라는 권고만 했다. 나는 그 음료에 익숙해지기 위해 매일 저녁 많은 양의 물을 마시겠다고 약속했다. 하지만 마음속으로는 그 약속을 더 쉽게 지키기 위해 날마다 선술집에 가야겠다는 결심을 하면서 잠자리에 들었다.

식료품상에서 그런 불쾌한 일이 있었다고 해서 바로 다음 날부터 사혈과 따뜻한 물의 처방을 중단한 것은 아니다. 나는 광기가 있는 어느 시인의 집에 왕진을 갔다가 막 나오던 참에 길에서 한 노파를 만났다. 그 노파가 내게 다가와서 혹시 의사가 아니냐고 물었다. 그래서 그렇다고 대답했다. 그러자 그녀가 말했다. "그렇다면 아주 겸허히 간청하오니 저와 함께 가주십시오. 제 조카딸이 어제부터 아픈데 무슨 병인지 모르겠어요." 그래서 나는 노파를 따라갔다. 그녀는 나를 자기 집으로 데려가 꽤 깨끗한 방으로 들여보냈고, 거기서 나는 자리에 누워 있는 사람을 보게 되었다. 그 환자를 관찰하기 위해 가까이 갔다. 우선 그녀의 용모가 눈길을 확 끌었다. 잠시 얼굴을 찬찬히 보고 나서 나는 그녀가 의심의 여지 없이 카미야 역할을 그토록 잘 해냈던 그 사기꾼 여자인 것을 알게 되었다. 그녀 쪽에서는 나를 전혀 기억하지 못하는 것 같았다. 너무 아파서 그랬거나 아니면 내가 의사 복장을 하고 있어서 그랬을 것이다. 나는 맥박을 짚어 보기 위해 그녀의 팔을 잡았다. 손가락에 나의 반지가 끼워져 있는 것이 보였다. 내가 탈취할 권리가 있는 재산을 보게 되자 나는 끔찍이 흥분한 나머지 그것을 회수하려 애써 보고 싶어 죽을 지경이었다. 하지만 그랬다가는 그 여자들이 소리를 질러 댈 테고, 돈 라파엘이나 다른 남성 보호자가 그 아우성을 듣고 달려올 수도 있을 거라는 생각이 들어 그 유혹에 굴복하지는 않았다. 일단 내 신분을 감추고 이 일에 관해 파브리시오와 의논해 보는 것이 낫겠다는 생각이 들었다. 그래서 그렇게 하기로 작정했다. 그런데 노파가 자기 조카딸이 무슨 병에 걸린 건지 알려 달라고 재촉했다. 나는 통 모르겠다고 자백할 만큼 어리석지 않았다. 정반대로, 유능한 척하며 내 스승을 흉내 냈다. 그 병은 환자가 땀을 흘리지 않아서 생긴 병이므로 서둘러 사혈을 해야 하는데, 이는 사혈이 발한의 자연적 대체물이기 때문이라고 심각하게 말했다. 그러고 나서 우리의 원칙을 따르기 위해 따뜻한 물도 처방했다.

나는 방문을 최대한 짧게 끝내고 누녜스의 아들 파브리시오가 사는 집으로 달려갔다. 그는 주인이 방금 지시한 심부름을 하러 가려고 막 나오던 참이었다. 나는 그에게 방금 일어난 새로운 사건을 들려주었고, 경관들이 카미야를 체포하게 만드는 것이 적절하다고 판단하는지 물었다. 그는 대답하기를, "아, 아냐! 그건 네 반지를 되찾을 수 있는 방법이 아닐 거야. 그 사람들은 되돌려 주기 싫어하지. 아스토르가의 감옥을 떠올려 봐. 너의 말, 너의 돈, 심지어 너의 옷까지 죄다 그들 손에 들어가지 않았니? 너의 다이아몬드를 되찾으려면 차라리 우리의 수완을 이용해야만 해. 그러기 위해 어떤 술책이 좋을지 내가 찾아볼게. 구호소로 가는 동안 이 일에 관해 생각해 보겠어. 나는 구호소로 가서 내 주인의 전갈을 물품공급자에게 전해야 하거든. 너는 우리가 자주 가는 선술집으로 가서 나를 기다리고 있어. 조급하게 굴어서는 안 돼. 내가 곧 갈 테니."

그런데 그가 약속장소에 왔을 때는 이미 세 시간이 지난 뒤였다. 처음에는 그를 알아보지 못했다. 옷을 바꿔 입고 머리를 땋았을 뿐만 아니라 가짜 콧수염이 얼굴을 반쯤 덮고 있었기 때문이다. 그는 코등이의 둘레가 최소한 3피트•는 되는 큰 검을 차고 있었고, 빽빽한 콧수염에 긴 검을 차고, 자기와 마찬가지로 결연한 기색을 한 다섯 남자를 이끌고 걸어왔다. 그는 내게 다가오더니 말했다. "질 블라스 나리에게 문안드리옵니다. 지금 보고 계시는 저는 새로운 부류의 경관이고, 저와 함께 온 이 용감한 자들도 강인한 궁수들이옵니다. 나리의 다이아몬드를 훔친 여인의 집으로 저희를 데려가 주시기만 하면 됩니다. 맹세코, 저희가 그 다이아몬드를 나리께 돌려드리게 할 겁니다."

• 약 1미터.

이 말에 나는 파브리시오를 껴안았고, 그는 나를 위해 어떤 계책을 쓰려는지 알려 주었다. 나는 그가 생각해 낸 꾀에 적극적인 찬성 의사를 표명했다. 그리고 그 가짜 궁수들에게도 인사를 했다. 그 역할을 맡은 이들 중 셋은 하인이고, 둘은 파브리시오의 친구인 이발사 청년들이었다. 나는 그 특공대가 마실 포도주를 가져오라고 지시했고, 밤이 될 무렵 우리는 다 함께 카미야의 집으로 갔다. 우리는 잠겨 있는 문을 두드렸다. 그러자 노파가 와서 열어 주었다. 그녀는 나와 함께 온 사람들을 사법기관에 속한 사람들로 여기고 몹시 겁에 질렸다. 이유 없이 들이닥치는 사람들이 아니니까. "안심하십시오, 어머니. 저희는 그저 곧 끝나게 될 작은 일로 왔으니까요." 파브리시오가 노파에게 이렇게 말하자, 우리는 전진하여 그 노파가 안내한 환자 방으로 갔다. 노파는 들고 있던 은촛대의 촛불로 통로를 비추며 앞서서 걸어갔다. 나는 그 촛대를 낚아채서 침대로 다가갔다. 그리고 카미야에게 내 얼굴을 제대로 보게 하면서 말했다. "배신자! 당신이 속였던, 이 너무나 쉽게 믿는 질 블라스를 보시오! 아! 사악한 여인, 드디어 당신을 만나는구려! 시장이 내 고소를 받아들여 이 경관에게 당신을 체포하라는 임무를 맡겼소." 그러고 나서 나는 파브리시오에게 "자, 경관 나리, 임무를 수행하십시오"라고 말했다. 그러자 그는 큰소리를 지르며 대답했다. "내 의무를 이행하라고 재촉하실 필요는 없소. 나는 이 하녀를 생생히 기억하오. 이 여인은 내 서판(書板)에 빨간 글씨로 기록된 지 오래되었소." 그러더니 덧붙였다. "일어나시오, 공주님. 얼른 옷을 입으시오. 내가 당신의 종복 노릇을 하리다. 그리고 당신이 이 도시를 쾌적하다고 여긴다면 이 도시의 감옥으로 안내하겠소."

이 말에, 카미야는 몹시 아프면서도, 널따란 콧수염을 가진 궁수 둘이서 그녀를 침대에서 강제로 끌어낼 채비가 돼 있는 것을 보고는 스스로 일어나 앉았다. 그리고 애원하듯 두 손을 모으고, 공포 어린 눈으로 나를 쳐다보며 말했다. "질 블라스 나리, 저를 불쌍히 여겨 주세요. 저를 낳아 주신 정숙한 어머니의 이름을 걸고 간청합니다. 저의 죄가 크다 하더라도, 지금 저는 더더욱 불행합니다. 나리의 다이아몬드를 돌려드릴 테니 저는 파멸시키지는 말아 주세요." 그녀는 이렇게 말하면서 손가락에서 내 반지를 빼내어 내게 돌려주었다. 하지만 나는 그 다이아몬드로는 충분치 않으며, 가구 딸린 호텔에서 내가 도난당한 1천 두카도도 돌려받고 싶다고 말했다. 그러자 그녀가 항의했다. "오! 나리의 그 두카도 금화는 제게 요구하시지 마세요. 그때 이후로 본 적이 없는 배신자 돈 라파엘이 바로 그날 밤 가져가 버렸으니까요." 그러자 파브리시오가 말했다. "어이! 귀염둥이, 이 난국에서 빠져나오기 위해 당신은 아무 이득도 못 봤다는 말만 하면 되는 건가? 그렇게 쉽게 넘어가지는 못할 거요. 돈 라파엘과 공범이었다는 사실만으로도 당신은 과거 생활에 대해 충분히 추궁당할 만하니까. 당신은 진정으로 자책해야 하오. 다 털어놓으러 감옥으로 오시오." 그러고는 말을 계속했다. "나는 이 노인도 감옥으로 데려가고 싶소. 시장님께서 들으실 만한 이상한 이야기들을 이 노인이 숱하게 알고 있다고 판단되니 말이오."

이 말에 두 여인은 우리가 자신들을 측은하게 여기게 만들려고 온갖 수단을 다 썼다. 그녀들은 외침, 탄식, 통곡으로 방안을 채웠다.

노파는 어떤 때는 경관 앞에서, 또 어떤 때는 궁수들 앞에서 무릎을 꿇고 그들의 동정심을 자극하려고 애를 썼다. 카미야는 더할 수 없이 애처로운 표정으로 사법의 손길에서 자기를 구해 달라고 애원했다. 나는 마음이 흔들리는 척했다. 그러면서 파브리시오에게 말했다. "경관님, 저는 제 다이아몬드를 찾았으니 나머지 것들에 대해서는 그냥 제 마음을 달래 보기로 하겠습니다. 이 불쌍한 여인이 고통당하지 않기를 바랍니다. 저는 죄인의 죽음을 원하지는 않거든요." 그러자 파브리시오가 대답했다. "쳇! 당신은 인정이 많구려! 체포 담당 경찰에는 어울리지 않을 거요." 그러더니 말을 이었다. "나는 내 임무를 수행해야만 하오. 이 공주님들을 체포하라는 특별 지시를 받았소. 시장님께서 일벌백계를 원하신다오." 그래서 내가 대꾸했다. "아! 제발, 저의 간청을 참작하시고, 이 여성분들이 나리께 드릴 선물을 고려하여 나리의 의무를 조금만 완화해 주십시오." 그러자 그가 말을 받았다. "오! 그렇다면 문제가 다르지요. 이른바 잘 사용된 '수사적 문식(文飾)'이라 불리는 것이로군요. 자, 봅시다. 저 여인들이 내게 뭘 주려는 걸까?" 그러자 카미야가 그에게 말했다. "제게 진주 목걸이와 상당히 비싼 귀고리가 있어요." 그때 파브리시오가 불쑥 그녀의 말을 막았다. "좋소, 하지만, 그것이 필리핀제도에서 온 거라면 난 원치 않소." 그러자 그녀가 대꾸했다. "안심하고 가져가실 수 있어요. 고급품이라는 것을 제가 보증합니다." 그러면서 노파에게 작은 상자를 가져오게 하여 거기서 목걸이와 귀고리를 꺼내어 경관 나리의 손에 올려놓았다. 그가 보석에 대해 나보다 더 잘 아는 것도 아니지만, 귀고리에 달린 보석들이 진주만큼 고급이라는 것은 의심하지 않았다.

그는 그것들을 주의 깊게 살펴본 후 말했다. “이 패물들은 질이 좋아 보이는구려. 그리고 이것에다 질 블라스 나리가 쥐고 있는 은촛대를 더한다면, 나는 더 이상 충성심을 내세우지는 않을 거요.” 그래서 내가 카미야에게 말했다. “그까짓 하찮은 물건 때문에 그토록 유리한 타협안을 당신이 깨고 싶어 하리라고는 생각하지 않소.” 나는 이 말을 내뱉으면서 양초를 빼내어 노파에게 건네주고, 촛대는 파브리시오에게 넘겼다. 그 방에서 쉽게 가져갈 수 있을 만한 것이 더 이상 없는 것을 알아채서인지 파브리시오는 그것으로 만족하고 두 여인에게 말했다. “잘들 계시고, 평온히 지내시오. 내가 시장님께 말씀드려서 당신들을 눈보다 더 희게 해놓을 테니. 우리는 시장에게 보고할 때 우리가 원하는 대로 사태를 바꿔 놓을 줄 안다오. 거짓 보고를 할 필요가 없을 때만 사실에 충실한 보고를 한다오.”

5

되찾은 반지 사건 계속

질 블라스는 의학과 바야돌리드 체류를 그만두다

파브리시오의 계획을 그렇게 실행한 뒤 카미야의 집을 나서면서 우리는 기대 이상으로 성공을 거둔 것에 대해 흡족해했다. 거기에 갈 때는 그저 반지에만 기대를 걸었기 때문이다. 그런데 우리는 거리낌 없이 나머지를 다 가져온 것이다. 그러면서도 유곽 여인들에게서 훔쳤다는 양심의 가책을 느끼기는커녕 칭찬받을 만한 행위를 했다고 생각했다. 거리로 나오자, 파브리시오가 말했다. "제군들, 우리 모두 선술집에 가서 밤새 즐기면 좋겠다는 것이 내 생각이오. 촛대, 목걸이, 귀고리를 내일 팔아서 그 돈을 형제처럼 나눌 것이오. 그런 다음 각자 집으로 돌아가서 각자의 주인에게 최선을 다해 용서를 구합시다." 그 경관 나리의 생각이 매우 타당해 보였다. 그래서 우리는 다 함께 선술집으로 갔다. 어떤 자들은 외박에 대한 구실을 쉽게 찾으리라 판단했고, 어떤 자들은 집에서 쫓겨날지도 모른다고 생각하면서도 별로 개의치 않았다.

우리는 맛있는 저녁 식사를 준비시켰고, 배가 고픈 만큼 즐겁게 식탁에 앉았다. 식사를 하면서 온갖 기분 좋은 얘기들을 나눴다. 특히 파브리시오는 대화를 유쾌하게 이끌어 갈 줄 알아서 좌중을 매우 흥겹게 해주었다. 아테네풍의 기지 못지않은 카스티야풍 기지가 넘치는 뭔가 알 수 없는 재치가 그에게서 흘러나왔다. 우리가 한껏 웃고 떠들던 터에 갑자기 예기치 못한 사건이 생겨서 우리의 즐거움이 방해를 받았다. 우리가 저녁 식사를 하던 방에 꽤 몸이 좋은 남자가 안색이 몹시 나쁜 남자 두 명과 함께 들어왔던 것이다. 그들 뒤로 다른 세 명이 나타났고, 그런 식으로 세 명씩 나타나서 열두 명까지 되었다. 그들은 소총, 검, 총검을 지니고 있었다. 보아하니 순찰대의 궁수들이었는데, 그들의 의도를 판단하기는 어렵지 않았다. 우리는 우선 저항하고 싶었지만, 그들은 우리를 순식간에 에워쌌고, 숫자로나 무기로나 우리를 꼼짝 못 하게 위협했다. 지휘관이 우리에게 조롱 조로 말했다. "신사 여러분, 당신들이 어떤 기발한 계략으로 유녀(遊女)의 손에서 반지를 빼냈는지 난 알고 있소. 그 기지는 훌륭해서 공공의 보상을 받을 만한 가치가 있는 게 확실하오. 그래서 당신들은 공공의 보상에서 벗어날 수가 없소. 사법당국이 당신들을 위한 거처를 마련해 놓고, 그 훌륭한 천재적 노력을 잊지 않고 인정할 것이오." 이 말이 가리키는 자들 모두가 그로 인해 갈팡질팡 당황했다. 우리의 몸가짐이 바뀌었고, 카미야의 집에서 우리가 조장했던 공포감을 이번에는 우리 쪽에서 느끼게 되었다. 그런데 파브리시오는 창백하고 초췌하면서도 우리를 정당화하려고 애를 썼다. "나리, 나쁜 의도는 없었습니다. 그러므로 우리의 그 작은 속임수는 용서받아야 합니다."

그러자 지휘관이 화를 내며 말을 받았다. "이런 빌어먹을! 당신은 그것을 작은 속임수라 부르는 거요? 교수형에 처할 일이라는 것을 아시오? 스스로 심판하는 것은 허용되지 않소. 게다가 당신은 촛대, 목걸이, 귀고리까지 가져갔소. 최악인 것은, 그 도둑질을 하려고 당신들이 궁수로 변장했었다는 사실이오. 비천한 자들이 나쁜 짓을 하려고 교양 있는 사람들로 위장하다니! 갤리선에서 노를 젓는 형벌에 처해진다면 그나마 아주 다행일 거요." 애초에 생각했던 것보다 사태가 훨씬 심각하다는 것을 그가 그렇게 깨닫게 해주자, 우리는 모두 그의 발아래로 몸을 던지며 우리의 젊음을 불쌍히 여겨 달라고 간청했다. 하지만 그렇게 애원해 봤자 소용없었다. 더구나 그는 목걸이, 귀고리, 촛대를 그에게 넘기겠다는 제안도 거절했다. 그는 내 반지마저 거절했다. 아마도 너무 점잖은 사람들이 보는 데서 제안했기 때문이었나 보다. 마침내 그는 준엄한 모습을 보였다. 그는 내 동지들이 무기를 버리게 하고 나서 우리 모두를 그 도시의 감옥으로 데려갔다. 거기로 가자, 궁수 중 하나가 내게 어찌된 연유인지 알려주었다. 카미야와 사는 노파가 우리에 대해 진짜 사법기관 종복들이 아닐 거라고 의심하여 선술집까지 우리를 따라왔었다는 것이다. 거기서 의혹이 확신으로 바뀌자 우리에게 복수하려고 순찰대에 신고했다는 것이다.

그들은 우리를 샅샅이 뒤져서 목걸이, 귀고리, 촛대를 빼앗았다. 내 반지도 마찬가지로 빼앗았고, 불행히 내 호주머니에 있던 필리핀 제도의 루비들도 채갔다. 심지어 내가 그날 왕진 때 받았던 은화들조차 남겨 놓지 않았다. 이를 통해 바야돌리드의 사법당국 사람들도 아스토르가 사람들만큼 자기 일을 잘 해낼 줄 안다는 것과 그 나리들 모두가 한결같은 태도를 지니고 있다는 걸 알게 되었다. 그들이 내 보석과 돈을 약탈해 가는 동안, 그 자리에 있던 순찰대 장교는 그 약탈 집행자들에게 우리가 벌인 일에 대해 얘기하고 있었다. 그들에게는 우리의 행위가 너무 심각해 보여서 우리 중 대부분이 사형에 처해질 만하다고 했다. 그보다 덜 혹독한 다른 이들은 우리가 각자 채찍으로 2백 대씩 맞고 바다에 나가 몇 년 복무하면 풀려날 수도 있을 거라고 얘기했다. 시장 겸 판사의 결정을 기다리는 동안 그들은 우리를 지하 감옥에 가두었다. 거기서 우리는 지푸라기에 몸을 뉘었다. 그 감옥은 말에게 지푸라기를 깔아 주는 마구간과 거의 마찬가지로 짚으로 덮여 있었다. 이튿날 마누엘 오르도네스 나리가 우리 사건을 전해 듣고 파브리시오를 감옥에서 빼내기로 결심하지 않았더라면, 우리는 거기에 오래 머물다가 갤리선에 끌려갈 때나 나올 수 있었을 것이다. 우리 모두를 풀어 주지 않고서는 오르도네스 나리도 파브리시오를 풀어 줄 수 없었다. 그는 그 도시에서 매우 존경받는 사람이었다. 그는 모든 수단을 아낌없이 동원해 청원했고, 자신과 친구들의 신용 덕분에 사흘 만에 우리의 방면을 얻어 냈다. 하지만 나는 우리가 그곳에 들어갔을 때와 같은 상태로 나오지 못했다. 촛대, 목걸이, 귀고리, 내 반지와 루비들, 그 모든 것이 거기 남겨져 있었으니까. 이는 나로 하여금 "*sic vos non vobis*"(그러므로 그대는 그대 자신을 위한 것이 아니니)로 시작되는 베르길리우스의 시구(詩句)를 떠올리게 했다.

우리는 석방되자마자 각자 자기 주인의 집으로 돌아갔다. 상그라도 의사는 나를 잘 맞아 주었다. "불쌍한 질 블라스, 너의 불운을 오늘 아침에서야 알았다. 나는 너를 위해 강력히 청원할 채비를 하고 있었다. 이 사건으로 인한 괴로움은 가라앉히고 그 어느 때보다 더 의술에 매진해야 한다, 친구야." 이 말에 나는 그럴 생각이라고 대답했다. 그리고 진정으로 그 일에 혼신을 다했다. 일거리가 부족하기는커녕, 내 주인이 그토록 잘 예견했듯이 질병이 많이 생겼다. 천연두와 악성열병이 도시와 변두리에 퍼지기 시작했다. 바야돌리드의 모든 의사들이 진료를 했다. 우리가 특히 그랬다. 각자 여덟 명이나 열 명의 환자를 보지 않는 날이 하루도 없었다. 마셔 댄 물과 흘린 피가 그만큼 많았다는 뜻이다. 하지만 어떻게 해서 그리됐는지 나는 모르겠지만, 그들 모두가 죽어 버렸다. 우리가 그들을 잘못 치료했거나 그들의 질병이 나을 수 없는 것이었거나 둘 중 하나였을 것이다. 우리가 같은 환자를 세 번 방문하게 되는 일은 드물었다. 두 번째 방문 때 환자가 방금 매장됐다는 얘기를 듣거나 임종 상태에 놓인 것을 보게 되었으니까. 나는 살인에 대해 무감각해질 시간을 아직 갖지 못한 젊은 의사일 뿐이었으므로 내 탓일 수도 있는 그 침통한 사건들로 몹시 상심하곤 했다. 어느 날 저녁, 나는 상그라도 의사에게 말했다. "나리, 지금 하늘에 두고 맹세건대, 저는 나리의 치료법을 정확히 따르고 있습니다. 그런데 제 환자들이 모두 저세상으로 갑니다. 마치 우리 의술의 가치를 떨어뜨리기 위해 죽는 것을 즐거워하기라도 하는 것처럼 말입니다. 오늘 저는 땅에 묻힌 환자를 둘이나 보았습니다." 그러자 그가 대답했다. "얘야, 나도 너에게 거의 똑같은 얘기를 할 수 있을 것이다. 내 손에 넘어온 사람들을 낫게 하는 만족을 얻는 일이 흔치 않구나. 내가 따르는 원칙들에 대해 나 자신이 확신하지 못한다면, 내가 진료하는 거의 모든 질병에 내 치료법이 해로운 거라고 믿어야 하겠지.” 그래서 내가 말했다. “그 점에 대해 제 말을 믿으신다면, 우리 이제 진료 방식을 바꿔 보기로 해요. 혹시 모르니 우리 환자들에게 화학적 조제약을 주기로 해요. 일어날 수 있는 최악의 경우라고 해봤자 우리가 늘 해온 따뜻한 물과 사혈 처방과 같은 효과를 내는 정도겠지요.” 그러자 상그라도 의사가 대꾸했다. “그것이 별 지장이 없다면 나도 기꺼이 시도해 볼 거다. 하지만 나는 잦은 사혈과 음용 요법을 찬양하는 책을 펴낸 바 있어. 나 스스로 내가 쓴 책을 헐뜯길 바란다는 거냐?” 그래서 내가 반박했다. “오! 나리가 옳아요. 나리의 적들에게 그런 승리를 허용해서는 안 되죠. 그들은 나리께서 잘못을 깨달은 거라고 말할 테죠. 그들은 나리의 명성을 잃게 만들 겁니다. 그러느니 차라리 백성들, 귀족들, 성직자들이 죽어 가는 게 나아요! 그러니 우리는 늘 하던 대로 합시다. 어쨌든, 다른 의사들이 사혈에 대해 혐오감을 갖고 있음에도 불구하고, 우리보다 더 큰 기적을 행하지도 못하고 있으니, 내 생각에는 그들의 약제나 우리의 특효약이나 효능은 마찬가지인 것 같아요.”

우리는 계속해서 우리 일에 매진했고, 우리의 치료방식은 6주도 안 되어 트로이 포위 공격 때만큼이나 많은 과부와 고아들을 속출하게 했다. 마치 바야돌리드에 페스트가 창궐하는 것만 같았다. 그 정도로 장례식이 많이 치러졌다! 우리 숙소에는 우리 때문에 목숨을 잃은 아들에 대한 해명을 요구하는 아버지, 조카의 죽음이 우리 탓이라고 힐책하는 삼촌 등이 날마다 찾아왔다. 우리가 진료해서 잘못된 삼촌과 아버지들 때문에 조카와 아들들이 우리 집에 찾아오는 법은 없었다. 남편들도 마찬가지로 가만있었다. 그들은 아내를 잃은 것에 대해 우리에게 트집 잡지 않았다. 우리가 질책을 감당할 수밖에 없었던 상심한 사람들은 때때로 격렬히 괴로워하는 자들이었다. 그들은 우리를 무지한 자, 살인자라고 불렀다. 그들은 말을 가리지 않고 폭언을 해댔다. 나는 그들이 사용하는 수식어들에 충격을 받았지만, 내 스승은 그런 일에 준비가 돼 있어서 그저 냉정히 듣고 있었다. 어쩌면 나도 그처럼 욕설에 익숙해질 수 있었을지도 모른다. 하늘이 바야돌리드의 환자들에게서 재앙의 씨앗 중 하나를 걷어내 주려고 내게 기회를 마련해 주지 않았더라면…. 내가 그토록 성공을 거두지 못하면서도 수행하던 의술에 대해 역겨워질 기회를….

우리 집 근처에 그 도시의 게으름뱅이들이 매일 모이는 정구장(庭球場)이 하나 있었다. 대가를 자처하는 직업적 호걸 가운데 한 명이 구장에서 말썽이 생기면 판정을 하곤 했다. 비스카야 출신인 돈 로드리게스 데 몬드라곤이라는 자였는데, 나이는 서른 살쯤 되어 보였다. 그는 보통 키에 마르고 근육질이었다. 머리통에 달린 반짝이는 작은 두 눈을 이리저리 굴리면서 자기 눈길이 닿는 모든 사람을 위협하는 것 같았다. 게다가 관자놀이까지 올라가 있는 붉은 카이저수염 위로 내려온 코는 몹시 펑퍼짐했다. 그는 너무 투박하고 거칠게 말을 해서, 공포를 불러일으키려면 그저 말만 내뱉으면 되었다. 이 말썽꾼은 정구장의 폭군이었다. 경기하는 사람들 사이에 언쟁이 생기면 강압적으로 판정했고, 그의 판결에는 아무도 반항하지 말아야 했다. 복종하지 않는 자는 바로 다음 날 그로부터 결투장을 받을 각오를 해야 했으니까. 그런 그가 스스로 자기 성씨 앞에 '돈'(*don*)을 붙이게 했다 하더라도, 그는 어쩔 수 없는 평민이었다. 하지만 정구장 여주인에게는 다정한 인상을 주었다. 그녀는 부유하고 꽤 상냥한 40세 여인이었는데, 15개월 전에 과부가 되었다. 돈 로드리게스가 어떻게 해서 그녀 마음에 들 수 있었는지 나는 모른다. 그가 잘생겨서 그런 것은 아니었을 거다. 뭔지 모르겠지만, 뭐라 말할 수 없는 어떤 것 때문이었나 보다. 어찌됐든 그녀는 그를 좋아했고, 그와 혼인할 생각을 품었다. 그런데 결혼할 채비를 하던 참에 그녀는 병에 걸렸고, 그녀로서는 불행하게도 내가 진료를 담당케 되었다. 그녀의 병이 악성 열병은 아니었더라도 내 치료법은 그녀를 위험에 빠뜨리기에 충분했다. 나흘 후 나는 정구장을 초상집으로 만들어 놓았다. 정구장 여주인은 내가 그동안 모든 환자들을 보낸 그곳으로 갔고, 그녀의 부모가 그녀의 재산을 탈취했다. 돈 로드리게스는 애인을 잃은 절망, 아니 그보다는 아주 유리한 결혼에 대한 희망을 잃어버린 절망감 때문에 나에게 열화 같은 분노를 쏟아내는 것으로 만족하지 못하고, 내가 눈에 띄기만 하면 내 몸을 칼로 찔러 죽여 버리겠다고 악담을 해댔다. 어느 인정 많은 이웃이 내게 그 사실을 알려 주면서 그 악마 같은 남자를 만나게 될까 걱정되니 집에서 절대로 나오지 말라고 충고해 주었다. 나는 그 의견을 무시하고 싶었으나 내 마음은 동요와 경악을 금치 못했다. 그 격노한 비스카야 사람이 우리 집으로 들어오는 상상이 끊임없이 떠올랐다. 그래서 단 한순간도 편히 있을 수가 없었다. 그것이 나로 하여금 의술에서 떨어져 나가게 했고, 나는 오로지 그 근심에서 벗어날 생각만 했다. 나는 자수(刺繡) 옷을 다시 찾아 입었고, 나를 붙들 수 없었던 주인에게 작별인사를 하고는 꼭두새벽에 그 도시를 빠져나왔다. 도중에 돈 로드리게스를 만날까 봐 두렵지 않은 것은 물론 아니었다.

6

바야돌리드를 벗어나 어떤 길로 들어섰고, 도중에 어떤 남자를 만나게 되나

나는 매우 빠르게 걸었고, 그 무서운 비스카야 사람이 나를 따라오는 건 아닌지 보려고 가끔씩 뒤를 돌아보았다. 나의 상상은 그 남자로 가득 차 있어서 나무나 덤불이 나타나기만 하면 그 사람인 줄 착각했다. 매 순간 내 마음은 공포로 소스라치며 떨었다. 나는 그런 식으로 1리는 족히 가서야 안심을 했고, 목적지인 마드리드까지는 앞서보다는 길을 천천히 갔다. 그렇게 해서 바야돌리드 체류에 종지부를 찍었고 아쉬움은 오로지 나의 친애하는 필라데스•인 파브리시오와 헤어지게 된 것뿐이었다. 심지어 작별인사조차 하지 못했다. 의술을

• 그리스 신화에 나오는 인물로서, 그리스 중부지역의 포키다(또는 포키스)의 왕 스트로피오스와 아낙시비아(아가멤논의 누이) 사이에 태어난 아들이며, 오레스테스의 사촌이다. 아버지가 아가멤논에 의해 살해되면서 오레스테스의 집에서 살게 된다. 그럼으로써 이 둘의 우정이 돈독해진다. 후에 아르고스의 왕이 된 아가멤논은 누이 엘렉트라를 필라데스와 혼인시킨다.

포기하는 것은 전혀 애석하지 않았고, 그 일을 했던 것에 대해 신에게 용서를 빌었다. 그런데 내가 번 돈이 설사 내 살인행위들에 대한 보수였을지라도 그 돈을 즐거이 세어 보지 않을 수 없었다. 방탕한 생활은 그만두었지만, 그 방탕의 이득을 여전히 고스란히 간직하고 있는 여자들과 비슷하다고나 할까. 나는 거의 5두카도에 해당하는 은화들을 갖고 있었다. 그게 내 재산의 전부였다. 그것으로 마드리드까지 이동했으며, 거기서 좋은 자리를 찾아낼 것임을 의심치 않았다. 게다가 세계의 모든 경이로움의 축소판이라고 칭송되는 그 멋진 도시에서 지내는 것을 열렬히 바라고 있었다.

전에 들은 적 있는 얘기들을 죄다 떠올리고, 거기서 얻게 될 즐거움을 미리 음미하고 있던 터에 내 뒤로 걸어오는 어떤 남자의 목소리가 들렸다. 그는 고래고래 노래 부르고 있었다. 등에는 가죽가방을 메고, 목에는 기타가 걸려 있었으며, 꽤 긴 검도 차고 있었다. 그는 매우 빨리 걸어서 얼마 안 되어 나를 따라잡았다. 그는 바로 반지 사건 때문에 나와 함께 감옥에 갔던 이발사 수습생 둘 중 하나였다. 우리는 옷을 갈아입었음에도 불구하고 서로 누군지 알아보았으며, 이렇게 느닷없이 대로에서 마주치게 되어 몹시 놀랐다. 나는 길동무가 생겨서 너무 좋다는 표정을 지었고, 그는 나를 다시 보게 되어 굉장히 기쁜 듯 보였다. 나는 그에게 왜 내가 바야돌리드를 떠났는지 들려주었고, 그 또한 같은 얘기를 터놓았다. 그는 자기 주인과 잡음이 있었고, 둘 다 서로 영원히 안 보기로 했다는 얘기였다. 그러고는 덧붙였다. "내가 만약 바야돌리드에 더 오래 머물렀다면 그 이발소 한 군데만 있지 않고 열 군데는 갈 수 있었을 겁니다. 허세가 아니라, 수염을 바싹 깎고, 결의 반대 방향으로 깎고, 콧수염을 말아 올리는 일을 스페인에서 나보다 더 잘하는 이발사는 없다고 감히 자부합니다. 하지만 내가 떠나온 지 만 10년이 된 고향으로 돌아가고 싶은 마음이 너무 커서 더 이상 버텨 낼 수가 없었어요. 고향의 공기를 마셔 보고 싶고, 부모님이 어떤 상태에 계신지도 알고 싶어요. 모레 부모님 집에 도착하게 될 겁니다. 그분들이 사시는 올메도라는 곳은 세고비아에 가기 전에 나오는 큰 마을이거든요."

나는 그 이발사 수습생과 그의 집까지 함께 갔다가 마드리드에 가는 데 필요한 교통수단을 찾아보러 세고비아로 가기로 결정했다. 우리는 길을 나서면서 대수롭지 않은 것들에 관해 대화를 나누기 시작했다. 그 젊은이는 유쾌한 기질에 호감 가는 마음의 소유자였다. 한 시간쯤 얘기를 나눴을 때 그가 내게 뭔가 먹고 싶지 않느냐고 물었다. 나는 주막집이 나타나면 생각해 보겠다고 대답했다. 그러자 그가 말했다. "주막이 나타나기 전에라도 잠깐 쉴 수 있어요. 제 가방에 먹을 만한 것이 있거든요. 저는 여행할 때면 필수품을 챙기려고 늘 신경 쓰지요. 옷이나 내의류나 다른 불필요한 누더기들은 짐에 넣지 않아요. 내 가방에는 식량과 면도칼들과 작은 비누 하나만 넣지요." 나는 그의 신중함을 칭찬했고, 그가 제안하는 휴식에 기꺼이 동의했다. 나는 배가 고파서 뭐든 맛있게 먹을 준비가 돼 있었다. 그가 방금 한 말 때문에 기대를 하게 되었던 것이다. 우리는 대로를 좀 피해서 풀밭에 앉았다. 거기서 이발사 수습생은 자신의 식량을 펼쳐 놓았다. 양파 대여섯 개와 빵 몇 조각, 그리고 치즈였다. "하지만 이 가방에서 나오는 것들 중 가장 좋은 것은 그윽하고 감미로운 포도주가 담긴 작은 가죽 부대입니다. 비록 음식들이 맛있지는 않더라도 우리 둘 다 너무 배고파서 그 음식들이 맛없다고 느끼진 않을 겁니다"라고 그는 말했다. 나라면 전혀 자부심을 느끼지 않았을 약 2파인트의 포도주도 다 비웠다. 그런 후 우리는 일어나서 아주 쾌활하게 다시 걸었다. 나에게 매우 특별한 사건들이 일어났었다는 얘기를 파브리시오에게서 들은 바 있는 그 이발사 수습생은 그 이야기들을 직접 들려 달라고 부탁했다. 내게 그토록 잘 대접해 준 사람에게는 그 무엇도 거절할 수 없다고 나는 생각했다. 그래서 그의 요청대로 얘기를 들려주었다. 그러고 나서 그에게 내 호의에 답례를 하려면 그 또한 자신의 인생 이야기를 들려줘야 한다고 말했다. 그러자 그는 "오! 제 이야기라면 별로 들을 가치도 없는 걸요. 아주 단순한 일들뿐인데요"라고 하더니 "그렇지만 우리가 달리 할 일도 없고 하니, 제 이야기를 있는 그대로 들려드릴게요"라고 덧붙였다. 그러고는 대략 다음과 같이 이야기했다.

7

이발사 수습생의 이야기

제 할아버지 페르난도 페레스 데 라 푸엔테(먼 데서부터 이야기를 시작하겠습니다)는 올메도 마을에서 이발사 일을 50년 동안 하신 후 돌아가셨고, 아들 넷을 남겨 놓으셨어요. 니콜라스라는 이름의 장남은 돌아가신 아버지의 가게를 장악하고서 이발사 직업의 대를 이었지요. 그 아랫동생인 베르트란은 상업을 염두에 두고 있었기에 잡화상이 되었고, 셋째 아들 토마스는 학교 선생님, 넷째 아들 페드로는 문학을 위해 태어났다고 느껴서 자기 몫의 작은 땅뙈기를 팔고는 마드리드로 살러 갔지요. 거기서 그는 지식과 재기(才氣)를 통해 언젠가 두각을 드러낼 것으로 기대했어요. 다른 형제 셋은 헤어지지 않았어요. 그들은 올메도에 정착하여 농사꾼들의 딸들과 혼인했어요. 그녀들은 결혼 때 지참금은 거의 가져오지 못했으나 대신 자식은 많이 낳았어요. 서로 경쟁하듯 아이를 낳은 거지요. 이발사의 아내인 제 어머니는 결혼 5년차가 될 때까지 여섯 명의 아이를 탄생시켰어요. 저도 그들 중 하나죠.

제 아버지는 아주 일찍부터 제게 면도하는 법을 가르쳐 주셨어요. 그리고 제가 열다섯 살이 되자 지금 보고 계시는 이 가방을 제 어깨에 메어 주시고, 긴 검을 차게 해주시고는 말씀하셨어요. "가라, 디에고. 너는 이제 네 생활을 책임질 상태가 되었다. 여기저기 돌아다녀라. 너는 세상 물정을 익히고, 네 기술을 연마하기 위해 여행을 할 필요가 있다. 떠나렴. 스페인을 다 돌아본 후에나 올메도로 돌아오너라. 그때까지는 너에 관한 얘기는 내가 듣지 않게 되기를 바란다!" 아버지는 이 말을 마치신 다음 저를 다정히 안아 주시고는 집 밖으로 밀어내셨지요.

그것이 아버지의 작별인사였어요. 아버지보다는 품행이 덜 투박했던 어머니는 제가 떠나는 것을 더 마음 아파하시는 것 같았어요. 어머니는 눈물을 좀 흘리셨고, 남몰래 제 손에 1두카도를 쥐여 주시기까지 했어요. 그렇게 해서 저는 올메도를 떠나 세고비아로 가는 길로 들어섰지요. 2백 걸음도 채 가지 않아서 멈춰 선 다음 가방을 뒤져 보았어요. 그 안에 무엇이 있는지, 제가 소유하고 있는 것이 정확히 무엇인지 알고 싶었거든요. 거기에는 너무 닳아서 족히 열 세대가 흐르는 세월 동안 면도에 쓰였을 것 같은 면도칼 두 개와 그것들을 갈기 위한 가죽 띠, 그리고 비누 한 조각이 들어 있는 케이스가 하나 있었어요. 그 외에 아주 새것인 마(麻)섬유 셔츠 한 벌과 아버지의 낡은 구두 한 켤레, 그리고 그 무엇보다 저를 기쁘게 한 은화 스무여 개가 낡은 리넨 천에 싸여 있었지요. 그것들이 제가 가진 전부였어요. 그렇게 보잘것없는 것을 주시고는 저더러 떠나라고 하셨으니 저의 이발사 니콜라스 선생께서 제 기량에 큰 기대를 걸고 계셨다는 것을 나리께서 잘 판단하실 수 있을 겁니다. 그렇지만 1두카도와 은화 20냥은 돈이라고 가져 본 적 없는 젊은이를 황홀하게 했지요. 저는 제 돈주머니가 마르지 않을 줄 알았어요. 기뻐 날뛰며 길을 계속 가는데, 걸을 때마다 검의 날이 제 장딴지를 치거나 다리를 성가시게 하여 그 검을 가끔씩 바라보았죠.

저녁 무렵 저는 몹시 배가 고픈 상태로 아타키네스 마을에 도착했어요. 여인숙에 묵으러 가서는, 마치 제가 돈을 쓸 형편이 되기라도 한 양 큰 목소리로 저녁 식사를 주문했지요. 주인은 저를 잠시 훑어보더니 제 사정이 어떤지 간파하고는 부드러운 목소리로 말했어요. "아, 신사 양반, 그렇게 해드리죠. 왕자님처럼 대접해 드리겠습니다."그는 그렇게 말하고 나서 저를 작은 방으로 데려다 놓고 15분 뒤에 고양이 스튜 요리를 가져왔어요. 저는 그것이 산토끼나 집토끼 요리나 되는 듯이 탐욕스럽게 먹어 댔죠. 주인은 그 훌륭한 스튜에다 아주 맛있는 포도주를 곁들여 가져왔어요. "왕도 이보다 더 맛있는 포도주는 못 마셔 봤을 겁니다"라고 주인은 말했어요. 하지만 저는 그것이 상한 포도주라는 것을 금세 알았죠. 그럼에도 스튜만큼 맛있게 마셨어요. 그러고 나서 여전히 왕자님처럼 대접받기 위해 침대로 가서 누웠는데, 그 침대는 불면증을 없애 주기보다는 유발하기에 더 적절할 것 같은 침대였어요. 키가 아주 작은 저도 다리를 다 펼 수 없을 정도로 짧고 몹시 좁은 초라한 침대를 상상해 보세요. 게다가 제대로 된 매트와 깃털 베개 대신 그저 짚을 넣은 매트밖에 없었는데, 그나마 얼룩지고 마지막 세탁 이후로 아마도 한 백 명은 사용했을 것 같은 두 겹의 침대시트로 덮여 있었어요. 그럼에도 불구하고 주인이 준 스튜와 감미로운 포도주로 꽉 찬 위와 내 젊음과 기질 덕분에 저는 방금 묘사한 그 침대에서 잠을 푹 잤고, 소화불량 없이 밤을 보냈지요.

다음 날, 저는 아침을 먹고 나서 그들이 제공한 맛있는 식사의 값을 치른 후 세고비아로 단숨에 갔어요. 거기서 오래지 않아 다행히 이발소 한 군데를 찾아냈고, 먹여 주고 생활에 필요한 것들을 제공해 주는 조건으로 저를 받아 주었지요. 하지만 저는 거기서 6개월밖에 머무르지 않았어요. 제가 알게 된 한 이발사 수습생이 마드리드로 가고 싶어 했는데 그가 저를 그 이발소에서 빼내어 마드리드로 데려갔거든요. 거기서도 저는 세고비아에서처럼 어려움 없이 이발소에 취직했어요. 고객이 아주 많은 이발소에 들어갔지요. 사실, 그 이발소는 성(聖)십자가 교회 근처에 있었고, 군주극장에서 가까워서 고객들이 많았어요. 제 주인, 수습생 둘과 저, 이렇게 넷이 면도하러 오는 사람들을 다 감당하기에는 충분치 못했어요. 거기서 온갖 부류의 신분들을 보게 되었는데, 그중에는 연극배우들과 작가들도 있었어요. 어느 날, 작가 둘이서 이발소에 함께 있었어요. 그들은 당대의 시인들과 시에 관해 대화를 나누기 시작했고, 그러는 와중에 제 삼촌의 이름이 언급되는 것을 들었어요. 그래서 그들의 얘기에 더욱 주의를 기울이게 되었지요. 그중 한 사람이 말했어요. "내가 보기에 돈 후안 데 사팔레타는 대중이 기대를 걸지 말아야 하는 작가인 것 같아요. 감수성이 메마른 정신이고, 상상력도 없는 사람이죠. 마지막 희곡 때문에 그의 가치가 굉장히 떨어졌어요." 그러자 다른 사람이 말했어요. "그런데 루이스 발레스 데 게바라는 정말 가관인 작품을 이제 막 내놓지 않았던가요? 그보다 더 비참한 것을 본 적이 있어요?" 그리고 몇 명이었는지 모르겠으나 이름이 더 이상 생각나지 않는 다른 시인들도 언급했는데, 그 시인들에 대해 아주 혹평을 했다는 것만 제 기억에 남아 있어요. 제 삼촌에 대해서는 그보다 괜찮게 얘기했어요. 재능 있는 남자라는 점에 둘 다 동의했으니까요. 한 사람은 "그래요, 돈 페드로 데 라 푸엔테는 훌륭한 작가지요. 그의 책들에는 풍부한 지식이 섞인 섬세한 농담이 담겨 있는데, 그런 점 때문에 톡 쏘는 매력과 재치가 넘쳐요. 그가 궁정과 도시에서 인정받고, 고관대작들로부터 연금을 하사받는다는 게 놀랍지 않아요"라고 말했어요. 그러자 다른 사람이 덧붙였죠. "수년 전에는 그가 수입이 꽤 많았다더군요. 지금은 메디나 코엘리 공작 댁에서 먹고 자고 한답니다. 돈은 전혀 쓰지 않아요. 그는 사업수완이 대단할 겁니다."

저는 그 시인들이 제 삼촌에 관해 말하는 것을 단 한 마디도 놓치지 않았어요. 우리 집안사람들은 그가 작품들을 통해 마드리드에서 큰 반향을 일으키고 있다는 것을 알고 있었어요. 올메도를 거쳐 가던 몇몇 사람이 우리에게 그 얘기를 해주었거든요. 그런데 그 자신은 우리에게 소식을 전해 주는 일에 소홀했고, 우리로부터 상당히 멀어진 것 같아서, 우리 쪽에서도 그에 대해 굉장히 무관심한 채로 살았지요. 하지만 핏줄은 속일 수가 없나 봐요. 그의 형편이 매우 좋다는 얘기를 듣고, 그가 어디 사는지 알고 나자 그를 찾아가고 싶은 마음이 들었어요. 그런데 한 가지가 저를 난처하게 했어요. 작가들이 그를 돈 페드로라고 불렀다는 점입니다. 이 '돈'이라는 호칭이 저를 좀 힘들게 했고, 혹시 저의 삼촌이 아닌 다른 시인이면 어쩌나 염려되었죠. 하지만 그런 염려가 저를 막지는 못했지요. 저는 삼촌이 귀족이 되고 재사(才士)까지 되었을 수도 있다고 생각했어요. 그래서 제 주인의 허락을 받아 어느 날 아침 몸단장을 한껏 하고서 이발소를 나섰어요. 자신의 재능으로 그토록 큰 명성을 획득한 사람의 조카라는 자부심을 좀 느끼면서 말이죠. 이발사들이라고 허영심이 없는 건 아니니까요. 저는 저 자신에 대해 대단하게 여기기 시작했어요. 그래서 거만한 태도로 걸으며 메디나 코엘리 공작의 저택이 어딘지 물었어요. 저는 문에서 제 소개를 하고 나서 돈 페드로 데 라 푸엔테 나리를 뵙고 싶다고 말했지요. 그러자 문지기가 손가락으로 뜰 안쪽에 있는 작은 계단을 가리키면서, "저쪽으로 올라가서 오른손 쪽에서 첫 번째 문을 두드리시오"라고 대답했어요. 그래서 그가 말한 대로 가서 문을 두드렸죠. 어떤 젊은이가 문을 열어 주기에, 돈 페드로 데 라 푸엔테 씨가 묵고 계신 곳이 여기냐고 물었어요. 그랬더니 젊은이가 "네, 하지만 지금은 그분과 얘기하실 수 없을 겁니다"라고 대답했어요. 그래서 나는 그에게 "그분과 얘기하고 싶습니다. 저는 그분 가족의 소식을 전하러 왔거든요"라고 말했어요. 그랬더니 그가 대꾸했어요. "당신이 교황님의 소식을 알리러 온 것이라 할지라도 지금은 그분의 방으로 들이지 못할 겁니다. 그분은 지금 시를 짓고 계시니까요. 그분이 작업할 때는 방해하지 말아야 합니다. 정오쯤에나 뵐 수 있을 겁니다. 가서 한 바퀴 돌아보고 오세요."

저는 바깥으로 나가서 오전 내내 도시를 돌아다니며 제 삼촌이 저를 어떻게 맞아 줄지 끊임없이 생각했죠. '나를 보시면 아주 기뻐하실 거야'라고 생각했어요. 제 감정을 바탕으로 삼촌의 감정을 판단했던 겁니다. 그래서 저를 알아보면 매우 감동하실 거라 생각하며 마음의 준비를 했어요. 저는 좀 전에 젊은 하인이 지정해 준 시간에 맞춰 부지

런히 삼촌의 집으로 갔어요. "때맞춰 오셨군요." 하인이 말했어요. "주인님이 곧 나오실 겁니다. 여기서 잠시 기다리세요. 제가 전해 드릴게요." 하인은 이렇게 말하며 저를 부속실에 남겨 놓았어요. 잠시 후 그가 돌아와서 그의 주인의 방으로 저를 들여보냈어요. 그 주인의 얼굴을 보자마자 우선 우리 집안의 분위기를 띤 모습에 놀랐어요. 마치 토마스 삼촌을 보는 것만 같았어요. 그 정도로 두 사람이 닮았거든요. 저는 그에게 정중히 인사하고 나서 올메도의 이발사인 니콜라스 데 라 푸엔테 선생의 아들이라고 말했죠. 그리고 3주 전부터 마드리드에서 아버지의 직업인 이발사 일을 수습생 자격으로 하고 있으며, 저 자신을 연마하기 위해 스페인 일주를 할 작정이라는 것도 알려 줬어요. 제가 말하는 동안 삼촌이 몽상에 잠겨 있는 것을 알아챘어요. 아마도 제가 자신의 조카가 아니라고 부인하거나 약삭빠르게 내쫓아야 할지 궁리하는 것 같았어요. 그는 유쾌한 척하며 말했어요. "아니, 이보게, 자네 아버님과 숙부들은 안녕하신가? 그분들 사업 형편은 어떠한가?" 그래서 저는 우리 가족에 대해 장황하게 늘어놓았어요. 남자애건 여자애건 아이들의 이름을 죄다 거론했고, 그 목록에 그들의 대부와 대모들까지 포함시켰지요. 그는 그런 세부사항에 무한히 관심을 보이는 것 같지는 않았어요. 그러더니 급기야 이렇게 말했어요. "디에고, 네가 기술을 연마하려고 온 나라를 돌아다니는 것에 대해서는 적극 찬성이지만, 마드리드에는 더 이상 머무르지 말라고 충고하마. 젊은이에게는 위험한 곳이다. 타락하게 될 거다, 얘야. 스페인의 다른 도시들로 가는 게 좋겠구나. 다른 곳들에서는 풍속이 이 정도로 타락하지는 않았거든." 그러더니 말을 이었어요. "떠나렴. 네가 출발할 준비가 되면 나를 다시 보러 오거라. 너의 스페인 일주를 돕기 위해 금화 1피스톨라를 주겠다." 그는 이 말을 하고 나서 저를 부드럽게 방 밖으로 내몰아 쫓아냈어요.

그가 저를 멀리 보내 버릴 궁리만 한다는 것을 저는 알아차리지 못했어요. 저는 우리 이발소로 가서 제 주인에게 방금 방문했던 일에 대해 얘기해 주었어요. 제 주인 또한 돈 페드로 나리의 의도를 간파하지 못했기에 저에게 "나는 네 삼촌과 의견이 다르다. 네 삼촌은 너에게 온 나라를 돌아다니라고 권하기보다 이 도시에 머물러 있으라고 충고해야 했다고 생각해. 그는 귀족들을 아주 많이 보잖니! 고관대작의 집에 쉽게 너를 데려다 놓고, 네가 조금씩 조금씩 큰 재산을 모을 수 있게 해줄 수도 있을 텐데…"라고 말했어요. 기대가 실린 이미지들을 떠올리게 하는 그 말에 홀려서 저는 이틀 뒤 삼촌을 다시 찾아가 궁정의 어느 귀족 집에 들어가기 위해 삼촌의 신용을 이용해도 되겠냐고 물었지요. 그러나 그는 그 제안을 마음에 들어 하지 않았어요. 고관대작들의 집에 자유로이 드나들며 그들과 매일 식사하는 허영심 많은 인간이라면, 자기가 그 주인님들의 식탁에 있을 때 자기 조카가 하인들의 식탁에 있는 꼴을 보는 것이 편치 않을 테죠. 어린 디에고 때문에 돈 페드로 나리가 창피해질 테니까요. 그래서 그는 저를 쫓아내고 말았죠, 그것도 아주 매몰차게…. "뭐라고, 이런 난봉꾼 같으니라고. 네 직업을 그만두고 싶다고!" 그는 격분한 태도로 말했어요. "가라, 너에게 그토록 위험한 충고를 하는 사람들에게 너를 넘겨주마. 내 처소에서 나가고, 다시는 발을 들여놓지 마라. 그렇지 않으면 내가 마땅한 벌을 받게 할 거다." 저는 그 말에 어리둥절해졌고, 제 삼촌이 취한 어조에 더더욱 망연자실해졌죠. 그래서 눈물을 흘리며 물러났고, 그가 저를 그토록 혹독하게 대한 것에 몹시 상처를 받았어요. 그렇지만 저는 천성적으로 늘 발랄하고 자존심이 강했으므로 얼른 눈물을 닦았어요. 괴로움이 심지어 분개로 바뀌면서 그날까지 없이도 잘 지냈던 그 못된 친척을 포기하기로 마음먹었어요.

저는 이제 제 재능을 키울 생각만 했어요. 일에만 열중했지요. 하루 종일 고객들의 머리와 수염을 깎았고, 저녁이면 머리를 좀 식힐 겸 기타 연주를 배웠어요. 기타 연주 선생님은 제가 면도해 드린 연로하신 시종(侍從)이셨어요. 그분은 음악을 완벽히 알고 있었고, 제게도 가르쳐 주셨어요. 예전에 어느 대성당의 성가대원이셨대요. 마르코스 데 오브레곤이라는 이름의 지성적이고 경험도 많은 지혜로운 분이셨어요. 제가 마치 자기 아들이라도 되는 양 저를 사랑해 주셨어요. 그분은 우리 집에서 30보쯤 떨어진 곳에 사시는 의사 아내의 시종으로 일하셨죠. 저는 저녁 무렵에 일이 끝나면 즉시 그분을 뵈러 갔고, 그러면 우리는 둘 다 문턱에 앉아서 작은 연주회를 했어요. 이웃들은 그 연주를 불쾌해하지 않았어요. 우리가 아주 듣기 좋은 목소리를 갖고 있어서가 아니라, 기타 줄을 거칠게 뜯으면서 규칙에 따라 번갈아 노래를 불렀기 때문이지요. 우리 연주를 듣는 사람들에게는 그것만으로도 충분히 즐거운 일이었어요. 우리는 특히 의사 아내인 도냐 메르헬리나를 흥겹게 해주곤 했어요. 그녀는 우리 연주를 들으려고 통로로 내려와서 때로는 자기 마음에 드는 곡들을 다시 연주해 달라고 부탁하곤 했어요. 그녀의 남편은 그녀가 그런 여흥을 즐기는 것을 막지 않았죠. 스페인 사람인 데다 이미 늙었어도 질투를 조금도 하지 않는 남자였어요. 게다가 자기 직업에 온전히 매여 있었어요. 왕진을 갔다가 저녁에 지쳐서 돌아오면 아주 일찍 잠자리에 들었으므로, 아내가 우리 연주에 관심을 기울이건 말건 신경 쓰지 않았어요. 어쩌면 우리 연주가 그녀에게 그다지 위험한 느낌을 줄 수는 없으리라 생각했기 때문이기도 할 겁니다. 메르헬리나는 사실 젊고 아름답기는 하지만 사교적이지 못해서 남자들의 시선을 견디지 못했어요. 그러므로 그녀의 남편이 보기에 순진하고 교양 있어 보이는 여흥거리가 죄가 되지는 않았지요. 그래서 그는 우리가 원하는 대로 노래 부르게 내버려 두었어요.

어느 날 저녁, 제가 평소처럼 즐길 생각으로 그 의사네 집 문에 도착해 보니 그 늙은 시종이 거기서 저를 기다리고 있었어요. 그는 제 손을 잡더니 연주를 시작하기 전에 함께 산책하며 한 바퀴 돌고 싶다고 말했어요. 그러면서 저를 옆길로 데려가 저와 자유로이 얘기할 수 있게 되자 서글픈 표정으로 말했어요. "내 아들 같은 디에고야, 네게 특별히 알려 줘야 할 것이 있단다. 우리가 내 주인집 문턱에서 매일 저녁 연주하며 즐긴 것을 우리 둘 다 후회하게 될까 몹시 걱정되는구나. 얘야, 분명히 나는 너를 매우 좋아한단다. 네게 기타 연주와 노래하는 법을 가르쳐 줘서 아주 행복하단다. 그런데 우리를 위협하는 불행을 진작 예견했더라면, 맙소사! 다른 곳에서 네게 음악 교습을 해줬을 거다." 이 말에 저는 겁이 덜컥 났지요. 저는 그 시종에게 좀더 분명히 얘기하라고, 우리가 뭘 두려워해야 하는지 말해 달라고 부탁했어요. 왜냐하면 저는 위험을 무릅쓰는 사람이 아닌 데다 아직 스페인 일주도 못 했으니까요. "우리가 처해 있는 위험을 온전히 잘 이해하기 위해 네가 꼭 알아야 할 것을 얘기하마"라고 그가 대답했어요.

그는 말을 이어 갔어요. "내가 의사 댁에서 일을 하기 시작했을 때, 즉 바야흐로 1년 전에, 그 의사가 어느 날 아침 자기 아내에게 나를 데려가더니 내게 말했단다. '자, 마르코스, 자네가 모실 여주인이네. 자네는 그 어디서나 이 부인 곁에 있어야 하네'라고 말일세. 나는 도냐 메르헬리나를 존경했지. 너무 아름다워서 그림의 모델이 될 만했어. 나는 그분이 쉬고 있을 때 그 상냥한 분위기에 특히 매료되었어. 그래서 의사에게 '나리, 이토록 매력적이신 부인을 모시게 되어 너무 행복합니다'라고 대답했지. 내 대답이 메르헬리나의 마음에는 들지 않았단다. 그래서 그녀는 퉁명스런 어조로 '보세요, 이자를. 정말로 방만하네요. 오! 사람들이 내게 달콤한 말 하는 것을 좋아하지 않아요, 나는'이라고 말했단다. 그렇게 아름다운 입에서 그런 말이 나오는 게 너무 이상해 나는 깜짝 놀랐지. 내 여주인에게서 온통 풍겨 나오는 그 매력과 그녀의 촌스럽고 거친 말투가 같은 사람의 것이라는 게 믿어지지 않았어. 그녀의 남편은 그것에 익숙해져 있었지. 심지어 그토록 희귀한 성격의 아내를 둔 것을 자화자찬하면서 내게 말했어. '마르코스, 내 아내는 경이로운 미덕의 화신일세.' 그러고 나서 자기 아내가 외투를 입고 미사를 보러 외출할 참인 것을 알아채고는 내게 그녀를 성당까지 모시고 가라고 말했단다. 우리가 거리로 나서자마자 도냐 메르헬리나의 아름다운 외모에 놀라서 지나가며 듣기 좋은 말을 해대는 남자들이 있었고, 이는 특이한 일이 아니었지. 그녀는 그들에게 대답은 했는데, 그 대답들이 어느 정도로 멍청하고 우스꽝스러웠는지 너는 상상도 못 할 거다. 남자들은 그 대답에 너무 놀라워했어. 자기를 칭찬하는 걸 나쁘게 여기는 여자가 세상에 있으리라고는 상상도 못 했던 거야. 그래서 내가 우선 그녀에게 말했단다. '저, 부인, 남자들이 부인께 말하는 것에 신경 쓰지 마십시오. 신랄하게 대꾸하는 것보다는 침묵을 지키는 편이 더 낫습니다.' 그러자 그녀가 대꾸했어. '아니, 아닙니다. 나는 나한테 결례하는 것을 견딜 수 있는 여자가 아니라는 점을 그런 건방진 사람들에게 알려 주고 싶어요.' 결국 그녀는 격에 맞지 않은 짓을 너무 많이 하여 나는 그녀를 불쾌하게 만들 위험을 무릅쓰고서라도 내 생각을 전부 말하지 않을 수 없었어. 그럼에도 가능한 한 최선을 다해 신중을 기하며 표현했지. 그녀가 여인들 고유의 본성을 잃고 있으며, 비사교적인 기질 때문에 숱한 장점들을 망칠 것이고, 부드럽고 예의 바른 여인은 아름답지 않아도 사랑받을 수 있지만, 부드러움과 예의 바름이 없으면 아름다운 사람일지라도 경멸의 대상이 된다고 말이야. 이 논거에다 다른 유사한 추론들을 얼마나 많이 덧붙였는지 몰라. 모두 다 그녀의 품행을 고쳐 줄 목적으로 그런 거야. 한참 훈계를 하고 나서 나는 내 솔직함이 여주인의 분노를 자극하여 어떤 불쾌한 대꾸를 듣게 되지 않을까 두려웠어. 그런데 그녀는 내 질책에 격분하지는 않고, 그 질책을 쓸데없는 짓이 되게 하는 것으로 그쳤어. 그 이후에도 어리석게도 내가 다시 하고 싶어 했던 훈계들도 마찬가지로 쓸데없는 짓이 되게 만들었지."

"나는 그녀의 결점들에 대해 주의를 주고야 말았지만 아무 소용이 없었어. 그래서 천성대로 사납게 굴도록 그녀를 내버려 두었어. 그런데 믿어지니? 그 거친 마음, 그 오만한 여인이 두 달 전부터 기질적으로 완전히 변해 버린 거야. 아주 기분 좋은 태도로 모든 사람을 교양 있게 대했단다. 자기에게 호의적인 말을 하는 남자들에게 그저 멍청한 말로만 대답하던 그 메르헬리나가 더 이상 아니야. 다른 사람들이 하는 칭찬에 민감해졌어. 아름답다느니, 남자라면 그녀를 아무 탈 없이 볼 수가 없다느니 하는 말들을 좋아하게 된 거야. 이제는 마치 다른 여자 같아. 이런 변화는 거의 상상도 할 수 없었던 일이지. 너를 더욱 놀라게 할 만한 것은, 네가 그토록 큰 기적의 주역이란 점이란다." 그러더니 그 시종은 말을 계속했어요. "그래, 친애하는 디에고, 도냐 메르헬리나를 그렇게 변화시킨 사람은 바로 너야. 네가 그 호랑이를 순한 양으로 만들어 놓았어. 한마디로, 네가 그녀의 관심을 끌었던 거야. 내가 그것을 눈치챈 것이 한두 번이 아니란다. 나는 여자들을 잘 모르긴 하지만, 그 부인이 너에 대해 아주 강렬한 사랑을 품은 것 같아. 자, 아들아, 바로 그것이 내가 너에게 알려야 할 슬픈 소식이고, 짐작건대 우리가 처한 상황이야."

그래서 저는 그 노인에게 말했어요. "그렇다고 해서 그토록 비탄에 빠질 이유가 있는지, 예쁜 부인에게 사랑받는 것이 저한테 불행한 일인 것인지 저는 잘 모르겠는데요." 그러자 노인이 반박했어요. "아! 디에고, 너는 젊은이답게 추론하는구나. 너는 미끼만 보고 낚싯바늘에는 주의를 기울이지 않고 있어. 너는 그저 즐거움만 보고 있고, 나는 그것에 따르는 온갖 근심거리를 고려하는 거야. 종국에는 모든 것이 터져 버리거든. 네가 계속해서 우리 집 문으로 노래 부르러 온다면, 너는 메르헬리나의 열정을 고조시킬 테고, 그 부인은 아마도 자제심을 온통 잃고서 자기 남편 올로로소 박사에게 과오를 드러내게 될 거야. 그 남편이 지금은 질투할 만한 이유가 없다고 여기기 때문에 그토록 관대한 모습을 보이고 있지만, 사실을 알고 나면 격분해서 부인에게 복수하려 들 테고, 너와 나를 핍박할 수도 있을 거야." 그래서 제가 대꾸했지요. "그렇다면, 마르코스 나리, 저는 나리의 이치에 굴복하여 나리의 충고를 전적으로 따르렵니다. 이 흉흉한 사건을 예방하려면 제가 어떤 태도를 취해야 할지 알려 주세요." 그러자 그가 말했어요. "그저 우리가 연주회를 더 이상 하지 않으면 돼. 내 여주인 앞에 나타나는 일을 그만두자. 그 부인이 너를 더 이상 보지 못하면 다시 평온해질 거야. 네 주인집에 그냥 있어. 내가 너를 만나러 가서, 그 집에서 위험 없이 기타 연주를 하자." 그래서 제가 말했지요. "그렇게 하지요. 더 이상 나리 댁에 발을 들여놓지 않겠다고 약속합니다." 그러고는 실제로 그 의사의 집 문으로 노래하러 가지 않고, 이후로는 이발소에만 있기로 작정했지요. 저는 그 부인이 보아서는 안 될 너무 위험한 사람이었던 겁니다.

그렇지만 며칠 안 되어 선량한 시종 마르코스는 그토록 신중을 기했음에도, 자기가 도냐 메르헬리나의 열정을 꺼버리기 위해 생각해 낸 수단이 오히려 정반대의 효과를 냈다는 것을 확인했지요. 메르헬리나 부인이 바로 다음 날 밤부터 제 노래를 듣지 못하자 우리가 왜 연주회를 그만두었는지, 무슨 이유로 제가 더 이상 보이지 않는지 시종에게 물었대요. 시종은 제가 너무 바빠서 여가를 즐길 시간이 한순간도 없다고 대답했답니다. 그녀는 그 구실에 대해 만족하는 듯 보였고, 이후로 사흘 동안은 저의 부재를 꽤 결연히 견뎌 냈어요. 하지만 그 기간이 끝나갈 무렵 자제심을 잃고는 시종에게 말했대요. "마르코스, 당신은 나를 속이고 있군요. 디에고가 더 이상 여기 오지 않는 데는 이유가 없지 않을 겁니다. 그 뒤에 제가 알고 싶은 뭔가가 있어요. 말하세요, 이건 명령입니다. 내게 아무것도 숨기지 마세요." 그래서 시종은 그녀에게 다른 핑계를 대며 대답했어요. "부인, 부인께서 사태를 아시고 싶어 하시니 그 아이에게 무슨 일이 일어났는지 말씀드리겠습니다. 우리의 연주 후 그가 집에 돌아가면 식탁에 아무것도 남아 있지 않은 경우가 종종 있었답니다. 그는 저녁 식사를 하지 못한 채 잠자리에 드는 것을 더 이상 감내하지 못하겠는 겁니다." 그러자 그녀가 상심하며 소리쳤어요. "뭐라고요, 저녁 식사도 못 한다고요! 왜 진작 그 얘기를 내게 하지 않은 거죠? 저녁도 못 먹고 자다니! 아! 불쌍한 아이 같으니라고! 당장 그를 만나러 가서 오늘 저녁부터 다시 오라고 하세요. 식사를 하지 않고 돌아가는 일은 더 이상 없을 겁니다. 여기에 그를 위한 음식이 늘 마련돼 있을 거니까요."

"뭐라고요?" 시종은 그녀의 말에 놀라는 척하며 물었어요. "이게 웬 일이람, 맙소사! 부인께서 그런 말씀을 하시다니요? 언제부터 그렇게 자비심이 많고 정이 많으셨는지요?" 그러자 부인이 불쑥 대답했지요. "말하자면, 당신이 이 집에 있게 된 이후로, 아니 그보다는 당신이 내 태도를 거만하다고 비난한 이후로, 그리고 당신이 나의 거친 품행을 부드럽게 만들려고 노력한 이후로 그렇게 된 거죠." 그러더니 자신을 측은히 여기며 덧붙였어요. "하지만, 아아! 나는 극단에서 극단으로 치달았군요. 도도하고 무감각하던 내가 이제는 너무 부드럽고 너무 다정해졌어요. 나는 당신의 젊은 친구 디에고를 사랑해요. 그를 사랑하지 않을 수가 없어요. 그의 부재는 내 사랑을 약화시키기는커녕 새로운 힘을 부여하는 것만 같아요." 그러자 노인이 대꾸했어요.

"잘생기지도 않고, 몸매도 별로 좋지 않은 젊은이가 그토록 강렬한 열정의 대상이 될 수 있는 건가요? 빛나는 공적을 세운 어느 기사에게 연정을 품으셨다면 부인의 감정을 제가 참아 드리겠습니다만…." 그러자 메르헬리나가 시종의 말을 가로막으며 말했어요. "아! 마르코스, 나는 다른 여성들과는 조금도 비슷하지 않아요. 당신은 경험이 많으면서도 여인들을 거의 모르는군요. 공적이 선택을 결정하는 요인이라고 믿고 있다니 말이에요. 그런 일에 대해 나 스스로 판단해 보건대, 여인들은 깊이 생각해 보지도 않고 사랑을 시작하죠. 사랑은 한 대상에게로 우리를 이끌어 가서 우리 자신도 어쩔 수 없이 그 대상에 매이게 하는 고장 난 마음이에요. 동물들이 미쳐 날뛰는 것처럼 우리에게 찾아오는 질병이죠. 그러니 디에고가 내 애정에 어울리지 않는다는 표현은 그만두세요. 당신의 눈에는 대단치 않고 어쩌면 그가 갖고 있지도 않은 아름다운 장점을 그에게서 술하게 발견하기 위해서는 그저 내가 그를 사랑하는 것만으로 충분해요. 그의 용모나 키가 전혀 눈길을 끌지 않는다고 내게 말해 봤자 소용없어요. 내게는 그가 아주 황홀할 만큼 매력적이고 눈부시게 잘생겨 보이니까요. 게다가 그의 목소리는 나를 감동시키는 부드러움을 지니고 있어요. 그리고 기타를 아주 특별히 우아하게 연주하는 것 같아요." 이에 마르코스가 반박했어요. "하지만, 부인, 디에고가 어떤 사람인지 생각해 보셨나요? 비천한 출신에다…." 그러자 그녀가 또 말을 막았어요. "나라고 디에고보다 더 나을 것도 없어요. 설사 내가 귀족 여인이라 할지라도 그 점에는 신경 쓰지 않을 겁니다."

그 대화의 결과는, 시종이 여주인의 마음을 전혀 설득시키지 못했다고 판단하여 그녀의 고집과 싸우기를 그만두었다는 것이죠. 가려고 작정했던 항구로부터 멀어지게 만드는 태풍에는 그냥 굴복하는 능란한 항해사처럼 말입니다. 게다가 그는 한술 더 떠서 여주인을 만족시키기 위해 저를 찾아와 따로 불러내서는 그녀와 자기 사이에 있었던 일을 들려준 다음 말했어요. "알겠니, 디에고, 우리는 메르헬리나 부인의 집 문에서 연주를 계속하는 일을 면할 수가 없단다. 친구야, 그 부인이 반드시 너를 쫓아내게 만들어야 해. 그렇지 않으면 그 부인은 자신의 평판에 치명적인 해를 끼칠 만한 미친 짓을 할 수도 있을 거야." 그래서 저는 마르코스에게 그날 저녁 무렵 기타를 가지고 그의 집으로 갈 터이니, 여주인에게 그 기분 좋은 소식을 알려 줄 수 있겠다고 대답했죠. 그는 그렇게 전했고, 열정에 빠진 그 여인으로서는 바로 그날 저녁 저를 보고 제 노래를 듣는 기쁨을 누리게 되리라는 소식에 황홀해할 만했지요.

그런데 꽤 불쾌한 사고가 생겨서 하마터면 그 기대를 무너뜨릴 뻔했어요. 밤이 되기 전에는 주인집에서 나갈 수가 없었는데, 밤은 제가 지을 죄에 걸맞게 아주 캄캄했죠. 저는 더듬더듬 길을 걸었고, 제가 가야 할 길의 절반쯤 되는 지점에 도달했을 때 한 창문에서 누군가가 향로 모양의 그릇을 떨어뜨려 제 머리에 덮어씌웠어요. 후각을 간질이는 좋은 냄새는 아니었어요. 제가 그 냄새를 고스란히 뒤집어썼다고 할 수 있죠. 그만큼 정통으로 맞았으니까요. 그런 상황에서 어떤 결정을 해야 할지 몰랐어요. 돌아간다면, 동료들이 얼마나 우스워할지! 말할 수 없이 못된 온갖 농담을 듣게 되겠죠. 그렇다고 해서 그 꼴로 메르헬리나의 집으로 가는 것도 괴로웠어요. 하지만 저는 그 의사 댁으로 가기로 결정했어요. 문에서 저를 기다리고 있던 시종 노인에게 갔지요. 노인은 내게 올로로소 의사가 방금 잠자리에 들었으니 우리는 자유로이 즐길 수 있다고 말했어요. 저는 우선 제 옷을 세탁해야 한다고 대답했죠. 그러면서 운 나쁘게 겪은 일을 얘기해 줬어요. 그는 애석해하며 여주인이 있는 방으로 저를 들여보냈어요. 제가 겪은 일을 알게 된 그 부인은 제 상태를 보더니 마치 큰 불행이라도 일어난 것처럼 저를 불쌍히 여겼어요. 그러고 나서 내 머리를 그런 꼴로 만들어 놓은 사람을 심하게 욕하며 마구 저주를 퍼부어 댔지요. 그러자 마르코스가 그녀에게 말했어요. "아! 부인, 흥분을 가라앉히세요. 이 사고는 순전히 우연히 일어난 일이라는 점을 생각하세요. 그렇게 심한 원한을 가지실 필요가 없습니다." 그러자 그녀가 흥분하며 소리쳤어요. "왜, 이 어린 양이 입은 능욕에 대해 불평도 하지 않고, 원한도 없는 이 비둘기에게 가해진 모욕을 왜 내가 통렬히 느끼지 않기를 바라는 거죠? 아! 이 순간 왜 나는 남자가 아닌 걸까! 그자에게 복수도 하지 못하게 … ."

그 부인은 과도한 사랑을 드러내는 다른 말도 무수히 내뱉었고, 이에 못지않게 행동으로도 그 사랑을 표출했지요. 마르코스가 수건으로 저를 닦아 주는 동안 그녀는 방 안에서 질주를 하면서 온갖 종류의 향수가 담긴 상자를 제게 가져다주었으니까요. 그녀는 향기로운 약제도 태워서 제 옷들에 그 향기가 스며들게 했어요. 그런 후 그 위에다 향유를 잔뜩 뿌렸어요. 그 훈증요법과 향유 살포가 끝나자 그 자비로운 여인은 빵, 포도주, 구운 양고기 몇 조각 등을 가지러 직접 부엌으로 갔어요. 그녀가 저를 위해 따로 챙겨 두었던 것들이었지요. 그녀는 저로

하여금 그것들을 먹게 했고, 저를 대접하는 일에서 즐거움을 느끼며 때로는 고기를 잘라 주기도 하고, 때로는 마실 것을 따라 주기도 했어요. 그녀가 그러지 않아도 우리가 다 할 수 있는 것들인데도 말입니다. 제가 저녁 식사를 하고 나자 화음을 맞출 우리들은 목소리를 기타 연주에 잘 맞출 채비를 하였죠. 우리는 연주를 했고, 메르헬리나는 그 연주에 매혹되었어요. 사실 우리는 사랑을 부추기는 가사의 노랫가락을 부르는 척했고, 대나무 부스러기에 불을 지피듯 저는 노래를 부르면서 가끔씩 그녀를 힐끗 쳐다보곤 했어요. 왜냐하면 그 놀이가 마음에 들기 시작했거든요. 연주회가 오래 지속되었음에도 전혀 지루하지가 않았어요. 몇 시간이 그저 몇 순간처럼 여겨졌던 부인으로서는 우리 노래를 들으며 기꺼이 밤을 지새웠을 겁니다. 몇 순간이 여러 시간과도 같았던 시종 노인이 이미 너무 늦은 시각이라는 점을 그녀에게 상기시키지 않았더라면 말입니다. 그녀는 시종이 그 말을 열 번이나 반복하는 수고를 하게 만들었어요. 그런데 그녀의 시종도 지칠 줄 모르는 사람이었기에, 제가 나간 다음에야 비로소 그녀를 편안히 쉬게 놔두었어요. 현명하고 신중한 그 시종은 여주인이 미친 열정에 빠져 있는 모습을 보았으므로 우리에게 어떤 역경이 생기지나 않을까 염려했어요. 그의 염려가 옳았다는 것이 곧 증명되었지요. 의사가 어떤 비밀스런 음모를 짐작했든지 아니면 그때까지는 그를 존중했던 질투의 악마가 그를 흔들어 놓았든지 간에 그가 우리의 연주회를 비난하게 된 겁니다. 더 나아가 주인의 자격으로 연주회를 금지했고, 왜 그런 식으로 나오는지 이유는 말하지 않은 채 자기 집에 이방인들을 맞아들이는 것을 더 이상 허용하지 않겠다고 공언했어요.

특히 저와 관련된 이 공언을 마르코스가 제게 알려 주었고, 이로 인해 저는 자존심이 몹시 상했지요. 저는 기대를 품고 있었는데 그 기대를 잃게 돼 애석했던 겁니다. 하지만, 사태를 충실한 역사가처럼 보고하자면, 사실 제가 꾹 참았던 거죠. 그런데 메르헬리나는 그렇지 못했어요. 그녀의 감정은 이로 인해 더욱 강렬해졌지요. 그녀는 시종에게 말했어요. "친애하는 마르코스, 나는 오로지 당신이 도와주기만을 기다리고 있어요. 제발, 디에고를 비밀리에 만날 수 있게 해주세요." 그러자 노인이 화를 내며 대답했어요. "제게 뭘 요구하시는 건가요? 저는 부인에 대해 그저 너무 호의적이기만 했어요. 부인의 무분별한 열정을 만족시켜 드리기 위해 제가 주인의 명예를 훼손시키고 부인의 평판을 위태롭게 하고, 저 스스로 치욕을 뒤집어쓰는 일에 더는 기여하지 않을 겁니다. 저는 늘 나무랄 데 없이 처신하는 하인으로 통했으니까요. 저는 그렇게 수치스럽게 일하느니 차라리 이 집에서 나가 버리고 싶습니다." 이 마지막 말에 질겁한 부인은 그의 말을 가로막았어요. "아! 마르코스, 나가 버린다는 말을 하다니 내 마음을 찢어 놓는군요. 잔인해요, 나를 이런 상태로 만들어 놓고 그냥 버려둘 생각을 하다니! 그러기 전에 당신이 앗아가 버린 내 자존심과 비사교적이던 마음을 돌려주세요. 나는 왜 그 좋은 결점들을 더 이상 갖고 있지 않은 걸까! 아직도 그랬다면 당신의 그 조심성 없는 질책들이 나를 흔들어 놓는 대신 오히려 평온할 텐데 말이에요. 당신은 내 품행을 고치려다가 오히려 타락하게 만들고…." 그러다가 울먹이며 말을 이었어요. "아니, 내가 무슨 소리를 하는 거야? 불쌍한 것 같으니라고. 왜 내가 당신을 부당하게 비난하는 거죠? 아니, 아버지여, 당신은 내 불행의 주범이 아니에요. 이토록 큰 비탄을 예비한 건 바로 나의 불운이죠. 어쩔 수 없이 내뱉는 이 망언들에 괘념치 마세요, 제발. 아아! 내 열정이 정신을 혼란시키는군요. 저의 나약함을 측은히 여겨 주세요. 당신만이 내 위안이에요. 내 인생이 당신에게도 소중하다면 나를 돕는 일을 거절하지 마세요."

이 말을 하며 그녀는 눈물을 더욱 흘려서 말을 이어 갈 수 없을 지경이었어요. 그녀는 손수건을 꺼내 얼굴을 닦으며 의자에 털썩 주저앉았어요. 마치 비탄에 빠져 쓰러지는 사람처럼 말입니다. 아마도 사람들이 여태까지 본 시종들 가운데 가장 훌륭한 자질을 가진 마르코스 노인도 그토록 뭉클한 광경에서는 버텨 내지 못했어요. 격렬한 감동을 느낀 겁니다. 심지어 여주인의 눈물에 그 자신도 눈물을 흘렸고, 측은해하는 기색으로 그녀에게 말했어요. "아! 부인, 부인께선 너무나 설득을 잘하시는군요! 부인의 괴로움을 제가 버텨 낼 수가 없네요. 그 괴로움이 제 덕성을 무찔렀습니다. 제가 부인을 도와드리겠다고 약속드리죠. 사랑이 부인으로 하여금 의무를 잊어버리게 하는 힘을 가졌다 해도 이제 놀랍지 않습니다. 제가 의무로부터 멀어지는 것은 오로지 연민 때문이니까요." 그렇게 해서 시종은 평소 나무랄 데 없는 처신을 했음에도 불구하고 메르헬리나의 열정에 기꺼이 헌신하였지요. 어느 날 아침 그가 제게 와서 이 모든 걸 알려 준 뒤 제가 그 부인과 비밀 만남을 하는 데 필요한 것을 머릿속으로 이미 계획하고 있다는 말을 저와 헤어질 때 했어요. 그럼으로써 제 기대가 되살아나게 했지요. 하지만 두 시간 후 아주 나쁜 소식을 듣게 되었어요. 그 동네의 우리 고객 중 한 명인 약제사 수습생이 수염을 깎으러 왔거든요. 제가 면도할 채비를 하는 동안 그가 제게 말했어요. "디에고 씨, 당신의 친구인 그 늙은 시종 마르코스 데 오브레곤을 어떻게 조종하시는 겁니까? 그가 올로로소 의사 댁에서 곧 나온다는 것을 아십니까?" 저는 모른다고 대답했죠. 그랬더니 그가 다시 말했어요. "그것은 확실한 일입니다. 아마 오늘 해고될 걸요. 그의 주인과 제 주인이 방금 제 앞에서 그 얘기를 했어요." 그러더니 그 고객은 말을 계속했어요. "그들이 나눈 대화는 다음과 같아요. 의사가 먼저 말했지요. '아푼타도르 씨, 당신에게 청할 것이 하나 있습니다. 제집에 있는 늙은 시종이 마음에 안 들어요. 그래서 충실하고 엄격하며 경계를 게을리하지 않는 샤프롱이 제 아내를 돌보게 하고 싶습니다.' 그러자 제 주인이 말을 가로막으며 말했지요. '알겠어요. 멜란시아 부인이 필요하겠군요. 제 아내를 돌봐 줬던 부인이고, 6주 전 제가 홀아비가 된 이후에도 여전히 제집에 살고 있답니다. 그녀가 제 집안일에 유익하긴 하지만 당신에게 양보하지요. 저는 당신의 명예를 각별히 신경 쓰니까요. 그 부인이 있으면 당신의 체면은 확실히 보장될 수 있을 겁니다. 샤프롱들의 진주이고, 여성의 정숙함을 지키게 하는 데는 정말로 용 같은 감시인입니다. 당신도 알다시피 젊고 아름다웠던 제 아내 곁에서 그녀가 보낸 12년 동안, 제집에서 제 아내에게 수작을 걸려는 남자라고는 그림자도 본 적이 없습니다. 오! 세상에! 그런 일은 꿈도 꾸지 말아야 했죠. 사실, 고인이 된 제 아내가 처음에는 애교를 부리는 경향이 심했어요. 하지만 멜란시아 부인이 곧 그런 성격을 고쳐 놓았고, 미덕을 좋아하도록 영향을 끼쳤죠. 말하자면, 멜란시아 부인은 보물입니다. 당신은 제가 그런 선물을 한 것에 대해 여러 차례 고마워할 겁니다.' 이 말에 의사는 그렇게 말해 주니 기쁘다는 의사표시를 했고, 아푼타도르 씨와 그는 그 샤프롱이 당장 그날로 늙은 시종의 자리를 대신하러 가는 것으로 합의를 했지요."

내 보기에 사실 같았고 실제로도 사실이었던 그 소식은 제가 다시 품기 시작했던 즐거운 생각들을 뒤흔들어 놓았어요. 그리고 오후 마르코스가 약제사 수습생의 얘기를 확인해 줌으로써 그런 생각을 완전히 좌절시켰죠. 그 선량한 시종은 말했어요. "친애하는 디에고, 올로로소 의사가 나를 자기 집에서 쫓아내어 아주 기쁘다. 이로써 큰 괴로움에서 벗어나게 되니까. 그렇지 않았으면 마지못해 추잡한 일을 떠맡게 되는 것은 물론이고, 너를 메르헬리나 부인과 몰래 만나게 하려고 온갖 간계와 우회적인 수단들을 생각해 내야 했을 테니 말이야. 얼마나 당혹스러웠던지! 하늘의 도움으로 나는 그 힘겨운 임무와 그것에 따를 위험으로부터 해방되는 거야. 얘야, 너로서는 몇몇 달콤한 순간을 잃는 것에 대해 마음을 달래야 할 테지만, 그 몇 순간에 이어 숱한 괴로움들이 뒤따를 수도 있었을 거야." 저는 더 이상 아무것도 기대하지 않았으므로 마르코스의 훈계를 순순히 들었어요. 그러고는 단념했지요. 고백건대 저는 장애물들에 맞서 완강히 버티는 그런 끈질긴 애인은 아니었거든요. 설사 그랬더라도 멜란시아 부인이 저로 하여금 단념하게 만들었을 겁니다. 사람들이 말하는 그 부인의 성격은 구애를 하는 모든 남자들을 좌절시킬 수 있을 것 같아 보였어요. 하지만 사람들이 그녀를 묘사한 몇 가지 면모에도 불구하고 이삼일 후 제가 알게 된 것은 의사의 아내가 그 '아르고스'●를 잠재웠거나 그녀의 충절을 타락시켰다는 사실입니다. 제가 우리 이웃 중 한 사람을 면도해 주러 가려고 길을 나서는데 한 노파가 길에서 저를 막더니 이름이 디에고 데 라 푸엔테냐고 물었어요. 저는 그렇다고 대답했지요. 그랬더니 그녀가 말했어요. "그렇다면 제가 당신에게 볼일이 있어요. 오늘 밤에 도냐 메르헬리나 댁의 대문으로 오세요. 거기 오시면 신호를 보내서 알려 주세요. 그러면 집으로 들여보내 줄 겁니다." 그래서 제가 말했어요. "아, 그렇다면, 우선 제가 보내야 할 신호를 함께 정해야겠네요. 저는 고양이 소리를 훌륭하게 흉내 낼 수 있어요. 제가 여러 번 야옹거릴게요." 그러자 연애 중개인이 대꾸했어요. "됐어요. 제가 당신의 대답을 가서 알릴게요. 그럼 이만, 디에고 씨. 하늘이 당신을 지켜 주기를! 당신은 참으로 상냥하군요! 아, 정말, 내가 열다섯 살이면 얼마나 좋을까! 그러면 당신을 다른 여인에게 양보하지 않을 텐데." 그 친절한 노파는 그 말을 하고 나서 내게서 멀어져 갔어요.

그 전갈이 나를 엄청나게 흥분시켰으리라는 것은 충분히 상상하실 겁니다. 마르코스의 훈계는 안녕! 저는 밤이 되기를 초조히 기다렸어요. 그리고 올로로소 의사가 쉬고 있을 거라고 판단되었을 때, 그의 집으로 갔어요. 그 집 문에서 저는 멀리서도 들릴 만하게, 그리고 그토록 훌륭한 기술을 가르쳐 준 스승도 아마 영광스러워할 정도로 야옹거리기 시작했어요. 잠시 후 메르헬리나가 직접 나와서 살그머니 문을 열어 주었고, 제가 집 안으로 들어가자 얼른 닫았어요. 우리는 마지막 연주회를 열었던 그 방으로 들어갔어요. 벽난로에서 타고 있

● 오디세우스의 충견(忠犬). 오디세우스가 이타카로 돌아가자 그를 알아보았고, 얼마 안 되어 죽는다.

는 작은 램프가 희미하게 밝히던 방이었죠. 우리는 대화를 나누기 위해 나란히 앉았어요. 둘 다 몹시 흥분했는데, 둘 사이에 다른 점은, 그녀는 오로지 기쁨 때문에 감동에 젖어 있었다면, 저의 감동에는 약간의 공포가 섞여 있었다는 점입니다. 메르헬리나 부인은 자기 남편에 대해 우리가 두려워할 것은 아무것도 없다고 장담했지만 소용없었어요. 저는 두려워 떨고 있었고, 그 떨림은 제 기쁨을 방해했어요. 그래서 제가 말했어요. “부인, 멜란시아 부인의 경계심을 어떻게 속이신 거죠? 그녀에 대한 소문을 생각해 보면, 부인의 소식을 제게 전해 주고 게다가 부인께서 저를 은밀히 볼 수 있는 방법을 찾아내려 했다는 게 믿어지지가 않네요.” 이 말에 도냐 메르헬리나는 미소를 짓더니 대답했어요. “내 샤프롱과 나 사이에 일어난 일을 당신에게 들려 주고 나면, 당신은 오늘 밤 우리가 이렇게 비밀리에 만나게 된 것에 대해 더 이상 놀라워하지 않을 거예요. 그녀가 이 집에 들어왔을 때 내 남편은 그녀를 매우 호의적으로 대하더니 내게 말했지요. ‘메르헬리나, 당신을 이 신중한 부인의 지도하에 두려 하오. 이 부인은 모든 미덕의 개설서와도 같은 분이라오. 당신이 지혜롭게 성숙하기 위해서는 당신 앞에 끊임없이 두어야 할 거울이라오. 이 경탄스런 분은 내 친구인 약제사의 아내를 12년간 이끌어 주었다오. 이끌었다고는 하나 다른 사람들처럼 이끈 것이 아니라오. 이 부인은 그 약제사의 아내를 일종의 성녀로 만들었으니까.”

“멜란시아 부인의 준엄한 표정으로 보아 참말임이 확실한 그 찬사 때문에 나는 많은 눈물을 흘렸고, 절망에 빠졌지요. 아침부터 저녁까지 들어야 할 훈계와 매일매일 감수해야 할 질책도 상상해 봤어요. 결국 나는 세상에서 제일 불행한 여자가 될 것으로 예상했죠. 그런 잔인한 기다림 속에서, 그녀와 단둘이 있게 되자 내가 그 부인에게 불쑥 말했어요. '당신은 아마도 내게 고통을 줄 준비를 하실 테지만 나는 그리 참을성이 없다는 것을 알아 두세요. 나도 당신이 가능한 한 온갖 시련을 겪게 만들 겁니다. 내 마음속에는 당신이 아무리 질책해도 뽑아 버리지 못할 열정이 있어요. 물론 그에 대해 당신이 조치를 취할 수도 있겠죠. 경계를 더욱 강화하세요. 그 경계를 속이기 위해서라면 난 수단과 방법을 가리지 않을 테니까.' 그러자 얼굴이 찌푸려진 그 샤프롱은 (나는 그녀가 날 시험해 보기 위해 장광설을 늘어놓을 거라고 생각했죠) 이마의 주름을 펴고는 웃는 기색으로 말했어요. '부인은 저를 매혹시키는 기질이시네요. 부인께서 솔직하시니 저도 솔직해지고 싶군요. 우리는 서로 잘 맞는 것 같아요. 아! 아름다운 메르헬리나, 부인의 남편이신 의사 선생님께서 저에 대해 말씀하신 덕성을 통해 저를 판단하신다거나 저의 험상궂은 시선을 근거로 저를 판단하신다면, 부인께서는 저를 잘못 알고 계신 겁니다! 저는 쾌락의 적이 전혀 아니고, 그저 예쁜 부인들을 돕기 위해 남편들의 질투를 도구로 삼을 뿐입니다. 제 모습을 위장하는 대단한 기술을 보유한 지는 오래되었고, 저는 이중으로 행복하다고 말씀드릴 수 있어요. 악덕의 편리함과 미덕이 주는 평판을 함께 누리니까요. 우리끼리 얘긴데, 세상은 거의 그런 식으로만 덕성스러운 겁니다. 미덕의 핵심을 획득하려면 대가를 너무 많이 치러야 하죠. 오늘날에는 겉으로만 덕성스러우면 그만이죠.'"

"'제가 부인을 안내하게 해주세요.' 샤프롱이 계속해서 말했어요. '우리는 늙은 올로로소 의사가 그렇게 믿도록 만들 거예요. 맹세코,

그분은 아푼타도르 나리와 같은 운명이 될 겁니다. 그 의사의 면상은 제가 보기에 약제사의 면상보다 더 존경스러워 보이지도 않아요. 가련한 아푼타도르! 그의 아내와 제가 그를 엄청 골탕 먹였죠! 그 부인은 너무나 사랑스러웠는데! 참 귀여운 분이셨는데! 하늘이 그분에게 평화를 주시기를! 그분이 젊은 시절을 잘 보냈을 거라고 저는 장담합니다. 제가 그분 댁에 얼마나 많은 애인을 들였는지 몰라요. 그분의 남편이 전혀 눈치채지 못하게 말입니다. 그러니, 부인, 저를 더 호의적인 눈으로 봐주세요. 그리고 부인을 모시는 그 늙은 시종이 어떤 재능을 가졌건 간에 그를 저와 맞바꾸는 것이 손해 보는 일은 아니라는 점을 믿으세요. 아마도 제가 그 시종보다 더 유용할 겁니다.' "

이 말을 전하고 나서 메르헬리나는 말을 계속했어요. "내게 자신을 그렇게 솔직히 드러내 준 그 샤프롱에게 내가 고마워했을지 아닐지는 당신이 판단해 보세요, 디에고. 나는 그녀가 엄격하게 도덕적일 거라고 믿었는데 말이죠. 사람들이 여자들을 어찌나 잘못 판단하는지! 그녀는 우선 진실한 성격으로 나의 신뢰를 얻었어요. 나는 기쁨에 겨워 그녀를 껴안았어요. 그녀를 샤프롱으로 두게 되어 너무 좋다는 표시였지요. 그리고 나는 그녀에게 내 감정을 전부 다 고백했고, 당신과 가능한 한 빨리 비밀리에 만나도록 주선해 달라고 간청했어요. 그녀는 그렇게 했죠. 오늘 아침부터, 그녀는 당신에게 말을 걸었던 그 노파에게 활동 개시를 지시했어요. 그 노파는 약제사 아내를 위해서도 종종 이용했던 모사꾼이에요." 그러더니 메르헬리나는 웃으며 덧붙였어요. "그런데 이 사건에서 더 재미있는 것은, 내가 그 샤프롱에게 내 남편이 밤에 아주 평온히 잠자는 버릇이 있다고 한 얘기를 믿고서 나를 대신해서 내 남편 곁에 누웠다는 점이에요." 그래서 내가 메르헬리나에게 말했죠. "저런, 저는 그런 술책에는 찬성하지 않습니다. 부인의 남편이 그 어느 때고 깨서 그 기만행위를 알아챌 수 있으니까요." 그러자 그녀가 얼른 대답했어요. "그는 전혀 알아채지 못할 거예요. 그 점에 대해서는 염려 말아요. 당신이 그저 잘되기를 바라는 젊은 부인과 함께 있음으로써 당신이 누려야 할 즐거움을 그런 헛된 두려움 때문에 망치지는 마세요."

그 말이 제 두려움을 없애지 못한다는 것을 알아챈 그 의사 부인은 저를 안심시킬 수 있을 만한 것이라고 생각되는 일은 하나도 빼놓지 않고 했어요. 그러고는 하도 온갖 수를 다 쓰는 바람에 결국 그녀가 원하는 바대로 되었죠. 저는 그 기회를 이용할 생각만 했어요. 그런데 수행원들을 동반한 큐피드 신이 제 행복을 만들어 주려는 찰나에 길쪽 문에서 마구 두드리는 소리가 들렸어요. 그러자 사랑의 신과 그의 신하들이 즉각 날아가 버렸고, 큰 소리에 질겁한 소심한 새들도 단숨에 달아나 버렸어요. 메르헬리나는 저를 그 방에 있는 탁자 밑으로 얼른 숨겼지요. 그녀는 램프를 훅 불어 끄고 나서, 난감한 일이 벌어질 경우를 대비해 자기 샤프롱과 합의한 대로 남편이 자고 있는 방의 문으로 갔어요. 그런데 계속해서 온 집안을 떠들썩하게 울릴 정도로 누가 문을 쾅쾅 두드렸어요. 그러자 의사가 벌떡 일어나 멜란시아를 부릅니다. 그러자 멜란시아는 침대 밖으로 뛰쳐나갑니다. 의사가 그녀를 자기 아내로 착각하고는 일어나지 말라고 소리치는데도 그녀는 여주인에게로 갔어요. 여주인은 샤프롱이 곁에 온 것을 느끼고서 그녀도 멜란시아를 부르면서 누가 문을 두드리는지 가보라고 말했어요.

그러자 멜란시아가 대답합니다. “부인, 저 여기 있어요. 다시 주무세요. 무슨 일인지 제가 가서 알아볼게요.” 그러는 동안 메르헬리나는 옷을 벗고 침대로 가서 의사 곁에 누웠어요. 의사는 자기가 속고 있는 것에 대해 조금도 의심이 없었지요. 그 장면은 마치 배우와도 같은 두 사람에 의해 어둠 속에서 연기되었다고 할 수 있죠. 한 명은 비견할 바 없이 탁월한 배우고, 다른 하나는 그럴 만한 소질이 다분했고요. 실내복 차림의 샤프롱은 곧이어 손에 촛불을 들고 나타나서 주인에게 말했어요. “의사 나리, 일어나 보세요. 우리의 이웃인 서적상 페르난데스 데 부엔디아 씨가 뇌졸중으로 쓰러졌대요. 그래서 나리를 뵙고자 하네요. 얼른 도와주러 가세요.” 그러자 의사는 최대한 빨리 옷을 입고 나갔어요. 그의 아내는 실내복 차림으로 제가 있던 방으로 샤프롱과 함께 왔고요. 그 두 여인은 살아 있는 사람이기보다는 죽은 사람 같던 저를 탁자 아래에서 끌어냈어요. “아무것도 두려워할 거 없어요, 디에고, 진정하세요.” 메르헬리나가 그렇게 말하고 나서 무슨 일이 일어났는지 간략히 알려 줬지요. 그러고 나서도 그녀는 나와 끊어졌던 대화를 계속하고 싶어 했지만 멜란시아가 반대했어요. “부인, 남편께서 어쩌면 서적상이 이미 죽은 것을 확인하고는 곧바로 돌아올지도 몰라요.” 그리고 겁에 질려 있는 저를 보며 덧붙였어요. “게다가 이 불쌍한 청년을 어찌 하시려는 건가요? 대화를 견뎌 낼 상태가 아닌 걸요. 그를 돌려보내고 대화는 내일로 미루시는 게 나아요.” 그러자 도냐 메르헬리나는 몹시 아쉬워하며 그 제안을 받아들였어요. 그녀는 그 정도로 현재를 사랑했던 겁니다. 제가 보기에 그녀는 의사를 다시 재우지 못해서 아주 분한 것 같았어요.

저로서는 사랑의 가장 귀한 특혜를 놓쳐서 상심했다기보다는 위험을 벗어난 것에 아주 기뻐하며 제 주인의 집으로 돌아와 그 밤의 나머지 시간 동안 제 모험에 대해 곰곰이 생각해 보았어요. 다음 날 밤 그 부인을 또 만나러 갈 수 있을지 좀 의심스러웠죠. 그 나들이에 대해 앞서보다 더 달갑게 여긴 것은 아니지만, 우리한테서 늘 떨어지지 않는, 아니 그보다 비슷한 상황에 우리를 붙들어놓는 악마가 저에게 그토록 유리한 상황에서 주저하는 것은 매우 멍청한 짓이라고 속삭였죠. 심지어 메르헬리나를 새로운 매력과 함께 떠올리게 하기도 했고, 저를 기다리고 있는 쾌락의 가치를 끌어올리기도 했어요. 저는 진격을 계속하기로 결정했어요. 그리고 더 단호해지기로 작정하고서 바로 다음 날 단단한 각오로 밤 11시와 자정 사이에 의사네 집으로 갔어요. 하늘은 아주 캄캄했어요. 반짝이는 별이 하나도 보이지 않았지요. 저는 제가 길에 있다는 것을 알리기 위해 두세 차례 야옹거렸어요. 그런데 문을 열어 주러 나타나는 사람이 아무도 없어서 다시 야옹거리는 것만으로 만족하지 않고, 올메도의 양치기에게서 배운 대로 온갖 다양한 고양이 소리를 흉내 내기 시작했어요. 그 소리들을 너무 훌륭히 내는 바람에 귀가하던 한 이웃이 나를 고양이로 여기고, 자기 발아래 있던 조약돌을 주워서 온 힘을 다해 제게 던지며 말했어요. "빌어먹을 고양이 같으니라고!" 그 돌을 머리에 맞은 저는 그 순간 너무 얼떨떨하여 고꾸라지는 줄 알았어요. 상처가 난 것을 느꼈죠. 나로 하여금 연애질이 역겨워지게 하는 데 그 이상 더 필요한 것은 없었어요. 제 피와 더불어 사랑도 잃으면서 저는 집으로 돌아와 모두를 깨워 일어나게 했죠. 제 주인이 저의 상처를 살펴보고는 위험하다고 판단하며 치료해

주었어요. 하지만 상처는 덧나지 않았고, 석 주 후에는 깨끗이 아물었어요. 그러는 동안 메르헬리나에 대해서는 아무 얘기도 듣지 못했죠. 멜란시아 부인이 그녀를 저로부터 떼어 놓기 위해 적당한 남자를 소개해 주었을 것 같아요. 하지만 저는 그러거나 말거나 별로 신경 쓰지 않았어요. 상처가 완전히 낫자마자 스페인 일주를 위해 마드리드를 떠났으니까요.

8

질 블라스와 길동무가 어느 샘물에서 빵 껍질을 담그고 있던 남자와 만난 일, 그리고 함께 나눈 대화

디에고 데 라 푸엔테 씨는 그 이후에 일어난 다른 사건들도 들려주었다. 그것들은 굳이 전하기에 적당치 않아서 나 같으면 얘기도 하지 않을 텐데 …, 나는 그 이야기를 들어야만 했고, 별로 길지는 않았다. 그 얘기를 다 듣다 보니 우리는 폰테 데 두에로에 도착했다. 꽤 큰 그 마을에서 우리는 그날의 나머지 시간을 보냈다. 한 여인숙에 들어가서 양배추 수프를 주문하고, 토끼고기를 세심히 확인한 다음에 꼬치 요리도 주문했다. 그리고 바로 다음 날 가죽부대에 꽤 좋은 포도주를 챙기고, 가방에는 빵 몇 조각과 전날 저녁 먹다 남은 토끼고기 반 마리를 넣고서 꼭두새벽부터 길을 나섰다.

2리쯤 가자 허기가 느껴졌다. 대로에서 2백 보쯤 떨어진 들판에 아주 쾌적한 그늘을 드리운 큰 나무가 몇 그루 보여서 그곳으로 쉬러 갔다. 거기서 우리는 스물일고여덟 살 먹은 남자를 만났는데, 샘물에 빵 껍질을 담그고 있었다. 그의 곁에는 풀밭에 뉘어 놓은 장검과 어깨에 메었다가 내려놓은 배낭이 있었다. 차림새는 허름하지만 몸매도 좋고 안색도 좋아 보였다. 우리는 예의를 차리며 그에게 다가갔고, 그 또한 우리에게 인사를 했다. 그러고 나자 그가 우리에게 자신의 빵 조각들을 좀 내주면서 함께 먹겠느냐고 쾌활하게 물었다. 우리는 식사를 좀더 제대로 하기 위해 우리 것도 함께 나눠 먹는 것을 그가 좋게 여긴다면 그러겠노라고 대답했다. 그가 기꺼이 동의했기에 우리는 즉시 우리의 식량을 내놓았다. 그 나그네는 불쾌해하지 않았다. "아니, 저런, 먹을 게 많으시군요!" 그가 아주 기뻐하며 소리쳤다. "보아하니 두 분은 선견지명이 있으시군요. 저는 여행하면서 이렇게 대비를 많이 하지는 않아요. 주로 우연에 맡기죠. 그런데 두 분이 보시는 바와 같이 이런 상태에 있다 해도 때때로 꽤 돋보인다고 허세 없이 말씀드릴 수 있습니다. 보통은 사람들이 저를 왕족처럼 대하고, 수행원들도 있다는 것을 아십니까?" 그러자 디에고가 "알겠어요. 그렇게 해서 당신이 배우라는 사실을 우리에게 알려 주고 싶으신가 보군요"라고 말했다. 그러자 상대방이 대답했다. "제대로 짚으셨네요. 제가 배우 일을 한 지는 적어도 15년 됐어요. 처음 시작할 때는 아직 어린애였을 뿐인데도 작은 역할들을 맡았지요." 그러자 이발사가 머리를 가로저으며 대꾸했다. "솔직히 당신 말을 믿기 힘드네요. 내가 배우들을 좀 알거든요. 그분들은 당신처럼 도보로 여행하지도 않고, 안토니오 성인●처럼 그렇게 변변치 못한 식사를 하지도 않아요. 당

● 이집트 코모에서 251년에 태어나 356년에 죽은 것으로 추정되는 성인. 사막에서 기도와 노동으로 이루어진 청빈한 삶의 규칙을 철저히 지켰다. 하루에 한 끼밖에

신은 그저 하찮은 일이나 하지 않았을까 하는 의심까지 드네요." 그러자 서투른 배우가 반박했다. "저에 대해서 당신 마음대로 생각할 수 있겠습니다만, 그래도 저는 여전히 주역들을 맡아 연기하고 있어요. 사랑에 빠진 연기도 하고요." 이때 내 길동무가 말했다. "그렇다니, 축하합니다. 질 블라스 씨와 나는 이토록 중요한 인물과 식사하는 영광을 누리게 되어 아주 기쁘네요."

우리는 빵조각과 소중한 토끼고기 남은 것을 야금야금 먹기 시작했고, 가죽부대에 든 포도주를 벌컥벌컥 마셔 대어 금세 비워 버렸다. 우리는 셋 다 먹고 마시는 일에 너무 열중한 나머지 말을 거의 하지 않았다. 다 먹고 나서는 다음과 같이 대화를 계속했다. 이발사가 배우에게 말했다. "당신의 소지품이 너무 조촐해 보여서 놀랍네요. 연극 주인공치고는 너무 궁핍해 보이는데요! 내 생각을 이토록 무람없이 얘기하는 것을 용서하세요." 그러자 배우가 소리쳤다. "이토록 무람없이! 아! 정말 당신은 멜초르 사파타를 거의 모르시는군요. 다행히 저에게 반골 정신은 없습니다. 당신이 그렇게 솔직하게 말하시니 즐겁습니다. 왜냐하면 저도 마음속에 있는 것을 전부 다 말하는 것을 좋아하거든요. 제가 부자가 아니라는 것을 당당히 인정합니다." 그러더니 연극 포스터로 자신의 저고리 안감을 댄 것을 보여 주며 말을 이었다. "보세요. 이것은 안감●으로 사용되는 보통 천입니다. 제 옷들

먹지 않았고, 그 식사도 약간의 빵과 물과 소금이 전부였으며, 가끔씩 나흘간 금식을 하기도 했다.

● '안감'의 뜻을 지닌 원문 'doublure'에는 '대역배우'라는 뜻도 있다.

이 궁금하시다면 그 호기심을 만족시켜 드리죠." 그러면서 배낭에서 가짜 은으로 된 낡은 장식용 끈들로 뒤덮인 옷, 낡은 깃털이 몇 개 달린 형편없는 머리쓰개, 온통 구멍투성이인 실크스타킹, 아주 헐어 빠진 빨간색 가죽신발 등을 꺼냈다. 그런 다음 말했다. "보시다시피 저는 거지나 다름없어요." 그러자 디에고가 물었다. "놀랍군요. 아내도 딸도 없으신가요?" 이에 사파타는 대답했다. "아름답고 젊은 아내가 있어요. 그렇다고 해서 더 나아진 것은 없어요. 불행한 제 운명을 들어 보세요. 저는 훌륭한 여배우와 결혼하였고, 그녀가 저를 굶어 죽게 놔두지 않으리라 기대했지요. 그런데 불행히도 그녀의 정숙함은 흔들림이 없었어요. 나처럼 그렇게 속지 않을 사람이 어디 있겠어요? 시골 여배우들 중 정숙한 여인이 어쩌다 하나 있는데, 그런 여인이 내 손에 떨어진 거죠." 그러자 이발사가 말했다. "운이 나빴던 게 확실하네요. 그렇다면 당신은 왜 마드리드의 대형 극단 여배우를 선택하지 않은 거죠? 그러는 편이 더 안심되었을 텐데." 그러자 그 어릿광대가 대꾸했다. "저도 그렇게 생각해요. 그런데 빌어먹을! 저처럼 보잘것없는 시골 배우가 그런 대단한 여배우들까지는 생각 못 하지요. 왕립 극단의 배우나 그럴 수 있을 걸요. 도시에서 배우자를 구해야 하는 사람들도 있는데, 그들에게 다행인 것은 도시가 그 점에서는 좋은 곳이어서 무대 뒤의 공주님 같은 여인들을 종종 만나게 된다는 거죠."

"그런데 당신은 그 극단에 들어갈 생각은 전혀 안 해봤나요?" 내 길동무가 물었다. "거기 들어가려면 재능이 아주 탁월해야 하나요?" 그러자 멜초르는 "참, 나! 탁월한 재능이라니, 저를 놀리시는 건가요? 배우가 스무 명 있어요. 그들에 관한 소식을 관객들에게 물어보세요.

꼴좋은 표현의 말들을 듣게 될 겁니다. 여전히 배낭이나 메고 다녀야 마땅할 배우들이 절반 이상이지요. 그럼에도 불구하고, 그들 사이에 받아들여지기는 쉽지 않아요. 재능도 별로 없는 배우들을 제치고 거기 들어가려면 현금이나 막강한 친구들이 있어야 해요. 저는 마드리드에서 막 데뷔했기 때문에 그 사정을 알아요. 마드리드에서 관객들이 제게 엄청나게 야유를 퍼붓고 휘파람을 불어 댔지요. 사실 굉장한 박수갈채를 받았어야 했는데…. 왜냐하면 저도 위대한 배우들처럼 소리를 지르고, 기괴한 어조로 대사를 읊고, 부자연스럽게 연기한 적이 많았으니까요. 게다가 대사를 읊으면서 주먹을 공주의 턱 아래 갖다 대기도 했어요. 한마디로, 이 나라의 위대한 배우들의 취향대로 연기를 한 겁니다. 그런데 관객들은 그런 배우들이 그렇게 할 때는 아주 마음에 든다고 여기면서도 제가 그렇게 하면 봐주지 않아요. 그런 게 바로 선입견이라는 겁니다. 그래서 제 연기로는 관객들의 마음에 들 수도 없고, 제게 야유를 보냈던 사람들이 저를 받아들이도록 할 만한 뭔가도 없어서 사모라로 돌아가는 거랍니다. 거기서 제 아내와 동료들과 지내려고요. 그들도 그곳에서 형편이 별로 좋지 않아요. 거기서 다른 도시로 가기 위해 구걸이나 하지 않게 되면 좋겠어요. 그런 일이 우리에게 한두 번 일어난 게 아니니까요!"

그 말을 하고 나서 그 연극계의 왕자는 자리에서 일어나 배낭과 검을 챙기고는 우리 곁을 떠나며 엄숙히 말했다. "안녕히 계십시오. 신들이 두 분에게 호의를 한껏 베푸시기를 기원합니다!" 그러자 디에고가 같은 어조로 대꾸했다. "당신은 사모라에서 이제 변화하고 잘 정착한 아내를 다시 만나게 되기를 기원합니다!" 사파타 씨는 길을 나서자마자 걸어가면서 연극 대사를 읊조리고 동작을 취했다. 이발사와 나는 즉시 그에게 데뷔 때를 상기시켜 주기 위해 휘파람을 불어 대기 시작했다. 우리의 휘파람이 그의 귀를 강타하자 그는 마드리드에서의 휘파람 소리를 다시 듣는 것 같았나 보다. 뒤를 돌아보더니 우리가 자신을 곯리며 즐거워하는 그 익살스런 짓에 기분 나빠하기는커녕 자기도 그 장난에 기꺼이 끼어들어 폭소를 터뜨리며 길을 계속 갔다. 우리 쪽에서도 마음껏 웃어 댔다. 그러고 나서 우리는 대로로 나서서 가던 길을 계속 갔다.

9

디에고가 가족을 어떤 상태에서 만나고, 질 블라스와는 어떤 잔치 후에 헤어지나

우리는 그날 모야도스와 발푸에스타 사이에 있는 작은 마을로 숙박하러 갔는데, 그 마을의 이름이 이제는 기억나지 않는다. 그리고 다음 날 오전 11시쯤 올메도 평원에 도착했다. 내 길동무가 말했다. "질 블라스 씨, 제가 태어난 곳이 여깁니다. 이곳을 보면 흥분하지 않을 수가 없어요. 고향에 대한 사랑은 그만큼 당연한 것이니까요." 그래서 내가 말했다. "디에고 씨, 고향에 대한 사랑을 그토록 애틋하게 표시하는 사람이라면, 고향에 대해 좀더 좋게 말했어야 할 것 같은데요. 내 보기에 올메도는 도시 같은데, 당신은 마을이라고 했어요. 적어도 큰 읍 정도로는 취급해야 했을 텐데 말입니다." 그러자 이발사가 말했다. "제가 고향의 명예를 회복시켜 주겠어요. 하지만 마드리드, 톨레도, 사라고사, 그리고 제가 스페인 일주를 하면서 머물렀던 다른 대도시들을 보고 나니까 작은 도시들은 마을로 여겨지네요." 우리가 평원에서 앞으로 나아갈수록 올메도 가까이에 사람들이 많이 보이는 것 같았다. 그리고 사물들이 더 잘 분간되자 우리의 시선을 끄는 것이 있었다.

천막이 세 개 쳐져 있었는데, 서로 얼마간 떨어져 있었다. 그 천막들 아주 가까이에는 많은 요리사와 조수들이 잔치를 준비하고 있었다. 어떤 이들은 천막 아래 마련해 놓은 긴 탁자들로 식탁을 차리고 있었고, 또 어떤 이들은 토기 술병에 포도주를 채우고 있었다. 그리고 어떤 이들은 냄비에 음식을 끓이고 있었고, 어떤 이들은 온갖 종류의 고기로 된 꼬치들을 돌리고 있었다. 나는 다른 그 어느 것보다 거기에 설치된 큰 연극무대를 더 주의 깊게 살펴보았다. 그 무대는 다양한 색깔로 칠해져 있고, 그리스어와 라틴어로 된 격언들이 적힌 판지로 장식되어 있었다. 이발사는 그 글들을 읽더니 내게 말했다. "이 모든 그리스 단어들에서 제 삼촌 토마스의 취향이 몹시 강하게 풍기는 걸요. 삼촌이 여기에 손을 댔을 거라고 장담합니다. 우리끼리 얘기지만, 그 삼촌은 재주 있는 사람이거든요. 엄청나게 많은 교재들을 다 외운답니다. 게다가 라틴 시인들과 그리스 작가들의 작품을 번역하기도 했어요. 삼촌의 그 대단한 주석(註釋)들을 보면 알 수 있듯이 삼촌은 고대에 관해 해박한 지식을 갖고 있어요. 삼촌이 없었으면 우리는 아테네에서 아이들이 회초리를 맞으며 울었다는 사실을 알지 못했을 겁니다. 그런 발견은 삼촌의 대단한 지식 덕분입니다."

그 길동무와 나는 그 모든 것을 다 보고 난 후, 음식 준비를 왜 하는지 알고 싶어졌다. 그래서 그것을 알아보러 가던 중 디에고는 잔치를 주관하는 사람으로 보이는 남자를 보고 그가 바로 토마스 데 라 푸엔테 씨임을 알아차렸다. 그래서 우리는 얼른 그에게 다가갔다. 그 학교 선생님은 처음에는 젊은 이발사 디에고를 기억해 내지 못했다. 10년 사이에 그 정도로 많이 변한 것이다. 하지만 그를 끝내 알아보지 못할 수는 없으므로, 마침내 다정히 포옹하고 나더니 정답게 말했다. "아, 너로구나, 디에고, 내 사랑하는 조카. 네가 태어난 곳으로 돌아온 거니? 너의 수호신들을 보러 온 게로구나. 하늘이 너를 아무 탈 없이 가족에게 돌아오게 해주는구나. 오, 서너 배는 더 행복한 날이다! 특별히 표시해 놓을 만한 날이야! 새 소식이 많단다, 얘야." 그러더니 말을 이었다. "그 재기 넘치는 네 삼촌 페드로는 저승의 신인 플루톤의 희생자가 됐단다. 죽은 지 석 달 되었어. 그 수전노는 살아 있는 동안 아주 필수적인 것들이 부족해질까 봐 두려워했단다. *Argenti pallebat amore.*● 몇몇 고관대작이 하사한 막대한 연금이 있는데도, 그가 자기관리를 위해 쓴 돈은 1년에 10피스톨라도 안 됐어. 그리고 하인에게 급료도 주지 않으면서 시중은 받았나 보더라. 노예들이 나르던 재화들을 노예들이 걷는 데 방해가 되는 짐으로 여겨 리비아 한복판에 다 갖다 버리게 한 그리스인 아리스티포스보다 더 정신 나간 미치광이야. 그는 자기가 그러모은 금과 은을 그저 쌓아 두고만 있었지. 그런데 누구를 위해? 보고 싶어 하지도 않던 상속자들을 위해…. 그는 3만 두카도를 가진 부자였어. 그 돈을 네 아버지와 네 삼촌 베르트란, 그리고 내가 나눠 가졌단다. 우리는 그 돈으로 자식들을 잘 키우고 있어. 니콜라스 형은 네 누나 테레사를 출가시켰단다. 테레사를 법관 아들에게 방금 혼인시켰지. *Connubio junxit stabili propriamque*

● "돈에 대한 사랑이 그를 창백하게 만든다."(호라티우스, 〈풍자시〉, II: III)

dicavit.● 너무 행복한 조짐 속에 이루어진 이 결혼을 위해 우리는 이틀 전부터 엄청난 준비를 했단다. 그래서 들판에 이 천막들을 치게 한 거야. 페드로의 상속인들 셋이서 각자 자기 몫으로 하루씩 돌아가며 그 비용을 치르고 있어. 네가 좀더 일찍 와서 우리 잔치가 시작되는 것을 봤으면 좋았을 걸 그랬다. 결혼식 날인 그저께는 네 아버지가 비용을 대셨단다. 멋진 연회에 이어 반지 차지하기 기마대회도 열렸지. 수예점을 하는 네 삼촌은 어제 식사를 대접하며 목가적인 축제를 개최했어. 그는 몸매 좋은 청년 열 명과 아가씨 열 명을 목동과 양치기 소녀 차림으로 입혔지. 그들을 치장하려고 자기 가게에 있는 리본과 장식 끈들을 죄다 사용했단다. 그 반짝반짝한 젊은이들은 다채로운 춤을 추고, 정겹고 경쾌한 노래들을 숱하게 불렀어. 모든 게 더할 수 없이 우아했는데도 큰 효과는 내지 못했지. 사람들이 목가적인 것을 더 이상 좋아하지 않는 게 틀림없어."

그러고 그는 말을 계속했다. "오늘은 모든 비용을 내가 내기로 했어. 내가 준비한 공연을 올메도 주민들에게 보여 주려고 해. *Finis coronabit opus!*●● 나는 무대를 설치하게 했고, 내가 쓴 희곡을 신의 도움을 받아 거기서 내 제자들이 공연하게 할 거야. 제목은 〈모로코 왕 뮐레 뷔장튀프의 여흥거리〉란다. 내 제자들이 이 작품을 완벽하게

● "끊을 수 없는 관계로 그녀를 결합시키고 영원히 주어 버렸다." 베르길리우스의 《아이네이아스》 1장 73절과 4장 126절에 미래시제로 돼 있던 구절을 르사주는 완료시제로 바꾸어 인용했다.

●● "해낸 일은 끝에 가서 관(冠)을 쓰게 되리라." 이 격언은 기독교적인 의미를 갖고 있다. "완벽한 덕은 마지막에 드러나게 마련이다."

연기할 거야. 그들은 마드리드의 배우들처럼 낭독하는 학생들이거든. 그들은 페냐피엘과 세고비아 가문의 아이들인데, 내 집에서 하숙하고 있어. 훌륭한 배우들이라니까! 사실, 그 애들을 훈련시킨 사람은 바로 나야. 그들의 낭독법에선, *ut ita dicam,* 이른바 대가 같은 느낌이 날 거야. 희곡에 대해서는 아무 얘기도 하지 않으마. 너에게 깜짝 놀랄 즐거움으로 남겨놓고 싶구나. 그저 모든 관객을 황홀케 할 거라는 말만 할게. 죽음의 이미지들로 영혼을 뒤흔들어 놓는 비극적 주제 중 하나야. 나는 아리스토텔레스와 같은 의견이야. 관객에게 공포심을 자극해야 해. 아! 내가 연극에 전념했다면, 오로지 피를 좋아하는 왕족들이나 살인자 주인공들만 무대에 올렸을 텐데. 나는 핏속에 푹 잠겼을 거야. 내 비극들에서는 주인공뿐만 아니라 근위병들까지도 죽어 나가는 것을 늘 보게 되었을 텐데. 심지어 프롬프터●까지 목 졸라 죽게 했을 거야. 말하자면 나는 무시무시한 것만 좋아해. 그게 내 취향이야. 게다가 그런 종류의 시들은 다수의 마음을 사로잡아 배우들이 사치를 유지하고, 저자들이 생계를 이어갈 수 있게 해주지."

그가 이 말을 마칠 때 많은 남녀가 그 마을에서 나와 들판으로 몰려가는 것이 보였다. 신혼부부가 자기네 친척들과 친구들을 데리고 오면서 열 내지 열두 명의 악기연주자들을 앞세운 거였다. 연주자들은 다 함께 굉장히 시끄럽게 합주하고 있었다. 우리는 그들 앞으로 갔고, 디에고가 자기소개를 하였다. 그러자 거기 모인 사람들은 즉각

● 배우들이 대사를 잊어버릴 경우에 대비하여 무대 뒤에 자리하고 있다가 대사를 알려 주는 사람.

기쁨의 함성을 일제히 터뜨렸고, 저마다 디에고에게 몰려들었다. 그들이 보이는 우애의 표시를 일일이 다 받아들이는 것은 엄청난 일이었다. 집안사람들뿐만 아니라 거기 있던 모든 사람이 디에고를 포옹하느라 난리법석이었다. 그러고 나자 그의 아버지가 그에게 말했다. "잘 왔다, 디에고! 네 친척들이 그간 살이 좀 쪘다, 얘야. 이 점에 관해서는 지금은 더 이상 얘기하지 않으마. 식사 메뉴를 보면 금세 알게 될 거다." 그러는 동안 모든 사람이 들판으로 나아가 천막 아래 차려놓은 식탁들에 둘러앉았다. 나는 내 길동무를 여전히 곁에 두고 있었다. 우리는 잘 어울려 보이는 신랑 신부와 함께 식사를 했다. 식사 시간은 꽤 길었다. 그렇게 호화롭게 차리지는 못했던 형제들을 이겨 보려는 허영심이 그 학교 선생으로 하여금 음식 세트를 세 차례나 제공하게 만든 것이다.

잔치 후 모든 참석자들은 토마스 씨의 연극 공연을 보고 싶어 안달이 났다. 토마스 씨같이 대단한 천재의 작품은 분명히 볼 만한 가치가 있을 거라고 그들은 말했다. 우리는 무대 가까이 갔고, 무대 앞에는 막간극에서 공연할 악기연주자들이 이미 자리를 잡고 있었다. 연극이 시작되기를 모두가 아주 조용히 기다리고 있을 때 배우들이 무대에 나타났고, 시를 손에 쥔 저자는 무대 뒤에 있는 프롬프터로부터 손을 뻗으면 닿을 만한 위치에 앉았다. 자기 희곡이 비극적이라고 했던 그의 말은 옳았다. 제 1막부터 모로코 왕이 재미 삼아 1백 명의 무어 노예들을 화살로 죽였으니 말이다. 제 2막에서는 그 왕의 대장 중 한 명이 전쟁포로로 붙잡혀 온 포르투갈 장교 30명을 참수했다. 마침내 제 3막에서는 자기 아내들에 싫증이 난 그 군주가 외딴 궁궐에 직접 불을 질러 그 안에 갇혀 있던 아내들과 궁궐을 모두 잿더미로 만들어 버렸다. 무어 노예들과 포르투갈 장교들은 버드나무로 아주 정교하게 만든 형상들이었다. 두꺼운 종이로 제작한 궁궐은 불꽃놀이로 완전히 타버린 듯 보였다. 불꽃 사이에서 나온 것만 같은 숱한 탄식의 외침을 동반한 이 작렬하는 불길이 그 연극의 결말이었고, 연극은 아주 흥겹게 막을 내렸다. 매우 아름다운 비극에 보내는 박수갈채가 온 들판에 울려 퍼졌다. 이는 그 희곡을 쓴 시인의 좋은 취향을 입증해 주고, 그가 주제 선택을 잘한다는 것을 알려 주었다.

〈모로코 왕 뮐레 뷔장튀프의 여흥거리〉 이후에는 더 이상 볼거리가 없을 거라고 나는 생각했지만, 착각이었다. 팀파니와 트럼펫들이 곧 새로운 구경거리가 있으리라는 것을 알렸다. 시상식이었다. 왜냐하면 토마스 데 푸엔테가 축제를 더 웅장하게 진행하려고 기숙생이건 아니건 간에 모든 학생에게 글짓기를 하게 했고, 그중 가장 잘 쓴 학생들에게 자신이 세고비아에서 돈을 주고 산 책들을 바로 그날 주기로 돼 있었기 때문이다. 갑자기 무대 위로 기다란 학교 의자 두 개와 깨끗하게 제본된 책들이 가득한 책장 하나가 놓였다. 그러자 모든 배우가 무대 위로 다시 올라와 토마스 씨 주위에 정렬했다. 토마스 씨는 중학교 교장만큼이나 거만한 태도를 취하고 있었다. 그의 손에는 상을 받게 될 학생들의 이름이 적힌 종이 한 장이 쥐어져 있었다. 그는 그 종이를 모로코 왕 역할을 맡았던 배우에게 건넸고, 그 왕은 큰 목소리로 읽기 시작했다. 호명된 학생들은 선생의 손으로부터 직접 책 한 권을 건네받기 위해 정중히 그 앞으로 갔다. 상을 받은 학생들에게 월계관이 씌워졌다. 이어서 그들은 긴 의자에 앉아 참가자들의 경탄 어린 시선을 받았다. 토마스 선생은 모든 관객이 흡족한 마음으로 집으로 돌아가게 해주고 싶었지만, 그럴 수 없었다. 늘 그렇듯이 거의 모든 상이 기숙생들에게만 주어졌기 때문이다. 몇몇 비기숙생의 어머니들이 이에 대해 불같이 화를 내며 그 선생의 불공정성을 비난했다. 그래서 그 순간까지는 그에게 매우 영광스러웠던 잔치가 하마터면 라피타이의 향연●만큼이나 나쁘게 끝날 뻔했다.

● 그리스 신화에 나오는 부족 라피타이의 왕은 페이리토스인데, 이 페이리토스의 결혼식에서 벌어진 '켄타우로마키아'(켄타우로스들과의 싸움)를 가리킨다. 결혼식에 초대된 켄타우로스들이 술에 취해 혼인 잔치를 난장판으로 만들어 놓고, 한 켄타우로스는 신부를 강간하려 들기까지 하자 라피타이 사람들이 화가 치밀어서 맞붙어 싸웠는데, 이때 페이리토스의 친구로서 초대된 테세우스도 그 왕 편에 서서 켄타우로스를 물리쳐 버린다.

제 3 부

1

질 블라스의 마드리드 도착과 거기서 섬긴 첫 번째 주인

나는 이발사 청년의 집에서 얼마간 지낸 다음 올메도를 거쳐 온 어느 세고비아 상인과 합류했다. 그 상인은 노새 네 마리를 끌고 바야돌리드에 상품을 날라다 주고 빈 몸으로 돌아오던 터였다. 우리는 노상에서 통성명을 했는데, 그는 나를 너무 좋아해서 세고비아에 도착하면 자기네 집에 꼭 묵게 하려 했다. 그래서 그는 나를 자기 집에 이틀이나 붙들어 놓았다. 내가 노새가 다니는 길을 통해 마드리드로 떠날 채비가 된 것을 보고는 내게 편지 한 통을 맡기면서 그 주소로 직접 갖다주라고 부탁했다. 그런데 그것이 추천서라는 것은 내게 말하지 않았다. 나는 그 편지를 잊지 않고 마테오 멜렌데스 씨에게 전해 주었다. 그는 궤(櫃) 만드는 사람들의 동네 길모퉁이에 있는 '태양의 문'에 사는 포목상이었다. 편지를 건네자마자 그는 봉투를 열어 그 안에 든 내용을 읽더니 내게 상냥하게 말했다. "질 블라스 씨, 이 편지를 쓴 페드로 팔라시오가 당신을 간절히 부탁한다고 썼으니, 당신을 내 집에 묵게 하지 않을 수 없네요. 게다가 당신에게 좋은 일자리를 찾아 주라는 부탁도 했어요. 그 일도 내가 기꺼이 떠맡지요. 당신에게 유리한 일자리를 찾아 주는 것이 그리 어렵지는 않을 겁니다."

내 재정 상태가 눈에 띄게 나빠지고 있던 만큼 나는 기뻐하며 멜렌데스의 제의를 받아들였다. 하지만 그에게 오래 짐이 되지는 않았다. 일주일이 지나 그가 자기 지인 가운데 시종이 하나 필요한 기사에게 나를 추천했고, 내가 그 자리를 얻게 될 것이 분명하다고 말했으니까. 실제로 곧이어 그 기사가 불쑥 나타났다. 그러자 멜렌데스는 그에게 나를 가리키며 말했다. "나리, 제가 말씀드린 바로 그 청년입니다. 명예와 도덕을 아는 청년입니다. 이 청년을 마치 저 자신인 것처럼 보증하겠습니다." 기사는 나를 뚫어져라 쳐다보더니 내 얼굴이 마음에 들어 나를 시종으로 채용하겠다고 말했다. 그러고는 "이제 나를 따라오면 되오. 해야 할 일들이 무엇인지 내가 알려 주리다"라고 덧붙였다. 이 말을 하고 나서 상인에게 인사를 한 다음 성 빌립보 교회 바로 앞에 있는 대로로 나를 데리고 갔다. 우리는 꽤 멋진 집으로 들어갔고, 그는 그 집의 한쪽 측면을 차지하고 있었다. 우리는 대여섯 단으로 된 계단을 올라갔다. 그러고는 그는 두 개의 문으로 잘 닫혀 있는 방으로 나를 들여보냈다. 그 문들을 그가 열었는데, 그중 하나에는 창살이 쳐진 작은 창문이 한가운데 있었다. 우리는 그 방에서 다른 방으로 건너갔다. 거기에는 침대 하나와 호화롭다기보다는 점잖은 가구들이 있었다.

내 주인이 멜렌데스의 집에서 나를 유심히 관찰한 것처럼, 나 또한 그를 매우 주의 깊게 살펴보았다. 그는 냉정하고 진지해 보이는 50대

남자였다. 천성적으로 온화해 보여 그에 대해 나쁜 판단은 조금도 들지 않았다. 그는 내 가족에 관해 여러 가지 질문을 했고, 내 대답들에 대해 만족스러워했다. 그가 말했다. "질 블라스, 네가 아주 이성적인 청년이라고 생각되는구나. 너를 시종으로 두게 되어 매우 기쁘다. 네 쪽에서도 조건에 만족하게 될 거다. 네 식비와 생활비에 급료까지 포함해 하루에 6레알씩 줄 거다. 네가 내 집에서 누릴 수 있을 자잘한 이익들과는 별도로 말이다. 게다가 나는 시중들기 어렵지 않은 사람이다. 나는 점심과 저녁을 집에서 먹지 않고, 시내에서 먹는다. 너는 아침마다 내 옷만 손질하면 되고, 나머지 시간은 내내 자유로울 것이다. 그저 저녁마다 일찍 나와서 내 집 문 앞에서 나를 기다리는 일만 확실히 해라. 그것이 내가 너에게 요구하는 전부다." 그는 내 의무를 그렇게 규정한 다음 계약이행을 개시하기 위해 호주머니에서 6레알을 꺼내어 내게 주었다. 그런 다음 우리는 둘 다 밖으로 나왔다. 그는 문들을 스스로 직접 닫았고, 열쇠들을 가져오며 내게 말했다. "친구야, 이제 나를 따라오지 말고, 너 가고 싶은 데로 가렴. 이 도시를 돌아다녀 봐. 그런데 내가 오늘 저녁에 집에 돌아올 때는 그 계단에 있어야 한다." 그는 이 말을 마치고 나서 내 곁을 떠나 내가 하고 싶은 대로 할 수 있게 해주었다. 내 생각에도 그러는 것이 적절하다 싶었다.

그때 나는 생각했다. '정말로 너는 저 사람보다 더 좋은 주인을 만날 수 없을 것이다! 세상에! 아침에 옷에서 먼지를 떨고, 방 청소나 해주고 나서 방학을 맞은 학생처럼 자유롭게 돌아다니며 즐겨도 되는데, 하루에 6레알이나 주는 사람을 만나다니! 하느님 만세! 이보다 더 행복한 일자리는 없다. 내가 그토록 마드리드에 오고 싶어 했던 게 이제 놀랍지가 않구나. 아마도 마드리드에서 나를 기다리고 있는 행복을 예감했었나 보다.' 낮에는 나로서는 새로운 것들을 구경하며 거리를 즐겁게 쏘다니면서 보냈다. 즐거움거리가 적지 않았다. 저녁에는 우리 집에서 멀지 않은 주막에서 저녁 식사를 하고 나서 내 주인이 가 있으라고 지정해 준 장소로 신속히 가 있었다. 그는 나보다 45분 늦게 거기에 도착했다. 그는 내 정확성에 만족한 듯 보였다. "아주 잘했어, 마음에 든다. 나는 자기 의무에 주의를 기울이는 하인들을 좋아한다." 그는 이 말을 하고 나서 자기 거처의 문들을 열었고, 우리가 들어간 다음 문을 다시 다 잠갔다. 우리에게는 불빛이 없었으므로, 그는 발화석(發火石)과 심지를 집어 들어 양초에 불을 붙였다. 그러고 나서 나는 그가 옷 벗는 일을 도왔다. 그가 침대에 들자 나는 그의 지시대로 벽난로에 있는 램프에 불을 붙였다. 그런 다음 양초를 부속실로 가져갔고, 거기서 커튼 없는 작은 침대에 누웠다. 다음 날 아침 주인은 9시와 10시 사이에 일어났고, 나는 그의 옷의 먼지를 떨었다. 그는 내게 6레알을 계산해 주고, 저녁에 보자며 나를 내보냈다. 그 또한 외출했는데, 이번에도 문들을 잘 잠갔다. 이렇게 해서 우리 둘 다 하루 종일 밖에서 보내려고 집을 나온 것이다.

그것이 우리의 일상이었고, 나는 그 일상이 아주 즐겁다고 생각했다. 가장 흥미로운 것은, 내가 주인의 이름을 모른다는 사실이었다. 멜렌데스도 그의 이름을 알지 못했다. 그는 그 기사에 대해 자기 가게에 이따금씩 와서 옷감을 사 가는 사람으로만 알고 있었다. 우리의 이웃들도 내 호기심을 더 채워 주지는 못했다. 내 주인이 그 동네에 산 지 2년이 됐는데도, 이웃들은 그를 모른다고 딱 잘라 말했다. 그들은 그가 이웃의 그 누구와도 왕래가 없다고 말했다. 그런 일에서 경솔하게 결론을 끌어내는 것에 익숙해진 몇몇 사람은 그 인물을 호의적으로 판단하지 않았다. 더 멀리 추측하는 사람들은 그를 포르투갈 왕의 첩자로 의심하고 나에게 그에 대한 조치를 취하라고 자비롭게 경고해 주기도 했다. 그런 얘기를 듣자 나는 혼란스러웠다. 만약 그것이 사실이라면 나는 마드리드의 감옥에 갈 위험을 무릅쓰고 있는 게 아닌가 하는 생각이 들었다. 마드리드 감옥이라고 해서 다른 감옥들보다 더 나을 것 같지도 않았다. 나에게 아무 죄가 없다고 해서 안심할 수는 없었다. 과거에 겪은 불운들이 나로 하여금 사법기관을 두려워하게 만들었으니까. 사법기관이 무고한 사람을 죽이지는 않더라도 적어도 사법기관으로서 지켜야 할 최소한의 '환대법'마저 준수하지 않는다면 사법기관에서 며칠을 보내는 것은 항상 매우 서글픈 일이다.

나는 그토록 미묘한 상황에서 멜렌데스와 의논해 보았다. 그는 내게 뭐라고 충고해 줘야 할지 몰랐다. 그는 내 주인을 첩자라고 믿을 수 없었지만, 그게 아니라고 확고히 믿을 만한 근거도 없었다. 나는 주인을 관찰해 본 뒤 실제로 국가의 적이라고 판단되면 그를 떠나기로 작정했다. 하지만 내 처지로서는 신중해야 했고, 근무조건의 매력 때문에 우선은 실상을 확실히 알아야 할 것 같았다. 그래서 그의 행동을 살피기 시작했다. 그의 심중을 알아보기 위해 어느 날 저녁 그의 옷을 벗기며 말했다. "나리, 사람들의 입방아를 피하려면 어떻게 살아야 하는 건지 모르겠네요. 사람들이 아주 못됐거든요! 그중에서도 특히 악마 못지않은 이웃들이 있어요. 악귀들이죠! 나리께서는 그들이 우리에 대해 어떻게 얘기하는지 짐작도 못 하실 겁니다." 그러자 그가 대답했다. "그렇군! 질 블라스, 우리에 대해 그들이 뭐라고 말할 수 있을까, 친구?" 그래서 내가 대답했다. "아! 정말로 비방을 하려고 들면 말할 거리야 늘 찾아내기 마련이죠. 미덕조차도 비방거리를 제공하니까요. 이웃들은 우리를 위험한 사람들이라고 말하고, 궁정에서 예의 주시해야 할 인물들이라고도 하죠. 한마디로, 나리는 여기서 포르투갈 왕의 첩자로 통하고 있답니다." 나는 이 말을 하면서 주인을 살펴보았다. 알렉산더 대왕이 자신의 주치의를 살폈듯이 말이다.● 그리고 내가 전한 말이 그에게 어떤 효과를 내는지 간파하려고 모든 통찰력을 다 동원했다. 그랬더니 내 주인에게서 이웃들의 추측과 잘 맞아떨어지는 가벼운 떨림을 본 것 같았다. 그리고 그는 몽상에 잠겼는데, 나는 그것이 좋게 설명되지 않았다. 하지만 그는 혼란에서 진정되더니 꽤 평온한 기색으로 내게 말했다. "질 블라스, 이웃들이 뭐라고 생각하든 마음대로 하게 내버려 두고, 우리는 신경 쓰지 말고 편하게 지내자. 우리에 대해 나쁘게 말할 만한 짓을 우리가 하지 않은 이상 그들이 우리에 대해 어떤 의견을 갖건 걱정하지 말자."

● 마케도니아의 알렉산더 대왕이 큰 병에 걸렸을 때 그의 주치의들은 차마 약을 권하지 못한 채 모두 다 왕이 죽을 거라고 했다. 약을 잘못 권했다가 변을 당할까 봐 두려웠던 것이다. 그런데 필립포스라는 의사가 왕에게 약을 권했다. 약을 준비하고 있는 동안 왕에게 편지 한 통이 도착했다. 편지에는 필립포스가 왕에게 독약을 먹여 죽이려는 거라는 내용이 담겨 있었다. 그럼에도 왕은 그 편지를 필립포스에게 건네면서 그가 주는 약을 주저 없이 마시고 의사를 뚫어져라 바라보았다. 그가 죄를 지었는지 아닌지 그 증거를 그의 눈에서 읽어 내려는 의도였다. 필립포스는 훌륭한 의사였고, 왕은 그 약 덕분에 치유되었다(cf. Quinte-Curce, *De la vie et des actions d'Alexandre-le-Grand*, 1614, Genève, Porte de la Routière).

그러고 나서 그는 잠자리에 들었고, 나도 그렇게 했지만, 앞으로 어찌해야 할지 알 수가 없었다. 다음 날 아침, 우리가 나갈 채비를 하는데, 계단에서 누군가 첫 번째 문을 거칠게 두드리는 소리가 들렸다. 내 주인이 다른 문을 열고서 창살이 쳐진 작은 창문을 통해 내다봤다. 잘 챙겨 입은 어떤 남자가 그에게 말했다. "기사 나리, 저는 경관입니다. 시장님이 나리에게 할 말이 있으시다는 전갈을 전하러 왔습니다." 그러자 내 주인이 "내게서 뭘 원하시는 거요?"라고 물었다. 이에 경관은 대꾸했다. "그것은 저도 모릅니다, 나리. 가보시면 곧 아시게 될 겁니다." 그러자 내 주인이 대답했다. "괜찮소, 나는 시장과 아무 볼 일이 없소." 주인은 말을 마치며 두 번째 문을 거칠게 다시 닫았다. 경관의 말이 생각할 거리를 잔뜩 주기라도 한 것처럼 그는 얼마 동안 서성거리더니 내게 6레알을 주고는 말했다. "질 블라스, 외출해도 좋다, 친구야. 네가 원하는 데 가서 하루를 보내렴. 나는 당장 나가지는 않겠다. 그리고 오늘 아침에는 네가 필요 없다." 이 말을 듣고 나는 그가 체포될지 모른다는 두려움 때문에 자기 거처에 남아 있으려 하는 거라고 판단했다. 나는 그를 남겨 둔 채 내 의심이 틀린 건 아닌지 알아보기 위해 그가 나오는 것을 지켜볼 수 있을 만한 장소에 숨어 있었다. 그가 내 고생을 면케 해주지 않았다면 나는 그날 오전 내내 거기서 참고 버텼을 것이다. 그런데 1시간 후 그가 안심하는 기색으로 거리로 나오는 모습이 보였다. 처음에는 나의 통찰력에 혼란이 오기도 했지만, 나는 겉모습 그대로 믿지 않고 여전히 의심을 품었다. 내심 그를 그다지 좋게 여기지 않았기 때문이다. 거동이야 얼마든지 꾸며 댈 수 있다고 생각했고, 금이나 귀금속을 전부 챙기려고 집에 남았던 것뿐이며, 아마도 빨리 도망쳐서 안전을 확보하려는 거라고 상상하기까지 했다. 나는 그를 다시 보게 될 거라는 기대는 더 이상 하지 않았고, 저녁에 그의 집 문에 가서 기다려야 할지도 의문스러웠다. 그 정도로 나는 그가 그날 당장 도시를 빠져나가 자신이 처한 위험으로부터 도망칠 것으로 확신했던 거다! 그럼에도 그가 지시한 대로 저녁에 그의 집 문에 가서 기다리긴 했다. 놀랍게도 내 주인은 평소처럼 돌아왔다. 그는 전혀 불안해 보이지 않는 모습으로 잠자리에 들었고, 다음 날 마찬가지로 평온히 일어났다.

그가 옷을 다 입었을 때 누군가가 갑자기 문을 두드렸다. 내 주인은 작은 창살을 통해 내다봤다. 전날 왔던 경관이 또 온 것을 보고 뭘 원하느냐고 물었다. 경관은 "문 여세요, 시장님이 오셨어요"라고 대답했다. '시장님'이라는 그 무시무시한 호칭에 내 피가 얼어붙었다. 나는 그들의 손에 넘어갔던 경험 이후로 그들을 굉장히 두려워했다. 그래서 그 순간 나는 마드리드에서 1백 리는 떨어진 곳에 있었더라면 좋았으리라는 생각이 들었다. 나보다 덜 불안해하던 내 주인은 문을 열고 그 판사-시장을 정중히 맞았다. 시장이 그에게 말했다. "보시다시피 내가 당신 집에 수행원을 잔뜩 데리고 오지는 않았소. 나는 요란스럽지 않게 일을 처리하고 싶소. 이 도시에서 당신에 관해 돌고 있는 유감스런 소문에도 불구하고 나는 당신이 배려를 받을 만하다고 생각하오. 당신 이름이 무엇인지, 마드리드에서는 무엇을 하는지 알려 주시오." 그러자 내 주인이 시장에게 대답했다. "시장님, 저는 카스티야 라 누에바 출신이고, 이름은 돈 베르나르도 데 카스틸 블라소입니다. 제 소일거리로 말할 것 같으면, 저는 산책도 하고, 공연도 보러 가고, 소수의 사람들과 기분 좋은 관계 속에서 날마다 즐겁게 지냅니다." 그러자 판사-시장이 대꾸했다. "당신은 수입이 많은가 보군요?" 이에 내 주인은 말을 가로막으며 "아닙니다, 시장님. 저에게는 고정 수입도 땅도 집도 없습니다"라고 답했다. 그러자 시장이 대꾸했다. "그러면 뭘로 먹고사는 겁니까?" 이에 돈 베르나르도는 "제가 보여 드리겠습니다"라고 하더니 타피스리를 들쳐서 내가 알지 못했던 문을 열었다. 이어 그 뒤에 있는 문을 또 열어 작은 방으로 시장을 안내했다. 그 방에는 금화가 가득 찬 커다란 금고가 있었고, 내 주인은 그 금고를 시장에게 보여 주었다.

그러고 나서 말했다. "시장님, 스페인 사람들은 일을 원수처럼 여긴다는 것을 시장님도 잘 알고 계십니다. 하지만 고생을 아무리 싫어한다 할지라도 고생을 해야 부자가 되는 거라고 저는 말할 수 있습니다. 저의 본바탕은 그 어떤 일도 할 수 없을 만큼 게으릅니다. 제 악덕을 미덕으로 격상시켜 본다면, 저는 제 게으름을 철학적 무심함이라고 부를 것입니다. 그 무심함은 사람들이 세상에서 열심히 추구하는 모든 것으로부터 초탈한 정신의 작품이라고 말할 수 있을 겁니다. 하지만 정말로 저는 기질적으로 게으르다고 진심으로 인정하겠습니다. 너무나 게으른 나머지 만약 살기 위해 일을 해야 한다면 저는 차라리 굶어 죽는 편이 낫다고 생각합니다. 그래서 제 기질에 맞는 생활을 영위하고, 재산을 관리하는 수고를 덜고, 그보다 더 큰 이유지만 관리인 없이 지내기 위해 저의 전 재산을 현금으로 바꿨습니다. 여러 차례 상당한 액수를 상속받아 형성된 재산입니다. 이 금고에는 5만 두카도가 있습니다. 제가 백 년 이상 산다고 해도 남은 생애 동안 필요할 돈보다 많은 액수입니다. 저는 매년 1천 두카도 이상은 쓰지 않는데, 이미 쉰 살을 넘겼으니까요. 저는 미래를 두려워하지 않습니다. 다행스럽게도 저는 일반적으로 사람들을 망치는 세 가지 중 그 어느 것에도 탐닉하지 않으니까요. 저는 산해진미를 별로 안 좋아하고, 도박은 재미 삼아서만 하며, 여자들에게도 무관심합니다. 제가 늙었을 때, 교태 부리는 여자들의 친절을 금값에 사는 늙다리 난봉꾼이 될까 봐 염려하지도 않고요."

"당신 참 행복하군요!" 시장이 말했다. 그리고 "당신을 첩자라고 의심하다니, 사람들이 참 잘못 생각했네요. 당신 같은 성격의 사람에게 첩자라는 인물은 전혀 안 어울립니다"라고 하더니 덧붙였다. "자, 돈 베르나르도, 지금처럼 계속 사세요. 나는 당신의 평화로운 나날을 흔들어 놓으려 하기보다는 당신의 삶을 지켜 드리겠습니다. 나에게 당신의 우정을 나눠 주십사 부탁드리고, 내 우정을 드리겠습니다." 그러자 내 주인이 그 말에 감동되어 소리쳤다. "아! 시장님, 시장님께서 주시는 그 귀한 선물을 정중히 그리고 기쁘게 받아들이겠습니다. 저에게 우정을 주심으로써 시장님은 저를 더욱 풍요롭게 해주시고, 저의 행복을 절정에 이르게 해주시는 겁니다." 경관과 내가 작은 방의 문에서 엿듣고 있던 이 대화가 끝나자 시장은 돈 베르나르도에게 작별 인사를 했고, 돈 베르나르도는 시장에게 한없이 감사를 표시했다. 나는 나 나름대로 주인을 보좌하고, 주인이 예우를 다하는 것을 거들기 위해 경관에게 무한히 경의를 표했다. 교양인이라면 누구나 경관에 대해 당연히 가질 만한 경멸과 혐오를 마음 깊은 곳에서는 느꼈겠지만, 그럼에도 그에게 수차례 머리를 숙여 인사했다.

2

마드리드에서 롤란도 대장을 만나 놀라는 질 블라스 그 도둑의 이상한 이야기

돈 베르나르도 데 카스틸 블라소는 경관을 배웅하러 길까지 나갔다가 얼른 돌아와서 금고를 잠갔고, 그 금고를 안전하게 지켜 주는 문들도 모두 잠갔다. 그러고 나서 우리는 둘 다 흡족해하며 외출했다. 그는 막강한 친구를 얻게 되어 만족스러워했고, 나는 하루에 6레알씩 받는 것이 확실해져서 만족했다. 이 사건을 멜렌데스에게 얘기하고 싶어서 그의 집으로 가다가 도착할 무렵 롤란도 대장과 마주치게 되었다. 그를 거기서 보게 되다니, 나는 굉장히 놀랐고, 벌벌 떨지 않을 수 없었다. 그도 나를 알아보고는 심각한 표정으로 다가와 여전히 상관처럼 굴며 내게 따라오라고 명령했다. 나는 부들부들 떨면서 복종했고, 마음속으로 생각했다. '아아! 내가 그에게 진 빚을 죄다 갚게 만들려나 보다. 날 어디로 데려가는 걸까? 어쩌면 이 도시에도 어떤 지하세계가 있는지 모른다. 제기랄! 혹시 그렇다면 내 발에 통풍이 없다는 것을 잠시 후 그에게 보여 줘야겠다. 그래서 나는 그의 뒤에서 걸어가면서 그가 어디서 멈출 건지에 온 신경을 쏟았다. 조금이라도 수상해 보이면 전력을 다해 도망칠 작정이었다.

하지만 롤란도는 곧이어 내 두려움을 사라지게 했다. 그는 이름난 선술집으로 들어갔고, 나도 그를 따라 들어갔다. 그는 제일 좋은 포도주를 주문하더니 주인에게 저녁 식사도 준비해 달라고 말했다. 그러는 동안 우리는 어느 방으로 들어갔고, 대장은 나와 단둘이 있게 되자 다음과 같이 말했다. "여기서 예전의 지휘관을 다시 보게 되어 넌 놀랐을 거다. 그리고 내가 하려는 얘기를 들으면 더더욱 그럴 것이다. 내가 너를 지하실에 남겨 둔 채 그 전날 밤 우리가 훔친 노새와 말들을 팔러 부하 전원과 함께 만시야로 출발하던 날, 우리는 레온 시장의 아들을 만났다. 호화로운 마차에 타고 있던 그를 무장한 네 남자가 말을 타고 호위하며 따라오고 있었다. 우리는 그의 부하 중 두 명을 때려눕혔고, 다른 둘은 도망쳤다. 그때 마부가 자기 주인이 염려되어 우리에게 애원조로 외쳤다. '아아! 나리들, 제발 레온 시장님의 외아들은 죽이지 마세요!' 그런 말에도 내 부하들의 마음은 움직이지 않았다. 오히려 격분하게 만들었지. 부하 중 한 명이 우리 일행에게 말했다. '여러분, 우리 철천지원수의 아들을 살려 두지 맙시다. 그의 아버지가 우리 같은 사람들을 얼마나 많이 죽였는지! 복수해 줍시다. 지금 이 순간 죽은 혼들이 이 희생자를 요구하는 것 같으니, 그들에게 이자를 제물로 바칩시다.' 그러자 다른 기병들이 그 제안에 박수를 보냈고, 심지어 내 부관은 그 희생제에서 대제사장 노릇까지 하려고 했다. 그런데 내가 그의 팔을 붙잡았지. '그만들 하게.' 그리고 말했다. '왜 쓸데없이 피를 흘리려 하는가? 이 젊은이의 돈주머니로 만족하세. 그가 전혀 저항하지 않는데도 목을 베는 것은 야만적인 짓일세. 게다가 그는 자기 아버지가 한 짓에 대해 책임이 없고, 그의 아버지가 우리를 사형에 처하는 것은 그저 자신의 의무를 다하느라 그러는 것일 뿐이야. 우리가 여행자들의 재물을 강탈함으로써 우리 의무를 다하듯이 …'라고."

"나는 그렇게 시장의 아들을 위해 끼어들었고, 그런 나의 개입이 무익하지는 않았어. 우리는 그가 가진 돈만 전부 빼앗고, 우리가 죽인 자들의 말 두 마리를 가져왔지. 그리고 그 말들은 마시야로 끌고 가서 팔아 버렸어. 이어서 우리는 이튿날 새벽 동이 트기 조금 전에 우리의 지하거처에 도착했어. 그런데 뚜껑 문이 열려 있는 것을 보고 적지 않게 놀랐고, 부엌에서 레오나르다가 묶여 있는 것을 발견했을 때는 훨씬 더 놀랐지. 어떻게 된 연유인지 그녀가 간략히 설명해 주었어. 너의 그 설사에 관한 이야기에 우리는 박장대소했지. 네가 우리를 어떻게 속였는지 알고 나서는 감탄을 했어. 네가 우리를 그렇게 보기 좋게 한 방 먹일 수 있을 거라고는 전혀 생각을 못 했으니까. 우리는 그 기발함 때문에 너를 용서했다. 우리는 레오나르다를 풀어 주고 나서 그녀에게 먹을 것을 얼른 만들라고 지시했어. 음식을 준비하는 동안 우리는 말들을 돌보려고 마구간으로 갔지. 거기에는 24시간 동안 아무 도움도 받지 못한 늙은 노예가 죽기 일보 직전의 상태로 있었어. 그를 진정시켜 주고 싶었지만, 그는 이미 정신을 잃어버린 상태였어. 우리의 선의에도 불구하고, 그가 너무 천해 보여 우리는 그 불쌍한 인간이 살든 말든 그냥 내팽개쳐 두었지. 그러건 말건 우리는 식탁에 앉았고, 잔뜩 먹고 나서 각자 방으로 돌아가 하루 종일 쉬었어.

깨고 나니, 도밍고가 더는 이 세상 사람이 아니라는 사실을 레오나르다가 우리에게 알려 주었어. 너도 기억할 테지만, 네가 잠을 자던 그 작은 지하실로 그를 데려다 놓고, 거기서 그의 장례식을 치렀지. 마치 그가 우리 동료로서의 영예를 누리기라도 했던 것처럼 … ."

"대엿새 후 어느 날 아침, 숲에서 나가는 출구에서 에르만다드 동맹 소속 궁수 병사 3개 분대와 조우했어. 그들은 우리를 공격하기 위해 기다리고 있는 것 같았어. 처음에 우리는 한 분대밖에 보지 못했어. 그래서 얕잡아 봤지. 숫자 면에서 우리보다 많았는데도 그 분대를 공격했어. 그런데 그 분대와 싸우고 있을 때, 숨어 있던 다른 두 분대가 갑자기 나타나서 우리를 덮쳤어. 그렇게 많은 적들한테는 굴복할 수밖에 없지. 우리의 부관과 기병 둘이 그때 죽었어. 다른 둘과 나는 적들에 둘러싸여 포위망을 좁혀 오는 궁수들에게 붙잡히고 말았어. 2개 분대는 우리를 레온으로 데리고 갔고, 세 번째 분대는 우리의 은신처를 박살내러 갔지. 어떻게 은신처가 발각되었는지는 이제부터 얘기할게. 루세노라는 한 농부가 자기네 집으로 돌아가려고 숲을 지나다가 우연히 우리의 지하실로 통하는 뚜껑 문을 보게 되었어. 그 문을 네가 치워 버리지 않았거든. 그날은 바로 네가 그 부인과 거기서 나오던 날이었어. 농부는 그곳이 우리의 은신처일 거라고 짐작했지. 그러나 안으로 들어가 볼 용기는 없었나 봐. 그래서 그는 그저 주변을 살펴보고, 그 장소를 더 잘 기억할 요량으로 주변의 나무 몇 그루를 칼로 살짝 벗겨 표시를 해놓았어. 또 거기서 점점 멀어져 숲을 다 빠져나올 때까지 간간이 나무들에도 표시를 해 두었어. 그런 다음 레온으로 가서 그 사실을 시장에게 알렸고, 시장은 자기 아들이 우리

패거리에게 방금 강도를 당한 터였기에 몹시 기뻐했지. 그 판사-시장은 우리를 체포하기 위해 3개 분대를 파견했고, 농민이 그들을 안내한 거야."

"레온시(市)에 도착한 나는 모든 주민의 구경거리가 되었지. 전쟁포로가 된 포르투갈 장군이었을지라도 그보다 더 많은 사람들이 몰려들지는 않았을 거야. 그들은 소리쳤어. '저자를 봐라, 저자를 봐. 이 고장의 공포인 그 악명 높은 두목! 같은 패거리 두 명과 함께 집게로 사지를 찢어 놓아야 마땅할 거야.' 우리는 판사-시장에게 끌려갔고, 그는 나를 모욕하기 시작했지. '저런, 흉악한 놈! 엉망진창인 너의 삶에 하늘도 진력이 나서 널 내 재판소로 넘기는구나!' 그래서 내가 대답했지. '내가 많은 죄를 저지르긴 했어도, 최소한 당신의 외아들을 죽이지는 않았습니다. 오히려 그의 목숨을 내가 보전했어요. 그러니 내게 좀 고마워해야 합니다.' 그러자 그가 소리쳤어. '아! 파렴치한 놈, 너 같은 놈에게 내가 관대한 절차를 지켜야 한다고! 설사 내가 너를 구하고 싶어져도 내 직책의 의무가 허용하지 않을 거다.' 그는 그렇게 말하고 나서 우리를 지하 감옥에 가뒀어. 그는 내 동료들이 거기서 따분하게 있도록 놔두지 않았어. 사흘 뒤 그들을 감옥에서 꺼내 광장으로 끌고 간 다음 비극적인 역할을 하게 했어. 나는 감옥에 석 주 동안 머물렀어. 나를 더 무시무시하게 죽이기 위해 내 처형 날짜를 미루는 거라고 나는 믿었어. 아주 새로운 방식으로 죽게 될 거라고 예상하고 있는데, 시장이 나를 자기 앞에 대령케 하더니 말했어. '너에 대한 판결을 들어라! 너는 자유다. 네가 없었으면 내 외아들은 대로에서 살해당했을 것이다. 아버지로서 나는 너의 도움을 인정하고 싶지만, 판사로서는 너를 사면할 수가 없다. 그래서 너를 위해 궁정에 편지를 써서 특별사면을 부탁했고, 그 특사를 얻어 냈다. 그러니 네가 가고 싶은 곳으로 가라.' 그러더니 그는 '그런데 내 말을 잘 들어라. 너는 이 다행스런 일을 잘 이용하여라. 반성하고, 다시는 이런 강도짓을 하지 마라'라는 말을 덧붙였어."

"그 말이 내 마음에 파고들었어. 그래서 나는 마드리드로 가서 안정된 생활을 하며 평화롭게 살기로 작정하고 이 도시로 향했지. 여기 와서 내 아버지와 어머니가 돌아가신 것을 알게 되었어. 그분들의 유산이 어느 연로한 친척 손에 맡겨져 있었는데, 모든 후견인들이 그렇듯이 그 친척이 내게 그 유산에 관해 어찌나 충실히 따지던지, 그에게서 3천 두카도밖에 받지 못했어. 그것은 아마도 내가 받아야 할 유산의 4분의 1도 안 될 거야. 그렇다고 뭘 할 수 있겠니? 그와 다투어 봤자 아무것도 얻어내지 못할 텐데. 나는 허송세월하며 지내지 않으려고 경관 자리를 샀어. 그러고는 평생 다른 일은 해본 적 없는 사람처럼 그 일을 수행하고 있단다. 동료들이 내 전력을 알았다면 관례상 나를 받아들이는 것에 반대했을 거야. 다행히 그들은 내 과거를 모르거나 모른 척하고 있어. 모르는 거나 모른 척하는 거나 다 같은 거야. 왜냐하면 그 명예로운 조직에서는 각자 자신의 행적을 감추는 것이 좋으니까. 다행히 서로 불평할 것이 없어. 아주 좋은 인간은 꺼지라고 해!" 그러더니 롤란도가 말을 계속했다. "그런데, 친구야. 이제는 나의 심중을 네게 밝히고 싶구나. 내가 하게 된 직업이 내 취향은 아냐. 이 일을 하려면 너무 섬세하고 너무 수수께끼 같은 처신을 해야 해. 비밀스럽고 미묘한 속임수들만 할 줄 알게 될 거야. 아! 내가 전에 하던 일이 그리워. 새로운 직업이 더 안전하다는 점은 인정해. 하지만 예전 일이 더 즐겁고, 나는 자유가 좋아. 나는 지금 내 직무에서 서서히 떨어져 나와 언젠가 타호강의 수원지(水源池)가 있는 산으로 떠날 것만 같아. 그곳에는 카탈루냐 사람들이 잔뜩 있고, 큰 규모의 무리가 사는 은신처가 있거든. 한마디로, 명성이 자자하지. 네가 나와 함께 간다면 우리는 그 대단한 사람들의 숫자를 더 불릴 수 있을 거야. 그들에게 가면 나는 부지휘관이 되겠지. 그들이 너를 기꺼이 받아 주도록, 네가 내 곁에서 열 번이나 싸웠다고 확실히 말해 줄게. 내가 너의 가치를 구름까지 올려놓을게. 장군이 승진시키고 싶은 장교에 대해 말할 때보다 훨씬 더 적극적으로 너에 관해 좋게 얘기해 줄게. 네가 저지른 속임수에 대해서는 말하지 않으마. 만약 그 사실을 알리면 너를 의심쩍어할 테니까, 그 일에 대해서는 함구하겠어." 그는 그렇게 말하더니 덧붙였다. "자, 나를 따라올래? 네 대답을 기다리마."

그래서 나는 롤란도에게 말했다. "각자 자신의 취향이 있는 법이죠. 나리는 과감한 시도들을 하기 위해 태어났고, 저는 천성적으로 여유롭고 평온한 생활을 좋아합니다." 그러자 그가 말을 가로막더니 목소리를 높이며 말했다. "알겠소. 당신이 사랑 때문에 납치했던 부인을 아직도 사랑하고 있구려. 아마도 그래서 당신이 좋아하는 그 여유로운 생활을 마드리드에서 영위하고 있는 것일 테고…. 당신은 그녀와 살면서 그 지하로부터 가져온 금화를 함께 쓰고 있다는 사실을 자백하시오." 그래서 나는 그에게 그것은 착각이라고 말했다. 그리고 그가 잘못 생각했다는 것을 일깨우기 위해 저녁 식사를 하면서 그 부인에 관한 이야기를 하고 싶었다. 실제로 그렇게 했고, 내가 그의 패거리를 떠난 이후 겪은 일들도 전부 알려 주었다. 식사가 끝나 갈 무렵, 그는 카탈루냐에 관한 얘기를 다시 꺼냈다. 심지어 그는 그들을 찾아가서 합류하기로 작정했다고 고백했다. 그러더니 나도 같은 결정을 내리게 하려고 다시 나를 꼬드겼다. 하지만 나를 설득할 수 없음을 깨닫고는 갑자기 태도와 말투를 바꿔 도도한 기색으로 나를 쳐다보며 아주 진지하게 말했다. “너는 용감한 자들의 무리에 들어가는 영예보다 노예 같은 처지를 더 좋아할 만큼 천한 마음을 가졌으니, 네가 네 기질대로 비천하게 살도록 놔두겠다. 하지만 이제 내가 하려는 말을 잘 듣고 머릿속에 잘 새겨 두어라! 너는 오늘 나를 만났던 일을 잊고, 나에 관해서는 그 누구에게도 절대로 말하면 안 된다. 네가 네 얘기 속에 나를 섞는다면 … 네가 나를 잘 알다시피 … 내가 어떻게 할지 더 이상 말하지 않겠다.” 그는 이 말을 하고 나서 주인을 부르더니 계산을 했다. 그리고 우리는 자리에서 일어났다.

3

돈 베르나르도 데 카스틸 블라소의 집에서 나온 뒤 젊은 주인을 섬기러 가다

우리가 선술집에서 나와서 작별 인사를 하고 있는데, 그 길로 내 주인이 지나갔다. 주인은 나를 보았고, 나는 그가 롤란도를 몇 차례 쳐다보는 걸 눈치챘다. 내가 그런 인물과 함께 있는 것에 놀랐나 보다. 롤란도를 보면 그의 품행에 대해 좋게 생각할 수 없는 것이 확실하다. 키가 매우 크고, 얼굴도 길고, 코는 앵무새 같았으며, 용모가 그리 나쁘지는 않다 해도 그야말로 사기꾼 같은 분위기를 띠었으니까.

내 추측이 틀리지 않았다. 저녁에 돈 베르나르도를 보니 롤란도의 생김새에 대해 골똘히 생각하는 눈치였다. 내가 롤란도에 대한 얘기를 감히 했더라면 그는 그 대단한 얘기들을 기꺼이 들으려고 했을 것이다. 그가 말했다. "질 블라스, 네가 오늘 오후에 함께 있던 그 성큼성큼 걷는 키 큰 남자는 누구냐?" 나는 경관이라고 대답했다. 그러면서 나는 그가 이 대답에 만족하고 그것으로 그칠 거라고 생각했다. 하지만 다른 질문들이 이어졌다. 나는 롤란도가 자기 얘기를 하지 말라던 위협이 생각나서 당황하는 기색을 띠었다. 그러자 내 주인은 대화를 뚝 끊더니 잠자리에 들었다. 다음 날 아침 내가 평소처럼 그의 시중을 들고 나자, 그는 6레알이 아니라 6두카도를 주며 말했다. "자, 친구야, 오늘까지 내 시중을 든 대가로 주는 돈이다. 이제 다른 집을 알아보아라. 그렇게 대단한 지인들을 둔 하인을 내 집에 둘 수가 없구나." 그래서 나는 해명을 하려고, 내가 바야돌리드에서 의사 일을 하던 시절에 그 경관을 치료한 적이 있어서 아는 거라고 말해야겠다는 생각이 들어서 그렇게 했다. 그러자 주인이 대꾸했다. "잘 알겠다. 구실이 참 기발하구나. 너는 그 대답을 엊저녁에 했어야 한다, 당황하는 대신에 … ." 그래서 내가 다시 말했다. "사실, 저는 조심스러워서 차마 말씀드리지 못한 것이고, 바로 그래서 당황했던 겁니다." 그러자 그가 내 어깨를 가볍게 두드리며 말했다. "그래, 아주 조심스럽지! 나는 네가 그렇게 교활한지 몰랐다. 자, 얘야, 이제 가라. 경관들과 어울리는 애는 나한테 전혀 안 어울리니까."

나는 당장 멜렌데스에게 그 나쁜 소식을 알려 주러 갔고, 그는 나를 위로하려고 더 좋은 일자리를 찾아 주겠다고 말했다. 실제로 며칠 후 그는 말했다. "내 친구 질 블라스, 내가 당신에게 어떤 행복을 마련해 두고 있는지 상상도 못 할 겁니다! 당신은 세상에서 가장 쾌적한 일자리를 얻게 될 거예요. 내가 당신에게 돈 마티아스 데 실바의 하인 자리를 얻어 주겠어요. 그는 이른바 '작은 나리'라고 불리는 젊은 귀족들 중 하나이며 아주 지체 높으신 분이랍니다. 나는 영광스럽게도 그와 거래하는 상인이지요. 그는 내 가게에서 천을 사는데, 실은 외상으로 산답니다. 하지만 귀족들과의 거래에서는 잃을 게 전혀 없어요. 흔히 그들은 부유한 상속녀들과 혼인하고, 그러면 그녀들이 빚을 대신 갚아 주니까요. 그렇게 되지 않는다 하더라도, 일에 능숙한 상인이라면 귀족들에게는 언제나 매우 비싸게 팔기 때문에, 청구서 중 4분의 1만 받아도 벌충이 된답니다.” 그러더니 말을 계속했다. “돈 마티아스의 집사가 나랑 친한 친구입니다. 그를 만나러 갑시다. 그가 자기 주인에게 당신을 직접 소개할 테고, 내 생각에 그 주인은 당신을 매우 좋게 여길 겁니다.”

우리가 돈 마티아스의 저택으로 가려고 길을 나섰을 때 그 상인이 내게 말했다. “내 생각에, 그 집의 집사가 어떤 성격인지 알려 드려야 할 것 같습니다. 당신이 그에 대해 잘 처신할 수 있도록 말입니다. 그의 이름은 그레고리오 로드리게스입니다. 우리끼리 얘긴데, 시시한 사람이에요. 그는 자기가 사업을 위해 태어난 사람이라고 느끼고는 자신의 재능을 발휘하여 자기가 집사로 있던 몰락한 두 가문에서 부자가 되었죠. 매우 허영심이 많은 사람이라는 것을 알아 두세요. 그는 자기 앞에서 다른 하인들이 굽실거리는 꼴을 좋아합니다. 주인에게 조금이라도 부탁할 것이 있을 때는 우선 그에게 얘기해야 해요. 그의 개입 없이 뭔가를 얻어 내는 일이 생겼다가는 그가 그 선처를 철회하게 만들거나 소용없게 만들 겁니다. 그러는 데 필요한 완벽한 수단을 갖고 있어요. 그러니 그 문제를 우선 해결하세요, 질 블라스. 주인보다는 오히려 로드리게스 씨에게 잘 보이도록 노력하고, 그의 마음에 들기 위해서라면 온갖 수단을 다 쓰십시오. 그의 우정이 크게 유용할 겁니다. 당신의 급료를 정확히 지불할 테고, 만약 당신이 그의 신뢰를 얻을 정도로 수완이 좋다면, 하찮은 거라도 뭔가 받게 될 수도 있어요. 그는 아주 많이 갖고 있거든요! 그런데 돈 마티아스는 그저 쾌락만 생각할 뿐, 자신의 일에 관해서는 전혀 알고 싶어 하지 않는 젊은 귀족입니다. 그러니 집사로서는 참 괜찮은 집이죠!"

우리는 그 저택에 도착해서 로드리게스 나리와 얘기하고 싶다고 청했다. 그러자 그 집 하인이 그의 처소에서 그를 볼 수 있을 거라고 말해주었다. 그는 거기 있었고, 금전이 가득 든 파란색 천 가방을 들고 있는 일종의 농부 같은 사람과 함께 있었다. 결혼 못 해서 지친 여자보다 더 창백하고 더 노랗게 보이는 로드리게스는 멜렌데스에게 두 팔을 뻗으며 다가왔다. 상인도 팔을 벌렸고, 그들은 우애 어린 표정으로 얼싸안았다. 그런데 그 우정의 표시에는 자연스러움보다 인위적인 모습이 더 많았다. 그러고 나자 내가 관건이었다. 로드리게스는 나를 머리부터 발끝까지 훑어보더니, 돈 마티아스에게 딱 어울리는 사람이라고 아주 예의 바르게 말했다. 기꺼이 자기가 직접 나를 그 귀족에게 소개하겠다는 얘기도 했다. 그러자 멜렌데스는 나를 위해 그 자신이 어느 정도까지 애를 쓰고 있는지 알게 해주었다. 그는 집사에게 나를 밀어주라고 간청하고 나서 나에 대한 많은 칭찬을 끝으로 우리만 남겨 놓고 물러갔다. 그가 나가자 로드리게스가 내게 말했다.
"우선 이 착한 농부를 돌려보내는 즉시 당신을 주인님에게 데려가겠소." 그러더니 얼른 농부에게 다가가 그의 가방을 집어 들며 말했다.
"탈레고, 그 안에 5백 피스톨라가 들어 있는지 봅시다." 그는 금화들을 직접 세었고, 금액이 정확한 것을 확인하고는 농부에게 수령증을 주고 돌려보냈다. 그런 다음 그 금화들을 가방 속에 도로 넣고 나서,

이윽고 내게 말했다. "우리는 이제 주인님에게 갈 수 있소. 주인님은 보통 정오에 침대에서 일어나십니다. 지금은 1시 가까이 되었으니 처소에서 일어나 계실 겁니다."

돈 마티아스는 실제로 방금 일어났다. 그는 아직 실내복 차림이었고, 안락의자에 널브러져서 팔걸이 위에 다리 한쪽을 걸쳐놓은 채 몸을 흔들거리며 엽궐련을 썰고 있었다. 그러면서 임시로 시종 일을 맡아서 만반의 준비가 돼 있는 하인과 얘기를 하고 있었다. 집사가 그에게 말했다. "나리, 나리께서 그저께 쫓아내신 젊은이를 대신할 만한 청년을 제가 소개해 드리려고 무람없이 데려왔습니다. 나리께서 직물을 팔아 주시는 상인 멜렌데스가 보증을 서면서 탁월한 젊은이라고 장담했습니다. 제 생각에도 나리께서 매우 만족하실 것 같습니다." 그러자 그 젊은 귀족이 대답했다. "됐네. 소개하는 사람이 자네이니, 무조건 받아들이겠네. 그를 내 시종으로 삼겠네. 자, 이 일은 이제 끝난 거네." 그러더니 덧붙였다. "로드리게스, 다른 얘기를 하세. 마침 잘 왔네. 자네를 부르려던 참일세. 이보게, 로드리게스, 내게 나쁜 소식이 있네. 지난밤에 놀음에서 운이 나빴어. 1백 피스톨라를 갖고 했는데 그것 말고도 2백 피스톨라를 더 잃는 바람에 빚을 졌다네. 귀족 신분에게는 그런 빚을 갚는 것이 얼마나 중대한 일인지 자네도 알고 있네. 명예로운 해결방법은 딱 하나, 어김없이 갚는 것뿐일세. 그래서 우리는 다른 빚들도 아주 성실히 갚지 않았는가. 그러므로 당장 2백 피스톨라를 구해서 페드로사 백작부인에게 보내야 하네." 그러자 집사가 말했다. "나리, 그런 말을 하기는 그리 어렵지 않으나, 실행하는 일은 그렇지가 않지요. 죄송하지만, 그 금액을 제가 어디서 구해 오기를 바라시는 겁니까? 제가 나리의 소작인들을 아무리 위협할 수는 있다 해도 그들의 구리 동전 하나 건드리지 않습니다. 그런데 저는 나리의 하인들을 성실히 관리해야 하고, 나리께서 쓰시는 돈을 위해 피땀을 흘려야만 합니다. 다행히 지금까지는 그럭저럭 해낸 것이 사실입니다만, 제가 어느 성인에게 헌신하고 있는 건지 더 이상 모르겠고, 이제는 한계에 달했습니다." 그때 돈 마티아스가 말을 막았다. "그런 얘기들은 죄다 소용없네. 그 자세한 이야기는 나를 지루하게 할 뿐이야. 로드리게스, 나더러 처신을 바꾸라는 건가? 내가 재산 관리를 즐기기 바라는 거야? 나처럼 쾌락을 즐기는 사람에게 그게 유쾌한 즐거움거리라고!" 그러자 집사가 말을 받았다. "잠깐만요. 사태의 흐름으로 보아 나리께서는 곧 그런 일에서 영원히 벗어나시게 되리라 예상됩니다." 그러자 젊은 귀족이 거칠게 대꾸했다. "당신 참 피곤하군. 나를 너무 못살게 굴고 있어. 나도 모르는 새에 파산하도록 그냥 내버려 두게. 지금 당장은 2백 피스톨라가 필요하네, 알겠나. 꼭 필요해." 그러자 로드리게스가 말했다. "그럼 제가 그 키 작은 늙은이에게 도움을 청하러 가겠습니다. 나리에게 이미 고리대금으로 돈을 빌려 드렸던 그 늙은이 말입니다." 이에 돈 마티아스는 "2백 피스톨라를 얻을 수만 있다면 악마에게라도 가서 도와 달라고 하게나. 난 다른 것은 신경 안 쓰이네."

그가 거칠고 우울하게 말을 내뱉는 순간, 집사는 밖으로 나갔다. 그리고 안토니오 데 센테예스라는 이름의 귀족 청년이 들어왔다. "무슨 일인가, 친구?" 그 청년이 내 주인에게 말했다. "자네가 침울해 보이는 걸. 얼굴에 화가 난 티가 역력하구먼. 누가 자네를 그렇게 기분 나쁘게 만들 수가 있는 걸까? 방금 나간 그 불량배 같은 놈이라고 내가 장담하지." 그러자 돈 마티아스가 대답했다. "그러하네. 그자는 내게 뭔가 말하러 올 때마다 수십 분씩 불쾌한 시간을 보내게 만드네. 내 형편에 관해 얘기하고, 내가 수입의 기반을 갉아먹고 있다고 얘기하고…." 그러자 돈 안토니오가 발끈하며 말했다. "짐승 같으니라고! 그렇게 되면 자기가 손해라도 보게 될 것 같아서 그러는 건가? 이보게, 나도 똑같은 일을 겪고 있다네. 자네의 집사보다 더 나을 것도 없는 재정관리인이 나한테도 있어. 그 미친한 놈은 내가 수차례 말한 지시에 따르느라 할 수 없이 돈을 가져올 때면 마치 자기 돈이라도 주는 것처럼 군다네. 나로 하여금 언제나 엄청난 구실을 대게 만들지. '나리, 나리는 지금 파산하고 계십니다. 나리의 수입은 압류되고 있어요'라고 말한다네. 그러면 나는 그 멍청한 얘기를 단축시키기 위해 그의 말을 자를 수밖에 없네." 그러자 돈 마티아스가 말했다. "불행한 건, 우리가 그런 자들 없이는 지낼 수 없을 거라는 점이지. 필요악이야." 이에 센테예스가 "그 점에 동의하네…"라고 대꾸하다가 박장대소를 하며 말을 이었다. "그런데 잠깐, 나한테 꽤 재미있는 생각이 떠올랐어. 이보다 더 재미있는 것은 상상할 수도 없을 거야. 우리가 그들과 벌이는 그 심각한 장면들을 희극적으로 만들 수 있고, 우리를 우울하게 만드는 것을 오히려 즐길 수도 있다니까. 들어 봐. 자네가 필요하게 될 돈을 죄다 내가 자네 집사에게 요구하는 거야. 자네는 나의 재정관리인을 그렇게 대하면 되고…. 그들 둘 다 자기네 마음껏 따지라고 하고, 우리는 그들의 얘기를 냉정하게 듣기만 하는 거지. 자네의 집사가 내게 회계보고를 하러 올 테고, 내 재정관리인은 자네에게 보고를 하러 갈 거야. 나는 자네의 지출에 대해서만 듣게 될 테고, 자네는 내 지출만 알게 될 걸세. 아주 재미있을 거야."

이 재치에 이어 재기가 반짝이는 숱한 말들이 뒤따랐다. 그 귀족 청년들은 아주 즐거워하면서 몹시 열띤 대화를 계속했다. 그러다가 그레고리오 로드리게스가 들어오는 바람에 그들의 대화가 중단되었다. 로드리게스가 머리숱이 거의 없는 대머리인 왜소한 노인을 데리고 돌아온 것이다. 그러자 돈 안토니오가 나가려 했다. "잘 있게, 돈 마티아스." 그가 말했다. "우리는 곧 다시 보세. 얘기들 나누게. 아마 함께 풀어야 할 심각한 일이 있는가 보구먼." 그러자 내 주인이 대답했다. "아, 아닐세, 아냐. 그냥 있게나. 방해 안 되니까. 여기 계시는 이 신중한 노인은 내게 2할 이자로 돈을 빌려주시는 신사라네." 그러자 센테예스가 놀라며 소리쳤다. "뭐라고! 이자가 2할이라고! 나는 그렇게 좋은 조건으로 돈을 빌려 본 적이 없네. 나는 금값으로 돈을 빌린다네. 3할 3푼에 빌리거든." 그러자 늙은 고리대금업자가 말했다. "엄청난 폭리네요! 사기꾼들 같으니라고! 다른 세상이 있다고들 생각하는 건가? 이자놀이 하는 사람들을 그토록 맹렬히 비난한다 해도 저는 이제 놀라지 않습니다. 그들 중 몇몇이 자기네 돈을 이용해 터무니없는 이윤을 뽑아내니까 우리 같은 사람들이 명예와 명성을 잃게 되는 겁니다. 만약 저와 같은 일에 종사하는 사람들이 모두 저와 같다면 우리는 그렇게 비난받지 않을 겁니다. 왜냐하면 저는 그저 이웃을 기쁘게 해줄 목적으로만 돈을 빌려주니까요. 아! 지금도 제가 예전처럼 형편이 좋다면, 여러분에게 이자 없이 돈을 빌려 드릴 텐데요. 제가 오늘날 아무리 빈곤하다 하더라도, 2할로 빌려 드리는 것마저 망설일 뻔했어요. 그런데 돈이 땅속으로 도로 들어가 버리는 것만 같습니다. 더 이상 찾을 수가 없어요. 돈이 귀하다 보니까 결국 저의 도덕이 해이해지고야 마네요."

그러더니 그 노인은 내 주인을 향해 말을 이어 갔다. "얼마나 필요하신가요?" 그러자 돈 마티아스가 대답했다. "2백 피스톨라가 필요하오." 이에 고리대금업자는 "제가 주머니에 4백 피스톨라를 갖고 있습니다. 그 절반만 드리면 되겠네요." 그러면서 외투 속에서 파란색 천으로 된 주머니를 꺼냈다. 내 보기에 그 주머니는 농부 탈레고가 방금 로드리게스에게 5백 피스톨라를 담아 주었던 그 주머니 같았다. 나는 곧이어 그것에 관해 생각 좀 해봐야 한다는 것을 알았고, 멜렌데스가 이 집사의 수완을 괜히 칭찬한 것이 아니라는 것을 잘 알았다. 노인은 주머니에 있는 금화들을 죄다 쏟아서 테이블에 늘어놓더니 세기 시작했다. 이 광경이 내 주인의 탐욕에 불을 지펴서, 전액이 그를 사로잡았다. 그가 고리대금업자에게 말했다. "데스코물가도 씨, 분별 있게 생각해 보니, 내가 아주 멍청하군요. 약속한 돈을 갚는 데 필요한 만큼만 빌리면서, 내게 돈이 없다는 생각은 하지 못했네요. 내일 당신에게 또 달려가야 할 뻔했어요. 당신이 또 오는 수고를 덜어 주기 위해 이 4백 피스톨라를 전부 빌려야겠다는 생각입니다." 그러자 노인이 대답했다. "나리, 저는 이 돈의 일부를 어느 선량한 학자에게 주기로 했어요. 그분은 유산이 많은데, 자비롭게도 그 유산으로 어린 여자애들을 사교계로부터 끌어내어 그들의 피난처에 가구를 마련해 주고 계십니다. 하지만 나리께서 그 금액 전체가 필요하시다니, 그렇게 하십시오. 담보만 생각하시면 되는데…." 그러자 로드리게스가 말을 가로막으며 자기 호주머니에서 종이 한 장을 꺼냈다. "오! 담보라면, 제대로 갖게 될 겁니다. 돈 마티아스 나리께서는 서명만 하시면 돼요. 나리께서 당신에게 5백 피스톨라를 갚으실 것이며, 나리의 소작인들 중 하나이자 몬데하르의 부유한 경작인인 탈레고를 보증인으로 하실 겁니다." 그러자 고리대금업자가 말했다. "그렇다면 좋습니다. 저는 전혀 까다롭지가 않거든요. 제가 받은 제안이 합리적이기만 하면 허물없이 즉각 받아들입니다." 그러자 집사가 내 주인에게 펜을 내주었고, 내 주인은 그 차용증을 읽어 보지도 않고 휘파람을 불며 밑에다 서명을 했다.

그 일이 성사되자 노인은 내 주인에게 인사를 하였고, 내 주인은 그를 포옹하며 말했다. "다시 봅시다, 고리대금업자 나리. 나는 전적으로 당신 편이라오. 당신 같은 사람들이 왜 사기꾼으로 통하는지 이유를 모르겠소. 내 보기에는 당신들이 국가에 아주 필요하다고 생각되는구려. 당신은 숱한 가문의 자제들에게 위안이라오. 수입보다 지출이 더 많은 귀족들에게 돈줄이 되어 주고 있으니 말이오." 그러자 센테예스가 소리쳤다. "자네 말이 맞아. 고리대금업자들은 더할 수 없이 정직한 사람들이지. 나도 그 2할 이자 때문에 이 고리대금업자를 포옹하고 싶네." 그는 이 말을 마치고 노인에게 다가가 목을 껴안았다. 그리고 두 귀족 청년은 재미 삼아서 마치 정구 경기를 하는 선수들처럼 번갈아 가며 그 노인을 상대에게 보내기 시작했다. 그들은 그렇게 그를 우롱하고 나서, 그 못지않게, 아니 심지어 그보다 더 격하게 그런 포옹을 받을 자격이 있는 집사와 함께 나가도록 내버려 두었다.

로드리게스와 그 가증스런 인간이 나가자, 돈 마티아스는 방에서 나와 함께 있던 하인을 시켜서 그가 갖고 있던 금화 중 절반을 페드로사 백작부인에게 보냈다. 그런 다음 나머지 절반은 자기가 평소 호주머니에 갖고 다니는 금실과 비단실로 자수가 놓인 긴 주머니에 넣고 싸맸다. 그는 자신에게 다시 현금이 두둑해진 것이 흡족하여 즐거운 기색으로 돈 안토니오에게 말했다. "오늘은 뭘 할까? 그것에 대해 논의 좀 해보자." 그러자 센테예스는 "똑똑한 사람처럼 말하는구먼. 나도 그러고 싶어. 잘 생각해 보자"라고 대답했다. 그들이 그날 무엇을 할 것인지 생각하고 있을 때 다른 귀족들 두 명이 더 왔다. 돈 알렉소 세히아르와 돈 페르난도 데 감보아였다. 둘 다 내 주인과 거의 비슷한 나이, 즉 스물여덟에서 서른 살 사이였다. 그 네 기사는 우선 격렬히 포옹부터 했다. 마치 서로 못 본 지 10년은 된 것처럼 …. 그러고 나서 쾌활한 뚱뚱이인 돈 페르난도가 돈 마티아스와 돈 안토니오에게 말했다. "이보게들, 오늘은 어디서 저녁 식사를 할 건가? 약속이 없다면 내가 자네들을 신들의 포도주를 마실 수 있는 선술집으로 데리고 가겠네. 거기서 내가 저녁 식사를 한 적이 있는데, 새벽 대여섯 시쯤이나 되어서야 그곳에서 나왔다니까." 그러자 내 주인이 소리쳤다. "내가 거기서 그렇게 현명하게 밤을 보냈으면 좋았을 걸! 그러면 내 돈을 잃지도 않았을 텐데."

그러자 센테예스가 말했다. "나는 어제 새로운 오락거리를 즐겼어. 나는 여흥거리를 바꾸는 것을 좋아하거든. 인생을 즐겁게 해주는 것은 오로지 다양한 재미들뿐이니까. 내 친구 중 하나가 세금을 거둬들이고, 국가사업들을 가지고 자기 사업도 하는 사람 중 한 명의 집에 나를 데려갔었네. 거기서 호사스러움과 고급스런 취향을 보았지. 식사도 꽤 그랬던 것 같아. 그런데 그 집 주인들에게서 하도 우스꽝스런 꼴을 발견해 너무 즐거웠다네. 그 징세 청부인은 모인 사람들 중에서 가장 평민층에 속하는데도 귀족인 척하고, 그의 아내는 끔찍하게 못생겼는데도 아주 사랑스러운 척을 하면서 멍청한 얘기를 숱하게 늘어놓았다네. 거기에 비스카야 억양까지 보태져 멍청함이 더욱 두드러졌지. 그뿐만 아니라, 식탁에는 그 집 자식들 너덧 명이 가정교사와 함께 있었다네. 내가 그 가족의 식사를 흥겨워했을지 어쩔지 판단해 보게!"

그러자 돈 알렉소 세히하르가 말했다. "이보게나, 나는 아르세니아라는 여배우의 집에서 저녁 식사를 했네. 아르세니아, 플로리몬데, 플로리몬데의 애굣덩어리 친구, 세네타 후작, 돈 후안 데 몬카데, 그리고 자네들의 종복인 나, 이렇게 여섯 명이었어. 우리는 마셔 대고 음탕한 얘기들을 하면서 밤을 지새웠지. 굉장한 환락이었어! 사실 아르세니아와 플로리몬데는 대단한 천재들은 아니네. 하지만 그녀들은 방탕하게 놀 줄 알았고, 그런 점이 재기(才氣)를 대신했어. 쾌활하고 생기발랄하고 열광적인 여자들이지. 이성적인 여자들보다 백 배는 더 낫지 않은가?"

4

질 블라스는 허세꾼들의 시종들과 어떻게 알게 되는지 힘들이지 않고 재사의 명성을 얻게 해준 신통한 비결과 그가 하게 된 특이한 맹세

그 귀족들은 그런 식으로 대화를 했고, 그러는 동안 나는 돈 마티아스가 옷 입는 것을 도와주었다. 그들의 대화는 돈 마티아스의 외출 준비가 다 될 때까지 계속되었다. 그때 돈 마티아스가 나에게 자기를 따라오라고 말했다. 그 도련님들은 돈 페르난도 데 감보아가 데려가려는 선술집을 향해 길을 나섰다. 나는 다른 시종들 세 명과 함께 그 귀족들 뒤에서 걸었다. 그 기사들 각자 자기 시종을 두고 있었기 때문이다. 나는 그 세 하인이 각자 자기 주인을 흉내 내고 같은 분위기를 풍기는 것을 보고 놀랐다. 나는 그 하인들에게 새 동료로서 인사를 했다. 그들도 내게 답례했다. 그들 중 한 사람이 나를 잠시 쳐다보더니 말했다. "형제여, 당신의 거동을 보니 젊은 귀족을 아직 한 번도 모셔 본 적이 없는 것 같군요." 그래서 내가 대답했다. "애석하게도 그런 적이 없습니다. 그리고 마드리드에 온 지도 얼마 안 됩니다." 그러자 상대방이 "그렇게 보이네요. 당신한테서 시골티가 나거든요. 소심하고 당황한 듯 보입니다. 행동이 서툴러 보여요. 하지만 괜찮아요. 당신의 그 경직된 모습을 우리가 풀어 줄 테니까요, 맹세코.” 그래서 내가 그에게 “저를 너무 좋게 봐주시는 것 아닌가요?”라고 했더니, 그가 대답했다. “아닙니다. 우리가 가르치지 못할 멍청이란 없으니까요. 그 점에 대해 기대하세요.”

자기네와 같은 일을 하는 사람들 중에는 착한 아이들도 있다는 것, 그리고 나를 괜찮은 시종으로 만들어 줄 사람으로는 자기네보다 더 나은 사람이 없다는 것을 이해시키기 위해서라면 그 이상의 말이 필요 없었다. 선술집에 도착해 보니 식사가 완전히 준비되어 있었다. 돈 페르난도 나리가 세심하게 아침부터 지시해 놓았던 거다. 우리의 주인들은 테이블에 앉았고, 우리는 그들에게 시중들 채비를 했다. 이제 그들은 아주 유쾌하게 대화를 나누었다. 나는 그들의 성격, 생각, 표현들이 재미있었다. 어찌나 열을 내던지! 상상력도 대단히 기발했다! 그 사람들이 나한테는 새로운 종(種)처럼 보였다. 과일이 나오자 우리는 그들에게 최고의 스페인산 포도주를 잔뜩 갖다주고 나서 그들 곁을 떠나 우리를 위한 식탁이 마련된 작은 방으로 식사하러 갔다.

우리 4인조가 처음에 생각했던 것보다 훨씬 재능이 뛰어나다는 것을 나는 곧이어 알게 되었다. 그들은 주인들의 거동을 따라하는 것으로 그치지 않고, 그들의 언어까지 흉내 냈다. 이 부랑아들은 그런 흉내를 너무 잘 내서 딱 한 가지 자질만 빼고 완전히 똑같았다. 나는 그들의 여유롭고 편안한 태도에 감탄했고, 그들의 재기에는 훨씬 더 매료되었다. 그들처럼 그렇게 매력적이 되는 것을 나는 단념해야 할 것이다. 돈 페르난도의 시종은 우리가 먹는 음식을 자기 주인이 냈기에

신이 나서 먹었고, 부족한 것이 전혀 없기를 바랐기에 선술집 주인을 불러 말했다. "주인 나리, 이 집에서 가장 좋은 포도주 열 병 갖다주세요. 그리고 늘 그렇듯이 우리 신사들이 그걸 다 마시면 더 가져오십시오." 그러자 주인이 대답했다. "물론이죠. 그런데 가스파르 씨, 돈 페르난도 나리께서 갚으셔야 할 식사비가 이미 많은데요. 혹시 가스파르 씨 덕분에 얼마간이라도 받을 수 있다면…." 그때 시종이 말을 가로막았다. "오! 외상 빚에 대해서는 걱정하지 마십시오. 제가 보증하겠습니다, 제가. 제 주인님의 빚은 언제든 갚아 드릴 수 있으니까요. 몇몇 무례한 채권자들이 우리의 수입을 압류한 것이 사실이긴 합니다만, 압류 해제를 곧 얻어 낼 테고, 그러면 주인장께서 우리에게 보내는 계산서를 잘 살펴보지도 않고 갚아드릴 겁니다." 선술집 주인은 그 압류 얘기에도 불구하고 우리에게 포도주를 갖다주었고, 우리는 압류 해제를 기대하며 포도주를 마셨다. 우리가 각자 주인의 성(姓)을 호칭 삼아 서로 부르며 매 순간 건배하는 꼴이 가관이었다. 돈 안토니오의 시종은 돈 페르난도의 시종을 감보아라고 불렀고, 돈 페르난도의 시종은 돈 안토니오의 시종을 센테예스라고 불렀으며, 마찬가지로 나에게도 실바라고 불렀다. 우리는 그 빌린 이름들하에 서서히 취했다. 그 이름의 진정한 주인들인 귀족들과 마찬가지로….

함께 식사한 사람들에 비하면 내가 재치가 부족한데도 그들은 나에 대해 꽤 만족스러워 한다는 표시를 해주었다. 그중에서 세상 물정을 가장 잘 아는 자가 내게 말했다. "실바, 우리는 너를 뭔가로 만들 거야, 친구. 내 눈에는 네가 근본적으로 재능 있어 보이거든. 그런데 너는 그것을 돋보이게 할 줄 몰라. 잘못 말할까 봐 두려워하는 마음 때문에 되는 대로 아무거나 말하는 것을 못 해. 하지만 오늘날 숱한 사람들이 그저 무턱대고 아무 말이나 지껄이면서 재기 넘치는 자로 자처하지. 돋보이고 싶으니? 그럼, 그저 활달해지면 돼. 그리고 입에 올릴 수 있을 만한 것들은 아무 구별 없이 죄다 말해 버리기만 하면 돼. 그러면 너의 경솔함은 고상한 대담성으로 통하게 될 거야. 네가 엉뚱한 얘기를 무수히 하다가 그저 재치 있는 한마디를 툭 던지면 어리석은 얘기들은 싹 잊힐 거야. 사람들은 기지 넘치는 말만 기억할 테고, 너의 자질에 대해 높이 평가하는 소견을 갖게 될 거야. 우리 주인들이 너무 잘 해내고 있는 것이 주로 그런 것들이야. 그리고 탁월한 지성이라는 명성을 노리는 사람이라면 누구나 바로 그런 식으로 해야 돼."

나는 탁월한 재능꾼으로 통하고 싶은 마음이 너무 컸을 뿐만 아니라, 그들이 내게 가르쳐 준 그 비결이 너무 쉬워 보여서, 그것을 소홀히 해서는 안 될 것만 같았다. 나는 그것을 당장 시험해 보았고, 내가 마신 포도주가 그 시험을 유리하게 해주었다. 즉, 나는 닥치는 대로 아무렇게나 말했고, 다행히 수많은 괴이한 말들 사이에 재기 넘치는 몇몇 요점을 섞어서 박수갈채를 받았다. 이런 시도가 나를 자신감으로 채워 주었다. 나는 기지를 발휘하기 위해 더더욱 활발해졌고, 우연하게도 내 노력은 이번에도 무익하지 않았다.

길에서 내게 말을 건넸던 자가 그때 말했다. "저런! 촌티를 벗기 시작하는 것 아냐? 우리와 함께 있은 지 두 시간도 채 안 됐는데, 벌써 완전히 딴사람이 되었구나. 너는 매일 눈에 띄게 변화할 거야. 귀족들을 모시는 것이 어떤 것인지 봐! 그건 정신을 고양시키는 일이야. 부르주아 신분은 그런 일을 해내지 못해." 이에 내가 "분명히 그렇지.

그래서 나도 이제부터는 귀족만 모시고 싶어"라고 대답했다. 그러자 돈 페르난도의 시종이 반쯤 취한 상태로 소리쳤다. "우리처럼 우월한 재능을 보유하는 것이 부르주아들의 일은 아니지." 그러더니 덧붙였다. "자, 여러분, 우리는 그 불한당들을 결코 섬기지 않을 거라고 맹세합시다. 스틱스강●에다 맹세코 서약합시다!" 우리는 그에게 박수를 보냈다. 그리고 손에 잔을 들고서 익살스런 맹세를 했다.

우리는 주인들이 물러가고 싶어 할 때까지 식탁에 머물렀다. 그때 시각은 자정이었다. 그 시각에 끝내는 것은 내 동료들에게는 지나친 절제로 보였다. 그 귀족들이 선술집에서 그토록 일찍 나온다면 그것은 궁궐 지역에 묵고 있는 어느 유명한 교녀(嬌女)의 집에 가기 위해서일 뿐이었다. 그 집은 쾌락을 추구하는 사람들에게 밤낮으로 개방되었다. 그녀는 서른다섯에서 마흔 살 사이였고, 아직도 완벽히 예쁘고 재미있으며, 유혹의 기술에 너무 능란하여 자기 미모의 잔해를 과거 초년 때보다 더 비싸게 팔고 있다고 사람들은 말했다. 그녀의 집에는 최고 수준의 유녀(遊女)가 두셋씩 늘 있었고, 그녀들도 귀족들이 거기로 몰려들게 하는 데 적지 않게 공헌했다. 돈 페르난도 일행은 점심 식사 후 거기서 놀음을 했고, 이어서 저녁 식사를 했으며, 밤새도록 마시고 즐겼다. 우리 주인들은 거기서 동이 틀 때까지 있었고, 우리도 거기 있으면 지루하지가 않았다. 왜냐하면 그들은 주인 여자들과 있었고, 우리는 하녀들과 즐겼으니까. 마침내 우리는 새벽빛이 뜰

● 그리스 신화에 나오는 지옥의 강들 중 하나이다. "스틱스강에 두고" 하는 맹세는 신들조차도 돌이킬 수 없다고 여겨진다.

때 헤어졌고, 각자 따로 쉬러 갔다.

내 주인은 평소처럼 정오쯤에 일어나서 옷을 입었다. 그가 외출할 때 나는 그의 뒤를 따랐다. 우리는 안토니오 센테예스의 집으로 들어갔다. 거기에는 돈 알바로 데 아쿠냐라는 자가 있었다. 매력적인 남자가 되고 싶어 하는 젊은이들은 모두 그의 손아귀에 있었다. 그는 그들에게 쾌락에 관한 교육을 시키고, 사교계에서 두각을 드러내며 재산을 탕진하는 법을 가르쳤다. 그는 자산이 탕진되는 것을 더 이상 두려워하지 않았고, 재정상태는 이미 그런 지경이었다. 그 세 명의 귀족이 서로 인사를 하고 난 후, 센테예스가 내 주인에게 말했다. "저런! 돈 마티아스, 자네 정말로 마침 잘 왔네! 돈 알바로가 나를 어느 부르주아의 집에 데려가려고 와 있네. 그 집에서 세네타 후작과 돈 후안 데 몬카데에게 점심 식사를 대접할 거야. 자네도 함께 가면 좋겠네." 돈 마티아스가 그 부르주아의 이름을 물었다. 그러자 돈 알바로가 말했다. "그레고리오 데 노리에가일세. 그 젊은이가 어떤지 두 마디로 알려 주겠네. 그의 아버지는 부유한 보석상인데, 귀금속 거래 때문에 외국으로 떠나면서 그에게 막대한 수입을 누릴 수 있게 해주었지. 그레고리오는 재산을 탕진하면서 멋쟁이 귀족 청년인 척하고, 타고난 건 그게 아닌데도 재기 있는 사람으로 통하고 싶어 하는 멍청이라네. 그가 내게 자기를 지도해 달라고 부탁했어. 그래서 내가 그를 조종하고 있지. 장담컨대, 잘 이끌어 가고 있네. 그의 소득의 원천에 이미 손을 댔으니까." 그러자 센테예스가 소리쳤다. "분명 그렇겠지. 결국 구호시설 신세가 될 거야." 그러면서 말을 계속했다. "자, 그자와 통성명을 하고, 그를 파산시켜 보세." 그러자 내 주인이 대답했다.

"나도 동의하네. 다른 사람들이 혼동할 만큼 자기네가 우리와 비슷할 거라고 생각하는 그 어린 평민 나리들의 운세를 뒤엎어 버리는 것이 하여간 나는 좋거든. 예를 들어 징세인의 아들이 불행해지는 것만큼 즐거운 일은 없어. 귀족들과 함께 모습을 드러내고 싶은 허영과 도박 때문에 자기 집까지 팔아먹은 그자 말일세." 그러자 돈 안토니오가 말을 받았다. "오, 그자라면, 불쌍히 여길 가치도 없네. 가난해진 다음에도 돈이 많았을 때 못지않게 거들먹거리고 있으니 말일세."

센테예스와 내 주인은 돈 알바로와 함께 그레고리오 데 노리에가의 집으로 갔다. 모히콘과 나도 같이 갔는데, 거기서 공짜 진미(珍味)를 즐기며, 우리도 그 부르주아의 파산에 공헌하게 되어 둘 다 신이 났다. 우리가 들어갈 때, 식사 준비에 여념이 없는 사람들이 여럿 보였다. 그들이 음식을 내왔는데, 입맛을 돋우는 냄새를 풍기는 연기가 모락모락 나는 스튜 요리였다. 세네타 후작과 돈 후안 데 몬카데는 방금 전 도착했다. 집주인은 엄청난 얼간이처럼 보였다. 그는 멋쟁이 귀족 청년 같은 분위기를 띠고 싶어 안달이었지만, 소용없었다. 훌륭한 원본을 복사했으나 복사본이 아주 엉망이었다. 아니, 더 정확히 말하자면, 결연한 태도를 풍기고 싶어 하는 얼간이 같았다. 그를 비웃으며 그저 돈이나 많이 쓰게 만들려 드는 다섯 명의 조롱꾼들 사이에 그런 성격을 가진 자가 있다는 것을 상상해 보시라. 돈 알바로가 우선 칭찬을 좀 하고 나서 말했다. "이보게들, 나는 그레고리오 데 노리에가 나리를 가장 완벽한 기사라고 여긴다네. 숱한 장점을 갖고 계시지. 아주 교양 높은 정신의 소유자라는 것을 알고 있는가? 자네들은 그저 선택만 하면 되네. 어떤 분야건 매우 해박하시니 말일세. 가장 섬세하고 가장 촘촘한 논리학에서부터 맞춤법에 이르기까지 ….”
그러자 그 부르주아가 마지못해 웃으며 말을 가로막았다. “알바로 나리, 저는 나리의 논거를 반박할 수 있을 겁니다. 바로 나리야말로 이른바 말하는 박식함의 우물이시잖아요.” 이에 돈 알바로는 “나는 그런 재기 넘치는 칭찬을 들으려는 의도는 없었습니다”라고 하더니 “하지만 사실, 그레고리오 나리는 사교계에서 명성을 얻으시고야 말 겁니다. 라고 말을 이었다. 그러자 돈 안토니오가 말했다. “나로서는, 그레고리오 나리가 나를 매료시킨 점, 그리고 맞춤법보다 더 우위에 두는 것은, 사귈 사람들을 고르는 데 있어서의 그 정확한 분별력입니다. 부르주아들과 교류하는 것으로 한정하지 않고, 오로지 젊은 귀족들만 보고 싶어 하시며, 그러느라 들게 될 비용은 전혀 개의치 않으신다는 점입니다. 나를 매혹하는 고귀한 감정이 그 안에 있는 거지요. 바로 그런 것이 우아하며 분별 있는 지출입니다!”

이 빈정거리는 말들은 앞서 숱하게 내뱉어진 다른 빈정거림에 뒤이은 것일 뿐이었다. 한심한 그레고리오는 완벽히 당했다. 젊은 귀족들이 그에게 돌아가면서 독설을 쏘아 댔지만, 그 멍청이는 자기가 당하고 있다는 것을 느끼지 못했다. 그 반대로, 자기에게 하는 말 전부를 문자 그대로 받아들였고, 자기 손님들에 대해 흡족해하는 듯 보였다. 그들이 그를 우스꽝스럽게 만들면 자기에게 친절을 베푸는 거라고 여기는 것 같았다. 마침내 그는 식탁에서 그들의 노리개 역할을 했고, 그들은 그날의 나머지 낮 시간과 밤 시간 내내 그 집에 머물렀다. 우리는 마음껏 마셔 댔고, 우리의 주인들 또한 그랬다. 우리가 그 부르주아의 집에서 나올 때는 양쪽 다 잔뜩 마시고 먹고 난 상태였다.

5

질 블라스가 여복이 좋은 남자가 되어 예쁜 여자를 만나게 되다

나는 몇 시간 자고 난 후 기분 좋게 일어났다. 그리고 멜렌데스가 내게 했던 충고가 생각나서 주인이 일어나기 전에 집사에게 먼저 문안 인사를 하러 갔다. 그렇게 내가 그에게까지 예의를 갖추느라 신경 쓰자 그의 허영심이 좀 우쭐한 것 같았다. 그는 나를 상냥하게 맞았고, 젊은 귀족들의 생활방식에 적응이 되는지 물었다. 나는 그런 생활이 새롭기는 하지만 곧 익숙해질 가망이 없지 않다고 대답했다.

실제로, 심지어 금세 그 생활에 익숙해졌다. 나는 기질도 바꾸었고, 생각도 바꾸었다. 전에는 현명하고 침착했는데, 이제는 활발하고 덤벙대고, 건달이 되었다. 돈 안토니오의 시종이 나의 변신을 칭찬하며 말했다. "이제 여복만 있으면 명사(名士)가 되는 데 손색이 없겠구먼." 그는 괜찮은 남자로 완성되려면 절대적으로 필요한 것이 바로 여복이라고 조언했고, 우리 동료들 모두가 예쁜 여자들의 사랑을 받고 있으며, 자기는 두 명의 귀족 여인으로부터 호의를 받고 있다고 얘기해 주었다. 나는 그 부랑배가 거짓말을 하는 거라고 판단했다. 그래서 말했다. "모히콘 씨, 당신은 분명히 몸매도 좋고, 아주 똑똑한 청년이고, 장점도 있습니다. 하지만 당신이 살고 있지도 않은 집의 귀족 여인들이 당신 같은 신분의 남자에게 어떻게 매혹당할 수 있는지 이해가 안 가는군요." 그러자 그가 대답했다. "오! 그녀들은 내가 누군지 모른다네. 내가 주인의 옷을 입고 주인의 이름을 사칭하면서 그녀들을 유혹했으니까. 어떻게 하는 건지 말해 주겠네. 젊은 귀족 차림을 하고, 거동도 귀족처럼 하면서 산책을 간다네. 그러고는 보이는 여자마다 성가시게 하는 거야. 내 애교에 응하는 여자를 하나 만날 때까지 계속 그렇게 하는 거지. 그러다가 넘어오는 여자가 생기면 그녀를 쫓아가서 그녀에게 말을 건다네. 나를 돈 안토니오 센테예스라고 소개하지. 그리고 만남을 요구한다네. 그러면 그 귀족 여인이 점잔을 빼지. 그럼 나는 더 밀어붙이고, 그러다 보면 그녀가 마침내 허락을 하고, 기타 등등…." 그러더니 말을 계속했다. "얘야, 여복을 얻기 위해 나는 그렇게 처신한단다. 너도 나처럼 하렴."

나는 명사가 되고 싶은 마음이 간절해서 그 충고를 듣지 않을 수 없었다. 게다가 연애에 대해 혐오감도 없었다. 그래서 젊은 귀족으로 변장하여 연애를 하러 가야겠다고 작정했다. 그렇다고 감히 우리 저택에서 변장할 수는 없었다. 눈에 띄게 될까 봐 염려되어서였다. 나는 주인의 옷장에서 좋은 정장 한 벌을 꺼내어 포장을 하고는 이발사 견습생 친구의 집으로 갔다. 거기서 편하게 옷을 갈아입을 수 있을 거라고 생각했다. 그 집에서 나는 온 정성을 다해 차려입었다. 이발사도 내 몸단장을 손봐 주었다. 더 이상 손볼 데가 없다고 생각되자, 산

헤로니모 들판을 향해 걸었고, 거기서 어떤 여인을 꼭 만나게 될 거라고 확신했다. 하지만 그런 기회를 하나 잡아 보기 위해 그렇게 멀리까지 달려갈 필요도 없었다.

우회도로를 건너고 있는데, 부유한 옷차림에 몸매도 완벽한 어느 부인이 작은 집에서 나와 문 앞에 있던 호화로운 임대마차에 올라타는 것이 보였다. 그녀를 자세히 보려고 우뚝 멈춰 서서 그녀에게 인사했다. 내가 그녀를 꽤 괜찮게 여긴다는 것을 알려 주려는 것 같은 태도로 말이다. 그녀 쪽에서도 자신의 용모가 내 생각보다 훨씬 더 관심받을 만하다는 것을 보게 해주려는 듯 잠시 베일을 올리고 몹시 호감가는 얼굴을 내게 보여 주었다. 그러는 동안 마차는 출발했고, 나는 방금 본 용모에 좀 어리둥절해하며 도로에 그대로 있었다. '예쁜 얼굴이군!'이라고 생각했다. '저런! 나를 완성시키기 위해서는 이런 게 필요할 거야. 모히콘을 좋아하는 두 여인도 이 여자처럼 예쁘다면, 그놈 참 행복하겠구나. 내게도 그런 애인이 있다면 내 처지를 아주 좋아할 텐데.' 이런 생각을 하고 있던 차에 그 사랑스런 여자가 나온 집에 우연히 눈길이 갔다. 그러자 낮은 방의 창문에서 내게 들어오라고 손짓하는 노파가 보였다.

나는 즉각 그 집 안으로 날아갔고, 꽤 세련된 방에서 지긋한 나이의 조심스러워하는 노파를 보게 되었다. 그 노파는 나를 적어도 후작은 될 거라고 여기며 내게 정중히 인사하고 나서 말했다. "나리, 나리를 알지도 못하면서 제집에 들어오시라는 신호를 한 여인에 대해 나쁘게 생각하지 않으실 거라고 믿어 의심치 않습니다. 제가 모든 사람에게 이러지는 않는다는 것을 아시게 되면, 저에 대해 더 좋게 판단하실 겁니다. 제 보기에 나리는 궁정 귀족처럼 보이시는군요." 그때 나는 오른쪽 다리를 쭉 뻗고, 왼쪽 허리 쪽으로 몸을 기울이며 그녀의 말을 가로막았다. "잘못 보신 게 아니오, 부인. 자랑이 아니라, 나는 스페인에서 가장 대단한 가문 중 하나에 속한다오." 그러자 그녀가 대꾸했다. "그런 듯 보이십니다. 그리고 고백건대, 저는 귀족들을 즐겁게 해드리는 것을 좋아합니다. 저의 약점이지요. 제가 창문을 통해 나리를 관찰했습니다. 나리께서는 방금 제 곁을 떠난 부인을 매우 유심히 바라보시는 것 같던데 …, 그녀가 마음에 드십니까? 제게 은밀히 말씀해 보세요." 그래서 내가 대답했다. "궁정 사람으로서 맹세건대! 아주 인상적이었소. 그 여인보다 더 매력적인 사람은 본 적이 없소. 이보시오, 그녀를 만나게 해주시오. 사례는 후하게 해드리리다. 우리 같은 고관대작들에게 그런 종류의 도움을 주는 것은 좋은 일이잖소. 우리는 제대로 대가를 치르는 사람들이니까."

그러자 노파가 대꾸했다. "제가 이미 말씀드렸듯이 저는 귀족 나리들에게 아주 헌신하는 사람이며, 그분들에게 유익한 일을 해드리는 것을 좋아합니다. 예를 들어 저는 여기에 부인들을 몇 분 맞아들이는데, 그분들은 겉으로는 덕성을 지키느라 애인을 자기네 집에 들이지 못하시는 분들입니다. 저는 그분들에게 제집을 빌려 드려서 그분들이 자신의 기질과 예의범절을 타협시킬 수 있게 해드리지요." 그래서 내가 말했다. "그렇군. 그럼 좀 전의 그 부인에게 그런 즐거움을 드렸나 보오?" 이에 노파가 대답했다. "아닙니다. 그분은 젊은 과부가 된 귀족 부인으로서 현재 애인을 찾고 계십니다. 그런데 애인 선택에 있어 너무 까다로우셔서 나리가 그분 마음에 드실지 모르겠네요. 나리께서 가지셨을 장점에도 불구하고…. 제가 건장한 기사 세 분을 이미 소개해 드렸습니다만, 그 부인은 거들떠보지도 않으셨어요." 이에 나는 자신감 있는 태도로 소리쳤다. "오! 아무렴. 이보게나, 자네는 나를 그녀 뒤에 데려다 놓기만 하면 되네. 어떻게 되었는지는 나중에 다 말해 주겠네, 맹세코. 까다로운 미녀와 단둘이 있으면 어떠할지 궁금하구먼. 나는 그런 성격을 만나 본 적이 없거든." 그러자 노파가 말했다. "그렇다면 나리는 내일 같은 시각에 여기로 오시기만 하면 됩니다. 그 궁금증을 해소하시게 될 겁니다." 이에 내가 대꾸했다. "꼭 그러겠네. 나 같은 젊은 귀족이 여인을 정복하는 일에서 실패할 수 있을지 어쩔지 보기로 하세."

나는 다른 모험은 찾아 보고 싶지도 않았고, 이 모험의 귀결에 안달이 난 상태로 이발사 견습생 집으로 돌아갔다. 그래서 다음 날에도 잘 차려입은 후 약속 시간보다 한 시간 먼저 노파의 집으로 갔다. 노파가 내게 말했다. "나리, 시간을 엄수하시는군요. 그 점에 감사드립니다. 사실 그럴 만하죠. 제가 그 젊은 과부를 만나서 나리에 관해 열렬히 대화를 나눴습니다. 그분은 제게 말도 꺼내지 말라고 하셨지만, 저는 나리에 대해 이미 호의를 갖게 된 터라 입 다물고 있을 수가 없었습니다. 결국 그분은 나리를 마음에 들어 하셨고, 나리는 이제 행복한 귀족이 되실 겁니다. 우리끼리 얘긴데, 그 부인은 아주 매력적인 여인이죠. 그분의 남편은 그분과 오래 살지 못했습니다. 그림자처럼 어렴풋이 지나갔을 뿐이죠. 그분에게는 아가씨 같은 장점이 죄다 있어요." 그 선량한 노파는 아마도 그녀를 독신 상태여도 지루해하지 않으며 살 줄 아는 똑똑한 여자라고 말하고 싶었나 보다.

만남의 여주인공은 전날처럼 호화로운 임대마차를 타고 화려한 옷차림으로 곧 도착했다. 그녀가 방에 나타난 즉시 나는 젊은 귀족들이 흔히 그러듯 우아하게 몸을 꼬면서 대여섯 차례 절을 하는 것으로 시작했다. 그러고 나서 아주 친근한 태도로 그녀에게 다가가서 말했다. "나의 공주님, 부인은 지금 사랑에 빠진 귀족을 보고 계십니다. 부인의 모습이 어제부터 제 머릿속에 끊임없이 떠올라서, 제 마음속에 발을 들여놓기 시작하던 어느 공작부인을 몰아내 버렸습니다." 그러자 그녀가 베일을 벗으며 대답했다. "그 승리가 제게 너무 영광스럽긴 하지만 그렇다고 해서 순수한 기쁨은 느껴지지 않는군요. 젊은 귀족은 변화를 좋아하고, 그의 마음은 날아가는 금화보다도 지켜 내기 더 힘들다고 사람들이 말하니까요." 이에 내가 대꾸했다. "아니!, 나의 여왕님, 미래는 그냥 거기 놔두고, 오로지 현재만 생각하십시다. 부인은 아름답고, 저는 사랑에 빠졌습니다. 제 사랑이 부인에게 기분 좋은 것이라면, 더 이상 생각하지 말고 시작합시다. 선원들처럼 배에 올라타서 항해의 위험은 고려하지 말고, 오로지 항해의 즐거움만 쳐다보기로 합시다."

나는 이 말을 마치고서 내 님프의 무릎에 열렬히 몸을 던졌다. 그리고 귀족 청년들을 더 잘 흉내 내기 위해 나를 행복하게 해달라고 격정적으로 촉구했다. 그녀는 내 간청에 좀 감동된 듯 보였지만 이번에도 아직은 굴복할 때가 아니라고 여겼는지 나를 밀치며 말했다. "그만하세요. 당신은 너무 적극적이어서 바람둥이처럼 보여요. 당신이 방탕한 젊은이일까 봐 염려되는군요." 그래서 내가 소리쳤다. "참나, 부인! 평범치 않은 여인들은 그런 것을 좋아하는데, 부인은 그것을 싫어하다니요? 방탕한 생활에 대해 격분하는 사람은 이제 몇몇 부르주아들밖에 없습니다." 이에 그녀가 대꾸했다. "더는 버틸 수 없군요. 저는 이유가 아주 막강할 때는 그것에 따릅니다. 당신 같은 귀족들하고는 점잔 빼봐야 아무 소용없지요. 여자가 반쯤은 다가가야 해요." 그러고 나서 그녀는 마치 원래 갖고 있던 수줍음이 그런 고백으로 인해 괴로워지기라도 한 듯 당황한 기색을 보이며 덧붙였다. "그러니 당신이 이겼다는 것을 알아 두세요. 당신은 제가 그 누구에 대해서도 가져 본 적 없는 감정을 불러일으켰어요. 당신을 제 애인으로 선택하기로 결심하려면 이제 당신이 누구인지만 알면 됩니다. 저는 당신을 젊은 귀족, 심지어 교양 있는 분으로 믿고 있어요. 하지만 그 점에 대해 확신하지는 않아요. 제가 당신에 대해 아무리 호감을 가진다 해도, 누군지 알지도 못하는 사람에게 애정을 주고 싶지는 않아요."

나는 그때 돈 안토니오의 시종이 어떤 식으로 그런 당혹스러움에서 벗어났는지 떠올랐고, 그가 한 것처럼 내 주인 행세를 하려고 그 과부에게 말했다. "제 이름을 부인께 알려드리는 것을 삼가지 않겠습니다. 말씀드릴 가치가 있을 만큼 꽤 좋은 이름이니까요. 돈 마티아스 데 실바라는 이름을 들어 보신 적 있나요?" 그러자 그녀가 대답했다. "네. 제 지인의 집에서 그를 본 적이 있다는 말씀까지 드리렵니다." 나는 이미 뻔뻔해졌음에도 불구하고 그 대답에는 좀 당황했다. 하지만 곧 진정했고, 곤경에서 벗어나기 위해 천재적인 힘을 발휘하여 대꾸했다. "그렇다면, 나의 천사여, 그러니까 제가 아는 그 귀족도… 아실 테고…, 또… 부인께 말씀드려야 하니 얘기하건대, 저는 그 가문에 속하죠. 그의 조부께서 제 부친의 숙부의 처제와 결혼하셨습니다. 당신이 보시다시피 그와 나는 꽤 가까운 친척이네요. 제 이름은 돈 세사르입니다. 저는 15년 전 포르투갈 국경에서 치른 전투에서 돌아가신 그 유명한 돈 페르난도 데 리베라의 외아들입니다. 그 전투에 관해 자세히 얘기해 드리겠습니다. 굉장히 격렬했어요. 하지만 사랑은 이 귀한 시간을 더 즐겁게 쓰기를 바라는데, 그 얘기를 하다 보면 귀한 순간들을 잃게 될 겁니다."

나는 이 말을 하고 나서 집요하고 열렬해졌지만, 소득은 전혀 없었다. 나의 여신이 내게 허락한 애정 표시는 거절당한 애정 표시를 아쉬워하게 할 뿐이었다. 그 잔인한 여인은 문 앞에서 기다리고 있던 마차를 다시 타고 가버렸다. 나는 아직 완벽히 행복한 것은 아니었을지라도 나의 여복에 대해 흡족해하며 물러났다. 그리고 속으로 생각했다. '내가 그녀의 친절을 반밖에 얻지 못한 것은, 그 여인이 귀족이기 때문이다. 첫 대면에서 내 열의에 굴복해서는 안 된다고 믿기 때문이리라. 신분의 긍지가 내 행복을 지체시킨 거야. 하지만 단 며칠만 늦어지는 것이다.' 그녀가 고도로 교활한 여인일 수도 있다는 상상을 한 것도 사실이다. 하지만 나는 사태를 나쁜 쪽으로 보기보다는 좋은 쪽으로 보는 것을 선호한다. 그래서 그 과부에 대해 좋은 의견을 견지했다. 우리는 헤어지면서 다음다음 날 다시 보기로 했다. 내 소원의 절정에 도달하리라는 희망으로 인해 나는 은근히 기대하는 쾌락을 미리 맛보고 있었다.

나는 아주 아름다운 이미지로 머릿속을 가득 채우고 이발사 견습생의 집으로 갔다. 거기서 옷을 갈아입고, 내 주인이 가 있는 것으로 알고 있는 노름방으로 그를 만나러 갔다. 가보니 주인은 거기서 노름을 하고 있었고, 따고 있다는 것도 간파되었다. 왜냐하면 그는 따건 잃건 얼굴이 안 바뀌는 담담한 노름꾼들과는 달랐으니까. 잘나갈 때는 빈정대기 좋아하고 오만불손하며, 운이 없을 때는 매우 퉁명스러웠다. 그는 그 노름방에서 매우 쾌활한 모습으로 나와서 군주극장으로 향했다. 나는 그를 따라 극장 문까지 갔다. 거기서 주인은 내 손에 1두카도를 쥐여 주며 말했다. "자, 질 블라스, 내가 오늘 땄으니, 그것을 너도 느끼게 해주고 싶구나. 네 동료들과 가서 즐기렴. 자정에 아르세니아의 집으로 나를 데리러 오면 된다. 거기서 알렉소 세히아르와 저녁 식사를 할 거야." 그는 이 말을 하고 나서 극장 안으로 들어갔고, 나는 두카도를 준 자의 뜻에 따라 누구와 쓸 수 있을까 생각하며 그 자리에 있었다. 오래 생각하지는 않았다. 돈 알렉소의 시종인 클라린이 내 앞에 불쑥 나타났기 때문이다. 나는 제일 먼저 보이는 선술집으로 그를 데리고 가서 자정까지 즐겼다. 거기서 아르세니아의 집으로 갔는데, 클라린도 거기로 오라는 지시를 받은 터였다. 어린 하인이 우리에게 문을 열어 주었고, 우리를 아래쪽 방으로 들여보냈다. 거기에는 아르세니아의 시녀와 플로리몬데의 시녀가 함께 얘기를 나누며 폭소를 터뜨리고 있었다. 그들의 여주인들은 우리 주인들과 위쪽에 있었다.

방금 저녁을 잘 먹고 온 쾌활한 두 남자의 도착이 시녀인 그녀들에게, 게다가 연극배우의 시녀인 그녀들에게 불쾌한 일이 될 수는 없었다. 그런데 그 여인 중 하나가 바로 내가 아까 만났던 그 과부였다. 내가 얼마나 놀랐겠는가! 백작부인 또는 후작부인일 거라고 여겼던 나의 그 사랑스런 과부가! 그녀 또한 '친애하는 돈 세사르 데 리베라'

가 젊은 귀족의 시종으로 변해 있는 것을 보고 나 못지않게 놀란 것 같았다. 그럼에도 우리는 어리둥절해하지 않고 서로를 바라보았다. 심지어 둘 다 웃음이 터져 나올 것 같아서 웃지 않을 수가 없었다. 그러고 나자, 클라린이 자신의 동반자와 얘기하고 있는 동안, 라우라(그녀의 이름이다)가 나를 따로 끌어내더니 우아하게 손을 내밀며 아주 조그맣게 말했다. "잡으세요, 돈 세사르 나리. 서로 질책하기보다는 칭찬을 합시다, 친구여! 당신은 당신 역할을 황홀할 정도로 잘 해냈고, 나 또한 내 역할을 꽤 잘 해냈지요. 그 점에 대해 어떻게 생각하세요? 당신은 내가 과감한 시도를 하기 좋아하는 예쁜 귀족 여인인 줄로만 알았다는 것을 인정하세요." 그래서 내가 대답했다. "그래요. 하지만 당신이 누구건 간에, 나의 여왕이여, 나는 모양새는 변했지만, 감정은 변하지 않았습니다. 그러니 부디 내 제안을 받아 주고, 돈 세사르가 그토록 행복하게 시작했던 일을 돈 마티아스의 시종이 완수하도록 허락해 주세요." 그러자 그녀가 말했다. "걱정 마, 나는 있는 그대로의 너를 훨씬 더 좋아하니까. 남자로서의 너는 여자로서의 나와 같아. 그게 내가 너한테 줄 수 있는 최고의 찬사야. 나는 너를 나의 예찬자들 중 하나로 받아들일게. 우리는 이제 노파의 중개는 더 이상 필요 없어. 너는 여기로 나를 보러 자유롭게 와도 돼. 우리 같은 연극배우들은 제약도 없고, 남자들과 뒤섞여서 지내거든. 때때로 그런 면모가 드러나는 것을 나도 인정해. 하지만 관객은 그런 일에 관해 그냥 웃고 말아. 너도 알다시피 우리는 관객을 흥겹게 해주기 위해 있는 거잖아."

우리 둘만 있는 게 아니어서 우리는 얘기를 거기서 그쳤다. 대화는

다 같이 하게 되었고, 활기를 띠어서 유쾌했으며, 애매하지만 속이 뻔히 보이는 말들로 가득했다. 각자 자기 몫을 했다. 특히 아르세니아의 시녀, 나의 사랑스런 라우라가 단연 두각을 드러냈는데, 덕성보다는 지성을 훨씬 더 드러냈다. 다른 한편, 우리의 주인들과 여배우들은 길게 폭소를 터뜨리는 일이 잦았고, 그 웃음소리가 우리 귀에까지 들렸다. 이는 그들의 대화도 우리 대화만큼이나 '이성적'일 거라는 추정을 하게 했다. 아르세니아의 집에서 그날 밤 서로 나눈 그 아름다운 이야기들을 전부 글로 썼다면, 내 생각에 젊은이들에게 아주 교육적인 책 한 권이 되었을 것이다. 그런데 물러갈 시간, 즉 동이 틀 시간이 되었다. 그래서 헤어져야 했다. 클라린은 돈 알렉소를 따라갔고, 나는 돈 마티아스와 함께 물러났다.

6

군주극단 배우들에 관한 몇몇 귀족의 대화

그날 내 주인은 일어나자마자 돈 알렉소 세히아르의 짧은 편지를 받았다. 자기네 집으로 오라는 내용이었다. 우리가 거기 갔더니 세네타 후작과 내가 본 적 없는 혈색 좋은 다른 귀족 청년이 있었다. 내가 모르는 그 기사를 세히아르가 내 주인에게 소개하며 말했다. "돈 마티아스, 여기 있는 이 친구는 내 친척인 돈 폼페이요 데 카스트로라네. 거의 어릴 적부터 포르투갈• 궁정에서 지내고 있지. 엊저녁에 마드리드에 도착해서 내일 리스본으로 돌아간다네. 그래서 내게 하루밖에 할애되지 않아서 그 귀한 시간을 잘 활용하고 싶고, 폼페이

• 1747년 판본에서는 르사주가 이 장소를 폴란드로, 리스본은 바르샤바로 해놓았는데, 이는 이때의 역사적 사실에 맞추기 위해서였던 것으로 추정되지만, 작품 전체적으로 스페인의 역사적 사실들과 맞지 않는 부분들이 많으므로 여기서도 원래대로 포르투갈, 리스본으로 설정하기로 한다. 이야기 흐름상 그것이 더 현실성 있기 때문이다.

요 또한 즐겁게 지내려면 자네와 세네타 후작이 필요하네." 그러자 내 주인과 돈 알렉소의 친척은 서로 인사했고, 칭찬의 말도 잔뜩 주고받았다. 나는 돈 폼페이요가 한 말이 매우 마음에 들었다. 그는 견고하고 섬세한 지성을 가진 듯 보였다.

우리는 세히아르의 집에서 점심 식사를 했고, 그 귀족들은 연극공연이 시작되는 시간까지 심심풀이로 카드놀이를 했다. 그러고 나서 다 함께 새로운 비극의 공연을 보러 군주극장으로 갔다. 〈카르타고 여왕〉이라는 제목의 연극이었다. 연극이 끝나자 그들은 점심 식사를 했던 장소로 저녁 식사를 하러 다시 갔다. 그들의 대화는 우선 그들이 방금 들은 연극대사에 관한 얘기로 흘러가더니 배우들에 관한 얘기로 이어졌다. 돈 마티아스가 소리쳤다. "내 생각에 작품은 별로일세. 오늘 본 아이네이아스가 베르길리우스의 원작에 나오는 아이네이아스보다 훨씬 더 무미건조하다고 생각되네. 하지만 공연은 완벽했다는 것을 인정해야 하네. 돈 폼페이요 나리께선 어떻게 생각하시나요?" 그러자 그 기사가 미소 지으며 말했다. "제가 보기에는 그런 것 같지 않습니다. 여러분, 여러분이 어떤 때는 배우들에게, 특히 여배우들에게 너무 매료되어 있어서 제가 여러분과 완전히 다르게 판단한다는 말을 감히 고백하지 못하겠네요." 그때 돈 알렉소가 그 말을 막으며 농담했다. "아주 잘하셨어요. 당신의 검열은 여기서 아주 나쁘게 받아들여질 테니까요. 명성이라는 나팔 앞에 있는 우리 여배우들을 존중해 주세요. 우리는 그녀들과 날마다 술을 마신답니다. 우리는 그녀들이 완벽하다고 보증하지요. 말하자면 우리가 그 보증서를 주는 겁니다." 그러자 그의 친척이 대답했다. "그러리라 생각되네요. 심지어 그들의 생활과 품행에 대해서도 보증해 주시겠지요. 그 정도로 당신들은 다정해 보입니다!"

그러자 세네타 후작이 웃으며 말했다. "리스본의 여배우들은 아마도 훨씬 낫겠지요?" 이에 폼페이요가 대꾸했다. "확실히 그렇습니다. 그녀들이 더 나아요. 결점이 조금도 없는 배우들이 최소한 몇몇은 있으니까요." 그러자 후작이 "그런 여배우들도 당신의 보증서에 기대를 걸 수 있을까요?" 그러자 돈 폼페이요가 "저는 그녀들과 관계를 맺지 않습니다. 저는 그녀들의 방탕에 끼어들지 않으므로, 그녀들의 자질에 대해 선입견 없이 판단할 수 있어요." 그러더니 말을 이었다. "진심으로 당신들은 훌륭한 극단을 갖고 있다고 생각하십니까?" 이에 후작이 말했다. "물론 아닙니다. 그렇게 생각하지 않아요. 저는 아주 극소수의 배우들만 옹호하고 싶네요. 나머지는 모두 포기하겠어요. 그래도 디도 역할을 하는 여배우는 훌륭하다는 것을 인정하지 않으시렵니까? 우리가 생각하는 디도에 어울리는 고귀함과 매력을 모두 다 갖춘 여왕을 연기해 내지 않았나요? 그녀가 얼마나 기교 있게 관객을 끌어들여서 자기가 표현하고자 하는 온갖 정념들의 움직임을 느끼게 하는지 감탄하지 않으셨나요? 대사 낭독의 정교함에서도 완벽하다고 말할 수 있어요." 이에 폼페이요가 말했다. "그녀가 마음을 움직이고 건드릴 줄 안다는 점은 저도 인정합니다. 그 어떤 여배우도 그녀보다 더 풍부한 감성을 보여 준 적이 없었고, 정말 아름다운 해석이었습니다. 그러나 결점이 없지는 않아요. 그녀의 연기에서 두세 가지가 제게 충격적이었습니다. 그녀는 놀라움을 표시할 때 눈을 과도하게 굴립니다. 그것은 공주에게 어울리지 않습니다. 그리고 원래는 부드러운 자신의 목소리를 크게 하려다 보니 그 부드러움이 손상되어 꽤 불쾌한 텅 빈 울림을 형성합니다. 게다가 그녀는 자기가 하는 말을 잘 이해하지 못하고 있다는 의심이 들게 하는 대목이 그 연극에서 한두 번이 아닌 것 같았습니다. 하지만 그녀가 지성이 부족하다고 비난하기보다는 방심했다고 믿고 싶습니다."

그러자 돈 마티아스는 그 검열자에게 말했다. "제가 보기에 당신은 우리 여배우들을 찬양하는 시를 쓸 사람은 아닐 테지요?" 이에 돈 폼페이요가 대답했다. "죄송합니다. 저는 그들의 결점들을 통해 큰 재능을 발견합니다. 저는 막간극에서 시녀 역할을 했던 여배우가 황홀했다는 말씀까지 드리겠습니다.● 자연스러운 아름다움이 넘칩니다! 얼마나 우아하게 장면을 채우는지! 그녀는 어떤 재치 있는 말을 할 때 영리한 미소를 짓고 매력을 한껏 발산하며 그 재담의 묘미를 부각시켜서 새로운 가치를 부여하죠. 때때로 너무 열을 내서 적절한 과감성의 한계를 넘는다는 비판을 할 수도 있을 테지만, 너무 엄격하게 잣대를 들이대서는 안 되지요. 저는 그저 그녀가 나쁜 습관만 고치면 좋겠습니다. 어느 장면에서는 진지한 지점인데도 갑자기 동작을 멈추고 미치도록 웃어 대고야 마는 일이 종종 있습니다. 그런 순간들조차 1층 입석의 관람객들은 손뼉을 쳐준다고 당신은 말할 테죠. 그렇다면 다행이네요."

● '마드무아젤 샹멜레'라고 불렸던 마드무아젤 데마레(1642~1698)를 가리킨다. 17세기 프랑스 비극을 주로 연기했던 배우다. 그녀에게 라퐁텐은 우화(〈벨페고르〉)를 헌정하고, 부알로는 시에서 찬양하고, 볼테르는 〈캉디드〉에서 '마드무아젤 모님'이라는 이름으로 언급한다.

그때 후작이 말을 가로막았다. "남자배우들에 대해서는 어떻게 생각하십니까? 그들에게는 총을 쏘아 대시겠네요. 여배우들도 너그러이 봐주지 않으시니 말입니다." 그러자 돈 폼페이요가 말했다. "아닙니다. 가능성이 있는 배우 몇몇을 발견했고, 특히 디도 여왕의 수상 역할을 한 그 뚱뚱한 배우에 대해 꽤 만족합니다. 그는 대사 낭송을 아주 자연스럽게 하던데요. 포르투갈에서는 바로 그렇게 낭송합니다." 그러자 세히아르가 말했다. "당신이 그런 배우들에게 만족스러워하신다면, 아이네이아스 역할을 한 배우에게 매료되었겠네요. 대단한 배우, 독창적인 배우처럼 보이지 않던가요?" 이에 검열자가 대답했다. "아주 독창적입니다. 그에게는 특별한 어조가 있는데, 아주 날카로운 어조입니다. 거의 늘 자연스러움에서 벗어나서 감정이 실린 대사를 몰아내듯 해치우고 다른 대사들에 힘을 줍니다. 접속사들에서는 폭발하듯 표출하기까지 합니다. 그게 아주 재미있었어요. 그가 자신의 비밀을 터놓는 대상에게 공주를 버릴 때의 난폭함을 표현했을 때가 특히 그랬어요. 괴로움을 그보다 더 희극적으로 나타낼 수는 없을 겁니다." 이에 돈 알렉소가 대꾸했다. "진정하게, 사촌! 자네는 결국 우리가 포르투갈 궁정에서처럼 그렇게 세련되지는 못했다고 믿게 하겠구먼. 우리가 지금 얘기하고 있는 배우는 드문 인물이라는 것을 자네도 잘 알지 않는가? 그가 받은 박수 소리를 듣지 않았는가? 이는 그가 그리 나쁜 배우가 아니라는 증거일세." 그러자 돈 폼페이요가 반박했다. "그건 아무것도 증명하지 못하네." 그러더니 덧붙였다. "여러분, 관객의 갈채에 대해서는 얘기하지 맙시다. 아주 부적절한 배우들에게도 박수갈채를 보내는 일은 종종 있으니까. 심지어 가짜 재능보다 진짜 재능에 환호하는 일이 더 드물기까지 합니다. 파이드로스가 기발한 우화로 그 점을 우리에게 알려 주고 있듯이 말입니다.● 여러분에게 그 얘기를 들려 드리죠."

"한 도시의 주민 모두가 큰 광장에 모였지요. 무언극을 보기 위해서였습니다. 배우들 중에 매번 박수갈채를 받는 자가 하나 있었어요. 그 희극배우는 연기가 끝나 갈 무렵 새로운 공연을 위해 무대를 닫길 원했어요. 그는 무대 위에 혼자 나타나서 몸을 숙이고 머리를 외투로 감싼 다음 젖먹이 돼지의 울음소리를 흉내 내기 시작했어요. 그의 옷 속에 진짜로 젖먹이 돼지 한 마리가 있다는 상상을 하게 할 정도로 잘 해냈지요. 사람들이 그의 외투와 옷을 흔들어 보라고 소리쳤어요. 그는 그렇게 했지요. 그 속에는 아무것도 없었으므로, 객석에서는 더욱 열렬한 박수갈채가 터져 나왔어요. 그런데 관객들 속에 있던 농부 하나가 감탄 어린 그 반응에 충격을 받았어요. 그래서 그는 소리쳤어요. '여러분, 저 광대에게 현혹되다니 잘못입니다. 나는 젖먹이 돼지를 저 광대보다 잘 알고 있어요. 의심스럽다면 내일 여기에 같은 시각에 오시기만 하면 됩니다.' 사람들은 무언극에 대해 호의적이었던 터라 다음 날 더 많은 수가 몰려들었지요. 농부가 잘할 줄 아는지 보기 위해서라기보다 그 농부에게 야유를 보내기 위해서였어요. 광대와 농부, 그 두 경쟁자가 무대 위에 나타났어요. 광대가 먼저 시작했고, 전날보다 더 큰 박수갈채를 받았지요. 그러자 이번에는 농부가 몸을 숙이고 외투를 뒤집어쓰고는 자기 팔에 안고 있던 진짜 돼지의 귀를

● 파이드로스, 〈우화〉, 제5서.

잡아당겨서 날카로운 외침 소리를 내지르게 만들었어요. 그럼에도 거기 모인 사람들은 무언극 배우에게 상을 주었고, 농부에게는 야유를 퍼부었지요. 농부는 관객들에게 젖먹이 돼지를 불쑥 꺼내 보여 주며 말했어요. '여러분, 당신들은 나한테 야유를 보내는 게 아니라, 바로 이 돼지에게 야유를 보내는 겁니다. 당신들이 어떤 심판관들인지 보십시오!'라고 말이죠."

그러자 돈 알렉소가 말했다. "사촌, 자네의 우화는 좀 격하구먼. 하지만 그 젖먹이 돼지에도 불구하고 우리의 의견은 바뀌지 않을 걸세." 그러더니 말을 이었다. "주제를 바꿉시다. 이 얘기는 지루하군요. 자네는 내일 떠나는가, 내가 자네를 더 오래 붙잡고 싶은데도?" 그러자 그의 친척이 대답했다. "나도 여기 더 오래 머물고 싶네만, 이미 말했듯이 그럴 수가 없네. 나는 국사(國事) 때문에 스페인 궁정에 온 걸세. 어제 도착하자마자 총리대신을 접견했고, 내일 아침에 또 뵈어야 하네. 곧이어 리스본으로 돌아가기 위해 출발할 걸세." 그러자 세히아르가 말했다. "이제 포르투갈 사람 다 되었구먼. 아마도 마드리드로 다시 와서 살게 될 것 같지 않은 걸." 이에 돈 폼페이요가 반박했다. "아닐 걸세. 내가 다행히 포르투갈 왕의 신임을 받고 있고, 그 왕의 궁정에서 즐겁게 지내고 있긴 하지만, 그 왕이 나에 대해 아무리 호의를 갖고 있다 해도 내가 그 나라를 영원히 떠나려 했던 적이 있다면 자네들은 믿을 텐가?" 그러자 후작이 물었다. "아니! 무슨 일 때문에? 우리에게 얘기 좀 해주게나." 이에 폼페이요는 "물론, 해주고말고. 지금부터 하려는 얘기는 나의 인생 이야기이기도 하다네." 그러고 나서 돈 폼페이요는 말을 계속했다.

7

돈 폼페이요 데 카스트로의 이야기

내가 어린 시절이 끝나 갈 무렵 군인이 되려 했고, 우리나라가 평화로운 상태였을 때 포르투갈로 갔다는 것을 돈 알렉소는 알고 있네. 당시 터키인들이 포르투갈에 막 선전포고를 한 터였거든. 나는 포르투갈 왕을 알현했고, 왕은 나를 자기 부대에 받아들여 주었다네. 나는 스페인에서 별로 부유하지 않은 집안의 둘째였고, 이 때문에 장군의 관심을 끌 만한 혁혁한 공을 세워 나를 눈에 띄게 할 필요가 있었지. 나는 내 의무를 너무 잘 해내서 꽤 길었던 전쟁이 끝나고 평화가 도래하자, 왕은 장교들이 보고한 나에 대한 유리한 증언들을 근거로 내게 상당한 액수의 연금을 하사했다네. 그 군주의 관대함에 감동한 나는 기회가 닿을 때마다 그에게 열심히 감사 표시를 했지. 그를 알현하도록 허용된 시간만 되면 나는 그의 앞으로 갔네. 이런 행동을 통해 서서히 그 군주의 사랑을 받았고, 이로 인해 새로운 혜택도 받았다네.

내가 반지 따기 경주와 이에 앞서 있은 황소 싸움에서 두각을 드러내던 날, 온 궁정이 나의 힘과 재주를 칭찬했다네. 내가 받은 박수갈채에 아주 흡족해하며 집에 돌아와 보니 짧은 편지가 하나 와 있었네. 어느 부인이 나와 얘기를 나누고 싶다고 전하는 내용이었지. 그 부인을 정복하게 된다면 내가 그날까지 획득한 모든 영예보다 더 우쭐해질 만한 그런 부인이었네. 또한 그 편지에는 밤이 될 무렵 지정해 준 어떤 장소로 내가 가기만 하면 된다고 적혀 있었다네. 그 편지로 인해 나는 사람들에게서 받은 모든 칭찬보다 더 기뻤고, 내게 편지를 쓴 사람은 아주 지체 높은 여인일 거라고 생각했네. 자네들도 쉽게 상상할 수 있다시피 나는 그 만남 장소로 날아가듯 달려갔네. 어느 노파가 나를 안내하려고 기다리고 있다가 큰 집의 정원으로 통하는 작은 문으로 들어가게 했네. 곧이어 아주 호화로운 방으로 들여보내고는 문을 닫으며 말했네. “여기 계세요. 나리께서 오신 것을 제가 주인님께 알리겠습니다.” 양초들이 무수히 많이 켜져 있던 그 방에 귀한 것들이 많이 있다는 것을 간파했지만, 그 화려함을 살펴본 이유는 오로지 문제의 그 부인에 대해 이미 품고 있던 생각을 확인해 보기 위해서였다네. 내 눈에 보이는 그 모든 것들은 그녀가 아주 지체 높은 신분일 수밖에 없다는 것을 확신시켜 주는 것 같았네. 그때 그녀가 나타나서 그 고상하고 위엄 있는 분위기로 그 점을 결국 확인하게 해주었네. 그런데 실은 내가 생각하던 것이 아니었네.

그녀가 내게 말했네. “기사님, 기사님을 위해 제가 일을 벌였으니 제가 기사님에 대해 연정을 품고 있다는 것을 감추려 해봤자 소용없겠지요. 기사님께서 오늘 궁정 사람들이 모두 모인 가운데 드러나게 하신 자질 때문에 그런 감정을 갖게 된 것이 아닙니다. 그 일로 인해 제가 감정을 서둘러 드러냈을 뿐이죠. 저는 기사님을 여러 차례 뵈었고, 기사님에 대해 알아보았습니다. 사람들이 기사님에 대해 좋게 얘기하기에 제 감정을 따르기로 결심한 것입니다." 그러더니 그녀는 말을 계속했다네. "왕족 여인을 정복했다고 믿지는 마십시오. 저는 그저 왕의 근위대 소속 일개 장교의 과부일 뿐입니다. 하지만 기사님의 승리를 영광스럽게 하는 것이 있다면, 제가 왕국의 가장 지체 높은 귀족들 가운데 그 누구보다도 기사님을 선호했다는 점입니다. 알메이다 공작이 저를 사랑하고, 제 마음에 들기 위해 그 무엇도 아끼지 않고 있습니다. 그런데도 그분은 성공하지 못했어요. 저는 오로지 허영심 때문에 그분의 열성을 견디고 있을 뿐입니다"라고 말일세.

그 말을 듣고 내가 바람둥이 여자를 상대하고 있다는 것을 잘 알 수 있었음에도 나는 모험을 계속했다네. 내 운명의 별에 감사하지 않을 수 없었지. 도냐 오르텐시아(그 부인의 이름이라네)는 아직 매우 젊었고, 그녀의 미모는 눈이 부셨네. 게다가 어느 공작의 열성도 거절한 마음을 나더러 가지라고 하다니, 스페인 기사로서는 대단한 영광이었지! 나는 오르텐시아의 호의에 감사하기 위해 그녀의 발아래 엎드렸네. 구애하는 남자가 할 만한 말들은 죄다 했고, 그녀는 내가 터뜨린 열렬한 감사에 만족해할 만했네. 그래서 우리는 그 공작이 그녀의 집에 오지 못할 만한 저녁 시간에 만나기로 합의한 후 세상에서 가장 친근한 사이가 되어 헤어졌다네. 그녀는 그 공작이 언제 못 오는지 아주 정확히 알려주겠다고 약속했지. 그녀는 약속을 지켰고, 나는 마침내 그 새로운 비너스의 아도니스가 되었다네.

그런데 인생의 쾌락들은 영원히 지속되는 것이 아니라네. 우리 관계를 나의 경쟁자가 모르게 하려고 그녀가 몇 가지 조처를 취했음에도 불구하고, 그는 몰라야 할 중요한 사실들을 다 알고 말았네. 불만이 있던 한 하녀가 그에게 알려 준 걸세. 천성적으로 관대하지만 자존심이 세고, 질투심도 강하고, 난폭한 그 귀족은 나의 대담성에 분개했네. 분노와 질투에 정신이 혼란해진 그는 오로지 격분에 몸을 맡겨 비열한 방법으로 나에게 복수하기로 작정했다네. 어느 날 밤 내가 오르텐시아의 집에 있는데, 그 귀족이 자기 하인들을 죄다 불러 모아 몽둥이를 들게 하고는 그 집 정원의 작은 문에서 나를 기다렸네. 내가 나오자 그는 그 불쌍한 하인들을 시켜 나를 붙잡게 한 다음 나를 때려눕히라고 지시했네. "쳐라. 이 무모한 자가 너희들의 몽둥이를 맞고 죽어 가도록! 그렇게 해서 그자의 오만불손을 벌주고 싶구나." 그가 말을 채 마치기도 전에 그의 하인들이 다 함께 내게 달려들어 몽둥이질을 숱하게 해대는 바람에 나는 그 자리에서 의식도 없이 뻗어 버렸네. 그 후 그들은 자기네 주인과 함께 물러갔지. 그들의 주인으로서는 그 잔인한 집행이 아주 달콤한 광경이었을 걸세. 나는 밤새도록 그런 상태로 있었네. 동이 트자 내 가까이로 몇 사람이 지나갔고, 그들은 내가 아직 숨이 붙어 있는 것을 보고는 고맙게도 나를 의사에게 데려다 놓았네. 다행히 내 상처들은 치명적이 아니었고, 나는 능란한 의사의 손에 맡겨져 두 달 만에 완전히 치유되었네. 그러고 나서 궁정에 다시 나가 중단됐던 급한 일들을 다시 돌보았다네. 단, 오르텐시아의 집에는 다시는 가지 않았고, 그녀 쪽에서도 나를 다시 보려는 시도를 전혀 하지 않았네. 문제의 공작이 그것을 조건으로 그녀의 배신을 용서했기 때문이지.

내 사건을 모르는 사람이 없었고, 내가 비겁자로 통하지는 않았기에, 사람들은 내가 모욕당하지 않은 듯 그렇게 평온한 것을 보고 모두 놀라워했다네. 왜냐하면 나는 내 생각을 말하지 않았고, 아무 원한도 없는 것처럼 보였기 때문이지. 나의 거짓 무감각에 대해 사람들은 그저 상상만 할 뿐이었네. 어떤 사람들은 내가 용기는 있지만 내게 모욕을 가한 귀족의 지위 때문에 꼼짝 못 하고 그저 꾹 참을 수밖에 없다고 믿고 있었지. 그런가 하면 더 분별 있는 사람들은 나의 침묵을 불신하고, 내가 평화로워 보이지만 실은 속임수를 쓰느라 평온해 보이는 것이라고 여겼다네. 왕도 후자의 사람들처럼 내가 능욕을 벌주지 않고 그냥 놔둘 사람이 아니라고 판단했으며, 유리한 기회를 찾아내는 즉시 기필코 복수를 하리라 생각했네. 왕은 내 생각을 제대로 짐작한 것인지 알아보기 위해 어느 날 자기 서재로 나를 불러서 말했다네. "돈 폼페이요, 자네에게 일어난 사건을 내가 알고 있네. 그런데 솔직히 자네의 그 평온함이 놀랍네그려! 자네가 심중을 감추고 있는 것이 분명해." 그래서 내가 왕에게 대답했지. "저를 모욕한 자가 누구인지 저는 모릅니다. 모르는 자들한테서 밤에 공격당했으니까요. 그것은 저 스스로 마음을 달래야 할 불행입니다." 그러자 왕이 반박했다네. "아니, 아냐. 나는 그 진실하지 못한 말에 속는 사람이 아닐세. 신하들이 내게 다 말해 줬네. 알메이다 공작이 자네에게 치명적인 상처를 입혔잖은가. 자네는 귀족인 데다가 카스티야 사람일세. 그 두 자질로 인해 자네가 어찌하게 될지 나는 안다네. 자네는 복수를 하기로 결단했어. 자네가 어찌할 작정인지 말해 주게. 내가 알고 싶네. 자네의 비밀을 내게 터놓은 것을 후회하게 될 거라는 염려는 하지 말게."

그래서 내가 말했어. "전하께서 그리 명령하시니 제 감정을 밝혀 드려야겠군요. 네, 전하, 제가 받은 모욕에 대해 복수해야겠다는 생각을 합니다. 저 같은 신분의 남자라면 누구나 자기 가문에 대해 책임이 있으니까요. 전하께서는 제가 받은 부당한 대우를 알고 계시고, 저는 그 공작을 살해할 작정입니다. 모욕에 대응하는 방식으로 복수하기 위해서요. 그의 가슴에 칼을 꽂거나 권총을 쏘아서 머리를 부숴 버리려 합니다. 그리고 도망치려 합니다. 가능하면 스페인으로요. 그것이 제 계획입니다." 그러자 왕이 말했네. "그는 난폭하지. 그럼에도 내가 그를 처벌할 수는 없을 걸세. 알메이다 공작이 자네에게 잔인한 모욕을 가했으니 자네가 준비해 둔 그 징벌을 당해 마땅하네. 그러나 자네의 계획을 그렇게 빨리 실행하지는 말게. 내가 자네들을 서로 화해시킬 타협책을 하나 찾도록 해주게." 그래서 내가 상심하여 소리쳤지. "아! 전하, 왜 제 비밀을 전하께 털어놓게 하셨나요? 어떤 타협책이…." 그러자 왕이 말을 가로막았네. "만약 내가 자네를 만족시킬 만한 타협책을 찾지 못하면, 자네는 결심한 대로 할 수 있을 걸세. 자네가 나를 믿어 준 것을 남용할 생각은 추호도 없네. 나는 자네의 행복을 저버리지 않을 테니, 그 점에 관해서는 염려 말게." 왕은 그렇게 말했네.

왕이 어떤 방법을 통해 이 사건을 협상으로 종식시키려는지 나는 알고 싶어서 꽤 힘들었네. 왕은 다음과 같이 했다네. 우선 내 경쟁자를 개인적으로 불러서 얘기를 나누었다네. "알메이다 공작, 자네는 돈 폼페이요 데 카스트로를 모욕했네. 그가 혁혁한 가문에 속하고, 내가 좋아하며 나를 잘 섬긴 기사라는 것을 자네가 모르지 않네. 자네가 그를 만족시켜 주어야 하네." 그러자 그 공작이 대답했지. "저는 전하의 지시를 거부할 마음이 없습니다. 제가 흥분한 것에 대해 그가 불평한다면, 저는 결투로써 시시비비를 가릴 준비가 돼 있습니다." 그러자 왕이 반박했다네. "다른 해결방법이 있어야 하네. 스페인 귀족이라면 명예가 걸린 결투에 너무 익숙해서 '비겁한 살인자'와 고귀하게 싸우려 들 걸세. 나는 자네를 그렇게밖에 못 부르겠네. 자네 또한 적수의 몽둥이에 몸을 맡겨 그 몽둥이질을 견뎌 내야만 자네의 부당한 행위를 속죄할 수 있을 걸세." 그러자 내 경쟁자가 소리쳤지. "오, 맙소사! 전하, 저 같은 지위의 사람이 자신을 낮춰서 일개 기사 앞에 굴복하고, 심지어 몽둥이질까지 받길 원하신다고요!" 그러자 군주가 반박했다네. "아닐세, 나는 돈 폼페이요로 하여금 자네를 전혀 때리지 않겠다는 약속을 하게 만들 걸세. 자네는 그에게 몽둥이를 내놓으면서 자네의 폭력에 대해 용서를 구하게. 내가 자네에게서 요구하는 것은 그것뿐일세." 그때 알메이다는 불쑥 말을 가로막았다네. "전하, 저는 차라리 그의 원한이 준비하고 있는 감춰진 칼날의 위험을 무릅쓰는 편이 더 좋습니다." 그러자 왕이 말했지. "자네의 목숨은 내게 소중하네. 나는 이 일이 나쁜 결과를 초래하지 않기 바라네. 이 일을 자네에게 덜 불쾌한 방법으로 끝내기 위해 내가 자네에게 지시한 일, 즉 그 스페인 사람을 만족시키는 일은 오로지 나만 보게 될 걸세."

왕은 그 공작으로 하여금 그토록 굴욕적인 일을 감수하게 만들기 위해 그에 대해 왕으로서 갖고 있는 권력을 총동원해야만 했네. 그 군주는 결국 그 공작에게서 그러겠다는 대답을 얻어 낸 뒤 바로 신하를 시켜 나를 찾아오라고 했네. 왕은 내 적수와 방금 나눈 대화 내용을 내게 들려주면서 그들 둘이 합의한 배상에 대해 내가 만족스러울지 물었네. 나는 그렇다고 대답했고, 그 공작을 때리기는커녕 그가 내놓는 몽둥이를 들지도 않겠다고 약속했다네. 그런 식으로 조정이 이루어지자, 그 공작과 나는 모월 모시에 왕의 서재에서 왕과 함께 셋이서만 모였네. 왕이 알메이다에게 말했네. "자, 자네의 잘못을 인정하고, 그 잘못을 용서해 줄 수 있게 하게나." 그러자 내 적수는 사과를 하고 나서 자기 손에 든 몽둥이를 내게 내놓았네. 그 순간 군주가 말했네. "돈 폼페이요, 내가 있는 것을 개의치 말고 이 몽둥이로 자네의 모욕된 명예를 만족시켜 주게나!" 그래서 내가 왕에게 대답했네. "아닙니다, 전하. 공작님께서 몽둥이질을 받을 태세가 되신 걸로 충분합니다. 모욕당한 스페인 사람은 그 이상은 요구하지 않습니다." 그러자 왕이 대꾸했네. "아, 그럼, 돈 폼페이오가 만족했으니 자네들은 이제 정규적인 절차를 마음껏 따라도 되네. 이 싸움을 고귀하게 끝내기 위해 자네들의 검을 겨루어 보게." 그러자 공작이 거친 어조로 "그것이 바로 제가 열렬히 원하는 바입니다. 그것만이 제가 방금 끝낸 그 수치스런 절차로 상처 입은 제 마음을 달랠 수 있습니다"라고 소리쳤다네.

이 말을 하고서 그는 격분과 혼란에 차서 나가더니 두 시간 후 내게 사람을 보내 자기가 어느 외딴곳에서 기다리고 있다고 전해 왔다네. 나는 거기로 갔고, 그 공작이 싸울 태세가 돼 있는 것을 보았네. 그는 마흔넷이 채 안 된 나이였지. 그는 용기도 능란함도 갖추고 있었네. 우리 둘이 비등비등하다고 할 수 있었지. 그가 내게 말했네. "오시오, 돈 폼페이요, 여기서 우리의 다툼을 끝냅시다. 우리는 둘 다 격분해 있는 것 같소. 당신은 내가 당신에게 한 처사에 대해, 나는 당신이 그것에 관해 용서를 구하게 만든 것에 대해…." 그는 이 말을 마치더니 너무 불쑥 검을 손에 쥐어서 나는 대응할 시간이 없었다네. 그는 아주 맹렬히 검을 휘둘렀으나 다행히 나는 그의 공격을 모두 잘 막아냈지. 그러고 나서 이번에는 내가 공격을 했다네. 방어도 공격만큼 아주 잘 할 줄 아는 사람을 상대하고 있다는 것을 느꼈네. 그러므로 만약 그가 뒤로 물러나다가 헛발을 디뎌 넘어지지 않았더라면 무슨 일이 일어났을지 알 수 없네. 나는 즉각 멈추고 그 공작에게 말했네. "일어나십시오." 그러자 공작은 "왜 봐주는 건가? 자네의 동정은 나를 모욕하는 걸세"라고 말했네. 그래서 내가 반박했지. "저는 공작님의 불운을 이용하고 싶지 않습니다. 그렇게 한다면 제 명예를 그르치게 될 겁니다. 다시 말씀드립니다만, 일어나십시오. 우리의 싸움을 계속합시다"라고 말했네.

이런 관대한 행동이 있자 그 공작은 일어서며 말했네. "돈 폼페이요, 당신을 상대로 싸우는 것을 명예가 내게 허락하지 않소. 내가 당신의 심장을 찌른다면 사람들이 나에 대해 뭐라고 하겠소? 나는 내 목숨을 앗아갈 수 있었던 사람의 목숨을 빼앗은 겁쟁이로 통하게 될 거요. 그러므로 당신에게 더 이상 무기를 쓸 수가 없소. 나를 흥분시키던 격노의 움직임이 있었지만, 이제는 당신에 대한 감사로 부드러운 흥분에 사로잡혔소." 그러더니 말을 계속했네. "돈 폼페이요, 우리 이제 서로 증오하는 것을 그만둡시다. 더 나아가 친구가 됩시다." 이에 내가 소리쳤다네. "아, 공작님! 그토록 기분 좋은 제안을 하시다니 기쁘게 받아들이겠습니다. 공작님에게 진실한 우정을 바치겠습니다. 그 우정의 표시로서 저는 도냐 오르텐시아가 설사 저를 다시 보려 한다 해도 다시는 그 집에 발을 들여놓지 않겠다고 약속드립니다." 그러자 공작이 말했네. "내가 당신에게 그 부인을 양보하겠소. 그러는 게 더 정당하오. 그녀는 원래 당신에게 끌려 있었소." 그래서 내가 말을 막았다네. "아니오, 아닙니다. 공작님께서는 그녀를 사랑하십니다. 그녀가 저에게 친절을 보인다면 공작님이 괴로워지실 수 있을 겁니다. 저는 그 친절을 희생시켜서 공작님이 평안하시기를 바랍니다." 그러자 알메이다는 나를 꽉 껴안으며 말했네. "아! 너무도 너그러운 카스티야 사람이로군. 당신의 감정이 나를 매혹시키는구려. 그렇게 생각하다니 내 마음에 후회가 생기는구먼! 당신이 받은 모욕을 생각하니 너무나 부끄럽소! 전하의 방에서 내가 당신에게 주었던 만족은 이 순간 너무 가벼워 보이는구려. 나는 그 모욕에 대해 더 잘 배상하고 싶소. 그 비열함을 완전히 지우기 위해 내 뜻에 따르게 할 수 있는 여조카 중 한 명을 당신에게 제안하오. 열다섯 살밖에 안 되어서 어릴 뿐만 아니라, 아주 예쁘고 부유한 상속녀라오."

그래서 나는 그와 인척 관계가 된다는 영예를 생각하며 머릿속에 떠오르는 대로 온갖 찬사의 말을 그 공작에게 했고, 며칠 안 되어 그의 여조카와 혼인했다네. 자기를 온통 치욕스럽게 만들었던 기사를 오히려 출세시킨 그 나리를 온 궁정 사람들이 칭찬했고, 내 친구들은 더 슬픈 결말을 맞을 수도 있었을 그 사건의 행복한 결말에 대해 나와 함께 기뻐했지. 여보게들, 그때로부터 나는 리스본에서 안락하게 살고 있네. 나는 아내의 사랑을 받고, 나 또한 아내를 사랑한다네. 알메이다 공작은 내게 날마다 우정의 표시를 더해 주고, 포르투갈 왕도 나를 꽤 괜찮게 생각할 거라고 감히 자부하네. 왕의 지시로 마드리드로 오게 된 이 여행의 중요성이 나에 대한 왕의 신임을 보증해 주는 걸세.

8

질 블라스는 어떤 사건 때문에 새로운 일자리를 찾아야만 하게 되나

돈 폼페이요의 이야기는 그렇게 끝났다. 그 이야기가 시작되기 전에 그들이 우리를 돌려보내려고 신중을 기했음에도 불구하고 돈 알렉소의 하인과 나는 그 이야기를 듣고야 말았다. 우리는 물러가지 않았고, 문을 살짝 열어 두고서 그 이야기를 한마디도 놓치지 않았던 것이다. 이야기가 끝난 후 그 귀족들은 계속 마셔 댔다. 하지만 그 폭음을 새벽까지 밀어붙이지는 않았다. 돈 폼페이요가 아침에 총리대신을 만나러 가야 했기에 그 전에 좀 쉬는 게 좋을 것 같아서였다. 세네타 후작과 내 주인이 그 기사를 포옹하며 작별인사를 하고 나서 그의 친척과 그를 거기에 두고 나왔다.

이번에는 정말로 새벽 동이 트기 전에 잠자리에 들었고, 돈 마티아스는 깨자마자 내게 새로운 일을 맡겼다. 그는 내게 "질 블라스, 내가 너한테 불러 주는 대로 두세 통의 편지를 써야 하니, 종이와 잉크를 가져와라. 너를 비서로 삼으마"라고 말했다. 그래서 나는 속으로 생각했다. '좋아! 역할이 늘어나는군. 하인으로서 주인을 그 어디나 따라다니고, 시종으로서 그에게 옷을 입히고, 이제 비서로서 그가 불러 주는 대로 쓰게 되는군. 하늘에 영광을! 나는 삼신(三神) 헤카테처럼 서로 다른 세 인물을 수행하게 되는구나.' 돈 마티아스가 계속 말했다. "내 계획이 무엇인지 너는 모르지? 다음과 같다. 하지만 아무에게도 말해서는 안 된다. 네 목숨이 달린 거니까. 나한테 여복을 자랑하는 자들을 때때로 보게 되므로, 그들을 이겨 먹기 위해 여인들의 가짜 편지들을 내 호주머니에 넣고 다니려 한다. 그들에게 그 편지들을 읽어 줄 셈이야. 그러면 한동안 재미있을 거야. 그저 사람들에게 떠벌리는 즐거움 때문에 여자들을 정복하는 자들보다 나는 더 행복할 거야. 나는 그런 수고조차 안 한다고 공표할 거니까." 그러더니 덧붙였다. "하지만 그 편지들이 모두 같은 손으로 쓴 것처럼 보이지 않도록 네 필체를 위장해야 한다."

그래서 나는 종이, 펜, 잉크를 가져와서 돈 마티아스가 부르는 대로 받아 적을 준비를 했다. 돈 마티아스는 연애편지를 우선 다음과 같이 받아쓰게 했다. "당신은 지난밤에 우리의 약속장소에 나타나지 않으셨어요. 아! 돈 마티아스, 당신은 자신을 변호하기 위해 무어라 말하시렵니까? 제가 대단한 착각을 했나 봅니다! 세상의 모든 즐길 거리와 모든 업무는 이 도냐 클라라 데 멘도세를 보는 즐거움에 양보해야 한다고 믿었더니, 그런 허영심을 가진 저를 당신이 벌하시는군요!" 이 편지 후에 그는 또 다른 편지를 쓰게 했다. 그를 위해 어느 왕자를 포기한 여자인 것처럼 쓰는 편지였다. 그리고 또 다른 편지도 썼는데, 그가 조심스러운 사람이라는 확신이 들면 그와 함께 키티라 여행을 떠나겠노라고 전하는 어느 부인이 쓴 것 같은 내용을 담았다. 돈 마티아스는 그렇게 아름다운 편지들을 구술하는 것으로 만족하지 않고, 귀족 여인의 이름을 밑에 적게 했다. 나는 그에게 그것은 아주 민감한 사안인 것 같다는 말을 하지 않을 수 없었다. 하지만 그는 자기가 물어볼 때만 의견을 개진하라고 말했다. 나는 입 다물고 그의 명령을 신속하게 해치워야 했다. 그러고 나자 그는 일어섰고, 나는 그가 옷 입는 것을 도왔다. 그는 그 편지들을 자기 호주머니에 넣고 외출했다. 나는 그를 따라갔고, 우리는 돈 후안 데 몽카데의 집으로 점심 식사를 하러 갔다. 돈 후안 데 몽카데는 그날 자기 친구 중 대엿 명의 기사들을 불러서 잘 대접하였다.

우리는 거기서 잔뜩 먹었고, 진수성찬의 최고 조미료인 즐거움이 식사 내내 가득했다. 회식에 참석한 사람들 모두가 대화를 흥겹게 하는 데 각자 기여했다. 어떤 이들은 농담을 통해, 또 어떤 이들은 자신이 주인공임을 자처하는 이야기들을 들려줌으로써 그랬다. 내 주인은 내게 쓰게 했던 편지들을 활용하기에 딱 좋은 그 기회를 놓치지 않았다. 그는 큰 소리로 그리고 너무 위압적인 태도로 그 편지들을 읽어서, 어쩌면 그의 비서인 나만 빼고 모두가 속아 넘어갈 법했다. 뻔뻔스럽게 그 편지를 읽고 있는 내 주인 앞에 있던 기사들 가운데 돈 로페 데 벨라스코라는 이름의 기사가 있었다. 매우 진중한 사람이었던 그 기사는 그런 편지들을 읽는 사람의 이른바 '여복'이라는 것에 대해 다른 사람들처럼 재미있어하지 않고, 그 도냐 클라라를 정복하느라 많이 힘들었느냐고 냉랭하게 물었다. 그러자 돈 마티아스가 대답했다. "별로 안 힘들었습니다. 절대적으로 그녀가 먼저 접근했으니까요. 그녀가 산책을 하다가 나를 보았는데, 내가 마음에 들었나 봅니다. 그녀의 지시로 누가 나를 따라왔고, 그래서 내가 누군지 알게 된 겁니다. 그녀는 내게 편지를 썼고, 자기 집에 있는 사람들이 모두 잠든 밤 한 시에 자기에게 오라고 했습니다. 내가 그 집에 갔더니 누가 나를 그녀의 처소로 들여보냈지요. 나는 입이 매우 무거운 사람이라서 그 나머지는 말씀드릴 수가 없네요."

이 간결한 이야기에 데 벨라스코 씨는 안색이 확 변했다. 그가 문제의 부인에 대해 관심을 갖고 있다는 사실이 어렵지 않게 간파되었다. 그는 내 주인을 격분한 기색으로 바라보며 말했다. "결단코 그 편지들은 죄다 가짜입니다. 특히 당신이 돈 클라라 데 멘도세에게서 받았다고 자랑하는 편지는 더더욱…. 스페인에서 그녀보다 더 조신한 여인은 없습니다. 출생 신분으로 보나 개인적인 자질로 보나 당신보다 못하지 않은 어느 기사가 2년 전부터 그녀의 사랑을 얻기 위해 총력을 기울이고 있습니다. 아주 순진무구한 호의를 이제 겨우 얻어 냈지요. 하지만 혹시라도 그녀가 그 이상의 호의를 허락한다면 그것은 오로지 그에게만 가능할 거라고 그는 자신할 겁니다." 그때 돈 마티아스가 조롱하는 기색으로 말을 막았다. "아니! 누가 당신 말에 반대한답니까? 그녀가 아주 정숙한 여자라는 말에는 나도 동의합니다. 나 또한 아주 성실한 남자이지요. 그러므로 당신은 우리 사이에 아주 점잖은 일 말고는 아무 일도 일어나지 않았다고 확신해야 할 텐데요." 그러자 돈 로페가 말을 가로막았다. "아! 너무하는군요. 조롱은 하지 맙시다. 당신은 사기꾼이오. 도냐 클라라는 밤에 만나자는 얘기를 당신에게 결코 하지 않았습니다. 당신이 감히 그녀의 평판에 먹칠을 하다니 참을 수가 없군요. 나 또한 입이 너무 무거워서 나머지에 대해서는 말을 않겠습니다." 그는 이 말을 마치고 나서 모인 사람들을 모두 정면으로 공격하고서 물러갔다. 나는 그의 태도로 보아 이 일이 나쁜 결과로 이어질 수도 있으리라는 판단이 들었다. 내 주인은 성격에 비해 꽤 용감해서 돈 로페의 위협을 무시했다. "미련한 인간!" 그는 폭소를 터뜨리며 소리쳤다. "유랑기사들은 통상 애인의 미모를 주장하는데, 그는 애인의 지혜로움을 주장하다니. 나한테는 그게 훨씬 더 괴상해 보이는 걸."

물러가는 벨라스코를 몽카데가 붙잡고자 했으나 소용없었다. 그리고 그가 가버렸어도 모임은 흐트러지지 않았다. 그들은 별로 개의치 않고 계속 즐겼으며, 다음 날 새벽 동이 틀 때가 되어서야 헤어졌다. 내 주인과 나는 새벽 다섯 시쯤 잠자리에 들었다. 잠이 쏟아졌기에 나는 잠을 잘 자게 될 거라고 예상했다. 그런데 그러지 못했다. 내 주인을 고려하지 못했던 거다. 아니 그보다 문지기가 나를 깨우게 될지 몰랐던 거다. 문지기가 한 시간 뒤에 나를 깨우러 와서는 나를 보고 싶어 하는 젊은이가 문 앞에 있다고 말했다. 나는 하품을 하며 소리를 질렀다. "아! 빌어먹을…, 내가 방금 잠자리에 들었다는 생각을 못 하셨나요? 그 청년에게 내가 쉬고 있으니 오늘 오후에 다시 오라고 전하세요." 그러자 문지기가 대꾸했다. "그는 지금 당장 뵙고 싶어 합니다. 매우 급한 일이라고 확언하네요." 이 말에 나는 일어나서 짧은 바지와 꽉 끼는 저고리만 입은 채 욕설을 내뱉으며 문으로 가서 나를 기다리고 있던 젊은이를 만났다. 내가 그에게 말했다. "이보시오, 무슨 급한 일을 안겨 주려는 건지 말해 보시오." 그러자 그가 대답했다.

"돈 마티아스 나리에게 직접 드려야 할 편지 한 통이 있습니다. 그분이 지금 당장 읽으셔야 합니다. 그분에게는 몹시 중요한 일입니다. 제발 그분의 방으로 들여보내 주십시오." 나는 중요한 사안에 관한 것이라고 생각되어 무람없이 내 주인을 깨우러 갔다. "죄송합니다. 주인님의 휴식을 깨는 이유는, 너무 중요한…." 그러자 그가 불쑥 말을 막았다. "왜 그러느냐?" 그러자 나와 함께 간 청년이 그에게 말했다. "나리, 돈 로페 데 벨라스코께서 나리에게 전해 드리라는 편지입니다." 돈 마티아스는 그 편지를 받아 들고는 열어서 읽고 난 후 돈 로페의 시종에게 말했다. "얘야, 누군가 내게 아무리 즐거운 파티를 제안한다 하더라도, 나는 정오 전에는 절대로 일어나지 않을 거다. 내가 결투를 위해 아침 여섯 시에 일어나리라고 생각하는 거냐! 네 주인에게 가서 말해라. 그가 열두 시 반에도 그 장소에서 아직 나를 기다리고 있다면 우리가 그리로 가보겠노라고…. 가서 이 대답을 전하여라." 그는 이 말을 하고 나서 침대 속으로 쏙 들어가서 금세 다시 잠들었다.

그는 열한 시와 정오 사이에 아주 평온히 일어나 옷을 입고 나가면서 내게 자기를 따라오지 않아도 된다고 말했다. 하지만 나는 그가 어떻게 될지 보고 싶은 유혹이 너무 커서 그 말에 순종할 수가 없었다. 나는 그의 뒤를 밟아 산-헤로니모 초원까지 걸어갔다. 거기에 가니 돈 로페 데 벨라스코가 돈 마티아스를 꿋꿋이 기다리고 있는 모습이 보였다. 나는 두 명 다 관찰하기 좋은 위치에서 몸을 숨겼다. 다음 내용은 내가 멀리서 목격한 장면이다. 그들은 대면하고 얼마 후부터 싸우기 시작했다. 그들의 싸움은 길었다. 아주 능란하게 그리고 정력적으로 서로 번갈아 가며 공격했다. 그런데 승리는 돈 로페 쪽이었다. 그가 내 주인을 찔러서 땅바닥에 뻗게 만들고는 그렇게 잘 복수한 것에 대해 흡족해하며 달아나 버렸다. 나는 불운한 돈 마티아스에게 달려갔다. 그는 의식을 잃었고, 이미 목숨이 거의 붙어 있지 않았다. 나는 그 광경이 애처로워서 그의 죽음에 눈물을 흘리지 않을 수 없었다. 내가 그 죽음의 도구나 다름없던 일은 생각도 안 났다. 하지만 나의 괴로움에도 불구하고 작은 이해관계를 생각하지 않을 수 없었다. 그래서 재빨리 저택으로 돌아와 아무 말 없이 내 누더기 옷 꾸러미를 쌌다. 그런데 부주의하여 거기에 내 주인의 장신구도 몇 가지 넣게 되었다. 그러고 나서 이발사 견습생의 집으로 갔더니 내가 여자를 유혹하러 갈 때 입던 돈 마티아스의 옷이 아직 거기 있었다. 나는 방금 목격한 그 흉흉한 사건을 도시 안에 퍼뜨렸다. 들으려 하는 사람이면 누구에게나 그 얘기를 했고, 특히 로드리게스 집사에게 가서 전하는 것도 빼먹지 않았다. 그는 그 사건에 대해 애처로워하기보다는 그로 인해 취해야 할 조처들에 신경을 더 쓰는 것 같았다. 그는 하인들을 불러 모아 자기를 따라오라고 지시했고, 우리는 모두 산-헤로니모 초원으로 갔다. 그리고 아직 숨이 붙어 있던 돈 마티아스를 거기서 데려왔다. 그는 우리가 집에 데려다 놓은 지 세 시간 후 숨을 거뒀다. 그렇게 해서 돈 마티아스 데 실바 나리는 위조된 연애편지를 부적절하게 읽은 탓에 죽게 되었다.

9

돈 마티아스 데 실바가 죽은 후 질 블라스는 어떤 사람의 하인이 되었나

돈 마티아스의 장례식이 있고 나서 며칠 후 그의 하인들 모두가 급료를 받고 해고되었다. 나는 거처를 이발사 견습생의 집으로 옮겼고, 그와 친밀하게 지내며 살기 시작했다. 나는 멜렌데스의 집보다 거기가 더 쾌적하리라 기대했다. 내게 돈이 없지 않았으므로 새로운 일자리를 서둘러 찾아다니지는 않았다. 게다가 일자리 면에서 까다로워졌다. 이제는 평범치 않은 사람들만 모시고 싶었다. 그래서 일자리를 제안받으면 잘 점검해 보기로 작정했다. 최상의 자리도 나한테는 그리 좋아 보이지 않았다. 그만큼 젊은 귀족의 시종 자리가 그 당시에는 다른 어떤 시종 자리보다 나아 보였던 것이다!

나는 들어가도 괜찮을 만한 곳이라고 생각되는 집이 운 좋게 나타날 때까지는 내 여유시간을 아름다운 라우라에게 할애하는 것이 제일 낫겠다고 생각했다. 라우라와 내가 서로에 대한 착각에서 그토록 유쾌하게 벗어난 이후 그녀를 보지 못했다. 나는 차마 돈 세사르 데 리베라처럼 입으려 들지는 않았다. 오로지 변장을 하기 위해서가 아닌 다음에야 그런 차림을 하면 기괴한 인간으로 통했을 것이다. 더구나 내 옷은 아직 그리 더러워 보이지 않았고, 신발도 괜찮고 머리 매무새도 훌륭했다. 나는 이발사의 도움으로 돈 세사르와 질 블라스의 중간쯤 되는 계층의 분위기로 치장했던 것이다. 그런 모습으로 아르세니아의 집으로 갔다. 라우라는 예전에 우리가 함께 얘기를 나눴던 방에 혼자 있었다. 그녀는 나를 보자 즉시 소리쳤다. "아! 당신이군요. 당신을 잃어버린 줄 알았어요. 당신에게 나를 보러 와도 좋다고 한 지 일주일 정도 됐는데, 당신은 여인들이 주는 자유를 남용하지 않나 보네요."

나는 내 주인의 죽음과 내가 한 일들을 구실 삼아 사과했고, 그런 당혹스러움 속에서도 사랑스런 라우라는 내 생각 속에 늘 있었다고 아주 정중히 덧붙였다. 그러자 그녀가 말했다. "그렇다면 당신에게 더 이상 불평은 하지 않겠어요. 나 또한 당신을 생각하고 있었답니다. 돈 마티아스의 불행을 알고 나서 당신이 아마도 불쾌해하지 않을 만한 계획을 당장 하나 세웠지요. 오래전 내 여주인에게서 들은 얘긴데, 그녀가 자기 집에 일종의 재정관리인, 즉 경제를 잘 이해하고 집안의 지출 내역을 장부에 정확히 기록할 하인을 하나 구한다고 했거든요. 내 보기에 당신이 그 일을 괜찮게 해낼 것 같아요." 그래서 내가 대답했다. "나는 그 일을 훌륭히 해낼 거 같은데요. 아리스토텔레스의 《경제학》도 읽은 걸요. 게다가 장부 기록은 나의 강점인데 … ." 그러다가 말을 이었다. "그런데 한 가지가 마음에 걸려서 아르세니아의 일을 맡지 못하겠네요." 그러자 라우라가 "어떤 어려움이요?"라고 물었고, 나는 대답했다. "부르주아는 더 이상 모시지 않겠다고 맹세했거든요. 심지어 스틱스강을 두고 맹세했어요! 제우스신도 감히 그 맹세를 어기지 않는데, 일개 하인이라면 그 맹세를 당연히 준수해야 하잖아요!" 그러자 그 하녀가 당당히 대꾸했다. "너는 누구를 부르주아라고 부르는 거니? 여자배우들을 어떻게 생각하고 있는 거지? 그들이 변호사 또는 검사와 같은 신분이라고 생각하는 거야? 오! 친구야, 여배우들은 고관대작들과의 관계 때문에 귀족, 그것도 아주 지체 높은 귀족이라는 점을 알아 두렴."

그래서 내가 말했다. "그렇다면, 나의 공주님, 당신이 제안하는 그 자리를 받아들이겠소. 내 맹세를 어기는 일이 되지 않을 테니까." 그러자 그녀가 대답했다. "분명코 아니지요. 젊은 귀족의 집에 있다가 연극 주인공을 섬기러 간다는 것은 여전히 같은 세계에 머무르는 것이니까. 우리는 귀족들과 어깨를 나란히 한답니다. 우리는 그들처럼 마차도 있고, 맛있는 식사를 하고, 사실상 민간에선 우리를 같은 부류로 혼동할 걸요." 그러더니 덧붙였다. "실제로, 하루의 흐름 속에서 후작과 연극배우를 비교해 보면 거의 마찬가지랍니다. 후작이 하루의 4분의 3 동안 자기 지위로 인해 배우보다 우위에 있다면, 나머지 4분의 1 동안에는 배우가 후작보다 훨씬 더 위로 올라가지요. 배우가 연기하는 황제나 왕의 역할을 통해서 …. 내 보기에는 그런 것이 귀족성이나 권세 면에서 우리를 궁정 사람들과 동등하게 맞춰 주는 것 같아요." 그래서 내가 맞장구쳤다. "그래요, 정말로, 당신들은 반박의 여지 없이 서로 같은 수준에 있어요. 저런! 연극배우들은 내가 생각한 것처럼 불한당들이 아니군요. 당신 덕분에 그토록 교양 있는 사람들을 모시고 싶은 마음이 강렬히 드네요." 그러자 그녀가 말했다. "그렇다면, 너는 이틀 후 다시 오면 돼. 내가 내 여주인에게 너를 채용하도록 만들기 위한 시간은 그 정도면 충분할 거야. 여주인에게 너를 좋게 얘기해 줄게. 그녀의 마음에 내가 영향을 좀 끼치거든. 너를 여기에 들이게 할 거라고 확신해."

나는 라우라의 호의에 감사했다. 그 고마움 때문에 나는 그녀에게 감동했다고 말했고, 그녀가 그 점을 의심하지 않도록 열렬히 확언했다. 우리는 꽤 길게 대화를 나누었고, 어린 하인이 라우라에게 아르세니아가 찾고 있다는 말을 하러 오지 않았다면 그 대화는 더 이어졌을 것이다. 이윽고 우리는 헤어졌다. 나는 이제 식사를 할 집이 곧 생기게 되리라는 달콤한 기대를 하며 그 여배우의 집을 나섰고, 이틀 후 잊지 않고 그 집으로 다시 갔다. 그 시녀가 내게 말했다. "너를 기다리고 있었어. 이 집의 식사에 초대되었다는 말을 하려고…. 자, 나를 따라와 봐. 내가 내 여주인에게 너를 소개해 줄게." 그녀는 이 말을 하고 나서 같은 층에 대여섯 개의 방으로 이루어진 어느 처소로 나를 데려갔다. 모든 방에는 가구가 호화롭게 구비되어 있었다.

굉장히 화려했고, 너무 웅장했다! 마치 어느 총독부인의 집에 온 것만 같았다. 아니 그보다는 세계의 모든 부유함을 한 장소에 모아 놓은 것만 같았다. 여러 나라의 물품들이 있었고, 모든 여행자가 자기 나라에서 아주 귀한 것들을 가져와 바친 여신의 신전이라고 해도 손색이 없었다. 커다란 비단 방석 위에 앉아 있는 여신이 내 눈에 띄었다. 그녀는 매력적이었고, 제물들에서 피어오르는 연기로 풍만해 보였다. 그녀는 야한 실내복을 입고 있었고, 아름다운 손은 그날 하게 될 역할을 위해 머리를 새로 매만지고 있었다. 시녀가 그녀에게 말했다. “부인, 제가 말씀드린 회계 관리인이에요. 더 나은 인물은 없을 거라고 확실히 말씀드릴 수 있어요.” 그러자 아르세니아가 나를 매우 주의 깊게 살펴보았다. 다행히 그녀가 마음에 안 들어 하지는 않았다. 그녀는 “아니 어떻게, 라우라, 아주 잘생긴 청년이구나! 그를 그냥 받아들일 거 같구나”라고 소리치더니 이어서 내게 말을 걸었다. “이보시오, 당신은 내게 적합한 사람이군요. 내가 당신에게 할 말은 딱 한 마디예요. 내가 당신을 만족스러워하게 된다면 당신도 나에 대해 그럴 겁니다.” 나는 그녀에게, 그녀의 마음에 들도록 전심전력으로 모시겠노라고 대답했다. 나는 우리 사이에 합의가 된 것으로 알고, 당장 내 옷을 챙기러 갔다. 그리고 그 집에서 살기 위해 다시 돌아왔다.

10

앞장보다 길지 않은 장(章)

때는 연극이 거의 시작될 시간이었다. 여주인은 내게 라우라와 함께 자기를 따라서 극장으로 가자고 말했다. 우리는 그녀의 분장실로 들어갔다. 거기서 그녀는 외출복을 벗고 무대에 오르기 위해 더 멋진 옷을 입었다. 공연이 시작되자 라우라는 나를 객석으로 데리고 가서 나와 가까이 자리를 잡았다. 배우들도 보이고, 연극 대사도 완벽히 들리는 곳이었다. 배우들 대부분이 내 마음에 들지 않았다. 아마도 돈 폼페이요에게서 배우들에 대해 나쁜 얘기를 들어서 그랬던 것 같다. 그래도 배우들 중 여럿에게 박수를 보내지 않을 수 없었다. 그들 중 몇몇은 돼지에 관한 우화를 떠올리게 했다.

배우들이 우리 눈에 보일 때마다 라우라가 그들의 이름을 내게 알려 주었다. 그런데 그들의 이름을 말해 주는 것만으로 그치지 않았다. 헐뜯기 좋아하는 그녀는 그들에 관해 조목조목 묘사해 주었다! "이 배우는 머리가 텅 비었고, 저 배우는 건방져요. 지금 보이는 저

귀여운 여자는 우아하기보다는 자유분방해 보이지요. 그녀 이름은 로사르다랍니다. 극단으로서는 잘못 받아들인 배우죠! 누에바 에스파냐● 부왕의 지시로 만들어진 극단에 넣었어야 할 배우인데 말이에요. 그 극단은 아메리카로 마냥 떠나게 될 겁니다. 앞으로 나아가는 저 환한 별, 지고 있는 저 아름다운 태양을 보세요. 카실다랍니다. 그녀는 애인이 많아요. 예전의 이집트 공주가 그랬던 것처럼 그녀가 피라미드를 건설하려고 애인들 각자에게 치수석재(値數石材)를 하나씩 요구했다면, 아마도 세 번째 하늘에까지 닿을 만한 피라미드를 세울 수 있었을 걸요!" 라우라는 결국 모든 사람을 비방으로 갈기갈기 찢어 놓았다. 아! 못된 혀! 그녀는 심지어 여주인까지도 봐주지 않았다.

하지만 이제 내 약점을 고백하련다. 그 시녀의 성격이 그리 도덕적이 아니었다 하더라도 나는 그녀에게 매혹돼 있었다. 그녀는 멋을 부리며 헐뜯었는데, 그 멋 때문에 나는 그녀의 영악함마저 사랑하게 되었다. 막간이 되자 그녀는 일어났다. 아르세니아가 그녀의 시중을 필요로 하는 건 아닌지 보러 가기 위해서였다. 그런데 재빨리 돌아와서 자기 자리에 다시 앉지 않고, 무대 뒤에서 그녀를 귀여워하는 남자들의 달콤한 말들을 따내느라 신나 있었다. 나는 그녀를 관찰하기 위해 한번 따라가 봤다. 그녀가 아는 사람이 아주 많다는 것을 알아차렸다. 말을 걸려고 그녀를 멈춰 세운 배우들이 셋이나 있었고, 그들은

● 신대륙에서 스페인이 통치했던 지역. 현재의 멕시코, 미국 캘리포니아, 애리조나, 뉴멕시코, 텍사스주와 필리핀제도가 '누에바 에스파냐 부왕국'에 속했다. 1821년 멕시코가 독립하면서 사라졌다.

모두 그녀와 아주 친밀하게 얘기를 나누는 듯 보였다. 나는 그게 마음에 들지 않았다. 생전 처음으로 질투라는 감정을 느꼈다. 내가 너무 몽상에 잠기고 처량한 모습으로 자리에 돌아왔으므로 라우라는 나를 보자마자 즉각 눈치챘다. "왜 그러니, 질 블라스." 그녀가 놀란 모습으로 말했다. "내가 네 곁을 떠난 후 어떤 안 좋은 기분에 사로잡힌 거니? 울적하고 슬퍼 보이는구나." 그래서 내가 대답했다. "나의 공주님, 괜히 그런 게 아닙니다. 당신의 태도가 생기발랄해서 그래요. 당신이 남자배우들과 함께 있는 것을 방금 봤습니다." 그러자 그녀가 웃으며 내 말을 가로막았다. "아! 슬픔의 이유가 참 재미있네! 뭐라고! 그것 때문에 힘들다고? 오! 정말로 너는 앞으로 해야 할 게 많구나. 우리들 사이에서 많은 것들을 보게 될 거다. 우리의 거리낌 없는 태도에 익숙해져야 해. 질투는 금물이다, 얘야! 연극하는 사람들 사이에서 질투심을 보이면 우스꽝스런 자로 통한단다. 그래서 질투하는 사람이 거의 없어. 우리가 여기서 아버지들, 남편들, 남자형제들, 숙부들, 사촌들이라고 칭하는 사람들은 세상에서 가장 편한 사람들이고, 심지어 바로 그들 간에 진짜 가족을 이루는 일도 자주 생겨."

그녀는 내게 그 누구에 대해서도 불안감을 갖지 말고, 아주 평온히 바라보라고 권고한 후, 나더러 자기 마음에 드는 길을 찾은 행복한 인간이라고 장담했다. 그러고 나더니 그녀는 영원히 오직 나만 사랑할 거라고 단언했다. 내가 그 말을 의심한다면 경계심이 너무 많은 사람으로 여겨졌을 것이다. 그래서 나는 더 이상 불안해하지 않겠다고 약속했고, 그 약속을 지켰다. 당장 그날 저녁 나는 그녀가 남자들과 따로 대화를 나누며 웃는 것을 보았다. 연극이 끝나자 우리는 여주인과 함께 집으로 돌아왔다. 곧이어 그 집에 플로리몬데가 늙은 귀족 세 명과 남자배우 한 명을 데리고 저녁 식사를 하러 도착했다. 그 집에는 라우라와 나 말고도 요리사, 마부, 어린 하인이 있었다. 우리 다섯 사람은 모두 식사 준비를 하려고 모였다. 하신타 부인 못지않게 능숙했던 요리사가 마부와 함께 고기를 조리했다. 시녀와 어린 하인은 식탁에 집기들을 올려놓았고, 나는 뷔페를 차렸다. 아주 아름다운 은식기들과 금 꽃병 여러 개, 그리고 그 신전의 여신이 받은 다른 선물들로 꾸며진 뷔페였다. 나는 그 뷔페를 다양한 포도주병들로 장식했고, 여주인에게 내가 다재다능하다는 것을 보여 주려고 술 따르는 시종 역할을 했다. 나는 식사 동안 여배우들의 몸가짐에 감탄했다. 그녀들은 거드름을 피웠고, 아주 지체 높은 부인이라도 되는 양 굴었다. 귀족들을 극진히 대하기는커녕 귀족에게 마땅히 붙여야 할 존칭마저 생략하고, 그저 이름으로만 불렀다. 여배우들과 너무 친해진 귀족들이 그녀들을 그렇게 버릇없게 만들고 그토록 허영에 차게 만든 장본인들인 것이 사실이긴 하다. 남자배우 쪽에서도, 주인공 역할에 익숙해진 탓인지 귀족들과 허물없이 지냈고, 그들의 건강에 건배하며 마셨다. 말하자면 상석을 차지했다는 얘기다. 나는 속으로 생각했다. '아무럼, 배우와 후작이 낮 동안에는 동등하다고 라우라가 논증했을 때, 그들이 밤 동안에는 훨씬 더 그러하다고 덧붙일 수도 있었으리라. 왜냐하면 함께 술을 마시며 밤을 지새우니까.'

아르세니아와 플로리몬데는 천성적으로 쾌활했다. 그들에게서 자잘한 애정 표시와 아양이 섞인 과감한 말들이 숱하게 쏟아져 나왔고, 그 늙은 '죄인들'은 그런 표현들을 즐기고 있었다. 내 여주인은 죄 없는 농담들을 하나씩 즐기고 있는 반면, 그들 둘 사이에 있던 그녀의 친구는 그들에게 수산나●처럼 굴지 않았다. 늙은 사촌기로서는 그저 너무 매력적으로만 보일 뿐이던 그 광경을 내가 음미하는 동안, 과일이 나왔다. 그때 나는 테이블에 술병들과 잔들을 놓고 나서, 나를 기다리는 라우라와 저녁 식사를 하러 가려고 자리를 떴다. 그녀가 내게 말했다. "질 블라스, 네가 방금 본 그 귀족들에 대해 어떻게 생각하니?" 그래서 나는 "의심할 바 없이 아르세니아와 플로리몬데를 열렬히 좋아하는 사람들인데요"라고 대답했다. 그러자 그녀가 반박했다. "아냐, 그들은 교태부리는 여자들의 집에 드나들면서도 그녀들에 대해 애착은 없는 늙은 호색한들이야. 그들은 그녀들에게서 그저 약간의 환심만 요구할 뿐이고, 자기들에게 제공하는 하찮은 육체관계에 대해 꽤 후하게 대가를 치르지. 다행히 플로리몬데와 여주인은 현재 애인이 없어. 말하자면 남편인 듯 굴면서 한 집안의 온갖 지출을 책임지며 온 집안을 기쁘게 해주려 드는 그런 애인은 없다는 얘기야. 나한테는 그게 좋아. 교태는 부려도 분별력이 있다면 그런 식으로 엮이는 일은 피해야 해. 왜 주인을 만들어? 그 대가로 필요한 것들을 한 방에 다 얻기보다는 그냥 조금씩 버는 게 나아."

라우라는 말을 하는 동안에는 거의 늘 그 일에 몰두하고, 전혀 힘들어하지 않았다. 얼마나 달변이던지! 그녀는 군주극단의 여배우들

● 《구약성서》〈다니엘서〉에 나오는 인물. 바빌론의 아름다운 처녀인데, 방탕한 두 명사가 그녀를 유혹하려 했으나 거절당하자 그녀가 불륜을 저질렀다고 거짓 소문을 퍼뜨린다. 후에 거짓임이 판명되어 두 명사는 처벌을 받는다.

에게 일어난 숱한 일들을 내게 말해 주었다. 그 모든 이야기에서 내가 내린 결론은, 악덕을 완벽히 알기 위해서라면 내가 맡은 자리보다 더 좋은 곳이란 있을 수 없다는 점이었다. 불행히도 나는 그런 일들을 별로 끔찍하게 여기지 않는 나이였다. 게다가 그 시녀는 방탕을 너무 잘 묘사해서 나는 그 방탕에서 그저 감미로운 측면만 보았다. 그녀는 여배우들의 무훈담 중에서 채 10분의 1도 말해 줄 수 없었다. 왜냐하면 그 얘기를 해줄 시간이 세 시간밖에 안 되었으니까. 귀족들과 남자배우가 플로리몬데와 함께 물러나면서 그녀를 집에 데려다주었다.

그들이 나간 후 여주인이 내 손에 돈을 쥐여 주며 말했다. "자, 질 블라스, 내일 아침에 장 보러 갈 때 쓸 돈 10피스톨라라네. 우리의 신사숙녀 대여섯 명이 여기서 점심 식사를 하기로 돼 있으니, 맛있는 음식을 준비해 놓게나." 그래서 내가 "부인, 이 돈으로 극단 무리 전체에게 한턱낼 수 있을 만큼 가져오겠다고 약속드립니다"라고 대답했다. 그러자 아르세니아가 말했다. "이보시오, 자네의 표현을 고치게나. 극단 무리라고 하지 말고 극회(劇會)라고 해야 한다는 것을 알아두게나. 강도 무리, 거지 무리, 작가 무리라고는 하지만, 우리는 극회로 불러야 한다는 것을 배우게나. 마드리드의 배우들은 특히 자기네 단체를 극회라고 부를 만한 가치가 충분하니까." 나는 별로 공손하지 못한 용어를 사용한 것에 대해 여주인에게 용서를 구했고, 나의 무지를 용서해 달라고 아주 겸허히 간청했다. 이어서 마드리드의 '배우님'들을 집합적으로 말하게 될 때는 언제나 극회라고 부르겠다고 맹세했다.

11

배우들은 어떻게 함께 살며,
어떤 태도로 작가들을 대하나

그러므로 나는 다음 날 아침 회계 관리인으로서 내 직무를 수행하기 위한 활동을 개시했다. 그날은 고기를 먹지 않는 날이었다.● 나는 여주인의 지시대로 살찐 좋은 닭, 토끼, 새끼 자고새, 그리고 다른 작은 조류 고기들을 샀다. 남자배우들은 연극배우에 대한 교회의 입장을 불만스럽게 여기므로, 계명을 빈틈없이 준수하지는 않는다. 나는 열두 명이 사흘간 잘 지내는 데 필요할 만한 양보다 더 많은 고기를 집으로 가져왔다. 그래서 요리사는 오전 내내 일해야 했다. 그녀가 점심 식사를 준비하는 동안 아르세니아는 일어나서 정오까지 몸치장을 했다. 그때 배우들인 로시미로 씨와 리카르도 씨가 도착했다. 이어서 여배우들인 콘스탄시아와 셀리나우라가 갑자기 나타났고, 잠

● 무육일(無肉日): 기독교 국가들에서 고기를 먹지 않는 날. 금요일이 그런 날로서, 쇠고기나 돼지고기 등의 고기 대신 생선 같은 수산물을 주로 먹는다.

시 후 플로리몬데가 아주 민첩한 '세뇨르 카바예로'(기사 나리) 같은 분위기를 잔뜩 풍기는 남자와 함께 나타났다. 그 남자는 교묘하게 묶은 머리 모양에, 낙엽 같은 깃털 부케가 달린 모자, 아주 좁고 짧은 바지 차림이었다. 저고리가 살짝 벌어지자 아주 아름다운 레이스가 달린 세련된 셔츠가 보였다. 장갑과 손수건은 검의 손잡이 오목한 부분에 있었고, 외투는 아주 특별히 우아하게 들고 있었다.

그런데 안색도 좋고 몸매도 아주 좋은데도 불구하고 뭔가 특이한 것이 그에게서 우선 느껴졌다. '이 귀족은 괴짜임에 틀림없어'라는 생각이 들게 했다. 그것은 착각이 아니었다. 정말로 독특한 자였다. 그는 아르세니아의 처소에 들어오자마자 팔을 벌려 달려와서 멋 부리는 젊은 귀족들보다 더 과도한 감정 표시를 하며 여배우들을 얼싸안고, 이어서 남자배우들도 얼싸안았다. 그가 말하는 것을 들었을 때도 내 느낌은 바뀌지 않았다. 그는 모든 음절에 힘을 주었고, 과장된 어조로 말을 내뱉었으며, 동작과 시선을 주제에 맞추었다. 나는 궁금하여 라우라에게 그 기사가 누구냐고 물었다. 그녀가 말했다. "그 호기심 발동을 용서할게. 카를로스 알론소 데 라 벤톨레리아 씨를 처음 보거나 그의 말을 처음 들으면 누구나 그런 궁금증을 가지지 않을 수 없지. 그를 있는 그대로 묘사해 줄게. 첫째, 그는 배우였던 사람이야. 변덕이 나서 연극계를 떠났고, 나중에 이성을 차리고 후회를 했지. 그의 검은 머리털을 눈여겨봤니? 눈썹이나 콧수염과 마찬가지로 염색한 거야. 그는 토성보다 더 늙었어. 하지만 그가 태어나던 시절 그의 부모가 교구 등록부에 그의 이름을 올리는 일을 소홀히 했어. 그 점을 이용하여 그는 자기 나이를 실제보다 한 스무 살은 더 젊다고 얘기하지. 게다가 스페인에서 가장 자부심이 강한 인물이야. 그는 60세까지는 지독한 무지 속에서 보냈어. 하지만 똑똑해지기 위해 가정교사를 하나 두었고, 그 가정교사가 그에게 그리스어와 라틴어 읽는 법을 가르쳐 주었지. 게다가 무수히 많은 좋은 동화들을 외워서 마치 자기가 지어낸 이야기인 양 숱하게 낭송하다 보니 스스로도 정말로 자기 것인 양 상상하기에 이르렀어. 그는 대화에서도 그 이야기들을 언급하는데, 재기를 발하느라 기억을 희생시킨다고 할 수 있지. 게다가 사람들은 그를 대단한 배우라고 평가해. 나도 그 말을 경건히 믿고 싶어. 하지만 네게 솔직히 말하자면, 나는 그가 마음에 안 들어. 그가 여기서 낭송하는 것을 몇 번 들었는데, 결점들이 발견되었어. 특히 고리타분하고 우스꽝스러운 분위기를 주는 떨리는 목소리로 내는 너무 가식적인 발음이 그중 하나지."

시녀가 그 '명예 어릿광대'에 관해 얘기해 준 인물묘사는 그러했다. 정말로 그보다 더 교만한 태도를 가진 인간을 나는 본 적이 없다. 그는 말도 그럴싸하게 잘하는 달변가였다. 자신의 이야기보따리에서 두세 가지 이야기를 끄집어내서 위압적이고 매우 꾸민 분위기로 읊어대는 일을 늘 반드시 하고야 말았다. 그런데 배우들도 그곳에 침묵하러 온 것이 아니므로 말 없이 있지는 않았다. 그들은 그 자리에 없는 동료들에 관해 대화를 나누기 시작했는데, 사실 별로 자비롭게 얘기하지는 않았다. 하지만 그런 일은 배우나 작가에게는 용서해 줘야 한다. 그러므로 대화는 동료들에 대한 험담으로 열기를 띠었다. "여러분, 당신들은 사랑하는 우리 동료 세사리노의 새로운 특징을 알지 못해요"라고 로시미로가 말했다. "그가 오늘 아침에 비단 스타킹, 리

본, 레이스들을 사가지고는 모임 때 어린 시동을 시켜서 마치 어느 백작부인이 보낸 것처럼 가져오게 했다더군요." 그러자 데 라 벤톨레리아 씨가 건방지고 허세에 찬 태도로 미소 지으며 말했다. "웬 사기행각! 우리 시절에는 더 진심이었는데…. 우리는 그런 터무니없는 얘기를 지어낼 생각은 안 했지. 귀족 여인들이 우리로 하여금 그런 일까지 지어내지 않아도 되게 해주었으니까. 그분들은 물건을 직접 샀어요. 그런 기발함이 있었죠." 그러자 리카르도가 같은 어조로 말했다. "아무렴! 귀족 부인들은 그런 기발함을 아직도 갖고 계시죠. 그 점에 관해 설명해도 된다면…. 하지만 그런 종류의 일은 말하지 말아야 해요. 어떤 지위에 있는 사람들이 그 일에 관련될 때는 특히…."

그때 플로리몬데가 말을 가로막았다. "신사 여러분, 제발 여복에 관한 얘기는 그만하세요. 온 세상이 다 알고 있는 거니까. 이스메니아에 관해 얘기해 봅시다. 그녀를 위해 그토록 많은 돈을 쓴 귀족이 그녀에게서 방금 빠져나왔대요." 그러자 콘스탄시아가 소리쳤다. "그래요, 정말로. 게다가 그녀는 어느 어린 재정관리인도 잃는다는군요. 분명히 그녀가 파산하게 만들었을 텐데…. 나는 특이한 걸 알고 있어요. 그녀의 심부름꾼이 착각을 한 것 같아요. 그녀가 재정관리인에게 쓴 편지를 귀족에게 갖다주고, 귀족에게 가야 할 편지는 재정관리인에게 준 거죠." 그러자 플로리몬데가 "잃은 것이 많네, 귀여운 아가씨"라고 대꾸했다. 이에 콘스탄시아가 말을 이었다. "오! 귀족한테서는 잃을 것도 별로 없어요. 그 기사는 자기 재산을 거의 다 탕진했으니까요. 하지만 어린 재정관리인은 이제 막 경쟁자로 나섰을 뿐이고…. 그는 바람둥이 여인들의 손을 아직 거친 적도 없으니, 아쉬워할 만한 상대죠."

그들은 점심 식사 전에 거의 그런 식으로 대화를 나눴고, 식탁에 앉아서도 대화는 여전히 같은 소재로 흘러갔다. 내가 들은 그 비방과 거드름에 찬 얘기들을 다 전하려 든다면 다 끝내지도 못할 터이므로, 독자들은 차라리 그 얘기를 안 하는 편이 낫다고 여길 것이다. 그보다는 식사가 끝나갈 무렵 아르세니아에게 온 어느 불쌍한 작가를 그들이 어떤 식으로 대했는지 얘기하련다.

우리의 어린 시동이 와서 내 여주인에게 아주 큰 소리로 말했다. "부인, 옷이 더럽고, 온통 진흙투성이에, 미안하지만 완전히 시인처럼 생긴 어떤 남자가 부인을 뵙고 싶다고 합니다." 그러자 아르세니아가 대답했다. "올라오시게 해라. 신사 여러분, 움직이지 마세요. 작가랍니다." 실제로 본인이 쓴 비극이 채택되어 내 여주인에게 역할을 가져다준 작가였다. 그의 이름은 페드로 데 모야였다. 그는 들어오면서 모인 사람들에게 대여섯 차례나 몸을 깊이 숙여 인사했다. 거기 있던 사람들은 일어나지도 않았고, 인사조차 하지 않았다. 아르세니아는 그의 무수한 경의 표시에 고개만 까딱하는 것으로 응답했다. 그는 떨면서 당황하는 기색으로 방으로 들어섰다. 그러다가 장갑과 모자를 떨어뜨렸다. 그는 그것들을 줍더니 내 여주인에게 다가가서 소송인이 심리청구서를 판사에게 제출할 때보다도 더 공손하게 종이 하나를 그녀에게 내밀었다. 그러고는 말했다. "부인, 제가 감히 부인께 제안 드리는 역할을 제발 맡아 주시기 바랍니다." 그녀는 냉랭하고 멸시하는 태도로 그 종이를 받아들더니 그 찬사에 대꾸조차 하지 않았다.

그렇다고 그 작가가 물러난 것은 아니다. 그는 그 기회를 이용하여 다른 등장인물들도 나눠주려고 로시미로에게 한 역할, 플로리몬데에게도 한 역할을 부탁했다. 그런데 이 두 사람이 그 작가에게 아르세니아보다 더 예의 바르게 행동한 것도 아니다. 대부분의 신사들이 그렇듯 로시미로도 천성적으로 매우 상냥한 사람인데도 불구하고, 작가에게는 가시 돋친 조롱으로 모욕을 주었다. 페드로 데 모야는 그 조롱을 느꼈다. 하지만 차마 그 점을 들추지는 못했다. 그로 인해 자신의 연극작품이 피해를 볼까 봐 두려워서였다. 그는 아무 말 없이 물러갔지만, 내 보기에는 방금 받은 대접에 몹시 상처받은 것 같았다. 나는 그가 원통해서 그 배우들이 받아 마땅한 욕설을 속으로 퍼부었을 거라고 생각했다. 그런데 배우들은 그가 나가자 작가들에 대해 큰 존경심을 담아 말하기 시작했다.

"페드로 데 모야 씨가 별로 만족스러워하며 나간 것 같지 않은데요"라고 플로리몬데가 말하자 로시미로가 소리쳤다. "아니, 부인! 뭘 염려하시는 겁니까? 작가들이 우리의 관심을 받을 자격이나 있나요? 우리가 그들과 어울린다면 그들을 망치게 될 겁니다. 나는 그 하찮은 신사들을 잘 압니다. 그들은 곧 자신을 망각하고 무례해질 겁니다. 그들을 언제나 노예처럼 대합시다. 그들의 인내심이 한계에 달해도 염려하지 맙시다. 그들이 때때로 비애를 느껴서 우리와 멀어지면 글쓰기에 격정적으로 매진하여 결국 우리에게 다시 오게 되고, 우리는 그들의 작품을 연기하고 싶어지고, 그러면 그들은 너무 행복해집니다." 그러자 아르세니아가 말했다. "당신 말이 옳아요. 우리가 그들과 어울리면 성공할 만한 작가들을 잃는 것이 될 뿐이죠. 우리가 그들에게 자리를 잘 잡게 해주면 그들은 즉시 안락함에 빠져서 더 이상 일을 안 해요. 다행히 극회는 그런 상황을 잘 만회하기 때문에 관객은 그 여파를 겪지 않아도 되죠." 이 그럴싸한 말에 다들 손뼉을 쳤고, 작가들은 배우들로부터 받은 푸대접에도 불구하고 그들에게 더더욱 빚진 사람들이 되어 버렸다. 그 어릿광대들은 작가들을 자기들보다 아래에 두고 있었다. 그렇다고 작가들을 그 이상 더 무시할 수 없는 것은 확실했지만….

12

질 블라스가 연극에 호감을 갖고 연극계 생활의 즐거움에 빠져들다가 얼마 안 되어 역겨워하게 되다.

그 회식에 있던 사람들은 극장에 가야 할 시간이 될 때까지 식탁에 머물렀다. 그러다가 다 함께 극장으로 갔다. 나도 그들을 따라가서 그날도 연극을 보았다. 나는 너무 재미가 들려서 연극을 매일 보기로 작정했다. 그래서 빠짐없이 연극을 보았고, 나도 모르게 배우들에 익숙해졌다. 습관의 힘에 탄복하시라! 나는 무대 위에서 가장 큰 소리로 말하고 가장 몸짓이 많은 배우들에게 특히 매료되었다. 그리고 나만 그런 것이 아니었다.

희곡들의 아름다움이 연출 방식 못지않게 나를 감동시켰다. 나를 황홀케 한 작품들이 몇 편 있었는데, 특히 프랑스의 모든 추기경들과 열두 명의 대귀족이 나오는 작품들이 좋았다. 비견할 수 없이 훌륭한 시 구절들은 외웠다. 〈꽃들의 여왕〉이라는 제목의 연극은 이틀 만에 통째로 외웠던 기억이 난다. 여왕이었던 장미는 친구인 제비꽃에게 자신의 비밀을 터놓곤 했고, 시종으로는 재스민이 있었다. 나는 그 작품들보다 더 기발한 것은 없다고 생각했고, 그런 작품들이 우리나라의 정신을 매우 명예롭게 하는 것 같았다.

나는 그 걸작 희곡들의 매우 아름다운 특색들로 내 기억을 풍요롭게 하는 것에 그치지 않고, 내 취향을 발전시키는 일에도 매진했다. 그것을 확실히 해내기 위해 배우들이 하는 말을 탐욕스러울 정도로 주의 깊게 듣곤 했다. 그들이 어떤 희곡을 칭찬하면, 나도 그 작품을 높이 평가했다. 그들이 나쁘게 보는 작품이 있으면, 나도 그 작품을 무시했다. 보석상이 다이아몬드를 잘 아는 것처럼 그들이 연극작품에 정통할 거라고 생각했던 것이다. 그런데 페드로 데 모야의 비극에 관해서는 배우들이 성공하지 못할 거라고 판단했는데도, 그 비극은 아주 큰 성공을 거두었다. 그렇다고 내가 그들의 판단을 의심하게 되지는 않았다. 나는 그 극회의 무오류를 의심하기보다는 관객의 상식을 폄하하는 쪽을 택했다. 하지만 배우들이 좋게 여기지 않던 새로운 희곡들이 평소에 박수갈채를 받고, 배우들이 박수갈채로 받아들인 작품들은 거의 늘 관객의 야유를 받았다는 사실을 온갖 데서 확인하게 되었다. 작품들을 아주 나쁘게 판단하는 것이 배우들이 가진 원칙 중 하나라고 누군가 말해 주었다. 그리고 배우들의 판단을 반증하듯 그들이 혹평한 작품이 오히려 성공을 거둔 사례가 숱하게 있었다는 사실도 알게 되었다. 내가 미망에서 벗어나기 위해서는 그 모든 증거들이 필요했다.

나는 어떤 새 연극이 처음 공연되던 날 일어난 일을 결코 잊지 못할 것이다. 배우들은 그 희곡을 냉랭하고 지루하다고 생각했었다. 그들은 공연을 끝마치지도 못할 거라고 판단하기까지 했다. 그들은 그런 생각을 품은 채 제 1막을 연기했는데, 굉장한 박수갈채를 받았다. 그래서 그들은 놀라워했다. 제 2막이 펼쳐지자, 이번에는 제 1막 때보다 반응이 더 좋았다. 그러니 배우들이 얼마나 당황했겠는가! 로시미로가 말했다. “아니, 도대체 어떻게 이 연극이 인기를 끄는 거지!” 마지막으로 그들이 제 3막을 연기하자, 관객은 더욱더 좋아했다. 그러자 리카르도가 말했다. “도통 이해를 못 하겠어. 우리는 관객들이 이 연극을 좋아하지 않을 거라고 예상했는데, 관객들이 모두 즐거워하잖아!” 이때 한 배우가 아주 순진하게 말했다. “그 안에 우리가 알아채지 못한 재기가 있어서 그런 거지요.”

그래서 나는 배우들을 훌륭한 판관이라고 여기는 것을 그만두었고, 그들의 자질을 올바르게 평가하게 되었다. 사교계 사람들이 그들에게 부여하는 온갖 우스꽝스러움이 완벽하게 증명된 것이다. 박수갈채 때문에 망가지고, 자신을 감탄의 대상으로 여기면서, 연기를 관객에게 친절을 베푸는 것으로 여기는 그런 배우들을 나는 보곤 했다. 나는 그들의 결점에 몹시 놀랐다. 하지만 불행히도 그들의 생활방식이 마음에 들어서 방탕에 푹 젖어 들고야 말았다. 내가 그것에 어떻게 저항할 수 있겠는가? 그들 틈에서 듣곤 했던 그 모든 이야기들이 젊은이에게는 해로웠고, 나의 타락에 기여하지 않는 것은 하나도 없었다. 카실다의 집에서, 콘스탄시아의 집에서, 그리고 다른 여배우들의 집에서 벌어지는 일들은 내가 아직 알지 못했을지라도 오로지 아르세니아의 집에서 벌어지는 일만으로도 나를 파멸시키기에 충분했다. 그 집에는 내가 얘기했던 그 늙은 귀족들 외에, 고리대금업자들이 낭비를 일삼게 만들어 놓은 양갓집 자식들, 즉 그 겉멋 든 젊은 귀족들이

오곤 했다. 때로는 징세 청부인들도 맞아들였는데, 그들의 자체 모임에서처럼 출석 수당을 받는 것이 아니라, 그 집에 출석할 권리를 갖기 위해 오히려 그들이 지불했다.

옆집에 살던 플로리몬데는 아르세니아와 점심 식사도, 저녁 식사도 날마다 함께했다. 그녀들의 친밀한 관계는 많은 사람들을 놀라게 하는 것 같았다. 그 바람둥이 여자들이 그토록 사이가 좋은 것에 대해 사람들은 놀라워했다. 어떤 기사로 인해 조만간 사이가 틀어질 거라고 사람들은 생각했지만, 그건 그 완벽한 친구들을 잘못 알았기 때문이다. 견고한 우정으로 결합된 사이였으니까. 그녀들은 다른 여자들처럼 서로 질투하기는커녕 공동생활을 했다. 그녀들은 남자들로부터 벗겨낸 전리품들을 놓고 어리석게 다투며 한숨 쉬기보다는 나눠 갖는 쪽을 택했다.

라우라는 그 눈부신 두 협력자를 본받아서 그녀 또한 찬란한 날들을 보냈다. 그녀는 내가 아름다운 것들을 보게 될 거라고 말했었다. 나는 조금도 질투하지 않았고, 그저 그 극단의 관행을 따르겠다고 약속했었다. 며칠 동안 나는 모르는 체했다. 그녀가 남자들과 따로 대화하는 것을 목격하곤 했지만, 그들의 이름을 물어보는 것으로 그쳤다. 그녀는 언제나 숙부 또는 사촌이라고 대답했다. 친척이 어찌나 많은지! 그녀의 가문은 프리아모스 왕의 가문보다 인척이 더 많았나보다. 그 시녀는 숙부와 사촌들로 그치지 않고, 때로는 이방인들을 유혹하기 위해 내가 말한 바 있던 그 노파네 집에서 귀족 과부 노릇을 하기도 했다. 독자들에게 라우라에 관해 올바르고 명확하게 알려 주기 위해서 말하자면, 어쨌든 라우라는 여주인만큼 젊고 예쁘고 애교스러웠다. 그녀의 여주인은 관객을 공개적으로 홍겹게 한다는 이점 말고는 라우라보다 더 나을 것도 없었다.

나는 석 주 동안 격랑에 몸을 맡겼다. 온갖 종류의 쾌락에 빠졌던 것이다. 하지만 동시에 그 쾌락들 한가운데서도 내 교육에서 비롯된 회한이 내 안에서 솟구치는 것을 종종 느꼈다. 그 회한은 감미로움에 씁쓸함을 섞어 놓았다. 방탕은 그 회한을 물리치지 못했다. 오히려 그 반대로, 내가 방탕할수록 회한은 늘어만 갔다. 그리고 어떤 다행스런 천성이 효과를 발휘하여 나는 연극계 생활의 무질서가 끔찍스러워지기 시작했다. 그리고 생각했다. '아! 비참한 인간, 너는 가족의 기대를 그런 식으로 채우는 거니? 가정교사가 아닌 다른 선택을 함으로써 이미 가족을 충분히 속이지 않았니? 너의 굴종적인 처지가 너로 하여금 올바른 인간으로 사는 것을 막는 것 같지 않니? 그토록 타락한 사람들과 함께 지내는 것이 너에게 맞는 거니? 어떤 자들은 시기심, 분노, 탐욕에 지배되고, 또 어떤 자들에게는 수치심이란 게 없다. 어떤 자들은 탐닉과 게으름에 빠져 있고, 또 어떤 자들은 자만이 오만불손에까지 이른다. 이제 끝장이다. 일곱 가지 대죄를 지으며 더 오래 머무는 짓은 하고 싶지 않다.'

제 4 부

1

질 블라스가 배우들의 풍속에 익숙해지지 못해서 아르세니아의 하인 자리를 떠나 더 점잖은 집을 찾아내다

그토록 타락한 풍속 가운데서도 내게는 여전히 얼마간의 명예심과 신앙심이 남아 있어서 나는 아르세니아를 떠나야겠다는 결심을 하였다. 그리고 수도 없이 나를 배신한 것을 알면서도 여전히 사랑하지 않을 수 없었던 라우라까지 모든 관계를 끊어 버리기로 작정하였다. 너무 몰두했던 쾌락을 흔들어 놓는 이성의 순간을 그렇게 이용할 수 있는 자에게 복이 있나니! 화창한 어느 날 아침에 나는 짐을 꾸렸다. 사실상 거의 받을 것도 없는 아르세니아와의 정산을 생략하고, 사랑하는 라우라에게 작별인사도 없이, 나는 그저 방탕한 공기만 들이마시게 되는 그 집에서 나와 버렸다. 내가 그 올바른 행동을 하자 하늘이 즉각 보상을 해주었다. 내 주인이었던 작고한 돈 마티아스의 집사를 길에서 만난 것이다. 내가 그에게 인사를 하자, 그가 나를 알아보고는 요즘 누구를 모시고 있느냐고 물었다. 그래서 나는 방금 전부터 아무도 모시지 않는다고 대답했다. 한 달 가까이 아르세니아의 집에 머물렀으나 그 집 풍속이 나한테 맞지 않아서 나의 순수성을 구해 내기 위해 그 집에서 자발적으로 방금 나왔다는 얘기도 했다. 그 집사는 마치 선천적으로 양심적이었던 양 나의 그 섬세한 마음을 칭찬했다. 그리고 나더러 신의 있는 하인이었으므로 자기가 직접 좋은 일자리를 얻어 주고 싶다고 말했다. 그는 약속을 지켰다. 그날 당장 나를 돈 비센테 데 구스만의 집에 들여놓았으니 말이다. 그 집의 재정관리인과 아는 사이였기 때문이다.

내가 그보다 더 좋은 일자리는 찾을 수 없을 정도로 괜찮은 집이었다. 그래서 나는 거기 머물렀던 것을 이후에도 전혀 후회하지 않았다. 돈 비센테는 아주 부유한 늙은 귀족이었고, 여러 해 전부터 소송거리도 없고 아내도 없이 행복하게 살고 있었다. 의사들이 그 아내의 기침을 멎게 해주려다가 그녀의 목숨을 앗아가 버렸기 때문이다. 만약 그녀가 그들의 치료를 받지 않았더라면 기침은 할지언정 더 오래 살았을 것이다. 돈 비센테는 재혼을 생각하기보다는 무남독녀인 아우로라의 교육에 온전히 헌신했다. 당시 그녀는 스물여섯 살에 접어들었고, 성숙한 여인으로 통할 수도 있었다. 평범치 않은 미모에 탁월하고 아주 연마된 재기의 소유자였다. 그녀의 아버지는 재능은 조촐했으나 사업을 잘 관리하는 능력이 있었다. 그런데 그에게는 노인이라면 용서해 주어야 할 결점 하나가 있었다. 말하는 것을 좋아하고, 주로 전쟁과 싸움에 관해 얘기하는 것을 좋아했다. 불행하게도 그가 있을 때 그런 주제를 건드리게 되면 그는 즉시 장렬한 트럼펫을 입에 물었다. 그러면 청중으로서는 포위 공격 두 가지와 전투 세 가지에 관한 이야기를 듣고 끝나기만 해도 너무 다행이었다. 그는 인생의

3분의 2를 군대에서 보냈으므로, 그의 기억은 다양한 사건의 마르지 않는 원천이었다. 그래서 그는 신이 나서 얘기하지만, 듣는 사람은 늘 즐거울 수만은 없는 노릇이었다. 게다가 그는 말을 더듬고 산만해서 이야기 방식이 참 가관이었다. 그런데 나는 그렇게 좋은 성격을 가진 귀족을 본 적이 없다. 그는 기분이 늘 한결같았고, 고집쟁이도 아니고 변덕쟁이도 아니었다. 귀족이 그렇다 보니 감탄스러웠다. 그는 재산을 잘 관리하면서도 영예롭게 살았다. 그의 아랫사람들은 시종 여럿과 아우로라를 돌보는 하녀 셋으로 구성되었다. 돈 마티아스의 집사가 내게 정말로 좋은 자리를 얻어 주었다는 것을 나는 곧 인정했고, 그래서 거기에 붙어 있을 생각만 하였다. 나는 현장을 익히는 일에 전념했고, 이 사람 저 사람의 성향을 연구했다. 그러고 나서 이에 맞게 나의 처신을 정하고 나서, 지체 없이 내 주인과 모든 하인들이 나에게 호감을 갖게 만들어 놓았다.

돈 비센테의 딸이 그 집의 모든 시종들 중에서 특히 나를 눈여겨본다는 것을 알아챈 것은 내가 그 집에 있게 된 지 벌써 한 달도 넘은 때였다. 그녀의 눈길이 내게 머물 때마다, 다른 사람에게 던지는 시선에서는 보이지 않는 일종의 호감이 눈에 띄는 것 같았다. 내가 멋쟁이 귀족 청년들과 배우들을 자주 접하지 않았다면 나에 대한 아우로라의 호감을 결코 상상조차 하지 않았을 테지만, 그 신사들 틈에서 나는 좀 타락했던 것이다. 그들 사이에서는 아주 지체 높은 부인조차도 그리 평판이 좋은 편이 아니다. 나는 생각했다. '그 어릿광대 중 몇몇의 말을 믿어 본다면, 귀족 부인들도 때로는 어떤 일탈적인 욕망에 사로잡힌다. 그들은 바로 그 점을 이용한다. 내 여주인도 혹시 그런 성향이 아닌지 내 어찌 알겠는가?' 나는 그렇게 생각하다가 잠시 후 다시 생각했다. '천만에, 그렇게 확신할 수는 없다. 그녀는 출생에 대한 자부심을 저버리고, 자신의 시선을 온당치 못하게 먼지처럼 하찮은 것에까지 낮추고, 체면이 깎여도 얼굴을 붉히지 않는 그런 메살리나● 같은 여자가 아니다. 그보다는 덕성스럽지만 다정한 여인 쪽에 가깝다. 덕성이 애정에게 정해 주는 한계로 만족하면서, 위험하지 않게 즐겁게 해주는 섬세한 열정을 불러일으키고, 자신도 그 열정을 느끼는 것을 주저하지 않는 그런 여인이다.'

나는 여주인에 대해 그렇게 판단했다. 하지만 정확히 무엇에서 멈춰야 할지는 몰랐다. 그런데 그녀는 나를 볼 때면 어김없이 미소를 짓고 기쁨을 표시했다. 자만에 빠지지 않고도 그토록 아름다운 모습에는 끌릴 수 있는 법이다. 그래서 나는 저항할 방법이 없었다. 나는 아우로라가 내 장점에 몹시 반했다고 믿었고, 사랑 때문에 굴종 상태를 너무 달콤하게 여기는 그런 행복한 하인이 된 거라고 믿었다. 그래서 내 여복이 주고 싶어 하는 그 행복을 받을 자격을 조금이라도 갖추기 위해, 이전보다 더 나 자신을 가꾸기 시작했다. 그때까지는 그런 적이 없었는데…. 나는 내의, 포마드, 에센스 등을 사느라 돈을 다 탕진했다. 아침마다 제일 먼저 하는 일은 치장하고 향수 뿌리는 일이었다. 여주인 앞에 나서야 할 때 자기관리가 안 된 사람처럼 보이지 않

● 발레리아 메살리나(20~48). 로마 황제 클라우디우스의 세 번째 아내이자 브리타니쿠스의 어머니. 고대 역사가들에 따르면, 그녀는 잔인하고, 욕망을 절제하지 못하고 탐욕스러웠다고 한다. 특히 섹스에 탐닉한 것으로 유명하다.

기 위해서였다. 매무새를 다듬고, 그녀 마음에 들기 위해 다른 정성도 기울이면서, 나는 내 행복이 그리 멀리 있지 않을 거라는 환상을 품었다.

아우로라의 시녀 중에 오르티스라는 이름의 여자가 있었다. 돈 비센테의 집에서 20년 넘게 살아온 노파였다. 그녀는 돈 비센테의 딸을 키웠고, 아직도 샤프롱 자격을 보유하고 있었다. 그러나 힘든 일은 더 이상 하지 않았다. 그 반대로 예전처럼 아우로라의 행동들을 일일이 밝히기보다는 이제는 그저 감추는 데만 급급했다. 그래서 결국 그녀는 여주인으로부터 전적인 신뢰를 받았다. 어느 날 저녁 오르티스 부인이 다른 사람들은 듣지 못하게 나한테만 말할 기회가 생기자, 내게 아주 조그맣게 말했다. 내가 현명하고 조심스럽다면 자정에 정원으로 가보라고…. 거기 가면 내가 유감스러워하지 않을 것을 알게 될 거라고도 했다. 나는 그 샤프롱의 손을 꽉 잡으면서 꼭 가겠노라고 대답했다. 그러고 나서 우리는 다른 사람에게 들킬까 봐 얼른 헤어졌다. 나는 돈 비센테의 딸에게 내가 감동적인 인상을 주었을 거라고 굳게 믿고서, 이로 인한 기쁨을 주체하지 못했다. 그날 우리는 아주 이른 시간에 저녁 식사를 했는데도 불구하고, 그 저녁 시간이 될 때까지 시간이 얼마나 느리게 흐르던지! 그리고 저녁 시간부터 주인이 잠자리에 들 때까지도 시간은 왜 그리도 길던지! 그날 저녁 집안의 모든 것이 굉장히 느리게 진행되는 것만 같았다. 게다가 돈 비센테가 자기 처소로 물러났지만 쉴 생각은 안 하고, 이미 괴로울 정도로 자주 들려주었던 포르투갈 원정 이야기를 또 되풀이하기 시작했을 때 나는 얼마나 지겨웠던지! 그런데 그가 아직 얘기 안 하고 그날 저녁까지 간직해 두었던 것은 그 시절에 혁혁했던 장교들의 이름이었다. 그는 그 이름들을 죄다 하나하나 열거하며 각 장교의 공적을 들려주었다. 끝까지 듣기가 얼마나 괴로웠던지! 어쨌든 그는 결국 말을 마치고 잠자리에 들었다. 나는 즉각 내 침대가 있는 작은 방으로 건너갔다가, 비밀 계단을 통해 정원으로 내려갔다. 온몸에 포마드를 문지르고, 향수도 잘 뿌린 다음 하얀 셔츠를 입었다. 여주인의 고집스런 덕성을 누그러뜨리게 해줄 수 있을 만한 것은 하나도 빼지 않고 다 하고 나서야 만남의 장소로 갔다.

거기서 오르티스는 보이지 않았다. 나는 그녀가 나를 기다리다가 지루해져서 자기 처소로 도로 갔고, 밀회 시간은 지나가 버렸다고 판단했다. 그래서 돈 비센테를 원망했다. 그가 참여했던 원정들을 그렇게 저주하고 있던 터에 10시 종이 들렸다. 나는 시계가 잘못되었을 거라고 생각했고, 최소한 새벽 1시는 되었을 거라고 믿었다. 그런데 실은 내가 정말로 착각한 것이어서, 한 15분은 족히 지난 것 같은데 다른 시계가 또 10시 종을 울렸다. 그래서 나는 생각했다. '좋아, 이제 두 시간을 하염없이 기다리기만 하면 되는구나. 적어도 내가 시간을 엄수하지 못했다고 불평하지는 못할 테지. 자정까지 나는 뭘 해야 하나? 이 정원에서 산책하면서 내가 해야 할 역할을 생각해 보자. 나로서는 꽤 새로운 일이니까. 나는 귀족 여인들의 욕망에는 아직 익숙하지 않잖아. 쉬운 여자들과 여배우들에게는 어떤 식으로 대해야 하는지 알고 있지. 친한 척하면서 다가가 무람없이 거칠게 밀어붙이면 된다. 하지만 귀족 여인을 대할 때는 다른 작전이 필요하다. 내 생각에, 환심을 사려는 남자는 예의 바르고, 친절하고, 다정하고, 존중

어린 태도를 취하면서도 수줍어하지 말아야 한다. 행복을 얻기 위해 열광적으로 서두르기보다는 그녀가 약해지는 순간을 노려야 한다.'

나는 그렇게 추론하고 나서 아우로라에게 그런 식으로 잘 처신하기로 작정했다. 잠깐 동안 나는 그 사랑스런 여인의 발아래서 온갖 열정적인 얘기를 하는 즐거움에 빠지는 상상을 했다. 심지어 우리 둘만의 만남에서 사용할 수 있을 만하고, 나에게 성공을 보장해 줄 만한 연극 작품들의 구석구석을 머릿속으로 죄다 떠올려 보기까지 했다. 그것들을 잘 적용하기로 마음먹었다. 나는 그저 기억력이 좋을 뿐이지만, 내가 아는 몇몇 배우처럼 총명한 사람으로 보이기를 기대했다. 주인의 군대 얘기보다는 더 기분 좋게 내 초조함을 달래 준 그 모든 생각들에 빠져 있던 터에 11시 종이 울리는 소리가 들렸다. 그래서 나는 생각했다. '좋아. 이제 60분만 기다리면 되는군. 인내심으로 무장하자.' 나는 용기를 냈고, 다시 몽상에 빠졌다. 어떤 때는 산책을 계속하고, 또 어떤 때는 정원 끝에 있는 정자에 앉아 있기도 했다. 마침내 그토록 오래 기다리던 시간인 자정이 되어 종이 울렸다. 잠시 후, 오르티스가 정확히 시간을 지키며 나타났다, 하지만 그녀는 나보다는 덜 초조한 모습이었다. 그녀가 다가오며 말했다. "질 블라스 씨, 여기에 얼마 동안 있었습니까?" 그래서 내가 "두 시간이요"라고 대답했더니 그녀가 내 기분은 안중에도 없이 폭소를 터뜨리며 말했다. "당신은 참 정확하군요. 당신에게 밤 약속을 주는 것이 즐겁네요." 그러더니 이번에는 진지한 태도로 말을 계속했다. "이제 내가 당신에게 행복한 소식을 알려 줄 텐데, 그것에 대해 아무리 큰 대가를 치러도 지나치지 않을 겁니다. 여주인께서 당신과 따로 대화하고 싶어서 당신을 그분 처소로 들이라는 지시를 내게 했어요. 지금 기다리고 계십니다. 당신에게 그 이상은 말하지 않겠어요. 나머지는 당신이 직접 들어야 할 비밀입니다. 나를 따라오세요. 안내해 줄게요." 샤프롱은 그렇게 말하고 나서 내 손을 잡더니 그녀가 열쇠를 갖고 있는 작은 문을 통해 오묘하게도 여주인의 방으로 나를 안내했다.

2

아우로라는 질 블라스를 어떻게 맞았고,
그들은 무슨 대화를 나누었나

아우로라의 방에 들어가 보니 그녀는 실내복 차림이었다. 나는 그게 마음에 들었다. 나는 그녀에게 매우 정중히 그리고 최대한 우아하게 인사했다. 그녀는 웃는 낯으로 나를 맞았고, 내가 마다하는데도 자기 곁에 앉게 했다. 그리고 나를 가장 황홀케 한 점은, 그녀의 심부름꾼에게 우리 둘만 남겨 놓고 다른 방으로 가 있으라고 말한 것이다. 그런 후 말했다. "질 블라스, 내가 당신을 호의적으로 바라보고, 내 아버지의 모든 하인들 중에서 당신을 특별히 여긴다는 것을 당신도 눈치챘을 겁니다. 내가 당신에게 어떤 좋은 의도를 갖고 있다고 판단케 할 정도의 시선은 아닐 테지만, 오늘 밤의 이 일이 당신으로 하여금 그렇게 여기게 했을 것이 분명해요."

나는 그녀에게 그 이상 말할 시간을 주지 않았다. 예의 바른 남자라면 그녀의 정숙함을 배려해서 그녀가 구구절절 더 설명하는 수고를 하지 않아도 되게 해주어야 한다고 믿었던 것이다. 그래서 열정적으로 일어나서 아우로라의 발아래 몸을 던졌고, 공주 앞에 무릎 꿇는 연극 주인공처럼 대사를 낭독하는 어조로 소리쳤다. "아! 아가씨, 제가 제대로 들은 건지! 그 말을 저한테 하신 건가요? 지금까지는 운명의 노리개였고, 온 자연의 찌꺼기였는데, 그런 제가 아가씨께 감정을 불러일으키는 행복을 갖게 될 수 있는 걸까요…." 그러자 여주인이 웃으며 말을 가로막았다. "그렇게 크게 말하지 마세요. 옆방에서 자고 있는 내 하녀들을 깨우겠네요. 일어나세요. 다시 당신 자리에 앉아서, 내 말을 끊지 말고 끝까지 들으세요." 그러더니 그녀는 다시 진지해지며 말을 계속했다. "나는 당신이 잘되기 바랍니다. 내가 당신을 존중한다는 것을 증명하기 위해 내 삶의 안위(安危)가 달린 비밀 하나를 털어놓을게요. 나는 잘생기고 풍채도 좋으며 저명한 가문 출신인 어느 젊은 기사를 사랑합니다. 그의 이름은 루이스 파체코입니다. 나는 그가 산책할 때나 공연장에서 가끔씩 봅니다. 하지만 그에게 말을 걸어 본 적은 없어요. 그가 어떤 성격인지조차 모르고, 나쁜 자질을 갖고 있는지 아닌지도 모릅니다. 바로 그런 점에 대해 알고 싶어요. 그래서 그의 품행에 관해 세심히 조사해서 내게 충실히 보고해 줄 사람이 하나 필요합니다. 나는 우리 집의 다른 그 어느 하인보다 당신을 선호합니다. 당신에게 이 일을 맡기면 아무 위험부담이 없을 거라고 믿어요. 당신이 아주 수완 좋게 그리고 조심스럽게 이 일을 수행하여, 내가 당신에게 이 비밀을 터놓은 것을 전혀 후회하지 않게 해주기를 기대합니다."

나의 여주인은 이쯤에서 내 대답을 들으려고 말을 멈췄다. 나는 그토록 불쾌하게 착각한 것에 대해 우선 당황했지만, 곧이어 얼른 정신을 차렸다. 그리고 불행하게도 무모한 언동이 늘 초래하고야 마는 수치심을 극복하면서, 그 일에 대해 열렬한 관심을 표명했고, 그녀에게 열성을 다해 헌신하는 태도를 보였다. 그래서 내가 그녀 마음에 들었을 거라고 정신 나간 환상을 품었다는 생각을 그녀에게서 걷어 내지는 못했을지언정 최소한 내가 멍청한 짓을 바로잡을 줄은 안다는 것을 알게 해주었다. 나는 돈 루이스에 관해 훌륭한 보고를 하기 위해 단 이틀을 달라고 요청했다. 그러고 나자 여주인이 오르티스 부인을 불렀고, 부인은 나를 다시 정원으로 데려다주었다. 그녀는 내 곁을 떠날 때 조롱 조로 말했다. "안녕, 질 블라스, 첫 만남에서는 그렇게 일찍 나타나지 말라고 충고할게요. 당신이 시간 엄수를 얼마나 잘하는지 내가 너무 잘 알아요."

나는 내 방으로 돌아왔다. 기대가 어긋나서 화가 났던 것도 사실이다. 하지만 나는 꽤 이성적이어서 금세 마음을 달랬다. 여주인의 애인보다는 비밀을 터놓는 상대가 되는 것이 내게 더 적합하다는 생각이 들었다. 심지어 그 일이 나한테 뭔가 좋은 결과로 이어지리라는 생각마저 했다. 사랑의 중개자들은 통상 수고비를 두둑이 받으니 말이다. 그리고 나는 아우로라가 내게 요구한 것을 하기로 작정하며 잠자리에 들었다. 다음 날 나는 그 일을 위해 외출했다. 돈 루이스 같은 기사의 거처는 찾기 힘들지 않았다. 나는 그에 관해 이웃들에게 알아보았지만, 내가 말을 걸었던 사람들은 궁금증을 완전히 해소시켜 주지는 못했다. 이 때문에 다음 날 다시 조사해야 했다. 그날은 운이 좀 더 좋았다. 길에서 우연히 아는 청년을 만났기에 나는 멈춰 서서 그와 얘기를 나눴다. 그러던 중 곧이어 그의 친구 한 명이 지나가다가 우리에게 다가와서 자기가 돈 루이스의 아버지인 돈 호세 파체코의 집에서 방금 쫓겨났다고 말했다. 60~70리터가량의 포도주를 마셨다고 비난받아서 그리 됐다고 했다. 내가 알아내려 했던 것을 모두 알 수 있을 그 좋은 기회를 나는 놓치지 않았고, 숱한 질문을 하여 내 여주인에게 약속을 지킬 수 있게 되었다. 그래서 몹시 흡족해하며 집으로 돌아왔다. 다음 날 밤 같은 시각에 첫 번째와 같은 방식으로 그녀를 다시 보기로 돼 있었다. 그날 저녁은 안달하지 않았고, 늙은 주인의 얘기를 초조히 견디기보다는 오히려 내가 그로 하여금 원정 이야기를 하게 만들었다. 나는 더할 수 없이 평온히 자정을 기다렸고, 여러 시계가 울려 댄 다음에야 정원으로 내려갔다. 포마드도 안 바르고, 향수도 뿌리지 않고 … . 그 점에서도 나 자신을 수정했던 것이다.

지난번처럼 약속장소에서 그 충성스런 샤프롱을 만났다. 심술궂게도 그녀는 내가 덜 부지런해졌다고 투덜댔다. 나는 아무 대답도 하지 않았고, 그녀가 이끄는 대로 아우로라의 처소로 갔다. 내가 나타나자 아우로라는 돈 루이스에 대해 잘 알아봤는지, 많은 것을 알아냈는지 물었다. 그래서 내가 말했다. "네, 부인, 부인의 궁금증을 만족시켜 드릴 만한 것이 있습니다. 우선 그는 학업을 마치기 위해 살라망카로 돌아갈 채비를 하는 중이라더군요. 제가 들은 바로는 명예심과 성실함으로 꽉 차 있는 청년 기사랍니다. 용기도 없지 않을 거예요. 귀족이고 카스티야 사람이니까요. 게다가 총명하고, 예의범절도 훌륭하답니다. 그런데 어쩌면 부인의 취향이 아닐지도 모르는 점, 그럼에도 부인께 말씀드리지 않을 수 없는 사실이 있는데, 그것은 바로 그가 여느 젊은 귀족들의 전형적인 성격을 좀 지나치게 갖고 있다는 점입니다. 즉, 엄청나게 난봉꾼이라는 겁니다. 그 나이에 벌써 여배우를 둘이나 사귀었다는 사실을 아시나요?" 그러자 아우로라가 대꾸했다. "아니, 그게 무슨 소리예요? 그의 품행이 방자하군요! 그런데 질 블라스, 그가 그토록 방탕한 생활을 하는 게 확실한가요?" 그래서 내가 대답했다. "오, 의심의 여지가 없습니다. 오늘 아침에 그의 집에서 쫓겨난 시종이 말해 줬거든요. 시종들은 자기네 주인의 결점에 관해 말할 때는 솔직하답니다. 게다가 문제의 그 기사는 돈 알렉소 세히아르, 돈 안토니오 센테예스, 돈 페르난도 데 감보아와도 어울리는데, 그것만으로도 그의 방종은 설득력 있게 증명됩니다." 그러자 여주인이 한숨을 내쉬며 말했다. "됐어요, 질 블라스, 당신의 보고를 바탕으로 나의 온당치 못한 사랑을 무찌르렵니다. 내 마음에 이미 뿌리를 깊이 박았다 하더라도 그 뿌리를 뽑아낼 가망이 없지는 않아요." 그러더니 그녀는 비어 있지 않은 작은 돈주머니를 내 손에 쥐여 주며 말을 계속했다. "자, 당신의 수고에 대한 대가로 주는 겁니다. 내 비밀을 드러내지 않도록 조심하세요. 그 비밀은 당신의 침묵에 맡겨진 것임을 명심하세요."

나는 여주인에게 나라는 사람은 속내를 얘기할 수 있는 시종들의 하르포크라테스•이며, 그 점에 관해서는 안심해도 된다고 확신시켰다. 그러고 나서 돈주머니에 무엇이 들어 있는지 몹시 궁금해하며 물러났다. 거기에는 20피스톨라가 들어 있었다. 아우로라에게 기분 좋은 소식을 전했더라면 아마도 더 많은 돈을 받았을 거라는 생각이 금

• 그리스 신화에 나오는 침묵의 신.

세 들었다. 왜냐하면 그녀는 슬픈 소식에 대한 대가를 치른 거니까. 나는 사법기관 사람들처럼 하지 않은 것을 후회했다. 그들은 조서에서 때때로 진실에 분칠을 한다. 내가 솔직함을 멍청히 뻐기지 않았더라면 그 이후에 나한테 아주 유익했을 연애를 싹부터 잘라 낸 것이 후회스러웠다. 하지만 내가 아주 부적절하게 포마드와 향수를 사느라 지출했던 돈을 벌충하게 되어 좀 위로가 되긴 했다.

3

돈 비센테의 집에 일어난 큰 변화와 아름다운 아우로라가 사랑 때문에 하게 된 이상한 결단

그 사건이 있은 지 얼마 안 되어 돈 비센테 나리가 병에 걸렸다. 그의 나이가 그리 많지는 않지만, 병세가 너무 심해서 불길한 여파를 염려해야 할 지경이었다. 병에 걸린 초기부터 마드리드에서 가장 유명한 의사들 두 명을 오게 했다. 한 사람은 안드로스 박사였고, 다른 사람은 오케토스 박사였다. 그들은 환자를 주의 깊게 살피며 면밀하게 관찰한 후, 체액들이 격분한 상태에 있다고 했다. 하지만 그 점에서만 의견이 서로 일치했다. 한 의사는 그날로부터 하제를 복용시키려 했고, 다른 의사는 하제 복용을 연기시키려 했다. 안드로스가 말했다. "체액이 날것이라 할지라도 그것들이 격렬하게 몰려오고 몰려가고 하는 동안 서둘러 하제를 써야 합니다. 어떤 귀중한 부위에 머물러 있을까 봐 두려우니까요." 오케토스는 그 반대로 하제를 사용하기 전에 체액이 익을 때까지 기다려야 한다고 주장했다. 그러자 다시 안드로스가 말했다. "하지만 당신의 방법은 의학의 군주인 히포크라테스의 방법과 정반대입니다. 히포크라테스는 열이 아주 심하게 나면 초기부터 하제를 사용하라고 주의를 주었고, 체액이 오르가슴에 달하면, 즉 격렬해지면 얼른 하제를 써야 한다고 단호히 말했지요." 그러자 오케토스가 반박했다. "오! 바로 그 점에서 당신이 착각한 겁니다. 히포크라테스의 말에서 그 오르가슴이란 단어는 격렬함을 의미하지 않습니다. 그 단어는 체액의 화농을 의미합니다."

그것에 관해 그 의사들은 열띤 논쟁을 벌였다. 한 의사는 그리스 텍스트를 들먹이면서 자기와 같은 설명을 한 저자들을 죄다 인용하고, 다른 의사는 로마 전통에 의거해서 훨씬 더 큰 목소리로 그것에 대해 설파했다. 둘 중 누구를 믿어야 할까? 돈 비센테는 그 문제를 결정할 수 있을 만한 사람이 아니었다. 그럼에도 선택을 해야 하는 상황이 되자 더 많은 환자를 신속히 처치한 쪽에 신뢰를 주었다. 즉, 더 늙은 의사를 말한다. 그보다 젊은 안드로스는 즉각 물러났지만, 선배 의사에게 오르가슴에 대해 조롱 섞인 독설을 몇 마디 던지지 않을 수 없었다. 어쨌든 오케토스가 승리하였다. 그는 상그라도 박사의 원칙을 따르는 의사였으므로, 체액이 익어서 하제를 사용하게 될 때까지 우선 환자를 사혈하는 것부터 시작했다. 그런데 죽음은 그토록 현명하게 지체시켰던 하제 사용이 희생자를 빼앗아갈까 봐 두려웠던지, 먼저 선수를 쳐서 곪게 하여 내 주인을 데려가 버렸다. 그것이 돈 비센테 씨의 마지막이었다. 그의 의사가 그리스어를 모르는 바람에 목숨을 잃은 것이다.

아우로라는 아버지의 신분에 어울리는 장례식을 치른 후 재산 관리에 들어갔다. 그녀는 제멋대로 하는 주인이 되어 몇몇 하인에게 그간

한 일에 대한 보상을 해주면서 그들을 해고했다. 그러고는 곧이어 사세돈과 부엔디아 사이에 있는 타호강 가장자리에 있는 성으로 물러났다. 나는 그녀가 붙잡아 두는 바람에 그녀를 따라 시골로 간 하인들 중 하나가 되었다. 다행히도 나는 그녀에게 심지어 꼭 필요한 사람이 되었다. 내가 돈 루이스에 관해 충실히 전한 보고 내용에도 불구하고 그녀는 아직도 그 기사를 사랑하고 있었다. 아니, 그렇다기보다는 그 사랑을 무찌르지 못해서 그 사랑에 자신을 온통 내맡기고 있었다. 그녀는 내게 개인적으로 얘기하기 위해 조심할 필요도 더 이상 없었다. 그녀는 한숨을 쉬며 내게 말했다. "질 블라스, 나는 돈 루이스를 잊을 수가 없어. 그 생각을 하지 않으려고 아무리 노력해도 끊임없이 떠올라. 네가 묘사해 준 대로 온갖 방탕에 푹 빠져 있는 모습이 아니라, 내가 원하는 모습으로, 즉 다정다감하고 사랑에 빠져 있고 지조 있는 모습으로 말이야." 그녀는 그 말을 하면서 자기 연민에 빠져 어쩔 수 없이 눈물을 흘렸다. 하마터면 나도 같이 울 뻔했다. 그 정도로 그 눈물이 마음에 와 닿았기 때문이다. 그녀의 괴로움에 대해 그토록 민감한 모습을 보이는 것이 그 무엇보다 그녀 마음에 가장 잘 드는 방법이었을 것이다. 그녀가 그 아름다운 눈의 눈물을 훔치더니 말을 계속했다. "친구야, 내 보기에 너는 아주 좋은 천성을 타고났구나. 너의 열성이 너무 가상하여 그 보상을 해주겠다고 약속하마. 친애하는 질 블라스, 너의 도움이 그 어느 때보다 필요하구나. 내가 전념하고 있는 계획을 네게 밝혀야겠다. 너는 그 계획을 아주 이상하다고 여길 거야. 나는 살라망카로 되도록 빨리 떠나고 싶단다. 거기서 기사로 변장할 생각이야. 그리고 돈 펠릭스라는 이름으로 파체코와 사귀면서 그의 신뢰와 우정을 얻도록 노력할 거야. 그리고 그에게 아우로라 데 구스만에 관해 자주 얘기하면서 내가 그녀의 사촌이라고 말할 거야. 그러면 그는 아마도 아우로라를 보고 싶어 할 테지. 바로 그것이 내가 기대하는 바란다. 우리는 살라망카에 거처를 두 군데 잡아 둘 거야. 한 군데서는 내가 돈 펠릭스이고, 다른 곳에서는 아우로라가 될 거야. 돈 루이스에게 내가 어떤 때는 남자로 변장해서 나타나고, 어떤 때는 자연스런 복장으로 나타나서, 내가 작정하는 결말로 그를 서서히 이끌어 갈 수 있을 거라고 기대한단다." 그러더니 덧붙였다. "내 계획이 기상천외하다는 점은 여전히 나도 인정해. 하지만 열정이 나를 그렇게 이끌고, 내 의도는 순수하므로, 내가 감행하려 하는 일에 대해 결국 차분해지는구나."

나는 그 계획 자체에 관해서는 아우로라와 완전히 같은 생각이었다. 내 보기에 정신 나간 짓 같았으니까. 하지만 그 계획이 아무리 비이성적이라 할지라도 그녀에게 훈계는 하지 않았다. 그 반대로 감언이설을 하기 시작했다. 그 미친 계획에 대해서 그저 재미있고 뒤탈 없는 정신적 유희일 뿐이라고 증명하려 했다. 내가 그 증명을 위해 뭐라고 했는지 지금은 기억나지 않지만, 사랑에 빠지면 가장 미친 상상력일지라도 다른 사람이 그것에 비위를 맞춰 주면 아주 좋아하므로, 그녀는 내 논거를 따랐다. 그러므로 우리는 그 무모한 시도를 마치 희극처럼 여겼다. 우리는 그 희극을 위해 공연을 잘 연출할 생각만 하면 되었다. 우리는 하인들 중에서 배우들을 선택하고 역할을 분배했다. 그 일은 아우성도 없고 언쟁도 없이 진행되었다. 우리는 직업적인 배우들이 아니었으니까. 오르티스 부인은 도냐 히메나 데 구스만이라는 이름으로 아우로라의 숙모 역할을 하기로 했고, 그녀에게 시종 한 명과 시녀 한 명을 붙여 주기로 했다. 그리고 기사로 변장한 아우로라는 나와 그녀의 하녀들 중 한 명을 시종으로 삼기로 정했다. 그 하녀는 그녀를 개인적으로 모시기 위해 시동으로 변장하게 될 것이다. 그렇게 등장인물들을 조정하고 나서 우리는 마드리드로 갔다. 거기서 알게 된 것은, 돈 루이스가 아직 거기 있지만, 지체 없이 살라망카로 떠날 거라는 사실이었다. 우리는 필요한 의상들을 서둘러 주문했다. 그 의상들이 다 준비되었을 때 그것들을 적당한 장소와 시기에 갖다 놓아야 했기에, 여주인은 그것들을 얼른 포장하게 했다. 그러고 나서 그녀는 집의 관리를 자신의 재정관리인에게 맡겼다. 그런 후 노새 네 마리가 끄는 사륜 포장마차를 타고 출발하여, 그 연극에서 각자 할 역할이 있는 하인들 모두와 함께 레온 왕국으로 향했다.

우리가 구(舊) 카스티야를 이미 통과했을 때 마차의 차축이 부러졌다. 아빌라와 빌라플로르 사이에서였고, 산기슭이 보이는 어느 성으로부터 삼사백 걸음 정도 떨어진 곳이었다. 이윽고 밤이 되어 우리는 몹시 당황했다. 그런데 우연히 우리 곁으로 농부 한 명이 지나갔다. 그가 별로 힘들이지 않고 우리를 그 당혹스러움에서 구해 주었다. 그는 또한 우리 눈에 보이는 그 성이 돈 페드로 데 피나레스의 과부인 도냐 엘비라의 것이라고 알려 주었고, 그 부인에 대해 좋은 말을 너무 많이 해주어서 내 여주인은 그날 밤 우리가 거기서 묵을 수 있는지 자기 이름을 대며 물어보라고 나를 보냈다. 엘비라는 농부의 말과 다르지 않았다.

그녀가 자기 성에 우리를 맞아들이겠다고 결정하도록 내가 심부름을 잘 해낸 것도 사실이다. 설사 그녀가 세상에서 제일 예쁜 여인은 아니었을지라도 우아한 태도로 나를 맞아 주었고, 내 찬사에 대해 내가 기대하던 답으로 응해 주었다. 그렇게 해서 우리는 모두 그 성으로 갔고, 노새들은 마차를 천천히 그곳으로 끌고 갔다. 우리는 문에서 돈 페드로의 과부를 만났다. 내 여주인을 마중 나온 거였다. 이런 경우, 양쪽에서 예의 바르게 해야 할 말들에 관해서는 여기서 언급하지 않겠다. 다만, 엘비라는 환대(歡待)의 의무를 상류사회 여인보다 더 잘 아는 노부인이었다는 점만 말하겠다. 그녀는 아우로라를 멋진 처소로 안내하여 거기서 잠시 휴식을 취하게 놔두었다가 다시 와서는 우리와 관련된 아주 세세한 것들에까지 주의를 기울여 주었다. 그러고 나서 저녁 식사가 준비되었을 때는 자기 식사를 아우로라의 방에 차리라고 지시하였고, 거기서 두 여인이 식탁에 함께 앉았다. 돈 페드로의 과부는 몽상이나 슬픔에 젖은 태도를 취하여 식사 분위기를 망치는 그런 사람이 아니었다. 그녀는 유쾌한 기질을 가졌고, 대화를 기분 좋게 잘 이끌어 갔으며, 고상하게 아름다운 언어로 표현했다. 나는 그녀의 재기에 감탄했고, 자기 생각을 말할 때의 섬세한 표현법에도 탄복했다. 아우로라도 나만큼 매료된 듯 보였다. 그녀들은 서로 친해졌고, 편지를 교환하기로 약속했다. 우리의 마차가 다음 날에야 수선될 수 있고, 너무 늦은 시간에 출발하면 위험하므로, 우리는 다음 날도 성에 머물기로 결정했다. 그리고 우리는 음식을 잔뜩 대접받았고, 잘 먹은 만큼 잠도 좋은 데서 잘 잤다.

이튿날 내 여주인은 엘비라와 대화하면서 새로운 매력을 발견했다. 그녀들은 그림이 여러 개 있는 큰 방에서 점심 식사를 했는데, 그 그림들 중 하나가 특히 눈에 띄었다. 인물들이 훌륭하게 잘 표현되었으나 아주 비극적인 장면을 보여 주는 그림이었다. 쓰러져 누워 있고, 피가 흥건한 채 죽은 기사가 그려져 있었는데, 완전히 죽은 듯 보이면서도 위협적인 분위기를 띠었다. 그의 곁에는 마찬가지로 바닥에 뻗어 있으면서도 다른 태도로 있는 젊은 여인이 있었다. 그녀는 가슴에 검이 박혀 있었고, 마지막 숨을 거두며 죽어 가는 시선을 청년에게 고정시키고 있었다. 그 청년은 그녀를 잃어서 치명적인 괴로움을 느끼는 것만 같았다. 그 그림에는 내 관심을 끄는 인물 하나가 더 있었다. 안색이 좋은 노인이었는데, 자기 눈을 강타하는 대상들에 몹시 충격을 받아서 청년 못지않게 고통스러워하는 모습이었다. 그들 둘 다 유혈이 낭자한 그 이미지에서 똑같이 타격을 받았지만, 받아들이는 인상은 서로 다른 것 같았다. 젊은이의 비탄에는 격분이 섞여 있는 반면, 노인은 깊은 슬픔에 잠겨 낙담한 듯 보였다. 그 모든 것이 너무 강렬한 표현들로 그려져 있어 아무리 바라보아도 진력이 나지 않았다. 내 여주인은 어떤 슬픈 이야기가 그 그림에 표현된 것이냐고 물었다. 그러자 엘비라가 말했다. "부인, 이것은 내 가족의 불행을 사실 그대로 표현해 놓은 그림입니다." 이 대답이 아우로라의 호기심을 자극했다. 아우로라가 너무나 더 알고 싶어 하자 돈 페드로의 과부는 아우로라의 바람대로 사연을 얘기하겠다고 약속하지 않을 수 없었다. 나와 오르티스, 그리고 오르티스의 두 동료 앞에서 한 이 약속 때문에 우리 넷은 식사 후에도 그 방에 그대로 있었다. 내 여주인은 우리를 돌려보내려 했지만, 우리도 그 그림에 얽힌 얘기를 몹시 듣고 싶어 한다는 것을 엘비라가 알아채고는 친절하게도 우리를 붙들면서, 자기가 할 이야기는 비밀로 할 필요도 없는 내용이라고 말했다. 잠시 후 그녀는 다음과 같은 이야기를 들려주었다.

4

보복의 결혼●

중편소설

시칠리아의 왕 로제에게는 형제 하나와 누이 하나가 있었습니다. 맹프루아라는 이름의 이 형제가 로제에게 반기를 들고 일어나서 왕국에서는 위험하고도 유혈이 낭자한 전쟁이 발발했지요. 그러나 맹프루아는 두 전투에서 패하는 불운을 겪고 나서 왕의 손에 넘어갔습니다. 왕은 그의 반역을 벌하기 위해 그에게서 자유를 빼앗는 것으로 만족했습니다. 그 관대함은 일부 신하들의 머릿속에서 로제 왕을 야만인으로 통하게 할 뿐이었습니다. 그들은 왕이 자기 형제에게 질질 끄는 비인간적인 복수를 하기 위해 목숨을 살려 준 것일 뿐이라고 말했어요. 다른 모든 사람들은 좀더 근거를 갖고 맹프루아가 감옥에서

● 스페인 극작가로서 17세기에 유럽의 많은 극작가들에게 영감을 주었던 프란시스코 데 로하스 소리야(Francisco de Rojas Zorilla, 1607~1648)의 작품 〈복수를 위한 결혼〉(*Casarse por vengarse*)을 번안한 글.

고통을 겪는 것은 오로지 마틸다 탓이라며 그의 누이에게 책임을 돌렸습니다. 실제로 마틸다 공주는 맹프루아 왕자를 미워했었죠. 그가 살아 있는 동안 그를 끊임없이 박해했어요. 그가 죽은 지 얼마 안 되었을 때 그녀도 죽었고, 그녀의 죽음은 그녀가 가졌던 악독한 감정에 대한 정당한 처벌로 여겨졌어요.

맹프루아는 아들 둘을 남겨 놓고 죽었는데, 아직 어린아이들이었습니다. 로제는 그 아이들을 내쫓아 버리고 싶은 마음이 좀 있었어요. 그 아이들이 나이를 좀더 먹게 되면 아버지에 대한 복수를 하고 싶은 욕망에 완전히 몰락하지는 않은 정파 하나를 다시 일으켜 세워 국가에 또다시 혼란을 야기할까 걱정되었기 때문이지요. 로제는 자신의 계획을 원로대신인 레온티오 시프레디에게 알렸어요. 하지만 이 대신은 그 계획에 동의하지 않았어요. 나아가 왕이 그렇게 하지 못하게 하려고 장남인 엔리케 왕자의 교육은 자기가 맡을 터이니 둘째 왕자 돈 페드로를 지도하는 일은 시칠리아의 총사령관에게 맡기라고 왕에게 조언했어요. 자신에게 복종할 의무가 있는 그 두 사람 손에 조카들이 자랄 거라고 믿은 로제 왕은 맹프루아의 두 아들을 그들에게 넘기고, 마틸다의 딸인 콘스탄시아만 자신이 직접 돌보았어요. 마틸다 공주의 무남독녀인 콘스탄시아는 엔리케와 같은 나이였어요. 왕은 이 여조카에게 시녀들과 스승들을 붙여 줬고, 그녀의 교육을 위해 아낌없는 지원을 해주었어요.

레온티오 시프레디는 팔레르모에서 2리밖에 안 떨어진 벨몬테라는 곳에 성을 하나 갖고 있었어요. 거기서 이 대신은 엔리케가 언젠가 시칠리아의 왕위에 등극할 자격을 갖출 수 있도록 교육하는 일에 전념했습니다. 먼저 그는 이 왕자에게 아주 사랑스런 자질이 있다는 걸 알아보고는, 마치 자식이 전혀 없는 사람처럼 왕자에게 애착을 가졌어요. 그런데 그에게는 딸이 둘 있었어요. 블랑카라는 이름의 장녀는 왕자보다 한 살 어리고, 완벽한 미모를 갖추고 있었지요. 포르치아라고 불리는 둘째 딸은 태어날 때 어머니의 죽음을 초래했는데, 아직 요람에 있었어요. 블랑카와 엔리케 왕자는 사랑할 수 있는 나이에 이르자 서로 연정을 느꼈지만, 둘이서만 따로 대화를 나눌 자유는 없었어요. 그럼에도 왕자는 때때로 그럴 기회를 찾아냈지요. 심지어 그는 그 소중한 순간들을 너무 잘 이용할 줄 알아서 시프레디의 딸로 하여금 그가 준비하는 계획을 실행하겠다는 약속까지 하게 만들었어요. 그 무렵 레온티오는 왕의 명령으로 그 섬에서 가장 외떨어진 지방으로 여행을 떠나야 했습니다. 그가 없는 동안 엔리케는 블랑카의 방과 짝을 이루는 자기 처소의 벽에 출입구를 만들게 했어요. 그 출입구는 나무판으로 가려져 있었는데, 그 나무판은 열리고 닫혔지만, 겉으로는 티가 나지 않았어요. 벽면과 아주 촘촘히 연결돼 있어서 눈으로 봐서는 그 술책을 알아챌 수 없었기 때문이지요. 왕자가 자신의 일에 끌어들인 솜씨 좋은 건축가가 그 일을 비밀리에 신속히 해치웠던 겁니다.

사랑에 빠진 엔리케는 가끔씩 그 출입구를 통해 애인의 방으로 들어갔지만, 그녀의 호의를 남용하지는 않았어요. 그녀가 경솔하게도 자기 처소에다 그를 위한 비밀 통로를 허용한 것은 그가 그녀에게 아주 순수한 애정 표시 외에는 아무것도 요구하지 않겠다고 단언했기 때문입니다. 어느 날 밤 그는 그녀가 몹시 불안해하는 것을 보았어요. 로제 왕의 병환이 매우 깊어서 왕이 시프레디를 왕국의 대법관 자격으로 막 소환해 그에게 유언을 하려 한다는 것을 알았기 때문입니다. 그녀는 자신의 소중한 엔리케가 왕좌에 앉은 모습을 벌써부터 떠올려 보았어요. 하지만 그가 그렇게 높은 지위에 오르면 그를 잃게 될까 봐 두려워서 이상한 흥분에 휩싸이게 되었던 겁니다. 그녀는 심지어 눈에 눈물까지 그렁그렁해 있었지요. 그때 마침 엔리케가 나타났어요. 그는 말했어요. "우는 겁니까? 당신이 그렇게 슬픔에 빠져 있는 것을 내가 어찌 생각해야 하는 건가요?" 그러자 블랑카가 대답했어요. "왕자님, 왕자님께 제 눈물을 숨길 수가 없군요. 왕자님의 숙부이신 왕께서 곧 생을 마감하실 테고, 왕자님은 그분의 자리에 오르시게 되겠지요. 왕자님의 새로운 권세가 왕자님을 저로부터 멀어지게 할 것이고, 그래서 불안하다는 것을 고백합니다. 군주는 연인과는 다른 눈으로 사태를 봅니다. 극복하기 힘들다고 인정할 만큼 강렬하게 갈망하던 것이라도 왕좌에 오르면 그저 미약하게 느껴질 뿐이죠. 예감이건 이성이건, 마음속에서 저를 흔들어 놓는 움직임들을 느낍니다. 왕자님의 친절 덕분에 갖게 된 그 모든 신뢰도 그 움직임들을 진정시키지 못하네요. 제가 왕자님의 확고부동한 마음을 불신하는 것이 아니라, 그저 제 행복을 불신하는 겁니다." 그러자 왕자가 반박했어요. "사랑스런 블랑카, 당신의 그런 두려움이 나로서는 고맙게 여겨지고, 당신의 매력에 대한 내 애착이 옳았다는 것을 증명해 주는군요. 하지만 당신의 불신이 지나쳐서 내 사랑에 상처를 입히고, 당신이 내게 가져야 할 존경심에도 상처를 입힌다고 감히 말하고 싶군요. 아니, 안 돼요. 나의 운명이 당신의 운명과 떨어질 수 있다고 생각하지 말아요. 그보다는 당신만이 언제나 나의 기쁨과 행복이 될 거라고 믿어요. 그러니 헛된 두려움은 버려요. 이토록 달콤한 순간을 두려움이 흔들어 놓아야 하는 건가요?" 이에 레온티오의 딸이 말했어요. "아! 왕자님, 왕자님께서 왕좌에 오르시자마자 신하들이 왕자님께 오랜 왕가 가문의 공주를 왕비로 요구할 수도 있을 겁니다. 그렇게 눈부신 결혼을 해야 왕자님의 나라와 새로운 나라들이 연합하게 될 테니까요. 아아! 그리고 어쩌면 왕자님은 그들의 기대에 부응하시게 될 겁니다. 왕자님의 가장 달콤한 소원을 희생시켜서라도…." 그러자 엔리케가 흥분하며 대꾸했어요. "아니, 왜! 왜 그렇게 서둘러 번민하고, 미래에 대해 비통한 상상을 하는 거요? 하늘이 내 숙부이신 왕을 데려가고 나를 시칠리아의 주인으로 만든다면, 나는 팔레르모에서 모든 궁정 사람이 보는 가운데서 나를 당신에게 주겠다고 맹세하오. 우리 가운데 가장 신성하다고 인정되는 모든 이들을 증인으로 삼겠소."

엔리케의 맹세가 시프레디의 딸을 좀 안심시켰어요. 그리고 그들의 나머지 대화는 왕의 질병 쪽으로 흘러갔지요. 엔리케는 선천적으로 선한 모습을 보였어요. 그는 자기 숙부의 운명에 대해 몹시 슬퍼할 이유가 없음에도 불구하고 숙부의 운명을 딱하게 여겼지요. 군주가 죽으면 그에게 왕관이 돌아가는데도, 핏줄의 힘이 그 군주를 아쉬워하게 만들었어요. 블랑카는 자기에게 닥칠 불행을 아직 다 알지 못했습니다. 그녀가 아버지의 처소에서 나오다가 마주쳤던 시칠리아의 총사령관은 몇 가지 중요한 일로 벨몬테성에 왔던 날 그녀를 보고 깊은 인상을 받은 적이 있어요. 그는 바로 다음 날 시프레디에게 그녀를 아내로 맞고 싶다고 요청했고, 시프레디는 그의 구애를 기꺼이 받아들였지요. 하지만 그 무렵 로제 왕이 갑자기 병에 걸려서 그 결혼이 유보되었고, 블랑카는 이에 관한 얘기를 들은 바가 전혀 없었지요.

어느 날 아침, 옷을 다 입고 난 엔리케는 레온티오가 블랑카를 데리고 들어오는 것을 보고 깜짝 놀랐어요. 그 대신(大臣)이 엔리케에게 말했어요. "왕자님, 제가 가져온 소식이 왕자님을 상심케 해드릴 것 같습니다. 하지만 그 소식과 함께 드리는 위로가 왕자님의 괴로움을 줄여 드릴 겁니다. 왕자님의 숙부님이신 왕 전하께서 방금 돌아가셨습니다. 그분이 돌아가시면서 왕자님에게 왕권을 물려주셨습니다. 시칠리아는 이제 전하를 따라야 합니다. 왕국의 고관대작들이 팔레르모에서 전하의 지시를 기다리고 있습니다. 그들이 제게 전하에게서 직접 받아오라는 임무를 맡겼습니다. 그래서 전하, 제 여식과 함께 제가 전하의 새로운 신하들이 전하께 드려야 할 가장 진실한 경의를 제일 먼저 드리러 왔습니다." 그 왕자는 로제 왕이 두 달 전부터 병에 걸려 서서히 쇠약해지고 있다는 걸 잘 알았기에 이 소식에 놀라지는 않았어요. 그럼에도 자기 처지가 갑작스레 변한 것에 충격을 받아 마음속에 혼란스런 움직임이 무수히 일어나는 것을 느꼈지요. 그는 잠시 생각에 잠기더니 침묵을 깨며 다음과 같이 레온티오에게 말했어요. "지혜로운 시프레디, 나는 당신을 늘 내 아버지처럼 여겼소. 나는 당신의 충고를 따르는 영광을 누리고, 당신은 시칠리아를 나보다 더 많이 지배하게 될 것이오." 이 말을 하고 나서 필기도구함이 놓여 있는 탁자로 다가가더니 백지 하나를 들어서 그 종이 맨 아래에 자기 이름을 적었어요. 그러자 시프레디가 물었습니다. "뭘 하시려는 겁니까, 전하?" 그러자 엔리케가 "당신에게 내 고마움과 존경을 표시하려 하오."라고 대답했어요. 그러고 나서 왕자는 그 종이를 블랑카에게 내밀며 그녀에게 말했어요. "받으시오, 블랑카, 내가 내 의지에 따라 당신에게 주는 내 신뢰와 왕국의 담보라오." 블랑카는 얼굴을 붉히며 그 종이를 받고 나서 왕자에게 다음과 같이 대답했어요. "전하, 제 군주의 은혜를 숙연히 받겠사옵니다. 하지만 제 운명은 아버지에게 달린 처지이므로, 제가 전하의 편지를 아버지의 손에 넘겨드려서 아버지의 신중함이 충고하는 대로 사용하시게 하는 것을 전하도 좋게 여기실 것입니다."

그녀는 실제로 자기 아버지에게 엔리케의 서명이 든 종이를 건네주었어요. 그러자 시프레디는 그때까지 간파하지 못한 사실을 알아차렸습니다. 그는 왕자의 감정을 꿰뚫고 말했어요. "전하께서는 저를 질책하실 일이 없을 것입니다. 저는 신뢰를 남용하지 않을 것이고…." 그러자 엔리케가 말을 가로막았어요. "친애하는 레온티오, 나의 신뢰를 남용하게 될까 봐 염려하지는 마시오. 그대가 내 편지를 어떤 식으로 이용하든 나는 그 처분을 인정하리다." 그러더니 말을 계속했어요. "자, 팔레르모로 돌아가서 내 대관식 준비를 지시하고, 내 신하들에게 내가 당신을 뒤따라 가 그들의 충성서약을 받을 거라고 말하시오." 그 대신은 새로운 주인의 지시에 복종했고, 자기 딸과 함께 팔레르모로 떠났습니다.

그들이 떠나고 난 뒤 몇 시간 후, 왕자도 벨몬테에서 출발했어요. 자기가 오르게 될 높은 지위보다 자신의 사랑에 더 몰두하면서…. 그가 팔레르모에 도착하는 것이 보이자 사람들은 기쁨의 환성을 한없이 질러 댔어요. 그는 백성들의 환호 속에 궁궐로 들어갔습니다. 거기에선 대관식을 위한 준비가 이미 다 돼 있었어요. 긴 상복 차림의 콘스탄시아 공주도 거기 있었어요. 그녀는 로제 왕의 죽음에 몹시 충격을 받은 듯 보였습니다. 콘스탄시아와 엔리케는 그 군주의 죽음에 대해 서로 조의를 표해야 했으므로, 각자 기지를 발휘하여 해치웠어요. 하지만 콘스탄시아보다는 엔리케 쪽에서 좀더 냉랭했지요. 콘스탄시아는 가족 간 불화에도 불구하고 그 왕자를 미워할 수가 없었어요. 엔리케는 왕좌에 자리를 잡았고, 공주는 그의 곁에 있는 좀 덜 올라간 안락의자에 앉았습니다. 왕국의 고관대작들이 각자 자신의 지위에 따라 자리를 잡았어요. 그리고 대관식이 시작되었습니다. 레온티오는 국가의 대법관이자 고인이 된 왕의 유언 수탁자로서 유언장을 펼쳐서 큰 소리로 읽기 시작했어요. 그 증서는 로제 왕에게 자식이 없으므로 맹프루아의 장남을 자신의 후계자로 지명한다는 내용을 담고 있었습니다. 단, 후계자는 콘스탄시아 공주와 결혼해야 하고, 만약 그녀의 손을 거절한다면, 시칠리아의 왕관은 그를 배제하고 그의 동생인 돈 페드로의 머리에 같은 조건으로 주어지게 될 거라는 단서가 붙어 있었습니다.

이 말이 엔리케를 유난히 놀라게 했어요. 그는 형용할 수 없는 괴로움을 느꼈고, 레온티오가 그 유언장 낭독을 마치고 나서 모든 회중에게 "여러분, 고인이 되신 왕께서 새로운 군주에게 전하는 마지막 뜻을 알려드렸으므로, 이 고귀하신 왕자께서는 그의 손으로 사촌이신 콘스탄시아 공주를 영광되게 하는 것에 동의하십니다"라고 하자 대법관의 말을 막더니 그에게 말했어요. "레온티오, 내가 쓴 것을 떠올리시오. 블랑카가 당신에게…." 그러자 시프레디는 엔리케 왕자가 말을 채 끝낼 시간도 주지 않고 황급히 가로막았어요. "전하, 그것은 여기 있습니다." 그러더니 회중을 향해 그 편지를 보이며 말을 계속했어요. "공주님에 대한 전하의 존경심과 전하의 숙부이자 고인이 되신 왕의 마지막 유지(遺志)에 대한 전하의 경의를 여기 계신 이 나라의 고관대작 나리들께서 전하의 존엄한 서명을 통해 보시게 될 겁니다."

시프레디는 이 말을 마친 후, 자신이 채운 그 편지를 읽기 시작했어요. 그 편지에서 새로운 왕은 로제 왕의 뜻에 따라 가장 진실하게 콘스탄시아 공주와 결혼하겠다고 백성들에게 약속했습니다. 그러자 기쁨의 환성이 쩌렁쩌렁 길게 울려 퍼졌어요. "우리의 고결하신 엔리케 왕 만세!" 거기 있던 사람들 모두가 그렇게 외쳐댔습니다.

그 왕자가 공주에 대해 항상 드러냈던 반감을 사람들은 모르지 않았어요. 그러므로 그들은 엔리케 왕자가 유언의 조건에 대해 반기를 들지는 않을지, 그렇게 해서 왕국을 동요시키는 것은 아닐지 당연히 두려워했지요. 그러나 시프레디가 그 편지를 읽자, 귀족들이나 평민들이나 그 점에 대해 안심이 되어 다 함께 환호하게 되었던 겁니다. 그 환호는 군주의 마음을 남모르게 찢어 놓고 있었어요.

콘스탄시아는 자신의 명예가 걸려 있는 데다 왕자에 대해 애정도 있어서 그때를 이용해 누구보다 그 사안에 깊이 연관되어 있는 자신의 고마움을 확실하게 전했어요. 왕자는 자제하려 해봤지만 소용없었습니다. 그래서 공주의 치하를 너무 당황하며 받아들였지요. 그는 너무 혼란에 빠져서 예의범절에 맞게 대답하는 것조차 할 수가 없었어요. 그러다가 참다못해 마침내, 말은 임무 때문에 자기와 꽤 가까이 있어야 했던 시프레디에게 다가가 아주 조그맣게 말했어요. "지금 뭐하는 거요, 레온티오? 내가 당신 딸의 손에 넘겨준 글은 이런 용도를 위해 쓴 것이 아니었소. 당신이 배반을… ."

그때 시프레디가 또 가로막으며 결연한 어조로 말했습니다. "전하, 전하의 영광을 생각하십시오. 숙부이신 왕의 유지를 따르지 않으신다면 시칠리아의 왕좌를 잃으실 겁니다." 그는 그렇게 말을 마치고 나서 얼른 왕자로부터 떨어졌어요. 엔리케가 반박하는 것을 막기 위해서였지요. 엔리케는 극도로 당황한 상태로 있었습니다. 그는 상반되는 술한 감정들 때문에 흥분되는 것을 느꼈어요. 그는 시프레디에 대해 화가 치밀었고, 블랑카를 떠날 결심을 하지 못했습니다. 그녀와 영광의 이득 사이에서 오락가락하며 어떤 결정을 내려야 할지 꽤 오래 불확실한 상태로 있었어요. 하지만 마침내 결단을 내렸지요. 왕좌를 포기하지 않으면서도 시프레디의 딸을 곁에 둘 방법을 찾아냈다고 믿었어요. 그는 선정(善政)을 통해 고관대작들의 마음을 사고, 자신의 권세를 잘 정착시켜서 유언의 조건을 이행하지 않아도 되게 해야겠다고 작정하면서, 겉으로는 로제 왕의 유지를 따르고 싶어 하는 척했어요. 그러면 자신과 사촌과의 결혼을 면케 해달라고 로마 교황청에 청원케 될 거라고 생각했던 거지요.

이 계획을 품자 그는 전보다 좀 평온해졌어요. 그리고 콘스탄시아에게 몸을 돌려서 대법관이 모든 회중 앞에서 읽은 내용을 확인시켜 주었어요. 그러나 그가 콘스탄시아에게 서약까지 하며 자신을 속이고 있는 바로 그 순간, 블랑카가 의전실에 도착했어요. 그녀는 아버지의 지시로 공주에게 자신의 의무를 다하려고 온 거였지요. 들어올 때 마침 엔리케의 말이 그녀의 귀를 강타했습니다. 게다가 딸이 자신의 운명에 대해 헛된 꿈을 꾸지 않기를 바라는 레온티오는 콘스탄시아에게 그녀를 소개할 때 이렇게 말했어요. "딸아, 너의 왕비님께 경의를 표하렴. 융성하는 치세와 행복한 결혼의 즐거움을 기원해 드리려무나." 이 끔찍한 타격이 그 불운한 블랑카를 짓눌렀습니다. 그녀는 괴로움을 감추려 했으나 소용없었어요. 그녀의 얼굴은 빨개지다가 창백해지기를 반복했고, 온몸은 부들부들 떨었어요. 하지만 공주는 아무런 의심도 품지 않았어요. 그렇게 당황하는 치사(致辭)를 황무지에서 자라나 궁정에 익숙하지 못한 아가씨의 당혹감이라고 여긴 겁니다. 그러나 젊은 왕은 그렇지 않았어요. 블랑카를 보자 평정을 잃었고, 그녀의 눈에 드러난 혼란이 정신을 못 차리게 했어요. 겉으로 드러난 모습으로 판단컨대, 그녀가 그를 배신자로 생각한다는 것이 분명했으니까요. 그가 그녀에게 말을 할 수 있었더라면 불안이 덜했을 겁니다. 그런데 이른바 시칠리아 전체가 자기를 바라보고 있는데 그럴 방법을 어떻게 찾아낸단 말입니까? 게다가 그 잔인한 시프레디가 그럴 희망을 앗아가 버렸는데요. 이 대신은 그 두 연인의 마음을 읽고, 그들의 격렬한 사랑이 국가에 초래할 수도 있을 불행을 예방하고자 자기 딸을 그 자리에서 교묘히 빼내 함께 벨몬테로 향했어요. 여러 이유에서, 그녀를 최대한 빨리 결혼시켜야겠다고 작정하면서….

벨몬테에 도착하자 시프레디는 딸에게 그녀의 운명에 관해 끔찍한 얘기를 죄다 해주었어요. 그러고는 그녀를 총사령관에게 주기로 약속했다고 확실히 말했습니다. 그러자 그녀는 자기 아버지가 곁에 있는데도 억누를 수 없는 괴로움에 흥분하여 소리쳤어요. "맙소사! 불행한 블랑카에게 끔찍한 형벌을 마련해 두셨다니!" 그 격분마저 너무 난폭하여 영혼의 모든 힘이 정지되어 버렸어요. 그녀는 몸이 얼어붙어 차갑고 창백해지면서 기절하여 아버지의 품에 쓰러졌습니다. 아버지는 딸의 상태에 충격을 받았어요. 그런데 딸의 괴로움이 생생히 느껴지는데도 불구하고 애초의 결심은 흔들리지 않았습니다. 블랑카는 마침내 정신을 차렸어요. 시프레디가 그녀의 얼굴에 뿌린 물 때문이라기보다는 괴로움이 너무 강렬해서 그랬던 것이지요. 그녀가 생기 없는 눈을 뜨자, 그녀를 도우려고 급히 다가오는 아버지가 보였어요. 그녀는 꺼져 가는 목소리로 말했어요. "나리, 저의 나약함을 보여드려서 부끄럽습니다. 하지만 제 고통의 끝을 지체시킬 수 없는 죽음이 나리의 동의 없이는 자기 마음조차 뜻대로 할 수 없는 불행한 딸로부터 나리를 곧 해방시켜 드릴 겁니다." 그러자 레온티오가 대답했어요. "아니다, 사랑하는 블랑카, 너는 죽지 않을 거다. 너의 덕성이 너를 이겨 낼 거야. 총사령관의 구애는 너를 명예롭게 해준단다. 이 나라에서 가장 대단한 혼처…." 그때 블랑카가 아버지의 말을 가로막았습니다. "저는 그의 인간성과 장점을 존중합니다. 하지만, 나리의 왕이 저로 하여금 기대를…." 이번에는 시프레디가 그녀의 말을 가로막았습니다. "딸아, 네가 그 점에 대해 무슨 말을 하려는지 다 안다. 그 왕자에 대한 너의 사랑을 모르지 않고, 상황이 달랐다면 그 애정에 반대하지 않았을 거다. 그의 명예와 국가의 영광이 엔리케의 손을 콘스탄시아에게 주도록 의무 지우지 않았다면, 나는 그 손을 너에게 확실히 주게 하려고 열성을 다했을 것이다. 돌아가신 왕께서는 엔리케 왕자가 오로지 그 공주와 결혼한다는 조건으로 그 왕자를 후계자로 지명한 거다. 왕자가 시칠리아 왕관보다 너를 선호하기 바라느냐? 너에게 몰아친 그 치명적 타격에 대해 나도 너와 함께 신음한다. 하지만 우리가 운명에 저항할 수는 없으니 고귀한 노력을 하려무나. 네가 은근히 경박한 기대를 품었었다는 사실을 온 왕국에 내보여서는 안 된다. 네 명예가 달린 문제니까. 왕에 대한 너의 감정은 너한테 불리한 소문들을 초래하기까지 할 것이다. 그런 소문으로부터 너를 지킬 유일한 방법은 총사령관과 결혼하는 것이다. 마지막으로, 블랑카, 더 이상 숙고할 때가 아니다. 왕은 왕좌를 위해 너를 양보하고, 콘스탄시아와 혼인한다. 그리고 나는 총사령관에게 너를 이미 약속했다. 그러니 제발 벗어나라. 너의 결심을 위해 내가 권위를 내세워야만 한다면, 내가 명령하마."

이 말을 마치고서 그는 방금 자신이 한 말에 대해 그녀에게 생각할 시간을 주기 위해 그녀 곁을 떠났습니다. 그가 그런 논거들을 내세웠던 이유는, 그녀가 마음이 끌리는 데로 무작정 가지 말고 덕성으로 잘 버텨 내도록 도와주기 위해서였습니다. 그는 그녀가 그 논거들을 가늠해 본 후 그녀 스스로 자신을 총사령관에게 주는 결단을 하게 되기를 기대했던 겁니다. 그는 착각하지 않았습니다. 하지만 그런 결단을 하기까지 그 슬픈 블랑카는 얼마나 큰 대가를 치러야 했겠어요! 그녀는 세상에서 가장 측은한 상태에 놓여 있었습니다. 엔리케의 배신에 대한 예감이 확실한 사실로 바뀌는 것을 보는 괴로움, 엔리케를 잃고 그 대신 사랑할 수 없는 남자에게 자신을 내맡겨야 하는 괴로움이 너무나 격렬한 비탄을 휘몰아치게 해서 그녀에게는 매 순간이 새로운 형벌이었습니다. 그녀는 소리쳤어요. "내 불행이 확실하다면, 죽지 않고서야 어찌 그 불행에 대항할 수 있겠는가? 비정한 운명이여, 네가 나를 그 불행의 구렁텅이로 떠밀어야 했다면, 내게 왜 그토록 달콤한 기대를 품게 하였느냐? 그리고 너, 신의 없는 연인이여, 너는 나에게 영원한 지조를 약속해 놓고 다른 사람에게 너를 주어 버리는구나! 네가 나에게 맹세했던 서약을 그렇게 빨리 잊어버린 거냐? 나를 그토록 잔인하게 배반한 너를 벌하기 위해, 네가 거짓 서약으로 더럽히게 될 부부 침대가 쾌락의 무대이기보다는 회한의 무대가 되도록 하늘이 손봐주시기를! 콘스탄시아의 애무가 너의 신의 없는 마음에 독을 붓기를! 너의 결혼이 내 결혼만큼이나 참혹해지기를! 오, 배신자! 나는 나 자신에게 앙갚음하기 위해, 나의 미친 열정의 대상을 잘못 고른 데 대해 나를 벌하기 위해, 내가 사랑하지도 않는 총사령관과 결혼할 거다. 내 종교가 나 자신의 목숨을 해치지 못하게 하므로, 나는 내게 남은 살아야 할 날들이 그저 고통과 권태로 직조된 불행한 삶이기를 바란다. 만약 나에 대해 아직도 어떤 사랑의 감정을 간직하고 있다면, 다른 사람의 품에 있는 나를 네게 보이는 것이 나의 복수가 될 것이다. 만약 네가 나를 완전히 잊었다면, 최소한 시칠리아는 떠벌릴 수 있을 것이다. 마음을 너무 가벼이 처분한 자신을 스스로 벌한 여인을 만들어 냈다고… .”

사랑과 의무에 희생된 슬픈 블랑카는 총사령관과의 결혼 전날 밤을 그런 상태로 보냈습니다. 시프레디는 다음 날 그가 바라던 대로 할 채비가 된 딸을 보고는 그 유리한 상황을 서둘러 이용했어요. 그는 바로 그날 총사령관을 벨몬테로 오게 하여 성안에 있는 작은 성당에서 비밀리에 자기 딸과 결혼시켰습니다. 블랑카에게는 얼마나 힘든 날이었는지! 왕관을 포기하고, 사랑하는 연인을 잃고, 증오하는 대상에게 자기를 내어 주는 것으로 충분치 않았습니다. 그녀에 대해 더없이 열렬한 애정을 갖고 있고, 당연히 질투심도 있는 그런 남편 앞에서 자기감정도 자제해야 했습니다. 이 남편은 그녀와 결혼한 것이 너무 좋아서 내내 그녀 발아래 있었어요. 그녀가 자신의 불행을 슬퍼하며 홀로 눈물 흘리는 그 서글픈 위안조차 남겨 주지 않았던 겁니다. 그뿐만 아니라 밤이 되자 레온티오의 딸은 비탄이 더해지는 것을 느꼈어요. 하녀들이 그녀의 옷을 벗긴 후 총사령관과 단둘이 있게 놔두면, 그녀는 어찌 되는 걸까요? 남편은 그녀에게 왜 그리 낙심한 듯 보이는지 그 이유를 정중히 물었습니다. 그 질문이 블랑카를 당황하게 만들었고, 그녀는 몸이 아픈 척했습니다. 그녀의 남편은 처음에는 그렇게 속아 넘어갔지만, 오래도록 속지는 않았어요. 그녀의 상태가 정말로 염려되어 그녀에게 침대에 누우라고 재촉하자, 그 간청을 잘못 해석한 그녀는 너무 잔인한 이미지가 머릿속에 떠올라 더 이상 참지 못하고 크게 한숨 쉬고 눈물을 흘렸습니다. 자기 소원을 다 이루었다고 믿은 남자에게 얼마나 기막힌 광경이었겠어요! 아내의 비탄이 자신의 사랑에 대한 불길한 뭔가를 내포하고 있는 게 분명했던 거죠. 그런 사실을 알게 되어 블랑카와 거의 마찬가지로 비통한 상황에 놓였음에도 불구하고, 그는 자제력이 꽤 있어서 그 의심을 숨겼습니다. 아내를 더욱 배려한 그는 계속해서 그녀에게 자리에 누우라고 재촉하며, 필요한 휴식을 취하도록 그녀를 그냥 놔두겠다고 안심시켰습니다. 심지어 그는 하녀들의 도움이 그녀의 불편함을 좀 진정시켜 줄 수 있을 것 같으면 그들을 부르겠다고 스스로 먼저 제안했습니다. 블랑카는 그 약속에 안심이 되어, 자신의 허약한 상태에 필요한 것은 그저 잠을 자는 것뿐이라고 말했습니다. 그는 그 말을 믿는 척했지요. 그들은 둘 다 침대에 누웠습니다. 그러나 서로에게 매료된 연인들에게 사랑과 혼인이 허락하는 밤과는 아주 다른 밤을 보냈습니다.

시프레디의 딸이 괴로움에 빠져 있는 동안, 총사령관은 그의 결혼을 그토록 가혹하게 만들 만한 것이 무엇인지 찾아보려고 마음속으로 애를 썼어요. 그는 경쟁자가 있을 거라고 옳게 판단했습니다. 하지만 그것을 밝히려 하자 이런저런 생각 속에서 헤매게 되었습니다. 그는 그저 자기가 더없이 불행한 남자라는 것을 알 뿐이었지요. 그가 그렇게 요동치는 마음으로 이미 밤의 3분의 2를 보냈을 때, 어렴풋한 소리가 귀에 들렸습니다. 누군가 천천히 발을 질질 끌며 그 방으로 오는 소리가 들려서 깜짝 놀랐습니다. 우선은 착각했다고 믿었지요. 왜냐하면 블랑카의 하녀들이 나간 후 자기가 직접 문을 잠근 것이 생각났기 때문입니다. 그는 방금 들린 소리의 원인을 자기 눈으로 직접 확인해 보려고 커튼을 열어 보았습니다. 그런데 벽난로에 남겨 두었던 불이 꺼져 있었지요. 곧이어 그는 약하고 기운 없는 소리를 여러 차례 들었습니다. 블랑카를 부르는 소리였어요. 그러자 질투에 찬 의혹들이 되살아나서 그를 격분에 몰아넣었습니다. 자신의 명예에 경각심을 느낀 그는 모욕당할 일을 예방하기 위해 또는 복수를 하기 위해 일어나야 했어요. 그는 검을 집어 들고 소리가 난 것 같았던 쪽으로 걸어갔습니다. 그러자 칼집을 벗겨 낸 다른 검이 자신의 검에 맞서는 것이 느껴졌어요. 그가 앞으로 나아가자 상대방이 뒤로 물러났습니다. 그가 쫓아가자 상대방이 그의 추격을 피했어요. 캄캄한 방 안에서도 가능한 한 그를 피하는 듯싶은 자를 사방팔방으로 찾았으나 더 이상 찾을 수가 없었습니다. 그는 멈춰 서서 들어 보지만 아무 소리도 들리지 않았어요. 웬 마법인지! 그는 자신의 명예를 위협하는 그 비밀스런 적이 문을 통해 도주했을 거라는 생각이 들어서 문 쪽으로 다가갔습니다. 하지만 문은 이전처럼 빗장으로 닫혀 있었지요. 그는 그 사건에 대해 도무지 이해할 수가 없어서 자기 목소리가 들리는 거리에 있는 하인들을 불렀습니다. 문을 열어 통로를 막고, 경계 태세로 있었어요. 자기가 찾는 자를 놓칠까 봐 염려되어서였지요.

그가 큰 소리로 거듭 부르자 몇몇 부하가 횃불을 들고 달려왔습니다. 그는 한 손에 양초를 들고 다른 손으로는 검을 쥐고서 방안을 다시 둘러보았습니다. 그러나 아무도 발견하지 못했고, 누군가 들어온 것 같은 흔적도 전혀 보이지 않았어요. 비밀 문도 보이지 않았고, 누가 지나갈 수 있을 만한 출입구도 없었습니다. 그럼에도 자신이 불행에 빠진 정황에 대한 판단력을 잃을 수는 없었습니다. 그의 생각은 이상한 혼란 속에 머물러 있었어요. 블랑카에게 도움을 청할 수도 없었지요. 그녀로서는 진실을 감추는 쪽이 훨씬 나았으므로, 그녀가 뭔가 조금이라도 밝혀 주기를 기대할 수가 없었습니다. 그는 부하들에게 자기가 방에서 무슨 소리를 들은 줄 알았는데 착각했나 보다고 말하면서 그들을 돌려보냈습니다. 그리고 레온티오에게 가서 마음을 터놓기로 작정했지요. 그러던 중에 장인을 만났습니다. 장인은 조금 전 들린 소리 때문에 자기 처소에서 나오고 있던 터였습니다. 사위는 장인에게 방금 일어난 일을 얘기하면서 극도의 흥분과 깊은 슬픔을 죄다 드러냈습니다.

그러자 시프레디는 몹시 놀랐습니다. 자연스러워 보이는 일이 아닌데도 불구하고 그는 그 일을 사실이라고 믿었습니다. 왕의 사랑에는 모든 것이 가능하다고 판단한 것입니다. 그런 생각에 이르자 그는 몹시 상심하게 되었습니다. 하지만 사위가 질투 어린 의심을 품지 못하도록 확신에 찬 듯한 어조로 사위에게 말했습니다. 사위가 들었다고 생각하는 그 목소리와 그의 검에 맞섰던 검은 그저 질투에 사로잡힌 상상의 유령들일 뿐이라고요. 딸의 방에 누군가가 들어간다는 것은 불가능하기 때문이라고 했습니다. 사위가 딸한테서 본 슬픔은 아마도 그녀가 몸이 불편해서였을 것이고, 기분의 변화는 명예와 아무 상관이 없는 것 같다고 말했습니다. 고즈넉한 데서 사는 것에 익숙한 딸이 서로 알게 된 지 얼마 안 되어 사랑할 시간도 없던 남자에게 갑자기 넘겨진 자기 처지 때문에 울음과 한숨과 비탄을 보이는 것일 수 있다는 말도 했습니다. 귀족의 피가 흐르는 여자들의 마음속에서 사랑이란 오로지 시간과 헌신에 의해서만 점화되기 때문이라고도 말했습니다. 그러면서 시프레디는 사위에게 그녀의 불안을 진정시켜 주고, 그녀가 정을 더 느끼도록 애정과 열의를 더하라고 부추겼습니다. 마지막으로 그의 경계심과 혼란이 그녀의 덕성을 모욕했을 터이니 그녀에게 돌아가라고 부탁했어요.

총사령관은 장인이 제시한 논거들에 아무 응답도 하지 않았습니다. 정신이 혼란스러워서 착각했을 거라고 실제로 믿기 시작해서였거나, 아니면 사실 같아 보이지 않는 사건에 대해 노인을 쓸데없이 설득하려 하기보다는 감추는 것이 더 적절하다고 판단해서였을 겁니다. 그는 아내의 처소로 돌아가서 그녀 곁에 다시 누워 잠으로부터 자신의 불안에 대한 휴식을 얻어 내려 애썼습니다. 한편, 슬픈 블랑카라고 해서 더 평온한 것도 아니었습니다. 그녀도 남편이 들은 소리를 너무 잘

들었고, 그 사건을 환영이라고 여길 수가 없었습니다. 그 소리의 비밀과 동기를 알고 있었으니까…. 그녀는 엔리케가 콘스탄시아 공주에게 그토록 거창하게 서약해 놓고서 자기 처소로 들어오려 했다는 사실에 너무 놀랐습니다. 그녀는 그의 처사에 만족하고 어떤 기쁨을 느끼기는커녕, 그것을 새로운 모욕이라고 여겼고, 마음은 분노로 완전히 달아올랐습니다.

시프레디의 딸이 젊은 왕에 대해 나쁜 감정이 들어서 세상에서 가장 잘못된 남자라고 생각하고 있는 동안, 그 불행한 군주는 블랑카를 그 어느 때보다 더 사랑했습니다. 그래서 겉모양으로는 자신이 죄인이 되어 버린 그 상황에 대해 그녀를 안심시키기 위해, 그녀와 얘기를 나누고 싶었습니다. 수행해야 할 온갖 임무들만 아니었다면 그녀를 만나러 벨몬테에 더 일찍 왔을 것입니다. 그런데 그 밤이 되기 전에는 궁궐을 빠져나올 수가 없었지요. 그는 자기가 자란 곳의 굽이굽이를 너무 잘 알고 있어서 힘들이지 않고 시프레디의 성에 슬그머니 들어갈 수 있었습니다. 심지어 정원으로 들어가는 비밀 문의 열쇠를 아직도 간직하고 있었습니다. 바로 그곳을 통해 그의 예전 처소로 들어갔고, 이어서 블랑카의 방으로 건너갔던 겁니다. 거기서 한 남자를 발견하고 자기 검에 맞서는 검을 느꼈으니, 그 왕자의 놀라움이 어땠을지 상상해 보세요. 하마터면 그는 화가 폭발할 뻔했고, 감히 왕을 향해 불경한 손을 올리던 그 대담한 자를 당장 처벌하게 만들 뻔했습니다. 그러나 레온티오의 딸을 배려하느라 분한 마음을 삭였습니다. 그는 들어왔을 때와 같은 방식으로 물러갔습니다. 그리고 이전보다 더 혼란스러워하며 팔레르모로 향해 갔지요. 그는 동이 트기 조금 전에 팔레르모에 도착하여 자기 처소에 틀어박혔습니다. 하지만 너무 흥분되어 휴식을 취할 수가 없었습니다. 오로지 벨몬테로 다시 갈 궁리만 하였어요. 그의 안전과 명예, 특히 그의 사랑 때문에 그는 그토록 잔인한 사건의 모든 정황을 밝히는 일을 지체할 수가 없었습니다.

동이 트자마자 그는 사냥을 나갈 채비를 하라고 명령했고, 이 여흥거리를 구실 삼아 사냥 때 동반하는 하인들과 궁궐 신하 중 몇 명을 데리고 벨몬테 숲으로 돌진했습니다. 그는 자신의 계획을 숨기기 위해 얼마간 사냥을 하고 나서, 각자 사냥개들의 뒤를 열심히 쫓아 달리는 것을 보고는 모든 사람들로부터 떨어져서 홀로 레온티오의 성으로 향하는 길로 갔습니다. 그는 그 숲의 길들을 너무 잘 알기에 거기서 헤매지 않았습니다. 그리고 초조함 때문에 자기 말을 중간에 쉬게 하는 배려도 없이 달려서, 사랑의 대상으로부터 그를 갈라놓는 공간 전체를 얼마 안 되는 시간에 주파했지요. 그가 머릿속으로 시프레디의 딸과 비밀 면담을 얻어 내기 위한 그럴듯한 구실을 찾아보고 있던 터에, 공원의 문 중 하나에 이르는 작은 길을 관통하다가 근처의 어느 나무 밀동에 앉아서 대화하고 있는 여인 둘을 보게 되었습니다. 그 여인들은 성에 사는 사람들이 틀림없었고, 그 광경을 보니 그의 마음이 요동쳤습니다. 그런데 말이 달리면서 내는 소리에 그 여인들이 그의 쪽으로 몸을 돌렸을 때, 그중 한 여인이 그의 소중한 블랑카임을 알아보았어요. 그녀는 자신의 불행을 마음껏 슬퍼하기라도 하려고 가장 신뢰하는 하녀들 중 하나인 니세와 성을 빠져나왔던 것입니다.

그는 날아갔어요. 말하자면 그녀의 발아래로 돌진한 것입니다. 그리고 그녀의 눈에서 아주 깊은 비탄을 드러내는 온갖 징후를 보고 측은해졌습니다. 그래서 말했습니다. "아름다운 블랑카, 이제 그만 괴로워하시오. 겉보기에는 당신 눈에 내가 죄인으로 그려질 거요. 하지만 내가 당신을 위해 품은 계획을 알게 되면, 당신이 범죄로 여기는 것이 내 순수함의 증거이자, 내 과도한 사랑의 증거로 보일 거요." 엔리케가 블랑카의 비탄을 누그러지게 할 수 있을 거라고 믿었던 그 말은 오히려 비탄을 더해 줄 뿐이었습니다. 그녀는 대답을 하려 했지만 흐느낌이 목소리를 질식시켜 버렸어요. 엔리케는 그 격한 감정에 놀라 말했습니다. "아니! 블랑카, 내가 당신의 혼란을 진정시킬 수 없단 말입니까? 어떤 불행으로 인해 내가 당신의 신뢰를 잃은 겁니까? 내 왕관도 위태롭게 하고, 당신이 나를 간직하게 만들려고 심지어 목숨까지도 위태롭게 한 내가…." 그러자 레온티오의 딸이 자신을 설명하려 애쓰며 말했습니다. "전하, 전하의 약속들은 이제 계제에 맞지 않습니다. 이제 그 무엇도 제 운명을 전하의 운명과 연결시킬 수 없습니다." 이때 엔리케가 불쑥 말을 막았습니다. "아! 블랑카, 그 무슨 잔인한 말이오? 내 사랑으로부터 누가 당신을 앗아갈 수 있단 말이오? 당신에 대한 기대를 빼앗기느니 차라리 온 시칠리아를 불태우려는 왕의 격분에 맞서려는 자가 누구란 말이오?" 그러자 시프레디의 딸이 기운 없이 말을 받았습니다. "전하의 모든 권력은 우리를 갈라놓는 장애물들에 대해 아무 소용이 없습니다. 저는 총사령관의 아내니까요."

"총사령관의 아내라고!" 엔리케는 몇 발자국 뒤로 물러나며 소리쳤습니다. 그는 말을 계속할 수가 없었어요. 그만큼 충격이 컸던 것입니다. 예기치 못한 그 타격에 짓눌려 힘이 빠졌어요. 그래서 자기 뒤에 있던 나무 아래로 쓰러졌습니다. 그는 창백해지고, 부들부들 떨고, 일

그러졌습니다. 자유로이 움직이는 거라곤 눈밖에 없었습니다. 그 눈은 그녀가 알린 불행에 그가 얼마나 타격을 받았는지 드러내 주면서 블랑카를 뚫어져라 바라보고 있었습니다. 그녀도 자신의 동요 또한 그의 동요와 별반 다르지 않다는 것을 충분히 알려 주는 기색으로 그를 바라보았습니다. 불운한 그 두 연인은 참혹한 뭔가가 서린 침묵을 지켰습니다. 마침내 엔리케가 용기를 내어 자신의 혼란에서 좀 빠져나오며 말하기 시작했습니다. 그는 한숨을 내쉬며 말했어요. "부인, 무슨 짓을 저지르신 겁니까? 당신은 나를 파멸시켰고, 그 고지식함 때문에 당신 자신도 파멸시켰습니다."

블랑카는 엔리케가 질책하는 것 같아서 감정이 상했습니다. 자기야말로 그에게 불평할 강력한 이유들을 갖고 있다고 생각했는데! 그래서 대꾸했습니다. "뭐라고요! 전하, 전하는 배반을 하셔 놓고 시치미까지 떼시는군요! 제가 제 눈과 귀를 부인하기 바라셨나요? 그들이 하는 얘기에도 불구하고 제가 전하를 무고하다고 믿기를 바라셨나요? 아니오, 전하, 고백건대 저는 그런 이성적인 노력을 할 수 없는 사람입니다." 그러자 왕이 반박했습니다. "그런데 당신에게 그토록 충실해 보이는 바로 그 증인들이 당신을 속였소. 바로 그들이 당신을 배반하도록 도운 것이오. 그렇지만 나는 무고하고 충실하며, 당신은 이제 총사령관의 아내라는 것 또한 사실이오." 그러자 그녀가 말했습니다. "뭐라고요! 전하께서 전하의 손과 마음을 콘스탄시아 공주에게 주겠노라고 확언하는 소리를 제가 듣지 않았나요? 전하는 고인이 되신 왕의 뜻에 따르겠다고 왕국의 고관대작들에게 확실히 말하지 않았던가요? 그리고 공주는 왕비이자 엔리케 공의 아내라는 자격으로 전하의 새 신하들의 예우를 받지 않았나요? 말해 보세요, 배신자. 차라리 전하의 마음속에서 왕좌라는 이득과 블랑카가 균형을 이룰 거라고는 생각 못 했다고 말하세요. 전하가 더 이상 느끼지 않는 것과 어쩌면 결코 느낀 적 없는 것을 가장하느라 자신을 낮추지 마시고, 레온티오의 딸보다는 콘스탄시아 공주와 결혼해야 시칠리아의 왕관을 더 확실히 보장받을 수 있을 것 같아 보였다고 고백하세요. 맞아요, 전하, 찬란한 왕좌나 현재의 전하처럼 군주이신 분의 마음이나 다 제게는 어울리지 않는 과분한 것이죠. 그 둘 다를 감히 바라다니 저는 너무 아둔했어요. 하지만 전하는 저를 그런 오류 속에 놔두지 마셔야 했어요. 거의 어쩔 수 없이 전하를 잃을 것 같아 보여서 제가 불안해하던 것을 전하는 알고 계십니다. 왜 저를 안심시키셨나요? 제 두려움을 해소시켜야만 했을까요? 저는 전하보다는 차라리 운명을 원망했을 테고, 전하는 저의 손은 아닐지언정 최소한 제 마음은 보유하셨을 테고, 제 손은 다른 그 누구도 결코 얻지 못했을 텐데요. 이제는 더 이상 전하께 해명할 때가 아닙니다. 저는 총사령관의 아내입니다. 전하, 제 명예를 부끄럽게 하는 대화를 이어 가지 않아도 되도록, 그러면서도 제가 전하께 바쳐야 할 존경을 소홀히 하지는 않으면서 전하 곁을 떠나겠습니다. 전하의 말씀을 듣는 것이 제게 더 이상 허용되지 않으니까요."

이 말을 하고 나서 그녀는 몸 상태가 허용하는 한 최대한 서둘러서 엔리케로부터 멀어졌습니다. 그러자 엔리케가 소리쳤습니다. "멈추시오, 블랑카, 당신은 내가 당신보다 왕좌를 더 선호했다고 하는데, 새로운 신하들의 기대에 부응하기보다는 그 왕좌를 걷어찰 준비가 더 돼 있는 군주를 절망하게 만들지 마시오." 그러자 블랑카가 대꾸했습니다. “그런 희생은 이제 소용없습니다. 그토록 고귀한 열정을 폭발시키기 전에 저를 총사령관으로부터 납치했어야 했어요. 이제는 제가 더 이상 자유롭지 못하므로, 시칠리아가 재로 변하건 말건, 전하가 누구에게 손을 주건 말건 저한테는 별로 중요하지 않습니다. 제가 나약해서 마음을 들키기는 했으나, 최소한 그 마음의 동요를 억누르고, 시칠리아의 새 왕에게 총사령관의 아내는 더 이상 엔리케 왕의 연인이 아니라는 것을 꿋꿋하게 보여 드리렵니다.” 이렇게 얘기하는 동안 그녀는 정원의 문에 이르렀고, 니세와 함께 정원으로 쑥 들어가 문을 잠가 버렸습니다. 엔리케는 괴로움에 짓눌린 채 그대로 있었습니다. 그는 블랑카의 결혼 소식이 준 충격에서 벗어날 수가 없었습니다. 그래서 소리쳤습니다. “부당한 블랑카, 당신은 우리의 서약에 관해서는 다 잊어버렸구려! 나의 맹세와 당신의 맹세에도 불구하고 우리는 헤어졌구려! 그러므로 당신의 매력을 소유한 줄 알았던 내 생각은 헛된 환상일 뿐이었소! 아! 잔인한 여인, 내 사랑을 받아 준 것에 대해 내가 너무 비싼 대가를 치르고 있구나!”

그때 엔리케는 경쟁자의 행복한 모습이 떠올라서 끔찍스런 질투에 사로잡혔습니다. 그 정념에 잠시 너무 강하게 사로잡혀서 그는 총사령관과 시프레디까지 원한의 제물로 바칠 태세였습니다. 그렇지만 이성이 그 난폭한 흥분을 서서히 진정시켰습니다. 그런데 그는 자신에게 배반당한 것이 아니라고 블랑카를 설득할 수가 없는 상황이어서 절망에 빠졌습니다. 그녀와 자유롭게 대화를 나눌 수 있으면 그런 인상을 지울 수 있을 거라고 기대했습니다. 그러기 위해서는 총사령관을 멀리 보내야 한다고 판단하고는, 국가가 처한 상황에서 반역이 의심되는 자인 양 그를 몰아붙여서 체포하게 만들기로 작정했습니다. 그는 근위대 대장에게 그렇게 하라고 명령을 내렸고, 대장은 벨몬테로 가서 어둑어둑해질 무렵 총사령관의 신병을 확보하고는 그를 팔레르모성으로 데려왔습니다.

그 사건은 벨몬테 전체를 경악하게 했습니다. 시프레디는 왕에게 사위의 무죄를 보증하기 위해 그리고 그런 감금이 유감스런 결과를 초래할지 모른다는 얘기를 하러 가기 위해 당장 출발했습니다. 그가 그렇게 대응하리라는 것을 예상했던 군주는 총사령관을 풀어 주기 전에 적어도 블랑카와의 면담을 준비하고 싶었기에 다음 날까지는 아무도 왕을 알현할 수 없다고 단호하게 명령했습니다. 그러나 그 금지명령에도 불구하고 레온티오는 너무 수완 좋게 왕의 처소로 들어갔습니다. 그는 왕 앞에 모습을 드러내며 말했습니다. "전하, 자기 군주에게 존경과 충성을 바치는 신하가 그 군주에게 항의하는 것이 허락된다면, 저는 바로 전하께 항의를 하러 왔습니다. 제 사위가 무슨 죄를 저질렀단 말입니까? 전하께서 제 가문에 뒤집어씌우는 영원한 치욕에 관해 숙고해 보셨는지요? 국가에서 가장 중요한 요직을 맡고 있는 사람들이 전하의 공무에서 소외될 수도 있는 그 감금의 여파에 대해서도 숙고해 보셨는지요?" 그러자 왕이 대답했습니다. "총사령관이 돈 페드로 왕자와 범죄를 공모했다고 확신하는 상소문들이 내게 있소." 이때 레온티오가 놀라며 말을 막았습니다. "범죄 공모라고요! 아! 전하, 그 말을 믿지 마십시오. 누군가 전하를 속이고 있는 겁니다. 시프레디 가문에는 결코 배반이란 게 없었습니다. 총사령관이 제 사위라는 사실만으로도 그런 의혹은 충분히 배제됩니다. 총사령관은 무죄입니다. 그럼에도 전하는 어떤 비밀스런 목적 때문에 그를 체포하게 만든 거로군요."

그러자 왕이 말을 받았습니다. "자네가 그렇게 터놓고 말하니, 나도 같은 방식으로 말하겠네. 자네는 총사령관의 감금을 불평하고 있네! 아니! 난들 자네의 잔인함을 불평하지 않은 줄 아나? 야만스런 시프레디, 바로 자네가 내 휴식을 앗아갔고, 자네가 비공식적으로 들인 수고 때문에 나는 가장 비루한 인간들의 운명마저 부러워하는 처지가 되었네. 내가 자네와 같은 생각일 거라는 환상은 품지 말게나. 콘스탄시아와의 결혼 결심은 헛되이…." 이때 레온티오가 부르르 떨며 말을 막았습니다. "뭐라고요! 전하, 모든 백성이 보는 가운데 콘스탄시아 공주님에게 그런 기대를 품게 해놓고서 그 공주님과 혼인하지 않을 수도 있을 거라고요!" 그러자 왕이 대꾸했습니다. "내가 그들의 기대를 저버린다면, 자네는 그저 자네만 탓하게나. 자네는 왜 내가 그들에게 줄 수 없는 것을 약속해야만 하는 상황으로 나를 몰아갔는가? 내가 자네 딸에게 써준 편지에다 누가 자네더러 콘스탄시아의 이름을 대신 넣으라고 강요했나? 자네는 내 의도를 모르지 않았네. 사랑하지도 않는 남자에게 블랑카를 혼인시키면서 그녀에게 그런 학대를 감수하게 해야만 했는가? 그리고 자네가 무슨 권리로, 내가 증오하는 공주에게 유리한 쪽으로 내 권리를 마음대로 처분하였는가? 혈연의 권리와 인간의 권리들을 짓밟으면서 내 아버지로 하여금 고된 구금의 혹독함을 겪으며 돌아가시게 한 그 잔인한 마틸다의 딸이 콘스탄시아라는 사실을 잊었단 말인가? 그러고는 나더러 그녀와 결혼하라고! 아니, 시프레디, 그런 기대는 버리게. 그 끔찍한 결혼의 횃불이 켜지기 전에, 시칠리아가 온통 불길에 싸이고 고랑들에 피가 넘쳐 나는 것을 보게 될 걸세."

그러자 레온티오가 소리쳤습니다. "제가 지금 제대로 들은 건가요? 아! 전하, 제가 뭘 계획하기를 바라시는 겁니까? 이게 웬 끔찍한 위협이란 말입니까!" 그러더니 그는 어조를 바꾸어 말을 계속했습니다. "하지만 제가 불안해하다니, 그건 얼토당토않은 일입니다. 전하는 신하들에게 그렇게 슬픈 운명을 예비해 두기에는 저희들을 너무 소중히 여기시는 분이니까요. 전하는 사랑에 압도당하지 않으실 테고, 보통 사람들의 나약함에 빠져서 전하의 덕성을 더럽히는 일은 하지 않으실 겁니다. 전하, 제가 딸을 총사령관에게 준 이유는 오로지 자신의 팔과 군대로 돈 페드로 왕자의 팔과 군대에 맞서서 전하의 이익을 떠받쳐 줄 용맹한 신하를 전하에게 얻어 드리기 위해서일 뿐입니다. 아주 긴밀한 관계를 통해 그를 제 가족과 연결시킴으로써…." 그때 엔리케가 소리쳤습니다. "바로 그 관계가, 그 불행한 관계가 나를 파멸시켰소. 잔인한 친구, 내게 왜 그토록 아픈 타격을 가한 것이오? 내가 자네에게 내 마음을 희생시키면서까지 내 이익을 관리하라 했소? 내 권리를 나 자신이 지탱하도록 왜 놔두지 않았던 거요? 내 권리에 맞서려 할 만한 신하들을 정복할 용기가 내게 없는 것 같소? 총사령관이 내게 불복종하면 나는 그를 처벌할 수 있었을 거요. 왕들은, 백성의 행복이 그들의 첫 번째 의무가 될 때 폭군이 아니라는 것을 나는 알고 있소. 그렇다고 해서 왕들이 자기 신하들의 노예가 되어야 하는 거요? 그리고 하늘이 그들을 지배자로 선택하면, 이로 인해 그들은 자기감정을 자기 마음대로 하지도 못하는 거요? 아! 왕들이 가장 비천한 인간들도 누리는 그 권리를 향유할 수 없다면, 시프레디, 당신이 내 안식을 희생시키면서까지 내게 보장해 주고 싶어 했던 그 최고 권력을 도로 가져가시오."

그러자 대신이 반박했습니다. "전하의 숙부이신 전왕께서 왕관의 승계를 공주와의 결혼에 묶어 놓으신 것을 전하는 모르시지 않습니다." 이에 엔리케가 말했습니다. "그런데 숙부님은 무슨 권리로 그런 처분을 스스로 정하신 건가 말이오? 자기 형인 샤를르 왕의 뒤를 이어 왕위에 올랐을 때, 샤를르 왕으로부터 그 합당치 못한 법을 받았다는 거요? 당신은 나약하게도 그토록 부당한 조건을 따라야만 했던 거요? 대법관으로서 당신은 우리의 관습을 참으로 잘못 배웠소. 한마디로, 내가 콘스탄시아에게 나의 손을 약속했을 때, 그 서약은 자발적인 것이 아니었소. 나는 그 약속을 지키지 않을 거요. 만약 돈 페드로가 내 거절을 근거로 왕좌에 오르리라는 희망을 갖는다면, 너무 많은 피를 흘리게 될 분란으로 백성들을 끌어들이지 말고, 둘 중 누가 왕국을 지배하는 데 더 적절할지 우리끼리 검으로 결정할 수 있을 거요." 그러자 레온티오는 차마 왕을 더 압박하지 못했습니다. 그는 무릎을 꿇고 자기 사위를 방면해 달라고 간청하는 것으로 그쳤습니다. 그 요청은 받아들여졌지요. 왕이 그에게 말했습니다. "자, 이제 벨몬테로 돌아가시오. 총사령관은 곧이어 뒤따라갈 것이오." 이 말을 듣고 대신은 나갔습니다. 그리고 자기 사위가 당장 자기를 쫓아올 거라고 확신하며 벨몬테로 다시 갔습니다. 하지만 그가 속은 것입니다. 엔리케는 그날 밤 블랑카를 보려 했고, 그 때문에 그녀 남편의 석방을 다음 날 아침으로 미뤘던 것입니다.

그러는 동안 총사령관은 잔인한 생각을 하였습니다. 감금되고 보니 자기 불행의 진정한 원인에 대해 눈을 뜨게 된 것입니다. 그는 질투에 온통 사로잡혀서, 그때까지 그의 출중한 미덕이던 충절을 부정하며 이제는 그저 복수만 열망하였습니다. 그는 왕이 그날 밤 블랑카를 반드시 만나러 갈 거라고 제대로 판단했습니다. 그래서 그 둘이 함께 있을 때 불시에 들이닥치려고 팔레르모성의 총독에게 자기가 다음 날 동트기 전에 꼭 돌아올 테니 제발 감옥에서 나가게 해달라고 간청했습니다. 총사령관에게 완전히 헌신적이던 총독은 시프레디가 방면된 것을 이미 알고 있었기에 그 요청에 쉽게 동의했고, 심지어 총사령관이 벨몬테로 가는 데 필요한 말 한 마리까지 내주었습니다. 벨몬테에 도착한 총사령관은 나무에다 말을 매어 놓고, 자기가 갖고 있던 열쇠로 작은 문을 열고서 공원으로 들어간 다음 다행히 아무한테도 들키지 않은 채 성안으로 슬그머니 들어갔습니다. 그는 아내의 처소로 가서 부속실에 있는 병풍 뒤에 몸을 숨겼습니다. 무슨 일이 벌어지건 거기서 죄다 관찰하고, 블랑카의 방에서 조금이라도 무슨 소리가 나면 얼른 그 방으로 갈 작정이었지요. 그는 니세가 그 방에서 나오는 것을 보았습니다. 니세는 자기가 자는 방으로 물러가려고 여주인 곁을 막 떠난 터였습니다.

시프레디의 딸은 남편이 감금된 동기를 어렵지 않게 간파했습니다. 그래서 그녀는 왕이 총사령관을 곧바로 뒤따라 출발시킬 거라고 확언했다는 말을 아버지에게서 들었음에도 불구하고 남편이 그날 밤 돌아오지 못할 거라고 판단했습니다. 그녀는 엔리케가 자기를 보러 와 자유롭게 대화를 나누기 위해 그 상황을 이용하리라는 것을 의심치 않았습니다. 그런 생각을 하며 군주를 기다리고 있었습니다. 그녀에게 끔찍한 여파가 있을 수도 있는 왕의 처사를 질책하기 위해서였습니다. 실제로, 니세가 물러가고 나서 얼마 안 되어 문이 열렸고, 왕이 블랑카의 무릎에 몸을 던졌습니다. 그는 말했습니다. "부인, 내 말을 들어 보지도 않고 나를 비난하지는 마시오. 내가 총사령관을 투옥한 이유는, 나를 해명하려면 그 방법밖에 없었기 때문이란 점을 유념하시오. 그러므로 내가 이런 계략까지 쓰게 된 것은 오로지 당신 탓으로 돌리시오. 왜 오늘 아침에 내 말을 들으려 하지 않은 거요? 아아! 내일 당신의 남편은 석방될 거고, 나는 당신에게 더 이상 말을 하지 못할 거요. 그러니 마지막으로 내 말을 들어 보시오. 당신을 잃어서 내 운명은 비참하오. 그러니 최소한 당신에게 나를 해명하는 서글픈 위안이라도 허락해 주시오. 우리의 이 불행은 나의 배반 때문이 아니라는 해명 말이오. 내가 콘스탄시아와 혼인하겠다고 서약한 것은, 그대의 아버지가 사태를 그 지경으로 몰아넣어 그때 당장은 그 상황에서 벗어날 수가 없었기 때문이오. 그대의 이익과 나의 이익을 위해, 왕관과 나의 손을 그대에게 보장하기 위해, 공주를 속여야만 했소. 나는 그 계획을 성공시킬 결심을 했고, 그 서약을 깨기 위한 조처들을 이미 취해 놓았었소. 그런데 내가 해놓은 일을 그대가 망쳐 놓았고, 그대가 자신을 너무 가벼이 처분해 버렸소. 그렇게 해서 우리는 영원한 괴로움에 빠지게 된 거라오. 그러지 않았다면 우리의 마음은 완벽한 사랑으로 만족스러워했을 텐데…."

그가 진정으로 절망하는 것이 너무 역력해 보였습니다. 그래서 블랑카는 마음이 아팠지요. 그녀는 더는 그의 무고함을 의심하지 않아도 되어 우선은 기뻤습니다. 그다음에는 자신의 불운에 대해 감정이 더욱 복받쳐 올랐습니다. 그녀는 엔리케에게 말했습니다. "아, 전하! 운명이 우리를 그렇게 처분하고 나버린 이제 와서, 전하는 죄가 없다는 사실을 알려 줌으로써 저에게 새로운 고통을 안겨주시는군요. 불행한 여인, 저는 무슨 짓을 한 걸까요? 제 원한이 저를 유혹하여, 제가 버림받은 것으로 믿고 분개하는 바람에, 제 아버지가 소개해 주신 총사령관의 손을 잡았던 겁니다. 저는 죄를 저질렀고, 우리의 불행을 초래했습니다. 아아, 저를 배반했다고 전하를 비난하던 그때, 저는 이전에 제가 영원히 지키겠다고 했었던 인연을 끊어 버린 건가요? 너무 쉽게 믿었던 탓에…. 이번에는 전하가 복수하십시오. 배은망덕한 블랑카를 증오하십시오…. 잊으세요…." 그러자 엔리케가 서글프게 물었습니다. "아니, 내가 그럴 수 있겠소? 그대가 아무리 부당해도 꺼질 수 없을 이 열정을 내 마음으로부터 뽑아낼 방법이 있겠느냐 말이오!" 그러자 시프레디의 딸이 한숨을 내쉬며 대꾸했습니다. "그래도 그런 노력을 하셔야만 합니다, 전하." 이에 엔리케가 "그럼 그대 자신은 그런 노력을 할 수 있겠소?"라고 묻자, 그녀가 대답했습니다. "저는 그렇게 해내리라고 저 자신에게 약속은 못 하지만, 그렇게 되기 위해 그 무엇이든 할 겁니다." 이에 엔리케가 말했습니다. "아! 잔인한 여인, 그대는 나, 엔리케를 쉽게 잊을 거요. 그래야겠다는 의도를 품을 수 있으니 말이오." 이에 블랑카가 결연한 어조로 말했습니다. "그럼 전하의 생각은 무엇인데요? 계속해서 저를 마음에 품으셔도 좋다고 제가 허락할 것으로 기대하시는 건가요? 아니오, 전하, 그런 기대는 포기하세요. 제가 왕비가 되기 위해 태어난 게 아니듯이, 하늘은 제가 불법적인 사랑의 고백을 듣도록 만들어 놓지도 않았어요. 제 남편은 전하처럼 고귀한 앙주 가문 출신입니다. 그분에 대한 저의 의무가 전하의 그런 언동에 대해 넘을 수 없는 장벽으로 맞서게 하지 않는다 할지라도, 제 명예가 그것을 견디지 말라고 막을 겁니다. 그러니 물러가시기를 간청합니다. 우리는 이제 서로 보지 말아야 합니다." 그러자 왕이 소리쳤습니다. "너무나 야만스럽구려! 아! 블랑카, 나에게 그토록 혹독하게 대할 수가 있는 거요? 나를 짓눌러 놓기 위해서라면 그대가 총사령관의 품에 있는 것으로 충분하지 않소? 내게 남은 유일한 위안이 당신을 보는 것인데, 그것까지 내게 금지하려는 거요?" 그러자 시프레디의 딸이 눈물 몇 방울을 흘리며 대답했습니다. "그러지 말고 달아나십시오. 애틋하게 사랑했던 존재를 소유할 희망을 잃어버리면, 그 존재를 보는 것은 더 이상 좋은 일이 아닙니다. 안녕히 가십시오, 전하, 저를 피해 도망가세요. 전하의 명예와 저의 평판을 위해 그런 노력을 하셔야 합니다. 그리고 저의 안식을 위해서도 그리 하시길 전하께 부탁드립니다. 제 마음의 동요로 제 덕성이 경각심을 느끼지는 않았을지라도, 다정하셨던 전하에 대한 추억이 저로 하여금 너무 잔인한 투쟁을 하게 만들어 견디기가 너무 힘드니까요."

그녀는 그 말을 너무 격렬히 하다가 자신도 모르게 자기 뒤에 있던 탁자의 촛대를 쓰러뜨리는 바람에 촛불이 꺼져 버렸습니다. 블랑카는 그 촛대를 주워 다시 불을 붙이려고 부속실 문을 열고서 아직 잠자리에 들지 않은 니세의 방으로 갔습니다. 그러고 나서 촛불을 들고 돌아왔습니다. 그녀가 오기를 기다리던 왕은 그녀를 보자마자 자신의 애정을 받아 달라고 다시 재촉하기 시작했습니다. 왕의 목소리에 총사령관은 손에 검을 쥐고 자기 아내와 거의 동시에 그 방으로 불쑥 들어왔습니다. 총사령관은 격분에 이은 원한을 잔뜩 느끼면서 엔리케 쪽으로 다가가며 소리 질렀습니다. "너무하구나, 이 폭군아. 네가 내 명예에 가한 모욕을 내가 그냥 참고만 있는 겁쟁이일 거라고는 생각 마라." 그러자 왕이 방어 태세를 취하며 대답했습니다. "아! 반역자, 너 또한 네 계획을 무탈하게 실행해 낼 거라고는 상상하지 마라." 이 말이 끝나기가 무섭게 그들은 너무나 격렬한 싸움을 벌여서 그 싸움이 오래 끌지는 않았습니다. 시프레디와 하인들이 블랑카가 내지르는 비명소리를 듣고 너무 빨리 달려와서 자신의 복수에 방해가 될까 봐 염려한 총사령관은 몸을 전혀 사리지 않았습니다. 그는 너무 격분해서 판단력을 잃었지요. 그 탓에 실력을 제대로 발휘하지 못하여 적수의 검에 찔리고 말았습니다. 검의 손잡이까지 몸속 깊이 들어간 겁니다. 총사령관은 쓰러졌고, 왕은 즉각 멈추었습니다.

자기 눈으로 직접 본 남편의 상태에 충격을 받은 레온티오의 딸은 그에 대해 원래 가졌던 혐오감을 이겨 내면서 바닥에 몸을 던져 그를 얼른 구하려 했습니다. 그러나 그 불행한 남편은 이제 그녀에 대한 원망이 너무 커서 그녀가 아무리 괴로움과 연민을 표시해도 감정이 누그러지지 않았습니다. 죽음이 다가오는 것을 느끼면서도 격렬한 질투를 억누를 수가 없었습니다. 그 마지막 순간에 그는 경쟁자의 행복만 떠올린 것입니다. 그 생각이 너무 참혹하게 든 나머지 그는 남은 힘을 죄다 그러모아 아직도 잡고 있던 검을 들어 블랑카의 가슴을 푹 찔렀습니다. 그러면서 말했습니다. "죽어라, 부정한 아내, 네가 제단에서 나에게 맹세한 신의를 부부의 인연으로도 지킬 수 없었으니!" 그러고 나서 말을 계속했습니다. "그리고 너, 엔리케, 너는 네 운명에 박수갈채를 보내지 마라! 너는 내 불행을 즐기지 못할 것이다. 나는 만족스러워하며 죽어 가니까." 그는 이 말을 마치고 숨을 거뒀습니다. 그의 얼굴은 죽음의 그림자로 온통 뒤덮였음에도 여전히 긍지에 찬 끔찍한 뭔가를 지니고 있었습니다. 블랑카의 얼굴은 매우 다른 모습을 보였습니다. 그녀가 입은 타격이 치명적이었기 때문입니다. 그녀가 죽어 가는 남편의 몸으로 쓰러지는 바람에, 무고한 희생자의 피와 살인자의 피가 뒤섞였습니다. 살인자가 그 잔인한 결단을 너무 급작스레 집행하는 바람에 왕이 미리 막지 못했던 겁니다.

그 불운한 왕은 블랑카가 쓰러지는 것을 보며 비명소리를 내질렀습니다. 그녀의 목숨을 앗아간 일격에 그가 그녀보다 더 놀랐던 것입니다. 그녀가 주고 싶어 했고, 제대로 보답받지도 못했던 정성을 이제야 돌려주려 했는데…. 그녀가 꺼져 가는 목소리로 말했습니다. "전하, 괴로워하실 필요 없습니다. 저는 냉혹한 운명이 요구하는 희생자입니다. 이 희생자가 운명의 분노를 진정시켜서 전하의 치세가 행복해질 수 있기를 바랄 뿐입니다!" 그녀가 이 말을 마쳤을 때 레온티오가 그 방에 도착했습니다. 그녀가 내질렀던 외침 소리를 듣고 온 것입니다. 그는 자기 눈에 비친 모습을 보고는 꼼짝도 하지 못했습니다. 블랑카는 아버지가 온 것도 모르고 왕에게 말을 계속했습니다. "안녕히, 전하, 저에 대한 기억을 소중히 간직하세요. 저의 애정과 불행이 그렇게 하라고 시키는군요. 제 아버지를 원망하지 마세요. 그분의 목숨과 괴로움을 배려해 주시고, 그의 열성을 온당하게 인정해 주세요. 특히 저의 무고함을 그분께 알려 주세요. 다른 그 무엇보다 간곡히 전하께 부탁드리는 것입니다. 안녕히, 사랑하는 엔리케…. 저는 죽어가니…, 저의 마지막 숨결을 받아 주세요."

이 말을 끝으로 그녀는 죽었습니다. 왕은 얼마간 침울하게 침묵을 지켰습니다. 그러고 나서 치명적인 절망에 빠진 듯 보이는 시프레디에게 말했습니다. "보시오, 레온티오, 당신이 무슨 짓을 했는지 잘 보시오. 이 비극적인 사건에서 당신이 나를 위한답시고 멋대로 들인 정성과 열의가 어떤 결과를 빚었는지 생각해 보시오." 노인은 아무 대답도 하지 않았습니다. 괴로움이 너무 깊이 파고들었기 때문입니다. 그런데 그 어떤 말로도 표현할 수 없는 것들을 더 이상 묘사할 필요가 있는 걸까요? 마침내 그들이 비탄을 터뜨릴 수 있는 지경에 이르자, 세상에서 가장 애처로운 탄식을 서로 쏟아 냈다는 말로 충분할 것입니다.

왕은 그 연인에 대한 감미로운 추억을 평생토록 간직했습니다. 그는 콘스탄시아와 결혼하기로 결단할 수가 없었습니다. 돈 페드로 왕자가 그 공주와 혼인했고, 둘 다 로제가 남긴 유언의 재량권을 행사하기 위해 물불 안 가렸습니다. 하지만 자신의 적들을 제거하는 데 성공한 엔리케 왕자에게 재량권을 넘길 수밖에 없었습니다. 시프레디는 그토록 큰 불행을 초래한 데 따른 슬픔 때문에 세상을 등졌고, 자기 나라에 머무는 것을 견딜 수 없었습니다. 그는 시칠리아를 버리고 자기에게 남은 둘째 딸 포르치아와 함께 스페인으로 건너와 이 성을 구입했습니다. 그는 블랑카가 죽은 후 십여 년 동안 여기서 살았으며, 죽기 전에 포르치아를 결혼시킨 것을 위안으로 삼았습니다. 포르치아는 돈 헤로니모 데 실바와 결혼했고, 내가 바로 그 결혼의 유일한 결실입니다. 여기까지가 내 가족사랍니다. 그리고 이 그림은 내 조부이신 레온티오가 그 불행한 사건을 추모하기 위한 기념물로서 후손에게 남겨주려고 그리게 한 것이며, 내가 충실히 전한 그 가족 이야기를 표현한 그림입니다.

5

아우로라 데 구스만이 살라망카에 있을 때 한 일

오르티스와 그녀의 동료들, 그리고 나는 돈 페드로 데 피나레스의 과부가 해준 그 이야기를 듣고 난 후, 아우로라를 엘비라와 함께 놔두고 그 방을 나왔다. 그 두 여인은 남은 낮 동안 거기서 담소를 나누며 시간을 보냈다. 그녀들은 함께 있으면 조금도 지루해하지 않았다. 그 다음 날 우리가 떠날 때, 그녀들은 함께 지내는 것에 서서히 익숙해진 친구들처럼 헤어지기 힘들어했다.

마침내 우리는 아무 사고 없이 살라망카에 도착했다. 우리는 거기서 가구가 완벽히 딸린 집을 우선 빌렸고, 미리 약속한 대로 오르티스 부인은 도냐 히메나 데 구스만이라는 이름을 취했다. 그녀는 샤프롱을 너무 오래 했기에 능란한 배우가 되지 않을 수 없었다. 그녀는 어느 날 아침 아우로라, 시녀, 하인과 함께 외출하여 어느 호텔로 갔다. 우리는 파체코가 평소에 거기 묵는다고 알고 있었다. 오르티스는 거기에 혹시 세를 놓을 아파트가 있느냐고 물었다. 호텔 여주인은 그렇다고 대답하고는 꽤 깨끗한 방을 그녀에게 보여 주었다. 그래서 그녀는 그 아파트를 잡아 두었다. 그녀는 호텔 여주인에게 그 방은 자기 조카 한 명을 위한 것이고, 그 조카는 학업을 위해 톨레도로부터 살라망카로 오는 길이며, 바로 그날 도착할 예정이라고 말했다. 심지어 선불까지 했다.

샤프롱과 여주인은 그 숙소를 확보하고 나서 발길을 돌렸다. 아름다운 아우로라는 시간을 허비하지 않고 당장 기사로 변장했다. 그녀는 자신의 검은 머리에다 금발 가발을 썼고, 눈썹도 같은 색으로 물들였다. 누가 봐도 젊은 귀족으로 통할 수 있도록 치장했다. 그녀는 거침없이 편하게 행동했고, 남자치고는 너무 고운 얼굴만 빼고는 변장을 의심케 할 만한 것은 전혀 없었다. 그녀에게 시동 노릇을 해줄 시녀도 그런 식으로 옷을 입었고, 우리는 그녀가 맡은 역할을 잘 해내지 못할까 봐 불안해하지 않았다. 그 시녀는 아주 예쁜 편은 아닌 데다가, 자기 역할에 썩 잘 어울리는 뻔뻔하게 초연한 태도를 지니고 있었다. 점심 식사 후 그 두 여배우는 무대, 즉 그 가구 딸린 호텔에 나타날 채비가 되었다. 나는 그녀들과 함께 길을 나섰다. 우리 셋은 필요한 옷가지들을 모두 챙기고서 다 함께 호화로운 사륜마차를 타고 그 호텔로 갔다.

베르나르다 라미레스라는 이름의 호텔 여주인이 우리를 아주 공손히 맞이하여 우리 처소로 안내해 주었다. 거기서 우리는 그녀와 대화를 시작했다. 그녀가 제공하게 될 음식과 그 대가로 다달이 지불해야 할 금액에 대해 합의했다. 이어서 그녀에게 하숙인들이 많은지 물어봤다. 그녀는 대답했다. “현재는 없어요. 제가 온갖 부류의 사람들을 받는 기질이라면 손님이 없지 않을 테죠. 하지만 저는 오로지 젊은 귀족들만 받는답니다. 오늘 저녁에는 여기서 학업을 마치려고 마드리드로부터 오시는 귀족 한 분이 계십니다. 돈 루이스 파체코라는 분인데, 기껏해야 스무 살 정도 되는 기사랍니다. 여러분께서 그분을 개인적으로는 모르신다 해도, 그분에 대한 얘기는 들으신 적이 있을 겁니다." 이에 아우로라가 대꾸했다. "그분, 알지요. 그분이 어느 혁혁한 가문 출신이라는 것을 모르지 않습니다. 하지만 그분이 어떤 사람인지는 몰라요. 내가 그분과 함께 거주해야 하니까 어떤 분인지 알려주시면 좋겠네요." 그러자 호텔 여주인이 이 가짜 기사를 바라보며 대답했다. "나리, 그분은 아주 탁월한 인물입니다. 거의 나리처럼 생기셨어요. 아! 두 분께서 함께 아주 잘 지내실 겁니다! 세상에나! 제 집에 스페인에서 가장 매력적인 귀족이 두 분이나 계시다고 자부할 수 있겠네요." 그러자 내 여주인이 대꾸했다. "그 돈 루이스는 아마도 이 고장 여인들 사이에서 인기가 많겠네요?" 이에 호텔 여주인이 대답했다. "오! 확실히 그래요. 단언컨대, 바람둥이거든요. 그분은 여자들을 정복하기 위해서라면 그저 자신의 모습을 드러내기만 하면 되죠. 그분이 정복한 여자 중에는 젊고 아름다운 귀족 여인도 한 분 계셨는데, 이름이 이사벨라였어요. 늙은 법학박사의 따님이었죠. 그 아가씨는 말하자면 지금 돈 루이스 씨에게 미쳐 있답니다." 그때 아우로라가 황급히 말을 중단시키고 물었다. "말해 보세요, 아주머니, 그 돈 루이스 쪽에서도 그녀를 매우 사랑했나요?" 이에 베르나르다 라미레스가 대답했다. "마드리드로 떠나기 전에는 사랑했어요. 그런데 아직까지 사랑하는지는 저도 몰라요. 왜냐하면 확신할 수 없는 일이니까요. 모든 젊은 기사들이 통상적으로 그렇듯이 그분도 이 여자 저 여자 쫓아다니거든요."

그 선량한 과부가 말을 채 마치기 전에 마당에서 무슨 소리가 들렸다. 우리가 즉각 창문으로 내다봤더니 두 남자가 말에서 내리는 것이 보였다. 마드리드로부터 하인과 함께 온 바로 그 돈 루이스 파체코였다. 노파는 그를 맞으러 가느라 우리 곁을 떠났고, 내 여주인은 흥분이 없지 않은 상태로 돈 펠릭스 역할을 할 채비가 되었다. 곧이어 돈 루이스가 여전히 장화를 신은 채 우리 처소로 들어오는 것이 보였다. 그가 아우로라에게 인사를 하며 말했다. "톨레도 출신의 젊은 귀족이 이 호텔에 묵고 계신다는 것을 방금 알게 되었습니다. 함께 묵게 되어 기쁘다는 표시를 해도 되겠는지요?" 이 인사말에 내 여주인이 대꾸하는 동안, 파체코는 그렇게 사랑스럽게 생긴 기사를 보게 되어 놀라워하는 듯 보였다. 그토록 잘생기고 몸매가 훌륭한 기사를 본 적이 없었나 보다. 양쪽 다 아주 예의 바르게 많은 얘기를 나눈 후 돈 루이스는 자기 처소로 물러갔다.

그가 하인에게 장화를 벗기게 하고 나서 겉옷과 내의를 갈아입는 동안, 일종의 시동이 그에게 편지 한 통을 전해주기 위해 그를 찾고 있다가 계단에서 아우로라와 우연히 마주치게 되었다. 시동은 그녀를 돈 루이스로 착각하고서 자기가 맡아 가지고 있던 편지를 그녀에게 건넸다. 시동은 말했다. "받으세요, 기사님, 제가 파체코 나리를 알지는 못하지만, 나리가 혹시 파체코 님이신지 여쭤볼 필요도 없는 것 같군요. 제가 파체코 나리의 용모에 대해 들은 바에 따르면, 지금 제가 착각하고 있는 게 아니라는 것이 확실해요." 그러자 내 여주인은 탁월한 임기응변으로 대답했다. "아니라네, 여보게, 자네가 착각하지 않은 게 확실하네. 자네는 임무를 훌륭히 수행한 걸세. 내가 돈 루이스 파체코라는 것을 아주 잘 짐작했구먼. 자, 이제 내 대답을 전달케 해야겠네." 그러자 시동은 가버렸다. 아우로라는 자기 시녀와 나와 함께 틀어박혀서 편지를 펼치고, 다음과 같이 읽어 주었다. "당신이 살라망카에 있다는 것을 방금 알게 되었어요. 그 소식을 듣고 얼마나 기뻤던지! 미칠 것만 같았지요. 그런데 당신은 이사벨라를 아직 사랑하고 있는 거죠? 당신이 조금도 변하지 않았다는 것을 서둘러 확신시켜 주세요. 변심하지 않은 당신을 보게 되면 죽도록 기쁠 거라고 생각해요."

이 편지를 읽고 나서 아우로라는 말했다. "편지가 열정적이네. 정녕 홀딱 빠진 영혼이라는 것이 드러나 있어. 이 여인은 나를 불안하게 만들 경쟁자야. 돈 루이스를 그녀로부터 떨어지게 만들고, 심지어 만나지도 못하도록 수단 방법을 가리지 말고 막아야 해. 고백건대, 그렇게 하기가 힘들긴 하지. 하지만 나는 단념하지 않고 이 일을 끝까지 해낼 거야." 내 여주인은 그 점에 관해 생각해 보기 시작하더니 잠시 후 덧붙였다. "내가 24시간 내로 그들 사이가 틀어지게 만들 거라고 장담하지." 실제로 파체코는 그의 거처에서 좀 쉬고 나서 우리를 또 보기 위해 우리 거처로 와서 저녁 식사가 준비될 때까지 아우로라와 대화를 나누었다. 그가 장난삼아 그녀에게 말했다. "기사님, 남편들과 애인들은 기사님이 살라망카에 오시는 것을 좋아하지 않을 것 같네요. 기사님이 그들에게 근심을 초래할 테니까요. 저로서는 기사님 때문에 제가 여인들을 공략하는 일이 순조롭지 않을까 봐 불안하네요." 그러자 내 여주인이 같은 어조로 대답했다. "들어 보세요. 당신의 걱정이 근거가 없지는 않아요. 돈 펠릭스 데 멘도세는 좀 무시무시하다는 점을 알아 두세요. 나는 이 고장에 이미 온 적이 있어요. 이곳 여인들이 무심하지 않다는 것을 난 알지요." 이때 돈 루이스가 격렬히 말을 중단시켰다. "그것에 대해 어떤 증거라도 갖고 계신가요?" 그러자 돈 비센테의 딸이 대꾸했다. "설득력 있는 증거가 하나 있긴 해요. 한 달 전 내가 이 도시를 거쳐 갔는데, 여기서 일주일을 머물면서 늙은 법학박사의 딸을 불타오르게 만들었다는 사실을 은밀히 말해 줄게요."

이 말에 돈 루이스가 당황하는 것을 나는 알아챘다. 그가 대꾸했다. "실례가 되지 않는다면 그 여인의 이름을 물어봐도 될까요?" 그러자 가짜 돈 펠릭스가 소리쳤다. "세상에, 실례가 되지 않느냐고요? 당신에게 그 일을 왜 비밀로 하겠어요? 내가 내 또래의 다른 귀족들보다 입이 더 무거울 거라고 생각하세요? 그런 부당한 판단은 하지 마세요. 게다가 우리끼리 얘기지만, 그 상대방은 그리 큰 배려를 받을 자격이 없어요. 그저 하찮은 부르주아 아가씨니까요. 귀족은 천한 싸구려 여자에게 진지하게 관심 두지 않으며, 그녀를 능욕하면서도 오히려 영예롭게 해주는 거라고 믿기까지 하지요. 당신도 잘 아실 텐데요. 그러니 박사의 딸 이름은 이사벨라라는 점을 무람없이 알려 드리죠." 그러자 파체코가 초조히 말을 끊으며 물었다. "그런데 그 박사의 이름이 혹시 무르시아 데 라 야냐인가요?" 그러자 내 여주인이 "바로 맞아요"라고 대꾸했다. "그녀가 방금 내게 보낸 편지가 여기 있어요. 읽어 보세요. 그 여인이 내게 호의를 갖고 있는지 아닌지 아시게 될 겁니다.” 돈 루이스가 그 편지에 눈길을 던졌다. 그러고는 그 글씨체를 알아보고서 아연실색하고 혼란스러워했다. “아니, 내가 뭘 보고 있는 거지?” 그때 아우로라가 놀라는 기색으로 말을 이었다. “안색이 변하시는데요? 이런 말을 하면 안 되겠지만, 그 여인에게 흥미를 느끼시는 것 같군요. 아! 당신에게 이토록 솔직하게 얘기했으니, 나는 얼마나 큰 벌을 받으려는 건가!”

그러자 돈 루이스가 분하고 화가 치밀어서 흥분하며 말했다. “당신에게 대단히 고맙네요. 배신자! 바람둥이! 돈 펠릭스, 내가 당신에게 빚이 없다니 말도 안 됩니다! 어쩌면 내가 더 오래 착오에 빠져 있을 뻔했는데, 당신 덕분에 그 착오에서 벗어나게 되는 걸요⋯. 나는 그녀에게 사랑받고 있다고 생각했어요, 세상에, 사랑받고 있다고⋯. 이사벨라로부터 큰 사랑을 받고 있다고 믿었다니까요. 그 여인에 대해 존경심을 갖고 있었는데, 이제 보니 한껏 경멸해야 마땅한 가식덩어리일 뿐이군요.” 그러자 이번에는 아우로라도 분개하며 말했다. “법학박사의 딸은 당신처럼 사랑스런 젊은 귀족을 애인으로 둔 것으로 만족해야 했을 텐데. 그녀의 변심을 용서할 수가 없네요. 하마터면 내가 당신을 희생자로 만들 뻔했던 그녀의 제안을 수락하기는커녕, 이제부터 그녀의 친절을 무시하여 그녀에게 벌을 줘야겠네요.” 이에 파체코가 맞장구치며 말했다. “그녀를 평생 다시는 보지 않겠어요. 그것이 내가 할 수 있는 유일한 복수입니다.” 그러자 가짜 멘도세가 소리친다. “당신이 옳아요! 그럼에도 불구하고 우리 둘 다 그녀를 어느 정도로 경멸하는지 알려 주기 위해 각자 그녀에게 모욕적인 편지를 쓰면 좋을 것 같은데요. 나는 한 보따리쯤 써서 그녀의 편지에 대한 답신으로 보낼 겁니다. 하지만 그렇게 극단까지 밀고 가기 전에 우선 당신의 마음을 헤아려 보세요. 그렇게 정면으로 공격했다가 언젠가 후회하게 되는 건 아닐까 하는 염려가 없을 정도로 그 배신자로부터 마음이 충분히 멀어진 것을 느끼나요?" 이때 돈 루이스가 말을 막는다. "아니오, 아니, 나는 결코 그러지 못할 겁니다. 하지만 그 배은망덕한 여인을 괴롭히기 위해 당신이 제안하는 일을 하는 것에는 동의합니다."

나는 즉각 종이와 잉크를 찾으러 갔다. 이윽고 그들은 무르시아 데 라 야냐 박사의 딸에게 아주 '친절한' 편지들을 쓰기 시작했다. 파체코는 특히 자신의 감정을 표현하는 데 있어서 분이 풀릴 만큼 충분히 강한 표현을 찾아내지 못해서 쓰고 있던 편지를 대여섯 차례나 찢어 버렸다. 충분히 강경해 보이지 않았기 때문이다. 그래도 어쨌든 마음에 드는 편지를 결국 썼다. 그럴 만한 이유가 한 가지 있었기 때문인데, 그 편지는 이런 말을 담고 있었다. "당신 자신을 아는 법을 배우시오, 나의 여왕이여. 내가 당신을 사랑할 거라고 믿는 허영심을 더 이상 갖지 마시오. 나를 묶어 두려면 당신의 사랑 외에 다른 장점이 필요하오. 심지어 당신은 나를 잠깐이라도 즐겁게 해줄 만큼 기분 좋은 사람도 아니오. 당신은 그저 대학교의 가장 모자란 학생들이나 즐겁게 해줄 만한 수준이오." 참으로 상냥한 편지다! 아우로라 또한 그 못지않게 모욕적인 편지를 썼다. 그러고 나서 그녀는 두 편지 다 봉인하여 한 봉투에 넣은 뒤 내게 주며 말했다. "자, 질 블라스, 이사벨라가 그것을 오늘 저녁에 받게 해야 한다. 내 말을 잘 알아들었지?" 그녀는 그 말을 하며 내게 눈짓을 했다. 나는 그 눈짓이 무엇을 뜻하는

지 완벽히 이해했다. 그래서 내가 대답했다. "네, 나리, 나리께서 원하시는 대로 하겠습니다."

그 말과 동시에 나는 밖으로 나갔고, 거리에 들어서자 속으로 나 자신에게 말했다. '오! 저런, 질 블라스 씨, 당신의 재능이 시험대에 올랐군요. 그러니까 이 희극에서 하인 노릇을 하는 건가요? 그렇다면, 친구여, 많은 능력이 필요한 역할을 해내기에 충분한 재기가 당신에게 있다는 것을 보여 주시오. 돈 펠릭스 나리는 당신에게 눈짓만으로 뜻을 전했소. 보다시피, 당신의 지성을 믿고 있는 거요. 그가 잘못 생각하는 걸까? 아니다, 나는 돈 펠릭스가 내게서 무엇을 기대하는지 잘 알겠는 걸. 그는 내가 돈 루이스의 편지만 잘 전하기를 바라는 거야. 그의 눈짓이 의미하는 바는 바로 그거지. 그보다 알아듣기 쉬운 건 없어.' 나는 잘못 생각하지 않았다고 확신하면서 망설임 없이 그 편지 봉투를 뜯었다. 거기서 파체코의 편지를 꺼내어 그 편지만 무르시아 박사의 집으로 가져갔다. 그의 거처는 내가 곧 알아냈으니까. 가구 딸린 호텔에 왔던 어린 시동을 그 집 문 앞에서 발견했다. 나는 그 시동에게 말했다. "형제여, 혹시 무르시아 박사 댁의 하인이 아닌지요?" 그가 그 집 하인이라고 대답했다. 그런 연애편지들을 갖다주고 받는 일에 익숙하다는 것을 꽤 드러내는 기색이었다. 그래서 그에게 말했다. "당신의 용모가 꽤 상냥해 보여서 이 사랑의 편지를 당신의 여주인에게 전해 달라는 말을 감히 하고 싶네요."

시동은 누구로부터 온 편지냐고 내게 물었다. 돈 루이스 파체코의 편지라고 내가 말했더니 그는 즉시 말했다. "그렇다면 저를 따라오세요. 당신을 안으로 들이라는 지시를 받았거든요. 이사벨라 님이 당신에게 할 말이 있으신가 봐요." 시동은 나를 어느 서재로 들여보냈다. 그리고 얼마 되지 않아 한 여인이 나타났다. 대단한 미모의 얼굴이어서 나는 놀랐다. 그렇게 섬세한 이목구비를 본 적이 없었다. 귀엽고 어린애 같은 분위기였지만, 그래도 걸음마를 시작한 지 적어도 30년은 족히 된 듯 보였다. 그녀가 유쾌하게 말했다. "여보게, 자네가 돈 루이스 파체코의 심부름으로 온 사람인가?" 그래서 나는 석 주 전부터 그의 시종이라고 대답했다. 그러고 나서 그녀에게 가져온 그 불운의 편지를 건네었다. 그녀는 그 편지를 두세 차례 다시 읽었다. 그녀의 눈은 그 편지 내용과 서로 으르렁대고 있는 것만 같았다. 실제로 그녀는 그런 답신일 거라고는 전혀 예상 못 하고 있었다. 그녀는 눈길을 들어 하늘을 보더니 입술을 깨물었다. 그녀의 몸가짐은 얼마 동안 마음의 괴로움을 드러내 주었다. 그러고 나더니 불쑥 말했다. "이보게, 돈 루이스가 우리의 작별 이후 미쳐 버렸는가? 그의 소행이 도무지 이해가 안 되는 걸. 혹시 자네가 안다면, 그가 왜 이토록 정중한 편지를 보낸 건지 알려 주게. 도대체 어떤 악령이 씌워서 그럴 수 있는 건지? 나랑 관계를 끊고 싶다면, 이토록 난폭한 편지로 모욕을 줄 필요 없이 그냥 관계를 끊으면 되는 거 아닌가?"

그래서 나는 그녀에게 충심을 다하는 척하며 말했다. "부인, 저의 주인이 확실히 잘못하셨습니다. 하지만 어찌 보면 그분은 어쩔 수 없이 그러시는 겁니다. 부인께서 비밀을 지키시겠다고 약속하시면, 그 모든 수수께끼를 풀어 드리겠습니다." 그러자 그녀가 내 말을 급히 가로막으며 말했다. "약속하네. 내가 자네로 하여금 모욕을 당하게 할지 모른다는 염려는 거두게. 과감히 설명해 보게." 그래서 내가 대답했다. "그렇다면 간단히 말씀드리죠. 부인의 편지를 받고 나서 잠시 후 우리 호텔에 소매 없는 짧은 외투 차림의 부인이 한 분 들어왔어요. 그 부인이 파체코 나리를 만나고 싶다고 청했고, 나리와 얼마 동안 독대를 했지요. 대화가 끝나 갈 무렵, 저는 그 부인이 나리께 하시는 얘기를 들었어요. '그녀를 다시는 보지 않겠다고 당신은 맹세하는데, 그게 다가 아니에요. 내가 만족하려면, 당장 내가 시키는 대로 그녀에게 편지를 쓰셔야 해요. 당신에게 그걸 요구하겠어요'라는 말이었지요. 돈 루이스 나리는 그 부인이 시키는 대로 하신 겁니다. 그러고 나서 제 손에 종이를 쥐여 주시며 말씀하셨지요. '무르시아 데 라 야냐 박사가 어디 사시는지 알아보고, 그분의 딸 이사벨라에게 이 편지를 슬쩍 전해 주렴'이라고 말이죠."

그리고 나는 말을 계속했다. "이 무례한 편지는 경쟁자의 작품이고, 따라서 저의 주인은 그렇게 큰 죄인은 아니라는 점을 잘 아시겠죠?" 그러자 그녀가 소리쳤다. "오 맙소사! 그렇다면 그는 내가 생각했던 것보다 죄가 더 크구나. 그의 손이 쓴 이 가시 돋친 말들보다 그의 배신 때문에 감정이 더욱 상하는구나. 아! 배신자, 그가 다른 관계를 맺을 수가 있었다니 … !" 그러더니 그녀는 도도한 태도로 덧붙였다. "그런데 아무 거리낌 없이 새로운 사랑에 빠지다니 … . 나는 조금도 방해하지 않겠어. 그에게 가서 말하게, 제발. 나의 경쟁자가 마음대로 할 수 있게 해주느라 나를 그렇게까지 모욕할 필요는 없었고, 나는 변덕스런 애인을 너무 경멸하므로 그런 애인을 다시 불러들이고 싶은 마음이 추호도 없다고 말일세." 그녀는 그 말을 하고 나서 나를 보내 주었다. 그리고 돈 루이스에 대해 잔뜩 화가 난 채 물러났다.

나는 무르시아 데 라 야냐의 집에서 나 자신에 대해 흡족해하며 나왔다. 만약 내가 모사꾼이 되려 했다면 능란하게 교활해질 수도 있으리라는 것을 깨달았다. 내가 우리의 호텔로 돌아와 보니, 멘도세 나리와 파체코 나리가 함께 있었다. 그들은 마치 오래전부터 알고 지낸 사이인 양 함께 저녁 식사를 하며 대화를 나누고 있었다. 아우로라는 내 만족한 기색을 보고 내가 심부름을 제대로 이행했다는 것을 알아채고는 말했다. "네가 돌아왔구나, 질 블라스. 무슨 전갈인지 우리에게 알려 주렴." 나는 기지를 발휘해야 했다. 그래서 내가 그 편지 봉투를 직접 건네 주었고, 이사벨라는 거기에 담긴 두 통의 편지를 읽은 후 당황스러워하지는 않고 미친 여자처럼 웃어 대더니 "단언컨대, 젊은 귀족들은 문체가 대단하구나. 다른 사람들은 글을 이렇게 기분 좋게 쓰지는 못할 거라는 점을 인정해야겠어"라고 말했다고 둘러댔다. 그랬더니 내 여주인이 소리쳤다. "당혹스러움을 그런 식으로 모면하다니 아주 잘되었군. 그게 그녀의 기술이야." 이에 돈 루이스가 말했다. "나는 이사벨라에게 그런 면모가 있다고 생각하지 않는데, 내가 없는 동안 성격이 변한 것이 틀림없군." 이에 아우로라가 대꾸했다. "나라면 그 부인에 대해 다르게 판단했을 겁니다. 시시각각 다른 태도를 취할 줄 아는 여인들이 있다는 것을 인정합시다. 나는 그런 여인 중 하나를 사랑했고, 그 여인에게 오래도록 속았어요. 질 블라스가 당신에게 그 얘기를 해줄 테지만, 그녀는 온 세상을 속일 수 있을 만큼 지혜로워 보였어요." 그래서 내가 대화에 끼어들며 말했다. "맞아요. 가장 영악한 자도 속일 수 있을 만큼 해맑은 얼굴이었지요. 나 같아도 걸려들었을 걸요."

내가 그렇게 말하자 가짜 멘도세와 파체코는 요란하게 폭소를 터뜨렸다. 그들은 내가 자기네 대화에 그렇게 무람없이 끼어드는 것을 나쁘게 여기기는커녕 내게 종종 말을 걸어서 내가 한 대답에 즐거워했다. 우리는 본성을 숨기는 기술을 가진 여인들에 관해 대화하기 시작했다. 우리가 했던 모든 이야기의 결론은, 이사벨라는 정당한 벌을 받았고 노골적으로 교태부리는 여자라는 점이 입증되었다는 것이었다. 돈 루이스는 그녀를 다시는 보지 않겠다고 또 한 번 단언했다. 이에 돈 펠릭스는 그를 본떠서 그녀를 늘 몹시 경멸할 거라고 맹세했다. 그러고 나서 그 둘은 그 맹세들을 통해 우정으로 맺어졌고, 서로에게 아무것도 감추지 않겠다고 약속했다. 그들은 밤참을 먹은 후에도 우아한 얘기들을 나누고 나서, 마침내 각자 자기 처소로 가서 쉬려고 헤어졌다. 나는 아우로라를 따라 그녀의 처소로 갔다. 거기서 내가 박사의 딸과 나눴던 대화를 정확히 보고했다. 나는 사소한 정황도 잊지 않고 보고했고, 내 여주인에게 더 잘 보이기 위해 심지어 사실보다 더 많은 얘기를 했다. 내 여주인은 내 보고에 매료되었다. 그녀는 너무 즐거워서 하마터면 나를 껴안을 뻔했다. 그녀가 말했다. "친애하는 질 블라스, 너의 재기가 황홀할 정도구나. 불행하게도 어쩔 수 없이 책략을 써야 하는 정념에 사로잡힐 때, 너처럼 기지가 넘치는 아이가 그 일에 관여해 주면 굉장히 유리하겠다! 더 박차를 가해라, 얘야. 이제 우리는 방해가 될 만한 경쟁자 하나를 떼어 놓은 거고, 이만하면 일이 괜찮게 돌아가는 편이야. 하지만 연인들이란 이상하게 다시 합쳐지기 쉬우므로, 일의 진행을 앞당겨서 내일부터 아우로라 데 구스만을 이 일에 끌어들이도록 하자." 나는 그 의견에 동의했다. 그리고 돈 펠릭스 나리를 시동과 함께 있도록 놔두고, 나는 내 침대가 있던 서재로 물러났다.

6

아우로라는 돈 루이스 파체코로부터 사랑받기 위해 어떤 간계를 썼나

그 새 친구들은 다음 날 아침 또 모였다. 그들은 하루를 포옹으로 시작했고, 아우로라도 돈 펠릭스 역할을 잘 해내려면 그렇게 해야만 했다. 그들은 함께 시내를 돌아다니러 나가면서 돈 루이스의 하인인 칠린드론을 데려갔다. 우리는 대학교 근처에서 걸음을 멈추고, 방금 문에 붙여진 게시물 몇 개를 들여다보았다. 책에 관한 것들이었다. 여러 사람이 재미있어하며 그 내용을 읽었고, 그들 중 한 작은 사람이 거기 게시된 작품들에 관해 자신의 소견을 말했다. 사람들이 굉장히 주의 깊게 듣고 있다는 것을 나는 알아챘다. 그리고 말하는 사람은 자기가 들어 줄 만한 가치가 있는 얘기를 하고 있다고 믿는 것 같았다. 그는 자만하는 듯 보였고, 대부분의 키 작은 사람들이 그렇듯 생각이 단정적이었다. 그는 말했다. "당신들이 보다시피 이토록 큰 글자로 대중에게 알리고 있는 이 〈호라티우스의 새로운 번역〉은 학교에 몸담고 있는 늙은 저자가 산문으로 지은 작품입니다. 대학생들이 매우 존중하는 책이죠. 그들만으로도 네 번째 판본까지 소진시켜 버렸다니까요. 신사들 중에는 그 책을 한 권이라도 구입한 사람이 단 한 명도 없어요." 그는 다른 책들에 대해서도 더 호의적인 평가를 하지 않았고, 죄다 무자비하게 비웃었다. 아마도 그 또한 저자였나 보다. 그의 말을 끝까지 듣는다 해도 유감스럽지는 않았을 테지만, 나는 돈 루이스와 돈 펠릭스를 쫓아가야 했기에 그 자리를 떴다. 그들은 그 키 작은 남자가 비판하는 책들에는 관심 없었을 뿐만 아니라, 그의 얘기가 재미도 없어서 그 남자와 대학교를 뒤로하고 다른 데로 갔다.

우리는 점심시간에 호텔로 돌아왔다. 내 여주인은 파체코와 식탁에 앉았고, 자신의 가족에 대한 얘기로 능란하게 대화를 이끌어 갔다. 그녀가 말했다. "내 아버지는 톨레도에 자리 잡은 멘도세 집안의 둘째이고, 어머니는 히메나 데 구스만의 친자매랍니다. 히메나는 며칠 전부터 중요한 일로 자기 조카 아우로라, 즉 당신도 어쩌면 아는 돈 비센테 데 구스만의 무남독녀와 함께 살라망카로 왔지요." 그러자 돈 루이스는 대답했다. "아니오, 하지만 그들에 대한 얘기를 자주 듣기는 했어요. 당신 사촌인 아우로라에 대해서도…. 그 젊은 여인에 대해 사람들이 하는 말을 내가 믿어야 할까요? 그녀의 재기와 미모에 견줄 만한 것은 있을 수 없다고 장담들 하던데…." 이에 돈 펠릭스가 대꾸했다. "재기로 치면 부족함이 전혀 없죠. 게다가 그 재기가 꽤 향상되기까지 한 걸요. 하지만 그리 아름다운 여인은 아닙니다. 사람들은 그녀와 내가 닮았다고 생각하더군요." 그러자 파체코가 소리쳤다. "그렇다면 세간의 평판이 맞는 걸요. 당신의 이목구비는 단정하고, 피부도 완벽히 아름다우니, 당신의 사촌도 매력적일 게 틀림없어요.

그녀를 만나서 대화를 나눠 보고 싶군요.” 이에 가짜 멘도세가 응수했다. “제가 나서서 당신의 호기심을 채워 드리죠, 오늘 당장. 점심 식사 후 제 숙모 댁으로 당신을 데려갈게요.”

그러고 나서 내 여주인은 갑자기 주제를 바꾸어 자질구레한 것들에 관해 얘기했다. 그들이 오후에 도냐 히메나의 집으로 가기 위해 외출 준비를 하는 동안, 나는 그들보다 앞서 샤프롱에게 가기 위해 달려 나갔다. 그 방문에 대비하라고 알리기 위해서였다. 그러고 나서 돈 펠릭스를 수행하려고 다시 돌아왔다. 돈 펠릭스는 돈 루이스 나리를 드디어 자기 숙모 집에 데리고 갔다. 하지만 그들이 그 집에 들어서자마자, 히메나 부인을 만나게 되었다. 그녀는 그들에게 소리 내지 말라는 신호를 보냈다. 그리고 낮은 목소리로 말했다. “조용, 조용! 그러지 않으면 내 조카가 깰 겁니다. 어제부터 끔찍한 두통이 있었는데 방금 가라앉아서 그 불쌍한 아이가 15분 전부터 휴식을 취하고 있거든요.” 멘도세는 몹시 애석해하는 표정을 가장하며 말했다. “상황이 난처해져서 유감이네요. 우리는 내 사촌을 보게 될 거라고 기대했는데. 내 친구 파체코에게 그런 기쁨을 안겨 줄 생각에 즐거웠는데 말입니다.” 그러자 오르티스는 미소를 지으며 대답했다. “그리 급한 일이 아니니 내일로 미룰 수도 있잖아요.” 돈 펠릭스와 돈 루이스는 노파와 함께 아주 간단히 대화를 한 뒤 물러갔다.

돈 루이스는 자기 친구 중 하나인 젊은 귀족 돈 가브리엘 데 페드로의 집으로 우리를 데려갔다. 우리는 거기서 그날의 나머지 시간을 보냈고, 저녁 식사까지 했으며, 새벽 두 시나 되어서야 우리 숙소로 돌아가려고 그 집에서 나왔다. 우리가 집으로 가는 길의 반쯤 지나왔을 때 거리에서 뻗어 있는 두 남자가 우리 발치에 걸렸다. 우리는 막 살해당한 불행한 자들일 거라고 판단했고, 혹시 아직 살아 있다면 구해 주려고 멈춰 섰다. 한밤중이어서 어두컴컴했지만 그래도 가능한 한 그들의 상태를 알아보려 애쓰고 있는데, 순찰대가 나타났다. 순찰대 지휘관이 처음에는 우리를 살인자들로 여기고 자기 부하들을 시켜 우리를 포위하게 만들었다. 그러나 우리가 말하는 소리를 듣고 희미한 초롱불에 멘도세와 파체코의 용모를 비추어 보고 나서는 우리를 좀 좋게 여겼다. 죽었을 거라고 상상했던 두 남자는 경관들이 지휘관의 지시에 따라 점검해 보았더니 뚱뚱한 학사와 그의 하인이었다. 둘 다 취해서, 아니 만취해서 그런 거였다. 경관 중 한 명이 소리쳤다. "여러분, 제가 이 뚱뚱한 사람을 알아요. 대학 학장인 기요마르입니다. 여러분이 보시다시피, 우월한 재능을 가진 대단한 인물이죠. 이분이 논쟁에서 쓰러뜨리지 않은 철학자가 없어요. 그 누구와도 비길 데 없이 청산유수랍니다. 이분이 포도주와 소송, 천한 바람둥이 여자를 지나치게 좋아해서 탈이기는 합니다. 이사벨라의 집에서 저녁 식사를 하고 오는 길인데, 불행히 그의 안내자도 마찬가지로 취했네요. 그들은 둘 다 도랑에서 넘어진 겁니다. 이 훌륭한 학사 나리가 학장이 되기 전에 꽤 자주 그랬거든요. 여러분이 보시는 바처럼, 명예가 품행을 늘 바꿔 놓는 건 아닙니다." 우리는 그 취한(醉漢) 들을 순찰대의 손에 넘겼고, 순찰대는 수고스럽게 그들을 집에 데려다주었다. 우리는 호텔로 돌아와서 각자 그저 쉴 생각밖에 안 했다.

돈 펠릭스와 돈 루이스는 정오 무렵 일어나서 다시 만났고, 제일 먼저 나눈 얘기는 아우로라 데 구스만에 관해서였다. 내 여주인이 내게 말했다. “질 블라스, 도냐 히메나 숙모님의 집으로 가서, 그분에게 내가 오늘 파체코 나리와 함께 내 사촌을 볼 수 있겠는지 묻더라고 전하렴.” 나는 그 심부름을 이행하러, 아니 정확히 말하자면 우리가 그날 해야 할 일을 샤프롱과 의논하러 갔다. 나는 히메나와 필요한 조처들을 취한 뒤 가짜 멘도세에게 와서 말했다. “나리, 나리의 사촌 아우로라께서 몸 상태가 아주 좋답니다. 나리께서 방문하시면 그저 매우 즐거울 거라고 도냐 히메나께서 직접 말씀하셨습니다. 그리고 파체코 나리는 돈 펠릭스의 친구니까 늘 환영받으실 거라고 장담하셨습니다.”

이 마지막 말이 돈 루이스를 즐겁게 해준다는 것을 나는 알아챘다. 내 여주인도 그 점을 간파하고는 좋은 징조라고 여겼다. 점심시간 조금 전에 세뇨라 히메나의 하인이 나타나서 돈 펠릭스에게 말했다. “나리, 톨레도 사람 하나가 숙모님 댁에 와서 나리를 뵙고자 청하더니, 그 집에 이 편지를 놓고 갔습니다.” 가짜 멘도세는 그 편지를 펼쳐 큰 소리로 읽었다. “당신의 아버지와 당신 자신과 관련된 중대한 소식을 알고 싶다면, 이 편지를 받는 즉시 대학교 근처에 있는 ‘검은 말’로 필히 가보시오.” 그 글을 읽고 난 가짜 멘도세는 말했다. “그 중요한 일이라는 게 뭔지 너무 궁금해서 당장 알아보러 가지 않을 수가 없구나.” 그러더니 말을 계속했다. “또 봅시다, 파체코. 만약 내가 두 시간 후에도 여기 돌아오지 않으면, 당신 혼자서 내 숙모 댁으로 가면 되오. 내가 점심 식사 후 그리로 갈 테니까. 질 블라스가 방금 전해준 바처럼, 도냐 히메나는 당신을 언제나 환영하리라는 것을 당신도 알고 있소. 그러니 당신도 그 집을 방문할 권리가 있는 거요.” 가짜 멘도세는 그렇게 말하고 나가면서 내게 따라오라고 지시했다.

독자 여러분도 충분히 짐작하겠지만, 우리는 '검은 말'로 향하지 않고 오르티스가 있는 집으로 갔다. 우리는 그 집에 가서 우선 우리의 연극을 공연할 채비를 했다. 아우로라는 금발 가발을 벗어 던지고, 눈썹을 물로 씻고 비벼서 문지른 다음, 여자 옷을 입고, 타고난 대로 아름다운 갈색 머리 여인이 되었다. 그녀는 변장을 지속적으로 하다 보니 사람이 좀 바뀌어서 아우로라와 돈 펠릭스는 서로 다른 사람 같을 지경이었다. 그녀는 남자일 때보다 여자일 때 훨씬 더 크게 보이기까지 했다. 사실 그녀는 굉장히 높은 덧신을 신고 있었으므로, 그렇게 보이는 데는 신발도 적지 않게 한몫했다. 화장술이 빌려 줄 수 있는 온갖 도움을 그녀의 매력에 더하고 나자, 그녀는 이제 두려움과 기대가 섞인 흥분을 느끼며 돈 루이스를 기다렸다. 그녀는 어떤 때는 자신의 재기와 미모에 기대를 걸고, 어떤 때는 그저 불행한 시도를 하는 건 아닐까 근심하기도 했다. 오르티스도 나름대로 최선을 다해서 여주인을 보좌할 준비를 했다. 나로서는 파체코가 그 집에서 나를 보면 안 되고, 연극의 마지막 막에서나 등장해야 하는 배우들처럼 그 방문의 끝 무렵에나 모습을 드러내야 했으므로, 점심 식사를 한 즉시 밖으로 나갔다.

마침내 모든 것이 준비되었을 때, 돈 루이스가 도착했다. 그는 히메나 부인으로부터 아주 기분 좋은 환영을 받았고, 아우로라와는 두세 시간 대화를 가졌다. 그런 후 내가 그들이 있는 방으로 들어가서 돈 루이스에게 말을 했다. "나리, 제 주인이신 돈 펠릭스 나리께서 오늘은 여기 오시지 못할 거랍니다. 나리께 용서해 달라고 청하신답니다. 그분은 지금 톨레도에서 온 세 사람과 함께 있는데, 그들로부터 빠져나오실 수가 없나 봅니다." 그러자 도냐 히메나가 소리쳤다. "아, 이런 탕아 같으니라고! 분명히 질펀하게 놀고 있을 겁니다." 그래서 내가 대꾸했다. "아닙니다, 부인, 매우 진지한 일로 대화를 나누고 계십니다. 여기 오시지 못해서 정말로 상심하고 계십니다. 부인께 그 점을 꼭 말씀 드리라고 부탁하셨습니다. 도냐 아우로라에게도요." 이에 내 여주인은 농담조로 말했다. "오! 나는 그의 사과는 받아들이지 않겠어요. 그는 내가 몸이 불편했던 것을 알고 있으니, 혈연관계인 나에게는 좀더 열의를 표시해야만 했어요. 나는 그를 벌하기 위해 보름 동안 그를 안 볼래요." 이 말에 돈 루이스가 말했다. "아니, 부인!● 그렇게 잔인한 결단은 하지 마십시오. 돈 펠릭스는 아가씨를 보지 못했으니 이미 충분히 불쌍한 걸요."

그들은 그런 식으로 잠시 농담을 했고, 이어서 파체코는 물러났다. 아름다운 아우로라는 곧이어 차림새를 바꾸어 다시 기사 복장을 했다. 그녀는 최대한 신속히 호텔로 돌아갔다. 그리고 돈 루이스에게 말했다. "용서하시오, 친구, 숙모 댁에 갈 수가 없었네. 하지만 내가 함께 있던 사람들을 쫓아 버릴 수가 없었어. 그래도 자네가 최소한 궁금증을 해소할 여유가 있었으니, 그걸로 위안이 되네. 그래, 내 사촌에 대해 어떻게 생각하는가? 냉정하게 말해 보게." 그러자 파체코가 대답했다. "난 아주 매혹되었네. 자네와 그녀가 닮았다고 하던 자네

● 여기서 '부인'이라 칭한 것은 아우로라가 기혼자임을 의미하는 것이 아니라, 귀족 여인들에 대한 경칭을 뜻한다.

말이 맞더구먼. 그 이상 더 닮은 사람들을 본 적이 없네. 얼굴 표정이 똑같고, 입도 똑같고, 심지어 목소리마저 똑같네. 하지만 어떤 차이가 있긴 해. 아우로라가 자네보다 키가 더 크고, 머리 색깔도 갈색이지. 자네는 금발인데 말이야. 자네는 쾌활하고, 그녀는 진지하지. 바로 그런 점들이 자네 둘을 구별되게 하는 특징들이야." 그러더니 계속했다. "재기로 말할 것 같으면, 천상의 존재라 하더라도 자네 사촌보다 더 총명할 수는 없다고 생각하네. 한마디로, 무한한 자질을 가진 사람일세."

파체코 나리가 그 마지막 말을 너무 열렬히 말해서 돈 펠릭스는 미소 지으며 말하지 않을 수 없었다. "친구여, 도냐 히메네의 집에 더 이상 가지 말게. 아우로라 데 구스만은 자네를 멀리 가게 할 수도 있을 테고, 자네에게 열정을 불러일으킬 수도 있을 테지만 … ." 그러자 그가 말을 끊었다. "나는 그녀를 다시 보지 않는다 해도 이미 사랑에 빠졌다네. 이미 벌어진 일일세." 이에 가짜 멘도세가 대꾸했다. "나는 자네를 위해 유감스럽네. 왜냐하면 내가 미리 경고하건대, 자네는 누군가에게 묶여 있을 남자가 아니고, 내 사촌은 이사벨라 같은 여자가 아니니까. 그녀는 정당한 목적을 갖지 않는 애인은 받아들이지 않을 걸세." 이에 돈 루이스가 대꾸했다. "정당한 목적! 자신과 마찬가지로 귀족의 피를 가진 여인에 대해 다른 목적을 가질 수 있는 걸까? 아아! 그녀가 나의 구애를 받아들이고 그녀의 운명을 내 운명과 연결한다면 나 자신을 가장 행복한 남자라고 여길 텐데!"

그러자 돈 펠릭스가 대꾸했다. "그런 어조로 얘기하다니, 자네에게 도움이 되고 싶어지는구먼. 그래, 나도 자네와 같은 생각일세. 자네를 아우로라에게 잘 주선해 주겠네. 그리고 내일부터 숙모의 마음을 얻으려고 애써 보겠네. 아우로라는 숙모님에게 신뢰가 크거든." 파체코는 그토록 아름다운 약속을 해주는 기사에게 무한히 감사했다. 그래서 우리는 우리의 계책이 더할 수 없이 훌륭하다고 느끼며 즐거워했다. 다음 날, 우리는 새로 창안한 계략을 통해 돈 루이스의 사랑을 더욱 커지게 했다. 내 여주인은 도냐 히메나를 만나러 가서 그 기사에게 유리한 상황을 만들어 놓고 그를 만나러 와서 말했다. "내가 숙모님에게 말했다네. 숙모님 마음이 자네 쪽으로 기울게 하는 일이 그리 쉽지는 않았네. 숙모님은 자네를 굉장히 안 좋게 여기고 있었거든. 숙모님으로 하여금 자네를 방탕한 자로 여기게 한 사람이 누군지는 모르겠네. 하지만 누군가가 숙모님에게 자네를 불리하게 묘사한 것이 틀림없네. 다행히 내가 자네를 옹호하는 일을 감행했고, 너무 열렬히 자네 편을 들어서, 마침내 숙모님이 자네 품행에 대해 가졌던 나쁜 인상을 지워 버리게 되었네."

그러고 나서 아우로라는 말을 계속했다. "그게 다가 아닐세. 자네가 숙모님과 대화를 하려면, 내가 있을 때 하면 좋겠네. 자네가 숙모님의 지지를 확실히 얻도록 우리가 도울 걸세." 파체코는 도냐 히메나와 면담하고 싶어서 몹시 안달이 난 모습을 보였다. 그를 만족시키는 허락은 다음 날 아침에 주어졌다. 가짜 멘도세는 그를 오르티스 부인에게 데려갔고, 그들은 셋이서 대화를 나눴다. 그러는 중에 돈 루이스는 금세 몸이 달았다. 능란한 히메나는 그가 보이는 애정에 감동한 척하면서, 자기 조카를 그에게 혼인시키기 위해 총력을 기울이겠다고 약속했다. 파체코는 그토록 고마운 숙모의 발에 몸을 던지며 그 친절한 말에 대해 굉장히 고마워했다. 그러자 돈 펠릭스는 사촌 아우로라가 일어났느냐고 물었다. 이에 샤프롱은 대답했다. "아니다. 아직 쉬고 있어. 그러니 지금은 볼 수가 없어. 오늘 오후에 다시 오렴. 그때 여유 있게 얘기하게 될 거다." 히메나 부인의 이 대답은 여러분도 짐작할 수 있는 바처럼, 돈 루이스의 기쁨을 한층 더해 주었다. 그래서 그 오전 나절이 그에게는 몹시 길게 느껴졌다. 그는 멘도세와 함께 호텔로 돌아왔다. 멘도세는 그를 관찰했다. 그리고 그에게서 진정한 사랑의 온갖 면모를 눈여겨보며 적지 않게 즐거워했다.

그들은 오로지 아우로라에 관한 얘기만 했다. 점심 식사를 하고 나자 돈 펠릭스는 파체코에게 말했다. "내게 한 가지 아이디어가 떠올랐네. 내가 자네보다 좀 먼저 숙모님 댁에 가는 게 좋겠네. 내가 사촌과 따로 만나서 가능하다면 자네에 대한 그녀의 마음이 어떠한지 알아보고 싶네." 돈 루이스는 그 생각에 찬성했다. 그래서 친구가 먼저 가도록 놔두었고, 자신은 한 시간 뒤에 출발했다. 내 여주인은 그 시간을 아주 잘 이용하여 자기 연인이 도착했을 때는 여인 옷차림으로 있었다. 돈 루이스가 아우로라와 샤프롱에게 인사를 하고 나서 말했다. "저는 … 그러니까 저는 여기서 돈 펠릭스를 보게 될 줄 알았는데요." 그러자 도냐 히메나가 대답했다. "잠시 후 보시게 될 겁니다. 제 서재에서 편지를 쓰고 있습니다." 파체코는 그 구실에 만족하는 듯 보였고, 그 여인들과 대화를 이어갔다. 그런데 그는 곁에 사랑하는 대상이 있음에도 불구하고, 벌써 여러 시간이 흘렀는데 멘도세가 나타나지 않은 것을 의식했고, 그 때문에 놀라워하지 않을 수 없었다. 그러자 아우로라가 갑자기 태도를 바꾸며 웃기 시작하더니 돈 루이스에게 말했다. "사람들이 당신을 속이고 있을지 모른다는 의심을 여태 조금도 하지 않으실 수가 있는 건가요? 지금까지 그렇게 속고 있다니, 가짜 금발 머리와 색칠한 눈썹이 나 자신과 그렇게나 다른가요?" 그녀는 다시 진지해지면서 말을 계속했다. "이제 속임수에서 벗어나세요, 파체코. 돈 펠릭스 데 멘도세와 아우로라 데 구스만은 그저 같은 사람일 뿐임을 아시라니까요."

그녀는 그가 착오했다는 것을 일깨워 주는 것으로 그치지 않고, 자기가 저지른 잘못, 그리고 자기가 원하던 지점으로 그를 이끌어 오기 위해 벌인 온갖 처사들을 고백했다. 돈 루이스는 그녀가 한 얘기에 대해 매우 놀랐다. 그런데 그 못지않게 매료되기도 해서, 내 여주인의 발아래 몸을 던지며 열정적으로 말했다. "아! 아름다운 아우로라, 당신이 그토록 어질게 대해 준 그 행복한 인간이 저라는 사실을 믿어도 될까요? 그 호의에 감사드리려면 제가 뭘 할 수 있을까요? 영원한 사랑도 그 보답으로는 충분하지 못할 겁니다." 이 말을 하고 나서도 다정하고 열정적인 말들을 숱하게 이어 갔다. 그런 다음 그 연인들은 자신들이 원하는 바를 완수하기 위해 앞으로 취해야 할 조처들에 관해 말했다. 우리는 모두 당장 마드리드로 가서 결혼으로 그 연극을 결말짓기로 결정했다. 그 계획은 세워지자마자 거의 즉각 집행되었다. 돈 루이스는 보름 후 내 여주인과 혼인하였고, 그들의 결혼식으로 인해 축제와 축연이 수없이 이어졌다.

7

질 블라스는 환경을 바꾸어 돈 곤살레스 파체코의 시종이 되다

그 결혼식이 있은 지 3주 후, 내 여주인은 내가 그녀를 위해 한 일들에 대해 보상하고 싶어 했다. 그녀는 내게 1백 피스톨라를 주며 말했다. "질 블라스, 친구여, 내가 당신을 이 집에서 쫓아내는 것이 아니라, 당신이 원하는 한 내 집에 마음대로 있게 해주겠어요. 그런데 내 남편의 숙부이신 돈 곤살레스 파체코가 당신을 시종으로 두고 싶어 하십니다. 그분에게 당신에 관해 아주 좋게 얘기했더니 당신을 곁에 두시고 싶다고 말씀하셨어요." 그러더니 덧붙였다. "그분은 유구한 역사를 지닌 궁정에 속하셨던 귀족이십니다. 성격이 아주 좋으시니 당신이 그분 곁으로 가면 아주 잘 지낼 수 있을 겁니다."

나는 아우로라의 친절에 감사했다. 그리고 그녀에게 내가 더 이상 필요하지 않은 데다가 나는 가족도 없는 만큼, 소개받은 그 자리를 기꺼이 받아들였다. 그래서 나는 어느 날 아침 아우로라가 소개해 준 돈 곤살레스 나리 댁으로 갔다. 정오가 가까웠는데도 돈 곤살레스는 아직 침대에 있었다. 내가 그의 방에 들어갔을 때 그는 시동이 방금 가져다준 수프를 먹고 있었다. 그 노인의 수염은 컬 페이퍼로 말려 있었고, 눈은 거의 꺼져 있었으며, 얼굴은 창백하고 살이 없었다. 젊었을 때는 몹시 방탕했고, 나이가 들어서도 별로 지혜로워지지 않은 노총각 중 하나였다. 그는 나를 기분 좋게 맞아 주었고, 내가 그의 조카며느리를 섬길 때처럼 그렇게 헌신적으로 그를 섬긴다면 형편이 좋아질 것을 기대해도 좋다고 말했다. 그 말에 나는 그의 조카며느리에게 그랬던 것처럼 충성을 다하겠노라고 약속했다. 그러자 그는 당장 나를 자기 하인으로 붙들어 두었다.

그렇게 해서 나는 새로운 주인을 모시게 되었다. 그런데 그가 어떤 사람일지는 모르는 일이다! 그가 자리에서 일어났을 때 보니 마치 나사로●가 부활하는 것만 같았다. 벗은 몸을 보면 뼈 해부학까지 아주 잘 배울 수 있을 것 같을 정도로 야윈 큰 신체를 상상해 보라. 다리는 너무 가늘어서 양말을 서너 켤레 덧신어도 여전히 아주 얇아 보일 것 같았다. 게다가 그 살아 있는 미라는 천식을 앓고 있어서 말을 내뱉을 때마다 매번 기침을 했다. 그는 우선 초콜릿을 먹었다. 그러고 나서 종이와 잉크를 달라고 하더니 편지 한 통을 써서 봉인을 하고, 아까 수프를 갖고 왔던 시동에게 편지 겉봉에 적힌 주소로 갖다주라고 시켰다. 그러고 나서 내 쪽으로 몸을 돌리며 말했다. "이보게나, 이제부터 내 심부름을 담당할 사람은 자네일세. 특히 도냐 에우프라시아

● 《신약성서》 〈요한복음〉 11장에 나오는 인물. 죽어서 4일 전부터 무덤에 있던 터에 예수의 명령에 다시 살아나 무덤에서 나온다.

와 관계된 편지들은 꼭 자네가 맡아야 하네. 그 부인은 내가 사랑하고, 내게 애정을 주는 젊은 여인일세."

그 말을 듣자마자 나는 '맙소사!'라고 속으로 생각했다. '아니! 이렇게 쇠약해진 노인도 자기가 열렬히 사랑받고 있다고 생각하는 판에, 젊은 여인들이 저마다 다른 사람들로부터 사랑받고 있다고 믿는 것을 어찌 막을 수 있겠는가?' 노인이 말을 계속했다. "질 블라스, 자네를 오늘 당장 그녀의 집으로 데려가겠네. 나는 거의 매일 저녁 거기서 저녁 식사를 하거든. 자네는 아주 사랑스런 여인을 보게 될 테고, 그녀의 지혜롭고 조신한 태도에 반할 걸세. 젊다는 것에 취해서 겉모습만 보고 달려드는 그런 경박한 여자애들과는 달리, 이미 무르익고 분별 있는 정신의 소유자일세. 그녀가 남자에게서 원하는 것은 감정일세. 그리고 돋보이는 인물보다는 사랑할 줄 아는 연인을 선호한다네." 돈 곤살레스 나리는 자기 애인에 대한 찬사를 거기서 그치지 않고, 온갖 완벽한 자질들의 축소판으로 여기게 하려 했다. 하지만 그런 점에서 설득하기 꽤 힘든 상대를 그는 앞에 두고 있었다. 여배우들의 온갖 술책을 보아 온 나로서는 연애 관계에서 늙은 귀족들이 그리 행복할 거라고 생각하지 않았다. 그럼에도 나는 내 주인의 기분을 맞춰 주려고 그가 말하는 것을 다 믿는 척했다. 게다가 그 에우프라시아 부인이 사람을 볼 줄 알고 취향이 훌륭하다며 칭찬했다. 심지어 신중하지 못하게, 그녀가 주인님보다 더 사랑스런 애인을 얻을 수는 없을 거라는 말까지 했다. 노인은 내가 아첨하고 있다는 것은 느끼지 못하고, 오히려 내 말에 흡족해했다. 아첨꾼이라면 고관대작들에게 무슨 말인들 못 하겠는가! 그들은 아주 과장된 아첨에도 찬동을 하니….

노인은 편지를 쓰고 난 후, 핀셋으로 수염 몇 가닥을 뽑고, 눈에 잔뜩 낀 눈곱을 떼어 내려고 눈을 닦았다. 그리고 귀도 닦고 손도 닦았으며, 그 모든 세정이 끝나자, 콧수염과 눈썹과 머리카락을 검게 염색했다. 세월의 능욕을 감추기 위해 애쓰는 돈 많은 늙은 과부보다도 더 오래 몸단장을 했다. 그렇게 단장을 마치자, 그의 친구 한 사람이 들어왔다. 아수마르 백작이라는 노인이었다. 그들은 어찌나 달랐던지! 백작은 흰 머리를 그냥 놔두었고, 지팡이를 짚고 있었으며, 젊어 보이려 하지도 않고, 자신의 늙음을 영예롭게 여기는 것 같았다. 그가 들어오며 말했다. "파체코 씨, 점심 식사를 하자고 청하러 왔소." 그러자 내 주인이 "어서 오시오"라고 대답하며 백작과 포옹을 하고는 앉아서 식사가 나오기를 기다리며 대화를 나누기 시작했다.

그들의 대화는 우선 며칠 전 벌어졌던 황소 경주에 관한 것이었다. 그들은 거기서 가장 능란한 솜씨와 활력을 보여 주었던 기사들에 관해 얘기했다. 네스토르●처럼 늙은 백작에게는 현재의 모든 일이 과거지사를 찬양할 기회가 되었으므로, 그 경주에 관해 한숨을 쉬며 말했다. "아아! 오늘날에는 예전에 내가 봤던 기사들과 비견될 자가 전혀 없고, 내 젊은 날에 경기를 벌였을 때만큼 그렇게 화려하게 싸우는 경기도 없네그려." 그 아수마르 나리의 편견이 경기에만 그치지 않는 것을 보며 나는 속으로 비웃었다. 식탁에서 과일을 대접할 때 나온 훌

● 그리스 신화에 나오는 인물로서, 넬레우스와 클로리스 사이에 태어난 열두 아들 중 막내다. 헤라클레스가 필로스를 침략했을 때 그의 형제들을 모두 죽였는데, 그는 게레니아에서 자랐기에 살아남을 수 있었다. 왕이 된 그는 후에 트로이전쟁에서 가장 나이 많고 가장 지혜로운 영웅으로 기록된다.

륭한 복숭아들을 보며 그가 했던 말이 생각난다. "내 시절에는 복숭아들이 지금보다 훨씬 더 컸어. 자연이 날마다 쇠약해지나 봐." 그 비유를 듣고서 나는 속으로 미소 지으며, 아담의 시절에는 복숭아들이 어마어마하게 컸겠다고 속으로 말했다.

아수마르 백작은 내 주인과 거의 저녁까지 머물렀다. 내 주인은 그를 치워 버리자마자 외출하면서 나더러 따라오라고 말했다. 우리는 에우프라시아의 집으로 갔다. 그 집은 우리 집으로부터 1백 보쯤 떨어진 곳에 있었다. 그녀는 아주 깨끗한 방에서 우리를 맞이했다. 그녀는 우아하게 차려 입었고, 최소한 서른은 훌쩍 넘은 나이임에도 불구하고 미성년처럼 보이려고 한껏 앳된 분위기를 냈다. 예쁘다고 통할 수도 있는 얼굴이었다. 곧이어 나는 그녀의 재기에 탄복했다. 자유분방한 태도에 튀는 객설이나 내뱉으며 교태 부리는 여자가 아니었다. 행동에서나 말에서나 겸손했으며, 재기발랄하게 보이려 애쓰지도 않으면서 재치 넘치게 말했다. 나는 굉장히 놀라며 바라보다가 속으로 말했다. '오 세상에! 이토록 조신해 보이는 사람이 방탕한 삶을 살 수 있는 걸까?' 바람기 있는 여자들은 모두 뻔뻔할 거라고 상상했는데, 겸손해 보이는 여자를 보니 너무 놀라웠다. 그런 여인들은 자기에게 걸려든 부자나 귀족의 성격에 따라 꾸미고 맞출 줄 안다는 것을 아직 생각 못 했던 거다. 물주(物主)들이 격정을 원하면 그녀들은 생기발랄하고 톡톡 튀는 모습을 보인다. 물주가 조신한 것을 좋아하면, 그녀들은 지혜롭고 덕성스러운 외관으로 꾸민다. 그녀들에게 다가오는 남자의 기질과 특성에 따라 색깔을 바꾸는 진정한 카멜레온들이다.

돈 곤살레스는 과감한 미녀를 원하는 그런 귀족들과는 취향이 달라서, 그런 여인들을 견디지 못했다. 그를 자극하려면 처녀 같은 분위기를 띠어야 했다. 그래서 에우프라시아가 그런 치장을 하고 나타나서, 훌륭한 여배우가 극장에만 있는 게 아니라는 것을 보여 주었다. 나는 내 주인을 그의 님프와 남겨 두고 어느 방으로 내려왔다. 거기에는 늙은 하녀가 한 명 있었다. 어느 여배우의 시녀였다는 것을 나는 한눈에 알아보았다. 그녀 쪽에서도 나를 기억해 냈다. 우리는 어느 희곡작품에서 써먹어도 좋을 만한 장면을 연출해 냈다. 서로 알아보고 깜짝 놀라는 장면 말이다. "아니! 당신은 질 블라스 씨로군요!" 그 하녀가 기뻐서 흥분하며 말했다. "그러니까 당신은 아르세니아의 집에서 나와 버렸나 보네요, 내가 콘스탄시아의 집에서 나온 것처럼?" 이에 내가 대답했다. "오! 정말로 아주 오래전에 나왔지요. 그 후에 지체 높은 신분의 아가씨를 모시기도 한 걸요. 연극배우들의 생활은 별로 내 취향이 아니라서요. 그래서 아르세니아에게 아무 해명도 하지 않고 나 스스로 떠나겠다고 말했지요." 그러자 베아트리스라는 이름의 그 시녀가 말했다. "아주 잘했어요. 나도 콘스탄시아에게 거의 같은 식으로 작별을 고했어요. 어느 화창한 아침에 내 뜻을 냉랭하게 밝혔죠. 그녀는 한마디 말도 없이 내 뜻을 받아들였어요. 우리는 꽤 퉁명스럽게 헤어졌어요."

내가 그녀에게 말했다. "우리가 더 점잖은 집에서 다시 만나게 되어 기쁩니다. 도냐 에우프라시아는 귀족 부인 같아 보이고, 성격이 아주 좋은 것 같아요." 그러자 나이 든 하녀가 대꾸했다. "당신이 잘못 보지는 않았어요. 그녀의 태도를 보면 충분히 알 수 있다시피 귀족 출신이지요. 그런데 기질로 치면 그녀보다 더 한결같고 더 부드러운 여인이 있을 수 없다고 내가 장담하죠. 매번 트집을 잡고, 끊임없이 소리 지르고, 하인들을 괴롭히고, 한마디로 시중드는 것이 지옥인 그런 성 잘 내고 까다로운 여주인이 아니에요. 그녀가 야단치는 것을 들어 본 적이 한 번도 없어요. 그 정도로 온화함을 좋아하죠. 내가 일을 그녀 마음에 들게 해내지 못하는 일이 생겨도 화를 안 내면서 꾸지람을 해요. 난폭한 여인들이 툭하면 내뱉는 그런 수식어들은 그녀의 입에서 나온 적이 없어요." 그때 내가 대꾸했다. "내 주인도 아주 온화해요. 나하고도 친하게 지내고, 나를 하인이라기보다 동등한 사람으로 대해 줍니다. 모든 인간들 중에 최고예요. 그 점에서 당신과 나는 여배우들의 집에 있을 때보다 훨씬 잘된 거네요." 그러자 베아트리스가 맞장구쳤다. "천 번 만 번 나아졌지요. 지금은 편안히 물러나 있는데, 그때는 파란만장한 생활을 이어 갔어요. 여기에는 돈 곤살레스 나리 외에 다른 남자는 오지 않아요. 나는 이 고독 속에서 오로지 당신만 보게 될 테고, 그래서 아주 좋네요. 내가 당신에 대해 애정을 품은 지는 아주 오래되었답니다. 당신을 친구로 둔 라우라의 행운을 부러워한 게 한두 번이 아니에요. 그래도 어쨌든 이제는 그녀 못지않게 행복해지기를 기대합니다. 그녀가 가진 젊음과 미모는 내게 없지만, 반면 나는 교태를 증오해요. 남자들이 충분히 피하지 못하는 것이 교태죠. 나는 지조를 위한 멧비둘기입니다."

그 베아트리스 아주머니는 남자들 쪽에서 애정 표시를 요구하지도 않을 터이므로 여자들 쪽에서 먼저 애정을 제공해야 하는 그런 여인들에 속했으므로, 나는 그 은근한 수작을 이용할 생각이 눈곱만큼도 없었다. 그렇다고 해서 내가 그녀를 경멸한다는 것을 눈치채게 하고 싶지는 않았다. 심지어 나의 사랑을 받으려는 기대를 완전히 버리지 않도록 예의를 갖춰 말했다. 그러므로 나는 노파 하녀를 정복했다는 생각을 했는데, 이번에도 또 착각이었다. 그 시녀가 오로지 내 아름다운 눈 때문에 그러는 것이 아니었다. 그녀는 자기 여주인의 이익을 위해 나를 이용하려고 내게 연정을 불러일으키려 했던 것이다. 그녀는 자기 여주인에게 너무 헌신적이어서 그녀를 시중드느라 치러야 할 희생에 대해서는 전혀 신경 쓰지 않았다. 나는 내 주인의 연애편지를 에우프라시아에게 갖다주느라 다음 날 아침에 거기 갔을 때 나의 착오를 깨닫게 되었다. 에우프라시아는 나를 우아하게 맞아들였고, 내게 친절한 말을 많이 해주었다. 거기에 시녀도 끼어들었다. 한 사람은 나의 용모를 칭찬했고, 다른 한 사람은 내가 현명하고 신중해 보인다고 말했다. 그들의 얘기를 듣자면, 나를 하인으로 둔 곤살레스는 보물을 얻은 거였다. 한마디로 그녀들이 나를 너무 칭찬해 대는 바람에 나는 그들의 찬사를 경계했다. 나는 그 동기를 간파했으나 겉으로는 멍청이처럼 아주 단순하게 받아들이는 척했고, 이런 대응책을 통해 그 사기꾼 여인들을 죄다 속였다. 마침내 그녀들이 가면을 벗었다.

에우프라시아가 내게 말했다. "들어 봐라, 질 블라스, 네가 재산을 모을지 말지는 나한테 달렸을 것이다. 얘야, 우리랑 협력해서 행동하자. 돈 곤살레스는 늙었고, 건강도 너무 안 좋아서 조금이라도 열이 나면 좋은 의사의 도움으로 하늘이 그를 데려갈 것이다. 그에게 남아 있는 시간을 잘 활용하여, 그가 재산의 가장 좋은 부분을 내게 남겨 주게 만들자. 내가 너에게도 두둑이 한몫 챙겨 줄게. 약속하마. 마드리드의 모든 공증인들 입회하에 한 약속인 양 이 약속을 믿어도 된단다.” 그래서 내가 대답했다. “부인, 부인 뜻대로 저를 사용하십시오. 제가 지켜야 할 처신을 미리 알려만 주십시오, 부인께서는 만족하실 겁니다.” 그러자 그녀가 대꾸했다. “아! 그렇다면 네 주인을 관찰하고 일거수일투족을 내게 보고하렴. 돈 곤살레스와 네가 얘기를 나누게 될 때면, 틀림없이 여자들에 관한 얘기를 하게 될 텐데, 그러면 기회를 포착하여 넌지시 나를 좋게 얘기하렴. 가능한 한 자주 에우프라시아를 생각하게 만들어라. 너한테 요구하는 것은 그게 다가 아니다, 얘야. 파체코 집안에서 벌어지는 일에도 매우 주의를 기울여야 한다. 돈 곤살레스의 어떤 친척이 그를 아주 열심히 찾아오고, 그의 상속을 노리고 있다면, 내게 즉각 알려야 한다. 그 이상은 요구하지 않으마. 내가 단시간 내에 그를 완전히 함락시킬 테니까. 나는 네 주인의 친척들의 다양한 성격들을 알고 있어. 다른 사람들이 그 친척들에 대해 돈 곤살레스에게 얼마나 우스꽝스러운 묘사를 할지 알고 있단다. 그리고 그가 조카들과 사촌들을 죄다 나쁘게 생각하도록 내가 이미 조처해 놓았다.”

나는 그 지시들을 통해, 그리고 에우프라시아가 거기에 덧붙인 다른 지시들을 통해, 그 여인이 돈 많고 베풀기 좋아하는 귀족 노인들에게 달라붙는 그런 여자라고 판단했다. 바로 얼마 전, 그녀는 곤살레스로 하여금 땅을 하나 팔게 만들었고, 그 돈을 그녀가 가졌다. 그녀는 그로부터 매일 좋은 장신구들을 끌어냈고, 그가 유언장에서 그녀를 빼놓지 않을 거라고 기대했다. 나는 그녀가 내게 기대하는 그 모든 것들을 기꺼이 하려는 척했다. 그러나 솔직히 말하자면, 집으로 돌아오면서 내가 주인을 속이는 일에 공헌할지 아니면 그를 애인으로부터 떼어놓는 일을 감행할지 고민스러웠다. 두 번째 결정이 내 보기에 더 신사다워 보여서 그를 배신하기보다는 내 의무를 수행하는 쪽으로 기울어지는 것을 느꼈다. 게다가 에우프라시아는 내게 실질적인 것은 아무것도 약속하지 않았다. 그녀가 내 충절을 타락시키지 못한 원인은 어쩌면 그것 때문일지도 모른다. 그러므로 나는 돈 곤살레스를 성심껏 섬기기로 결단했다. 다행히 그를 그의 우상으로부터 떼어 낼 수 있게 된다면, 내가 할 뻔했던 나쁜 행위보다는 그 선한 행위의 보상이 더 클 것이다.

내가 작정한 목적을 달성하기 위해, 나는 도냐 에우프라시아의 일에 아주 헌신하고 있는 것처럼 굴었다. 내가 주인에게 끊임없이 그녀에 대한 얘기를 하는 것처럼 믿게 했다. 이를 위해 그녀에게 꾸며 낸 이야기들을 그럴듯하게 말해 주곤 했는데, 그녀는 곧이곧대로 믿었다. 나는 그녀의 머릿속에 슬며시 침투하는 일을 너무 잘 해내서, 그녀는 내가 그녀의 이익을 위해 헌신한다고 완전히 믿어 버렸다. 그녀를 더 잘 압도하기 위해 나는 베아트리스를 사랑하는 척했다. 베아트리스는 그 나이에 자기를 따르는 젊은 남자가 있다는 것이 너무 좋아서, 내 속임수가 다른 사람들에게 들통나지만 않는다면 자기가 속는 것 자체에 대해서는 거의 개의치 않았다. 내 주인과 내가 '우리의 공주님들' 곁에 있을 때면, 그것은 같은 취향의 서로 다른 그림들이었다. 내가 묘사했던 바처럼, 마르고 창백한 돈 곤살레스는 다정한 눈길을 보내려 할 때면 죽어 가는 사람처럼 보였다. 반면, 나의 공주님은 내가 열정적으로 보일수록 더 어린애 같은 태도를 취하고, 교태부리는 노파 특유의 잔꾀를 온통 다 부렸다. 게다가 그녀는 최소한 40년 동안은 배운 기량을 갖고 있었다. 늙어서까지 남자들을 홀릴 줄 알고, 두세 세대 정도의 역사를 자랑하는 전리품들을 확보한 채 죽는 연애의 달인들 중 몇몇을 섬기다가 그녀 자신도 세련되어 갔던 것이다.

나는 주인과 함께 에우프라시아의 집에 매일 저녁 가는 것으로 그치지 않고, 낮 동안에 혼자서도 가끔씩 가곤 했다. 그 집에 어떤 바람둥이 젊은이가 숨어 있는 것을 발견하게 되리라 늘 기대했기 때문이다. 하지만 어떤 시간에 가건 간에 남자라고는 만난 적이 없고, 심지어 애매한 분위기의 여자도 본 적이 없다. 나는 그 집에서 배반의 사소한 흔적도 발견하지 못했다. 그로 인해 나는 적지 않게 놀랐다. 왜냐하면 베아트리스가 자기 여주인은 남자의 방문을 결코 받지 않는다고 확언했음에도 불구하고, 그렇게 예쁜 여인이 돈 곤살레스에게 빈틈없이 정절을 지킬 거라고는 생각할 수 없었기 때문이다. 물론 그 점에 대해 내가 경솔한 판단을 하지는 않았다. 아름다운 에우프라시아는 여러분이 곧 보게 되겠지만, 내 주인의 상속을 더 끈기 있게 기다리기 위해 자기 나이에 더 어울리는 연인을 마련했던 것이다.

어느 날 아침, 나는 평소처럼 그녀에게 사랑의 편지를 한 통 가져갔다. 그런데 그녀의 방에 있다가 타피스리 뒤에 숨어 있는 사람의 발을 보게 되었다. 나는 그 발을 본 것을 모르게 하려고 조심했고, 심부름을 마치는 즉시 그 발을 눈치챈 티를 내지 않고 나왔다. 하지만 나로서는 별로 놀랄 일도 아니었고, 사태가 그렇게 돌아간다고 해서 내가 손해 볼 일은 없다 해도, 나는 몹시 흥분하지 않을 수 없었다. 나는 분개하며 혼잣소리를 했다. '아! 배신자, 사악한 에우프라시아! 너는 선량한 노인에게 사랑을 가장하면서 그를 장악하는 것만으로 만족하지 못한 거냐. 네가 배반의 절정을 이루려면 너를 다른 남자에게 허락하는 것이 필요하다는 거냐!' 내가 그런 식으로 추론하다니, 지금 생각해 보면, 너무 멍청했다! 그보다는 차라리 그 일에 대해 웃어넘기고, 내 주인과의 교제에서 느끼는 지겨움과 우울감에 대한 보상이라고 여겼어야 했다. 나는 좋은 하인이 되려고 그 기회를 이용하기보다는, 적어도 그 일에 관해 아무 말 않는 편이 더 잘하는 짓이었을 것이다. 그런데 나는 열성을 절제하지 못하고 열을 내며 돈 곤살레스의 이익을 생각하기 시작하여, 내가 본 대로 충실하게 보고했다. 게다가 에우프라시아가 나를 유혹하려 했다는 말까지 덧붙였다. 그녀가 내게 했던 말들을 하나도 빼놓지 않았다. 오로지 내 주인이 자기 애인에 대해 완벽히 알게 되기를 바랄 뿐이었다. 내 주인은 내가 보고한 내용을 전적으로 믿지 않는 듯 몇 가지 질문을 했다. 그런데 내 대답들에는 의심의 여지가 없었기에, 나는 불확실한 의심이 주는 위안마저 그에게서 빼앗은 셈이었다. 그는 다른 일에서는 그 무엇에서건 냉정함을 유지했는데, 이 일에서는 충격을 받았다. 그의 얼굴에서 분노의 경련이 이는 것으로 보아, 그 여인의 배반이 무탈하게 지나가지는 않을 거라고 예상되었다. 그가 내게 말했다. "됐네, 질 블라스, 나를 위한 자네의 애정에 아주 감동했네. 그리고 자네의 충성이 마음에 드네. 조금 후 에우프라시아의 집으로 가겠네. 그녀를 질책하고, 그 배은망덕한 여인과 관계를 끊고 싶네." 돈 곤살레스는 그렇게 말하고 나서 실제로 그녀의 집으로 가려고 집을 나섰다. 그녀의 집에서 그렇게 일처리를 하는 동안 내가 맡아야 할지 모를 나쁜 역할을 면제해 주려고 나더러 따라오지 않아도 된다고 말했다.

나는 주인이 돌아오기를 더할 수 없이 초조히 기다렸다. 그가 자신의 님프에 대해 불평한다는 것은 너무 큰 사안이었으므로, 그가 그녀의 매력에서 벗어나서 돌아올 것을 의심치 않았다. 나는 그런 생각을 하며 내가 한 일에 대해 자화자찬하고 있었다. '돈 곤살레스의 자연적인 상속자들은 그가 그 친척들의 이익에 반하는 열정의 노리개였다가 이제는 더 이상 그렇지 않은 것을 알게 되면 얼마나 좋아할까 … . 그들은 나의 공도 고려해 줄 것이다.' 통상 하인들은 주인을 그런 방탕에서 끌어내기보다는 그대로 놔두는 게 다반사인데, 나는 그런 하인들과 구별될 거라는 생각에 우쭐해졌다. 나는 명예를 사랑했고, 그래서 하인들의 우두머리로 통하게 될 거라고 생각하며 즐거워했다. 그러나 몇 시간 후 그런 기분 좋은 생각은 증발해 버렸다. 내 주인이 도착해서 내게 말했다. "이보게나, 내가 에우프라시아와 방금 매우 격렬한 대화를 나눴다네. 나는 그녀를 배은망덕한 배신자로 대하면서 책망을 해댔지. 그녀가 뭐라고 대답했는지 아는가? 하인의 말을 들은 내가 잘못이라는 걸세. 그녀는 자네가 거짓 보고를 했다고 주장하네. 그녀의 말을 믿자면, 자네는 사기꾼일 뿐이고, 내 조카들에게 헌신하는 하인일 뿐이라는 거야. 자네가 내 조카들과 한편이라서, 나와 그녀의 사이를 틀어지게 하려고 물불 안 가린다는 얘기였네. 그녀의 눈에서 눈물이 흐르는 것을 보았네. 진정한 눈물이었어. 그녀가 가장 신성한 것을 두고 내게 맹세했네. 그녀는 자네에게 그 어떤 제안도 하지 않았고, 그 어떤 남자도 만나지 않는다고 말일세. 내 보기에 거짓

말이라고는 전혀 할 줄 모르는 선량한 여자로 보이는 베아트리스도 똑같이 주장했네. 그래서 나도 모르게 분노가 진정되었지."

"아니, 뭐라고요!" 나는 괴로워하며 그의 말을 가로막았다. "저의 충심을 의심하시는 건가요? 제 말을 의심하시는…." 그러자 이번에는 그가 말을 가로막았다. "아니다, 얘야. 너를 정당하게 평가한단다. 네가 내 조카들과 뜻을 같이한다고 생각하지 않아. 너는 오로지 내 이익만 생각하고, 그래서 네게 고맙구나. 그래도 어쨌든 겉모습은 착각을 일으키기 쉽단다. 어쩌면 너는 네가 보았다고 상상하는 것을 실제로는 보지 않았을 수도 있어. 이런 경우 너의 비난이 에우프라시아에게 얼마나 불쾌하겠는지 판단해 보렴! 어찌 됐든 그녀는 내가 사랑하지 않을 수 없는 여인이야. 그게 내 운명이란다. 심지어 나는 그녀가 나한테 요구하는 희생을 들어 줘야만 하는데, 그 희생이란 너를 해고하는 것이란다. 그래서 참 애석하구나, 불쌍한 질 블라스." 그러더니 이어서 말했다. "그런데 내가 그녀의 요구를 들어주기는 하지만, 그저 애석해하며 어쩔 수 없이 그런다는 점을 확실히 말하마. 하지만 달리 어쩔 수가 없었단다. 나의 나약함을 불쌍히 여겨 주렴. 네게 위로가 될지 모르겠지만, 보상도 없이 너를 해고하지는 않겠다. 게다가 나와 친한 어느 부인의 집에 너를 소개해 주고 싶구나. 거기서 너는 아주 쾌적하게 지내게 될 거야."

나의 헌신이 나한테 그렇게 나쁜 결말로 이어지는 것을 보고 나는 기분이 몹시 상했다. 나는 에우프라시아를 저주했고, 그렇게 사기당하고 마는 돈 곤살레스의 나약함이 한탄스러웠다. 그 선량한 노인은 오로지 애인을 기쁘게 해주려고 나를 해고하면서 그리 남자다운 행위를 하는 것은 아니라는 것을 그 자신도 충분히 느꼈다. 그래서 자신의 나약함을 상쇄하고, 내가 그 힘든 상황을 잘 견뎌 내도록 내게 50두카도를 주었다. 그리고 바로 다음 날 나를 차베스 후작부인 댁으로 데려가서, 오로지 장점들만 가진 젊은이라고 내 앞에서 추켜세웠다. 그리고 그는 나를 좋아하지만, 집안 사정상 자기 집에 붙들어 둘 수가 없으니 그녀가 대신 데리고 있어 달라고 부탁했다. 그녀는 나를 하인으로 당장 받아들였기에, 나는 갑자기 새집에서 살게 되었다.

8

차베스 후작부인은 어떤 성격이며, 그 집에는 통상 어떤 사람들이 드나들었나

차베스 후작부인은 아름답고 키가 크며 몸매가 좋은 과부였다. 1만 두카도의 수입을 누리고 있었고, 아이도 없었다. 그리고 그녀보다 더 진지하고 말수가 적은 여자는 본 적이 없다. 그럼에도 마드리드에서 가장 지성적인 여인으로 통했다. 그녀의 집에는 귀족들과 문인들이 많이 몰려드는데, 바로 그 점이 어쩌면 그녀가 하는 말보다 더 평판에 기여하는 것 같았다. 그것은 내가 결정할 일은 아니다. 나는 그저 그녀의 이름에는 탁월한 재능이 실려 있고, 그녀의 집은 그 도시에서 정신적인 작품들의 대표사무국이었다고 말하는 것으로 그치겠다.●

● 여기서 르사주는 랑베르 후작부인의 집을 염두에 두고 있다고 여겨진다. 재기 넘치는 부인이던 랑베르 후작부인은 좋은 작품도 몇 편 썼고, 존경받을 만한 문학 살롱을 이끌어 갔다.

실제로 그 집에서는 매일 어떤 때는 극시(劇詩), 어떤 때는 다른 시들의 독회(讀會)가 열리곤 했다. 그러나 거의 늘 진지한 작품들만 읽었고, 희극작품은 경멸당했다. 거기서는 최고의 연극이나 가장 기발하고 유쾌한 소설일지라도 찬사를 받을 자격이 없는 신통치 못한 작품으로 여겨졌다. 반면, 별 볼 일 없을지라도 심각한 작품, 서정단시, 목가, 소네트 등은 인간 정신의 굉장한 노력으로 통했다. 그 사무국의 그런 판단들을 대중이 추인(追認)해 주지 않는 일이 자주 일어났다. 심지어 거기서 몹시 박수를 받던 연극들이 때로는 무례한 야유를 받는 일도 있었다.

나는 그 집에서 지배인이었다. 즉, 나의 일은 내 여주인의 처소에 손님을 맞아들이고, 남자들을 위한 의자들과 여자들을 위한 방석들을 정돈하는 일이었다. 그런 후 그 방의 문에 버티고 서서 누가 도착했는지 알리고 그들을 안으로 들였다. 첫날에는 내가 그들을 집안으로 들일 때마다 시종장이 내게 그들에 관해 유쾌하게 묘사해 주었다. 우연히 함께 있게 된 터였던 그 시종장은 이름이 안드레스 몰리나였다. 그는 천성적으로 냉정하고, 빈정대기 좋아하고, 재기가 없지 않았다. 그날 거기에 맨 처음으로 나타난 사람은 주교였다. 나는 주교가 왔음을 알렸고, 그가 들어가자 시종장이 내게 말했다. "이 고위성직자는 꽤 재미있는 성격이야. 궁궐에서도 나름대로 신망이 있지. 그런데 그는 신망이 크다고 뻐기고 싶어 해. 그는 모든 사람에게 도와주겠다는 제의를 해놓고 나서 실제로는 아무도 도와주지 않아. 어느 날 그가 궁궐에 갔을 때 어느 기사가 그에게 인사를 하니까 그를 멈춰 세워서 온갖 예의를 다 차린 다음 악수를 하며 말했지. '저는 기사님의 영지에 충성을 다합니다. 제발 저를 시험해 보세요. 기사님에게 은혜를 베풀 기회를 얻지 못한다면 저는 만족스러워하며 죽지는 못할 겁니다.' 기사는 그에게 몹시 고마워하며 감사를 표시했어. 그런데 그들이 헤어졌을 때 주교는 그를 따라오던 부하 성직자 중 하나에게 말했어. '아는 사람 같은데, 어디선가 봤다는 생각이 희미하게 들거든'이라고 말이야."

주교가 들어간 다음 잠시 후, 어느 고관대작의 아들이 나타났다. 내가 그를 여주인의 방으로 들이자, 몰리나가 내게 말했다. "이 나리도 괴짜이지. 그가 어느 집의 주인과 함께 중요한 일을 다루기 위해 그 집에 자주 갔는데, 그 주인과 얘기했다는 사실조차 기억 못 하고 떠나는 것을 상상해 보게." 그러더니 시종장은 두 여인이 도착하는 것을 보고 덧붙였다. "아니, 도냐 앙헬라 데 페냐피엘과 도냐 마르가리타 데 몬탈반이네. 저분들은 서로 전혀 안 닮았어. 도냐 마르가리타는 철학자라고 자부하고, 살라망카의 가장 심오한 박사들에게도 강하게 맞서지. 그녀의 추론들은 그 박사들의 논거에도 결코 굴복하지 않아. 도냐 앙헬라로 말할 것 같으면, 교양 있는 지성을 갖췄으면서도 전혀 학자연하지 않아. 그녀의 말은 정확하고, 생각은 명민하고, 표현은 섬세하고 고상하며 자연스럽지." 그래서 내가 몰리나에게 말했다. "두 번째 부인의 성격이 사랑스럽군요. 그러나 그 옆의 부인은 여성으로서는 별로 적절치가 않아 보여요." 그러자 몰리나가 미소 지으며 대꾸했다. "별로 그렇지 않지. 심지어 그런 성격 때문에 우스꽝스러워지는 남자들도 많아." 그러더니 말을 계속했다. "우리의 여주인인 후작부인도 철학에 좀 열광해 있어. 오늘 여기서 토론이 벌어질 거야! 그 논쟁에서 종교 문제는 부디 다루지 않으면 좋겠는데!"

그가 이 말을 마쳤을 때, 엄숙하고 찌푸린 분위기의 야윈 남자가 들어오는 것이 보였다. 나의 스승님은 그 남자 또한 봐주지 않았다. "저 사람은 진지한 재사(才士)들 중 하나이긴 한데, 침묵을 지키거나 세네카에서 끌어낸 몇 문장을 이용하여 대단한 천재로 통하고 싶어 하지만, 아주 진지하게 점검해 보면 그저 멍청할 뿐인 그런 자들 중 하나야." 그다음에는 꽤 아름다운 몸매에 그리스 조각 같은 얼굴을 한, 즉 자만으로 가득한 몸가짐을 한 기사가 들어왔다. 나는 그 사람이 누구냐고 물었다. 그러자 몰리나가 대답했다. "극시를 쓰는 시인이야. 여태까지 십만 편을 썼는데, 벌어들인 돈은 서너 푼도 안 되지. 하지만 그 대신 산문 여섯 줄로 대단한 결혼을 한 지 얼마 안 되었어."

그 시인이 별로 비용도 안 들이고 형성한 그 재산에 관해 들어 보려던 참에, 계단에서 큰 소리가 들렸다. 시종장이 소리쳤다. "음, 캄파나리오 학사야. 저 사람은 모습을 드러내기도 전에 자기가 온다는 것을 저런 식으로 알려. 거리로 나 있는 문에서부터 말하기 시작해서, 이 집에서 나갈 때까지 계속하지." 실제로 그 시끄러운 학사의 목소리가 사방에 울려 퍼졌다. 그는 마침내 자기 친구인 어느 연구자와 함께 부속실로 들어왔고, 그 집에 있는 내내 말을 그치지 않았다. 내가 몰리나에게 말했다. "캄파나리오 씨는 재기가 뛰어난 사람처럼 보이는데요." 그러자 시종장이 대답했다. "그렇지, 특출한 재기와 완곡한 표현들을 갖고 있는 사람이고, 유쾌하지. 그런데 무지막지한 수다쟁이인 데다가, 끊임없이 같은 말을 반복하곤 해. 사태를 제대로 평가하자면, 내 생각에는, 자신의 말에 흥취를 더하는 유쾌하고 희극적인 분위기가 그의 가장 큰 장점인 것 같아. 그의 재치 있는 표현 중 가장 나은 부분이라 해도, 재담 선집에 넣어 줄 만한 수준은 아닐 거야."

이어서 다른 사람들도 왔고, 몰리나는 그들에 대해서도 재미있는 묘사를 해주었다. 후작부인에 대한 묘사도 잊지 않았는데, 바로 내 취향이었다. 그가 말했다. "우리 여주인이 내세우는 철학에도 불구하고, 그녀의 마음은 꽤 한결같다고 해두겠네. 까다로운 기질도 아니어서 하인들이 견뎌야 할 변덕도 거의 없다네. 내가 아는 바로는, 가장 합리적인 자질을 가진 여인이고, 심지어 아무 열정도 없어. 도박이나 연애에 별로 취미가 없고, 그저 대화만 좋아해. 대부분의 여인들에게는 그녀의 삶이 아주 권태롭게 보일 거야." 시종장의 그 찬사를 듣고 나자 나는 여주인이 좋게 생각되었다. 그런데 며칠 후 나는 그녀가 연애를 싫어한다는 말을 의심하지 않을 수 없었다. 어떤 근거로 그런 의혹을 품게 되었는지 얘기하겠다.

어느 날 아침, 그녀가 화장을 하고 있을 때, 얼굴이 불쾌하게 생기고, 페드로 데 모야라는 작가보다도 더 더러워 보이고, 게다가 꼽추이기도 한 40대쯤의 키 작은 남자가 내 앞에 나타났다. 그는 후작부인과 얘기하고 싶다고 말했다. 그래서 내가 누구 편에 오신 거냐고 물었더니, 용무가 있는 사람은 바로 자신이라고 당당히 대답했다. "후작부인께서 어제 도냐 안나 데 벨라스코와 얘기했던 기사라고 전하시오." 나는 그 사람을 여주인의 처소로 들이면서 그 사실을 알렸다. 후작부인은 즉각 탄성을 질렀고, 기뻐서 흥분하며 그 사람을 들어오게 해도 좋다고 말했다. 그녀는 그를 호의적으로 맞았을 뿐만 아니라, 하녀들을 죄다 그 방에서 나가게 했다. 그래서 그 키 작은 꼽추는 여느 신사보다도 더 행복하게 그녀와 단둘이 있었다. 시녀들과 나는 그 묘한 독대를 좀 비웃어 댔다. 그 독대는 거의 한 시간 동안 지속되었고, 여주인은 그 꼽추를 보내면서 그에 대해 매우 만족스러워하는 표시를 내며 인사했다.

그녀는 실제로 그 면담을 너무 즐거워했기에, 그날 저녁 나를 따로 부르더니 말했다. "질 블라스, 그 꼽추가 다시 오면 최대한 비밀리에 내 처소로 들여보내게." 고백건대, 바로 이 지시 때문에 내가 이상한 의혹을 품게 된 거였다. 그래도 어쨌든 후작부인의 지시에 따라, 그 키 작은 남자가 다시 오면, 그게 바로 다음 날 아침이었는데, 그를 비밀계단을 통해 부인의 방까지 안내했다. 나는 이 같은 일을 두세 차례 정성을 다해 수행했다. 이로써 나는 후작부인이 이상한 취향을 갖고 있거나, 아니면 그 꼽추가 뚜쟁이 역할을 하는 거라고 결론지었다.

그런 선입견을 갖고 나는 생각했다. '맹세코, 내 여주인이 어떤 몸매 좋은 남자를 좋아한다면 그녀를 용서하련다. 하지만 그 추한 남자를 고집한다면, 솔직히 나는 그 타락한 취향을 용서할 수가 없다.' 나는 여주인을 너무 잘못 판단했던 거다! 사실, 그 꼽추는 주술에 끼어들던 사람이었다. 사람들이 후작부인에게 그 꼽추의 지식에 대해 허풍을 떨었는데, 약장수들의 마력에 홀딱 속은 후작부인이 그와 따로 면담을 가졌던 것이다. 그는 유리 속을 들여다보게 했고, 체를 돌리며 보여 주기도 했고, 돈을 받고 강신술(降神術)의 모든 신비를 밝혀 주곤 했다. 더 올바르게 말하자면 남의 말에 잘 속는 사람들을 희생시키며 생계를 이어 가는 사기꾼이었고, 여러 귀족 부인들로 하여금 그 일에 협력하게 만들었다고 한다.

9

질 블라스는 무슨 사건 때문에 차베스 부인 집에서 나왔으며, 어떻게 되었나

차베스 후작부인의 집에 거주한 지 벌써 6개월이 되었고, 나는 내 처지에 매우 만족스러워하고 있었다. 그런데 내 운명이 나로 하여금 그 부인의 집에서, 그리고 마드리드에서 더 오래 체류할 수 없게 했다. 왜 멀어져 가야 했는지 그 이야기를 해보겠다.

여주인의 하녀 중에 포르시아라는 이름의 여자가 있었다. 그녀는 젊고 아름다운 데다가 내가 보기에는 성격도 너무 좋았다. 나는 그녀의 마음을 놓고 누군가와 겨뤄야만 하리라는 것을 알지 못한 채 그녀에게 애착을 느꼈다. 후작부인의 비서는 자존심이 강하고 질투가 많은 남자였는데, 바로 그가 나의 미녀에게 푹 빠져 있었다. 그는 내 사랑을 눈치채자마자 포르시아가 나를 어떤 눈으로 보고 있는지 알아보지도 않고 나를 향해 칼을 뽑기로 결단했다. 이 결투를 위해 그는 어느 날 아침 내게 외딴 곳에서 만나자고 했다. 그는 키가 내 어깨에 닿을락 말락 할 정도로 작은 남자였고 매우 약해 보였기에, 나는 그를 그리 위험한 경쟁자로 생각하지 않았다. 자신감에 찬 나는 그가 말한 장소로 갔다. 나는 쉽게 이겨서 포르시아에게 그 일에 관해 생색을 내야겠다고 생각했다. 그런데 사건은 내 예상과 다르게 전개됐다. 2~3년 동안 집무실에만 있던 왜소한 비서가 나를 마치 아이처럼 무장 해제하게 만들고서 칼끝으로 겨누며 말했다. "치명타를 받을 준비를 하라. 아니면 차베스 후작부인 댁에서 오늘 당장 나가고, 포르시아는 더 이상 생각하지 않겠다고 네 명예를 걸고 약속하라." 나는 기꺼이 그 약속을 했고, 별 반감 없이 그 약속을 지켰다. 결투에 지고 나자 그 집의 하인들을 다시 보기도 괴로웠고, 특히 결투의 원인이었던 아름다운 포르시아 앞에 나서는 것이 너무 괴로웠다. 그래도 내가 숙소로 돌아간 이유는 오로지 내 소유의 장신구들과 돈을 챙기기 위해서였다. 나는 바로 그날 꽤 두둑한 돈주머니를 챙기고 나서, 등에는 모든 옷가지가 들어 있는 보따리를 매고 톨레도를 향해 걸어갔다. 마드리드를 꼭 떠나야 할 필요는 없었음에도 불구하고, 나는 최소한 몇 년 동안은 그 도시에서 멀리 떨어져 있는 것이 적절하다고 판단했다. 나는 스페인을 돌아다니며 이 도시 저 도시를 구경해야겠다고 마음먹었다. 그러고는 생각했다. '내가 가진 돈이면 멀리 갈 수 있을 거다. 나는 그 돈을 분별없이 낭비하지는 않을 거다. 돈이 떨어지면 다시 하인 일을 시작하면 된다. 나처럼 숙련된 하인은 일자리를 찾으려만 든다면 얼마든지 찾게 될 테고, 그저 선택만 하면 될 것이다.'

나는 특히 톨레도를 보고 싶었고, 그 도시에 사흘 만에 도착했다. 그리고 좋은 숙박업소로 묵으러 갔다. 나는 용의주도하게 미리 챙긴 부유해 보이는 복장 덕분에 대단한 기사로 통했다. 그리고 젊은 멋쟁이 같은 분위기를 연출하여 이웃에 사는 예쁜 여자들과 사귈지 말지는 나에게 달려 있었다. 하지만 그녀들과 사귀려면 돈이 많이 든다는 것을 알고 나서 내 욕망을 억눌렀다. 나는 여행하고 싶은 욕구를 늘 느껴서, 톨레도에서 호기심 가는 것을 다 보고 나서는 어느 날 새벽에 아라곤으로 갈 계획을 품고 쿠엥카로 향했다. 둘째 날에는 도로에서 발견한 여인숙에 들어갔다. 거기서 더위를 식히기 시작했을 때, 에르만다드 도시동맹단체 궁수부대가 갑자기 나타났다. 그들은 포도주를 달라고 하여 마시기 시작했고, 그렇게 마시면서 자기네가 체포해야 할 젊은이에 관해 묘사했는데, 그 얘기가 내 귀에 들렸다. 그들 중 한 명이 말했다. "기사는 스물세 살은 넘지 않았고, 긴 검은 머리에 몸매는 좋고, 매부리코이다. 그리고 적갈색 말을 타고 있다."

나는 그들이 하는 말에 귀 기울이지 않는 것처럼 보이면서도 듣고 있었고, 실제로 그들의 얘기에 별로 개의치 않았다. 나는 그들이 여인숙에 아직 있을 때, 내 길을 다시 떠났다. 반 리도 채 못 갔을 때, 나는 풍채가 아주 좋고 밤색 말을 타고 있던 젊은 기사를 만났다. 나는 생각했다. '맹세코, 내 생각이 틀린 게 아니라면, 그 궁수들이 찾고 있는 자는 바로 이 사람이다. 긴 검은 머리에 매부리코잖아. 그들이 체포하려는 자가 이 사람인 게 확실하다. 이 사람을 도와주어야 해.' 그래서 내가 그에게 말했다. "나리, 나리께서 혹시 결투를 벌인 일 때문에 곤경에 처하신 건 아닌지 여쭤봐도 될는지요." 그러자 그 젊은이는 대답 없이 내게 눈길만 던졌다. 내 질문에 놀라는 듯싶었다. 그래서 나는 호기심 때문에 그런 말을 한 것이 아니라고 확실히 말했다. 그러고는 내가 여인숙에서 들은 얘기를 죄다 알려 주었다.

그러자 그는 내 말을 믿고 내게 말했다. "너그러운 나그네여, 실제로 그 궁수들이 나를 표적으로 삼는다고 믿을 만한 이유가 있음을 숨기지 않겠습니다. 그래서 나는 그들을 피하기 위해 다른 길로 갈 겁니다." 이에 내가 대꾸했다. "저도 나리께서 안전할 만한 곳을 찾아야 한다고 생각합니다. 제가 보기에 폭풍이 일 것 같고 곧 비가 쏟아질 것 같습니다. 그것을 피할 만한 곳을 찾아야 합니다." 그 말이 끝나자마자 우리는 꽤 울창한 가로수 길을 발견하여 그 길로 들어섰다. 그 길은 어느 산기슭으로 이어졌는데, 거기서 우리는 숨어 있을 만한 곳을 찾아냈다.

그곳은 산에 뚫린 크고 깊은 동굴이었다. 세월에 의해 그리 된 거였다. 사람들의 손이 거기에 자갈과 조개껍질로 숙소를 지어 돌출부를 더해놓았는데, 그 돌출부는 온통 잔디로 뒤덮여 있었다. 주변에 산재해 있는 숱한 종류의 꽃들은 향기를 뿜어냈고, 동굴 주변에 산속으로 이어지는 작은 구멍이 있었는데, 샘물이 소리를 내며 그 구멍을 통해 나와서 들판에 흘러 퍼졌다. 그 외딴집의 입구에는 연로하여 쇠약해진 듯 보이는 선량한 은자가 한 명 있었다. 그는 큰 구슬이 적어도 2백 개는 엮여 있을 것 같은 묵주를 쥐고 있었다. 머리에는 기다란 귀 덮개가 달린 갈색 털실 모자를 푹 눌러 쓰고 있었고, 눈보다 더 하얀 수염은 허리띠까지 내려와 있었다. 우리는 그에게 다가갔고, 내가 그에게 말했다. "신부님, 우리를 위협하는 폭풍우를 피해 피난처를 요청해도 될까요?" 그러자 그 수도자는 우리를 유심히 바라보더니 대답했다. "오시오, 젊은이들, 이 은신처는 그대들에게 개방되어 있으니 원하는 만큼 머물러도 좋소." 그러면서 그 거처의 돌출부를 가리키며 덧붙였다. "말은 저기에 두면 아주 좋을 것이오." 나와 함께 있던 기사가 말을 거기에 들여놓았고, 그런 다음 우리는 그 노인을 따라 동굴 안으로 들어갔다.

우리가 동굴에 들어가자마자 억수 같은 비가 무시무시한 천둥 번개를 간간이 동반하며 쏟아졌다. 은자는 벽에 걸려 있는 성 파코미우스의 형상 앞에서 무릎을 꿇었다. 우리도 그가 하는 대로 따라 했다. 그러는 동안 천둥이 멈췄다. 우리는 일어났다. 그런데 비는 계속되었고, 얼마 안 있으면 밤이 될 시간이었다. 노인이 우리에게 말했다. "이보게들, 자네들에게 아주 급한 일이 있지 않은 한, 이런 날씨에 길을 나서지는 말라고 충고하겠네." 그래서 젊은 기사와 나는 우리가 거기에 머무르지 못할 이유는 없으며, 그를 불편하게 하지 않을까 하는 염려만 없으면 그의 은신처에서 밤을 보내게 해달라고 청하겠노라고 대답했다. 그러자 수도사가 말했다. "자네들 때문에 불편할 일은 전혀 없네. 불쌍히 여겨야 할 사람들은 오히려 자네들일세. 잠자리가 몹시 불편할 테고, 식사라고는 수도사가 먹는 것밖에 줄 수가 없으니 말일세."

그 성스러운 사람은 그렇게 말하고 나서 우리를 작은 식탁에 둘러앉게 하였다. 그리고 파 몇 가닥, 빵 한 조각, 작은 단지의 물을 내왔다. 그러고는 말했다. "이보게들, 이것이 내 평소의 식사일세. 하지만 오늘은 그대들을 생각해서 좀 과한 식사를 하고 싶네." 그는 이렇게 말하더니 약간의 치즈와 개암 열매 두 줌을 가져와서 식탁에 펼쳐 놓았다. 별로 식욕이 없던 젊은 기사는 그 음식들을 거의 먹지 않았다. 그러자 은자가 말했다. "자네는 내 음식보다 훨씬 좋은 식사에 익숙해 있다는 걸 잘 알겠네. 아니 그보다는 감각적인 쾌락이 자네의 자연스런 취향을 타락시켰다고나 할까. 나도 속세에 있을 때는 자네와 같았네. 가장 좋은 고기, 가장 맛있는 스튜도 나한테는 그리 좋은 음식이 아니었지. 그런데 고독 속에 살게 된 후로 본래의 순수한 취향을 되찾았네. 이제는 그저 뿌리들, 과일, 우유, 한마디로 말해 오로지 그것들밖에 없던 선조들의 그 소박한 음식만 좋아한다네."

그가 그렇게 말하는 동안 젊은 기사는 깊은 몽상에 빠졌다. 은자가 그걸 눈치채고 그에게 말했다. "이보게나, 자네는 마음이 혼잡스러운가 보군. 무슨 생각에 빠져 있는지 내가 알 수 없겠나? 자네 마음을 털어놓아 보게. 내가 재촉하는 이유는 호기심 때문이 아닐세. 나를 부추기는 것은 오로지 박애심이라네. 나는 충고를 해줘야 할 나이이고, 자네는 어쩌면 그 충고가 필요한 상황에 놓여 있을지도 모르니까." 그러자 기사가 한숨 쉬며 대답했다. "네, 신부님, 아마도 조언이 필요할 겁니다. 그리고 신부님께서 친절하게 충고해 주시는 것인 만큼, 그 충고를 따르고 싶습니다. 신부님 같은 분에게는 저를 드러내도 아무 위험이 없을 거라고 생각됩니다." 그러자 노인이 말했다. "아무 위험 없네, 자네는 두려워할 것이 전혀 없어. 그 어떤 면에서건 나를 신뢰해도 된다네." 그러자 기사가 다음과 같이 얘기했다.

10

돈 알폰소와 아름다운 세라피나의 이야기

신부님, 저는 이제 신부님에게, 그리고 제 얘기를 듣고 있는 이 기사에게 더 이상 아무것도 숨기지 않겠습니다. 이 기사가 보여 준 고결함을 보고 나서도 이분을 경계한다면 제가 잘못하는 것일 테니까요. 그래서 두 분에게 제 불행에 관해 말씀드리겠습니다. 저는 마드리드에서 왔고, 제 출신에 관해서는 이제 얘기하겠습니다. 슈타인바흐 남작이라 불리는 독일 근위대[•] 장교가 어느 날 저녁 집으로 돌아가다가 계단 아랫부분에서 하얀 천 보따리 하나를 발견했어요. 그는 그것을 집어 들고 아내의 처소로 가져갔지요. 그 보따리에는 아주 깨끗한 보자기에 싸인 신생아가 있었고, 편지 한 통이 함께 있었어요. 편지에는 그 아기가 귀족 남녀의 아이이며, 그 귀족들이 누구인지는 언젠가

[•] 오스트리아 가문의 스페인 왕들은 독일군들로 구성된 근위대를 갖고 있었는데, 스페인 왕 중 하나인 카를 5세가 독일 황제였던 때 이후로 그래 왔다.

알려질 것이라고 적혀 있었어요. 그 아이는 곧이어 세례를 받았고, 이때 '알폰소'라는 이름이 붙여졌지요. 제가 바로 그 불행한 아이입니다. 그리고 제가 알고 있는 거라고는 그게 전부입니다. 제가 명예의 희생자인지 배반의 희생자인지, 제 어머니가 오로지 부끄러운 사랑을 숨기기 위해 저를 버린 건지, 아니면 바람둥이 애인의 꼬임에 넘어가서 잔인하게도 저를 부인해야만 했는지, 저는 아무것도 모릅니다.

어찌 됐든 남작과 그의 아내는 마침 자식이 없었으므로 제 운명을 딱하게 여겨서 돈 알폰소라는 이름 아래 저를 키우기로 결정하였습니다. 제가 성장해 감에 따라 그분들은 저에 대해 애착을 느끼셨어요. 저의 희망적이고 흐뭇한 태도를 보면서 그분들은 매 순간 저를 쓰다듬어 주셨습니다. 결국 저는 행복하게 그분들의 사랑을 받은 겁니다. 그분들은 온갖 분야의 선생님들을 제게 붙여 주셨어요. 저의 교육이 그분들의 유일한 관심거리가 되었고, 그분들은 제 부모가 나타나기를 초조히 기다리기는커녕 그 반대로 저의 출생이 계속 알려지지 않은 채로 있기를 바라셨습니다. 제가 무기를 들 수 있을 만한 나이에 이르자, 남작이 저를 군대에 넣었습니다. 저를 위해 기수(旗手) 직책도 얻어 주었고, 장비 일체도 마련해 주었으며, 제가 영예를 얻을 기회를 잡도록 부추기려고, 명예로운 경력은 모두에게 열려 있으며 제가 전쟁에 나가면 저 혼자서보다는 더욱 영광스런 명성을 얻을 수 있다고 알려 주셨습니다. 동시에, 그때까지 제게 숨기셨던 제 출생의 비밀을 밝혀 주셨습니다. 마드리드에서 저는 그의 아들로 통했고, 저는 실제로 그런 줄 알고 있었기에, 그 비밀을 알고 나니 사실 몹시 힘들었습니다. 저는 그 사실을 생각하면 수치심을 느끼지 않을 수 없었고, 아직까지도 그러합니다. 제가 귀족 출신일 거라는 확신이 들수록, 저는 친부모로부터 버림받았다는 사실에 더욱 당혹스러워집니다.

저는 군 복무를 위해 네덜란드로 갔지만 얼마 안 되어 전쟁이 끝났습니다. 스페인에게 이제 적은 없어졌으나 시기하는 상대방들이 없지 않았으므로, 저는 마드리드로 돌아왔습니다. 남작 부부는 이번에도 애정을 보이며 받아 주셨습니다. 제가 돌아온 지 어느새 2개월이 되었을 때, 어린 시동이 제 방에 들어와서 편지 한 통을 내밀었습니다. 그 편지에는 대략 다음과 같이 적혀 있었습니다. "저는 못생기지도 않았고, 몸매가 흉하지도 않습니다. 그런데 당신은 창문을 통해 저를 자주 보면서도 제게 아무런 시도도 하지 않으시는군요. 이런 방법이 당신의 연애 방식에는 잘 맞지도 않고, 제 쪽에서는 당신이 저를 유혹하시지 않아서 마음이 상하므로, 이를 복수하기 위해 당신에게 제 사랑을 드리고 싶습니다."

그 편지를 읽고 나서 저는 그 글을 쓴 사람이 우리 집 맞은편에 살고 있고, 교태로 명성이 자자한 레오노르라는 이름의 과부라는 것을 의심치 않았습니다. 그 점에 관해 시동에게 물었더니, 시동은 처음에는 조심스러워했으나, 제가 1두카도를 주자, 제 궁금증을 풀어 주었습니다. 저는 답장을 써서 시동에게 주면서 그녀에게 전달해 달라고 시켰습니다. 편지에서 저는 제 죄를 인정한다고 했고, 그녀의 복수는 이미 반쯤 이루어졌음을 내가 느낀다고 했지요.

저는 그런 식으로 사람의 마음을 사로잡는 것에 무관심하지 않았습니다. 그날은 나머지 시간에도 외출하지 않았고, 그 부인을 관찰하기 위해 창문 곁에 버티느라 수고를 꽤 많이 들였지요. 그녀 또한 잊지 않고 창문에 나타났습니다. 저는 그녀에게 나름대로 애교를 부렸고, 그녀는 화답했지요. 바로 다음 날 그녀가 시동을 통해 만약 제가 그날 밤 11시에서 자정 사이에 길로 나가면 자기네 아래층 방의 창문에서 그녀와 얘기를 나눌 수 있다고 전해 주었습니다. 저는 그렇게 적극적인 과부를 별로 좋아하는 것 같지 않았는데도 그녀에게 아주 열정적인 답장을 하지 않을 수 없었고, 마치 제가 몹시 감동하기라도 한 양 그 밤을 기다리지 않을 수 없었습니다. 밤이 되자 저는 약속 시간에 맞춰 프라도로 산책하러 갔습니다. 그런데 제가 아직 도착도 하기 전에 좋은 말을 탄 남자 하나가 갑자기 제 근처에서 말에서 내리더니 거친 태도로 제게 다가와 말했습니다. "기사 양반, 당신이 슈타인바흐 남작의 아들입니까?" 그래서 제가 그렇다고 대답했습니다. 그러자 그가 말했습니다. "바로 당신이 오늘 밤 레오노르와 창문에서 대화하기로 한 사람입니까? 그녀의 편지들과 당신의 답장들을 내가 봤소. 그녀의 시동이 내게 보여 줬거든. 내가 오늘 저녁 당신의 집에서부터 여기까지 당신을 따라왔소. 한 여인의 마음을 놓고 당신과 겨루게 되어 자존심이 몹시 상한 경쟁자가 당신에게 있다는 것을 알려 주려고 말이오. 그 점에 대해 내가 더 이상 얘기할 필요는 없을 것 같소. 우리는 지금 외떨어진 장소에 있으니, 싸웁시다. 내가 당신에게 마련해 둔 징벌을 피하기 위해 당신이 레오노르와의 관계를 완전히 끊겠다고 약속하지 않는 한…. 당신이 품고 있는 기대들을 나에게 희생시키시오. 그렇지 않으면 내가 당신의 목숨을 빼앗을 테니까." 그래서 제가 말했습니다. "그런 희생은 부탁을 해야 하는 거지, 요구를 해서는 안 되는 겁니다. 당신이 요청을 했다면 내가 들어줄 수도 있었을 테지만, 그렇게 위협을 한다면 거절하겠습니다."

그러자 그가 말을 나무에 묶어 놓은 후 대꾸했습니다. "아, 그렇다면 싸웁시다. 나 같은 귀족은 당신 같은 사람에게 요청을 할 정도로 자신을 굽히는 것이 적절치 못하오. 나 같은 지위의 사람들 대부분이 이보다 덜 명예로운 방법으로 복수를 한다 하더라도 말이오." 저는 그 마지막 말에 충격을 받았습니다. 그런데 그가 이미 칼을 뽑았기에 저도 제 칼을 뽑았습니다. 우리는 너무 격분하며 싸웠기 때문에 그 싸움이 길게 지속되지는 않았습니다. 그가 너무 열을 내며 싸움에 임했거나, 아니면 제가 그보다 더 능란했거나 해서, 곧이어 제가 그에게 치명적인 가격을 하며 찔렀습니다. 그가 휘청대더니 쓰러지는 것이 보였습니다. 그때 저는 도망칠 생각만 하느라 그의 말을 타고 톨레도로 향했습니다. 제가 저지른 사건은 슈타인바흐 남작을 상심케 할 뿐이라고 판단하여 그 집에 돌아갈 엄두가 나지 않았습니다. 제가 처한 온갖 위험을 떠올려 보자 마드리드로부터 얼른 멀어져야겠다는 생각이 들었던 겁니다.

나는 그 일 때문에 아주 슬픈 생각을 하면서 나머지 밤과 오전 내내 길을 갔습니다. 그런데 정오 즈음에 말이 휴식하도록 멈춰야 했습니다. 견디기 힘들어진 더위가 지나가기를 기다려야 했으니까요. 저는 어느 마을에서 해가 질 때까지 머문 뒤 톨레도로 단숨에 가고 싶어서 길을 계속 갔습니다. 이예스카스는 이미 지났고, 거기로부터 2리쯤 더 지나서 시골 한가운데 있는데 자정쯤 오늘 같은 폭풍우가 갑자기 쏟아졌습니다. 저는 몇 발자국 떨어진 곳에 있는 정원의 벽으로 가까이 갔습니다. 그보다 더 괜찮은 피난처를 발견하지 못했으므로 그곳에서 말과 함께 최대한 잘 피신해 있었습니다. 그 벽 끝에는 어느 방의 문이 있었고, 그 위로는 발코니가 있었습니다. 저는 그 문에 기대다가 그 문이 열려 있다는 것을 느꼈습니다. 아마도 하인들이 부주의해서 그런가 보다 생각했습니다. 저는 말에서 내렸습니다. 그리고 호기심 때문이라기보다는 발코니 아래에 있어도 여전히 저를 괴롭히는 비로부터 몸을 더 잘 피하기 위해, 고삐로 말을 끌며 그 방 아래로 들어갔습니다.

폭우가 내리는 동안 저는 그곳을 관찰하는 데 몰두했고, 번개가 칠 때 외에는 거의 보이지 않았음에도 불구하고 그 집 주인이 평범한 사람은 아니라는 것을 잘 알 것 같았습니다. 저는 길을 다시 나서려고 비가 그치기를 여전히 기다리고 있었지만, 멀리서 보이는 환한 불빛 때문에 다른 결정을 내렸습니다. 저는 말을 방에다 두고 문을 잘 닫고 나서, 그 집 사람들이 아직 잠들지 않았을 거라고 확신하면서, 그 밤을 거기서 묵게 해달라고 청하기로 작정하고 그 불빛 쪽으로 걸어갔습니다. 통로를 몇 개 지나고 나자 거실 가까이 도달했는데, 거기도 문이 열린 채로 있었습니다. 저는 거실로 들어갔고, 여러 개의 양초가 든 아름다운 수정등 덕분에 온통 화려한 그 모습을 보고는, 지체 높은 귀족의 집이라는 것을 의심치 않았습니다. 바닥은 대리석으로 돼 있었고, 몹시 깨끗한 벽면 장식은 금박이 예술적으로 입혀졌으며, 돋을 장식은 감탄스러울 만큼 잘 세공되었고, 천장은 최고의 솜씨를 자랑하는 화가들의 작품처럼 보였습니다. 그렇지만 제가 특히 눈여겨본 것은, 엄청나게 많은 스페인 영웅들의 흉상들이었습니다. 그 흉상들은 거실 주위에 넓게 둘러쳐진 벽옥 무늬 대리석 받침대들이 떠받치고 있었습니다. 저는 그 모든 것들을 찬찬히 들여다볼 여유가 있었어요. 왜냐하면 이따금씩 귀 기울여 봤지만 아무 소리도 들리지 않았고, 아무도 나타나지 않았기 때문입니다.

그 거실 한쪽에 문이 하나 있었는데, 빼꼼히 밀쳐져 있기만 했습니다. 그래서 그 문을 살며시 열었더니 방이 일렬로 늘어서 있는 것이 보였습니다. 그 방들 중 오로지 마지막 방만 불이 환히 켜져 있었습니다. 그때 저는 생각했습니다. '어떻게 해야 하나? 돌아가야 할까, 아니면 과감하게 저 방까지 가도 될까?' 저는 가장 분별 있는 행동은 되돌아가는 것이라고 생각했지만, 궁금증에 저항하지 못했습니다. 아니, 더 정확히 말하자면, 저를 이끄는 제 별의 힘에 저항하지 못했던 겁니다. 저는 앞으로 나아가 여러 방을 지난 뒤 불 켜진 방, 다시 말해 대리석 탁자 위에서 새빨간 빛을 발하며 불타고 있던 양초가 밝히고 있는 방에 도달했습니다. 우선은 아주 우아하고 세련된 여름용 실내장식이 눈에 띄었습니다. 하지만 곧이어 더위 때문에 커튼이 반쯤 열려 있던 침대에 눈길을 던지고는 주의를 완전히 빼앗는 대상을 발견하였습니다. 젊은 여인이었습니다. 그녀는 방금 들린 천둥소리에도 불구하고 깊은 잠에 빠져 있었습니다. 저는 살금살금 그녀 가까이 다가갔습니다. 양초의 빛 덕분에 그녀의 피부와 이목구비를 간파했는데, 눈이 부실 지경이었습니다. 그런 모습을 보자 제 마음이 갑자기 혼란스러워졌습니다. 충격에 사로잡히고 흥분되는 것을 느꼈지만, 저를 흔들어 놓는 마음의 동요, 그녀의 고귀한 혈통에 대한 견해 등 때문에 무모한 생각은 품지 못했고, 존경심이 감정을 압도했습니다. 제가 그녀를 감상하는 즐거움에 취해 있던 터에 그녀가 잠에서 깨어났습니다.

한밤중에 자기 방에서 낯모르는 남자를 보게 되었으니 얼마나 놀랐을지 상상해 보십시오. 그녀는 저를 보고 부르르 떨며 큰 소리로 외쳤습니다. 저는 그녀를 안심시키려고 애를 썼고, 바닥에 무릎을 꿇으며 말했습니다. "부인, 전혀 두려워 마십시오. 저는 부인을 해치려고 온 사람이 아닙니다." 저는 말을 계속할 작정이었는데, 그녀가 너무 놀란 상태여서 제 말을 듣고 있지 않았습니다. 그녀가 하녀들을 여러 차례 불렀습니다. 그런데 아무도 대답하지 않았습니다. 그러자 그녀는 침대 발치에 있던 가벼운 실내복을 입고 벌떡 일어나더니 제가 지나왔던 방들을 지나면서 하녀들을 또 불러 댔습니다. 그녀가 데리고 있던 여동생도 불렀습니다. 저는 모든 하인들이 몰려올 거라고 예상했고, 그들이 제 말을 들어보지도 않고 저를 나쁘게 대할 거라는 걱정을 할 만했습니다. 그러나 저로서는 다행히도 그녀가 아무리 소리를 질러도 그 외침 소리를 듣고 온 사람은 그저 늙은 하인 하나밖에 없었습니다. 만약 그녀가 뭔가를 두려워해야 할 상황이었다면, 그 늙은 하인은 별 도움이 안 되었을 겁니다. 그럼에도 불구하고 그 하인이 나타나자, 그녀는 좀 대담해져서 제게 누구인지, 감히 자기 집에 어디를 통해 왜 들어왔는지 당당히 물었습니다. 그래서 저는 저를 변호하는 말을 시작했습니다. 방의 문이 열려 있었다는 말을 하자, 그녀는 당장 소리를 질렀습니다. "맙소사! 아니 이렇게 괴이할 수가…."

그녀는 이렇게 말하면서 탁자 위의 양초를 집으러 갔고, 온 방을 하나하나 다 둘러보았습니다. 하녀들도 보이지 않았고 여동생도 보이지 않았으며, 그들이 심지어 옷가지까지 죄다 가져갔다는 것을 간파했습니다. 그녀의 의혹은 아주 확실히 밝혀진 듯 보였습니다. 그녀는 몹시 흥분하여 제게 오더니 말했습니다. “배신자, 반역에다 날조까지 덧붙이지는 마라. 네가 여기에 들어오게 된 것은 우연이 아냐. 너는 돈 페르난도 데 레이바의 하수인이고, 그의 범죄에 너도 가담한 거로구나. 그러나 나를 벗어날 거라는 기대는 하지 마라. 내게는 너를 체포할 만한 사람들이 아직 충분히 있으니까.” 그래서 제가 그녀에게 말했습니다. “부인, 저를 부인의 적들과 혼동하지 마십시오. 저는 돈 페르난도 데 레이바가 누군지 모릅니다. 심지어 부인이 누구인지도 모릅니다. 저는 그저 결투를 벌인 탓에 마드리드를 떠나야 했던 불행한 인간일 뿐입니다. 모든 신성한 것을 두고 맹세건대, 폭풍우가 갑자기 닥치지만 않았다면 저는 부인의 집에 결코 오지 않았을 겁니다. 그러니 저를 좀더 호의적으로 판단해 주십시오. 부인에게 해를 끼친 범죄의 공모자로 여기기보다는 부인의 복수를 도울 수도 있는 사람이라는 것을 믿어 주십시오.” 이 마지막 말과 저의 어조가 그 부인을 진정시켰습니다. 그래서 그녀는 저를 더 이상 적으로 여기지 않는 것 같았습니다. 하지만 그녀는 분노를 가라앉히기는 했어도, 그저 괴로움에 빠지게 될 뿐이었습니다. 그녀는 쓰라린 눈물을 흘리기 시작했습니다. 그녀의 눈물을 보자, 저는 측은한 마음이 들었습니다. 그 비탄의 이유를 아직 알지 못했음에도, 그녀 못지않게 마음이 아팠습니다. 저는 그녀와 함께 눈물 흘리는 것에 그치지 않고, 그녀의 피해를 복수해 주고 싶은 초조한 마음으로 인해 격분에 사로잡히는 것을 느꼈습니다. 그래서 소리쳤습니다. “부인, 어떤 모욕을 당하신 겁니까? 말해 보십시오. 제가 부인의 원한에 동참하겠습니다. 제가 돈 페르난도를 쫓아가서 그의 심장을 찔러 버리길 원하시나요? 부인께 제물로 바쳐야 할 그 모든 자들의 이름을 말해 주십시오. 명령만 내리세요. 부인께서는 저를 부인의 적들과 내통하는 자로 믿고 계시지만, 그런 제가 부인의 복수에 그 어떤 위험, 그 어떤 불행이 따른다 하더라도 부인을 위해 다 무릅쓰겠습니다."

이렇게 열광적으로 얘기하자 그 부인은 놀라워했고, 흐르던 눈물이 그쳤습니다. 그러고는 말했지요. "아! 기사님, 저의 이런 잔인한 상태에서 그런 의혹을 품게 되어 죄송합니다. 그런 고결한 감정이 이 세라피나의 잘못을 일깨워 주네요. 제 가족이 당한 모욕을 낯선 사람에게 들킨 수치마저도 걷어가 버립니다. 네, 고귀하신 분, 제 착오를 인정하겠습니다. 기사님의 도움을 거절하지 않겠어요. 하지만 돈 페르난도를 죽여 달라고 요청하는 것은 아닙니다." 그래서 제가 말했습니다. "그렇다면, 부인, 제가 뭘 해드릴 수 있을까요?" 이에 세라피나는 대꾸했습니다. "기사님, 제가 무엇 때문에 한탄하는지 말씀드릴게요. 돈 페르난도 데 레이바는 톨레도에서 우연히 만났던 제 여동생 훌리아를 사랑합니다. 우리가 평소에는 톨레도에 거주하거든요. 석 달 전에 그가 제 아버지 폴란 백작에게 제 여동생과 사귀고 싶다고 청하였는데, 제 아버지가 그의 사랑 고백을 내치셨습니다. 집안 사이에 퍼져 있던 오랜 증오심 때문이었죠. 제 여동생은 아직 열다섯 살도 채 안 되었어요. 마음이 약하여 제 하녀들의 그릇된 충고를 따랐을 겁니다. 그 하녀들은 돈 페르난도에게 매수당한 것이 분명하고요. 그리고 돈 페르난도는 우리 여자들끼리만 이 시골집에 있다는 얘기를 전해 듣고서 이때를 이용하여 훌리아를 납치한 겁니다. 그가 어디로 데려갔는지 최소한 그 장소라도 알고 싶어요. 두 달 전부터 마드리드에 계신 제 아버지와 오빠가 이에 대해 조처를 취하실 수 있도록….” 그러더니 그녀는 덧붙였습니다. “제발, 수고스러우시겠지만 톨레도 주변을 훑어봐 주시고, 그 납치에 대해 정확히 알아봐 주세요. 이로써 제 가족이 기사님에게 얼마나 감사를 드려야 할지 ….”

저는 카스티야를 할 수 있는 한 빨리 빠져나가야 했는데, 그런 사람에게 그런 일을 맡긴다는 것이 적절치 못하다는 것을 그 부인은 생각하지 못했습니다. 하지만 그녀가 어떻게 그런 사정까지 고려할 수 있겠어요? 저 자신도 그 생각을 하지 않았으니…. 세상에서 가장 사랑스러운 여인에게 필요한 사람이 되었다는 행복에 취해서, 저는 그 심부름을 열렬히 받아들였고, 열심히 그리고 신속하게 심부름을 수행하겠다고 약속했습니다. 실제로 저는 그 약속을 이행하러 가기 위해 동이 트기를 기다리지도 않았습니다. 세라피나에게 제가 공포를 주었던 것에 대해 용서해 달라고 간청한 다음 곧 새 소식을 가져오겠다고 장담하고 당장 출발했지요. 저는 좀 전에 지나왔던 통로를 통해 밖으로 나왔습니다. 그런데 그 부인에게 너무 정신이 팔려 있었기 때문에 제가 이미 사랑에 푹 빠졌다고 판단하는 것이 그리 어렵지는 않았을 겁니다. 그녀를 위해 몹시 서두르는 저 자신의 모습과 벌써부터 피어오르는 사랑의 공상 때문에 더 잘 눈에 띄었겠지요. 저는 세라피나가 괴로움에 사로잡혀 있으면서도 제 사랑이 싹트고 있는 것을 눈치챘으며, 그런 제 모습을 보면서 어쩌면 즐거움이 없지 않았을 거라고 상상했습니다. 저는 그녀의 동생에 대한 확실한 소식을 가져오고, 그로 인해 그녀가 원하는 바대로 상황이 전개된다면, 제가 그녀의 신임을 받게 될 거라는 생각까지 했습니다.

이 지점에서 돈 알폰소는 이야기의 흐름을 끊고 늙은 은자에게 말했다. "용서를 구합니다, 신부님. 제가 열정이 너무 과해서 어쩌면 신부님을 지루하게 하는 정황에 대해 너무 장황히 늘어놓는지도 모르겠습니다." 그러자 수도사는 대답했다. "아닐세. 여보게, 자네가 얘기하는 그 젊은 여인을 어느 정도까지 사랑했는지 알게 되어 매우 즐겁네. 그 점에 대해서는 내가 충고로 해결해 줄 걸세." 그러자 젊은이는 말을 계속했다.

저는 그 기분 좋은 이미지들로 열에 들떠 있는 마음 상태로 훌리아의 납치범을 이틀 동안 찾아다녔습니다. 상상할 수 있는 온갖 심문과 조사를 해봤지만 소용이 없었고, 그들의 발자취를 발견하기란 불가능했습니다. 추적을 해봤자 아무 결실이 없어서 저는 매우 분한 마음으로 세라피나의 집으로 돌아가 극도로 초조한 모습을 보였습니다. 그런데 그녀는 제가 생각했던 것보다 평온했습니다. 그녀는 저보다 더 잘 지냈다고 알려 주었습니다. 그녀의 여동생이 어떻게 되었는지 소식을 듣게 되어서 그랬던 것입니다. 그녀는 돈 페르난도가 직접 쓴 편지를 받았는데, 그가 훌리아와 몰래 결혼한 후 그녀를 톨레도의 어느 수도원에 데려다 놓았다는 내용이었습니다. 세라피나는 그런 사실을 제게 알려 주고 나서 말을 이어 갔습니다. "제가 그의 편지를 아버지에게 보내 드렸어요. 이 일이 화기애애하게 마무리되고, 그토록 오랫동안 우리 두 집안을 갈라놓았던 증오를 곧이어 장중한 결혼식이 사그라지게 해주기를 기대하고 있어요."

그 부인은 여동생의 처지를 제게 알려 주고 나서, 저에 관한 얘기를 했습니다. 제가 결투 때문에 도망치게 되었다는 얘기 따위는 떠올리지도 않고 경솔하게 저로 하여금 납치범을 추적하게 함으로써 저를 피곤하게 만들었고, 위험에 처하게 했다며 사과했습니다. 그녀는 더할 수 없이 사려 깊은 표현들을 썼습니다. 저는 좀 쉬어야 했기에, 그녀가 저를 거실로 데려가서, 우리는 둘 다 자리에 앉았습니다. 그녀는 검은색 줄무늬가 있는 흰색 타프타 천으로 된 실내복을 입고 있었고, 같은 천에 검은색 깃털이 달린 작은 모자를 쓰고 있었습니다. 그 모습에 저는 그녀가 과부일 수도 있겠다고 판단했습니다. 그런데 그녀가 너무 젊어 보여서 그 점에 관해 어떻게 생각해야 할지 몰랐습니다.

제가 그 점에 대해 궁금해하는 동안, 그녀도 저 못지않게 제가 누구인지 알고 싶어 했습니다. 그녀는 저의 고상한 분위기로 보아, 게다가 그토록 적극적으로 그녀를 도우려 했던 그 고결한 동정심으로 보아, 제가 대단한 가문에 속한다고 믿어 의심치 않는다고 말하며 제 이름을 알려 달라고 청했습니다. 그 물음이 저를 당황케 했습니다. 저는 얼굴을 붉혔고, 당혹스러워했습니다. 진실을 말하기보다는 거짓말을 하는 것이 덜 수치스럽겠다고 생각하여 저는 독일 근위대 장교인 슈타인바흐 남작의 아들이라고 대답했습니다. 그랬더니 그 여인이 말했습니다. "그러면 마드리드를 왜 떠났는지도 말해 주세요. 제가 아버지의 신용과 오빠 돈 가스파르의 신용을 기사님께 미리 제공해 드릴게요. 저를 돕기 위해 자신의 목숨을 돌보는 일까지 소홀히 하셨던 기사님에게 제가 해드릴 수 있는 최소한의 감사 표시랍니다." 저는 전혀 어려움 없이 제 결투의 정황을 다 말해 주었습니다. 그녀는 제가 죽인 그 기사가 잘못한 거라고 말하면서, 저를 위해 자기네 가족이 개입해

주겠다고 약속했습니다.

저는 그녀의 궁금증을 해소시켜 주고 나서, 이번에는 저의 궁금증도 만족시켜 달라고 청했습니다. 우선 그녀가 자유로운 몸인지 결혼 서약을 이미 했는지 물었습니다. 그녀는 대답했습니다. "아버지가 저를 돈 디에고 데 라라와 혼인시킨 지 3년이 되었고, 과부가 된 지는 15개월 되었습니다." 그래서 제가 말했습니다. "부인, 어떤 불행이 부인에게서 남편을 그리도 빨리 앗아갔나요?" 그러자 그녀가 대답했습니다. "알려 드릴게요, 기사님. 기사님께서 방금 보여 주신 신뢰에 보답하기 위해서요."

"돈 디에고 데 라라는 매우 건장한 기사였습니다. 그런데 저에 대한 열정이 격렬했어요. 늘 저를 즐겁게 해주기 위해 아주 애정이 넘치고 매우 적극적이어서 연인이 자기 애인에게 해줄 만한 것들을 죄다 해주었지요. 그런데 그는 숱한 장점을 가졌음에도 제 마음을 움직이지는 못했어요. 사랑이란 열의로 늘 얻어지는 것도 아니고, 장점이 많다고 해서 생겨나는 것도 아니죠." 그러더니 그녀는 덧붙였습니다. "아아! 어떤 모르는 사람에게 첫눈에 홀리는 경우도 자주 있어요. 저는 그를 사랑할 수가 없었어요. 그의 애정 표시에 매혹되기보다는 당황스러워지고, 그를 좋아하지도 않으면서 그 애정 표시에 억지로 대응해야 했기에, 저는 제 배은망덕을 남몰래 탓하면서도, 몹시 딱한 처지에 놓여 있었어요. 그에게나 저에게나 불행하게도, 그는 사랑보다는 예민함이 훨씬 더 컸습니다. 그는 내 행동이나 말에서 아주 깊숙이 감춰진 움직임을 간파해 내곤 했어요. 그는 제 마음 깊은 곳을 읽어 냈던 것입니다. 그는 저의 무관심을 매번 불평했어요. 자신의 구애를 막으려 할 경쟁자 같은 것은 전혀 없다는 것을 알고 있던 만큼 더욱 불행하다고 여겼어요. 왜냐하면 저는 겨우 열여섯 살이었거든요. 그는 혼인 서약을 하기 전에 제 하녀들을 포섭하여 제 관심을 끄는 사람이 아무도 없다는 걸 확인했지요. 그는 종종 제게 말했어요. '그래요, 세라피나, 차라리 당신이 다른 남자에게 호감을 느꼈고, 오로지 그 때문에 내게 무관심했다면 차라리 낫겠소. 그랬다면 내 정성과 당신의 덕성이 그 고집스러움을 이겨 낼 텐데 말이오. 나는 당신의 마음을 정복하지 못해서 절망하고 있소. 당신의 마음은 내가 보여 준 그 모든 사랑에 따르지 않으니까.' 그가 같은 말을 반복하는 것에 지친 저는 그에게 너무 지나치게 예민하여 그 자신과 저를 피곤하게 만들지 말고 시간에 맡기는 것이 더 나을 거라고 말했어요. 실제로 당시 제 나이에는 그렇게 예민한 열정의 기교를 즐기는 것이 어울리지 않았고, 결단은 돈 디에고의 몫이었죠. 하지만 1년이 다 지나가도록 첫날보다 나아진 것이 없자 그는 참을성을 잃었어요. 아니 그보다 이성을 잃어서, 궁정에 중요한 볼일이 있는 척하며 자원군 자격으로 군 복무를 하러 네덜란드로 떠났지요. 곧이어 그는 위험 속에서 자기가 찾던 것, 즉 자신의 인생과 괴로움의 종식을 얻어 냈어요."

세라피나가 그 이야기를 하고 나자, 우리는 그 남편의 독특한 성격에 관해 대화를 나누었습니다. 그러던 중 폴란 백작의 편지를 전하러 온 파발꾼이 도착하는 바람에 우리 얘기는 중단되었어요. 그녀는 제게 양해를 구하고 편지를 읽었어요. 나는 그녀가 편지를 읽다가 창백해지고 부들부들 떠는 것을 보았어요. 그녀는 다 읽고 나더니 하늘을 올려다보다가 긴 한숨을 내쉬었고, 얼굴은 한순간에 눈물범벅이 되었습니다. 저는 그녀의 괴로움을 평온히 보고 있지 못했어요. 저의 몸이 떨렸지요. 마치 저를 곧 후려칠 매질을 예감한 것처럼 치명적인 불안이 의식을 얼어붙게 만들었어요. 그래서 거의 꺼져 가는 목소리로 말했어요. "부인, 그 편지가 어떤 불행을 알리는지 여쭤봐도 될까요?" 세라피나는 그 편지를 제게 주면서 대답했습니다. "직접 읽어 보세요. 제 아버지가 제게 뭐라고 쓰셨는지. 아아! 당신과 아주 밀접하게 연관된 내용이니까요."

저는 그 말에 몸을 떨며 편지를 받았고, 다음과 같은 내용을 읽게 되었습니다.

너의 오빠 돈 가스파르가 어제 프라도에서 싸움을 벌였다. 그는 상대방의 칼에 찔려 그로 인해 오늘 죽었다. 그가 죽으면서, 자기를 죽인 기사는 독일 근위대 장교인 슈타인바흐 남작의 아들이라고 진술했다. 설상가상으로 그 살인자가 내 손을 벗어났다. 그가 도망을 친 것이다. 하지만 그가 숨을 만한 장소라면 그 어디건 간에 무슨 수를 써서라도 내가 찾아낼 것이다. 내가 몇몇 지방 총독들에게 편지를 쓸 것이다. 그들은 그자가 자기네 관할 도시로 지나가면 반드시 체포하게 될 것이다. 그리고 나는 다른 편지들도 보내어 그가 아무 데도 가지 못하게 막을 것이다.

—폴란 백작

그 편지가 내 온 감각을 얼마나 혼란스럽게 했을지 상상해 보세요. 저는 말할 기력도 없어 꼼짝 않고 잠시 그대로 있었습니다. 그렇게 낙담에 빠져 있는 동안, 저는 돈 가스파르의 죽음이 저의 사랑에 얼마나 잔인한 결과를 가져다주었는지 생각해 보고 있었습니다. 저는 갑자기 극심한 절망에 빠지게 된 겁니다. 저는 세라피나의 발아래 몸을 던져서 제 칼을 뽑아 그녀에게 내주며 말했습니다. "부인, 폴란 백작님이 저를 찾으러 다니시는 수고를 면케 해드리십시오. 저는 백작님의 공격을 피할 수 있을 테니까요. 부인의 오라버니에 대한 복수를 하십시오. 오라버니를 살해한 자를 부인의 손으로 직접 제물로 바치십시오. 내려치십시오. 부인의 오라버니의 목숨을 앗아간 이 칼이 그분의 불행한 적에게도 불행한 검이 되도록 말입니다." 그러자 저의 행동에 좀 감동한 세라피나가 대답했습니다. "기사님, 저는 오라버니를 사랑했어요. 기사님이 정직한 사람으로서 제 오라버니를 죽였을지라도, 그리고 그 자신이 불행을 자초한 것일지라도, 저는 제 아버지와 같은 원한을 느낄 수밖에 없다는 것을 기사님은 납득하셔야 합니다. 그래요, 돈 알폰소, 저는 당신의 적이고, 피와 형제애가 저한테 요구할 수 있는 모든 것을 당신에게 가할 것입니다. 하지만 당신의 불운을 함부로 사용하지는 않겠어요. 그 불운이 당신을 제 복수에 넘겨줘 봤자 소용없어요. 명예 때문에 제가 무기를 들고 당신에게 맞선다면, 바로 그 명예 때문에 저는 비겁한 복수는 할 수 없습니다. 환대의 법을 어겨서도 안 되고, 당신이 제게 준 도움을 살해로 갚고 싶지도 않아요. 도망치세요. 가능한 한 우리의 추적과 가차 없는 법을 피해 달아나세요. 당신의 목숨을 위협하는 위험으로부터 자신을 지키세요."

그래서 제가 반박했습니다. "아니, 뭐라고요, 부인! 부인이 직접 복수하실 수 있어요. 그리고 어쩌면 부인의 원한을 달래주게 될 법에 저를 넘기세요! 아! 부인께서 봐줄 가치가 없는 비참한 인간을 차라리 칼로 찔러 버리세요. 아니오, 부인, 저에게는 그렇게 고귀하고 그렇게 관대한 절차를 지키지 마세요. 제가 누군지 아십니까? 온 마드리드가 슈타인바흐 남작의 아들이라고 믿고 있지만, 실은 남작께서 동정심 때문에 자기 집에서 키운 불행한 인간일 뿐입니다. 저는 저를 낳아 주신 분들이 누구인지도 모릅니다." 그러자 세라피나는 마치 내 마지막 말이 그녀에게 괴로움을 더해 주기라도 하는 양 급히 제 말을 막으며 말했습니다. "설사 당신이 최악의 인간이라 할지라도, 저는 명예가 시키는 대로 할 겁니다." 그래서 제가 말했습니다. "그렇다면 부인, 오빠의 죽음으로는 부인이 제 피를 흘리게 하지 못하시므로, 새로운 범죄를 통해 부인의 증오를 자극하렵니다. 부인께서 그 죄의 뻔뻔함을 결코 용서하실 수 없게 되기를 기대하면서⋯. 사실 저는 부인을 열렬히 사랑합니다. 부인의 매력을 보면 언제나 눈부셨습니다. 제 운명이 어찌 될지도 모르면서 부인과의 인연에 대해 기대를 품었습니다. 저는 너무 사랑에 빠져서, 아니 그보다는 자만심에 빠져서, 제가 누구인지 감추고 있는 하늘이 어쩌면 언젠가 제 출신을 알려 주어서 제가 진짜 이름을 부인께 알려 드리게 되리라는 헛된 기대를 품었습니다. 부인을 모욕하는 이 고백 후에도 저의 처벌을 여전히 망설이실 겁니까?" 그러자 그 부인이 대꾸했습니다. "그 무모한 고백이 다른 때 같으면 아마도 제 감정을 상하게 할 테지요. 그러나 당신을 흔들어 놓는 그 혼란 때문에 그런 고백은 용서하렵니다. 게다가 저 자신이 처한 상황에서, 저는 당신의 입에서 나오는 말에 별로 주의를 기울이지 않아요." 그러더니 그녀는 눈물을 좀 흘리며 덧붙였습니다. "다시 말하지만, 돈 알폰소, 떠나세요. 당신이 괴로움을 채워 놓은 이 집에서 멀어지세요. 당신이 여기 머무는 매 순간이 저의 힘겨움을 가중시킵니다."
그래서 제가 일어나며 대꾸했습니다. "저는 더 이상 저항하지 않겠습니다. 부인에게서 멀어져야만 합니다. 하지만 부인에게 가증스러워진 목숨을 부지하는 데 신경 쓰며 안전한 은신처를 찾으러 갈 거라고는 생각하지 마십시오. 아니오, 아닙니다. 저는 부인의 원한에 헌신하겠습니다. 저는 톨레도에서 부인이 제게 마련하는 운명을 초조히 기다리고 있겠습니다. 부인의 추적에 저를 내맡김으로써 제 불행의 종식을 스스로 앞당기렵니다."

그 말을 마치고 저는 물러났습니다. 저는 그 집에서 제 말을 돌려받았고, 톨레도로 가서 일주일 동안 머물렀습니다. 거기서 숨어 있으려는 노력을 정말로 기울이지 않았는데도 왜 아직까지 붙잡히지 않은 건지 그 이유는 모릅니다. 제가 아무 데도 못 가게 막을 생각만 하는 폴란 백작이 제가 톨레도를 거쳐서 갈 수도 있다는 판단을 하지 않았을 리가 없으니까요. 결국 저는 어제 그 도시를 떠났습니다. 거기서 제가 자유롭다는 것이 지겨워졌나 봅니다. 마치 아무것도 두려워할 것이 없는 사람처럼 안전하지 않은 길로 다녔는데, 어쩌다 보니 이 은거지로 오게 되었습니다. 제가 몰두해 있는 생각은 바로 그것입니다, 신부님. 제발, 신부님의 충고로 저를 도와주십시오.

11

은둔자 노인은 어떤 사람이었으며, 질 블라스는 그 노인이 자기가 아는 사람이라는 것을 어떻게 알게 되나

돈 알폰소가 자신의 불행에 얽힌 슬픈 이야기를 마쳤을 때 늙은 은둔자가 그에게 말했다. "이보게나, 자네는 신중하지 못하게 톨레도에서 너무 오래 머물렀네. 나는 자네가 한 얘기를 자네와 다른 눈으로 보기 때문에 세라피나에 대한 자네의 사랑이 순전히 미친 짓으로 보이네. 내 말을 믿게, 절대로 맹목적이 되어서는 안 되네. 자네 사람이 될 수 없을 그 젊은 부인을 잊어야 하네. 자네를 그녀로부터 갈라놓는 장애들에 선선히 굴복하고, 자네의 운명을 따르게. 보아하니 그 운명은 자네에게 다른 많은 것들을 약속하는 것 같네. 자네는 세라피나에게서 받은 인상을 또 느끼게 해줄 다른 여인을 분명히 만나게 될 테고, 자네가 그 새로 만난 여인의 형제는 죽이지 않았을 테지."

늙은 은둔자가 돈 알폰소에게 인내심을 가지라고 권고하기 위해 다른 많은 얘기들을 덧붙이려던 차에 다른 은둔자가 그 은거지로 들어오는 것이 보였다. 그 은둔자는 몹시 빽빽이 들어찬 배낭을 메고 있었다. 그는 쿠엥카에서 헌물(獻物)을 잔뜩 받아 가지고 오는 길이었다. 그의 동반자보다 더 젊어 보였고, 숱이 매우 많은 적갈색 수염이 턱과 뺨을 덮고 있었다. 늙은 수도사가 그에게 말했다. "어서 오게나, 안토니오 형제, 시내에서 어떤 소식을 가져왔는가?" 그러자 그 붉은 수염의 형제는 편지 모양으로 접힌 종이 하나를 늙은 수도사의 손에 쥐여 주며 대답했다. "꽤 안 좋은 소식들입니다. 그 편지를 읽으시면 아시게 될 거예요." 노인은 편지를 펼쳐서, 매우 주의 깊게 읽은 후 소리쳤다. "맙소사! 음모가 밝혀졌으니 우리는 이제 결정을 내려야 하네." 그러더니 젊은 기사에게 말을 했다. "화법을 바꾸세, 돈 알폰소 기사. 자네가 운명의 변덕에 희생되었듯이 나도 그런 처지에 놓여 있다네. 여기서 1리밖에 안 떨어진 쿠엥카의 누군가가 전해 준 소식에 따르면, 어떤 자가 사법기관에 가서 나에 대한 중상모략을 했다는군. 그래서 사법기관의 앞잡이들이 내일 당장 총출동하여 이 은신처로 와서 나의 신원을 확인할 거라는군. 하지만 그들이 토끼 굴에서 토끼는 발견하지 못할 거야. 내가 이런 당혹스런 상황에 놓인 것이 처음은 아니라네. 다행히 나는 똑똑한 사람이라서 곤경을 거의 늘 빠져나왔지. 나는 다른 모습으로 변장할 걸세. 자네가 보다시피 지금은 그저 은둔자이고 늙은이일 뿐 별 볼 일 없으니까."

그는 그런 식으로 말하면서 입고 있던 긴 수도복을 벗었다. 그랬더니 그 안에서 소매가 갈라진 검은 서지 천 저고리가 보였다. 그런 다음 모자를 벗고 가짜 수염을 매달고 있던 끈을 떼었다. 그랬더니 갑자기 20대 또는 30대 남자의 얼굴이 되었다. 안토니오 신부도 그를 따라 수도사복을 벗고 자기 동반자와 마찬가지로 적갈색 수염을 떼어내더니, 반쯤 썩은 낡은 나무상자에서 고약한 프록코트를 꺼내 입었다. 그런데 그 늙은 수도사가 사실은 돈 라파엘이고, 안토니오 신부는 나의 '소중하고 충실한' 하인 암브로시오 데 라멜라였다! 나의 놀라움이 얼마나 컸겠는가. 나는 즉각 소리 지르며 말했다. "맙소사! 여기서 내가 아는 사람들을 만나게 되다니!" 그러자 돈 라파엘이 웃으며 말했다. "맞아. 자네는 가장 예상치 못하던 때에 자네 친구들 중 둘이나 다시 만나게 된 걸세. 그래, 자네가 우리에게 불평할 만하네. 하지만 과거는 잊어버리고, 우리를 다시 만나게 해준 하늘에 감사드리세. 암브로시오와 내가 도와주겠네. 무시할 만한 도움이 전혀 아닐 걸세. 우리를 나쁜 인간들이라고 생각하지 말게나. 우리는 아무도 공격하지 않고, 아무도 죽이지 않네. 그저 다른 사람의 비용으로 살아갈 궁리를 할 뿐이야. 도둑질이 부당한 행동이라면, 필요가 그 부당함을 합리화해 주네. 우리와 연합하게. 그러면 떠돌아다니는 생활을 하게 될 거야. 신중하게 처신할 줄만 알면 매우 기분 좋은 생활이지. 우리가 아주 신중한데도 부차적 원인들이 연쇄적으로 작용하여 때로는 우리에게 나쁜 일들이 생기지 않는 것은 아닐세. 상관없어, 우리는 더 좋은 일들을 찾아내니까. 좋은 때건 나쁜 때건 우리는 이런저런 다양한 상황에 익숙해 있고, 운세의 부침에도 익숙하다네."

그 가짜 수도사는 돈 알폰소에게 말했다. "기사님, 우리가 기사님에게도 같은 제안을 하겠습니다. 기사님이 지금 처해 있는 상황으로 보아 이 제안을 물리치실 거라고 생각하지 않는데요. 기사님을 숨어 다닐 수밖에 없게 만든 그 사건이 아니더라도, 아마 돈도 많지 않으실 테죠?" 그러자 돈 알폰소가 대답했다. "네, 실제로, 그렇습니다. 고백건대, 그 점도 근심거리이긴 합니다." 이에 돈 라파엘이 말했다. "아, 그렇다면, 우리 곁을 떠나지 마십시오. 우리와 함께 지내는 것이 가장 나은 방법일 겁니다. 아무것도 부족하지 않을 테고, 기사님 적들의 추적을 우리가 죄다 소용없는 일로 만들어 버릴 겁니다. 우리는 스페인 전역을 다 돌아다녀서 거의 다 알고 있어요. 숲이나 산이 어디 있는지, 사법기관이 갑자기 들이닥칠 때를 대비해서 은신처로 쓰기에 적당한 장소들은 어디에 있는지 다 알고 있지요." 돈 알폰소는 그들의 선의에 감사했다. 그리고 실제로 돈도 없고 재원도 없으므로 그들과 함께 가기로 결정했다. 나도 같은 결정을 내렸는데, 그 젊은이가 아주 좋아지기 시작하여 헤어지고 싶지 않았기 때문이다.

우리는 넷이 함께 다니면서 결코 헤어지지 않기로 합의했다. 우리들 사이에 그렇게 결정이 되고 나자, 당장 떠날 건지 아니면 그러기 전에 안토니오가 그 전날 쿠엥카에서 가져온 훌륭한 포도주가 담긴 가죽 부대에 손을 좀 댈 건지 의논해야 했다. 그런데 경험이 가장 많은 라파엘이 무엇보다 우선 우리의 안전을 생각해야 한다는 점을 상기시켰다. 밤새도록 걸어서 비야르데사와 알모다바르 사이에 있는 매우 빽빽한 숲에 도달해야 한다는 것이 그의 의견이었다. 그러면 우리는 그곳에서 멈추고, 더 이상 불안할 것이 없으니 낮 동안에는 쉬면서 지내게 될 거라는 얘기였다. 우리는 그 의견을 받아들였다. 그래서 그 가짜 은자들은 갖고 있던 옷가지들과 식량을 두 보따리에 싸서 돈 알폰소의 말에 균형을 맞춰 양쪽으로 걸쳐 놓았다. 그 일은 극도로 신속히 진행되었다. 그런 다음 우리는 그 은거지에다 수도사복 두 벌, 흰 수염과 적갈색 수염, 허름한 침대 둘, 식탁 하나, 형편없는 궤

짝, 짚으로 된 낡은 의자 둘, 성 파코미우스 상(像)을 사법기관이 압류하도록 남겨 놓고 그곳을 떠났다.

우리는 밤새도록 걸었다. 우리가 너무 피곤해지기 시작할 때 동이 트면서 우리 발이 향하던 숲이 보이기 시작했다. 항구가 보이면 긴 항해에 지쳤던 선원들에게 새로운 활력이 생기는 법이다. 우리는 용기를 내서 해가 뜨기도 전에 우리 행로의 끝에 마침내 도달했다. 우리는 숲에서 가장 울창한 곳으로 들어갔고, 여러 그루의 커다란 떡갈나무에 둘러싸여 있는 풀밭의 매우 쾌적한 장소에서 멈춰 섰다. 그 나무들은 가지들이 서로 얽혀서 대낮의 열기가 뚫고 들어올 수 없는 궁륭(穹窿)을 형성하고 있었다. 우리는 말에서 짐을 내린 뒤, 굴레를 벗겨 주고 풀을 뜯게 해주었다. 그리고 앉아서 안토니오의 배낭에 들어 있는 큰 빵 덩어리 몇 개와 구운 고기 여러 조각을 꺼내어 서로 경쟁하듯 먹는 데 전력을 쏟았다. 그런데 배가 고팠음에도 불구하고, 먹다가 자주 멈추면서 포도주가 담긴 가죽 부대에 돌아가며 달려들어 끊임없이 마셔 댔다.

식사가 끝나 갈 즈음, 돈 라파엘이 돈 알폰소에게 말했다. "기사님, 기사님이 내게 비밀 얘기를 털어놓았으니 이제는 똑같은 충심으로 내가 살아온 이야기를 하는 것이 온당하다고 생각합니다." 그러자 그 젊은이는 "그러면 기쁘겠습니다"라고 대답했다. 그래서 내가 외쳤다. "특히 나에게도 기쁜 일이 될 걸세. 자네가 무슨 일들을 겪었는지 너무 궁금하거든. 들어 볼 만한 얘기일 게 분명해." 이에 라파엘이 대꾸했다. "그렇게 하겠네. 나는 언젠가 그것들을 글로 쓸 생각이야. 내가 늙었을 때 재밋거리가 될 거야. 나는 아직 젊으니까. 그리고 그

책을 두껍게 만들고 싶으니까. 하지만 지금은 피곤하니까 몇 시간 자면서 피로를 풀기로 하세. 우리 셋이 자는 동안 혹시 기습을 당할지 모르니 암브로시오가 불침번을 설 거야. 하지만 그도 때때로 잠을 잘 걸세. 내 보기에 여기서는 아주 안전할 것 같긴 해도, 방심하지 않는 것이 언제나 좋은 거니까." 그는 이 말을 마치면서 풀밭에 누웠다. 돈 알폰소도 마찬가지로 누웠다. 나도 그렇게 했고, 라멜라는 보초를 섰다.

돈 알폰소는 휴식을 취하는 대신 자신의 불행에 몰두해서 눈을 감지 못했다. 반면에 돈 라파엘은 금세 잠들었다. 그런데 그는 한 시간 후 잠에서 깨어나더니 우리가 그의 얘기를 들을 준비가 된 것을 보고는 라멜라에게 말했다. "이보게 친구, 이제 자네는 편안히 자도 돼." 그러자 라멜라가 대답했다. "아닙니다, 아니에요. 저는 자고 싶지 않아요. 나리의 인생에서 일어난 사건들을 제가 전부 알고 있긴 하지만, 우리 같은 직업을 가진 사람들에게는 아주 교육적인 얘기들이어서 또 들어 두는 것이 아주 좋을 겁니다." 그러자 돈 라파엘은 즉각 자신의 인생 이야기를 시작했다.

제5부

1

돈 라파엘의 이야기

나는 마드리드에서 어느 여배우의 아들로 태어났습니다. 그녀는 특유의 낭독법으로 유명했지만, 그보다는 연애 사건들 때문에 훨씬 더 유명했지요. 이름은 루신다였어요. 아버지에 관해서는 그분이 누구이건 간에 그 이름을 댄다는 것이 무모한 일일 겁니다. 내가 태어났을 때 어떤 귀족이 내 어머니를 사랑하고 있었는지 말해야 할 테니까요. 하지만 그 시기가 언제인지 아는 것만으로는 그가 내 아버지라고 할 만한 설득력 있는 증거가 되지 못할 겁니다. 내 어머니 같은 직업을 가진 사람은 극도의 경계 대상이었기에, 설사 어느 귀족에게 몹시 애착을 가진 듯 보이는 때라 하더라도, 이를 위장하기 위해 돈을 대가로 애인인 척하는 대리인을 만들어 해당 귀족을 보호하기 때문입니다.

그런데 비방을 극복하는 일에서는 전혀 그렇지 않았습니다. 루신다는 나를 다른 사람들 몰래 집에서만 키운 게 아니라, 허물없이 제 손을 잡고 버젓이 극장에 데려갔어요. 사람들이 자기에 대해 무슨 소리를 하건 말건, 나의 등장이 필시 사악한 웃음들을 자극했을 텐데도 전혀 개의치 않았어요. 결국 나는 어머니의 즐거움이 되었고, 집에 오는 모든 남자들로부터 귀여움을 받았습니다. 피에 끌려서 나에 대해 호의적이 되었던 것 같아요.

그들 덕분에 내 인생의 첫 열두 해는 온갖 종류의 경망스런 재밋거리들 속에서 보냈지요. 읽고 쓰는 법을 내게 가르치는 둥 마는 둥 하더니 종교의 주요 교리를 가르치는 일에서는 훨씬 더 소홀했어요. 나는 그저 춤추고, 노래하고, 기타 연주하는 법만 배웠어요. 할 줄 아는 거라고는 오로지 그게 다일 때, 레가네스 후작이 나를 자신의 외아들 곁에 두고 싶다는 요청을 해왔어요. 그 아들은 나와 거의 비슷한 나이였죠. 루신다는 그 요청에 기꺼이 응했고, 바로 그때서야 나는 시간을 진지하게 보내기 시작했어요. 어린 레가네스도 나보다 더 나을 것이 없었고, 학문을 위해 태어난 것 같지도 않았어요. 그 어린 귀족은 15개월 전부터 가정교사가 있었음에도 불구하고 알파벳을 거의 단 한 글자도 알지 못했어요. 그의 다른 스승들이라고 더 좋은 결과를 끌어낸 것도 아니었습니다. 그를 혹독하게 다루는 것이 허락되지 않았던 것도 사실이긴 합니다. 그들은 그를 괴롭히지 않으면서 가르치라는 단호한 지시를 받았습니다. 학생이 공부에 가뜩이나 소질이 없는 데다 그런 지시까지 받았으니, 아무리 가르쳐 봤자 소용이 없었습니다.

그런데 가정교사가, 이제 여러분도 알게 되겠지만, 그 지시를 거스르지 않으면서도 그 어린 귀족을 겁먹게 할 좋은 방책을 생각해 냈어요. 그는 그 어린 레가네스가 벌 받아 마땅할 때마다 내게 회초리질 하기로 결정하고는 그 결정을 실행에 옮기고야 말았어요. 나는 그런 방법이 내 취향이 아니라고 생각해서 도망쳤고, 그 부당한 처우에 관해 어머니에게 하소연하러 갔어요. 그런데 어머니는 나에 대한 애정을 느끼기는 하면서도 내 눈물에 저항할 힘은 그래도 있었나 봅니다. 레가네스 후작의 집에 있는 것이 자기 아들에게 아주 이롭다고 여긴 그녀는 당장 나를 도로 데려다 놓게 했어요. 그래서 나는 다시 그 가정교사에게 넘겨졌죠. 그 가정교사는 자기가 고안해 낸 그 방법이 좋은 효과를 냈다고 여기고는 어린 귀족 대신 나를 계속 때렸어요. 어린 귀족에게 더 강렬한 인상을 주기 위해 나를 몹시 거칠게 때리곤 했지요. 그런데도 어린 귀족은 알파벳의 단 한 글자도 익히지 못해서 나는 회초리를 골백번 맞았습니다. 그러니 그 귀족 아이의 라틴어 초급교재가 내게 어떤 값을 치르게 했을지 판단해 보십시오!

내가 그 집에서 견뎌야 했던 불쾌한 것이 회초리만은 아닙니다. 모두가 나에 관해 잘 알고 있었으므로 하찮은 하인들마저, 하다못해 요리사 조수들까지 나의 출생을 비난했습니다. 그러는 것이 나는 너무 불쾌해서, 가정교사가 갖고 있던 현금 전부를 움켜쥘 방법을 찾아내 실행에 옮긴 후 어느 날 도망쳤습니다. 그 돈은 150두카도가량 되었지요. 그것은 내가 너무 부당하게 받은 매질에 대한 복수였습니다. 그를 위해 괴로운 매질을 당하는 일을 더 이상 견딜 수가 없었어요. 나로서는 첫 번째 시도였음에도 나는 손재간을 아주 능란하게 발휘했지요. 나를 수색하는 일이 이틀 동안 벌어졌음에도 불구하고 나는 수완 좋게 빠져나왔습니다. 마드리드를 떠나 톨레도로 가는 동안 나를 추적하는 사람은 하나도 보지 못했어요.

내가 열다섯 살 되던 해였죠. 그 나이에 독립적이 되고, 자기 의지의 주인이 되다니 얼마나 기뻤겠어요! 나는 곧이어 젊은이들을 사귀게 되었어요. 그들은 내게 세상 물정을 알게 해주었고, 내 돈을 탕진하도록 도왔지요. 그러고 나서 나는 사기꾼들과 어울렸어요. 그들이 나의 탁월한 재능을 너무 잘 키워 줘서, 나는 얼마 안 되어 그 세계에서 가장 막강한 자 중 하나가 되었습니다. 그렇게 5년이 흐르자 여행을 하고 싶은 마음이 들었어요. 그래서 동료들 곁을 떠나, 나의 여행을 에스트레마두라에서 시작하고 싶어서 알칸타라로 갔어요. 하지만 에스트레마두라로 가기 전에 내 재능을 써먹을 기회가 생겨서 이를 놓치지 않았지요. 나는 도보로 여행하는 중이었고, 게다가 꽤 무거운 배낭을 지고 있었기에, 큰길에서 몇 발자국 떨어진 나무 그늘 아래 쉬려고 가끔씩 멈추곤 했어요. 그러다 풀밭에서 바람을 쐬며 명랑하게 이야기를 나누고 있는 아이들 둘을 만났어요. 그들은 서로 친척이었어요. 나는 그들에게 아주 예의 바르게 인사했어요. 그랬더니 그 아이들이 불쾌해하는 것 같지 않아서 그들의 대화에 끼어들었죠. 두 아이 중 큰아이가 열다섯 살이 채 안 되었고, 둘 다 아주 천진난만했어요. 작은 아이가 내게 말했어요. “기사님, 우리 둘 다 플라센시아의 부유한 부르주아 집안 출신입니다. 우리는 포르투갈 왕국이 너무 보고 싶어요. 그 호기심 때문에 각자 부모님의 돈에서 백 피스톨라씩 가져왔어요. 그런데 비록 걸어서 여행한다 할지라도 이 돈으로는 멀리 가지 못할 거예요. 그 점에 대해 어떻게 생각하세요?” 그래서 내가 대답했어요. “내가 그만큼 갖고 있다면 그 어디라도 갈 텐데! 나는 온 세상을 돌아다니고 싶거든요. 맙소사! 2백 피스톨라라니! 그건 엄청난 금액입니다. 당신들은 그 돈을 다 쓰지 못할 거예요." 나는 그러고 나서 덧붙였습니다. "신사 나리들, 당신들만 좋다면 아우메림시까지 함께 가면 영광이겠네요. 거기서 나는 약 20년 전에 삼촌이 남긴 유산을 상속받게 될 겁니다."

그 부르주아 젊은이들은 나와 함께 가면 좋겠다고 했습니다. 그래서 우리 셋은 함께 피로를 좀 풀고 나서 알칸타라를 향해 걸어갔고, 밤이 되기 한참 전에 도착했지요. 우리는 좋은 여인숙에 묵으러 갔어요. 방을 하나 요청하여 받았는데, 열쇠로 잠글 수 있는 장롱이 하나 있는 방이었지요. 우리는 우선 저녁 식사를 주문했고, 그걸 준비하는 동안 내가 여행 동반자들에게 시내를 돌아다니자고 제안했어요. 그들은 내 제안을 받아들였습니다. 우리는 배낭들을 장롱 속에 넣어놓고, 그들 중 한 명이 열쇠를 챙긴 다음 다 함께 여인숙을 나섰습니다. 우리는 교회들도 방문하러 갔어요. 가장 큰 교회에 갔을 때 나는 불쑥 중요한 볼일이 있는 척하며 그들에게 말했어요. "이보게들, 톨레도의 내 지인이 이 교회 근처에 사는 어느 상인에게 몇 마디 전해 달라는 부탁을 했던 게 방금 떠올랐네. 그러니 미안하지만, 여기서 나를 기다려 주게. 잠깐만 있다가 돌아올 테니."

이 말을 하고서 나는 그들 곁을 떠났습니다. 그 길로 여인숙으로 달려갔고, 장롱으로 날아가 자물쇠를 부수고 내 젊은 동반자들의 배낭들을 뒤져서 그들의 돈을 찾아냈어요. 불쌍한 녀석들! 나는 그들에게 숙박료를 낼 돈조차 남겨 놓지 않고 전부 다 챙겼어요. 그러고 나서 그들이 어떻게 되건 말건 전혀 신경 안 쓰고 도시를 급히 빠져나와 메리다로 향했습니다.

나로서는 그저 웃음만 나오던 이 일 덕분에 나는 즐거이 여행하게 되었습니다. 내가 아직 젊긴 해도 신중하게 처신할 수 있다고 느꼈어요. 나이에 비해 조숙했다고 할 수도 있습니다. 나는 노새를 한 마리 사기로 작정하고 맨 먼저 들르게 된 마을에서 실제로 그렇게 했어요. 배낭을 가방으로 바꾸기까지 하면서 좀더 중요한 사람인 척하기 시작했어요. 셋째 날에는 대로에서 저녁기도 송가를 고래고래 소리치며 부르는 사람을 만났습니다. 분위기로 보아 성가대원인 것 같아서, 그에게 "계속하세요, 나리, 아주 훌륭하네요! 제가 보기에 아주 열심히 일하시는 분이군요"라고 말했어요. 그러자 그가 대답했어요. "저는 성가대원입니다. 아주 보잘것없는 일이라도 나리에게 해드리려고요. 그럼으로써 제 목소리에 숨 쉴 틈도 안 주는 것이 아주 행복합니다."

우리는 그런 식으로 대화를 시작했지요. 그가 매우 재기가 뛰어나고 유쾌한 인물이라는 것이 느껴졌어요. 그는 스물넷 아니면 스물다섯 살이었습니다. 그는 걷고 있었고, 나는 노새를 타고 있었기에 그와 즐겁게 대화하려면 노새가 종종걸음으로 가야 했습니다. 우리는 여러 이야기 중에서 톨레도에 관한 얘기도 했습니다. 그가 말했어요. "나는 그 도시를 완벽히 알아요. 거기서 오래 머물렀거든요. 그곳에 친구들까지 몇 명 있는 걸요." 그래서 내가 말을 막으며 물었습니다. "톨레도에 계실 때 어느 동네에 사셨나요?" 그러자 그가 대답했습니다. "누에보가(街)에서 살았지요. 거기서 돈 비센테 데 부에나 가라, 돈 마티아스 데 코르델, 그리고 다른 점잖은 기사 두세 명과 함께 살았어요. 우리는 함께 살고 함께 식사하며 좋은 시간을 보냈지요." 그 말에 나는 놀랐습니다. 왜냐하면 그가 언급한 이름들은 내가 톨레도로 슬그머니 잠입할 때 함께 지내던 사기꾼들이었으니까요. 그래서 내가 소리쳤습니다. "성가대원 나리, 나리께서 방금 언급하신 사람들은 제가 아는 사람들이고, 저도 그들과 누에보가에서 함께 살았는데요." 그러자 그가 미소 지으며 대꾸했습니다. "알겠소. 그러니까 당신은 내가 나온 그 단체에 3년 전에 들어갔었다는 말이구려." 그래서 내가 대꾸했지요. "저는 그 나리들을 방금 떠났어요. 제가 여행을 좋아하게 되었거든요. 저는 스페인 일주를 하려 해요. 경험이 더 많아지면 더 괜찮은 사람이 될 테지요." 이에 그가 말했다. "분명히 그럴 거요. 재능을 키우려면 여행을 해야 하죠. 내가 톨레도에서 아주 쾌적한 생활을 했음에도 불구하고 그곳을 떠난 이유는 바로 그것 때문이기도 합니다." 그러고는 말을 이었습니다. "내가 생각지도 못했을 때 이렇게 내 기사단에 있던 사람을 만나게 해준 하늘이 감사하네요. 우리 둘이 함께 여행을 다니면서, 이웃의 돈주머니에 손을 댑시다. 우리의 기량을 발휘할 기회가 생길 때마다 그 기회를 이용하자고요."

그가 그 제안을 너무 노골적으로, 그리고 너무 기꺼이 해서 나는 제안을 받아들였습니다. 그는 나를 신뢰함으로써 내 신뢰도 순식간에 얻은 것입니다. 우리는 서로에게 마음을 터놓았지요. 나는 그에게 내 이야기를 했고, 그도 내게 자신이 겪은 일을 조금도 숨기지 않았어요. 그는 포르탈레그레에서 오는 길이었어요. 거기서 사기를 치다가 불의의 사고로 좌절되어 급히 도망칠 수밖에 없었고, 그래서 차림이 그렇다고 말해 주었습니다. 그는 자기 사업에 대해 전적으로 믿게 만든 후, 우리가 함께 메리다로 가서 운을 시험해 보고, 거기서 가능하면 일을 벌여 본 다음 급히 철수하기로 결정했습니다. 그때부터 우리의 재산은 공동소유가 되었어요. 모랄레스(그 동반자의 이름입니다)는 가지고 있는 거라고는 잡낭에 들어 있는 옷가지 몇 벌과 대여섯 두카도밖에 없었으니 그리 넉넉한 형편은 아니었던 게 사실입니다. 그런데 내가 현금은 더 가지고 있었을지 몰라도, 사람들을 속이는 기술에서는 그가 나보다 더 능란했습니다. 우리는 내 노새를 번갈아 타며 메리다에 도착했습니다.

우리는 근교의 여인숙에 묵었어요. 거기서 모랄레스가 자기 잡낭에서 옷을 하나 꺼내 입자마자 우리는 그 지역을 탐방하고, 일을 벌일 만한 기회가 주어지지 않을지 보기 위해 시내를 한 바퀴 돌러 나갔습니다. 호메로스라면, 붙잡을 수 있을 만한 새들을 눈으로 찾기 위해 들판으로 나간 두 명의 밀라노 사람 같다고 우리를 표현했을 겁니다. 그렇게 우리가 재능을 사용할 만한 상대가 우연히 나타나기를 기다리고 있던 터에 이윽고 거리에서 잿빛 머리의 기사 한 명을 발견했습니다. 그는 손에 검을 쥐고, 자신을 강하게 밀어붙이는 세 남자를 상대로 싸우고 있었어요. 나는 그렇게 한 사람이 세 명을 상대로 싸우는 모습이 너무 놀라웠던 데다, 천성적으로 싸움을 좋아해서 그 노인을 구하러 날 듯 달려갔습니다. 모랄레스는 내가 겁쟁이와 결탁한 것이 아니라는 걸 보여 주기 위해 나와 마찬가지로 행동했습니다. 우리는 그 기사의 적들을 공격해서 그들로 하여금 도망치게 만들었어요.

그들이 물러가고 나자 노인은 감사의 말을 늘어놓았습니다. 그래서 내가 말했습니다. "우리가 마침 여기에 있어서 나리를 제때 구해 드릴 수 있게 되어 기쁩니다. 그런데 적어도 우리가 어떤 분에게 이런 도움을 드릴 수 있게 된 건지 알면 더욱 기쁠 것 같고, 그 세 사람이 나리를 왜 죽이려 했는지 말해 주시면 고맙겠습니다." 그러자 그가 대답했어요. "신사 양반들, 당신들에게 너무 고마워서 그 궁금증을 해소시켜 드리지 않을 수 없네요. 내 이름은 헤로니모 데 모야다스입니다. 그간 모은 재산으로 이 도시에서 살고 있지요. 당신들이 쫓아 버린 그 살인자들 중 한 명은 내 딸의 연인입니다. 요 며칠 동안 그가 내 딸과 결혼하겠다고 청했지요. 그러나 내가 동의하지 않자 내게 복수를 하려고 나로 하여금 검을 손에 들게 만든 겁니다." 그래서 내가 물었어요. "그렇다면 나리께서는 왜 그 기사에게 따님을 주지 않으시려는 건지 그 이유를 여쭤봐도 될까요?" 그러자 그가 말했습니다. "그 이유를 알려 주겠소. 내게는 이 도시에서 장사를 하는 동생이 있었는데, 이름은 아우구스틴이죠. 두 달 전 그가 칼라트라바에 있는 자기 거래처 사람인 후안 벨레스 데 라 멤브리야의 집에 묵었습니다. 그들은 친한 친구 사이였어요. 내 동생은 우정을 돈독히 하기 위해 그 친구의 아들에게 내 무남독녀 플로렌티나를 주겠다고 약속했더랍니다. 그가 그런 약속을 할 수 있을 만큼 나의 신임을 받고 있다고 믿어 의심치 않은 거죠. 실제로 내 동생이 메리다로 돌아와 내게 그 결혼 이야기를 꺼내자마자, 나는 동생에 대한 사랑으로 그 결혼 제의에 응했습니다. 동생은 플로렌티나의 초상화를 칼라트라바로 보냈는데, 아아! 그는 자기가 시작한 일을 완수하는 기쁨을 맛보지 못했습니다. 석 주 전에 죽었으니까요. 그는 죽으면서 내게 간청했어요. 자기 거래처 사람의 아들에게 내 딸을 꼭 결혼시켜야 한다고 말입니다. 그래서 나는 동생에게 그러겠다고 약속했어요. 바로 그 때문에 내가 방금 나를 공격했던 그 기사에게 플로렌티나를 줄 수 없다고 거절했던 겁니다. 설사 그 기사가 훨씬 유리한 혼처라 하더라도 말입니다. 내 약속을 지켜야 하니까요. 나는 후안 벨레스 데 라 멤브리야의 아들을 사위로 삼으려고 하염없이 기다리고 있어요. 그를 한 번도 본 적이 없고, 그의 아버지 또한 본 적이 없지만….” 그러더니 헤로니모 데 모야다스는 말을 계속했습니다. “죄송합니다. 이 이야기를 하는 것은 당신들이 원했기 때문입니다.”

나는 아주 주의 깊게 들었고, 갑자기 속임수를 써야겠다는 생각이 떠올라서● 놀라는 척하며 하늘을 쳐다보았습니다. 그러고 나서 노인에게 몸을 돌려 비장한 어조로 말했습니다. “아! 데 모야다스 나리, 메리다에 도착하여 제 장인의 목숨을 구하게 되다니 이렇게 행복한 일이 있을 수 있는 건가요?” 이 말에 그 늙은 부르주아가 의아해하며 놀랐습니다. 그리고 모랄레스 또한 못지않게 놀라면서, 내가 대단한 사기꾼으로 보인다는 눈치를 내게 주며 그의 생각을 알아채게 했습니다. “무슨 얘기를 하는 건가요?” 노인이 내게 대꾸했습니다. “뭐라고요! 당신이 내 동생 거래처 사람의 아들이라니?” 그래서 내가 과감하게 밀고 나가 그의 목에 매달리며 대꾸했습니다. “네, 헤로니모 데 모야다스 나리, 제가 바로 그 훌륭한 플로렌티나의 신랑감으로 지목된 운 좋은 인간입니다. 하지만 제가 기쁘게도 나리의 가문에 들어갈 장본인이라는 것을 알려드리기 전에, 우선 나리의 동생이신 아우구스틴의 추억이 떠올라 눈물이 흐르네요. 이 눈물을 나리의 품에서 흘리게

● 여기서 르사주는 1707년 큰 성공을 거두며 상연된 자신의 연극 〈자기 주인의 경쟁자 크리스팽〉 중 한 부분의 주요 내용을 다시 취하고 있다. 하지만 자기복제의 흔적을 흐리게 하기 위해 새로운 전개를 더했다.

해주십시오. 제 인생을 행복하게 해주신 그분의 죽음을 제가 통렬히 슬퍼하지 않는다면, 저는 모든 인간 중에서 가장 배은망덕한 자가 될 것입니다." 나는 그 말을 마치면서 헤로니모 영감을 또 껴안았고, 이어서 눈물을 훔치려는 듯 눈에 손을 갖다 댔습니다. 모랄레스는 그런 속임수에서 우리가 이득을 끌어낼 수도 있겠다는 생각을 문득 하게 되어 소홀함 없이 나를 도왔습니다. 그는 내 하인인 척하면서, 아우구스틴 씨의 죽음에 대해 나보다 한술 더 떠서 소리쳤습니다. "동생을 잃으시다니 나리는 정말 큰 불행을 당하셨네요! 정말 신사다운 분이셨고, 상업의 귀재이셨고, 욕심도 없는 데다 성실한 상인이셨고, 그 어디서도 보기 힘든 상인이셨는데… ."

우리가 상대하고 있는 사람은 단순하고 믿기 잘하는 인물이었습니다. 그는 우리의 사기행위에 대해 일말의 의혹을 품기는커녕 스스로 걸려들었어요. 그가 내게 말했습니다. "아니! 당신들은 왜 내 집으로 곧장 오지 않은 겁니까? 여인숙에 가서 묵으시다니…. 우리 사이에 체면 차릴 필요는 없습니다." 그러자 모랄레스가 나 대신 그에게 말했습니다. "나리, 제 주인은 격식을 좀 차리시는 단점이 있어요." 그러더니 덧붙였습니다. "그런데 저희가 있는 그대로 나리 앞에 나타나려 하지 않은 것이 용서할 만한 일이어서 그런 것은 아닙니다. 우리는 오는 도중에 도둑을 맞아서 옷들을 죄다 잃어버렸거든요." 그때 내가 그의 말을 가로막고 말했습니다. "제 하인이 진실을 말씀드리는 겁니다, 데 모야다스 나리. 그런 불행한 일 때문에 제가 나리 댁으로 곧장 가지 못했던 겁니다. 저를 아직 본 적 없는 약혼녀의 눈앞에 이런 차림으로는 차마 나설 수가 없었으니까요. 그래서 저는 칼라트라바로 보낸 하인이 돌아오기를 기다리고 있었습니다.” 그러자 노인이 대꾸했습니다. “그 사고 때문에 우리 집에 묵으러 오시지 않다니, 그러시면 안 됩니다. 당장 저희 집으로 가시기 바랍니다.”

그는 그렇게 말하면서 나를 자기 집으로 데려갔습니다. 가는 길에 우리는 내가 당했다고 한 그 도난 사건에 대해 얘기를 나눴습니다. 나는 옷가지들과 함께 플로렌티나의 초상화도 잃어버렸다며 굉장히 슬퍼하는 척했습니다. 그러자 그 부르주아는 웃으면서 그 손실에 대해서는 그리 애석해하지 말라고 하면서 원본이 복제본보다 훨씬 낫다고 말했습니다. 그의 집에 도착하자마자 그는 자기 딸을 불렀습니다. 열여섯도 안 되어 보였지만 다 큰 숙녀라고 할 수도 있을 아가씨였습니다. 데 모야다스 씨가 내게 말했습니다. “보시다시피, 죽은 제 동생이 당신에게 약속했던 그 아이입니다.” 그래서 내가 열정적인 태도로 소리쳤습니다. “아! 나리, 제 눈앞에 있는 사람이 사랑스런 플로렌티나라고 알려 주실 필요가 없습니다. 이 매력적인 용모가 제 기억 속에 새겨져 있고, 제 마음속에는 더더욱 잘 새겨져 있으니까요. 제가 잃어버리긴 했지만, 그 숱한 매력의 희미한 초벌일 뿐인 초상화가 저를 찬란한 불로 타오르게 했으니, 이 순간 저를 뒤흔들어 놓는 흥분이 어떠할지 판단해 보십시오!” 그러자 플로렌티나가 내게 말했습니다. “너무 과찬이십니다. 저는 제가 정말로 그렇다고 생각할 만큼 허영심이 있지는 않아요.” 그때 그녀의 아버지가 말을 가로막았습니다. “칭찬을 계속해 보십시오.” 그러면서 나를 자기 딸과 단둘이 있게 놔두고, 모랄레스를 따로 불러서 그에게 말했습니다. “이보게나, 도둑들이 자네들 옷을 죄다 가져가면서 아마도 돈까지 가져가 버렸겠지? 그들은 늘 그런 식이니까." 이에 모랄레스는 대답했습니다. "네, 숫자가 많은 강도 패거리가 카스틸-블라소 근처에서 우리를 덮쳤어요. 그들은 우리가 입고 있는 옷만 남겨 놓고 갔지요. 하지만 우리는 곧 환어음들을 받게 될 테고, 그러면 만회하게 될 겁니다."

그러자 노인은 자기 호주머니에서 돈주머니를 꺼내며 말했습니다. "당신의 어음이 오기를 기다리는 동안 이 1백 피스톨라를 쓰면 되겠군." 이에 모랄레스가 소리쳤습니다. "오! 나리, 저의 주인님은 그 돈을 받으려 하지 않으실 겁니다. 저의 주인님을 잘 모르시는군요. 에잇! 그런 문제에 까다로우신 분이죠. 무턱대고 아무한테서나 돈을 받는 그런 집안 출신이 아닙니다. 제 주인님은 아주 젊으면서도 빚지는 것을 좋아하지 않으세요. 구리동전 하나라도 빌리느니 차라리 적선을 구하실 겁니다." 그러자 부르주아는 말했어요. "잘됐네. 나는 그런 점을 더 높이 평가하니까. 나는 누구와 채무 관계를 맺는 것을 견딜 수가 없다네. 하지만 귀족들에게는 그것을 용인하지. 왜냐하면 그들은 그럴 권리가 있으니까." 그러더니 덧붙였습니다. "당신의 주인에게 강요하고 싶지는 않아. 그분에게 돈을 제공하는 것이 그분을 힘들게 하는 일이 된다면, 그 문제에 관해서는 더 이상 얘기하지 말아야겠지." 그는 이 말을 하고서 돈주머니를 자기 호주머니에 다시 넣으려 했습니다. 그때 내 동반자가 그의 팔을 붙들었어요. 그러고는 말했습니다. "잠깐만요, 데 모야다스 나리. 제 주인님이 돈 빌리는 것을 아무리 싫어하신다 해도, 저는 주인님이 나리의 1백 피스톨라를 받으시게 하는 일을 단념하지 않겠어요. 주인님에게 적당히 처신하기만 하면 됩니다. 어쨌든 그분은 외부 사람에게 빌리는 것을 안 좋아하는 거지, 가족끼리는 그리 점잔 빼지 않으시니까요. 심지어 돈이 필요할 때 부친에게는 아주 잘 요청하시는 걸요. 나리께서 보시다시피 사람을 가릴 줄 아는 청년이지요. 나리를 두 번째 아버지로 여기시는 것 같아요."

모랄레스는 그런 말을 하며 노인의 돈주머니를 낚아챘습니다. 노인은 서로 찬사를 주고받던 딸과 나에게 와서 우리의 대화를 끊었습니다. 그는 플로렌티나에게 내게 입은 은혜를 알려 주면서 그가 얼마나 내게 고마워하는지 알 수 있게 하는 말들을 늘어놓았습니다. 그렇게 호의적인 태도를 나는 이용하였지요. 그 부르주아가 아주 감동적인 태도를 보이기에, 그의 딸과의 결혼을 서둘러야겠다고 말한 겁니다. 그도 내 조급함에 기꺼이 따랐습니다. 그는 사흘 후면 내가 플로렌티나의 남편이 될 거라고 확실히 말했고, 심지어 딸의 지참금도 원래 약속했던 6천 두카도가 아니라 1만 두카도를 주겠다고 덧붙였습니다. 내가 그를 도와준 것에 대해 어느 정도로 감동했는지 보여 주기 위해서라고 했습니다.

그러므로 모랄레스와 나는 헤로니모 데 모야다스 영감의 집에서 극진한 대접을 받았고, 우리가 만지게 될 1만 두카도를 기분 좋게 기다리면서, 그 돈을 손에 쥐는 즉시 신속히 메리다를 떠나기로 작정했습니다. 그런데 한 가지 염려가 우리의 기쁨을 흔들어 놓았습니다. 그 사흘이 지나가기 전에 진짜 후안 벨레스 데 라 멤브리야가 우리의 행복을 가로막으러 오는 건 아닐지, 아니 그보다 불쑥 나타나서 우리의 행복을 부숴 버리는 것은 아닐지 염려가 되었습니다. 그 두려움은 괜한 것이 아니었습니다. 바로 다음 날 농부 같은 사람이 가방 하나를 메고서 플로렌티나의 아버지 집에 도착했습니다. 그때 마침 나는 그 집에 없었지만, 내 동반자는 있었습니다. 농부가 노인에게 말했습니다. "나리, 저는 나리의 사위가 될 사람인 칼라트라바의 기사, 즉 페드로 데 라 멤브리야 나리의 하인입니다. 저희는 둘 다 이 도시에 막 도착했고, 그분은 잠시 후 여기로 오실 겁니다. 나리께 기별하고자 제가 먼저 왔습니다." 그가 그 말을 마치자마자 그의 주인이 나타났습니다. 노인은 몹시 놀랐고, 모랄레스는 좀 당황했습니다.

젊은 페드로는 풍채가 아주 좋은 젊은이였습니다. 그는 플로렌티나의 아버지에게 말을 꺼냈으나, 영감은 그에게 말을 마칠 시간조차 주지 않고, 내 동반자에게 몸을 돌려 이것이 무엇을 의미하는지 물었습니다. 그러자 뻔뻔함으로 치자면 이 세상 그 누구에게도 뒤지지 않는 모랄레스가 자신 있는 태도로 노인에게 말했습니다. "나리, 지금 보고 계신 이 두 사람은 대로에서 우리 물건과 돈을 강탈해 간 도둑 떼에 속하는 자들입니다. 제가 보니 바로 그자들인 걸요. 특히 감히 후안 벨레스 데 라 멤브리야 씨의 아들이라고 자처하는 자는 똑똑히 알겠어요." 그러자 늙은 부르주아는 망설임 없이 모랄레스의 말을 믿었고, 새로 온 사람들을 사기꾼들이라고 확신하여 그들에게 말했습니다. "여보게들, 당신들은 너무 늦게 도착했네. 자네들에 대해 미리 경고를 받았으니 말일세. 페드로 데 라 멤브리야는 이미 어제부터 우리 집에 있네." 그러자 칼라트라바에서 온 젊은이가 노인에게 대답했습니다. "말씀을 조심하십시오. 지금 속고 계시는 겁니다. 나리 댁에 사기꾼이 하나 있군요. 후안 벨레스 데 라 멤브리야에게는 저 외에 다른 아들이 없다는 사실을 알아 두십시오." 이에 노인이 대꾸했습니다. "다른 데 가서나 그렇게 말하시오. 나는 당신이 누구인지 모르지 않으니까. 이 청년이 기억나지 않소? 당신이 칼라트라바의 대로에서 강도짓을 한 그의 주인이 이제는 더 이상 생각나지 않는 거요?" 그러자 페드로가 반박했습니다. "뭐라고요! 강도짓! 아! 여기가 나리의 집이 아니었다면 나를 도둑 취급하는 뻔뻔한 저 사기꾼의 귀를 베어 버렸을 겁니다. 나리가 여기 계셔서 제가 분노를 참는 것에 대해 그는 감사히 여겨야 할 겁니다." 그러더니 그는 말을 계속했습니다. "나리, 다시 말씀드리지만, 지금 속고 계시는 겁니다. 제가 바로 나리의 동생 아우구스틴이 나리의 딸을 약속했던 바로 그 젊은이입니다. 그분이 이 결혼에 관해 제 아버지에게 쓰셨던 편지들을 모두 보여 드리길 원하십니까? 그분이 돌아가시기 얼마 전에 제게 보내 주셨던 플로렌티나의 초상화를 보시면 믿으시렵니까?"

그러자 늙은 부르주아가 말을 가로막았습니다. "아니오. 그 초상화도 편지 못지않게 나를 설득시키지 못할 거요. 그것이 어떻게 당신 손에 들어갔는지 잘 알고 있소. 내가 자비심에서 충고하건대, 가능한 한 속히 메리다를 떠나시오. 안 그러면 당신 같은 자들에게 어울릴 처벌을 겪게 될 테니." 이 말에 이번에는 젊은 기사가 말을 가로막았습니다. "나는 아무 탈 없이 내 이름을 도용하는 것을 참지 않을 테고, 나를 강도로 여기게 만든 일도 참지 않겠습니다. 나는 이 도시에 아는 사람들이 몇몇 있는데, 그들을 찾아갔다가 나를 모함한 사기꾼을 꼼짝 못 하게 하러 그들과 다시 오겠습니다." 그는 이 말을 하고서 자기 하인과 함께 물러갔고, 모랄레스는 의기양양하게 그대로 있었습니다. 그 일이 있고 나서 헤로니모 데 모야다스는 자기 딸을 바로 그날 나와 혼인시키기로 작정했습니다. 그는 당장 그 일을 이행하는 데 필요한 것들을 지시하러 갔습니다.

플로렌티나의 아버지가 우리에 대해 그토록 호의적인 태도를 보여서 내 동료가 안심했다 하더라도, 불안이 아주 없던 것은 아니었습니다. 그는 페드로가 작정한 대로 결국 하고야 말 거라고 판단하여 후사를 두려워했습니다. 이 때문에 그 상황을 내게 어서 알려 주고 싶어서 초조히 기다리고 있었습니다. 내가 그를 보게 되었을 때 그는 깊은 몽상에 빠져 있었습니다. "무슨 일인가, 친구? 걱정이 있어 보이는군." 내가 이렇게 말했더니 그가 "이유가 없지 않네"라고 대답했습니다. 그러면서 사정을 알려 주었습니다. 그러고 나서 덧붙였습니다. "내가 생각에 잠겨 있는 것이 잘못인지 보라니까. 우리를 이런 당혹스런 상황에 몰아넣은 것은 바로 너잖아, 무모한 녀석아. 재치 넘치는 기획이었다는 점은 인정하네. 만약 성공했다면 자네는 아주 만족스러웠을 테지. 하지만 지금 돌아가는 꼴을 보아하니 결말이 안 좋을 거 같아. 모든 사실이 밝혀지는 사태를 방지하기 위해 우리가 그 영감의 날개에서 뽑아낸 깃털만 가지고 도망쳐야 한다는 것이 내 의견일세."

그 말에 내가 대꾸했습니다. "모랄레스 씨, 그렇게 빨리 가지는 맙시다. 당신은 난관에 아주 금세 굴복하는군요. 톨레도에서 함께 지냈던 돈 마티아스 데 코르델이나 다른 기사들에게 영광을 돌릴 만한 일을 하지도 않고 말입니다. 그토록 대단한 스승들 밑에서 수련을 했다면 그렇게 쉽게 불안해해서는 안 되죠. 나는 그 영웅들의 자취를 따라가고 싶고, 내가 그들에게 어울리는 제자임을 증명하고 싶어요. 그러므로 당신을 겁나게 하는 장애에 맞서 완강히 버티고, 그 장애를 걷어낼 수 있다고 자부합니다." 그러자 내 동반자가 말했습니다. "당신이 그렇게 해낸다면 나는 당신을 플루타르코스의 위인들보다 더 높이 올려놓겠소."

모랄레스가 이 말을 마칠 때, 헤로니모 데 모야다스가 들어왔습니다. 그는 내게 말했습니다. "자네의 결혼을 위해 방금 모든 것을 다 준비해 놓았다네. 자네는 오늘 저녁부터 내 사위가 될 걸세." 그러더니 덧붙였습니다. "자네의 하인이 방금 일어난 일을 자네에게 다 털어놓았겠지. 내 동생 거래처 사람의 아들이라고 설득하려 들던 사기꾼의 뻔뻔함에 대해 어떻게 생각하는가?" 그래서 내가 슬픈 표정으로 모야다스를 쳐다보며 그 부르주아에게 천진난만하게 다음과 같이 대답할 때, 그는 적지 않게 놀랐습니다. "나리, 나리가 착오 속에 빠지시도록 놔두고 그 점을 이용할지 아닐지는 저에게 달려 있을 겁니다. 하지만 저는 천성적으로 거짓말을 계속 밀어붙이지는 못하는 사람이라고 느낍니다. 나리에게 진실한 고백을 할 수밖에 없습니다. 저는 후안 벨레스 데 라 멤브리야의 아들이 아닙니다."● 그러자 노인은 놀란 만큼이나 급하게 말을 가로막으며 물었습니다. "그게 무슨 소리인가? 아니, 뭐라고, 당신이 내 동생이 말하던 그 젊은이가 아니라니…." 그래서 나 또한 그 노인의 말을 가로막았습니다. "나리, 제가 충실하고 진실한 이야기를 시작했으니, 제발 끝까지 들어 주십시오. 제가 나리의 딸을 사랑하게 된 것은 일주일 전이었고, 그 사랑 때문에 저는 메리다에서 가던 길을 멈추었습니다. 어제는 나리를 구한 뒤 나리에게 따님과 결혼시켜 달라고 요청할 작정이었고요. 그런데 나리께서 따님의 혼처

● 여기서부터 〈자기 주인의 경쟁자 크리스팽〉과는 전혀 다른 이야기가 전개된다.

가 이미 정해져 있다는 사실을 알려 주셔서 저는 입을 다물었던 겁니다. 나리의 동생께서 돌아가시면서 따님을 페드로 데 라 멤브리야에게 주시라고 간청하였고, 나리는 그것을 약속하셨고, 나리는 약속을 반드시 지키시는 분이라고 제게 말씀하셨습니다. 고백건대, 그 말씀이 저를 낙담케 했고, 저의 사랑은 절망이 되어 술수를 생각하게 된 것입니다. 그리고 그 술책을 사용했던 거고요. 하지만 저는 마음속으로 후회했습니다. 그래도 제가 그 점을 나리께 밝히고 나서 제가 사실은 신분을 감추고 여행하는 이탈리아 왕족인 것을 나리께서 아시면 저를 용서해 주실 거라고 믿었습니다. 제 아버지는 스위스, 밀라노 공국, 사부아 사이에 있는 계곡들의 영주이십니다. 제가 출생 신분을 나리께 밝혀 드리면 나리께서 기분 좋게 놀라실 거라고 보고, 플로렌티나와 결혼한 후 섬세하고 매력적인 남편이 된 다음에 그 사실을 알려드리려는 즐거운 계획을 마음에 품고 있었습니다." 그러고 나서 나는 어조를 바꾸어 말을 이어 갔어요. "제가 그토록 큰 기쁨을 갖게 되는 것을 하늘은 원치 않았나 봅니다. 페드로 데 라 멤브리야가 나타났으니 말입니다. 그에게 그 자신의 이름을 돌려주어야 하고, 그럼으로써 제가 잃게 되는 것들도 모두 돌려주어야 합니다. 나리의 약속이 그를 사위로 선택하게 했으니까요. 저는 그저 이 일에 대해 흐느끼는 것밖에 할 수 없고, 그저 한탄할 수밖에 없습니다. 나리는 제 지위를 고려하지 마시고, 또한 제가 처하게 될 잔인한 상황에 대해서도 동정하지 마시고, 그를 선택하셔야 할 테죠. 나리의 동생은 그저 나리의 딸의 삼촌일 뿐이었고, 나리는 그녀의 아버지시며, 나리께서는 그저 미약한 끈으로 맺어진 약속을 지킨다는 자부심으로 뿌듯해하시기보다는 제게 진 빚에 대해 보답하시는 것이 더 온당할 거라는 점은 자세히 말씀드리지 않겠습니다."

그러자 헤로니모 데 모야다스가 소리쳤습니다. "그렇소, 분명히 그러는 쪽이 확실히 더 온당하오. 그래서 나는 당신과 페드로 데 라 멤브리야 사이에서 망설이고 싶지 않소. 내 동생 아우구스틴이 아직 살아있다면, 내 목숨을 구해 준 데다가, 우리 집안과 혼인 관계를 맺는 것을 창피해하지도 않고, 나의 신분에 맞추기 위해 자신을 낮추려는 사람을 선호하는 것을 나쁘게 여기지 않을 것이오. 내가 당신에게 내 딸을 주지 않는다면, 그리고 그녀에게 그토록 유리한 결혼을 서두르지도 않는다면, 나는 필시 내 행복의 적이거나 정신이 완전히 나가 버린 것일 거요." 이에 나는 대꾸했습니다. "나리, 그렇게 흥분하여 행동하지 마십시오. 그저 잘 숙고하신 후에 행동하십시오. 오로지 나리의 이익만 생각하세요. 제 혈통이 귀족이긴 하지만…." 그때 노인이 말을 가로막았습니다. "저를 놀리시는 건가요? 제가 한순간이라도 망설여야 한다고요? 아니오, 왕자님. 바로 오늘 저녁에 행복한 플로렌티나를 왕자님의 손으로 영예롭게 해주시기를 간청합니다." 이에 나는 "아, 그렇다면! 나리께서 직접 그녀에게 이 소식을 전해 주시고, 그녀의 영광스런 운명을 알려 주세요"라고 말했습니다.

그 선량한 부르주아가 딸에게 그녀가 왕자를 정복했다고 말하러 급히 가는 동안, 그 모든 이야기를 들은 모랄레스는 내 앞에 무릎을 꿇고 말했다. "스위스, 밀라노, 사부아 사이에 있는 계곡들의 군주의 아드님이신 이탈리아 왕자님, 제가 왕자님의 발아래 무릎 꿇고서 황홀경에 빠진 제 심경을 드러내게 해주시옵소서. 사기꾼의 신념으로 말하건대, 나는 자네를 천재로 여기겠네. 내가 세상에서 제일 잘난 놈인 줄 알았는데, 자네가 나보다 경험이 적은데도 불구하고 솔직히 자네에게 굴복하겠네." 그래서 내가 말했지요. "그러니까 자네는 이제 더 이상 불안하지 않은 거지?" 그러자 그가 대답했습니다. "오! 그거야, 페드로 나리를 두려워하지는 않네. 오고 싶으면 지금 오라지 뭐." 모랄레스와 나의 입지는 그렇게 단단해졌습니다. 우리는 지참금을 손에 쥐는 즉시 떠나서 밟게 될 경로를 정하기 시작했습니다. 우리는 지참금을 너무 믿고 있었기에, 마치 이미 손에 쥐기라도 한 것처럼 여겼습니다. 하지만 아직 그 지참금을 획득하지는 않았고, 이 사건의 결말은 우리가 믿던 바와 다릅니다.

곧이어 칼라트라바의 젊은이가 다시 오는 것이 보였습니다. 그는 두 명의 부르주아, 그리고 직책뿐만 아니라 수염과 갈색 얼굴빛 때문에도 존경스러워 보이는 경관 한 명을 대동하고 왔습니다. 플로렌티나의 아버지는 우리와 함께 있었지요. 페드로가 그에게 말했습니다. "데 모야다스 나리, 여기 정직한 사람들 세 명을 데려왔습니다. 이 사람들은 저를 알기에 제가 누구인지 나리에게 말씀드릴 수 있어요." 그러자 경관이 소리쳤습니다. "네, 확실히 그렇습니다, 제가 말씀드릴 수 있어요. 그와 연관될 사람들 모두에게 내가 이 사람을 안다고, 이 사람은 페드로이며 후안 벨레스 데 라 멤브리야의 외아들이라고 내가 보증합니다. 그 반대라고 감히 주장하는 자는 그게 누구라 하더라도 사기꾼입니다." 그러자 헤로니모 데 모야다스 영감이 말했습니다. "당신 말을 믿습니다, 경관님. 당신의 증언은 나에게 신성합니다, 상인 나리들의 증언과 마찬가지로…. 여러분을 여기로 모시고 온 그 젊은 기사가 내 동생 거래처의 외아들이라는 사실을 나는 전적으로 믿습니다. 그러나 그게 뭐 중요합니까? 나는 그에게 내 딸을 줄 생각이 이제는 없습니다. 마음을 바꾸었으니까요."

"오! 그렇다면 그건 또 다른 문제지." 경관이 말했습니다. "나는 오로지 내가 아는 이 젊은이의 신원을 확실히 밝혀 주기 위해 여기 온 겁니다. 당신의 딸에 대해서는 당신이 마음대로 할 수 있는 게 확실하지요. 다른 사람이 당신의 뜻에 반대하며 당신 딸의 혼사를 막을 수는 없을 겁니다." 그러자 페드로가 말을 가로막았습니다. "저 또한 모야다스 나리의 뜻을 거스르며 강요하고 싶은 생각은 없습니다. 그분은 원하시는 대로 딸의 앞날을 정하실 수 있지요. 하지만 왜 마음을 바꾸셨는지 여쭤보는 것은 허락하실 테죠. 제게 불만스러운 뭔가가 있으신 건지요? 아! 나리의 사위가 될 거라는 달콤한 희망을 잃게 되는 마당에, 제 잘못으로 그 희망을 잃는 것은 아닌지는 적어도 알고 싶습니다." 이에 선량한 노인이 대답했습니다. "당신에 대해 불평하는 것이 아니라오. 심지어 이런 말까지 하겠소. 당신과의 약속을 어쩔 수 없이 어기게 되어 유감스럽다고 말이오. 그리고 이런 나를 용서해 달라고 간청하오. 당신은 너그러운 사람이어서, 내가 당신의 경쟁자를 선호한 것에 대해 불만스러워하지 않을 거라고 확신하오. 왜냐하면 당신의 경쟁자는 내 목숨의 은인이니 말이오." 그러더니 나를 가리키며 말을 이었습니다. "당신이 지금 보고 있는 이분이 나를 큰 위험에서 끌어내 준 분이라오. 당신에게 사과를 더 잘하기 위해 알려 드릴 말이 있소. 신분이 다름에도 불구하고 플로렌티나를 사랑하게 되어 그녀와 결혼하고 싶어 하는 이탈리아 왕족이라오."

이 마지막 말에 페드로는 말이 없어지고 당혹스러워했습니다. 두 상인은 눈을 크게 뜨고 매우 놀라워하는 것 같았고요. 그런데 사태를 늘 나쁜 쪽으로 보는 데 익숙한 경관이 그 경이로운 사건이 사기행각일지도 모른다고 의심했으며, 그 일에서 자기가 뭔가 얻어 낼 만한 것이 있을지도 모른다고 생각했습니다. 그는 매우 주의 깊게 나를 살펴보았지만, 자기가 못 보던 얼굴이어서 의지가 꺾였지요. 그는 내 동료도 찬찬히 점검했어요. 왕자님으로서는 불행하게도, 그 경관은 모랄레스를 알아보았고, 시우다드-레알의 감옥에서 그를 본 적이 있음을 떠올리고는 소리쳤습니다. “아! 아! 내 단골 중 하나로군. 내가 이 신사를 기억합니다. 스페인 왕국과 공국들 전체에서 가장 완벽한 사기꾼이라고 제가 장담할 수 있어요.” 그러자 헤로니모 데 모야다스가 말했습니다. “자, 진정하십시오, 경관님, 경관님께서 그토록 나쁘게 묘사하신 이 청년은 왕자님의 하인입니다.” 그러자 경관이 대꾸했습니다. “좋아요. 내가 어디서 그쳐야 할지 알기 위해 그 이상 알 필요도 없습니다. 하인을 보면 주인을 판단할 수 있으니까요. 이 대담한 놈들은 노인장을 속이기 위해 결탁한 사기꾼들인 게 틀림없어요. 이렇게 남을 등쳐 먹으려는 인간에 대해서는 내가 아주 잘 알죠. 이 건달들이 협잡꾼들이라는 것을 보여 드리기 위해 이들을 당장 감옥으로 데려가겠습니다. 이들에게 시장님과의 독대 자리를 마련해 주고 싶네요. 그러고 나면 자기네가 회초리를 아직 덜 맞았다는 것을 느끼게 될 겁니다.” 그러자 노인이 반박했습니다. “그만하세요, 경관 나리. 일을 그렇게 멀리까지 밀어붙이지 맙시다. 당신들은 선량한 사람에게 괴로움을 주는 것을 두려워하지 않는군요. 주인은 사기꾼이 아니지만, 하인이 사기꾼인 경우가 없는 걸까요? 왕족들을 섬기는 사기꾼들을 보는 것이 그리 새로운 일인가요?" 그러자 경관이 말을 가로막았습니다. "왕족들을 거론하면서 빈정대시는 겁니까? 이 젊은이는 맹세코 모사꾼입니다. 나는 왕의 이름으로 그를 체포하고, 그의 동료도 마찬가지로 체포합니다. 문에서 궁수들이 스무 명이나 대기하고 있어요. 이자들이 순순히 따라오지 않으면 그 궁수들이 이들을 감옥으로 끌고 갈 겁니다." 그러고 나서 그는 내게 말했습니다. "자, 왕자님, 갑시다."

나는 그 말에 아연실색했고, 모랄레스도 마찬가지였습니다. 우리가 당혹스러워하자 헤로니모 데 모야다스는 우리를 수상쩍게 여겼습니다. 아니 그보다는 그의 마음속에서 우리는 이미 끝장나 있었지요. 그는 우리가 자기를 속이려 했다는 것을 제대로 간파했습니다. 그럼에도 그는 그런 상황에서 신사가 취해야 할 태도를 보였습니다. "경관나리, 당신의 의심이 틀릴 수도 있고, 어쩌면 그 의심이 맞는 것일 수도 있을 테죠. 어찌 됐건 그것을 깊이 파고들지는 맙시다. 이 두 젊은이가 여기서 나가서 가고 싶은 데로 가게 놔둡시다. 그들이 물러나는 것에 제발 반대하지 마십시오. 그것이 내가 당신에게 요청하는 선처입니다. 그들에게 내가 빚진 은혜를 갚기 위해…." 그러자 경관이 대답했습니다. "내가 의무를 제대로 이행한다면, 당신의 간청에도 아랑곳하지 않고 이자들을 감옥에 처넣게 될 겁니다. 하지만 나는 당신을 좋아하므로 내 의무를 느슨하게 풀어놓고 싶군요. 단, 그들이 이 도시를 당장 떠난다는 조건으로요. 왜냐하면 내가 내일 그들을 마주치게 되면, '아! 잘 만났다' 생각하면서 그들에게 무슨 일이 벌어질지 보여줄 겁니다."

모랄레스와 나는 우리를 풀어 준다는 말을 듣고 좀 진정이 되었어요. 우리는 우리가 명예로운 사람들이라는 주장을 결연히 하려 했으나, 우리를 꼬나보는 경관의 눈빛을 바라보고 입을 다물었습니다. 그런 자들이 왜 우리에게 지배력을 갖고 있는 건지 나는 모르겠습니다. 어쨌든 사정이 그리되었으니 우리는 플로렌티나와 지참금을 페드로 데 라 멤브리야에게 넘겨야 했지요. 그는 아마도 헤로니모 데 모야다스의 사위가 되었을 겁니다. 나는 내 동료와 함께 물러났습니다. 우리는 그 사건으로 1백 피스톨라는 최소한 벌었다는 것을 위안으로 삼으며 트룩시요로 향했습니다. 밤이 되기 한 시간쯤 전에 우리는 작은 마을을 지나면서 더 멀리 가서 묵어야겠다고 작정했습니다. 그런데 그런 곳에 있기에는 꽤 아름다운 외관의 여인숙이 눈에 띄었습니다. 여인숙 주인 부부는 문에서 긴 돌 위에 앉아 있었습니다. 주인은 마르고 이미 늙수그레한 키 큰 남자인데, 자기 아내를 흥겹게 해주려고 엉망인 기타를 긁어 대고 있었고, 그 아내는 즐거워하며 듣고 있는 듯 보였습니다. 주인은 우리가 멈추지 않고 가는 것을 보고는 우리에게 소리쳤습니다. "신사 양반들, 이곳에서 머물다 가시라고 충고드립니다. 여기서부터 다음 마을까지 가려면 죽어라 3리는 족히 가야 하므로, 묵을 만한 곳으로는 여기만큼 좋은 곳이 없을 겁니다. 제 말을 믿고 들어오세요. 맛있는 음식을 해드릴게요. 그것도 온당한 가격으로 말입니다." 우리는 설득되었지요. 그래서 그 주인 부부에게 다가가서 인사를 했습니다. 우리는 그들 곁에 앉아서 넷이서 함께 대수롭지 않은 것들에 관해 얘기를 나누었습니다. 여인숙 주인은 자기가 에르만다드 단체의 장교였다고 말했습니다. 그의 아내는 자신의 상품을 잘 팔아

먹을 줄 아는 듯 보이는 뚱뚱하고 명랑한 여인이었습니다.

우리의 대화는 열둘 내지 열다섯 명쯤 되는 기사들이 오는 바람에 끊겼습니다. 그들 중 어떤 이들은 노새를 타고 왔고, 어떤 이들은 말을 타고 왔으며, 보따리들이 실린 노새 30여 마리가 그 뒤를 따라왔습니다. 그렇게 많은 사람이 오자, 주인은 소리쳤습니다. “아! 왕자님들이 왜 이리 많이! 모두 어디에서 주무시게 하나?” 잠시 후 그 마을은 사람들과 동물들로 가득 찼습니다. 다행히 여인숙 옆에 널찍한 헛간이 있어서 거기에다 수컷 노새들과 보따리들을 들여놓았습니다. 기사들의 암컷 노새들과 말들은 다른 장소에 두었습니다. 남자들은 침대를 찾기보다는 맛있는 식사를 주문하는 것에 마음이 더 가 있었습니다. 주인, 여주인, 그리고 젊은 하녀는 수고를 아끼지 않았습니다. 그들은 우리에 있던 가금류를 죄다 잡아서 요리했고, 여기에 토끼고기와 고양이 스튜, 양고기가 들어 있는 양배추 수프를 잔뜩 곁들였습니다. 거기 온 사람들 모두가 먹을 수 있을 만큼 음식이 충분했지요.

모랄레스와 나는 그 기사들을 바라보았고, 그들도 가끔씩 우리 얼굴을 쳐다보았습니다. 이윽고 우리는 함께 대화하기 시작했습니다. 우리는 만약 그들이 원한다면 저녁 식사를 그들과 함께하겠다고 말했습니다. 그들은 기꺼이 그러고 싶다고 말했습니다. 그래서 우리는 다 함께 식탁에 앉았습니다. 그들 가운데 지시를 내리는 사람이 한 명 있었습니다. 다들 그에게 꽤 친근히 대하면서도 공손한 태도를 보이기는 했습니다. 사실상 그자가 우두머리였던 겁니다. 그는 흥분된 목소리로 말했고, 가끔씩 활달한 태도로 다른 이들의 말을 반박하기까지 했는데, 다른 이들은 그에게 반박하지 않고 그의 의견을 존중하는 것 같았습니다. 대화는 우연히 안달루시아에 관한 얘기로 흘러갔습니다. 세비야를 찬양해야겠다는 생각이 든 모랄레스가 그렇게 했더니 내가 방금 언급한 그 남자가 모랄레스에게 말했습니다. "기사 나리, 당신은 내가 태어난 도시, 아니 그 근방에서 태어나긴 했지만, 어쨌든 그 도시에 대해 찬양하고 있군요. 나는 바로 마이레나 마을에서 태어났거든요." 이에 내 동료가 대답했습니다. "나도 같은 얘기를 하렵니다. 나도 마이레나 출신이거든요. 당신의 친척들을 내가 모를 수가 없겠네요. 나는 그 마을의 법관에서부터 가장 하찮은 사람들까지 죄다 아니까요. 당신은 누구의 아들인가요?" 그랬더니 그 기사는 즉각 대답했습니다. "성실하신 공증인, 마르티노 모랄레스의 아들입니다." 그러자 내 동료가 놀라고, 그만큼 기뻐하기도 하며 소리쳤습니다. "마르티노 모랄레스라고요! 맹세코, 참으로 기이한 일이네요! 그렇다면 당신이 나의 형 마누엘 모랄레스라는 말입니까?" 그러자 상대방이 대답했습니다. "바로 그렇다네. 그럼 자네는 내 동생 루이스인 것 같은데, 내가 아버지의 집을 떠날 때 아직 요람에 있던 그 동생?" 그러자 내 동료는 말했습니다. "바로 당신이 내 이름을 지어 주었지요." 이 말에 그들은 둘 다 식탁에서 일어나 수차례 서로 얼싸안았습니다. 그런 다음 마누엘 씨는 거기 있는 사람들 모두에게 말했습니다. "제군들, 이 일은 정말 굉장한 사건일세. 내가 보지 못한 지 최소한 20년은 된 형제를 우연히 만나서 이렇게 서로 알아보게 되는 일을 겪다니…. 자네들에게 내 동생을 소개하겠네." 그러자 예의상 서 있던 기사들이 모두 모랄레스 동생에게 인사를 하고 포옹을 했습니다. 그런 다음 다시 식탁에 앉아서 밤새도록 거기에 있었지요. 그들은 잠자리에 들지도 않았습니다. 두 형제는 나란히 앉아서 가족에 관한 얘기를 조그만 소리로 나눴고, 그러는 동안 다른 사람들은 마셔 대며 흥겨워했습니다.

루이스는 마누엘과 오래도록 얘기를 나누고 나서, 나를 따로 부르더니 말했습니다. “이 사람들은 왕께서 바로 얼마 전에 마요르카의 부왕(副王)에 지명한 몬타노스 백작의 가신(家臣)들이라네. 그들은 부왕의 의복 및 장비들을 알리칸테로 싣고 가서 거기서 배를 타야 한다네. 내 형은 그 나리의 총지배인이 되었다더군. 형이 내게 함께 가자고 제안했어. 내가 자네를 떠나기 싫다고 했더니 자네도 원하면 데리고 가자고 하더군. 자네에게 좋은 일자리를 하나 마련해 줄 거야.” 그러더니 말을 이었습니다. “이보게, 친구, 이 기회를 무시하지 말라고 충고하겠네. 함께 마요르카섬으로 가세. 그곳 생활이 쾌적하다면 거기 머물면 되고, 마음에 들지 않으면 다시 스페인으로 오면 되잖아.”

나는 그 제안을 기꺼이 받아들였습니다. 젊은 모랄레스와 나는 백작의 장교들에게 합류하여 새벽 여명이 밝기 전에 여인숙에서 함께 출발했습니다. 우리는 속도를 내며 알리칸테시로 갔습니다. 거기서 나는 기타 하나를 사고, 배에 올라타기 전에 아주 우아한 옷 한 벌을 마련했습니다. 나는 그저 마요르카섬 말고는 아무 생각도 하지 않았고, 루이스 모랄레스도 같은 상태였습니다. 이제 우리는 사기 치는 일을 포기한 것 같았지요. 그러나 진실을 말해야겠습니다. 우리는 함께 있던 기사들 틈에서 선량한 사람들로 통하고 싶었던 거고, 그래서 우리 재능을 묶어 두고 있었던 겁니다. 마침내 우리는 즐겁게 배에 올라탔고, 곧이어 마요르카에 도착하리라고 기대했습니다. 그런데 우리가 알리칸테만(灣)을 벗어나자마자 갑자기 무시무시한 광풍이 불었습니다. 이쯤에서 여러분에게 폭풍에 대해 굉장한 묘사를 하고, 온통 불에 휩싸인 공기를 그려 보이고, 천둥 번개가 으르렁대게 하고, 쉭쉭 부는 바람, 출렁이는 파도 등을 펼쳐 보일 기회를 가질 수도 있겠지만, 그 모든 수사학의 꽃들은 옆에 치워 두겠습니다. 그저 폭풍우가 요란했고, 그래서 우리가 카브레라섬의 끝부분에서 기항해야 했다는 얘기만 하겠습니다. 그곳은 황량한 섬이었고, 당시 대여섯 명의 병사들과 장교 하나가 지키고 있던 작은 요새였습니다. 그 장교는 우리를 아주 예의 바르게 맞아 주었습니다.

우리는 돛들과 밧줄들을 수선하느라 거기서 며칠을 보내야 했기에 지루함을 면하기 위해 다양한 종류의 여흥거리를 찾으려 들었습니다. 각자 자신의 취향을 따랐지요. 어떤 이들은 카드놀이를 했고, 또 어떤 이들은 다른 식으로 즐겼습니다. 나는 산책을 좋아하는 기사들과 함께 섬 안으로 들어가 보곤 했습니다. 그것이 나의 즐거움이었습니다. 우리는 이 바위 저 바위를 감상했지요. 왜냐하면 그곳 땅은 고르지 않았고, 곳곳이 돌투성이였으며, 흙은 아주 드물었습니다. 어느 날 우리가 그 건조하고 메마른 땅을 관찰하면서, 자연이 자기 마음대로 어떤 곳은 비옥하게, 또 어떤 곳은 척박하게 보여 주는 그 변덕스러움에 탄복하는 동안, 우리의 후각이 갑자기 기분 좋은 냄새에 사로잡혔습니다. 우리는 그 향기가 풍겨 오는 동쪽으로 즉각 몸을 돌렸지요. 그랬더니 놀랍게도 안달루시아에서 자라는 인동덩굴보다 더 아름답고 더 향기로운 인동덩굴 덤불이 큰 동그라미 형태로 자라 있는 것이 보였습니다. 주변 공기를 향기롭게 하는 그 매력적인 관목들에 기꺼이 다가가 보았더니 관목들에 둘러싸인 매우 깊은 동굴 입구가 발견되었습니다. 그 동굴은 널찍하고 별로 어둡지 않았습니다. 우리는 돌계단을 통해 빙글빙글 돌면서 밑으로 내려갔습니다. 계단의 양 끝은 꽃들로 장식돼 있었고, 자연적인 나선형 계단을 형성하고 있었습니다. 아래로 내려가 보니, 황금보다 더 노란 모래 위에 여러 개의 작은 개울들이 굽이굽이 흐르는 것이 보였습니다. 바위들 틈에서 방울방울 모아지는 그 개울물들은 이어서 땅속으로 스며들고 있었습니다. 그 물이 너무 맑아 보여서 우리는 마시고 싶었고, 너무 청량해서 다음 날 포도주병 몇 개를 가지고 다시 와서 담아 가기로 작정했습니다. 그러면 그 물을 즐거이 마시게 될 거라고 확신했습니다.

그토록 쾌적한 장소를 떠나는 걸 아쉬워하며 요새로 돌아온 우리는 동료들에게 그 훌륭한 장소를 발견한 것에 대해 자랑하지 않을 수 없었습니다. 그러나 요새 지휘관은 우리가 그토록 매료된 그 동굴에 더 이상 가지 말라고 친구로서 경고해 주었습니다. 그래서 내가 물었습니다. “아니, 왜요? 뭔가 두려워할 것이 있는 건가요?” 그가 대답했습니다. “분명히 있죠. 알제와 트리폴리의 해적들이 때때로 이 섬에 내려서 그 샘물에서 물을 비축하니까요. 그들이 어느 날 갑자기 나타나 제 주둔지의 병사 두 명을 자기네 노예로 만들어 버렸어요.” 그런데 그 장교가 아무리 심각하게 말해 봤자 소용없었습니다. 우리는 설득되지 않았으니까요. 우리는 그가 농담을 하는 거라고 생각하고 바로 다음 날 세 명의 기사와 함께 그 동굴로 다시 갔습니다. 우리는 심지어 제대로 무장도 하지 않고 감으로써 아무것도 두려워하지 않는다는 것을 과시하려 했습니다. 젊은 모랄레스는 거기에 끼어들려 하지 않았고, 자기 형과 마찬가지로 요새에서 노는 것을 더 좋아했습니다.

우리는 전날처럼 그 동굴 깊숙이 내려가 개울물에서 우리가 가져간 포도주 몇 병으로 더위를 식혔습니다. 기타를 연주하고 유쾌하게 대화를 나누며 포도주를 감미롭게 마시고 있는데, 동굴 위쪽에서 텁수룩한 수염에 터번을 쓰고 이슬람 복장을 한 남자 여럿이 나타나는 것이 보였습니다. 우리는 일행 중 일부와 요새 지휘관이 우리를 겁주려고 그렇게 변장하고 나타난 거라고 생각했습니다. 그런 까닭에 우리는 웃어 댔고, 그들이 열 명이나 내려오도록 놔두면서 방어는 생각도 안 하고 있었습니다. 곧이어 우리는 슬프게도 잘못 생각한 것을 깨달았습니다. 우리를 납치하려고 해적이 부하들을 데리고 오는 거라는 사실을 알게 된 겁니다. 해적이 카스티야 말로 우리에게 소리쳤습니다. "항복하라, 개자식들아. 아니면 너희들은 모두 죽게 될 거다!" 그러자 그와 함께 온 남자들이 총으로 우리를 겨누었고, 만약 우리가 조금이라도 저항했더라면 보기 좋게 총알을 맞았을 겁니다. 하지만 우리는 꽤 현명했기에 전혀 저항하지 않았습니다. 우리는 죽게 되느니 노예가 되는 게 낫다고 생각했습니다. 그래서 우리의 검을 해적에게 주었습니다. 그는 우리를 쇠사슬로 묶게 한 뒤 멀리 있지 않은 자기 배로 데려갔습니다. 그러고는 출범 준비를 하고 알제를 향해 항로로 나아갔습니다.

바로 그렇게 해서 우리는 주둔지 장교의 경고를 무시한 것에 대한 벌을 온당히 받았습니다. 해적이 첫 번째로 한 일은, 우리를 뒤져서 가진 돈을 빼앗는 것이었습니다. 그로서는 대단한 노획이었습니다. 플라센시아의 부르주아들에게서 뺏은 2백 피스톨라, 모랄레스가 헤로니모 데 모야다스에게서 받은 5백 피스톨라를 불행히 내가 갖고 있었는데, 그 모든 것을 가차 없이 약탈해 갔으니까요. 함께 간 사람들도 두둑한 돈주머니를 갖고 있었으니, 그야말로 굉장한 한탕이었던 겁니다. 그래서 해적은 매우 신이 난 것 같았습니다. 그 형리(刑吏)는 우리에게서 돈을 빼앗는 것으로 그치지 않았어요. 그는 우리를 조롱하며 모욕했는데, 우리는 그것을 괴로워해야 마땅했겠지만, 실제로는 모욕감은 훨씬 덜했습니다. 해적은 술하게 농담을 해대며 우리를 다른 방식으로 조롱하기 위해, 우리가 샘물에서 시원하게 식히려 했던 포도주병들을 가져오게 했습니다. 그의 부하들은 하나도 잊지 않고 알뜰히 챙겨 왔습니다. 그는 그 포도주를 부하들과 함께 마시며 조롱 조로 우리의 건강을 위해 건배하며 술병을 비우기 시작했습니다.

그러는 동안 내 동료들은 마음속에서 일어나는 생각들을 정리할 여유가 있었습니다. 그들은 감미로운 생활을 영위하게 되리라는 기대를 안겨 준 마요르카섬으로 가고 있다는 아주 달콤한 생각에 빠져 있었던 만큼 그 노예 상태가 말할 수 없이 원통했습니다. 나로서는 결연히 내 입장을 정리하였기에, 다른 이들보다는 덜 당혹스러웠고, 우리를 조롱하는 자와 대화를 엮기까지 했습니다. 나는 그의 농담에 기꺼이 끼어들었고, 그러는 것을 그는 마음에 들어 했습니다. 그가 말했습니다. "젊은이, 나는 자네의 성격이 좋네. 사실, 징징대고 한숨 쉬는 것보다는 인내로 무장하고 그때그때 잘 적응하는 것이 나으니까." 그러더니 내가 기타를 들고 있는 것을 보고 말했습니다. "한 곡조 연주해 봐. 네가 뭘 할 줄 아는지 보자." 나는 그가 내 팔을 묶은 사슬을 풀어 주게 하자 그의 지시대로 기타 연주를 시작하여 그의 박수갈채를 받았습니다. 사실 나는 마드리드에서 최고로 훌륭한 스승으로부터 배워서, 그 악기를 꽤 잘 연주했거든요. 나는 노래도 불렀고, 내 목소리 또한 기타 연주 못지않게 청중을 만족시켰습니다. 그 배에 있던 터키인들 모두가 내 노래가 듣기 좋다는 것을 감탄 어린 몸짓으로 드러내 보였습니다. 이로써 나는 그들이 음악에 있어서는 몰취미가 아니라고 판단하게 되었습니다. 해적은 내 귀에다 대고 내가 불행한 노예가 되지는 않을 것이며, 내 재능이라면 억류상태를 매우 잘 견딜 만하게 해줄 일자리를 기대해 볼 수 있다고 말해 주었습니다.

그 말에 나는 위안을 좀 느꼈습니다. 하지만 그 말 때문에 기대는 했어도 해적이 내게 제공할 그 일자리에 대한 불안감은 여전히 있었고, 그 일자리가 내 취향이 아닐까 봐 걱정되었습니다. 우리가 알제항에 도착했을 때 많은 사람들이 우리를 보려고 모여들었습니다. 우리가 아직 배에서 내리지도 않았는데 그들은 환호성을 무수히 내질렀습니다. 게다가 트럼펫, 무어인들의 피리, 그리고 그 나라에서 쓰이는 다른 악기들이 뒤섞여 떠들썩한 곡이 울려 퍼지게 했습니다. 이는 기분 좋은 합주라기보다는 시끄러운 소음이었습니다. 그들이 그런 환희를 보인 이유는, '배교자(背教者) 메헤메드'(우리의 그 해적은 그렇게 불렸습니다)가 제노바의 큰 선박을 공격하다가 죽었다는 소문이 돌았었기 때문입니다. 그런데 그가 이렇게 살아 돌아온다는 소식이 들리자, 그의 모든 친척과 친구들이 기쁨을 표출하려고 몰려들었던 겁니다.

나와 내 동반자들은 땅도 제대로 밟아 보지 못한 채 다 함께 파샤(터키 고관)인 솔리만의 궁궐로 끌려갔고, 거기서 한 기독교 작가가 우리를 한 명씩 따로 불러서 이름, 나이, 조국, 종교, 재능 등을 물어보았습니다. 그때 메헤메드가 파샤에게 나를 가리키며 내 목소리를 칭찬했고, 내가 기타를 황홀하게 연주한다는 말도 아울러 했습니다. 솔리만이 나를 수하에 두도록 결정하는 데는 그 이상 다른 게 필요 없었습니다. 그래서 나는 그의 후궁에서 일하도록 정해졌습니다. 다른 포로들은 공공장소로 끌려가서 관행에 따라 팔려 갔습니다. 메헤메드가 선박에서 내게 말했던 일이 일어난 것입니다. 나는 다행스러운 처지를 경험했습니다. 감옥의 간수들에게 넘겨지지도 않았고, 힘든 일에 투입되지도 않았습니다. 솔리만 파샤는 특별히 나를 귀족 출신 노예들 대여섯 명과 함께 특정 장소에서 지내게 했습니다. 그 노예들의 경우는 몸값을 치르고 석방되는 일이 비일비재했고, 그저 가벼운 노역만 주어졌습니다. 나에게는 정원에서 오렌지 나무와 꽃에 물을 주는 일이 맡겨졌습니다. 내게 주어질 수 있는 일 가운데 그보다 편한 일은 없었을 겁니다. 그래서 나는 내 별에게 감사했고, 이유는 알 수 없지만 내가 솔리만의 집에서 불행하지는 않을 거라는 예감이 들었습니다.

그 파샤는(그에 대한 묘사를 해야겠죠) 40세에, 풍채도 좋고, 매우 세련되고, 터키 사람 치고는 매우 정중했습니다. 그가 총애하는 여인은 카슈미르 출신이었는데, 지성과 미모로 파샤에게 절대적인 영향력을 행사했습니다. 그는 우상을 숭배하듯 그녀를 사랑했습니다. 어떤 때는 목소리와 악기들의 연주회, 또 어떤 때는 터키식 연극으로 날마다 그녀에게 새로운 축제를 열어 주었습니다. 여기서 연극이라 함은 아리스토텔레스의 '3일치' 규칙도 지키지 않을뿐더러 정숙하고 점잖은 내용을 담아야 한다는 관행도 존중하지 않는 극시들을 말하는 것입니다. 파루크나즈라는 이름의 그 여인은 그런 공연물을 열정적으로 좋아했고, 때로는 그녀 자신이 파샤 앞에서 아랍 연극들을 자기 시녀들로 하여금 공연하게 하기도 했습니다. 그런 경우 그녀도 연기를 하여 자신의 연기 속에 담긴 우아함과 생동감으로 모든 관객을 매료시키곤 했습니다. 내가 그런 공연 중 하나에서 음악가들 틈에 끼어 있던 어느 날, 솔리만이 내게 막간에 단독으로 기타 치고 노래 부르라고 지시했습니다. 다행히 나는 솔리만의 마음에 들었습니다. 그는 손뼉을 치며 내게 갈채를 보냈을 뿐만 아니라, 심지어 말로써도 찬사를 보냈습니다. 그런데 내가 보기에 그가 총애하는 여인도 호의 어린 눈으로 나를 바라보았던 것 같습니다.

그 다음 날, 내가 정원에서 오렌지 나무에 물을 주고 있을 때 내 가까이에 내시 한 명이 지나갔습니다. 그는 멈추지도 않고 아무 말도 건네지 않은 채 내 발에다 편지 한 통을 던지고 갔습니다. 나는 즐거움과 두려움이 섞인 혼란을 느끼면서 그 편지를 주웠습니다. 후궁의 창문들에서 보이기라도 할까 봐 염려되어 나는 땅바닥에 누워서 오렌지 나무 상자들 뒤에 몸을 숨긴 채 그 편지를 열어 보았습니다. 거기에는 꽤 비싼 가격의 다이아몬드 하나와 함께 훌륭한 카스티야어로 다음과 같이 적혀 있었습니다. "젊은 기독교인이여, 너의 포로 상태를 하늘에 감사하라. 사랑과 재운(財運)이 그 포로 상태를 행복하게 만들어 줄 것이다. 네가 아름다운 사람의 매력에 민감하다면 사랑을 얻을 테고, 네가 모든 종류의 위험을 무시하는 용기를 가진다면 재운을 얻을 것이다."

나는 그 편지가 술탄이 총애하는 여인의 것임을 한순간도 의심치 않았습니다. 문체와 다이아몬드 때문에 그렇게 확신한 겁니다. 나는 천성적으로 소심하지 않은 데다가 대단한 인물의 애인과 사귀게 된다는 허영심, 게다가 내 몸값을 치르는 데 필요한 돈의 네 배쯤 되는 돈을 그녀로부터 뽑아낼 거라는 기대 때문에, 설사 위험이 따른다 해도 그 모험을 감행하기로 작정했습니다. 나는 파루크나즈의 처소에 들어갈 방법을 꿈에 그리면서, 아니 그보다는 그녀가 내게 그 길을 열어 주기를 기다리며 내 일을 계속했습니다. 왜냐하면 그녀가 그것으로 그치지는 않을 테고, 일을 성사시키는 데 치러야 할 비용의 반 이상은 그녀가 치를 거라고 판단했기 때문입니다. 그것은 착각이 아니었습니다. 내 곁을 지나갔던 내시가 1시간 후 다시 지나가며 내게 말했습니다. "기독교인이여, 생각해 봤는가? 나를 따라올 만한 대담함이 있으려나?" 나는 그렇다고 대답했습니다. 그러자 그가 말했습니다. "그렇다면 하늘이 너를 지켜 주시기를! 너는 내일 오전 중에 나를 다시 보게 될 거다. 따라올 채비를 하고 있어라." 그는 그렇게 말하고 물러갔습니다. 다음 날 아침 여덟 시쯤에 실제로 그가 다시 나타나는 것이 보였습니다. 그는 자기에게 오라는 신호를 보냈습니다. 그에게 갔더니 천으로 만든 큰 두루마리가 있는 방으로 나를 데려갔습니다. 그 두루마리는 다른 내시가 방금 가져다 놓은 것으로, 그들이 술탄의 처소로 가져가기로 돼 있었습니다. 그녀가 파샤를 위해 준비하는 아랍식 방의 장식에 쓰기 위한 것이었습니다.

그 두 내시는 내가 그들이 원하는 것은 뭐든지 할 태세가 된 것을 보고는 조금도 지체하지 않고 두루마리 천을 펼치더니, 나를 그 안에 가로로 눕게 했습니다. 그러고 나서 나를 질식시킬 위험을 무릅쓰고 다시 그 두루마리를 감아 그 안에 든 나를 감쌌습니다. 그런 다음 두 내시는 각자 그 두루마리 끝을 하나씩 붙잡고서 나를 아름다운 카슈미르 여인의 침실까지 무사히 실어 날랐습니다. 그녀는 자기 뜻에 충실히 따르는 늙은 여자노예와 단둘이 있었습니다. 그녀들 둘은 두루마리 천을 풀었고, 파루크나즈는 나를 보자 기뻐 어쩔 줄 몰라 했습니다. 이는 그 나라 여인들의 특성을 잘 드러내 주는 것이었습니다. 나는 천성적으로 매우 과감한데도 불구하고, 여인들의 밀실에 그렇게 갑작스레 옮겨지고 보니 좀 겁에 질리지 않을 수 없었습니다. 나의 그런 낌새를 잘 간파한 그 부인은 내 두려움을 해소해 주려고 말했습니다. "젊은이, 아무것도 두려워할 것 없어요. 솔리만은 시골 별장으로 방금 떠났으니까. 그는 거기서 온종일 있을 겁니다. 우리는 여기서 자유롭게 얘기 나눌 수 있어요."

그 말에 안심해서 나는 몸가짐을 가다듬었어요. 그러자 그 여인은 더욱 기뻐했지요. 그녀는 말을 이었습니다. "당신이 마음에 들었어요. 그래서 나는 당신이 처한 노예 상태의 고단함을 줄여 주고 싶었지요. 당신에게 품은 나의 감정을 받을 자격이 있는 사람이라고 믿었으니까요. 비록 노예 복장을 하고 있지만 고상하고 정중한 분위기를 띠고 있고, 이는 당신이 평범한 사람이 아니라는 것을 알게 해주었죠. 내게 은밀히 말해 보세요, 당신이 누구인지. 귀족 출신의 포로들이 더 싼 가격으로 몸값을 치르기 위해 자신의 신분을 감춘다는 것을 나는 잘 알고 있어요. 하지만 나에게는 그런 식으로 대할 필요가 없습니다. 심지어 그런 방책을 쓴다면 내 감정이 상할 거예요. 나는 당신의 자유를 약속할 거니까요. 그러니 솔직히 말해 보세요. 당신이 좋은 집안의 젊은이라는 것을 인정하세요." 그래서 나는 대답했습니다. "실제로 그러합니다, 부인. 부인께서 제게 그렇게 친절히 대해 주시는데 제가 뭔가를 숨긴다는 것은 어울리지 않는 일일 것입니다. 부인께서는 제가 신분을 꼭 밝히기를 원하십니다. 그러니 부인을 만족시켜 드려야겠지요. 저는 스페인의 어느 귀족의 아들입니다." 나는 어쩌면 진실을 말했던 것이고, 최소한 그 여인은 그 말을 믿었습니다. 그녀는 대단한 기사에게 눈길을 주게 되었다고 기뻐하면서, 우리가 자주 따로 볼지 안 볼지는 오로지 자신에게 달린 일이라고 단언했습니다. 우리는 매우 긴 대화를 나누었지요. 나는 그렇게 재미있는 여자를 본 적이 없었습니다. 그녀는 여러 언어를 알고 있었고, 특히 카스티야의 언어를 꽤 유창하게 말했습니다. 이제 우리가 헤어져야 할 시간이라는 판단이 그녀에게 들었을 때, 나는 그녀의 지시에 따라 커다란 버드나무 광주리에 들어갔고, 그 광주리는 손으로 만든 비단 제품으로 덮였습니다. 그런 다음 그녀는 나를 거기 데려다 놓았던 노예 두 명을 다시 불러들였습니다. 그들은 나를 마치 그녀가 파샤에게 보내는 선물인 양 다시 옮겨 놓았습니다. 이는 여인들을 지키는 임무를 맡은 사람들로서는 신성한 일이었습니다.

파루크나즈와 나는 함께 얘기할 기회를 갖기 위해 다른 수단들도 찾아냈습니다. 그 사랑스런 '포로'는 자신이 나에 대해 갖고 있는 만큼의 사랑을 내게도 서서히 불러일으켰습니다. 우리의 내통은 두 달 동안 비밀에 부쳐졌습니다. 후궁에서는 사랑의 비밀이 아르고스●를

● 그리스 신화에 나오는 인물로 '모든 것을 보는 아르고스'라 일컬어지며, 눈이 1백 개 달린 거인으로 묘사된다. 50개의 눈은 항상 뜨고 있고, 50개의 눈은 항상 잠자고 있다고 한다.

오래 벗어나기가 몹시 어려운데도 말입니다. 그러나 우리의 그 조촐한 만남은 뜻하지 않은 방해를 받았고, 그에 따라 내 운세도 완전히 바뀌었습니다. 어느 공연을 위해 만들어진 용의 몸에 내가 들어간 다음 술탄의 여인에게로 옮겨져 그녀와 담소를 나누고 있던 어느 날, 도시 밖에서 볼 일이 있는 줄 알았던 솔리만이 갑자기 들이닥쳤습니다. 그는 예고 없이 자기 여인의 처소로 들어왔기 때문에 노파 노예는 그의 도착 소식을 우리에게 가까스로 전할 시간밖에 없었습니다. 나는 숨을 여유가 없었지요. 그래서 파샤의 눈에 제일 먼저 띈 사람은 나였습니다.

그는 나를 보자 몹시 놀라는 것 같았고, 갑자기 그의 눈은 격분에 차서 불타올랐습니다. 나는 내 운명이 마지막 순간에 도달했다고 여기며 형벌을 받는 모습을 벌써 상상하고 있었습니다. 내가 보기에 파루크나즈는 정말로 공포에 질려 있었습니다. 하지만 자신의 죄를 고백하고 그것에 대해 용서를 구하는 대신 솔리만에게 이렇게 말했습니다. "군주님, 저에 대한 판결을 내리시기 전에 제 말을 들어주시옵소서. 겉으로 보면 분명히 제가 처벌을 받아 마땅한 것 같지만, 제가 아주 끔찍한 형벌을 받을 만한 반역을 한 것 같지는 않습니다. 저는 이 젊은 포로를 여기로 오게 하였습니다. 그를 제 처소로 들이기 위해 마치 그에 대해 매우 격렬한 사랑을 느낄 경우에나 이용할 만한 그런 술책을 썼습니다. 하지만 이런 절차에도 불구하고 우리의 위대한 예언자를 증인으로 내세우고 맹세건대, 저는 조금도 변절하지 않았습니다. 저는 이 기독교인 노예와 대화를 나누고 싶었습니다. 그가 자신의 종파로부터 빠져나와 우리의 신앙을 따르게 하기 위해서였습니다. 그는 저항을 하였고, 그것은 제가 예상하던 바였습니다. 그럼에도 저는 그의 편견들을 무찌르고 싶었고, 마침내 그는 이슬람교를 받아들이겠다고 방금 약속했습니다."

나는 내가 처한 그 위험한 상황에 신경 쓸 것이 아니라, 그 여인의 말을 부인해야 했다는 점을 인정합니다. 하지만 나는 너무 낙담해 있었고, 사랑하는 여인보다 나 자신이 처한 위험 때문에 훨씬 더 떨고 있었습니다. 그게 당혹스럽기도 하여 어쩔 줄 모른 채 혼란스러웠습니다. 나는 한마디도 할 수가 없었습니다. 내가 입 다물고 있는 것을 본 파샤는 자기 애인은 오로지 진실만 말한다고 믿으며 감정을 누그러뜨렸습니다. 그는 대답했습니다. "부인, 당신은 나를 조금도 모욕하지 않았고, 예언자를 기쁘게 할 뭔가를 하고 싶다는 마음에 그런 묘한 행동을 과감히 저지를 수 있었다는 말을 나는 믿고 싶소. 그러므로 당신의 경솔함을 용서하겠소. 이 포로가 당장 터번을 쓰기만 한다면 말이오." 그러고는 이슬람교의 원로를 당장 불러들였습니다. 그리고 그들은 내게 이슬람식 의상을 입혔습니다. 나는 저항할 힘이 없었으므로 그들이 시키는 대로 다 따랐습니다. 아니 더 제대로 말하자면, 내 감각이 온통 혼란스러운 상태여서 내가 뭘 하고 있는 것인지도 몰랐습니다. 그런 경우에 처하면 나처럼 그렇게 비겁해질 기독교인들이 얼마나 많겠습니까!

의식을 치른 후, 나는 '시디 알리'라는 이름으로 그 후궁에서 나와 솔리만이 지정해 준 작은 일거리를 수행했습니다. 그 이후로는 술탄의 여인을 다시 보지 않았습니다. 그런데 그녀의 내시 중 한 명이 어느 날 나를 찾아왔습니다. 2천 술타니● 의 값어치가 있는 보석들을 편지

한 통과 함께 그녀가 보내 주었던 겁니다. 편지에서 그 부인은 내가 그녀의 목숨을 구해 주기 위해 이슬람교도가 된 그 너그러운 배려를 잊지 않겠다고 말했습니다. 정말로 나는 파루크나즈로부터 받은 선물들 외에도, 그녀를 통해 첫 번째 일자리보다 훨씬 괜찮은 일자리를 얻었고, 6~7년도 안 되어 알제시에서 가장 부유한 변절자들 중 하나가 되었습니다.

이슬람교도들이 모스크에서 하는 기도 모임에 참석하여 그들의 다른 종교적 의무들도 이행하기는 했지만, 그저 늘 마지못해 우거지상을 하고서 수행했을 뿐입니다. 나는 기독교 교회의 품으로 돌아가겠다는 결연한 의지를 간직하고 있었고, 이를 위해 언젠가 그간 모은 재화를 챙겨서 스페인이나 이탈리아로 돌아갈 작정을 하고 있었습니다. 그렇게 되기를 기다리며 나는 아주 유쾌하게 살았습니다. 아름다운 집에서 살았고, 멋진 정원, 수많은 노예들과 아주 예쁜 여인들을 내 하렘에 소유하고 있었습니다. 그 나라에서는 이슬람교도들이 포도주를 마시지 못하게 되어 있음에도 불구하고 대부분 몰래 마시고 있었습니다. 나는 모든 변절자들이 그러하듯 거리낌 없이 마시곤 했습니다. 밤이면 나와 함께 자주 식사하며 통음하던 두 사람이 생각나는군요. 한 명은 유대인이고, 다른 한 명은 아랍인이었습니다. 나는 그들을 점잖은 사람들이라고 믿었고, 그렇게 생각했기에 그들과 격의 없이 지냈습니다. 저녁 식사를 위해 그들을 내 집으로 초대했던 어느 날

● 오토만 제국 때의 금화. 메헤메드 2세(1451~1481년 치세) 때 처음 주조되었고, 무게는 약 3.45그램이었다.

저녁, 내가 굉장히 좋아하던 개 한 마리가 죽었습니다. 나는 그 개의 몸을 씻어 주었고, 이슬람교도들의 장례 절차에 따른 의식을 다 치르며 그 개를 묻어 주었습니다. 우리가 그렇게 한 것은 이슬람교를 우스갯거리로 만들기 위한 것이 아니었습니다. 그저 우리가 즐겁기 위해 한 일이었고, 방탕한 생활 속에서도 내 개에게 마지막 의무를 다하고 싶은 정신 나간 생각이 들어서였습니다.

그런데 여러분이 이제 곧 보게 될 테지만, 나는 그 행위로 인해 하마터면 죽을 뻔했습니다. 바로 다음 날, 내 집에 한 남자가 와서 말했습니다. "시디 알리 씨, 내가 중요한 일로 당신의 집에 오게 되었습니다. 이슬람 재판관께서 당신과 할 말이 있으십니다. 당장 그분의 집으로 오시기 바랍니다." 그래서 내가 그에게 말했습니다. "그분이 제게 뭘 원하시는 건지 부디 알려 주십시오." 그러자 그가 대꾸했습니다. "그분께서 직접 알려 주실 겁니다. 제가 말씀드릴 수 있는 거라곤 이게 전부입니다. 왜냐하면 당신이 개를 매장하면서 저지른 불경한 짓에 대해 어제 당신과 함께 저녁 식사를 한 아랍 상인이 알려 왔기 때문입니다. 무슨 사안인지 당신은 잘 알 겁니다. 바로 그 때문에 내가 당신에게 오늘 그 판사님 앞에 출두하라고 요구하는 겁니다. 그러지 않으면, 내가 경고하건대, 당신이 한 일은 범죄로 처리될 겁니다." 그는 말을 마친 다음 나갔고, 나는 그의 통보에 아연실색했습니다. 나와 함께 저녁 식사를 했던 아랍인은 나에 대해 불평할 만한 이유가 전혀 없었는데, 왜 그렇게 나를 배신하여 그런 간계를 부렸는지 이해할 수가 없었습니다. 그럼에도 불구하고 그 일은 주목해 볼 만한 일이었습니다. 나는 재판관을 외관상 엄격한 사람으로 알고 있었는데, 사실은 별로 양심적이지도 않고, 게다가 탐욕스런 사람이었습니다. 나는 2백 술타니를 내 돈주머니에 넣고 그 판사를 만나러 갔습니다. 그는 나를 서재로 들어오게 하고는 험상궂은 표정으로 말했습니다. "당신은 불경한 자이고, 신성모독을 했으며, 가증스런 자요. 당신은 개를 이슬람교도처럼 매장하였소. 그것은 굉장한 신성모독이오! 당신은 우리의 매우 신성한 의식들을 그런 식으로 준수하는 거요? 당신은 그저 우리의 신앙생활을 조롱하기 위해 이슬람교도가 된 것이오?" 이에 내가 대답했습니다. "재판관님, 재판관님에게 그토록 나쁘게 고자질을 한 아랍인, 그 가짜 친구는 제 범죄의 공범입니다. 충실한 하인이었고 훌륭한 자질이 많던 동물에게 묘지라는 영예를 허락하는 것이 범죄가 된다면 말입니다. 그 개는 탁월한 사람들, 명망 있는 사람들을 너무 좋아해서, 죽으면서까지 우애를 표시하고 싶어 했습니다. 그 개는 그런 사람들에게 유언을 통해 자신의 모든 재산을 남겨 주었고, 제가 그 유언의 집행자입니다. 그는 한 사람에게는 20피스톨라, 다른 사람에게는 30피스톨라를 물려주었습니다. 그 개는 재판관님도 잊지 않았습니다." 나는 그렇게 말하며 내 돈주머니를 꺼냈지요. "이것은 그 개가 재판관님께 드리라고 제게 맡겼던 2백 술타니입니다." 이 말에 재판관은 엄숙하던 표정을 잃고 웃음을 참지 못했습니다. 그리고 우리 둘만 있게 되자 허물없이 그 돈주머니를 집어 들고는 나를 돌려보내며 말했습니다. "시디 알리 씨, 교양 있는 사람들에 대해 그토록 존경심이 큰 개라면 성대하고 영예롭게 매장한 당신이 아주 잘한 거요."

나는 그런 식으로 문제를 해결했습니다. 그 일로 인해 나는 비록 더 현명해지지는 못했더라도 최소한 더 조심스러워지기는 했습니다. 나는 더 이상 아랍인과 상종하지 않았고, 심지어 유대인과도 술을 마시지 않았습니다. 그리고 함께 마실 상대로 내 노예였던 리보르노의 젊은 귀족을 택했습니다. 그의 이름은 아자리나였습니다. 나는 이슬람교도들에게보다 기독교도 노예들에게 더 못되게 구는 다른 변절자들과는 달랐습니다. 나의 포로들은 모두 몸값을 치르고 방면되기를 꽤 참을성 있게 기다리고 있었습니다. 진정으로 나는 그들을 너무 부드럽게 대해 주어서, 노예 상태에 있는 사람들로서는 자유가 매력적인 것임에도 불구하고, 자유를 갈망하기보다 주인이 바뀌는 것이 더 두렵다고 가끔씩 내게 말하곤 했습니다.

어느 날, 파샤의 선박들이 상당한 노획물을 싣고 돌아왔습니다. 그 배들은 남녀 노예들을 1백 명 이상 데리고 왔는데, 스페인 해안지방에서 납치해 온 사람들이었습니다. 솔리만은 그중에서 아주 소수만 자기 수하에 두고, 나머지는 모두 팔아 버렸습니다. 나는 노예 매매가 벌어지는 광장으로 가서 열 살 내지 열두 살인 스페인 여자애를 샀습니다. 그 아이는 뜨거운 눈물을 흘리며 절망했지요. 나는 그 아이가 그렇게 잡혀 온 것에 대해 어린 나이에 비해 훨씬 통렬히 느끼는 것을 보고 놀랐습니다. 그래서 그 아이에게 카스티야어로 너무 슬퍼하지 말라고 말하고 나서, 터번을 쓰기는 했지만 인간미가 없지 않은 주인의 손에 들어왔으니 걱정하지 말라고 안심시켰습니다. 그 아이는 그렇게 잡혀 온 것에 대한 괴로움에 여전히 빠져 있어서 내 말을 듣지도 않았습니다. 아이는 그저 흐느끼기만 하고, 운명을 한탄하고, 가끔씩 애처롭게 소리를 질러 댔습니다. “아, 어머니! 왜 우리는 헤어진 건가요? 우리가 함께 있기만 하면 나는 참을 수 있을 것 같은데….” 그 아이는 이 말을 하면서 마흔다섯 내지 쉰 살쯤 되는 여인 쪽을 바라보았습니다. 그 여인은 몇 발자국 떨어져 있었고, 눈을 내리뜬 채 누군가 자신을 사가기를 침울하게 말없이 기다리고 있었습니다. 나는 어린애에게 그 아이가 쳐다보는 사람이 어머니냐고 물었습니다. 그랬더니 그 아이가 대답했습니다. “아아! 네, 나리, 제발 제가 어머니 곁을 떠나지 않게 해주세요!” 그래서 내가 아이에게 말했습니다. “아 그렇다면, 얘야, 너를 위로하려면 두 사람을 함께 지내게 하면 되겠구나. 너희 두 사람은 곧 만족하게 될 거다.” 이 말과 함께 나는 그 어머니를 두고 흥정하려고 그녀에게 다가갔습니다. 그런데 그녀를 보자 그 얼굴은 바로 루신다의 이목구비, 바로 그녀의 모습이었습니다. 내가 얼마나 흥분했겠습니까. 나는 속으로 생각했습니다. ‘맙소사! 내 어머니야. 의심의 여지 없이….’ 자신의 불행에 대한 극심한 원망 때문에 자기를 둘러싼 사람들을 오로지 적으로만 여겨서 그런 건지, 아니면 내 옷이 나를 변장시켜서 그런 건지, 아니면 내가 그녀를 보지 못한 12년 사이에 내가 변한 탓인지, 그녀는 나를 기억하지 못했습니다. 나는 그녀를 위해서도 노예 상인에게 값을 치른 후 그녀의 딸과 함께 내 집으로 데려왔습니다.

집에 오자 나는 내 신분을 그들에게 알려 주는 기쁨을 맛보려 했습니다. 그래서 루신다에게 말했습니다. “부인, 내 얼굴이 부인께 충격을 주지 않을 수가 있는 겁니까? 내 수염과 터번이 당신의 아들인 라파엘을 알아보지도 못하게 하는 겁니까?” 이 말에 내 어머니는 소스라치게 놀라며 나를 찬찬히 바라보고는 마침내 나를 알아보았습니다. 우리는 다정히 얼싸안았습니다. 그런 다음 나는 어머니의 딸도 포옹

했습니다. 내게 여동생이 있다는 것을 내가 몰랐듯이 아마 그 아이도 자기에게 오빠가 있다는 것을 나 못지않게 몰랐을 겁니다. 내가 어머니에게 말했습니다. "어머니가 연기한 그 어떤 연극에서도 이토록 완벽한 뜻밖의 만남은 없었다는 것을 인정하세요." 그러자 어머니가 한숨을 내쉬며 대답했습니다. "아들아, 너를 다시 보게 되어 우선은 기쁘지만, 내 기쁨이 괴로움으로 바뀌는구나. 아니 도대체 이런 꼴로 있는 너를 보게 되다니, 아아! 노예가 된 내 처지가 너의 그 끔찍한 옷보다 천 배는 덜 괴롭구나…." 그래서 나는 웃으면서 그녀의 말을 가로막았습니다. "아! 그러네요, 부인, 당신의 까다로움이 감탄스럽습니다. 여배우는 그러는 게 좋아요. 아, 빌어먹을! 어머니, 변신한 내 모습이 어머니의 눈을 그토록 심히 상하게 한다면, 어머니 또한 아주 많이 변하신 걸요. 내가 쓴 터번에 대해 분노하지 마시고, 차라리 무대에서 이슬람교도 역할을 하는 배우라고 여겨 주세요. 변절은 했지만, 스페인에 있을 때 못지않게 이슬람교도가 아닙니다. 그리고 정말로 나는 내 종교에 여전히 애착을 갖고 있다고 느낍니다. 이 나라에서 내게 일어난 일들을 어머니가 다 아신다면 나를 용서하실 겁니다. 사랑 때문에 죄를 저지른 겁니다. 사랑이라는 신을 추종한 거죠. 내가 어머니를 좀 닮았다는 사실을 알아 두십시오." 그러고 나서 나는 덧붙였습니다. "이런 상황에 처한 나를 보며 어머니가 느끼게 되는 불쾌감을 조절하셔야 할 이유가 또 있습니다. 알제에서는 그저 혹독한 억류 생활만 겪게 되리라 예상하셨을 텐데, 주인을 만나고 보니 다정하고 존경스럽고 꽤 부자인 아들이었던 겁니다. 우리가 스페인으로 안전하게 돌아갈 기회를 포착하게 될 때까지 어머니를 여기서 풍족하게 사시도록 해줄 아들 말입니다. 그러니 어떤 경우에는 불행도 좋은 것이라는 격언이 진실임을 인정하세요."

그러자 루신다가 말했습니다. "아들아, 네가 언젠가 고국으로 돌아가 거기서 이슬람교를 버릴 계획이라니, 아주 위안이 되는구나." 그러더니 덧붙였습니다. "하늘 덕분에 나는 네 누이동생 베아트리스를 카스티야로 무사히 다시 데려갈 수 있겠구나." 그래서 내가 소리쳤습니다. "네, 그래요, 그렇게 하실 수 있어요. 우리는 셋 다 가능한 한 빨리 돌아가서 우리 가족의 다른 식구들과도 만날 겁니다. 왜냐하면 스페인에도 어머니의 다산(多産)의 증거들이 또 있는 것 같으니까요?" 그러자 어머니가 말했습니다. "아니다. 나한테는 자식이라곤 너희 둘밖에 없고, 베아트리스는 아주 합법적인 결혼에서 태어난 아이다." 그래서 내가 대꾸했습니다. "아니, 왜 그 누이동생에게만 그런 혜택을 주신 건가요? 결혼할 작정을 어떻게 하시게 된 건가요? 내가 어릴 적에 어머니로부터 백 번쯤 들은 바로는, 예쁜 여자는 남편을 얻는 것이 허용되지 않는다면서요." 이에 어머니가 대꾸했습니다. "때가 달라지면 들이는 정성도 달라지는 법이란다, 아들아. 아주 단호한 사람들도 변하기 쉬운 법인데, 일개 여인이 결코 흔들림 없는 결단을 늘 하기를 너는 바라는구나!" 그러더니 말을 이었습니다. "네가 마드리드를 떠난 후로 내가 겪은 이야기를 들려주마." 그러고는 내가 절대로 잊지 못할 이야기를 들려주셨습니다. 이야기가 너무 이상야릇하여 당신들에게 들려주지 않을 수가 없습니다.

내 어머니는 말했습니다. "네가 기억하는지 모르겠지만, 네가 신생

도시 레가네스●를 떠난 지가 약 13년 되었단다. 그즈음 메디나 코엘리 공작이 어느 날 저녁에 나와 단둘이 저녁 식사를 하고 싶다고 말했어. 그는 내게 식사를 할 날짜를 지정해 주었지. 나는 그 나리를 기다렸다. 그가 와서 나를 만나더니 마음에 들어 했지. 그는 나를 두고 자기가 경쟁해야 할 만한 자들을 모두 희생시킬 수 있느냐고 내게 물었단다. 나는 그가 그 대가를 톡톡히 치러 줄 거라고 기대하면서, 그러겠다고 했어. 바로 다음 날 그는 내게 선물들을 보내 주었고, 그 이후에도 여러 차례 선물이 이어졌지. 나는 그토록 지위 높은 남자를 내 관계망 속에 오래 붙들어 놓을 수 없을까 봐 초조했단다. 그리고 그가 대단한 미녀들과 사귈 때마다 정복하는 즉시 늘 관계를 끊어 버리고 그녀들에게서 벗어났다는 사실도 내가 모르지 않았던 만큼, 나도 그런 일을 당할까 봐 두려웠던 거다. 그런데 그는 환심을 사려 드는 나의 노력을 점점 덜 좋아하기는커녕 오히려 새로운 즐거움을 얻고, 그 즐거움이 천성적으로 바람기 많은 그의 마음이 원래의 성향대로 흐르는 것을 막는 것 같았어.

그가 나를 사랑하기 시작한 지 이미 석 달이나 되기에 그의 사랑이 오래갈 거라는 기대를 품을 만하던 터에, 그가 자기 아내인 공작부인을 동반한 모임에 내가 내 친구 한 명과 함께 갔단다. 우리는 성악과 악기들의 공연을 들으러 거기에 갔던 거였어. 우연하게도 우리는 공작부인 가까이 자리하게 되었지. 공작부인은 자기가 있는 장소에 내가 감히 나타난 것이 불쾌하다고 생각했어. 그녀는 시녀 한 명을 내게

● 마드리드 자치공동체에 속하는 도시.

보내서 얼른 나가기를 바란다는 말을 전했어. 나는 그 전갈을 보낸 하녀에게 격한 태도로 대응했고, 이에 화가 난 공작부인은 이에 대해 남편에게 불평을 했어. 그러자 공작이 몸소 내게 와서 말했단다. '나가시오, 루신다. 고관대작들이 당신처럼 별 볼 일 없는 여인들에게 애착을 갖는다고 해서 자신의 신분을 망각해서는 안 되는 거요. 설사 우리가 당신 같은 여인들을 자기 아내보다 더 사랑하는 일이 생긴다 할지라도, 당신들보다는 아내들을 더 존중한다오. 당신들이 우리 아내들과 자신들을 비교 대상으로 놓고 싶어 할 만큼 그렇게 뻔뻔스럽게 군다면, 당신들은 그럴 때마다 늘 모욕적으로 취급당하여 수치스러워질 거요.'

다행히 공작은 그 잔인한 얘기를 아주 조그만 소리로 했기에, 우리 주위에 있던 사람들은 전혀 듣지 못했어. 나는 너무 수치스러워서, 그 모욕을 감내하며 분해서 울었단다. 설상가상으로 연극배우들이 바로 그날 저녁 그 일을 알아 버렸어. 다른 사람들에게 일어난 일을 그들의 집에 가서 죄다 일러바치기 좋아하는 악령이 있는 것만 같아. 예를 들어 어느 배우가 방탕하여 괴상한 행동을 했다느니, 또 어느 여배우가 어느 부유한 호색가와 임대차 계약을 막 체결했다느니 하는 얘기를 극단 사람들은 금세 알게 되곤 했으니까. 그러므로 내 동료들 모두가 그 연주회에서 일어난 일을 알게 되었단다. 그들이 나를 빌미로 매우 즐거워했는지 어쨌는지는 결코 모르고…. 그들 사이에는 그런 계기가 생기기만 하면 이웃사랑이 발동하여 모두가 관심을 쏟는 분위기가 만연해 있거든. 하지만 나는 그들의 험담을 극복했고, 메디나 코엘리 공작을 잃은 것에 대해서도 마음을 달랬지. 왜냐하면 그를 내 집에서 더 이상 보지 못했고, 심지어 며칠도 안 되어 어느 여가수가 그를 정복했다는 사실을 알게 되었으니까.

여배우가 행복하게도 인기를 얻게 되면 애인들이 생기게 마련이야. 고관대작의 사랑이 설사 사흘밖에 지속되지 않는다 하더라도, 일단 그러고 나면 그녀에게 새로운 상(償)이 이어지지. 공작이 나를 더 이상 보지 않는다는 소문이 마드리드에 파다하게 퍼지자, 내게 다른 남자들이 꼬이기 시작했어. 내가 공작을 위해 희생시켰던 경쟁자들이 이전보다 더욱 내 매력에 빠져들어서 다시 경쟁자로 나서려고 무수히 몰려들었단다. 많은 마음들이 내게 경의를 표했지. 나는 그 어느 때보다 인기가 많았어. 내 호의를 바라며 애를 쓰는 그 모든 남자들 중에 오수나 공작의 시종인 뚱뚱한 독일인이 내 보기에는 가장 열성적인 것 같았어. 그리 사랑스런 외모는 아니었으나, 그가 하인 일을 하면서 축적한 1천여 피스톨라 때문에 내 관심을 끌었던 거야. 그는 나의 운 좋은 연인들의 목록에 끼고 싶어서 그 돈을 아낌없이 써댔단다. 그 훌륭한 인물의 이름은 브루탄도르프였어. 그가 돈을 쓰는 한 나는 그를 호의적으로 맞아들였고, 그가 파산하자 즉각 그에게는 문을 닫아 버렸지. 그는 내 태도에 몹시 불쾌해져서, 공연 도중에 나를 찾으러 왔어. 나는 무대 뒤쪽에 있었어. 그가 내게 불평을 하려 들자, 나는 비웃었지. 그러자 그가 화를 내기 시작하더니 정말로 독일인답게 내 따귀를 때렸어. 나는 너무 큰 소리를 내질러서 연극이 중단되었어. 나는 무대로 나가서, 그날 자기 아내와 극장에 있던 오수나 공작을 향해 그의 시종의 게르만적 태도에 대해 정당한 처벌을 하라고 요구했어. 그랬더니 공작은 연극을 계속하라고 지시했고, 연극이 끝나면 양쪽의 얘기를 들어 보겠다고 말했어. 연극이 끝나자 나는 몹시 흥분하여 공작 앞으로 가서 격렬하게 내 불만을 터뜨렸어. 독일인은 그저 단 두 마디로 자신을 변호했어. 그는 자기가 한 일에 대해 후회를 하기는커녕 얼마든지 또 그렇게 할 수 있다고 말했어. 오수나 공작은 양쪽 말을 다 들어 보더니 독일인에게 말했어. '브룬도르프, 당신을 내 집에서 쫓아내겠소. 내 눈앞에 나타나는 것을 금지하오. 한 여배우의 따귀를 때려서 그런 것이 아니라, 당신의 주인과 여주인에게 결례를 범했고, 감히 그들이 있는 가운데 공연을 방해했기 때문이오.'

그 판결이 내 마음에 남았어. 나는 공작이 나를 모욕한 벌로 그 독일인을 쫓아낸 것이 아니어서, 공작에 대해 치명적인 원한을 품게 되었어. 나는 여배우에게 그런 모욕을 가하는 것은 국가원수에 대한 모독죄만큼이나 준엄하게 처벌되어야 한다고 생각했었기에, 시종이 불명예스런 처벌을 받게 될 거라고 예상했었거든. 그 불쾌한 사건이 내 착각을 일깨워서, 세상은 배우가 연기하는 역할과 그 배우 자신을 혼동하지 않는다는 것을 알게 되었어. 그래서 나는 연극이 역겨워졌고, 이어서 연극을 그만두고 마드리드로부터 멀리 떨어진 곳에 가서 살아야겠다고 마음먹은 거야. 나는 은퇴해서 살 도시로 발렌시아를 선택했어. 그리고 현금과 귀금속으로 갖고 있던 2만 두카도 상당의 가치가 되는 것들을 챙겨서 익명으로 그곳에 갔어. 여생 동안 생계를 유지하는 데 충분하고도 남을 것 같았지. 왜냐하면 나는 배우 직업에서 완전히 은퇴하고 살 생각이었으니까. 그래서 발렌시아에서 작은 집을 하나 빌렸어. 하인들로는 그 도시 사람들 모두가 그렇듯이 나를 모르는 여자 한 명과 시동 한 명을 고용했어. 나는 왕궁의 관료였던 자의 과부 행세를 하기로 작정했어. 그리고 발렌시아에 온 이유는, 체류하기에는 그곳이 스페인에서 가장 쾌적한 도시 중 하나라는 명성 때문에 그곳으로 정착하러 온 거라고 말했어. 나는 아주 소수의 사람들만 만났고, 아주 반듯한 처신을 하여 내가 여배우였을 거라고 의심하는 사람은 하나도 없었어. 그런데 나 자신을 감추려고 그렇게 애썼음에도 불구하고, 파테르나 근처에 성을 갖고 있는 어느 귀족의 눈을 끌게 되었어. 그는 풍채가 꽤 좋은 35~40세가량의 기사였지. 그런데 귀족이긴 하지만, 빚이 아주 많았어. 발렌시아 왕국이라고 해서 스페인의 다른 공국들하고 다를 바 없었거든.

그 '이달고'●는 나를 마음에 들어 하면서, 내가 자기에게 어울리는 사람인지 알고 싶어 했어. 그는 사람들을 풀어서 조사를 해오게 만들었지. 그들의 보고에 의하면 내가 역겹지 않은 발랄한 얼굴에 꽤 부유한 과부라는 것을 알고 기뻐했어. 그래서 내가 자기에게 적절하다는 판단을 하고는, 곧장 내 집에 늙은 하녀를 하나 보내어 그의 말을 전했어. 나의 덕성뿐만 아니라 미모에도 반해서 자신의 마음을 주겠으며, 만약 내가 그의 아내가 되고 싶다면 결혼할 준비도 돼 있다는 말이었어. 나도 그 귀족에 대해 알아보았지. 사람들이 그의 사업 형편에 관해 조금도 숨기지 않았지만, 그래도 그를 좋게 얘기하기에, 얼마 안 되어 나는 힘들이지 않고 그와 결혼하기로 결정했어.

돈 마누엘 데 셰리카(내 남편의 이름이었어)는 나를 우선 자기 성으로 데려갔어. 고풍스러운 분위기였고, 이에 대해 그는 매우 우쭐해 있었

● 'hidalgo'. 스페인어로 귀족 혈통을 가리킨다.

지. 그는 자기 조상 중 한 명이 예전에 그 성을 짓게 했고, 스페인에는 셰리카성보다 더 오래된 저택이 없다고 주장했어. 그런데 그토록 대단한 귀족의 지위가 세월에 의해 몰락하려던 참이었어. 그 성은 여러 군데에 지지대가 필요했고, 막 무너질 지경이었어. 그런 성의 주인인 돈 마누엘이 나와 결혼했으니 얼마나 다행이었는지! 내 돈의 절반이 성의 보수공사에 쓰였고, 나머지는 그 지방에서 우리가 화려한 모습을 보이는 데 사용되었어. 말하자면 나는 새로운 세계로 들어서게 된 거지. 성의 요정으로 변하고, 교구 부인이 된 거야. 대단한 변신이었어! 나는 너무 훌륭한 배우여서 내 지위가 뿜어 대는 광휘를 잘 버텨 냈어. 나는 우쭐해서 거만을 떨었고, 연극적인 분위기를 풍김으로써 높은 신분 출신으로 여기게 만들었어. 실제로 내가 어떤 신분이었는지 그들이 알았다면 나를 비웃으며 몹시 즐거워했겠지! 주위의 귀족들은 나를 엄청나게 놀려 댔을 테고, 농민들은 내게 보이던 존경심을 걷어가 버렸을 거야.

내가 돈 마누엘과 아주 행복하게 산 지 약 6년쯤 되었을 때, 그가 죽었어. 그는 해결해야 할 일들과 네 살 된 네 누이 베아트리스를 내게 남겨 놓았지. 우리의 유일한 재산이던 성은 불행하게도 여러 채권자들에게 저당 잡혀 있었고, 그중 주요 인물이 베르나르도 아스투토라는 자였어. 그 이름에 썩 잘 어울리는 인물이었지!● 발렌시아에서 그는 소송에 노련한 사람으로서, 소송대리 직무를 수행하고 있었고, 불의를 더 잘 저지르는 법을 배우려고 법을 연구하기까지 했어. 끔찍한

● 스페인어 '아스투토'(astuto)는 '교활한', '간사한'을 뜻한다.

채권자였지! 그런 대소인(代訴人)의 발톱에 걸린 성은 소리개의 발톱에 걸려든 비둘기나 마찬가지야. 그래서 그 아스투로는 내 남편이 죽은 것을 알자마자 성을 공략할 구상을 했어. 그렇게 분규가 시작되었으니, 내 별이 끼어들지 않았더라면 그는 분명히 폭약으로 성을 파괴했을 거야. 그런데 다행히 그 포위공격자가 내 노예가 되었어. 나는 그와 소송에 관해 대화를 나누면서 그를 매혹했지. 고백건대, 나는 그에게 사랑을 주기 위해 아무것도 아끼지 않았고, 내 땅을 구해내려는 일념 때문에 그때까지 숱하게 좋은 결과를 가져왔던 온갖 표정을 그에게 다 지어 보였어. 나의 모든 기량을 다 사용하고도 그 소송대리인을 놓치게 될까 봐 불안했지. 그는 자기 일에 너무 몰두하는 사람이어서 사랑의 감정 같은 것에는 둔감할 것처럼 보였어. 그런데 그 음흉한 인간, 그 열등생, 그 삼류 나부랭이는 나와의 만남을 내가 생각했던 것보다 훨씬 더 즐거워했어. 그는 말했어. '부인, 저는 여인들의 환심을 사는 법을 도통 모릅니다. 저는 언제나 일에만 열심이었기에 여자를 사귈 때의 관행을 배우는 것에는 소홀했습니다. 하지만 중요한 것을 모르지는 않습니다. 본론으로 들어가기 위해 부인께 말씀드리렵니다. 부인께서 저와 결혼하고 싶으시다면 우리는 소송을 전부 다 소멸시켜 버릴 겁니다. 부인의 땅을 팔아 치우기 위해 저와 결탁한 채권자들을 쫓아 버릴 겁니다. 부인은 그로 인해 수입이 생길 테고, 부인의 딸은 소유권을 갖게 될 겁니다.' 베아트리스의 이익과 나의 이익 때문에 나는 망설일 수가 없었고, 그 제안을 받아들였어. 소송대리인은 약속을 지켰지. 그는 공격의 화살을 채권자들에게 돌렸고, 나에게는 성의 소유권을 보장했어. 그가 과부와 고아를 도와 준 것은 아마도 그의 일생에 처음이었을 거야.

그 바람에 나는 소송대리인의 아내가 되었지만, 여전히 교구 부인이기도 했지. 그런데 그 새 결혼으로 말미암아 발렌시아의 귀족들 사이에서는 신망을 잃었어. 귀족 여인들은 나를 관습을 어긴 사람으로 취급했고, 더 이상 보려 들지 않았어. 그래서 나는 부르주아 여인들하고만 관계를 맺어야 했지. 그래서 처음에는 어쩔 수 없이 좀 힘들었어. 왜냐하면 6년 전부터 명문가 집안 부인들만 만나는 것에 익숙했기 때문이야. 하지만 나는 금세 마음을 달랬어. 서기의 아내와 소송대리인의 아내를 사귀게 되었는데, 그 두 여인의 성격이 아주 재미있었어. 그녀들의 태도가 유쾌하고 우스꽝스러웠거든. 이 아씨들은 자기네가 특별한 여인들인 줄로 믿고 있었어. 때때로 나는 속으로 말했어. '아아! 저들이 자신을 망각하고 있는 것을 볼 때면, 그래, 사람들은 늘 저 모양이라니까! 각자 다 자기가 이웃보다 우월하다고 생각하고 있어. 나는 여배우들만 자기 처지를 망각하는 줄 알았는데…. 내 보기에는 부르주아 여인들이라고 더 이성적인 것도 아닌가 보다.' 나는 그녀들을 벌하기 위해, 조상들의 초상화를 집에 간직하는 의무를 그녀들에게 부여하면 좋겠다고 생각했어. 그러면 그녀들은 그 초상화들을 결코 가장 환한 곳에 두지는 않을 거야.

4년간의 결혼생활 후, 베르나르도 아스투토 씨가 병에 걸려서 자식도 없이 죽어 버렸어. 그와 결혼한 덕분에 내게 오게 된 그의 재산과 내가 이미 갖고 있던 재산으로 나는 부유한 과부가 되었지. 그래서 명성을 얻었어. 그런 소문을 듣고서 콜리피치니라는 시칠리아 귀족이 나를 파산시키거나 나와 결혼하기 위해 나한테 달라붙기로 작정했어.

선택권은 내게 주었지. 그는 스페인을 보려고 팔레르모에서 온 사람이었어. 그가 말하기를, 스페인에 대한 호기심을 충족하고 나서 시칠리아로 돌아갈 기회를 발렌시아에서 기다리고 있었다는군. 그 기사는 스물다섯 살도 안 되었고, 키가 작긴 하지만 풍채가 좋았어. 그리고 그의 얼굴이 결국 내 마음에 들었지. 그는 나와 따로 말할 방법을 찾아냈어. 내가 너한테 솔직히 고백하건대, 그와 처음 대화할 때부터 나는 그에게 홀딱 빠져 버렸어. 그 애송이 사기꾼 쪽에서도 마치 내 매력에 흠뻑 빠진 것처럼 굴었어. 이런 말을 하면 안 되겠지만, 소송대리인의 죽음이 아직 아주 최근의 일이긴 하지만 그토록 빨리 새로 결합하는 것이 허락될 수 있는 거라면 나는 당장 결혼하려 들었을 거야. 그런데 다시 결혼하고 싶어진 이후로 나는 세상과 적절한 타협을 했지.

그래서 우리는 예의범절상 결혼을 얼마간 미루기로 합의했어. 그러는 동안 콜리피치니는 내게 온 정성을 기울였고, 그의 사랑은 줄어들기는커녕 하루하루 더 격렬해지기만 하는 것 같았어. 그 불쌍한 젊은이는 현금이 별로 없었어. 내가 그것을 눈치챘지. 그 이후로는 그에게 현금이 고갈된 적이 없었어. 내 나이가 그의 나이의 두 배가량 되는 데다가, 내가 젊었을 때 남자들에게 부담시켰던 일이 생각나서, 이번에는 내가 그렇게 주는 것을 마치 내 양심을 해방하는 반환의 한 방식으로 여겼던 거야. 우리는 최대한 인내심을 갖고 고인을 인간적으로 충분히 존중하는 선에서 과부가 또 결혼하기에 적절한 때를 기다렸어. 그때가 되자 우리는 교회 제단으로 가서 영원한 매듭으로 서로를 묶어 놓았지. 그러고 나서 내 성에 은둔하여 2년간 부부라기보다는 다정한 연인으로 살았다고 할 수 있어. 그런데, 아아! 우리는 그런 행복

속에서 오래도록 함께 살 운명은 아니었나 봐. 늑막염이 나의 소중한 콜리피치니를 데려가 버렸으니….”

나는 어머니의 말을 이 지점에서 중단시키며 말했습니다. “아니, 뭐라고요! 세 번째 남편도 또 죽었다고요? 어머니는 정말 사람 목숨을 많이 앗아 가는 팔자인가 보네요.” 그러자 어머니가 내게 대꾸했습니다. “무슨 소리를 하는 거니, 아들아? 하늘이 헤아려 둔 날들을 내가 연장시킬 수 있는 거니? 남편 셋을 잃는 동안 나는 어찌해야 할지 몰라서 경황이 없었을 테지만 … 남편 둘에 대해서는 몹시 아쉬웠단다. 가장 덜 슬퍼한 것은 소송대리인의 죽음이야. 오로지 이해관계 때문에 그와 결혼했던 탓에 그를 잃은 것에 대해서는 쉽게 마음을 달랠 수 있었단다.” 그러더니 어머니는 말을 계속했습니다. “하지만 콜리피치니에 대한 얘기로 다시 돌아오자면, 그가 죽고 나서 몇 달 후, 우리의 혼인계약서에 남편 사망 시 미망인에게 돌아가도록 그가 지정해 놓은 팔레르모 근교의 시골집을 보러 가고 싶어졌어. 나는 시칠리아로 가려고 딸과 함께 배에 올라탔어. 그런데 가는 도중에 알제에서 온 파샤의 선박들에 의해 나포되고 말았어. 그들은 우리를 이 도시로 데려왔지. 우리로서는 천만다행히도, 그들이 우리를 팔려고 데려간 장소에 네가 있었던 거야. 그렇지 않았으면 우리는 어떤 야만스런 주인의 손에 넘어가 학대를 당했을 테고, 그런 주인의 집에서 어쩌면 평생 노예로 살았을 것이고, 너는 우리에 관한 얘기를 듣지도 못했을 거야.”

내 어머니가 한 얘기는 그러했습니다. 여러분, 그러고 나서 나는 그녀에게 내 집에서 그녀 마음대로 자유롭게 살 만한 가장 아름다운 처소를 제공했습니다. 그 처소는 어머니의 취향에 딱 맞는 곳이었지요. 남자를 사랑하는 것이 어머니에게는 습관이었고, 그 습관은 그토록 반복된 행위들로 형성되었기에, 어머니에게는 애인이나 남편이 절대적으로 필요했습니다. 어머니는 우선 자기 노예 중 몇몇에게 눈길을 던졌어요. 어머니의 처소에 가끔씩 오던 알리 빗친●이라는 그리스인 배교자가 곧이어 어머니의 온 관심을 끌었습니다. 어머니는 콜리피치니에 대해 가졌던 사랑보다 훨씬 더 큰 사랑을 빗친에 대해 품었고, 남자들을 홀리는 데 너무 숙달되었기에 이번에도 그자를 매혹하는 비결을 알아냈습니다. 나는 그들의 내통을 눈치채지 못한 척했습니다. 그 당시 나는 오로지 스페인으로 돌아갈 생각뿐이었습니다. 파샤는 내가 원정을 나가서 해적질을 하는 데 필요한 배 한 척에 의장을 갖추는 일을 내게 이미 허락했습니다. 그래서 그 일로 나는 바빴습니다. 그 일이 끝나기 일주일 전 나는 루신다에게 말했습니다. "어머니, 우리는 알제에서 즉시 출발할 겁니다. 어머니가 싫어하시는 이 거주지를 더 이상 보지 않게 될 겁니다."

이 말에 어머니는 창백해지더니 냉랭한 침묵을 지켰습니다. 나는 놀라며 의아해했습니다. 그래서 어머니에게 말했습니다. "이게 웬일

● Ali Pegelin 또는 Ali Bitchin이나 Ali Bitchnin이라고 불리던 이탈리아인(1560~1645). 피치니(Piccini) 또는 피치닌(Piccinin)에서 이름이 비롯되었을 거라고 추정된다. 기독교를 버리고, 해적질을 하여 상당한 재산을 모으고, 알제의 해군제독까지 된 데다가 알제에 모스크까지 세운다. 잘 알려진 이 인물을 모델로 하여 그 이름을 차용하면서 르사주는 이탈리아인 대신 그리스인이라고 일부러 바꾼 것 같다.

인가요? 어머니가 겁에 질린 얼굴을 하시다니, 도대체 왜 그러시는 건가요? 제가 어머니에게 기쁨을 안겨드리기는커녕 상심하시게 하는 것 같습니다. 저는 우리가 이곳을 떠나기 위한 만반의 준비가 돼 있다는 사실을 알려드리면 어머니가 몹시 기뻐하실 거라고 믿었습니다. 스페인으로 돌아가고 싶지 않으신 건가요?" 그러자 어머니가 대답했습니다. "그렇다, 아들아. 나는 더 이상 그러고 싶지 않다. 거기서 너무 힘들었기에 그곳을 영원히 포기하련다." 그래서 내가 괴로워하며 소리쳤습니다. "아니, 그게 무슨 소리인가요? 아! 어머니를 그곳으로부터 떼어놓는 것은 사랑이라고 차라리 말하십시오. 그렇게 변하시다니, 오 맙소사! 어머니가 이 도시에 도착했을 때는 눈에 보이는 것마다 죄다 가증스러워하셨습니다. 그런데 알리 빗친이 어머니의 마음을 바꾸어 놓았군요." 그러자 루신다는 대꾸했습니다. "그 말을 부인하지 않으마. 나는 그 배교자를 사랑하여, 그를 나의 네 번째 남편으로 만들고 싶구나." 그때 내가 경악하며 말을 중단시켰습니다. "대단한 계획이시네요! 이슬람교도랑 결혼하려 하시다니! 어머니는 기독교인이라는 것을 잊고 계시는군요. 아니 그보다, 여태까지 그저 말로만 기독교인이셨거나. 아! 어머니, 제가 무슨 생각을 하게 만드시려는 건가요? 망하시려고 작정을 하셨군요. 나는 그저 어쩔 수 없이 했을 뿐인 일을 어머니는 자진해서 하려 드시다니요."

나는 어머니의 생각을 바꾸려고 이런저런 말로 설득했습니다. 그러나 아무리 얘기를 늘어놓아도 소용이 없었습니다. 이미 마음을 굳혔거든요. 심지어 자신의 나쁜 습성대로 나를 떠나 그 배교자와 함께 살려는 것으로 만족하지 못하고, 베아트리스까지 데려가려 했습니다.

나는 그 계획에는 반대했어요. "아! 불행한 루신다! 그 무엇도 어머니를 붙잡을 수 없다면, 적어도 어머니를 사로잡는 그 격정에는 혼자만 빠지세요. 어머니가 몸을 던지게 될 그 낭떠러지로 순진한 어린애까지 끌어들이지는 마시라고요." 루신다는 대꾸도 하지 않고 가버렸습니다. 그나마 남아 있는 이성이 그녀를 일깨워서 더 이상 딸을 요구하는 고집을 부리지는 않게 될 거라고 나는 믿었습니다. 그러나 내가 어머니를 너무 몰랐던 겁니다! 내 노예 중 한 명이 이틀 후 내게 말했습니다. "나리, 조심하세요. 빗친의 포로 한 명이 내게 와서 비밀을 하나 말해 주었는데, 나리께서 그것을 얼른 이용하셔야 할 것 같습니다. 나리의 어머니께서 종교를 바꾸셨답니다. 그리고 나리께서 베아트리스 아가씨를 못 데려가게 하는 것에 대한 보복으로, 나리의 도주 계획을 파샤에게 알리기로 작정하셨답니다." 나는 내 노예가 해준 말을 들으면서, 루신다는 정말로 그러고도 남을 여자라는 것을 한순간도 의심치 않았습니다. 그동안 그녀를 살펴볼 시간이 있었으니까요. 그리고 그녀가 비극작품들 속에서 피비린내 나는 역할들을 하도 많이 연기하다 보니 범죄에 익숙해졌다는 것도 알게 되었거든요. 그녀는 나를 산 채로 불태우게 하고도 남을 사람이었습니다. 그녀는 내가 죽는다고 해도 내 죽음을 연극작품에 나오는 재앙보다 더 민감하게 느끼지도 않았을 겁니다.

그러므로 나는 내 노예의 의견을 소홀히 여기고 싶지 않았습니다. 나는 출항을 서둘렀습니다. 원정 나가는 알제 해적들의 관습에 따라 터키인들을 고용했고, 가능한 한 빨리 내 노예들 전부와 누이동생 베아트리스를 데리고 항구를 빠져나왔습니다. 내가 갖고 있던 돈과 귀금속도 잊지 않고 챙겨갔으리라는 점은 여러분도 잘 짐작하실 겁니다. 그것들의 가치는 다 합쳐서 6천 두카도에 달했습니다. 우리는 바다 한가운데로 나아가자 터키인들을 장악하는 일부터 시작했습니다. 우리는 그들을 사슬로 쉽게 포박했습니다. 왜냐하면 내 노예들의 숫자가 더 많았으니까요. 우리는 순풍을 받으며 얼마 안 되어 이탈리아 해안에 도달했습니다. 천만다행히도 리보르노 항구에 도착했는데, 온 도시 사람들이 우리가 상륙하는 것을 보려고 거기로 몰려들었던 것 같습니다. 내 노예 아자리니의 아버지도 우연 탓인지 아니면 호기심 때문인지 그 구경꾼들 사이에 있었습니다. 그는 내 포로들이 한 명 한 명 땅을 밟을 때마다 주의 깊게 찬찬히 바라보았습니다. 그들 가운데서 아들의 얼굴을 찾아보고 있기는 했어도, 다시 보게 될 거라는 기대는 하지 않았습니다. 그러니 그들 둘이서 서로를 알아보게 되었을 때, 얼마나 흥분하고 얼마나 많이 얼싸안았겠습니까!

아자리니가 자기 아버지에게 내가 누구인지, 리보르노에 무엇 때문에 온 것인지 알려 주자, 그 노인은 나와 베아트리스를 자기네 집에 묵게 해주었습니다. 내가 가톨릭교회의 품으로 돌아가기 위해 밟아야 했던 숱한 절차의 자세한 사항들은 여기서 생략하렵니다. 그저 이슬람교를 받아들일 때보다 더 성의껏 그 종교를 공식적으로 버렸다는 얘기로 그치렵니다. 나는 알제의 불순물을 완전히 배출해 버린 후 내 선박을 팔고, 내 노예들 모두에게 자유를 주었습니다. 그리고 터키인들은 리보르노의 감옥에 붙잡아 두게 했습니다. 그들을 기독교인들과 맞바꾸기 위해서였습니다. 나는 아자리니 부자(父子)로부터 극진한 대접을 받았습니다. 아들 아자리니는 심지어 내 누이인 베아트리스와 결혼까지 하였습니다. 솔직히 그로서는 베아트리스가 나쁜 혼처가 아니었지요. 귀족의 딸이고, 내 어머니가 시칠리아로 가고 싶어 했을 때 파테르나의 어느 부유한 농부에게 세를 준 셰리카성이 베아트리스의 소유였으니 말입니다.

리보르노에서 얼마간 머문 뒤 나는 보고 싶었던 피렌체로 떠났습니다. 아무 추천서도 없이 거기로 간 것이 아닙니다. 아버지 아자리니는 대공의 궁정에 친구들이 있었는데, 나를 그들의 지인이며 스페인 귀족인 양 추천해 주었습니다. 나라 밖으로 나가면 '돈'•이라는 경칭을 무람없이 취하는 대다수의 스페인 평민들처럼 나도 내 이름에다 그 경칭을 덧붙였습니다. 그래서 뻔뻔하게 돈 라파엘이라는 이름으로 불렸던 것입니다. 그리고 귀족 행세를 떳떳이 버티게 해줄 만한 것들을 알제로부터 가져왔기에, 화려한 차림으로 궁정에 나타났습니다. 아자리니 노인은 나에 관해 호의적인 편지를 보냈고, 이를 본 기사들이 궁정에서 나를 귀족이라고 공표했습니다. 그래서 그들의 증언과 내가 꾸민 분위기 덕분에 힘들이지 않고 중요한 사람으로 통하게 되었습니다. 나는 곧이어 고관대작들과 사귀게 되었고, 그들이 나를 대공에게 소개해 주었습니다. 다행히 대공은 나를 마음에 들어 했습니다. 나는 왕족의 총애를 받기 위해 애를 썼고, 대공을 연구하는 일에 몰두했습니다. 아주 연로한 궁정 사람들이 대공에게 말을 할 때면 나는 주의 깊게 듣곤 했어요. 그들의 말을 통해 대공의 성향을 간파한 겁니다. 그렇게 해서 대공이 농담이나 만담 또는 재치 있는 말을 좋아한다는 것

• don. 스페인어에서 남성의 이름 앞에 붙이는 경칭.

을 알게 되었죠. 그래서 그것에 맞춰 행동했어요. 아침마다 작은 서판에다 낮 동안 대공에게 들려주고 싶은 이야기들을 적었습니다. 나는 그런 것들을 많이 알고 있었습니다. 말하자면 꽉 찬 보따리를 갖고 있었죠. 그런데 그 이야기보따리를 아무리 아껴 가며 써도 서서히 비어 갔어요. 이제는 이미 했던 이야기를 반복해서 하거나 내 금언들이 바닥났다는 것을 드러내는 수밖에 없었습니다. 내 창의적인 재능이 허구의 이야기라도 잔뜩 지어내지 않는 한 말입니다. 그래서 나는 연애 이야기와 희극적인 이야기들을 지어냈고, 그 이야기들에 대공은 몹시 즐거워했습니다. 직업적인 재사(才士)들에게 흔히 일어나는 일이죠. 나는 매일 점심 후에 즉흥적으로 내놓을 재담들을 아침마다 수첩에 적어 놓곤 했습니다.

심지어 나는 시인으로 자처하기도 했고, 시적 영감을 발휘하여 대공에 대한 찬사를 지어내기도 했습니다. 내 시들이 형편없었다는 것을 지금도 진심으로 인정합니다. 그래서 그 시들은 비판받지 않았습니다. 하지만 내 시들이 그보다 더 나았다 한들 대공이 더 좋게 평가했을까 하는 의구심이 듭니다. 그는 내 시에 아주 만족스러워하는 듯했습니다. 아마도 시의 소재 때문이었는지 모릅니다. 어찌됐건 대공은 어느새 나를 아주 좋아하게 되어 궁정 사람들의 시기심을 불러일으켰습니다. 그들은 내 정체를 알아내려 했습니다. 그러나 성공하지는 못했습니다. 그들은 그저 내가 배교를 한 적이 있다는 것만 알아냈습니다. 그들은 내게 나쁜 결과를 가져다줄 거라는 기대하에 그 사실을 대공에게 말했습니다. 하지만 그들의 기대대로 되지는 않았습니다. 그 반대로 대공은 어느 날 나의 알제 여행에 관해 소상히 얘기해 달라고 지시했습니다. 나는 그 말에 따라 조금도 숨김없이 내 모험 이야기를 전해 주었고, 대공은 내 얘기를 매우 즐겁게 들었습니다.

내가 이야기를 다 마치자 그가 말했습니다. "돈 라파엘, 나는 자네에게 우정을 갖고 있네. 그 점을 의심할 수 없게 하는 징표를 자네에게 주고 싶네. 자네를 내 비밀의 수탁자로 삼겠네. 내 비밀 속에 자네를 끌어들이는 일을 시작하기 위해, 내가 대신 중 한 명의 아내를 사랑한다는 얘기를 하겠네. 내 궁정에서 가장 사랑스러운 동시에 가장 덕성스러운 부인일세. 가정에 은둔해 있고, 자기를 우상처럼 떠받드는 남편만 사랑하는 그녀는 자신의 매력이 피렌체에서 소문이 자자하다는 사실을 알지 못하는 것 같네. 그러니 그녀를 정복하는 것이 얼마나 힘들지 생각해 보게! 그런데 그 미녀를 연모하는 자들은 그녀에게 접근할 수 없겠지만, 그녀가 나의 한숨은 가끔씩 들어줬다네. 다른 사람 없이 단둘이 그녀와 얘기할 방법을 내가 찾아냈거든. 그녀는 내 감정을 알고 있네. 그렇다고 내가 그녀에게 사랑을 불러일으켰다고 자부하지는 않네. 그녀는 그렇게 기분 좋은 생각을 품게 할 만한 여지를 준 적이 없어. 그럼에도 나는 끈질김과 세심하게 유지하는 애매모호한 처신을 통해 그녀의 마음에 들 거라는 희망을 버리지 않고 있다네."

그러고 나서 대공은 말을 계속했습니다. "그 부인에 대한 나의 열정은 오로지 그녀만 알고 있다네. 그녀에게 끌리는 마음을 거리낌 없이 따르면서 군주로 행동하기보다는 내 사랑을 아무도 모르게 하고 있네. 내가 좋아하는 여인의 남편인 마스카리니에게 그런 정도의 배려는 해줘야 한다고 생각하네. 나에 대한 그의 열의와 애착, 헌신과 청렴함이 나로 하여금 아주 비밀스럽고도 조심스럽게 처신하게 만들고 있네. 그의 아내의 연인이라고 공언하여 그 불행한 남편의 가슴에 비수를 꽂는 일은 하고 싶지 않네. 가능하다면, 내가 느끼는 이 불타는 열정을 그가 영원히 모르길 바라네. 왜냐하면 지금 자네에게 털어놓는 이 비밀을 그가 알게 된다면 그는 괴로워서 죽을 게 확실하니까. 그러므로 나는 내 처사를 감추기로 했네. 그리고 스스로 부과한 제약 때문에 내가 겪는 극심한 괴로움은 자네가 나 대신 루크레시아에게 표현해 달라는 부탁을 하기로 결정했네. 자네는 이제 내 감정의 통역사가 되는 걸세. 자네가 이 심부름을 훌륭히 해내리라고 믿어 의심치 않네. 마스카리니와 관계를 맺고, 그의 우정을 얻는 일에 매진하게. 그래서 그의 집에 드나들 수 있게 되고, 그의 아내에게 자유로이 말할 수 있게 되도록 관계를 이끌어 가게. 바로 그것이 내가 자네에게서 기대하는 바이네. 그리고 자네가 아주 능란하게, 그리고 미묘한 일이니만큼 아주 조심스럽게 해낼 거라고 확신하네."

나는 대공에게 최선을 다해 그의 신뢰에 부응하고, 그 열정의 행복에 공헌하겠노라고 약속했습니다. 그리고 곧이어 약속을 지켰지요. 마스카리니의 마음에 들기 위해 온갖 노력을 기울여서 별 어려움 없이 목적을 달성했어요. 대공의 신임을 받는 내가 그렇게 우정을 구하는 모습에 그는 매료된 것입니다. 그래서 그쪽에서도 내게 다가와 우리 사이의 거리를 반쯤은 좁혀 주었지요. 그의 집이 내게 개방되어서 나는 그의 아내 곁에도 자유로이 드나들 수 있게 되었어요. 감히 말하건대, 내가 태도를 너무 잘 꾸며 대는 바람에, 그는 내가 맡게 된 임무를 조금도 눈치채지 못했습니다. 그가 이탈리아 사람치고는 별로 질투가 없던 것이 사실입니다. 그는 루크레시아의 덕성을 믿었기에, 그녀와 나를 단둘이 놔둔 적이 자주 있었습니다. 우선 나는 일을 신속히 처리했습니다. 그 부인에게 대공의 사랑에 대해 얘기하고 나서, 내가 그녀 집에 온 것은 오로지 대공에 관해 얘기하기 위해서라고 말했습니다. 내가 보기에 그녀는 대공을 사랑하는 것 같지 않았습니다. 그럼에도 불구하고 허영심 때문에 대공의 사랑 고백을 내치지 못한다는 것도 알아챘습니다. 그녀는 대공의 사랑 고백에 대답하려 들지 않으면서도 듣는 것 자체는 즐거워했습니다. 그녀는 지혜롭긴 했지만, 여인이었습니다. 한 군주가 자기 손아귀에 놓인 것을 본다는 그 멋진 이미지에 그녀의 덕성이 굴복하는 것을 나는 알아차렸습니다. 마침내 대공은 타르퀴니우스●처럼 난폭하게 굴지 않고도 루크레시아가 그의 사랑에 넘어오는 것을 보게 될 거라고 자신할 수 있게 되었습니다. 하지만 그가 영 예기치 못했을 사건 하나가 그 기대를 무너뜨렸습니다. 그것이 무엇인지 이제 곧 얘기하겠습니다.

천성적으로 나는 여자들과의 관계에서 과감합니다. 터키인들과 지낼 때 좋건 나쁘건 그런 습관이 들어 버린 겁니다. 루크레시아는 아름다웠습니다. 나는 심부름꾼 역할만 해야 했는데, 이를 망각하고 나 자신을 위한 말을 했습니다. 그 부인에게 온갖 끼를 부리며 보필한 겁니다. 그녀는 내 대담한 언행에 충격을 받은 듯 보이지도 않았고, 화를 내며 대답하는 일도 없었습니다. 그저 미소 지으며 말했습니다. "돈

● 로마의 일곱 번째이자 마지막 왕. B.C. 534~509년에 치세를 했고, B.C. 495년에 죽었다. 더할 수 없이 폭군이었던 그는 자기 친척인 장군의 아내 루크레시아를 미치도록 사랑하여 겁탈한다. 루크레시아는 수치스러워서 자살한다.

라파엘, 대공께서 매우 충성스럽고 열성적인 대리인을 선택하셨다는 사실을 인정하세요! 당신은 더없이 청렴결백하게 대공을 섬길 겁니다.” 그래서 내가 같은 어조로 말했습니다. “부인, 사태를 너무 세심히 따지지 맙시다. 부디, 고찰은 접어 두시지요. 곰곰이 생각해 보면 제게 유리하지 않음을 잘 알지만, 그래도 저는 제 감정에 저 자신을 내맡깁니다. 어쨌든 군주의 비밀을 들은 자 중에서 애정 문제로 군주를 배반한 자가 저만 있는 것은 아닐 겁니다. 어쩌다 보니 고관대작의 심부름꾼이 자기 주인의 위험한 경쟁자가 되는 경우는 흔하니까요.” 그러자 루크레시아가 대꾸했습니다. “그럴 수도 있겠지요. 나로서는 자랑스러운 일이네요. 왕족이 아니면 그 누구건 나를 건드릴 수 없을 텐데….” 그러더니 그녀는 진지한 태도를 취하며 말을 이었습니다. “그 점에 관해서는 알아서 해결하세요. 그리고 대화 주제를 바꿉시다. 당신이 방금 말한 것을 잊어 줄게요. 단, 다시는 그런 말을 하지 않는다는 조건으로. 그렇지 않으면 당신은 후회하게 될 수도 있어요.”

이것은 독자에게 하는 말일 뿐이지만, 이참에 말해 두건대, 나는 마스카리니의 아내에게 내 열정을 얘기하는 것을 그만두지 않았습니다. 심지어 그녀가 내 애정에 응답하도록 이전보다 더 열렬히 밀어붙였고, 제멋대로 굴 정도로 꽤 무모해지기도 했습니다. 그러자 그 부인은 나의 이슬람적인 말과 태도에 감정이 상해 강하게 반박했습니다. 그녀는 내 뻔뻔함을 대공에게 알리겠다고 위협하면서 내가 받아 마땅한 벌을 주라고 간청하겠다고 말했습니다. 그러자 이번에는 내가 그 위협에 화가 치밀었습니다. 내 사랑은 증오로 변했고, 나는 루크레시아가 내게 보인 경멸에 대해 복수하기로 작정했습니다. 나는 그의 남편을 만나러 갔습니다. 우선 그가 나를 위태롭게 만들지는 않겠노라는 맹세를 하게 만들고 나서, 그의 아내가 대공과 내통한다는 사실을 알려 주었습니다. 대공에 관해서는 몹시 사랑에 빠진 모습으로 묘사하는 일을 빼먹지 않았습니다. 사건을 더욱 흥미롭게 만들기 위해서였죠. 대신은 그 어떤 사고건 미연에 방지하기 위해 아무 절차 없이 자기 아내를 비밀 처소에 가두어 놓았고, 심복 부하들을 시켜 그녀를 밀착 감시하게 했습니다. 그녀를 감시하면서 그녀와 대공 사이의 연락을 막는 아르고스들에 그녀가 둘러싸여 있는 동안, 나는 대공에게 루크레시아를 더 이상 생각해서는 안 된다고 서글픈 표정으로 알렸습니다. 나는 마스카리니가 아내를 감시할 생각을 해낸 걸 보니 아마도 모든 사실을 알아 버린 것 같다고 말했습니다. 그리고 나는 언제나 매우 능란하게 처신했다고 생각하므로 그에게 나를 의심케 할 수 있었던 것이 무엇인지 모르겠다고 말했습니다. 아마도 그 부인이 직접 남편에게 모든 것을 고백한 것 같고, 남편과 합의하에 자기 덕성을 손상케 하는 그런 구애를 피하기 위해 스스로 기꺼이 은둔한 것 같다는 말도 했습니다. 대공은 내 보고를 듣고 몹시 상심한 듯 보였습니다. 나는 그의 괴로움을 보자 안타까운 마음이 들어 내가 한 짓에 대해 후회한 적이 한두 번이 아니지만, 이젠 너무 늦어 버린 터였습니다. 게다가 지금 고백건대, 내 바람을 무시했던 그 오만한 여자가 처한 상황을 떠올려 보면 사악한 기쁨이 느껴지곤 했습니다.

나는 모두가, 특히 스페인 사람들이 그토록 달콤하게 여기는 복수의 즐거움을 무탈하게 맛보고 있었습니다. 그러던 어느 날 대공이 궁정 귀족 대여섯 명과 내가 함께 있을 때 말했습니다. "자기 군주의 비밀을 악용하고 그 군주로부터 애인을 강탈해 간 사람을 어떤 식으로 처벌하는 것이 적절하다고 판단들 하십니까?" 그러자 한 신하가 말했습니다. "말 네 마리가 사지를 잡아당기게 해야 할 것입니다." 그러자 다른 한 신하는 그를 몽둥이로 두들겨 패서 죽여야 한다고 말했습니다. 그 이탈리아 사람들 중 가장 덜 잔인하고, 죄인에 대해 가장 호의적인 의견을 낸 사람은 탑 꼭대기에서 아래로 밀어 떨어뜨리는 것으로 만족하겠다고 말했습니다. 그때 대공이 말했습니다. "그러면 돈 라파엘은 어떤 의견인가? 스페인 사람들도 그런 경우 이탈리아 사람들 못지않게 엄격하다고 나는 확신하는데 말이오."

독자 여러분도 짐작했겠지만, 마스카리니가 내게 한 맹세를 지키지 않았고, 그의 아내가 자기와 나 사이에 있었던 일들을 대공에게 알릴 방법을 찾아냈다는 것을 나는 깨달았습니다. 그들은 내 얼굴에서 나를 동요시키는 혼란을 읽어 냈습니다. 그런데 나는 아주 당혹스러운데도 불구하고 결연한 어조로 대공에게 대답했습니다. "전하, 스페인 사람들은 더 관대합니다. 그들은 이런 경우 속내 이야기를 터놓는 상대였던 친구를 용서할 것이며, 그런 선처를 통해 그 친구로 하여금 그가 배신했던 일을 마음속으로 영원히 후회하게 만들 것입니다." 이에 대공이 내게 말했습니다. "아! 그렇다면 나도 그런 관대함을 보일 수 있을 것 같구나. 나는 그 반역자를 용서하겠다. 내가 잘 알지도 못하는 사람인 데다가, 다른 사람들 말에 의하면 내가 경계를 했어야 할 사람에게 비밀을 터놓았으니, 순전히 나를 탓해야 할 테니까. 당장 내 나라에서 나가고, 다시는 내 앞에 나타나지 마라." 나는 그 실총에 상심했다기보다는 그토록 유리한 거래로 벌을 면하게 된 것을 기뻐하며 즉시 물러났습니다. 바로 다음 날 나는 바르셀로나행 선박에 올라탔고, 그 배는 스페인으로 돌아가기 위해 리보르노 항구를 빠져나갔습니다.

이 지점에서 나는 돈 라파엘의 이야기를 중단시켰다. 나는 그에게 말했다. "당신이 재기가 있는 사람이라면 마스카리니에게 대공의 루크레시아에 대한 사랑을 폭로하고 나서 즉각 피렌체를 떠났어야 했는데, 그러지 않은 것이 큰 잘못으로 보이는구려. 대공이 곧이어 당신의 배신을 알게 되리라는 생각을 했어야만 하니까." 그러자 루신다의 아들이 대답했다. "나도 그 의견에 동의하네. 그래서 대공이 더 이상 나에 대해 원한을 갖지 않도록 해주겠다고 마스카리니가 확언했음에도 불구하고, 나는 가능한 한 빨리 사라져 버리기로 작정한 걸세."

그러더니 그는 이야기를 계속했다.

나는 알제에서 가져왔던 돈을 피렌체에서 스페인 귀족 행세를 하느라 상당 부분 써버렸기에 남은 돈으로 바르셀로나에 도착했습니다. 그런데 그 카탈루냐 지방에 오래 머무르지는 않았어요. 내가 태어난 곳인 매력적인 마드리드를 다시 보고 싶어 죽을 지경이었기에 가능한 한 빨리 그 욕구를 충족시켰습니다. 나는 마드리드에 도착하여 우연히 카미야라고 불리는 부인이 머물고 있던 가구 딸린 호텔에 묵게 되었습니다. 그녀는 미성년자가 아니었음에도 불구하고 매우 톡 쏘는 매력을 지닌 여인이었습니다. 그 점에 대해서는 나와 거의 같은 때에 그녀를 바야돌리드에서 본 적이 있는 질 블라스 나리를 증인으로 삼겠습니다. 게다가 그녀는 미모보다 재기가 훨씬 더 출중했고, 잘 속는 사람들에게 미끼를 던지는 일에 있어서 그녀보다 더 재능 있는 여인은 못 봤습니다. 그녀는 교태나 부리며 애인들이 고마워하는 것을 이용하는 그런 여자들과는 달랐습니다. 그녀는 어느 사업가를 홀딱 벗겨 먹게 되면 그 노획물을 자기 마음에 드는 노름방 기사와 나눠 갖곤 했습니다.

우리는 보자마자 서로 좋아하게 되었고, 성향이 서로 잘 맞아서 아주 긴밀한 관계가 되어 곧이어 함께 재산공동체를 형성했습니다. 사실 우리의 재산이 대단치는 않았는데, 그 재산마저 얼마 안 되어 다 탕진해 버렸습니다. 불행히 우리는 둘 다 즐기는 것만 생각했지, 타인을 희생시키며 살아가야 하는 우리의 재능은 조금도 활용하지 않았습니다. 즐거움 때문에 둔해진 재능을 마침내 깨운 것은 궁핍이었습니다. 카미야가 말했습니다. "사랑하는 라파엘, 기분전환을 합시다. 지조를 지키느라 파산하는 짓은 그만합시다. 당신은 부유한 과부를 홀릴 수 있고, 나는 늙은 귀족을 유혹할 수 있잖아요. 우리가 계속 서로에게 절개를 지키면, 둘 다 행운을 놓치게 될 테니까!" 이에 내가 대답했습니다. "아름다운 카미야, 당신이 선수를 치는군요. 내가 같은 제안을 하려던 참이었소. 나도 그 제안에 동의하오, 나의 여왕이여. 그래요. 우리가 서로에 대해 품은 열정을 더 잘 지킬 수 있도록 유익한 쟁취들을 해봅시다. 그러느라 서로 배반한다 해도 그것은 우리에게 성공적인 결과를 가져올 거요."

우리는 이렇게 협정을 맺고 나서 출정에 나섰습니다. 우선 대단히 분주하게 활동했으나, 우리가 찾던 것을 만나지는 못했습니다. 카미야는 그저 풋내기들밖에 만나지 못했는데, 이는 돈 없는 애인들밖에 못 만들었다는 얘기입니다. 나는 분담금을 내주기보다는 오히려 걸어가기를 좋아하는 여인들밖에 못 만났지요. 애정행각이 우리의 곤궁을 해결해 주려 하지 않으므로, 우리는 사기행위라는 수단을 동원했습니다. 우리는 사기를 너무 많이 쳐서 마침내 시장-판사까지 그 얘기를 듣게 되었고, 그 재판관은 매우 엄격하여 경관 중 한 명에게 우리를 체포하라고 지시했습니다. 그러나 시장이 매우 못됐다면 경관은 매우 선량했기에 우리로부터 얼마 안 되는 돈을 받고서 우리가 마드리드로부터 빠져나갈 여지를 주었습니다. 우리는 바야돌리드로 향했고, 그 도시로 정착하러 갔습니다. 나는 거기서 집 하나를 빌려서 카미야와 함께 묵었고, 그녀와의 동거가 추문이 될까 봐 두려워서 그녀를 내 누이동생으로 통하게 했습니다. 우리는 우리의 생업을 자제하고, 어떤 계획이건 세우기 전에 우선 그 지역을 연구하기 시작했습니다.

그러던 어느 날 길에서 한 남자가 내게 다가와 아주 공손히 인사를 하더니 말했습니다. “돈 라파엘 씨, 저를 알아보시겠습니까?” 나는 아니라고 대답했습니다. 그랬더니 그가 다시 말했습니다. “저는 당신을 완벽히 기억하는데요. 당신을 토스카나의 궁궐에서 본 적이 있습니다. 그때 저는 대공의 근위대원이었고요.” 그러더니 그가 덧붙였습니다. “몇 달 전 저는 대공의 근위대 일을 그만두었습니다. 아주 능란한 이탈리아 사람 한 명과 함께 스페인으로 왔어요. 우리가 바야돌리드에 온 지는 석 주 되었습니다. 두말할 것도 없이 정직한 청년들인 카스티야 사람 한 명, 갈리시아 사람 한 명과 함께 지내고 있어요. 다 함께 우리 손으로 일하며 먹고살고 있습니다. 당신도 우리와 함께 지내고 싶다면, 제 동료들이 기분 좋게 받아들일 겁니다. 왜냐하면 저한테는 당신이 천성적으로 늘 거리낌 없어 보이고, 우리 세계에 이미 발을 들여놓은 대담한 사람으로 보였기 때문입니다."

그 사기꾼의 솔직함이 내 솔직함을 자극했습니다. 그래서 내가 말했습니다. "당신이 그렇게 마음을 열고 얘기하니, 나 또한 내 생각을 밝혀야 할 것 같소. 내가 당신들이 하는 일에서 초보자가 아닌 것은 사실이오. 외람되지만 내 전적을 얘기하면 당신이 나를 너무 과대평가한 것은 아니라는 점을 알게 될 거요. 하지만 그 찬사들은 옆에 치워두고, 그저 이 말만 하겠소. 당신이 나를 당신들 틈에 받아 주겠다는 제안을 받아들이면서, 내가 그 자리에 딱 맞는 사람이라는 것을 증명하기 위해 내가 한 치의 소홀함도 없을 거라는 말로 그치겠소." 내가 그 양손잡이에게 그들의 패거리에 끼겠다는 말을 하자마자 그는 나를 그들이 있는 데로 데려갔고, 우리는 통성명을 했습니다. 바로 그곳에서 나는 처음으로 그 유명한 암브로시오 데 라멜라를 보게 되었지요. 그들은 내게 이웃의 재산에 교묘히 접근하는 기술에 대해 물었습니다. 그들은 내게 행동원칙 같은 것이 혹시 있는지 알고 싶어 했으나, 나는 그들이 모르는 기교들을 보여 주었습니다. 그러자 그들은 감탄했습니다. 나는 내 솜씨가 너무 평범하다며 대수롭지 않은 척하면서, 그것보다는 재기가 필요한 사기행위에 뛰어나다고 말하자, 그들은 훨씬 더 놀라워했습니다. 그 점을 납득시키기 위해 나는 헤로니모 데 모야다스에 얽힌 이야기를 들려주었습니다. 간단히 얘기했는데도 그들은 내 재능이 너무 탁월하다고 여기면서 만장일치로 나를 우두머리로 선택했지요. 나는 우리가 해낸 사기행위들, 말하자면 내가 주동해서 저지른 숱한 사기행위들을 통해 그들이 선택을 잘한 것임을 증명해 보였습니다. 우리를 도와줄 여배우가 한 명 필요할 때는 카미야를 이용했고, 그녀는 자기에게 주어진 역할마다 황홀할 정도로 잘 해냈습니다.

그 시절에 우리의 동료인 암브로시오는 자기 조국을 다시 보고 싶어 했습니다. 그는 갈리시아를 향해 떠나면서 다시 돌아올 테니 기대해도 좋다고 장담했습니다. 그는 자신의 욕구를 만족시키고 나서 돌아오던 길에 한탕 하려고 부르고스로 갔습니다. 거기서 그가 아는 어느 호텔 주인 덕분에 질 블라스 데 산티아나 씨의 일을 돌보게 되었지요. 호텔 주인이 질 블라스의 일에 관해 암브로시오에게 알려주었거든요.

돈 라파엘은 내 쪽을 향하더니 이야기를 계속했다.

"질 블라스, 자네는 우리가 바야돌리드의 호텔에서 자네를 어떻게 탈탈 털었는지 알고 있네. 자네는 암브로시오를 그 도둑질의 주요 앞잡이일 거라고 의심했을 게 확실해. 그리고 자네가 옳았네. 암브로시오가 도착하여 우리에게 자네가 어떤 상태인지 설명해 주었고, 그런 다음 우리가 그 일을 실행했으니까. 하지만 자네는 그다음에 그 일이 어찌 되었는지는 모를 걸세. 이제 내가 알려 주겠네. 암브로시오와 나는 자네의 가방을 빼내서 둘 다 자네의 노새들에 올라타고는 마드리드로 향했지. 우리는 카미야나 동료들에 대해서는 신경도 안 썼다네. 아마도 그들은 다음 날 우리가 보이지 않아서 자네만큼이나 놀랐을 거야."

우리는 둘째 날 계획을 바꿨습니다. 내가 마드리드를 이유 없이 떠난 것이 아니므로 그 도시로는 가지 않고, 제브레로스를 거쳐 톨레도까지 계속 갔습니다. 그 도시에서 첫 번째로 한 일은 아주 깨끗한 차림으로 옷을 갈아입는 것이었습니다. 그러고 나서 우리는 호기심 때문에 여행하는 갈리시아 출신의 형제들로 자처했습니다. 그래서 곧이어 아주 점잖은 사람들을 알게 되었지요. 나는 귀족 행세를 하는 데 너무 익숙해져서 그 방면에서는 사람들을 쉽게 속일 수 있었습니다. 사람들은 보통 돈 씀씀이에 현혹되므로, 우리는 여인들에게 우아한 파티를 제공하곤 하면서 모두의 눈을 속였습니다. 그 파티들에서 본 여인 중에 내 마음을 건드린 여인이 하나 있었습니다. 나는 그녀가 카미야보다 더 아름답고 훨씬 젊다고 여겼습니다. 나는 그녀가 누구인지 알고 싶었습니다. 그래서 알아보니 그녀의 이름은 비올란테이고, 어느 기사의 아내였는데, 그 기사가 그녀의 애무에 벌써 싫증이 나서 자기가 좋아하는 매춘부의 애무를 받으려고 쫓아다닌다는 것을 알게 되었습니다. 비올란테에 관해 더 이상 알아볼 필요도 없이 나는 마음속으로 그녀를 나의 여왕으로 정했습니다.

얼마 안 되어 그녀는 내 마음을 정복한 것을 눈치챘습니다. 나는 그 어디서나 그녀의 뒤를 밟기 시작했습니다. 남편의 바람기로 괴로운 그녀를 달래 주는 것 이상은 아무것도 바라지 않는다고 설득하기 위해 나는 온갖 미친 짓을 다 했습니다. 그 미녀는 그 점에 관해 곰곰이 생각해 보게 되었습니다. 그러다 보니 마침내 기쁘게도 내 뜻이 인정되었습니다. 스페인이나 이탈리아에서 쓸모가 아주 많던 노파 중 한 명을 통해 그녀에게 전한 여러 통의 편지들에 대해 드디어 한 통의 답장을 받았습니다. 그 부인은 자기 남편이 매일 저녁 애인의 집에서 식사를 하고, 아주 늦게야 집으로 돌아온다고 알려 왔습니다. 나는 그것이 의미하는 바를 잘 이해했습니다. 바로 그날 밤 나는 비올란테의 방 창문 아래로 가서, 그녀와 아주 다정히 대화를 엮었습니다. 우리는 헤어지기 전에 매일 밤 같은 시간에 같은 방식으로 대화를 나누기로 합의했습니다. 낮에는 해도 될 만한 다른 연애질과는 별도로….

그때까지 돈 발타사르(비올란테의 남편의 이름)는 별로 힘들이지 않고 무탈하게 지냈습니다. 그런데 나는 육체적으로 사랑하고 싶었습니다. 그래서 어느 날 저녁, 내 사랑이 너무 커져서 더 적당한 장소에서 단둘이 만나지 않는다면 더 이상 못 살 것 같다는 얘기를 그녀에게 하기로 작정하고 그녀의 창문 아래로 갔습니다. 아직 그녀로부터 그 허락을 받지 못했던 터였습니다. 내가 도착했을 때 그 거리에서 나를 관찰하는 것 같은 남자가 오는 것이 보였습니다. 애인 집에 갔다가 평소보다 일찍 돌아오는 남편이었습니다. 그는 웬 남자가 자기네 집 근처에 있는 것을 보고는 집 안으로 들어가지 않고 길에서 서성이고 있었습니다. 나는 어떻게 해야 할지 확실치 않아 얼마간 그대로 있었습니다. 마침내 나는 내가 알지도 못하는, 그리고 나를 알지 못하는 돈 발타사르에게 다가가기로 결정했습니다. 그리고 그에게 말했습니다. "기사님, 오늘 밤에는 이 거리를 부디 저에게 내어 주십시오. 다음번에는 제가 기사님을 위해 같은 배려를 해드리겠습니다." 그러자 그가 말했습니다. "제가 같은 청을 하려던 참입니다. 저는 어떤 여자를 사랑하고 있는데, 그녀의 오빠가 사람들을 시켜서 그녀를 빈틈없이 감시하게 해놓았지요. 게다가 그 오빠는 여기서 스무 발자국 떨어진 데 살고 있어요. 그래서 이 길에 아무도 없으면 좋겠네요." 이에 내가 말했습니다. "우리가 서로 불편을 주지 않으면서 둘 다 만족할 방법이 있습니다." 나는 그렇게 말하고 나서 그의 집을 가리키며 덧붙였습니다. "제가 모시는 부인이 저기에 살고 계십니다. 혹시 우리 둘 중 한 사람이 공격을 당한다면 서로 구해 주어야 할 겁니다." 그러자 그가 대답했습니다. "좋아요. 그렇게 합시다. 나는 내 만남을 위해 갈 것이고, 필요한 경우 서로 엄호해 주기로 합시다." 이 말을 하고 나서 그는 내 곁을 떠났지만, 이는 나를 더 잘 관찰하기 위해서였습니다. 캄캄한 밤이어서 아무 지장 없이 그렇게 할 수 있었으니까요.

이윽고 나는 비올란테의 발코니로 다가갔습니다. 곧이어 그녀가 나타났고, 우리는 대화를 하기 시작했습니다. 나는 다른 특별한 곳에서 비밀 대화를 하자고 나의 여왕에게 재촉하고야 말았습니다. 그녀는 자기가 베풀게 될 호의의 가치를 높이기 위해 좀 저항을 하더니 이어서 자기 호주머니에서 꺼낸 편지를 던져 주며 말했습니다. "자, 보세요. 당신이 나를 그렇게 귀찮게 하지 않겠다고 한 약속이 이 편지에 들어 있잖아요." 그러더니 그녀는 들어가 버렸습니다. 남편이 평소 돌아오는 시간이 다가왔기 때문입니다. 나는 그 편지를 꼭 쥐고서 돈 발타사르가 자신의 볼 일이 있다고 했던 장소를 향해 갔습니다. 그런데 자기 아내에게 내가 눈독 들이고 있다는 것을 확실히 알아챈 그 남편은 내 앞으로 오더니 말했습니다. "아, 기사님, 애인의 호의에 만족하고 계시나요?" 그래서 내가 대답했습니다. "그럴 만한 이유가 있긴 합니다. 그런데 당신의 일은 어떻게 되었나요? 당신의 사랑은 잘되어 가

나요?" 그러자 그가 말했습니다. "아아! 아니오. 내가 사랑하는 미녀의 빌어먹을 오빠가 시골집에서 돌아왔거든요. 우리는 그가 내일에나 돌아올 줄 알았는데 말입니다. 그렇게 운이 안 좋아서 애초에 기대했던 즐거움은 물거품이 되었지요."

돈 발타사르와 나는 친구가 되기로 했고, 다음 날 아침에 광장에서 만나기로 했습니다. 그렇게 헤어지고 난 후 그 기사는 자기 집으로 들어갔습니다. 비올란테에게는 자기가 알고 있는 그녀의 비밀에 관해서 내색을 전혀 하지 않았습니다. 다음 날 그는 광장에 나타났고, 조금 후 내가 거기에 도착했습니다. 우리는 우정의 표시를 하며 인사했습니다. 한쪽에서는 신의가 없는 인사였고, 다른 쪽에서는 진실한 인사였습니다. 그러고 나서 기만적인 돈 발타사르는 전날 밤에 말했던 여인과의 밀통에 관해 내게 거짓 고백을 했습니다. 그 일에 관해서 자기가 지어낸 이야기를 길게 들려주었는데, 그 모든 것은 내가 비올란테와 어떻게 알게 된 건지 알아내려는 수작이었습니다. 나는 결국 함정에 빠져, 더할 수 없이 솔직하게 모든 것을 털어놓았습니다. 심지어 그녀의 편지까지 보여 주고, 거기 담긴 내용을 읽어 주기까지 했습니다. "저는 내일 도냐 이네스의 집에 점심을 먹으러 갈 겁니다. 제가 당신하고 독대를 하고 싶은 곳은 바로 이 절친한 친구의 집에서입니다. 당신이 요청한 그 선처를 더 오래 거절할 수가 없네요. 당신은 그 호의를 받을 만한 자격이 있어 보이니까요."

그러자 돈 발타사르가 말했습니다. "당신의 열정에 대한 대가를 약속해 주는 편지로군요. 당신이 맛보게 될 행복에 대해 미리 축하드립니다." 그는 말은 그렇게 하면서도 어쩔 수 없이 좀 당황스러워하는 기색이었습니다. 하지만 자신의 혼란과 당혹감이 내 눈에 띄지 않도록 쉽게 피해 갔습니다. 나는 기대에 한껏 부풀어 있어서 상대방을 관찰할 여유가 없었고, 그는 자신의 동요를 내게 들킬까 봐 염려되어 어쨌든 내 곁을 떠나야 했습니다. 그는 그 일을 처남에게 알리러 달려갔습니다. 그들 사이에 무슨 일이 있었는지 나는 모릅니다. 그저 내가 비올란테와 함께 도냐 이네스의 집에 있는 시간에 돈 발타사르가 그 집에 와서 문을 두드렸다는 것만 알 뿐입니다. 문을 두드리는 사람이 돈 발타사르라는 것을 우리가 알게 되었을 때, 나는 그가 들어오기 전에 뒷문으로 빠져나왔습니다. 그 남편이 갑자기 들이닥쳐서 좀 당황스러워했던 여인들은 내가 빠져나간 후로는 안심했기에 그를 아주 뻔뻔스럽게 맞아들였습니다. 그래서 그는 그녀들이 나를 숨겨놓았거나 도망치게 했을 거라고 제대로 짐작했습니다. 그가 도냐 이네스와 자기 아내에게 뭐라고 했는지는 말씀드리지 않겠습니다. 그것에 관해서는 나도 모르니까요.

그런데 나는 돈 발타사르에게 속았다는 사실을 아직도 의심하지 못한 채 그를 저주하며 나갔던 겁니다. 나는 그 길로 라멜라와 만나기로 한 광장으로 돌아갔습니다. 그는 거기에 오지 않았습니다. 그에게도 자잘한 일들이 생겼던 겁니다. 그 사기꾼은 나보다는 행복했습니다. 그를 기다리고 있는데, 그 배반자 돈 발타사르가 오는 것이 보였습니다. 즐거워 보였습니다. 그는 내게 오더니 웃으면서, 도냐 이네스의 집에서 내 요정과의 독대가 어땠느냐고 물었습니다. 나는 말했습니다. "내 즐거움을 질투하는 어떤 악령이 방해한 건지는 모르겠습니다만, 내 여인과 단둘이 있으면서 그녀에게 행복하게 해달라고 조르고 있는데, 그녀의 남편이 들이닥쳐서 그 집 문을 두드렸답니다. 그에게 천벌이 내리기를! 그래서 나는 신속히 물러나야 했지요. 내 모든 계획을 수포로 돌아가게 한 그 귀찮은 놈을 온갖 악마들이 데려가 버리라고 저주하며 뒷문으로 나왔어요." 그러자 돈 발타사르는 내 괴로움을 보면서 속으로 기뻐하며 소리쳤습니다. "정말 슬프군요. 무례한 남편이네요. 당신에게 충고하건대, 그 남편을 용서하지 마세요." 이에 내가 말했습니다. "오! 당신의 충고를 따르겠어요. 그의 명예가 오늘 밤 결단을 내릴 거라고 장담할 수 있습니다. 내가 그의 아내 곁을 떠날 때, 그녀가 내게 그렇게 별것 아닌 일로 물러서지 말라고 했어요. 평소보다 일찍 자기 창문 아래로 꼭 오라고 했지요. 나를 자기 집 안으로 들이기로 작정했다고 말했어요. 하지만 갑작스런 일이 생길지 모르니 만일을 대비해서 친구 두세 명을 대동하고 오라는 말도 했어요." 그러자 그가 말했습니다. "그 부인은 참으로 신중하군요! 제가 당신과 함께 가겠습니다." 그래서 나는 기뻐서 어쩔 줄 몰라 하면서 돈 발타사르의 목에 매달리며 소리쳤습니다. "아! 소중한 친구여! 얼마나 고마운지 모르겠네요!" 그러자 그가 말했습니다. "내가 해줄 일이 또 있어요. 내가 카이사르 같은 젊은이를 아는데, 그도 함께 올 겁니다. 우리 같은 사람들이 함께 간다면 당신은 과감히 마음을 턱 놓을 수가 있을 겁니다."

나는 그 새 친구에게 뭐라고 감사의 말을 해야 할지 몰랐습니다. 그의 열성에 그 정도로 매료되어 있었던 겁니다. 결국 나는 그가 제안하는 도움을 받아들였고, 어두워지기 시작하면 비올란테의 발코니 아래서 만나기로 약속을 하고 헤어졌습니다. 그는 문제의 카이사르인 처남을 만나러 갔습니다. 나는 저녁까지 라멜라와 돌아다녔고, 라멜라는 돈 발타사르가 열의를 보이는 것에 대해 의아해하긴 했지만, 나 못지않게 경계심은 없었습니다. 우리는 함정으로 서둘러 들어갔던 겁니다. 우리 같은 사람들로서는 거의 용서될 수 없는 일이라는 것을 나도 인정합니다. 비올란테의 창문으로 가야 할 시간이 되었을 때, 암브로시오와 나는 좋은 장검으로 무장하고 그리로 갔습니다. 거기서는 내 여인의 남편이 다른 남자와 함께 초조히 우리를 기다리고 있었습니다. 돈 발타사르가 내게 다가오더니 자기 처남을 가리키며 말했습니다. "기사님, 내가 조금 전에 용맹하다고 말했던 그 기사입니다. 당신은 애인의 집으로 들어가세요. 아무 염려 말고 완벽한 기쁨을 즐기세요."

양쪽에서 서로 인사치레를 하고 난 뒤, 나는 비올란테의 집 문을 두드렸습니다. 샤프롱인 듯싶은 노파가 문을 열어 주었습니다. 나는 들어갔고, 내 뒤에서 벌어지는 일에는 주의도 안 하고 비올란테가 있는 방으로 들어섰습니다. 내가 그녀에게 인사를 하는 동안, 그 집으로 나를 따라오던 두 반역자는 집에 들어서자마자 불쑥 문을 닫아 버렸습니다. 그래서 암브로시오는 집에 들어오지도 못하고 길에 남겨졌습니다. 두 반역자는 마침내 본색을 드러냈습니다. 여러분도 충분히 상상하실 텐데, 이제 싸워야 했습니다. 그들은 둘이 함께 나를 공격했지만, 나는 그들을 힘들어하게 만들었고, 혼자서 그 두 사람을 너끈히 상대했습니다. 어쩌면 그들은 복수를 위해 더 확실한 방법을 택하지 않은 것에 대해 후회했는지도 모릅니다. 나는 비올란테의 남편을 찔렀습니다. 그의 처남은 매형이 더 이상 싸울 수 없는 상태가 된 것을 보고는 열려 있는 문을 통해 나가 버렸습니다. 우리가 싸우는 동안 노파와 비올란테가 도망치려고 열어 놓았던 문이었습니다. 나는 길까지 그를 쫓아갔고, 거기서 라멜라와 합류하였습니다. 라멜라는 도망치는 여인들을 보긴 했는데 그녀들에게서 단 한마디도 듣지 못해서, 방금 들은 소음을 어떻게 판단해야 할지 가늠하지 못하던 터였습니다. 이어서 우리는 여인숙으로 돌아와서, 갖고 있던 것들 중 가장 좋은 것만 챙겨서 노새에 올라타고 동이 트기를 기다리지도 않고 그 도시를 떠났습니다.

우리는 그 일로 후과가 있을 수 있고, 톨레도에서 가택수색이 있을 거라는 것을 잘 알고 있었습니다. 그리고 우리의 예견은 틀리지 않았습니다. 우리는 빌라루비아에 가서 묵었습니다. 어느 여인숙에 들어갔는데, 우리가 도착하고 나서 얼마 후 세고르베로 가는 중인 톨레도 상인이 도착했습니다. 우리는 그와 함께 저녁 식사를 했습니다. 그는 비올란테의 남편의 비극적인 사건을 우리에게 얘기했습니다. 그는 우리가 그 일에 관여되었다는 것을 의심조차 못 했습니다. 그래서 우리는 과감하게 온갖 종류의 질문을 했습니다. 그가 말했습니다. "신사 양반들, 내가 오늘 아침에 출발할 때 그 슬픈 사건을 알게 되었지요. 사람들이 비올란테를 찾으려고 사방으로 돌아다녔어요. 사람들이 말하기를, 돈 발타사르의 친척인 시장이 그 암살의 주범들을 찾기 위해서라면 그 무엇도 아끼지 않기로 작정했다더군요. 내가 아는 것이라고는 그게 전부입니다."

나는 톨레도 시장의 추적에 대해서는 거의 걱정하지 않았습니다. 하지만 신(新) 카스티야●를 신속히 빠져나가야겠다는 결심은 했습니다. 그들이 비올란테를 찾으면 그녀가 전부 고백하고 재판소에는 나의 인상착의를 제공할 테고, 그러면 재판소는 그것을 바탕으로 사람들을 풀어 나를 쫓게 할 것이라는 생각이 들었습니다. 그래서 우리는 바로 다음 날부터 신중을 기하려고 대로를 피했습니다. 다행히 라멜라는 스페인의 4분의 3 정도를 잘 알고 있었고, 어떤 우회로로 가야 아라곤까지 안전하게 갈 수 있는지 알고 있었습니다. 우리는 쿠엥카로 이어지는 지름길 대신에 그 도시 앞에 있는 산길로 들어갔고, 내 안내자가 아는 오솔길들을 통해 완전히 은거지처럼 보이는 동굴 앞에 도착하게 되었습니다. 실제로 그곳은 당신들이 어제저녁 피난처를 요청하려고 왔던 곳입니다.

주변을 살펴보니 너무 매력적인 풍경이 눈에 들어왔습니다. 그러는 동안 내 동반자가 말했습니다. "내가 여기를 거쳐 간 때가 6년 전이었다네. 그때는 어느 늙은 수도사가 이 동굴을 은둔지로 사용하고 있었는데, 그분이 나를 자애롭게 맞아 주셨지. 내게 자기 식량도 나눠 주셨다네. 성스러운 사람이었지. 내가 세상에서 벗어날 생각을 하게 만드는 말도 해주셨던 기억이 나는구먼. 어쩌면 아직도 살고 계시는지 몰라. 내가 알아보겠네." 그것이 궁금해진 암브로시오는 그 말을 하고 나서 노새에서 내려 은거지로 들어갔습니다. 그는 거기에 얼마간 머물러 있다가 돌아와서 나를 부르며 말했습니다. "이리 오게, 돈 라파엘, 와서 아주 감동적인 장면을 보게." 나는 즉각 노새에서 내렸습

● Castilla la Nueva. 중세 때부터 중앙체제에 의해 구 카스티야(Castilla la Vieja)와 구분되던 지역. 과달라하라, 마드리드, 톨레도 등이 여기에 속했다.

니다. 우리는 노새들을 나무에 매어 놓고는 라멜라를 따라서 동굴 안으로 들어갔습니다. 그러자 누추한 침대 위에 늙은 수도사가 창백한 모습으로 완전히 뻗어 죽어 가고 있었습니다. 숱이 많은 하얀 수염은 그의 윗배까지 덮고 있었고, 모은 두 손에는 큰 묵주가 뒤엉켜 있었습니다. 우리가 그에게 다가가느라 소리를 내자, 죽음이 이미 닫아 놓기 시작한 눈이 떠졌습니다. 그는 우리를 잠시 바라보더니 말했습니다. "당신들이 누구건 간에, 형제들이여, 당신들 눈에 보이는 광경을 유익하게 이용하시오. 나는 40년을 세상에서 보냈고, 60년을 이 고독 속에서 보냈다오. 아! 지금으로서는 내가 쾌락들을 쫓던 시간이 길어 보이고, 반대로 회개에 할애했던 시간은 짧은 것 같소! 요한 신부로서 겪어 낸 고행이 돈 후안 데 솔리스 학사 때 지은 죄들에 대한 충분한 속죄가 되지 않을까 봐 염려된다오."

그는 이 말을 채 마치지도 못한 채 숨을 거두었습니다. 우리는 그 죽음에 충격을 받았습니다. 그런 부류의 대상은 언제나 어떤 인상을 남기니까요. 심지어 가장 방탕한 자들에게도 말입니다. 하지만 우리는 그런 상태로 오래 있지는 않았습니다. 그가 방금 한 말을 곧 잊었고, 그 은거지에 무엇이 있는지 살펴보기 시작했습니다. 그리 한참 걸리는 일이 아니었습니다. 가구라고는 당신들이 동굴에서 봤던 것들이 전부니까요. 그 요한 신부님은 가구만 없는 게 아니었습니다. 부엌살림도 아주 형편없었어요. 우리는 거기서 식량이라고는 개암나무 열매, 그리고 그 성자의 잇몸으로는 아마 깨물지도 못했을 몹시 딱딱한 보리빵 몇 조각이 전부였습니다. 내가 '잇몸'이라고 한 이유는, 그분의 이빨이 하나도 없는 것을 우리가 봤기 때문입니다. 그 고독한 처소에 있는 것들, 우리가 살펴본 그 모든 것이 우리로 하여금 그 선량한 수도사를 성자로 여기게끔 했습니다. 그런데 한 가지가 충격적이었습니다. 그가 탁자 위에 놓았던 편지 형태로 접힌 종이 한 장을 펼쳤을 때였습니다. 요한 신부님은 그 편지를 읽을 사람에게 자신의 묵주와 샌들을 쿠엥카의 주교에게 갖다주라고 적어 놓았습니다. 우리는 그 황야의 신부가 자신의 주교에게 왜 그런 선물을 하고 싶었던 건지 알 수가 없었습니다. 겸허해졌던 우리 마음은 그 점 때문에 상처받은 것 같았고, 그가 복자(福者)인 체하고 싶어 하는 사람인 듯 보였습니다. 그저 소박함밖에 없었던 것은 어쩌면 그 때문인지도 모르겠습니다. 어찌 됐건 그 점에 관해 내가 결론짓지는 않으렵니다.

그 점에 대해 우리가 얘기를 나누는 중에, 꽤 재미있는 생각이 떠올랐다며 라멜라가 말했습니다. "이 은거지에 머뭅시다. 우리가 은둔자들로 변장합시다. 요한 신부님을 매장합시다. 당신이 요한 신부님으로 변장하시오. 나는 안토니우스 신부로 행세하면서 도시들과 인근 마을들로 동냥을 하러 가겠소. 그러면 우리는 시장-판사의 심문들을 피하게 될 뿐만 아니라, 사람들이 우리를 찾으러 여기까지 올 생각은 하지 않을 것 같으니 말이오. 쿠엥카에는 우리가 얘기해 볼 만한 지인들이 내게 있소." 나는 그 이상한 상상에 동조했습니다. 암브로시오가 내게 말한 이유 때문이라기보다는 그 기발한 상상력 때문이었습니다. 그리고 마치 한 연극에서 역할 하나를 맡아 연기하기 위한 것인 양 그랬던 것입니다. 우리는 동굴에서 삼사십 보쯤 떨어진 곳에 구덩이를 팠고, 늙은 수도사의 옷을 다 벗긴 후, 즉 가죽 벨트가 중간 지점에서 묶고 있던 간소한 의복을 벗긴 후 그 묘혈에다 그를 조촐하게 매장했습니다. 우리는 그의 수염도 잘라서 그것으로 가짜수염도 만들었고, 마지막으로 장례식을 치른 후 그 은거지에 터를 잡았습니다.

우리는 첫날 너무나 맛없는 식사를 했습니다. 고인의 식량으로 먹고살아야 했으니까요. 하지만 다음 날 동이 트기도 전에 라멜라가 노새 두 마리를 토랄바에 가서 팔려고 원정을 떠났다가 식량과 다른 것들도 사서 저녁에 돌아왔습니다. 그는 우리가 변장하는 데 필요한 것들을 모두 구해 왔습니다. 그리하여 수도사복 하나와 말총으로 된 적갈색 작은 수염을 직접 만들었습니다. 그보다 더 수완 좋은 남자는 세상에 없을 겁니다. 그는 요한 신부의 수염도 엮어서 내게 붙여 주었고, 그 술수를 갈색 털모자로 감춰 주었습니다. 말하자면, 우리는 완벽히 변장한 겁니다. 완전한 장비를 너무 재미있게 갖추어서 우리에게는 정말 안 어울리는 복장을 한 우리 자신의 모습에 웃음을 터뜨리지 않을 수 없었습니다. 나는 요한 신부의 옷과 함께 그분의 묵주와 샌들도 지니고 있었지만, 쿠엥카 주교에게 갖다주지 않고 그렇게 감춰한 것에 대해 양심의 가책을 조금도 느끼지 않았습니다.

그 누구도 나타나는 것을 보지 못한 채 그 은거지에서 지낸 지 벌써 사흘이 지났는데, 넷째 날 동굴 안으로 농부 두 명이 들어왔습니다. 그들은 요한 신부가 아직 살아 있는 줄 알고 빵, 치즈, 양파들을 가져왔던 겁니다. 나는 그들이 오는 것을 보자마자 누추한 침대에 몸을 던졌고, 어렵지 않게 그들을 속였습니다. 그들은 내 용모를 잘 구분할 정도로 충분히 쳐다보지 않았을뿐더러, 내가 요한 신부의 목소리를 최선을 다해 잘 흉내 냈기 때문입니다. 그 신부의 마지막 말을 우리가 들었기에 가능했던 일이지요. 농부들은 그 사기행위에 대해 전혀 의심하지 않았습니다. 그들은 그저 다른 은둔자가 있는 것에 놀란 듯 보였습니다. 하지만 라멜라는 그들이 놀라는 것을 보고 위선적으로 말했습니다. "형제들이여, 나를 이런 외딴곳에서 보게 된 것에 대해 놀라지 마십시오. 나는 존경스럽고 사려 깊은 요한 신부님과 함께 지내려고 아라곤에 있는 내 은신처를 떠나 이리로 왔습니다. 요한 신부님이 극도로 연로하셔서 신부님이 필요하신 것들을 공급해 드릴 동료가 필요하기 때문입니다." 그러자 농부들은 암브로시오의 애덕(愛德)을 무한히 칭찬했고, 자기네 고장에 성스러운 인물이 둘씩이나 있다고 자랑할 수 있어서 매우 행복하다는 말을 했습니다.

라멜라는 시내에서 잊지 않고 사 온 커다란 배낭을 메고 쿠엥카로 첫 동냥을 하러 갔습니다. 쿠엥카는 은거지에서 1리밖에 안 떨어져 있었습니다. 라멜라는 타고난 경건해 보이는 외양과 그가 가장 잘하는 기술인 자기를 돋보이게 하는 수법을 이용하여 자애로운 사람들의 적선을 받아내곤 했습니다. 그의 배낭은 그들이 적선해 준 것들로 가득 찼습니다. 그가 돌아왔을 때 내가 말했습니다. "암브로시오 씨, 기독교인들의 영혼을 감동시키기 위해 갖고 있는 그 행복한 재능을 축하하오. 하느님 만세! 당신은 마치 성 프란치스코 수도회의 동냥 신부 같으오." 그러자 그가 대답했습니다. "내가 배낭에다 다른 것도 채워 왔네. 내가 전에 사랑했던 아름다운 여인 '바르바'를 보게 된 사실 말이네. 그런데 내 보기에 그녀가 아주 변했더군. 우리처럼 성직자 옷차림을 하고 있었으니 말일세. 공개석상에서 사람들을 교화시키는 다른 여성 복자(福者) 두세 명과 함께 지내는데, 사실 개인적으로는 추잡한 생활을 영위하고 있다네. 처음에는 그녀가 나를 알아보지 못했지. 그래서 내가 그녀에게 말했어. '아니 세상에! 바르바 부인, 당신의 옛 친구 중 하나이자 당신에게 충실했던 암브로시오를 기억 못 하시는 겁니까?' 그러자 그녀가 소리쳤다네. '맙소사! 데 라멜라 씨, 당신을 그런 옷차림으로 보게 될 거라고는 전혀 상상 못 했어요. 도대체 무슨 일로 수도사가 된 거예요?' 그래서 내가 대답했다네. '지금은 말해 줄 수가 없어요. 자세히 말하자면 좀 길거든요. 내일 저녁에 당신의 호기심을 만족시켜 주러 다시 올게요. 게다가 내 동반자인 요한 신부님도 데려오리다.' 그러자 그녀가 내 말을 중단시켰다네. '요한 신부님이라고요! 이 도시 근처에 은신처를 갖고 계신 그 선량한 수도사 말인가요? 그럴 생각은 하지 마세요. 그분은 백 살도 넘었다던데요.' 그래서 내가 말했네. '그분이 그 나이에 이르신 게 사실이지요. 하지만 며칠 전부터 아주 젊어지셨거든요. 나보다도 안 늙으셨어요.' 그러자 바르바가 대꾸했다네. '그렇다면 그분이 당신과 함께 오시면 좋겠네요. 이면에 알 수 없는 뭔가가 있는 게 분명하네요'라고 말일세."

다음 날 우리는 밤이 되자마자 그 독실한 여인들의 집으로 갔습니다. 그녀들은 우리를 잘 대접하려고 음식을 잔뜩 차려 놓았습니다. 우리는 우선 수도사 복장을 벗고 수염도 떼어 버린 다음, 허물없이 그 공주님들에게 우리가 누구인지 알려 주었지요. 그녀들 쪽에서도 솔직함에서 질세라 가짜로 독실한 척하던 여인들이 위선을 떨쳐 버리면 어디까지 갈 수 있는지 보여 주었습니다. 우리는 거의 밤새도록 먹어 대고 나서 해가 뜨기 조금 전에서야 우리의 동굴로 돌아왔습니다. 그리고 곧이어 그 집에 다시 갔습니다. 아니, 정확히 말하자면 그런 방문을 석 달 동안 했습니다. 그러느라 그 여인들과 우리의 돈 중 3분의 2

이상을 탕진했습니다. 하지만 어느 질투쟁이가 모든 것을 폭로하여 그 사실이 사법기관에 알려졌고, 사법기관 사람들이 우리를 잡으러 바로 오늘 은신처로 오기로 돼 있습니다. 암브로시오는 어제 쿠엥카에서 동냥을 하다가 그 여성 복자 중 한 명을 만났는데, 그녀가 편지 한 통을 그에게 주며 말했습니다. '내 친구 중 한 여인이 이 편지를 썼어요. 심부름꾼을 통해 당신에게 보내려던 참이었어요. 그 편지를 요한 신부에게 보여 주고, 그 내용에 따라 조치를 취하세요.' 라멜라가 당신들이 보는 가운데 내 손에 쥐여 준 것이 바로 이 편지이고, 바로 그래서 우리는 이곳을 떠나야 합니다.

2

돈 라파엘이 그의 얘기를 듣던 사람들과 함께한 회의와 그들이 숲에서 나가려 했을 때 일어난 사건

내게는 좀 길어 보였던 이야기를 돈 라파엘이 마쳤을 때, 돈 알폰소는 예의상 아주 재미있었다고 말했다. 그러고 나자 그 무훈을 함께 겪은 동반자 암브로시오가 돈 라파엘에게 말했다. “돈 라파엘, 해가 지고 있다는 것을 염두에 두시오. 내 보기에는 우리가 해야 할 일에 대해 의논하는 게 적절할 것 같은데 … .” 그러자 돈 라파엘이 대답했다. “자네 말이 옳아. 우리가 어디로 가고 싶은지 정해야 하네.” 이에 라멜라가 대꾸했다. “시간낭비 하지 말고 다시 길을 떠나서 오늘 밤에 레케나에 도착하고, 내일은 발렌시아 왕국으로 들어가서 우리의 재주를 마음껏 발휘하자는 것이 내 의견입니다. 우리가 거기서 일을 제대로 벌일 것 같은 예감이 듭니다.” 그러자 돈 라파엘도 그런 예감이 확실히 든다면서 그 의견에 동조했다. 돈 알폰소와 나는 그 두 ‘정직한 사람들’이 하는 대로 끌려갔으므로, 아무 말 않고 그 논의의 결과를 기다렸다.

결국 우리는 레케나로 떠나기로 결정했고, 이를 위한 준비를 시작했다. 아침 식사 비슷한 것을 하고 나서 물을 담은 가죽 부대와 우리의 남은 식량을 말에 실었다. 그러고 나자 돌연히 찾아온 밤이 우리에게 필요한 어둠을 빌려주어서, 우리는 걸어서 안전하게 숲을 빠져나오려 했다. 그런데 백 걸음도 채 가지 못한 터에 나무들 사이에서 빛이 보였다. 우리는 한참 생각해 보았다. 그러다가 돈 라파엘이 말했다. "저게 뭘까? 우리의 발자취를 따라온 쿠엥카 사법기관의 족제비들은 아닐까? 그들이 이 숲에서 우리 냄새를 맡고 붙잡으러 오는 건 아닐까?" 그러자 암브로시오가 말했다. "그렇지 않을 겁니다. 그보다는 여행자들일 걸요. 길을 가던 도중 갑자기 밤이 되어 그럴 겁니다. 그래서 이 숲으로 들어와서 해가 뜨기를 기다리는 걸 겁니다." 그러더니 덧붙였다. "그런데 내가 착각한 것일 수도 있습니다. 저게 뭔지 가서 알아보겠습니다. 여기서 셋 다 그냥 계십시오. 내가 잠시 후 돌아올 테니." 이 말을 하고 나서 그는 그리 멀리 있지 않은 빛을 향해 나아갔다. 그는 살금살금 빛 쪽으로 다가갔다. 그의 통행에 방해가 되는 잎사귀들과 가지들을 살짝 벌리고, 매우 조심스레 바라봤다. 그래야만 할 것 같았으니까. 그러나 흙덩어리 안에 켜놓은 양초를 둘러싸고 네 명의 남자가 풀밭에 앉아 있는 것이 보였다. 그들은 고기 파이를 방금 먹어 치웠고, 꽤 큰 가죽 부대에 든 물을 돌아가며 입을 대고 마셔 부대를 거의 다 비워 놓은 터였다. 암브로시오는 그들로부터 몇 발자국 떨어진 곳에서 나무에 묶여 있는 여인과 기사도 보았다. 좀 더 멀리에는 간소한 마차와 화려한 옷을 입힌 노새 두 마리가 있었다. 그는 우선 앉아 있는 남자들이 도둑들일 거라고 판단했다. 그들이 하는 말이 들렸는데, 그의 짐작이 틀리지 않다는 걸 알게 되었다. 그 네 명의 강도들은 모두 똑같이 자기네 손에 들어온 여인을 소유하고 싶어 했기에, 제비뽑기를 하자는 얘기를 하고 있었다. 라멜라는 그런 상태를 파악하고는 우리에게 와서 방금 보고 들은 것을 죄다 빠짐없이 얘기해 주었다.

그러자 돈 알폰소가 말했다. "여보게들, 도둑들이 붙잡아 놓은 여인과 기사는 아마도 높은 신분의 귀족들일 걸세. 그들이 강도들의 야만성과 가혹행위에 희생되도록 묵인해서야 되겠습니까? 나를 믿으십시오. 저 강도들을 공격합시다. 우리의 공격에 무너지도록…." 이에 돈 라파엘이 말했다. "나도 동의하네. 나는 나쁜 짓 못지않게 좋은 행위도 할 준비가 돼 있거든." 그러자 암브로시오는 그토록 칭찬할 만한 계획에 자기도 손을 빌려주게 된다면 그 이상 바랄 게 없다고 말하고는, 이어서 우리가 그 대가를 톡톡히 받게 될 거라는 말도 했다. 나도 그런 일에서는 위험이 두렵지는 않다고 감히 말하고 나서, 아가씨들을 위해서라면 그 어떤 방랑기사도 나보다 더 민첩하지는 못할 거라고 말했다. 그런데 진실을 저버리지 않고 사태를 제대로 말하자면, 위험이 크지는 않았다. 라멜라가 보고한 바에 따르면, 도둑들의 무기가 죄다 그들로부터 열 걸음 또는 열두 걸음 정도 떨어진 곳에 무더기로 놓여 있어서 우리의 계획을 실행하는 것이 그리 어렵지 않았기 때문이다. 우리는 말을 나무에 매어놓고 나서 강도들이 있는 장소로 소리를 죽이며 다가갔다. 그들은 떠들썩하게 아주 열띤 대화를 하고 있었기에, 그들을 급습하는 데 도움이 되었다. 그들이 우리를 발견하기 전에 우선 그들의 무기부터 확보했다. 그러고 나서 가까운 거리에서 그들에게 총을 쏘아서 그들 모두를 그 자리에 뻗게 했다.

그렇게 신속히 처리하는 동안 양초의 불이 꺼졌고, 그래서 우리는 어둠 속에 갇혀 있었다. 그래도 우리는 묶여 있던 남자와 여자를 풀어 주었다. 그들은 너무 큰 두려움에 사로잡혀 있었던 나머지 우리가 그들을 위해 해준 일에 대해 감사를 표현할 기운조차 없었다. 사실 그들은 우리를 해방자로 여겨야 할지, 아니면 자기네에게 잘해 주려고 풀어 준 게 아닌 새로운 강도들로 여겨야 할지 아직 판단을 못 하고 있었다. 하지만 우리는 암브로시아 말대로라면 거기서 반 리쯤 떨어져 있는 여인숙까지 그들을 데려다주겠다고 말했다. 그리고 그곳에 가면 그들이 원하는 장소로 안전하게 가는 데 필요한 준비를 다 할 수 있을 거라는 말도 해주며 그들을 안심시켰다. 그렇게 확언하자 그들은 아주 안심한 듯 보였다. 그런 후 우리는 그들을 마차에 태우고, 그 마차를 끄는 노새들의 고삐를 잡고 숲 밖으로 끌어내 주었다. 이어 우리의 수도사들은 패자들의 주머니를 뒤졌다. 그러고 나서 우리는 돈 알폰소의 말을 다시 탔다. 싸움터 곁의 나무에 매여 있던 도둑들의 말도 챙겼다. 그리고 그 말들을 죄다 이끌고 안토니우스 신부의 뒤를 좇아갔다. 안토니우스 신부는 마차를 여인숙으로 데려가기 위해 마차를 끄는 노새 중 한 마리의 등에 올라탔다. 여인숙이 숲으로부터 그리 멀지 않은 데 있다고 그가 장담했지만, 우리는 두 시간 후에나 도착했다.

우리는 여인숙 문을 거칠게 두드렸다. 그 집에서는 모두가 이미 잠자리에 들어 있었다. 여인숙 주인 부부가 급히 일어났고, 갑자기 들이닥친 우리 일행을 보자, 자기네 집에서 돈을 많이 쓸 것처럼 보였는지, 휴식을 방해했는데도 전혀 화를 내지 않았다. 잠시 후 여인숙 전체에 불이 켜졌다. 루신다의 대단한 아들 라파엘과 돈 알폰소는 기사와 여인이 마차에서 내리는 걸 도우려고 손을 내밀었다. 심지어 주인이 두 남녀를 안내한 방까지 따라가서 시종 노릇을 해주기도 했다. 거기서 많은 인사말이 오갔는데, 우리가 방금 구해 낸 그 사람들이 바로 폴란 백작과 그의 딸 세라피나라는 것을 알게 되었을 때 우리는 몹시 놀랐다. 그 여인과 돈 알폰소가 서로를 알아보았을 때 그 여인의 놀라움이 어땠는지, 돈 알폰소의 놀라움이 어땠는지 말로는 제대로 표현할 수 없을 것이다. 백작은 다른 것에 몰두해 있어서 그 둘의 재회에는 별로 신경 쓰지 않았다. 백작은 도둑들이 어떤 식으로 그를 공격했는지, 도둑들이 자신의 마부, 시동, 하인을 죽인 후 자기 딸과 자기를 어떻게 붙잡았는지 우리에게 들려주었다. 그는 우리에게 빚진 은혜를 절절하게 느낀다며 그가 한 달 후 가 있게 될 톨레도로 우리가 그를 만나러 오면 자신이 배은망덕한 사람인지 아니면 은혜를 아는 사람인지 확인하게 될 거라고 말을 맺었다.

그 귀족의 딸은 자기들을 해방시켜 줘서 행복하다며 감사의 말을 잊지 않았다. 라파엘과 나는 그 젊은 과부와 돈 알폰소가 둘이서만 얘기할 수 있게 자리를 비켜 주면 돈 알폰소가 기뻐할 거라고 생각했다. 그래서 백작과 따로 얘기하여 그를 즐겁게 해주었다. 돈 알폰소는 부인에게 아주 조그만 소리로 말했다. "아름다운 세라피나, 나는 시민사회로부터 추방된 자로서 살아가야 하는 나의 운명을 이제 그만 한탄하겠소. 행복하게도 당신에게 중요한 도움을 주는 일에 나도 한몫했으니 말이오." 그러자 세라피나는 한숨을 내쉬며 대답했다. "뭐라고요! 내 목숨을 구한 사람이 바로 당신이라니 정말 영광이네요! 아버지와 나는 당신에게 너무 큰 은혜를 입었어요! 아! 돈 알폰소, 당신이 왜 내 오빠를 죽여서 … .” 그러고 나서 그 얘기는 더 이상 하지 않았다. 하지만 돈 알폰소는 그녀의 말과 어조를 통해 깨달았다. 그가 세라피나를 미치도록 사랑했다면, 그녀 또한 그 못지않게 그를 사랑했음을 … .

제 6 부

1

질 블라스 일행이 폴란 백작을 떠난 후 한 일, 암브로시오가 꾸민 중요한 계획과 그 실행방식

그 밤의 절반 동안 폴란 백작은 우리에게 거듭 감사하면서, 기회가 닿으면 그 은혜에 보답하겠다고 확실히 말했다. 그런 후, 여인숙 주인을 불러서 자기가 가려는 투니스로 안전하게 갈 방법에 대해 문의했다. 우리는 그 나리가 그 일을 알아서 조처하도록 놔두고 그 여인숙을 나왔다. 우리는 라멜라가 가고 싶어 하는 길을 따라갔다.

두 시간 정도 길을 가자 캄피요 근처에서 동이 텄다. 우리는 신속하게 그 마을과 레케나 사이에 있는 산으로 들어갔다. 우리는 낮 동안 거기서 쉬면서 우리의 재정상태를 살펴봤다. 강도들에게서 빼앗은 돈 덕분에 재산은 많이 늘어나 있었다. 그들의 주머니에서 3백 피스톨라 이상을 발견했기 때문이다. 우리는 밤이 시작될 무렵 다시 걷기 시작해서 다음 날 아침 발렌시아 왕국으로 들어갔다. 숲이 보이자 우리는 그리로 깊숙이 들어가서 수정처럼 맑은 시냇물이 흐르는 장소에 도착했다. 그 시냇물은 천천히 흘러서 과달라비아르의 강물과 만나는 물이었다. 나무들이 우리에게 빌려주는 그늘과 말들이 실컷 풀을 뜯을 수 있는 풀밭이 있어서 만약 따로 결심한 바가 없었다면 우리는 거기서 멈추기로 결정했을 것이다.

그러므로 우리는 땅에 내려서, 낮 동안 아주 기분 좋게 보낼 채비를 했다. 하지만 아침을 먹으려 할 때 식량이 아주 조금밖에 안 남았다는 것을 알게 되었다. 빵이 부족해지기 시작했고, 물 담는 가죽 부대는 영혼 없는 육체처럼 돼 있었다. 그러자 암브로시오가 말했다. "이보게들, 아주 매력적인 은둔이라 해도, 바쿠스●도 없고 케레스●●도 없다면 나는 별로 즐겁지가 않소. 우리의 식량을 새로 비축해야 하오. 내가 그 일을 위해 첼바에 다녀오겠소. 그곳은 꽤 아름다운 도시인데, 여기서 2리밖에 안 떨어져 있소. 곧 다녀오게 될 거요." 그는 그렇게 말하고는 말 한 마리에 가죽 부대와 배낭을 실은 뒤 말에 올라타고 빠른 귀환을 약속하는 속도로 숲을 빠져나갔다.

하지만 그는 자기가 우리에게 기대하게 한 만큼 빨리 돌아오지는 않았다. 반나절 이상이 지났고, 심지어 밤의 검은 날개가 벌써 나무들을 뒤쫓을 채비를 하고 있을 때가 되어서야 그 물자공급자를 보게 되었다. 그가 늦어져서 불안해지기 시작하던 터였다. 그는 잔뜩 싣고 온 많은 물건으로 우리가 초조히 기다렸던 일을 잊게 해주었다. 가죽 부대에는 좋은 포도주가 잔뜩 들어 있을 뿐만 아니라, 배낭에는 빵과 온갖 종류의 구운 고기가 가득 차 있었다. 게다가 그의 말에 커다란

● 그리스 신화의 디오니소스에 해당하는 로마 신화 속 인물. 포도주의 신이다.

●● 로마 신화에 나오는 여신으로, 농경, 비옥함, 수확을 관장한다.

옷상자가 있어서 우리는 유심히 바라보았다. 그런 우리를 보고 그가 미소 지으며 말했다. "그것을 돈 라파엘과 모두에게 주겠소. 내가 왜 그 옷들을 샀을지 짐작해 보라고 말이오." 그는 그렇게 말하면서 그 상자를 풀어서 우리가 대충 봤던 것을 자세히 보게 해주었다. 그 안에는 외투, 아주 긴 검은 드레스, 짧은 바지와 꼭 끼는 저고리들이 있었다. 끈으로 묶는 필기도구도 하나 있었는데, 펜들을 넣는 주머니와 펜대가 따로 있었다. 그리고 아름다운 하얀 종이책 한 권, 큰 상표가 표시된 자물쇠, 초록색 밀랍 등도 보여 주었다. 그렇게 구입품들을 전부 전시하고 나자, 돈 라파엘이 그에게 농담조로 말했다. "맙소사! 암브로시오 씨, 많이도 사셨구려. 그런데 이것들을 어디에 쓸 건가요?" 그러자 라멜라가 대답했다. "기가 막히게 잘 사용할 거라오. 이 모든 것들을 사는 데 금화 10냥밖에 안 들었다오. 우리는 이것들로 5백 배 이상 벌게 될 거라고 확신하오. 기대하시오. 나는 쓸데없는 옷들을 싣고 다니는 사람이 아니니까. 내가 이 모든 물건을 멍청이처럼 사들인 게 아니라는 것을 증명해 보이기 위해 내 계획을 말해 주겠소."

그는 말을 계속했다. "나는 빵을 산 뒤 구운 고기 가게로 들어가서 자고새 꼬챙이 구이 여섯 개와 또 그만큼의 닭고기와 토끼고기를 주문했소. 그 고기들이 구워지는 동안 어느 남자가 화를 내며 들어와 그 도시에 사는 한 상인의 태도를 자기와 견주어 큰 소리로 불평하며 고깃간 주인에게 말했다오. '야고보 성인을 두고 맹세건대, 사무엘 시몬은 첼바에서 가장 우스꽝스런 장사꾼이야. 그자가 방금 가게 한복판에서 나한테 모욕을 주었다니까. 그 수전노 같은 자가 내게 포목 6

온●을 외상으로 주지 않으려 했다네. 내가 지불 능력이 있는 수공업자라는 것을 잘 알고 있고, 나와 거래하면 잃을 것이 전혀 없다는 것을 잘 알면서도 말일세. 그런 짐승을 자네는 칭찬할 텐가? 그자는 귀족들한테는 기꺼이 외상으로 판다네. 정직한 부르주아에게 아무 위험 없이 친절을 베풀기보다는 귀족들을 상대로 위험을 무릅쓰는 것을 더 좋아하는 거지. 참 별난 습관이야! 빌어먹을 유대인! 걸리기만 해봐라! 내 소원이 언젠가 이루어질 테지. 나에게 보증을 서줄 상인들이 아주 많을 걸.' 이러더군."

"나는 그 수공업자가 하는 다른 많은 얘기들도 듣고 나서 내가 그 사무엘 시몬이란 자에게 사기를 칠 수 있을 것 같은 알 수 없는 예감이 들었다네. 그래서 그 상인에 대해 불평하는 자에게 내가 말했지. '이보시오, 당신이 지금 말하는 그 인물이 어떤 성격인가요?' 그랬더니 그가 불쑥 대답했다네. '성격이 아주 나쁘죠. 그자가 아무리 좋은 사람인 척 가장해도 실은 아주 지독한 고리대금업자라오. 가톨릭으로 개종한 유대인이지. 그런데 마음속 깊은 곳은 아직도 빌라도처럼 유대인이오. 왜냐하면 사람들 말에 의하면, 그자는 이익 추구 때문에 개종을 한 것이니 말이오'라고 … ."

"나는 그 수공업자가 하는 말을 죄다 주의 깊게 귀 기울여 들었고, 그 고깃간에서 나오면서, 사무엘 시몬의 집이 어디인지 물어보았다네. 어떤 사람이 내게 그걸 말해 주고 가리켜 보여 주기까지 했지. 나는 그의 가게를 눈으로 훑어보고, 모두 다 점검했다네. 내 상상력은

● '1온'은 길이 1.188미터에 해당하는 척도 단위로, 1837년에 폐지됐다.

금세 발동하여 사기 계획을 짜고 그것을 소화해내지. 그 일은 질 블라스 씨의 하인에게 어울릴 것 같다는 생각이 들었네. 그래서 헌 옷 가게에 가서 이 옷들을 샀다네. 하나는 종교재판소 조사관 역할을 위한 것이고, 다른 하나는 서기처럼 보이기 위한 것이네. 또 다른 옷은 경관 역할을 하기 위한 것일세."

그 대목에서 돈 라파엘이 기뻐서 들뜬 목소리로 암브로시오의 말을 중단시키며 말했다. "아! 친애하는 암브로시오, 정말 멋진 생각입니다! 훌륭한 계획이에요! 그런 기발한 생각을 해내다니 질투가 나는 걸요. 그토록 탁월한 정신에서 비롯된 계획을 위해서라면 내 일생에 최고의 행동을 기꺼이 할 것이오." 그러더니 말을 이었다. "그래, 라멜라, 나는 자네의 계획이 아주 치밀하다고 보네, 친구. 실행에 대해서는 걱정하지 말게. 자네를 도와줄 훌륭한 배우 두 명이 필요한데, 그 둘은 이미 찾아 놓았으니까. 자네는 믿음이 두터워 보이니 종교재판소 조사관 역할을 아주 잘 해낼 거야. 나는 서기관을 맡을게. 질 블라스 나리는 경관 역할이 마음에 드신다면 그 역할을 하실 걸세." 그러더니 말을 계속했다. "자, 역할이 분담되었으니, 내일 공연을 하러 가세. 내가 성공을 보증하지. 단, 혹시 난처한 일이 생겨서 최고로 잘 꾸며진 이 계획이 좌절되지만 않는다면 말일세."

돈 라파엘이 그토록 훌륭하다고 여기던 계획을 나는 아주 막연하게만 이해하고 있었다. 그런데 저녁 식사를 할 때 그들이 설명해 주자, 내 보기에도 그 책략이 기발한 것 같았다. 우리는 고기의 일부를 얼른 먹어 치우고, 가죽 부대로 하여금 피 흘리듯 포도주를 잔뜩 내뿜게 한 후 풀밭에 누웠고, 이윽고 잠에 빠져들었다. 동이 틀 무렵 암브로시오가 소리쳤다. "일어나시오! 일어나! 실행해야 할 큰 계획이 있는 사람들이 게을러서는 안 되지." 그러자 돈 라파엘이 깨어나면서 그에게 말했다. "제기랄! 조사관 나리, 당신은 참 민첩하시구려! 사무엘 시몬의 경우, 그런 건 아무짝에도 쓸모가 없어요." 그러자 라멜라가 대꾸했다. "그 점에 관해서는 나도 동의하오." 그러더니 웃으며 덧붙였다. "그보다 더한 말을 내가 해보지. 나는 지난밤에 그의 수염을 뽑아 버리는 꿈을 꿨다니까. 그에게는 참 고약한 꿈 아니겠소, 서기관 나리?" 그런 농담이 숱하게 오가자 우리 모두는 기분이 좋아졌다. 우리는 아침 식사를 유쾌하게 마치고 나서 각자 자기 역할을 할 채비를 했다. 암브로시오는 긴 옷과 외투를 입어서 종교재판소의 감사(監事)와 똑같아 보였다. 돈 라파엘과 나도 각자 역할에 맞는 옷을 입었는데, 그럭저럭 서기관과 경관 같아 보였다. 우리는 변장하느라 시간을 많이 썼기에 첼바로 가려고 숲을 나섰을 때는 오후 두 시를 넘긴 시간이었다. 사실 급할 것은 아무것도 없었다. 어둑어둑해질 즈음에 연극을 시작해야 했으니까. 그래서 우리는 그저 천천히 움직였고, 낮이 끝나기를 기다리느라 도시의 성문에서 멈춰 섰다.

해가 지자 우리는 말들을 그곳에 남겨 두고, 돈 알폰소로 하여금 지키게 했다. 그는 자기가 해야 할 역할이 없는 것을 고마워했다. 돈 라파엘, 암브로시오, 나, 이렇게 우리 셋은 우선 사무엘 시몬의 집이 아니라 그 집에서 두 걸음쯤 떨어진 곳에 있는 어느 술집으로 갔다. 조사관 나리가 앞장서서 걸었다. 그가 들어가서 주인에게 엄숙히 말했다. "주인장, 당신과 따로 얘기하고 싶소." 그러자 주인이 우리를 어느 방으로 데려갔다. 거기서 라멜라는 우리 외에 그 주인만 있는 것을 확인하고는 그에게 말했다. 나는 종교재판소의 감사라오. 여기에 매우 중요한 일로 왔소." 이 말에 술집 주인은 창백해지더니, 종교재판소에서 자기를 질책할 만한 이유가 없다고 생각한다고 떨리는 목소리로 대답했다. 그러자 암브로시오가 부드러운 목소리로 다시 말했다. "종교재판소는 당신을 힘들게 할 생각이 없소. 처벌을 너무 신속히 하여 무죄를 범죄와 혼동한다는 건 당치도 않소! 종교재판소는 엄하기는 하지만 언제나 공정하오. 한마디로, 종교재판소의 징벌을 겪어 보려면 그럴 만한 자격이 있어야 하오. 그러니 내가 첼바에 온 것은 당신 때문이 아니라오. 사무엘 시몬이라 불리는 어떤 상인 때문에 왔소. 그에 관해서 아주 나쁜 보고가 우리에게 들어왔기 때문이오. 사람들이 말하기를, 그는 여전히 유대교도이면서도 그저 순전히 인간적인 동기 때문에 기독교를 받아들였다고 하던데 …. 그 사람에 대해 알고 있는 것을 말하라고 종교재판소의 이름으로 당신에게 명령하겠소. 그의 이웃으로서, 아니 어쩌면 그의 친구로서 그를 용서하려 들지 않도록 조심하시오. 왜냐하면, 내가 공언하건대, 당신의 증언에 조금이라도 배려가 엿보이면 당신 자신이 파멸될 터이니." 그러더니 라멜라는 돈 라파엘을 향해 몸을 돌려 말을 이었다. "자, 서기관, 자네가 해야 할 일을 집행하게나."

손에 이미 종이와 필기도구를 쥐고 있던 서기관 나리는 탁자에 앉더니 더할 수 없이 진지한 모습으로 술집 주인의 진술서를 작성할 채비를 하였다. 술집 주인 쪽에서도 진실을 위반하지 않겠노라고 단언했다. 그러자 조사관이 그에게 말했다. "그렇다면 우리는 이제 시작하면 되오. 그저 내 질문에 대답만 하시오. 당신에게 그 이상은 요구하지 않소. 당신은 사무엘 시몬을 교회에서 자주 봅니까?" 그러자 술집 주인이 대답했다. "별로 주의를 기울이지 않았는데요. 그를 교회에서 본 기억이 없습니다." 그러자 조사관이 소리쳤다. "좋소. 그를 교회에서 결코 보지 못한다고 적으시오." 그러자 술집 주인이 반박했다. "저는 그저 그를 못 봤다고 말하는 겁니다. 제가 교회에 갔을 때 실제로는 그가 있는데도 제가 못 본 것일 수도 있습니다." 그러자 라멜라가 대꾸했다. "이보시오, 당신은 이 심문에서 사무엘 시몬을 변호해서는 안 된다는 것을 잊고 있소. 그러면 어찌 되는지 내가 얘기했잖소. 당신은 그저 그에 대해 안 좋은 것들만 얘기하고, 그를 이롭게 하는 말은 한마디도 하면 안 되오." 그러자 술집 주인이 대꾸했다. "그렇다면, 나리, 제 진술에서 대단한 결과는 얻어내지 못하실 겁니다. 저는 문제의 그 상인을 알지도 못하므로, 좋게 얘기할 수도 없고, 나쁘게 얘기할 수도 없거든요. 그런데 그가 집에서 어떻게 살고 있는지 아시고 싶다면, 그의 하인 가스파르를 불러 드릴게요. 그 하인을 취조해 보세요. 그 하인은 가끔씩 친구들과 술을 마시러 여기에 옵니다. 얼마나 말이 많은지! 그는 자기 주인의 삶에 대해 죄다 얘기해 드릴 것이고, 단언컨대, 나리의 서기관에게 할 일을 드릴 겁니다."

그러자 암브로시오가 말했다. "나는 당신의 솔직함이 좋소. 시몬의 품행에 관해 아는 사람을 내게 알려 주는 것은 종교재판소에 대한 열성을 증명하는 것이오. 내가 종교재판관에게 그것에 관해 보고하겠소." 그러더니 말을 계속했다. "그러니 서둘러서 당신이 말하는 그 가스파르라는 사람을 찾아오시오. 그런데 이 일을 은밀히 하시오. 지금 벌어지고 있는 상황을 그의 주인이 조금도 의심하지 못하도록…."

술집 주인은 아주 비밀리에 그리고 아주 재빠르게 심부름을 이행했다. 가스파르라는 상인 청년을 데리고 온 것이다. 그 청년은 몹시 수다스러웠고, 우리에게 딱 필요한 성격이었다. 그를 보자 라멜라가 말했다. "어서 오시게, 젊은이, 나는 유대교도라고 비난받고 있는 사무엘 시몬에 대해 알아 오라는 임무를 종교재판소에서 하달받은 조사관일세. 자네는 그의 집에서 살고 있으니 그의 행동 대부분을 볼 걸세. 내가 종교재판소를 대표하여 자네에게 그 주인에 관해 아는 대로 죄다 진술해야 한다고 경고할 필요가 있을 거라고 생각하지 않네." 그러자 그 상인 청년이 대답했다. "조사관 나리, 저는 나리께서 종교재판소의 이름으로 명령하시지 않더라도 그 점에 관해 나리를 만족시켜 드릴 준비가 완전히 돼 있습니다. 나리께서 제 주인에게 저에 관해 얘기하라고 해도, 주인 또한 저를 봐주지 않을 거라고 확신합니다. 그래서 저도 그를 봐주지 않으렵니다. 우선 그는 움직임을 간파해 내기가 불가능할 만큼 음흉한 사람이라고 말씀드립니다. 겉으로는 완전히 성자처럼 위장하지만, 실은 전혀 덕성스럽지 않은 사람이죠. 그는 매일 저녁 어느 천한 여자의 집에 가는데 … ." 그러자 암브로시오가 말을 중단시키며 말했다. "그걸 알게 되다니 아주 흥미로운 걸. 자네의 말을 통해 그자가 품행이 나쁜 인간이라는 것을 알겠네. 그런데 내가 자네에게 하는 질문에 정확히 대답하게. 내가 맡은 임무는 특히 종교에 대한 그의 감정이 어떠한지 알아야 하는 거라네. 그러니 말해 보게, 자네들 집에서 돼지고기를 먹는지 말해 보게." 그러자 가스파르가 대답했다. "제가 그 집에 1년 전부터 묵었는데, 돼지고기는 두 번도 안 먹은 것 같습니다." 그러자 조사관 나리가 대꾸했다. "좋네. 서기관 사무엘 시몬의 집에서는 돼지고기를 먹지 않는다고 적어 놓게." 그러더니 말을 계속했다. "그 대신에 때때로 양고기는 먹는가?" 그러자 젊은이가 대꾸했다. "네, 때때로… . 예를 들어 부활절 축제 마지막 날에 한 마리 먹었어요." 그러자 조사관이 소리쳤다. "시절 좋구먼. 서기관, 시몬이 유월절을 지킨다고 적게. 최고야. 내 보기에 좋은 보고를 받은 것 같구먼."

그러고 나서 라멜라가 말을 이었다. "이보게, 자네는 자네 주인이 어린애들을 쓰다듬는 것을 본 적이 있는지도 알려 주게." 그러자 가스파르가 대답했다. "무수히 많죠. 어린 남자애들이 우리 가게 앞을 지나갈 때, 그 아이들이 조금이라도 귀여우면 그들을 불러 세워서 어루만져 주곤 하죠." 그러자 조사관이 말을 중단시키며 말했다. "서기관, 사무엘 시몬이 기독교도 아이들을 목 조르기 위해 자기 집으로 끌어들이는 것 같은 강렬한 의심이 든다고 적게나. 마음에 드는 초심자로군! 오! 오! 시몬 씨, 맹세코 당신은 종교재판소에 볼일이 있게 될 거요. 종교재판소가 당신의 야만스런 행위들을 아무 탈 없이 놔두리라고는 생각하지 말게나." 그러더니 상인 청년에게 말했다. "용기를 내게, 열성적인 가스파르, 모든 것을 진술하게. 그 가짜 가톨릭교도가 그 어느 때보다 더 유대교 관습과 의식들에 매여 있다는 것을 알려 주게. 주중에 하루는 완전히 아무것도 안 한다는 것이 사실 아닌가?" 그러자 가스파르가 대답했다. "아니오. 그런 건 본 적 없는데요. 그저 그가 자기 서재에 틀어박혀서 아주 오래 거기 머물러 있는 것은 눈치챘어요." 그러자 조사관이 소리쳤다. "아! 알겠네! 그는 안식일을 지키는 걸세. 그게 아니라면 내가 조사관이 아니지. 서기관, 그가 안

식일의 금식을 세심히 지킨다고 표시해 놓게. 아! 가증스런 인간! 이제 물어볼 것이 한 가지밖에 없네. 그가 예루살렘에 대해서도 말하지 않던가?" 그러자 젊은이가 대꾸했다. "아주 자주 말합니다. 우리에게 유대인들의 역사와 예루살렘 성전이 어떻게 파괴되었는지 얘기해 주었어요." 그러자 암브로시오가 말했다. "바로 그거야. 서기관, 그 점을 놓치지 말고 큰 글씨로 적어 놓게. 사무엘 시몬이 예루살렘 성전의 복구만을 열망하고 있으며, 밤낮으로 민족의 회복을 궁리하고 있다고 말일세. 나는 더 이상 필요도 없네. 다른 질문들을 해봤자 소용없어. 진실을 말하는 가스파르가 방금 증언한 것만으로도 유대인 구역을 온통 불태우게 하기에 충분하네."

종교재판소의 조사관 나리는 그런 식으로 상인 청년을 취조하고 나서 이제 물러가도 된다고 말했다. 그러면서 청년에게 종교재판소의 이름으로 지시했다. 방금 있었던 일을 그의 주인에게 결코 말하지 말라고…. 가스파르는 그러겠다고 약속하고 나서 가버렸다. 우리는 거의 지체하지 않고 그를 따라갔다. 우리는 선술집에 들어갈 때만큼이나 엄숙한 모습으로 거기서 나왔고, 사무엘 시몬의 집으로 가서 문을 두드렸다. 그가 직접 문을 열어 주러 나와서는 자기 집에 우리 같은 인물들이 셋이나 온 것을 보고 놀라워했다. 라멜라가 말을 시작하며 명령조로 "사무엘 선생, 내가 조사관으로 있는 종교재판소의 이름으로 당신에게 당장 서재의 열쇠를 내놓으라고 명령하오. 당신에 관해 우리에게 접수된 보고들을 확인할 뭔가가 거기 있는지 알아보고 싶소"라고 말하자 그는 아까보다 훨씬 더 놀라워했다.

그 말에 어리둥절한 상인은 마치 누가 그의 배를 툭 치기라도 한 양

뒤로 두 걸음 물러났다. 그는 우리가 사기를 치는 거라고는 의심 못하고, 자기가 모르는 어떤 적이 종교재판소에다 자기를 의심쩍다고 정말로 고발한 것이라고 생각했다. 어쩌면 그 자신이 그리 좋은 가톨릭교도가 아니라고 느껴서 취조를 두려워할 만한 이유가 있었는지도 모른다. 어찌 됐든 나는 그 정도로 당황하는 사람을 본 적이 없다. 그는 저항하지 않고 순순히 따랐으며, 종교재판관을 두려워하는 사람이 표시할 만한 경의를 한껏 보였다. 그는 우리에게 서재를 열어 보였다. 암브로시오는 거기로 들어가면서 그에게 말했다. "최소한, 최소한 종교재판소의 지시들을 반항하지 말고 받아들이시오." 그러고는 덧붙였다. "그런데 당신은 다른 방으로 물러가고, 내가 자유로이 내 일을 하게 놔두시오." 사무엘은 첫 번째 지시 못지않게 이번에도 전혀 저항하지 않았다. 그는 자기 가게에 있었고, 우리는 셋 다 서재로 들어가서, 시간낭비 하지 않고, 현금을 찾기 시작했다. 우리는 힘들이지 않고 찾아냈다. 그 돈은 열린 금고 안에 있었고, 우리가 들고 올 수 있는 양보다 훨씬 많았다. 돈은 수많은 부대에 담겨 쌓여 있었는데, 온통 은화였다. 우리는 그것이 금화였다면 더 좋아했을 테지만 달리 어쩔 수가 없었다. 불가피한 일에는 우리가 맞춰야 하니까. 우리는 호주머니에 두카도들을 채웠다. 반바지에도 채웠고, 그 돈들을 은닉하기에 적절하다 싶은 곳마다 죄다 채워 넣었다. 마지막으로 우리는 그렇지 않은 척하며 잔뜩 챙기고서, 암브로시오와 돈 라파엘의 꾀바름 덕분에 그저 각자 자기 일을 하는 것일 뿐인 듯 보이게 했다.

우리는 일을 그렇게 잘 해낸 후 서재에서 나왔다. 그리고 독자들도 아주 쉽게 짐작할 만한 이유 때문에 조사관 나리는 금고에서 자물쇠를 빼냈다. 그리고 그 자물쇠를 문에 채우고 나서 봉인했다. 그런 다음 시몬에게 말했다. "사무엘 선생, 종교재판소의 이름으로 이 자물쇠에 손대는 것을 당신에게 금지하오. 그리고 이것은 종교재판소 고유의 봉인랍(封印蠟)이니까, 이것 또한 존중해야 하오. 내일 같은 시각에 내가 이것을 걷어내고 당신에게 명령을 내리기 위해 다시 오겠소." 그는 이 말을 하고 나서 거리로 난 문을 열어 달라고 한 뒤 우리는 줄지어 명랑하게 그 길로 나왔다. 50여 걸음쯤 오자, 우리는 굉장히 속도를 내며 너무 가볍게 걷기 시작하여 우리가 지고 있는 무거운 짐에도 불구하고 발이 거의 땅에 닿지 않는 것만 같았다. 곧이어 그 도시를 벗어났고, 각자 말에 올라타서 세고르베로 향하며 그토록 행복한 사건에 대해 메르쿠리우스 신에게 감사를 드렸다.

2

그 사건 후 돈 알폰소와 질 블라스가 한 결단

우리는 기특하게도 늘 그랬듯이 밤새 이동했다. 그래서 새벽 동이 틀 무렵 세고르베에서 2리쯤 떨어진 작은 마을 근처에 도착했다. 우리는 모두 피곤했으므로 대로를 기꺼이 벗어나 그 마을에서 1천 걸음 내지 1천 2백 걸음 떨어진 곳에 있는 언덕 기슭에서 발견한 버드나무들 아래로 갔다. 그 버드나무들은 기분 좋은 그늘을 만들어 주었고, 그 나무들 아래쪽에 시냇물이 흐르면서 나무 밑동들을 씻어 주고 있었다. 우리는 그 장소가 마음에 들어서 거기서 낮 동안 지내기로 했다. 그래서 말에서 내렸다. 우리는 말들이 풀을 뜯을 수 있도록 굴레를 벗겨 주고 나서 풀밭에 누웠다. 그렇게 휴식을 좀 취하고 나서 배낭과 가죽 부대를 비웠다. 풍성한 아침 식사를 한 뒤 우리는 사무엘 시몬에게서 갈취해 온 돈을 전부 세어 보았다. 그랬더니 3천 두카도에 달했다. 그래서 그 금액과 우리가 이미 갖고 있던 돈을 합치니까 현금이 꽤 된다고 자부할 만했다.

식료품을 사러 가야 했기에 암브로시오와 돈 라파엘은 조사관과 서기관 옷을 벗더니 자기네가 그 일을 담당하겠다고 했다. 그리고 첼바의 모험에 맛이 들려서 또 그런 일을 벌일 기회가 혹시 있지 않은지 보기 위해 세고르베에 가고 싶다고 말했다. 그러고는 루신다의 아들이 덧붙였다. "당신들은 이 버드나무 아래서 우리를 기다리기만 하면 되오. 우리가 지체 없이 돌아올 테니까." 그래서 내가 웃으며 소리쳤다. "돈 라파엘 씨, 우리를 엉뚱한 데서 기다리게 해 바람맞히지 말고 차라리 말하시오! 당신들이 지금 떠나면 우리를 오래도록 다시는 보지 않을 것 같으니 말이오." 그러자 암브로시오가 반박했다. "그런 의심을 하다니 감정이 상하는군요. 하지만 당신으로부터 그런 모욕을 받아 마땅하긴 합니다. 우리가 바야돌리드에서 한 일을 생각하면 당신이 우리를 경계하는 것도 용서가 될 만하오. 그리고 우리가 그 도시에 버리고 온 동료들처럼 당신들도 주저 없이 버릴 거라고 상상하는 것도 용서될 만합니다. 하지만 당신은 착각하고 있는 겁니다. 우리가 인사도 없이 슬그머니 놔두고 온 동료들은 성격이 아주 못된 자들이었소. 우리는 그 패거리를 점점 더 참을 수가 없어서 그렇게 한 겁니다. 정상적인 시민들의 생활 속에서도 그 못지않게 이해관계 때문에 협력관계가 갈라지는 만큼, 우리 같은 일을 하는 사람들도 그 점에서는 정당하게 평가받아야 합니다. 하지만 우리는 서로 성향이 다르므로 지금의 좋은 관계가 다른 사람들이 그러는 것처럼 변질될 수도 있지요." 그러더니 라멜라는 말을 계속했다. "그러니 질 블라스 씨, 당신과 돈 알폰소 씨는 우리를 좀더 신뢰하기 바랍니다. 그래서 돈 라파엘과 내가 세고르베에 가는 것에 대해 마음을 편안히 가지기 바랍니다."

그러자 루신다의 아들이 말했다. "그 점에 대한 불안 요소를 싹 다 없애주기는 아주 쉽지. 이들에게 금고를 맡기면 되니까. 그러면 우리가 꼭 돌아올 거라는 훌륭한 보증서를 손에 쥐는 거나 마찬가지니까." 그러더니 덧붙였다. "질 블라스 씨, 보시다시피 본론으로 들어가겠소. 당신들은 둘 다 부유해질 테고, 암브로시오와 나는 그 귀한 저당물을 당신들이 우리로부터 가로챌까 봐 불안해하지 않을 거라고 내가 장담하겠소. 우리의 진심에 대해 그렇게 확실한 표시를 해주는데도 우리를 전적으로 믿지 못하는 거요?" 그래서 내가 그들에게 대답했다. "믿으오. 당신들은 이제 하고 싶은 일을 하러 가도 좋소." 그러자 그들은 가죽 부대와 배낭을 싣고 당장 출발했고, 나와 돈 알폰소는 버드나무 아래 남아 있었다. 그들이 출발하고 나자 돈 알폰소가 말했다. "저, 질 블라스 씨, 당신에게 내 마음을 솔직히 털어놓아야 할 것 같습니다. 저 두 사기꾼과 함께 여기까지 온 것이 후회가 되네요. 내가 벌써 얼마나 많이 뉘우쳤는지 당신은 믿지 못할 겁니다. 엊저녁에 말들을 지키고 있는 동안, 나는 너무나 괴로운 생각을 수없이 했습니다. 명예를 중시하는 젊은이라면 돈 라파엘이나 라멜라 같은 타락한 자들과 함께 지내는 것이 가당치 않고, 흔히 그렇듯이 혹시라도 어느 날 불행하게 사기행위가 성공한 탓에 우리가 사법기관의 손에 넘어간다면, 나는 그들과 함께 도둑으로 몰려서 처벌당하고 불명예스런 형벌을 받는 수치를 당하게 될 겁니다. 그런 모습이 자꾸 떠올라서, 더 이상 그들이 하는 나쁜 짓의 공모자가 되지 않기 위해, 그들과 영원히 헤어지기로 결심했다는 것을 당신에게 고백하렵니다." 그러더니 말을 계속했다. "당신이 내 계획에 반대할 거라고는 생각하지 않습니다." 그래서 내가 대답했다. "아니오, 분명코 아닙니다. 사무엘 시몬을 속이려고 내가 경관 역할을 하면서 연극을 벌이는 꼴을 당신이 보았다 하더라도, 그런 종류의 연극이 내 취향일 거라고는 생각하지 마십시오. 하늘에 두고 맹세건대 그런 꼴좋은 역할을 하면서 나는 마음속으로 '진정으로 질 블라스, 사법기관에서 지금 당신의 멱살을 잡으러 온다면, 당신을 정신 차리게 해줄 그 대가를 치러야 마땅할 것이네'라고 생각했습니다. 그러니 돈 알폰소 씨, 나 또한 당신 못지않게 그런 패거리 속에 끼어 있고 싶은 마음이 없어요. 당신이 떠나고 싶다면 나도 함께 가겠소. 그들이 돌아오면, 그들에게 이 돈을 나누자고 요구하겠소. 그리고 내일 아침 아니면 바로 오늘 밤에 그들과 헤어지면 됩니다."

아름다운 세라피나의 연인은 내 제안을 받아들였다. 그리고 말했다. "발렌시아로 가서 이탈리아로 가는 배를 탑시다. 이탈리아에서 우리는 베네치아공화국을 위해 일을 할 수 있을 겁니다. 우리가 지금처럼 비겁하고 죄 많은 생활을 영위하는 것보다 차라리 군대에 들어가는 것이 더 낫지 않겠소? 심지어 우리는 가진 돈으로 꽤 잘 지낼 수도 있을 텐데." 그러고 나서 덧붙였다. "그렇게 나쁜 방법으로 획득한 재산을 내가 후회도 없이 사용하려는 것은 아닙니다만, 지금은 내 형편 때문에 어쩔 수 없지만, 혹시 내가 전쟁에서 조금이라도 돈을 벌게 된다면 사무엘 시몬에게 기필코 갚아 줄 겁니다." 그래서 나는 돈 알폰소에게 나도 같은 심정이라고 단언했다. 그리고 우리는 다음 날 동이 트기 전에 동료들을 떠나기로 작정했다. 그들이 없는 틈을 이용하는 것, 즉 금고를 갖고 당장 떠나려는 유혹은 없었다. 우리에게 그 돈을 맡겨 놓으면서 보여 준 신뢰 때문에 그런 생각을 할 수가 없었다.

암브로시오와 돈 라파엘은 해가 질 무렵 세고르베로부터 돌아왔다. 그들이 우리에게 한 첫마디는 그들의 여행이 아주 성공적이었다는 것이었다. 그들은 전날 저녁의 사기행위보다 훨씬 유익할 것 같은 새로운 사기행각에 관한 계획을 막 세운 터였다. 그 점에 관해 루신다의 아들이 우리에게 설명하려 할 때 돈 알폰소가 먼저 말하기 시작했다. 자기는 그들과 헤어질 결심이라고 공언한 것이다. 내 쪽에서도 같은 생각이라고 알려 주었다. 그들은 자기네 원정에 우리도 합류시키려고 최선을 다해 설득했으나 소용없었다. 우리는 다음 날 아침 현금을 똑같이 나눠 가진 후 그들에게 작별인사를 하고 발렌시아로 총알같이 떠났다.

3

어떤 불쾌한 사건이 있은 후
돈 알폰소는 기쁨의 절정에 놓이며,
질 블라스는 어떤 사건 때문에
갑자기 행복한 상황에 놓이나

우리는 부놀까지는 유쾌하게 갔지만, 안타깝게도 거기서 멈춰야 했다. 돈 알폰소가 병에 걸렸기 때문이다. 열이 대단했는데, 점점 심해지기만 해서 그의 목숨이 위태로울까 봐 나는 두려웠다. 다행히 그곳에는 의사들이 없었기에, 병에 걸린 것만 두려웠을 뿐 아무 일 없이 지나갔다. 사흘 후 그는 위험한 상태에서 벗어났고, 내 정성이 결국 그를 회복시켰다. 그는 내가 해준 모든 일에 대해 매우 고마워했고, 우리는 진정으로 서로 끌리는 마음이 들었기에 서로 영원한 우정을 맹세했다. 우리는 다시 길을 나섰다. 발렌시아에 도착하면 이탈리아로 넘어갈 기회만 노리다가 기회가 오면 무조건 그 기회를 이용하기로 여전히 굳게 마음먹고 있었다. 하지만 하늘은 우리에게 다른 길을 예비해 두었다. 우리는 아름다운 성의 문에서 남녀 농부들이 둥글게 둘러서서 춤추며 즐거워하는 장면을 보게 되었다. 우리는 그 축제를 보려고 가까이 갔고, 돈 알폰소는 전혀 예상치 못하던 놀라운 일을 갑자기 당하게 되었다. 슈타인바흐 남작을 보게 된 것이다. 남작 쪽에서도 돈 알폰소를 알아보고는 두 팔 벌리며 다가와 흥분하며 말했다. "아! 돈 알폰소, 바로 너로구나! 이 얼마나 즐거운 일인지! 사방팔방 찾아다니고 있었는데, 이렇듯 우연히 내 눈앞에 나타나다니."

내 길동무는 말에서 즉각 내리더니 달려가서 남작을 껴안았다. 남작은 기쁨을 매우 절제하는 듯 보였다. 이어서 그 선량한 노인이 말했다. "이리 와라, 내 아들, 네가 누구인지 알게 될 거다. 그리고 아주 행복한 운명을 누리게 될 거야." 그 말을 마치고 남작은 돈 알폰소를 데려갔다. 나도 그들과 함께 들어갔다. 그들이 포옹하고 있는 동안 나도 말에서 내려 말들을 나무에 매어놓고 있었다. 우리가 제일 먼저 만난 사람은 성주(城主)였다. 그는 50세이고, 안색이 아주 좋아 보였다. 슈타인바흐 남작이 그에게 돈 알폰소를 소개하며 말했다. "성주님, 지금 아드님을 보고 계시는 겁니다." 이 말에 돈 세사르 데 레이바(성주의 이름)는 돈 알폰소를 끌어안고서 기쁨에 겨워 눈물을 흘리며 말했다. "내 소중한 아들, 내가 너를 세상에 내놓은 장본인이란다. 너의 신분을 그토록 오래 숨겨 둔 것이 내게는 아주 잔인한 폭력이었다는 사실을 믿어 주렴. 나는 괴로워서 수천 번 한숨을 내쉬었다. 하지만 달리 어쩔 수가 없었단다. 나는 너의 어머니를 사랑해서 결혼했고, 네 어머니의 신분은 나보다 한참 아래였단다. 나는 혹독한 아버지의 권위 밑에서 살았기에, 아버지의 허락 없이 맺은 결혼을 비밀로 해둬야만 했다. 오로지 슈타인바흐 남작만 내 비밀을 알고 있었고, 나와 의논한 뒤 그가 너를 기른 거란다. 이제 내 아버지는 더 이상 안 계시니, 네가 내 유일한 상속자라는 것을 공언할 수 있게 되었단다."

그러더니 덧붙였다. "그게 다가 아니다. 나는 너를 나와 같은 지위의 귀족 아가씨와 결혼시키려 한다." 이때 돈 알폰소가 말을 막았다. "나리, 나리께서 말씀하시는 그 행복 때문에 제가 너무 비싼 대가를 치르게 만들지는 마십시오. 저를 불행하게 만들고 싶어 하시는 게 아니라면, 그저 영광스럽게도 제가 나리의 아들이라는 것만 알고 말 수는 없는 걸까요? 아! 나리, 나리의 아버지보다 더 잔인한 분이 되지는 말아 주십시오. 그분이 나리의 사랑을 인정하지는 않으셨지만, 최소한 다른 여인과 결혼시키려 강요하지는 않으셨잖아요." 그러자 돈 세사르가 대꾸했다. "아들아, 나는 네가 바라는 일을 내 마음대로 좌지우지하려는 것이 아니다. 그러나 너를 위해 예비해 둔 아가씨를 한번 보기는 해주렴. 네가 나에게 순종하기 바라는 것은 오로지 그것 하나뿐이다. 매력적인 여인이고 네게 아주 유리한 혼처지만, 네가 그녀와 꼭 결혼해야만 한다고 강요하지는 않겠다. 약속하마. 그녀는 지금 이 성에 있단다. 나를 따라오렴. 그녀보다 더 사랑스런 규수는 없다는 것에 너도 동의하게 될 거다." 그는 그렇게 말하며 돈 알폰소를 어느 처소로 데려갔다. 나는 슈타인바흐 남작과 함께 그들을 뒤따라 들어갔다.

거기에는 폴란 백작과 그의 두 딸인 세라피나와 훌리아, 그리고 사위 돈 페르난도 데 레이바가 있었다. 페르난도는 돈 세사르의 조카였다. 그 외에 다른 부인들과 기사들도 있었다. 이미 말했듯이, 돈 페르난도는 훌리아를 납치했었고, 주변의 농부들이 그날 모여서 즐겼던 것은 그 두 연인의 혼인 잔치 때문이었다. 돈 알폰소가 등장하고, 그의 아버지가 거기 모인 사람들에게 그를 소개하자, 폴란 백작이 벌떡 일어나서 달려가 돈 알폰소를 포옹하며 말했다. "나의 해방자여, 어서 오시오!" 그러고 나서 돈 알폰소를 향해 말을 이었다. "돈 알폰소, 도량이 넓은 영혼에 덕성이 어떤 힘을 발휘하는지 보게나. 자네가 내 아들을 죽이긴 했으나 내 목숨을 살렸으니, 자네를 위해 내 원한을 희생시키겠네. 그럼으로써 자네에게 진 빚을 갚는 것일세." 그러자 돈 세사르의 아들이 폴란 백작에게 그 선처에 대해 얼마나 감동했는지 표현했다. 그가 세라피나의 남편이 될 거라는 소식을 더 기뻐했는지, 아니면 자신의 출생에 관한 비밀을 알게 된 것을 더 기뻐했는지 나는 모른다. 그 결혼식은 며칠 후 당사자들이 몹시 기뻐하는 가운데 정말로 거행되었다. 나도 폴란 백작을 자유롭게 해준 은인 중 하나였으므로, 그 귀족은 나를 알아보고서 내 출세를 도와주겠다고 말했다. 하지만 나는 그 관후함에 감사를 표하면서, 돈 알폰소 곁을 떠날 생각이 없다고 말했다. 그러자 돈 알폰소는 나를 자기 집의 집사로 임명하여 신뢰로써 나를 영예롭게 해주었다. 그는 결혼을 하자마자, 자기가 사무엘 시몬에게 했던 짓이 마음에 걸려서 그에게서 훔쳤던 돈 일체를 그 상인에게 갖다주라고 나를 보냈다. 그래서 나는 그 돈을 돌려주러 갔다. 그것이 집사로서 내가 처음으로 한 일이자, 마지막 일이었다.

— 2권에서 계속

지은이 · 옮긴이 소개

지은이_알랭-르네 르사주 (Alain-René Lesage, 1668~1747)

18세기의 대표적인 프랑스 소설가 중 한 명이다. 스페인의 피카레스크 소설 양식을 이용한 《질 블라스 이야기》를 통해 명성을 얻었지만, 정작 가장 많은 작품을 남긴 장르는 연극이다. 장터 연극에서 오랫동안 노력을 쏟았고, 소설을 집필하는 과정에서도 연극에 대한 관심의 끈을 놓지 않은 르사주의 소설은 연극적 요소가 많이 담긴 것이 특징이며, 이는 생동감 넘치는 전개에서도 느껴진다. '사실주의'라는 용어가 아직 사용되기 전 시대에 사실주의적인 풍속소설을 써냈다는 평가를 받는다. 소설 《절름발이 악마》와 연극 〈튀르카레〉 등 프랑스문학사에 의미 있는 족적을 남긴 작품들이 여럿 있다.

옮긴이_이효숙

연세대 불어불문학과를 졸업했다. 프랑스 파리4대학(소르본)에서 20세기 프랑스문학(베르나노스) 연구로 석사학위, 18세기 프랑스 문학(마담 드 장리스) 연구로 박사학위를 받았다. 연세대에서 강의하고 있으며, 번역한 책으로는 《마음과 정신의 방황》(크레비용), 《랭제뉘》(볼테르), 《80일간의 세계일주》(쥘 베른), 《카사노바》(미셸 들롱) 등이 있다.